LA CON

La conjugaison française

Roland ELUERD

EDITIONS GARNIER

Éditons Garnier, Paris, 2009.
ISBN : 978-2-253-08826-4 – 1re publication LGF

Avant-propos

Un objectif : vous rendre service.

- Vous permettre de retrouver immédiatement une forme verbale oubliée.

- Vous donner des conseils pour réviser les conjugaisons.

- Vous permettre d'aider vos enfants à apprendre les conjugaisons.

Une méthode :
une question ? → une page → la réponse.

- Comment s'écrit le verbe *créer* au futur ?

   → Liste alphabétique des verbes : *créer*, conjugaison 6.

   → Tableau 6 : verbe *créer*. Futur : *je créerai*, *tu créeras*... + explication de la forme *cré-er-a* + commentaire pour préciser que le *e* ne se prononce pas.

- Quel est le participe passé de *survivre* ?

   → Liste alphabétique des verbes : *survivre*, conjugaison 94.

   → Tableau 94 : verbe *vivre*, même conjugaison pour *survivre*. Participe passé, *survécu* + une précision : il est invariable.

- Je l'ai souvent rencontr... *é* ou *er* ?

   → Index orthographique et grammatical : *é* ou *er* ? voir p. 24.

   → Page 24 : Les points noirs de la conjugaison : *é* ou *er* ? Règle + conseils pratiques.

- Ils se sont absten... *u* ou *us* ?

   → Index orthographique et grammatical : accord du participe passé des verbes pronominaux, voir p. 83.

   → Page 83 : Le participe passé des verbes pronominaux. Règle + exemples types + conseils pratiques.

- Je voudrais aider mon enfant à réviser : par où commencer ?

   → Index orthographique et grammatical : comment apprendre ou réviser les conjugaisons ? voir p. 20-22.

   → Pages 20-22 : Une réponse claire + un programme de travail et de révision.

Un ouvrage pratique et complet en trois grandes parties.

- **La grammaire du verbe**
  Une grammaire pratique : elle présente TOUTES les formes et TOUS les temps, elle donne TOUTES les règles.
  Une grammaire pédagogique : elle est attentive aux difficultés, elle les commente point par point. Elle permet de comprendre la conjugaison, de se l'expliquer à soi-même ou de l'expliquer à une autre personne, jeune ou adulte.

- **Les tableaux de conjugaison**
  Ils donnent ou permettent de retrouver la conjugaison de TOUS les verbes du français.

- **La liste alphabétique des verbes et l'index orthographique et grammatical.**
  Ils donnent la bonne page pour la bonne réponse.

Attention ! L'astérisque (*) précède une phrase ou une construction incorrecte du point de vue de la grammaire.
Exemple : * On a pas toujours raison./On n'a pas toujours raison.

Sommaire

L'essentiel de la conjugaison

I Le verbe est le mot qui se conjugue.

■ Du point de vue du **sens,** le verbe est un mot qui désigne :
   – une action : *écrire, chanter, partir, faire, prendre* ;
   – un état : *dormir, briller, être, paraître* ;
   – ou une transformation : *changer, rougir, grandir.*

■ Du point de vue de la **morphologie**, le verbe est un mot qui change de forme :
   – avec le **temps** : *il écrit, il écrivait, il a écrit, il écrira* ;
   – et avec la **personne** grammaticale : *j'écris, il écrit, nous écrivons.*

■ Du point de vue de la **syntaxe**, le verbe est un mot :
   – qui a un **sujet**, généralement placé avant lui : *il écrit, les élèves écrivent* ;
   – et qui peut avoir un ou des **compléments**, généralement placés après lui : *Elle écrit un poème. Elle écrit à son frère. Elle a écrit une lettre à son frère.*

■ Si on regroupe les trois points de vue, ils montrent que **le verbe exprime ce qui se déroule dans le temps**. *Quelqu'un fait, a fait, fera quelque chose. Quelqu'un* ou *quelque chose change, a changé, changera,* etc.

Le verbe est donc inséparable de l'expression du temps : il se **conjugue**.

2 Le verbe actualise la phrase en la situant dans le temps.

■ Le verbe **actualise** la phrase en la situant à un moment du temps.

> « Vous chantiez ? J'en suis fort aise.
> Eh bien ! Dansez maintenant » (La Fontaine).

■ Les noms *danse*, *sommeil*, *changement* désignent eux aussi une action, un état ou une transformation. Mais le verbe est le **seul** mot qui place l'action, l'état ou la transformation dans le fil du temps : *Elle a dansé. Elle danse. Elle dansera.*

■ Quand un écrivain veut que sa phrase soit comme immobile, non prise dans le temps, faite d'images simplement placées les unes à côté des autres, il **supprime** le mot qui introduit le passage du temps et utilise une phrase **sans** verbe.

> « La plaine de mars, déjà verte, tachée de craie » (Aragon).

3 Comment trouver le verbe dans une phrase ?

■ On **emploie** *hier*, *aujourd'hui* et *demain*. Ou la forme négative *ne... pas* :

> « Votre auteur était modeste et prudent » (Diderot).

Hier, votre auteur *était*... / Aujourd'hui, votre auteur *est*... / Demain, votre auteur *sera*... Votre auteur *n'était pas*...

La conjugaison

1 La conjugaison est l'ensemble des formes d'un verbe.

■ Dans sa conjugaison, un verbe change et ne change pas.
– Il **change** parce qu'il prend de nombreuses formes différentes : *je pars, nous partons, ils partaient, je suis parti, vous partirez, qu'il partît, partant, partez...*
– Il **ne change pas** parce que c'est toujours le même verbe : le verbe *partir*.

■ On peut parler d'un verbe en donnant une de ses formes ou son infinitif.

« Le comte de Monte-Cristo *pâlit* d'une façon terrible » (Dumas).

Le comte de Monte-Cristo est sujet de *pâlit* / est sujet du verbe *pâlir*.

2 La conjugaison écrite a plus de formes que la conjugaison orale.

	PARLER		VENIR	
INDICATIF PRÉSENT				
je parl-e	[paʀl]	je vien-s	[vjɛ̃]
tu parl-es	[paʀl]	tu vien-s	[vjɛ̃]
il parl-e	[paʀl]	il vien-t	[vjɛ̃]
nous parl-ons	[paʀlɔ̃]	nous ven-ons	[vənɔ̃]
vous parl-ez	[paʀle]	vous ven-ez	[vəne]
ils parl-ent	[paʀl]	ils vienn-ent	[vjɛn]
5 formes	*3 formes*	*5 formes*	*4 formes*
INDICATIF IMPARFAIT				
je parl-ais	[paʀlɛ]	je ven-ais	[vənɛ]
tu parl-ais	[paʀlɛ]	tu ven-ais	[vənɛ]
il parl-ait	[paʀlɛ]	il ven-ait	[vənɛ]
nous parl-ions	[paʀljɔ̃]	nous ven-ions	[vənjɔ̃]
vous parl-iez	[paʀlje]	vous ven-iez	[vənje]
ils parl-aient	[paʀlɛ]	ils ven-aient	[vənɛ]
5 formes	*3 formes*	*5 formes*	*3 formes*

■ **L'écrit a toujours plus de formes que l'oral**.

– Des terminaisons de l'écrit sont muettes. Au présent de *parler* : *-e*, *-es*, *-ent*. Au présent de *venir* : *-s*, *-t*.

– Des terminaisons de l'écrit se prononcent de la même manière : *-ais*, *-ait*, *-aient* à l'imparfait des deux verbes.

■ Plusieurs « points noirs » de la conjugaison française sont en fait des problèmes d'**écrit**. Par exemple, l'accord du participe passé ne s'entend que pour très peu de verbes (exemples : *permis*, *permise*, *ouvert*, *ouverte*). Mais pour l'immense majorité des verbes, il ne s'entend pas (*chanté*, *chantée*, *chantés*, *fini*, *finie*, *finis*, etc.).

I La conjugaison complète.

■ La conjugaison complète d'un verbe français comporte cinq **modes**.

– Deux modes personnels (les temps ont 6 personnes) : l'indicatif et le subjonctif.

– Un mode semi-personnel (3 personnes) : l'impératif.

– Deux modes non personnels (pas de personne) : l'infinitif et le participe.

■ La conjugaison complète comporte des **temps simples** et des **temps composés**.

– Aux temps simples, le verbe est en un seul mot : *je chante, elles partent.*

– Aux temps composés, le participe passé du verbe est employé avec le verbe *avoir* ou avec le verbe *être*. Il y a deux mots : *j'ai chanté, elles sont parties.*

– Il y a aussi des **temps surcomposés** qui comportent trois mots, le verbe *avoir* + le verbe *avoir* ou le verbe *être* + le participe passé du verbe : *quand j'ai eu chanté, quand elles ont été parties.*

2 Une conjugaison défective est une conjugaison incomplète.

■ Quand un verbe n'est pas conjugué à tous les temps, il est **défectif**, c'est-à-dire qu'il comporte « un vide, un manque » (voir les conjugaisons tableaux 105 à 188).

■ Il y a **deux** catégories de verbes défectifs :

– les verbes impersonnels conjugués seulement à la 3e personne du singulier (exemple : *pleuvoir*, tableau 153) ;

– les verbes qui ne s'emploient pas à certains temps (par exemple : *extraire*, 183), et les verbes qui s'emploient seulement à quelques formes (exemple : *adirer*, 105).

Tableau des modes et des temps de la conjugaison complète

MODES	INDICATIF	SUBJONCTIF	IMPÉRATIF	INFINITIF	PARTICIPE
Temps	Présent Imparfait Passé simple Futur Passé composé Plus-que-parfait Passé antérieur Futur antérieur Conditionnel présent Conditionnel passé	Présent Passé Imparfait Plus-que-parfait	Présent Passé	Présent Passé	Présent Passé

Le radical et la désinence

1 Le verbe comporte 2, 3 ou 4 éléments.

■ – 2 éléments : radical + désinence. *Nous chant-ons.*
– 3 éléments : radical + 1 marque interne + désinence. *Nous chant-i-ons.*
– 4 éléments : radical + 2 marques internes + désinence. *Nous chant-er-i-ons.*

■ Les **formes irrégulières** sont des formes où il n'est pas possible de distinguer un radical et une désinence : *j'ai, je suis, je vais, vous faites, vous dites*, etc.

2 Le radical informe sur le sens du verbe.

■ Dans la conjugaison d'un verbe, le radical peut avoir une ou plusieurs formes.
– *Chanter* a **un** radical pour toute sa conjugaison écrite et orale : *chant-* [ʃɑ̃t-].
– *Aller* a **trois** radicaux pour sa conjugaison écrite et sa conjugaison orale : *all-* [al-], *-i-* [i-], *aill-* [aj-]. Plus quatre formes irrégulières : *vais, vas, va, vont.*

3 Les désinences informent sur la personne, le mode, le temps.

■ Désinences **difficiles**.
— Les désinences des trois personnes du singulier du présent de l'indicatif :
-e, -es, -e / -s, -s, -t / -s, -s, -ø (je vend-s, tu vend-s, il vend) / -x, -x, -t.
— Plusieurs désinences des verbes *être, avoir, aller, faire* et *dire*.
■ Désinences **faciles** (le plus grand nombre).
— Les désinences des personnes du pluriel du présent de l'indicatif : *-ons, -ez, -ent.*
— Les désinences de l'imparfait de l'indicatif, du futur et du conditionnel.
— Les désinences du subjonctif présent (sauf pour *avoir* et *être*) et imparfait.

4 Les marques internes informent sur le mode et le temps.

■ Trois marques internes concernent plusieurs modes et plusieurs temps.
-ai- marque l'imparfait et le conditionnel aux trois personnes du singulier et à la 3ᵉ du pluriel : *je finiss-ai-s, je fini-r-ai-s, ils chant-ai-ent, ils chant-er-ai-ent.*
-i- marque l'imparfait, le conditionnel et le présent du subjonctif aux 1ʳᵉˢ et 2ᵉˢ personnes du pluriel : *nous chant-i-ons, nous chant-er-i-ons, que nous chant-i-ons.*
-r- (parfois *er* ou *rr*) marque le futur et le conditionnel à toutes les personnes : *nous chant-er-ons, nous chant-er-i-ons, elle fini-r-a, elle fini-r-ai-t.*
■ La **voyelle** du passé simple (*a, i, u, in*) et la construction du subjonctif imparfait (*ass, iss, uss, inss*) complètent la série de ces marques.

Les trois groupes de conjugaison

1 Le 1ᵉʳ groupe : verbes en *-er.*

■ **Caractéristiques** des verbes du 1ᵉʳ groupe.
— Infinitif en *-er.*
— Presque tous sont construits avec un seul radical écrit et oral : *chant-* [ʃɑ̃t-].

– Participe passé en *-é* : *chant-é.*
– Présent de l'indicatif en *-e, -es, -e* : *je chant-e, tu chant-es, il chant-e.*
– Forme interrogative : *chanté-je ?*
– Présent de l'impératif, 2ᵉ personne sans *-s* : *chante.*
– Marque interne du futur et du conditionnel en *-er-* : *je chant-er-ai, je chant-er-ais.*
– Passé simple en *a*, 1ʳᵉ personne en *-ai* : *je chant-ai, il chant-a.*

■ Quelques verbes en *-er* ont **plusieurs radicaux** (conjugaisons 6 à 32).
– Un seul radical oral, mais deux radicaux écrits :
je commenc-e / nous commenç-ons (18), *je mang-e / nous mange-ons* (20).
– Un seul radical écrit, mais deux radicaux à l'oral :
je cri-e / nous cri-ons (7), *j'envoi-e / nous envoy-ons* (13).
– Deux radicaux écrits et deux à l'oral :
je gèl-e / nous gel-ons (24), *j'appell-e / nous appel-ons* (25).

2 Le 2ᵉ groupe : verbes en *-ir / -issant.*

■ **Caractéristiques** des verbes du 2ᵉ groupe.
– Infinitif en *-ir* : *fin-ir.*
– Trois radicaux dont un radical en *iss-* : *nous finiss-ons, finissant.*
– Marque interne du futur et du conditionnel en *-r-* : *je fini-r-ai, je fini-r-ais.*

3 Le 3ᵉ groupe : verbes en *-ir, -oir* et *-re.*

■ Les verbes du 3ᵉ groupe n'ont **pas de caractéristiques** applicables à tout le groupe.
– Les radicaux sont souvent nombreux. Mais *courir* n'a qu'un radical écrit et oral, *cueillir* et *conclure* deux radicaux oral et écrit, *vendre, perdre, mordre* un seul radical écrit.
– Il y a trois formes d'infinitifs : *ven-ir, sav-oir, di-re.*
– Les participes passés sont en *-i, -is, -it, -u* ou divers : *dû, ouvert, mort, clos...*
– Les passés simples sont en *i, u* ou *in.*

- Conclusions. Cinq verbes ont une conjugaison très irrégulière : *avoir*, *être*, *aller*, *faire* et *dire*.

  10 000 verbes ont une conjugaison très régulière sur le modèle de *chanter*.

  Tous les autres verbes sont plus ou moins réguliers. Ou irréguliers…

Comment apprendre ou réviser les conjugaisons ?

1 Il faut tenir compte de l'usage réel.

- Les trois groupes sont très différents en nombre de verbes et en nombre de conjugaisons.

  – Le 1er groupe (*-er*) comporte une seule conjugaison (avec quelques variantes de radicaux) pour environ 10 000 verbes.

  – Le 2e groupe (*-ir* / *-issant*) comporte une conjugaison pour environ 300 verbes.

  – Le 3e groupe (*-ir*, *-oir*, *-re*) comporte 70 conjugaisons pour environ 350 verbes, parmi lesquels tous les verbes les plus fréquents du français.

- Les verbes les plus fréquents du français sont tous des verbes irréguliers : *être*, *avoir*, *faire*, *dire*, *aller*, *voir*, *savoir*, *pouvoir*, *falloir*, *vouloir*, *venir*, *prendre*.

2 Le temps le plus irrégulier est le présent de l'indicatif.

- Quand un verbe a **deux radicaux**, ils sont presque toujours au présent.

  Exemple : *j'appell-e* / *nous appel-ons*.

  Autres exemples : *nettoyer*, *manger*, *jeter*, *vendre*, *perdre*, *mordre*, *battre*, etc.

- Quand un verbe a **trois radicaux**, il y a toujours deux radicaux au présent.

  Exemple : *je li-s* / *nous lis-ons*. Le 3e radical est au passé simple : *je l-us*.

  Autres exemples : *finir*, *partir*, *servir*, *mettre*, *croire*, *vivre*, *lire*, etc.

- Quand un verbe a **quatre radicaux** ou **plus**, presque toujours il y a déjà trois de ces radicaux au présent.

Exemple : *je vien-s, nous ven-ons, ils vienn-ent*. Le 4ᵉ radical est au passé simple : *je v-ins*, le 5ᵉ radical est au futur : *je viend-r-ai*.

Autres exemples : *tenir, pouvoir, devoir, vouloir, prendre, boire*, etc.

3 Les autres temps difficiles.

■ Le **futur** est difficile parce que ses radicaux sont parfois imprévisibles.

Mais quand on connaît le futur, on connaît le **conditionnel présent**. Les radicaux sont les mêmes : *il **voud**-r-a, il **voud**-r-ait*.

■ Le **passé simple** est difficile parce que ses radicaux sont souvent imprévisibles et parce qu'il faut connaître la voyelle de la terminaison : *a, i, u* ou *in*.

■ Et le **subjonctif** ? Le ou les deux radicaux du subjonctif présent sont dans l'indicatif présent (sauf pour *avoir, être, faire, aller, pouvoir, savoir, vouloir, falloir*). Et quand on connaît le passé simple, on connaît l'imparfait du subjonctif. La voyelle est la même : *il chant-a, qu'il chant-ât*. On peut le vérifier en parcourant les tableaux de conjugaison.

4 Les désinences sont généralement régulières.

■ Deux difficultés :
  – les désinences du présent de l'indicatif (encore lui !) ;
  – les désinences du passé composé.

■ Une bonne nouvelle : 90 % des terminaisons sont régulières !
  – Imparfait : *-ais, -ais, -ait, -ions, -iez, -aient.*
  – Futur : *-ai, -as, -a, -ons, -ez, -ont.*
  – Conditionnel : *-ais, -ais, -ait, -ions, -iez, -aient.*
  – Subjonctif présent : *-e, -es, -e, -ions, -iez, -ent.*
  – Passé simple : voyelle *a, i, u, in* + *-s, -s, -t, -mes, -tes, -rent.* Deux points particuliers : la 1ʳᵉ personne du 1ᵉʳ groupe : *-ai.* Et l'accent circonflexe sur la voyelle au pluriel : *-âmes, -âtes, -îmes, -îtes*, etc. Sauf quand il y a un *ï* : *nous haïmes.*
  – Subjonctif imparfait : voyelle du passé simple + *ss* + *-e, -es, -t, -ions, -iez, -ent.* Exemple : *-isse, -isses, -ît, -issions, -issiez, -issent.*

5 Comment apprendre ou réviser une conjugaison ?

■ Le bilan est clair :
  – la régularité est du côté des terminaisons ;
  – les irrégularités sont du côté des radicaux ;
  – le présent est le plus irrégulier et le plus employé de tous les temps ;
  – le présent comporte presque tous les radicaux.

■ Il faut donc apprendre ou réviser dans l'ordre les verbes :
  – *être*, *avoir*, les dix verbes les plus fréquents et la conjugaison du 1er groupe ;
  – les autres verbes irréguliers courants.

■ Pour chaque verbe, il faut apprendre ou réviser :
  – le présent de l'indicatif et le passé composé, l'imparfait, le futur et le conditionnel présent ;
  – en liaison avec le présent de l'indicatif : l'impératif présent et le subjonctif présent ;
  – le passé simple et le subjonctif imparfait.

■ Pour chaque temps, faire travailler l'oreille et l'œil :
  – toujours commencer par la récitation orale en épelant les terminaisons : *je fais* / s, *tu fais* / s, *il fait* / t, *nous faisons* o/n/s, *vous faites* e/s, *ils font* o/n/t ;
  – passer ensuite à l'écrit.

■ À chaque doute ou oubli, reprendre la récitation pour comparer l'oral et l'écrit.

Les points noirs de la conjugaison

I Les personnes du singulier du présent de l'indicatif.

■ 1. *Je chante, tu chantes, il chante ; j'ouvre, tu ouvres, il ouvre* ; -e, -es, -e : 1er groupe plus quelques verbes en -ir (*ouvrir, cueillir, défaillir*).
  2. *Je finis, tu finis, il finit ; je viens, tu viens, il vient* ; -s, -s, -t : tous les verbes du 2e groupe et la quasi-totalité des verbes du 3e.
  3. *Je prends, tu prends, il prend ; je mets, tu mets, il met* ; -s, -s, -ø : verbes en -dre, verbes en -tre, *vêtir, vaincre* et *convaincre*.

4. *Je peux, tu peux, il peut*; *-x, -x, -t* : les trois verbes *pouvoir, vouloir, valoir*.

2 Les désinences du participe passé.

■ Pas de problème pour le **1ᵉʳ groupe**.
– *-é, -ée* : *chanté*, les verbes du 1ᵉʳ groupe et le participe passé *né*.

■ Pour les **autres verbes**, l'oreille et l'usage sont les seuls maîtres. Pour savoir si la désinence est en *-is*, en *-it*, il faut mettre au féminin. On entend *-ise, -ite*.
– *-i, -ie* : *fini* et les verbes du 2ᵉ groupe + *cueilli, parti, bouilli, suivi*, etc.
– *-is, -ise* : *acquis, assis, pris, mis*, etc.
– *-it, -ite* : *écrit, conduit, confit, dit*, etc.
– *-u, -ue* : *venu, couru, voulu, su, vu, prévu, vendu, mordu, perdu, résolu*, etc.

■ **Attention** à une dizaine de cas particuliers :
– Les formes avec un accent circonflexe au masculin singulier : *dû, due, dus, dues / mû, mue, mus, mues / crû, crue, crus, crues* (*croître*).
– Des formes spécifiques : *fait, mort, craint, peint, dissous / dissoute, clos*, etc.

3 Faute fréquente : *Je chanterai* ou *je chanterais* ?

■ En prononciation **correcte** et soutenue :
– la 1ʳᵉ personne du futur se prononce *é* [e] : *je chanterai*;
– la 1ʳᵉ personne du conditionnel se prononce *ai* [ɛ] : *je chanterais*.
L'usage courant ne fait pas la différence et prononce les deux *ai* [ɛ].

■ La faute ne concerne donc que l'écrit. Pour l'éviter, il faut savoir si on est au futur ou au conditionnel. **Méthode** : employer une personne où la différence s'entend.
– 3ᵉ personne du singulier au futur : *il chantera* (donc *je chanterai*);
– 3ᵉ personne du singulier au conditionnel : *il chanterait* (donc *je chanterais*).

4 Faute fréquente : *Elle a pu *chanté ou chanter ? *-é ou -er ?*

■ Il y a bien sûr une méthode savante : analyser la différence entre l'emploi de l'infinitif (*chanter*) et l'emploi du participe passé (*chanté*). Mais tout le monde est pressé (pas *-er* !), et tout le monde a appris à utiliser (pas *-é* !) un vieux **procédé** : mettre *finir* (ou *comprendre*, ou *battre*, ou *venir*...) pour entendre la différence.

Elle a bien chanté... -é ou -er ? → Je mets *finir* : *Elle a bien fini* → *-i*, donc *-é*.
Elle n'a pas pu chanter... -é ou -er ? → *finir* : *Elle n'a pas pu finir* → *-ir*, donc *-er*.

5 Cela s'écrit-il es ou est ? Cela s'écrit-il *ai, aie* ou *ait* ?

■ **Méthode** (il n'y en a pas d'autre) : apprendre et réviser sans cesse les conjugaisons irrégulières de *être* et de *avoir*.

6 Deux catastrophes : *Il *ait arrivé. Les gens dont je vous *est parlé.*

■ **Méthode** : mettre *nous* ou *vous* pour « entendre » le verbe *avoir* ou le verbe *être*.
Il *ait arrivé → *Nous sommes arrivés* → c'est *être*. Donc : *Il est arrivé*.
Les gens dont je vous *est parlé → *dont nous vous avons parlé* → verbe *avoir*. Donc : *Les gens dont je vous ai parlé*.

7 Le -t- euphonique.

■ Quand les pronoms *il, elle, on* sont placés **après le verbe** et quand le verbe se termine par *-e, -a* ou *-c* (*convaincre*), on prononce un [t] et on écrit *-t-* entre le verbe et le pronom : *A-t-il réussi ? Où va-t-il ? Où va-t-on ? Aime-t-il les caramels ? Aime-t-elle les nougats ? Convainc-t-il ses auditeurs ?*
Quand le verbe se **termine** par *-t* ou *-d*, on prononce la liaison avec le son [t]. Le *-t-* est donc inutile : *Vient-elle ? Mord-il ?* [mɔʀ-t-il].
Ne pas confondre ce *-t-* avec le *t'* qui résulte de l'élision de *toi* devant *en* et *y* : *Va-t'en. Méfie-t'en.*

8 **Autres difficultés.**

– Les particularités des verbes du 1ᵉʳ groupe (*éé, ii, yi... e* ou *è* ? *é* ou *è* ? *g* ou *ge* ? *c* ou *ç* ?) : voir conjugaisons 6 à 32.

– L'orthographe du participe présent et de l'adjectif verbal : voir ➤ page 68.

– L'accord du participe passé : voir ➤ pages 81-93.

Tableau général des terminaisons écrites des verbes

■ Les terminaisons sont complètement **régulières** :

– pour les temps imparfait, futur, conditionnel, subjonctif présent ;

– pour les personnes *nous* / *-ons*, *vous* / *-ez* (sauf *faites* et *dites*) ;

– pour la personne *tu* / *-s* (sauf *vouloir, pouvoir, valoir* en *-x*) ;

– pour la personne *ils* / *-ent* (sauf le futur en *-ont*).

■ Le passé simple et l'imparfait du subjonctif ont un système à part mais lui aussi est **régulier** (sauf le *je chantai* du 1ᵉʳ groupe).

■ Le **radical** est toujours la forme qui précède la première marque interne ou la désinence.

■ *Avoir, être, faire, dire, aller* **ne respectent pas** la totalité du tableau.

1er GROUPE : verbes en -er, modèle : chanter		
INFINITIF	**PARTICIPE**	**IMPÉRATIF**

Présent	*Présent*	*Passé*	*Présent*		
chant-er	chant-ant	chant-é	chant-e	chant-ons	chant-ez

INDICATIF

Présent	*Imparfait*	*Passé simple*	*Futur*	*Conditionnel*
chant-e	chant-ai-s	chant-ai	chant-er-ai	chant-er-ai-s
chant-es	chant-ai-s	chant-a-s	chant-er-as	chant-er-ai-s
chant-e	chant-ai-t	chant-a	chant-er-a	chant-er-ai-t
chant-ons	chant-i-ons	chant-â-mes	chant-er-ons	chant-er-i-ons
chant-ez	chant-i-ez	chant-â-tes	chant-er-ez	chant-er-i-ez
chant-ent	chant-ai-ent	chant-èrent	chant-er-ont	chant-er-ai-ent

SUBJONCTIF

Présent		*Imparfait*	
chant-e	chant-i-ons	chant-ass-e	chant-ass-i-ons
chant-es	chant-i-ez	chant-ass-es	chant-ass-i-ez
chant-e	chant-ent	chant-â-t	chant-ass-ent

2e GROUPE : verbes en -ir, modèle : finir		
INFINITIF	**PARTICIPE**	**IMPÉRATIF**

Présent	*Présent*	*Passé*	*Présent*		
fin-ir	finiss-ant	fin-i	fini-s	fini-ss-ons	fini-ss-ez

INDICATIF

Présent	*Imparfait*	*Passé simple*	*Futur*	*Conditionnel*
fini-s	finiss-ai-s	fin-i-s	fini-r-ai	fini-r-ai-s
fini-s	finiss-ai-s	fin-i-s	fini-r-as	fini-r-ai-s
fini-t	finiss-ai-t	fin-i-t	fini-r-a	fini-r-ai-t
finiss-ons	finiss-i-ons	fin-î-mes	fini-r-ons	fini-r-i-ons
finiss-ez	finiss-i-ez	fin-î-tes	fini-r-ez	fini-r-i-ez
finiss-ent	finiss-ai-ent	fin-i-rent	fini-r-ont	fini-r-ai-ent

SUBJONCTIF

Présent		*Imparfait*	
finiss-e	finiss-i-ons	fin-iss-e	fin-iss-i-ons
finiss-es	finiss-i-ez	fin-iss-es	fin-iss-i-ez
finiss-e	finiss-ent	fin-î-t	fin-iss-ent

3e GROUPE : verbes en -ir, modèle : venir

INFINITIF	PARTICIPE		IMPÉRATIF		
Présent	*Présent*	*Passé*	*Présent*		
ven-ir	ven-ant	ven-u	vien-s	ven-ons	ven-ez

INDICATIF

Présent	*Imparfait*	*Passé simple*	*Futur*	*Conditionnel*
vien-s	ven-ai-s	v-in-s	viend-r-ai	viend-r-ai-s
vien-s	ven-ai-s	v-in-s	viend-r-as	viend-r-ai-s
vien-t	ven-ai-t	v-in-t	viend-r-a	viend-r-ai-t
ven-ons	ven-i-ons	v-în-mes	viend-r-ons	viend-r-i-ons
ven-ez	ven-i-ez	v-în-tes	viend-r-ez	viend-r-i-ez
vienn-ent	ven-ai-ent	v-in-rent	viend-r-ont	viend-r-ai-ent

SUBJONCTIF

Présent		*Imparfait*	
vienn-e	ven-i-ons	v-inss-e	v-inss-i-ons
vienn-es	ven-i-ez	v-inss-es	v-inss-i-ez
vienn-e	vienn-ent	v-în-t	v-inss-ent

3e GROUPE : verbes en -ir, modèle : ouvrir

INFINITIF	PARTICIPE		IMPÉRATIF		
Présent	*Présent*	*Passé*	*Présent*		
ouvr-ir	ouvr-ant	ouv-ert	ouvr-e	ouvr-ons	ouvr-ez

INDICATIF

Présent	*Imparfait*	*Passé simple*	*Futur*	*Conditionnel*
ouvr-e	ouvr-ai-s	ouvr-i-s	ouvri-r-ai	ouvri-r-ai-s
ouvr-es	ouvr-ai-s	ouvr-i-s	ouvri-r-as	ouvri-r-ai-s
ouvr-e	ouvr-ai-t	ouvr-i-t	ouvri-r-a	ouvri-r-ai-t
ouvr-ons	ouvr-i-ons	ouvr-î-mes	ouvri-r-ons	ouvri-r-i-ons
ouvr-ez	ouvr-i-ez	ouvr-î-tes	ouvri-r-ez	ouvri-r-i-ez
ouvr-ent	ouvr-ai-ent	ouvr-i-rent	ouvri-r-ont	ouvri-r-ai-ent

SUBJONCTIF

Présent		*Imparfait*	
ouvr-e	ouvr-i-ons	ouvr-iss-e	ouvr-iss-i-ons
ouvr-es	ouvr-i-ez	ouvr-iss-es	ouvr-iss-i-ez
ouvr-e	ouvr-ent	ouvr-î-t	ouvr-iss-ent

3e GROUPE : verbes en -oir, modèle : vouloir					
INFINITIF	PARTICIPE		IMPÉRATIF		

Présent	Présent	Passé	Présent		
voul-oir	voul-ant	voul-u	veu-x	voul-ons	voul-ez,
			veuill-e	veuill-ons	veuill-ez

INDICATIF				
Présent	Imparfait	Passé simple	Futur	Conditionnel
veu-x	voul-ai-s	voul-u-s	voud-r-ai	voud-r-ai-s
veu-x	voul-ai-s	voul-u-s	voud-r-as	voud-r-ai-s
veu-t	voul-ai-t	voul-u-t	voud-r-a	voud-r-ai-t
voul-ons	voul-i-ons	voul-û-mes	voud-r-ons	voud-r-i-ons
voul-ez	voul-i-ez	voul-û-tes	voud-r-ez	voud-r-i-ez
veul-ent	voul-ai-ent	voul-u-rent	voud-r-ont	voud-r-ai-ent

SUBJONCTIF			
Présent		Imparfait	
veuill-e	voul-i-ons	voul-uss-e	voul-uss-i-ons
veuill-es	voul-i-ez	voul-uss-es	voul-uss-i-ez
veuill-e	veuill-ent	voul-û-t	voul-uss-ent

3e GROUPE : verbes en -re, modèle : mettre					
INFINITIF	PARTICIPE		IMPÉRATIF		

Présent	Présent	Passé	Présent		
mett-re	mett-ant	m-is	met-s	mett-ons	mett-ez

INDICATIF				
Présent	Imparfait	Passé simple	Futur	Conditionnel
met-s	mett-ai-s	m-i-s	mett-r-ai	mett-r-ai-s
met-s	mett-ai-s	m-i-s	mett-r-as	mett-r-ai-s
met-	mett-ai-t	m-i-t	mett-r-a	mett-r-ai-t
mett-ons	mett-i-ons	m-î-mes	mett-r-ons	mett-r-i-ons
mett-ez	mett-i-ez	m-î-tes	mett-r-ez	mett-r-i-ez
mett-ent	mett-ai-ent	m-i-rent	mett-r-ont	mett-r-ai-ent

SUBJONCTIF			
Présent		Imparfait	
mett-e	mett-i-ons	m-iss-e	m-iss-i-ons
mett-es	mett-i-ez	m-iss-es	m-iss-i-ez
mett-e	mett-ent	m-î-t	m-iss-ent

La morphologie du verbe

1 La personne relie le sujet et le verbe.

■ La personne grammaticale exprime la **relation** entre le sujet et l'action, l'état ou le changement exprimé par le verbe.
Je chante (c'est moi qui chante). *Elle part* (c'est elle qui part).

■ Les **verbes impersonnels** (ou unipersonnels) se conjuguent uniquement avec le pronom impersonnel *il. Il pleut, il neige.*
Ce pronom *il* ne désigne aucune personne.
Les **modes non personnels** (➤ p. 31) n'ont pas de conjugaison en personne : *chanter, chantant, chanté.*

2 La 1re et la 2e personne : les acteurs de la communication.

■ La 1re personne du singulier est toujours exprimée par le pronom nominal *je.*
« **Je** » désigne l'**énonciateur**, celui ou celle qui parle, qui écrit.
La 2e personne du singulier est toujours exprimée par le pronom nominal *tu.*
« **Tu** » désigne le **destinataire**, celui ou celle à qui « je » parle ou écris.

■ La 1re personne du pluriel est toujours exprimée par le pronom nominal *nous.*

« **Nous** » désigne « je » et d'autres personnes : toi et moi, lui et moi...

La 2ᵉ personne du pluriel est toujours exprimée par le pronom nominal *vous.*

« **Vous** » désigne « tu » et d'autres personnes : toi et lui, toi et elles...

■ La 1ʳᵉ et la 2ᵉ personne sont toujours des interlocuteurs, des êtres qui se parlent, s'écrivent, se répondent. Par extension, elles peuvent être des animaux ou des choses personnifiées : « Je suis la pipe d'un auteur » (Baudelaire).

3 La 3ᵉ personne : celui, celle, ce dont on parle.

■ La 3ᵉ personne du singulier ou du pluriel est exprimée de plusieurs façons.
– Par les pronoms personnels *il / elle, ils / elles* : *Il chante. Elles partent.*
– Par les autres pronoms : *Celui-ci chante. Celles-ci partent.*
– Par des noms : *L'oiseau chante. Anne l'écoute.*

■ La 3ᵉ personne peut être un être (*Paul chante.*), une chose (*Le lac a gelé.*), une notion, une idée (*Cette musique est belle. Tes opinions se discutent.*).

4 Le verbe s'accorde en personne et en nombre avec son sujet.

■ Cet accord marque la solidarité du sens et de la syntaxe entre les deux mots (➢ p. 76).
– *Je chante* = 1ʳᵉ personne du singulier (*je / -e*).
– *Nous chantons* = 1ʳᵉ personne du pluriel (*nous / -ons*).
– *Elles partent* = 3ᵉ personne du pluriel (*elles / -ent*).

Les modes

1 La conjugaison comporte cinq modes.

■ L'**indicatif** est un **mode personnel** (6 personnes). C'est **le seul mode temporel** : il permet une actualisation complète de l'action grâce à ses dix « vrais » temps.
– Le présent et le passé composé : *je fais, j'ai fait.*
– L'imparfait et le plus-que-parfait : *je faisais, j'avais fait.*

– Le passé simple et le passé antérieur : *je fis, j'eus fait.*
– Le futur et le futur antérieur : *je ferai, j'aurai fait.*
– Le conditionnel présent et le conditionnel passé : *je ferais, j'aurais fait.*

■ Le **subjonctif** est un mode personnel. Mais il ne situe pas l'action dans un temps.
– Présent et passé : *que je fasse, que j'aie fait.*
– Imparfait et plus-que-parfait : *que je fisse, que j'eusse fait.*

■ L'**impératif** est un mode semi-personnel. Et il ne situe pas l'action dans un temps.
– Impératif présent : *fais, faisons, faites.*
– Impératif passé : *aie fait, ayons fait, ayez fait.*

■ Le **participe** est un mode non personnel. Et il ne situe pas l'action dans un temps.
– Participe présent et participe présent composé : *faisant, ayant fait.*
– Participe passé : *fait.*

■ L'**infinitif** est un mode non personnel. Et il ne situe pas l'action dans un temps.
– Infinitif présent et infinitif passé : *faire, avoir fait.*

2 Le mode exprime la manière dont l'énonciateur valide sa phrase[1].

■ En employant l'**indicatif**, l'énonciateur prend en charge la validation de sa phrase dans le simple fait de l'énoncer : *Elle ne viendra pas.*

■ En employant le **subjonctif**, l'énonciateur laisse sa phrase en attente de validation : *Que reviennent les beaux jours !* Le subjonctif est souvent employé dans une proposition subordonnée. La manière dont le locuteur considère sa phrase est exprimée dans la proposition principale : *Je souhaite qu'elle vienne.*

■ En employant l'**impératif**, l'énonciateur ajoute au contenu de sa phrase l'expression de sa décision de l'énoncer : *Venez vite !*

■ L'**infinitif**, le **participe** présent et le participe passé sont des modes qui ne disent rien sur l'attitude de l'énonciateur vis-à-vis de sa phrase.

---

1. Mary-Annick Morel, *La Concession en français*, Ophrys, 1996, p. 151.

■ On **ne** doit **pas regrouper** indicatif et réel, subjonctif et virtuel. *Il se figure qu'il **est** le meilleur* n'exprime aucun réel. *Je n'aime pas qu'il **fasse** ça* n'exprime aucun virtuel.

Les temps

1 Les temps de l'indicatif actualisent l'action rapportée par le verbe.

■ Les dix temps de l'indicatif permettent de **situer** une action par rapport au **moment de l'énonciation**, c'est-à-dire le moment où l'énonciateur s'exprime.

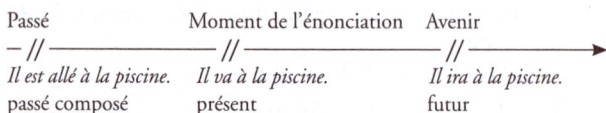

Passé	Moment de l'énonciation	Avenir
— // ——————————	// ——————————	// ————→
Il est allé à la piscine.	*Il va à la piscine.*	*Il ira à la piscine.*
passé composé	présent	futur

■ Les dix temps de l'indicatif permettent aussi de **situer** le moment d'une action **avant**, **pendant** ou **après une autre action**.

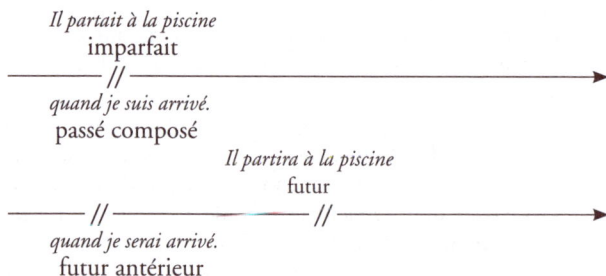

Il partait à la piscine
imparfait
————————————— // ——————————————→
quand je suis arrivé.
passé composé

                      Il partira à la piscine
                             futur
————— // ————————————— // ————→
quand je serai arrivé.
futur antérieur

2 Les formes des modes non temporels n'actualisent pas l'action.

■ L'**infinitif** n'a pas de valeur temporelle précise.
– Il vaut pour tous les moments : *Pousser. Tirer. Défense de fumer.*

- Ou il reçoit son actualisation temporelle du verbe principal : *Il a fini de pleuvoir.*
■ L'**impératif** peut s'appliquer :
- au moment de l'énonciation : *Pars tout de suite !*
- ou au futur : *Pars avant midi ! Sois parti avant midi !*
■ Le **participe présent** reçoit sa valeur temporelle du verbe principal.
La nuit venant, le renard sortit de son terrier. La nuit venant, il sort de son terrier.
■ Le **participe passé** reçoit lui aussi sa valeur temporelle du verbe principal.
La nuit venue, le renard sortit de son terrier. La nuit venue, il sortira de son terrier.
■ Le **subjonctif** présent peut s'associer à un passé : *Il fallait qu'il vienne.* Il peut s'associer à un présent : *Il faut qu'il vienne.* Ou il peut s'associer à un futur : *Il faudra qu'il vienne.*

La formation des temps composés

Chaque temps simple est accompagné d'un temps composé.

■ Le temps composé est « composé » de deux mots :
- le **verbe auxiliaire** *avoir* ou *être* se conjugue au temps simple correspondant ;
- le **participe passé** du verbe conjugué donne le sens.

TEMPS SIMPLES DU VERBE CONJUGUÉ				
INDICATIF				
Présent	*Imparfait*	*Passé simple*	*Futur*	*Conditionnel*
il parle, elle va	il parlait, elle allait	il parla, elle alla	il parlera, elle ira	il parlerait, elle irait

TEMPS COMPOSÉS DU VERBE CONJUGUÉ				
INDICATIF				
Passé composé	*Plus-que-parfait*	*Passé antérieur*	*Futur antérieur*	*Conditionnel passé*
il a parlé, elle est allée	il avait parlé, elle était allée	il eut parlé, elle fut allée	il aura parlé, elle sera allée	il aurait parlé, elle serait allée

TEMPS SIMPLES DU VERBE CONJUGUÉ				
SUBJONCTIF		IMPÉRATIF (2ᴱ PERSONNE)	INFINITIF	PARTICIPE
Présent	*Passé*	*Présent*	*Présent*	*Présent*
qu'il parle, qu'elle aille	qu'il parlât, qu'elle allât	parle, va	parler, aller	parlant, allant

TEMPS COMPOSÉS DU VERBE CONJUGUÉ				
SUBJONCTIF		IMPÉRATIF (2ᴱ PERSONNE)	INFINITIF	PARTICIPE
Passé	*Plus-que-parfait*	*Passé*	*Passé*	*Présent composé*
qu'il ait parlé, qu'elle soit allée	qu'il eût parlé, qu'elle fût allée	aie parlé, sois allée	avoir parlé, être allé	ayant parlé, étant allé

TEMPS SIMPLES DE L'AUXILIAIRE EMPLOYÉ				
INDICATIF				
Présent	*Imparfait*	*Passé simple*	*Futur*	*Conditionnel*
il a, elle est	il avait, elle était	il eut, elle fut	il aura, elle sera	il aurait, elle serait

TEMPS SIMPLES DE L'AUXILIAIRE EMPLOYÉ				
SUBJONCTIF		IMPÉRATIF (2ᴱ PERSONNE)	INFINITIF	PARTICIPE
Présent	*Passé*	*Présent*	*Présent*	*Présent*
qu'il ait, qu'elle soit	qu'il eût, qu'elle fût	aie, sois	avoir, être	ayant, étant

Auxiliaire *avoir* ou auxiliaire *être* ?

I La majorité des verbes forment leurs temps composés avec *avoir*.

- Les verbes ***être*** et ***avoir*** quand ils sont employés comme verbes de sens plein :
  Paul est dans le jardin. Il a son pull rouge. Paul a été... Il a eu...

- Tous les verbes **transitifs**, c'est-à-dire les verbes avec un complément d'objet : *accueillir quelqu'un, acheter quelque chose,* *aimer quelqu'un* ou *quelque chose*, *connaître quelqu'un* ou *quelque chose*, *créer quelque chose*, *dire quelque chose*, *faire quelque chose*, *prendre quelque chose*, *aider / aider à*, *parler de*, *ressembler à...*

■ La plupart des verbes **intransitifs**, c'est-à-dire les verbes qui (sauf emplois rares ou vieillis) n'ont pas de complément d'objet : *agir, briller, circuler, déjeuner, dormir, fureter, lambiner, naviguer, palpiter, râler...* (voir ci-dessous les verbes intransitifs conjugués avec *être*).

■ Les verbes **impersonnels** : *Il a plu. Il a fallu partir.*

■ L'auxiliaire *avoir* s'emploie également pour former les temps **surcomposés** : *quand il a été parti, quand elle a eu fini.*

2 Les verbes conjugués avec être.

■ L'auxiliaire *être* s'emploie avec quelques verbes **intransitifs**.

advenir	*entrer*	*parvenir*	*revenir*
aller	*intervenir*	*provenir*	*sortir*
arriver	*mourir*	*redevenir*	*survenir*
décéder	*naître*	*repartir*	*tomber*
devenir	*partir*	*rester*	*venir...*

■ Tous les verbes **essentiellement pronominaux** : *s'abstenir, s'évanouir, s'enfuir, s'évader, s'exclamer, se méfier...* (voir ➤ p. 43).

■ Les verbes employés à la forme **pronominale** (➤ p. 42) : *s'amuser, se cacher, se couper, s'écrire, s'exciter, s'inscrire, se laver...*
– *Il a lavé la voiture.* Verbe *laver*, verbe non pronominal, conjugué avec *avoir*.
– *Il s'est lavé les mains.* Verbe *laver* employé à la forme pronominale, *se laver*, conjugué avec *être*.

■ L'auxiliaire *être* s'emploie également pour former la **voix passive** (➤ p. 40) : *Le feu est maîtrisé par les pompiers. Le feu a été maîtrisé par les pompiers.*

■ Et il s'emploie pour la voix impersonnelle (➤ p. 41) : *Il est arrivé un colis pour toi.*

3 Verbes intransitifs conjugués tantôt avec *avoir* et tantôt avec *être*.

aboutir	*croître*	*disparaître*	*maigrir*
accourir	*crouler*	*divorcer*	*paraître*
alunir	*croupir*	*échapper*	*passer*
amerrir	*décamper*	*éclater*	*reparaître*
apparaître	*déchoir*	*éclore*	*rester*
atterrir	*décroître*	*émigrer*	*résulter*
camper	*dégénérer*	*enchérir*	*trépasser*
convenir	*demeurer*	*expirer*	

■ Le temps composé avec *avoir* insiste sur l'**action** alors que le temps composé avec *être* exprime un **état** qui résulte de l'action accomplie.
Action : *L'eau a croupi au fond du bassin. Il a divorcé l'an dernier.*
État : *L'eau de cette mare est toujours croupie. Il est divorcé depuis un an.*

■ *Convenir, demeurer, passer* ont des **sens différents** :
La réponse a convenu (= convenable). *Ils sont convenus d'un prix* (= accord).
Il a demeuré près de Paris (= habiter). *Il est demeuré près de Paris* (= rester).

4 Verbes qui sont transitifs avec *avoir* et intransitifs avec *être*.

aborder	*débarquer*	*enlaidir*	*ressortir*
accoucher	*déborder*	*entrer*	*ressusciter*
accoutumer	*dégeler*	*grandir*	*retomber*
accroître	*déménager*	*grimper*	*retourner*
appauvrir	*dénicher*	*grossir*	*réussir*
augmenter	*descendre*	*monter*	*sortir*
avorter	*diminuer*	*passer*	*stationner*
baisser	*échouer*	*rajeunir*	*tomber*
changer	*embellir*	*remonter*	*vieillir*
chavirer	*emménager*	*rentrer*	*etc.*
crever	*empirer*	*repasser*	

■ Certains de ces verbes ont **trois emplois**. Un emploi transitif avec *avoir* et un emploi intransitif où, comme pour la précédente liste de verbes, on oppose le composé avec *avoir* (qui insiste sur l'action) et le composé avec *être* (qui insiste sur l'état).
Ils ont augmenté le prix. Le prix a augmenté. Le prix est augmenté.
Ils ont débarqué les passagers. Les passagers ont débarqué. Ils sont débarqués.

■ De nombreux verbes ont un emploi transitif **et** un emploi intransitif conjugués tous les deux avec *avoir* : *Il a décollé l'affiche. L'avion a décollé à midi.*

Les verbes semi-auxiliaires

1 Les verbes semi-auxiliaires *aller* + infinitif et *venir de* + infinitif.

■ Les **périphrases verbales temporelles** *aller* + infinitif et *venir de* + infinitif expriment deux temps très couramment employés.
– Le **futur immédiat**, ou proche. « Vous allez dire que je m'amuse » (Diderot).
– Le **passé immédiat**. *Il vient de partir.* « Il venait de faire une gaffe » (Aragon).

■ Ces périphrases temporelles s'emploient au **présent** et à l'**imparfait**.
Je vais partir. J'allais partir quand elle est arrivée.
Il vient de partir. Il venait de partir quand elle est arrivée.

■ La construction *aller* + infinitif n'est pas toujours la périphrase verbale. Le verbe *aller* peut conserver le sens « **se déplacer** » : *Il va acheter le journal tous les jours.*

2 Les verbes semi-auxiliaires *devoir* + infinitif et *pouvoir* + infinitif.

■ Les **périphrases verbales de modalité** *devoir* + infinitif et *pouvoir* + infinitif expriment des manières de présenter l'action, de la « modaliser ».
– L'action est probable : *Il doit arriver vers midi.*

– L'action est nécessaire : *Il doit absolument le voir.*
– Il est possible que l'action ait lieu : *Il peut arriver vers midi.*

■ Ces périphrases de modalité s'emploient aux temps de l'**indicatif**. La périphrase avec *pouvoir* est aussi employée au **subjonctif**.
Il doit arriver. Il a dû arriver. Il devrait arriver. Il aurait dû arriver.
Il peut arriver. Il pouvait arriver. Il faudrait qu'il puisse arriver.

■ Beaucoup d'**autres constructions** verbe + infinitif expriment des modalités diverses : *Je veux venir. Je pense venir. Je crois venir. J'espère venir.* Le conditionnel et le subjonctif expriment les mêmes modalités. Mais *devoir* et *pouvoir* sont très fréquemment employés.

3 Le semi-auxiliaire *faire* + infinitif.

■ La **périphrase verbale factitive** exprime deux actions. La seconde action est faite par la première (ne pas confondre avec une conséquence).
Le soleil fait fleurir la haie.
Dans cette phrase, il y a un agent (« le soleil ») pour la première action (« faire quelque chose »), et un agent (« faire quelque chose ») pour la deuxième action (« la haie fleurit »). La deuxième action n'est pas une conséquence de la première, elle est faite par la première.

■ La périphrase verbale factitive s'emploie à **tous les temps**. *Il faisait / fera / a fait / aura fait / avait fait... tourner les tables.*
Et elle s'emploie aussi au subjonctif : *Il fallait qu'il fît tourner les tables.*

Les verbes intransitifs, transitifs et attributifs

I Les verbes intransitifs n'ont pas besoin d'un complément d'objet.

■ Le verbe intransitif est employé seul. Son sens ne concerne que le sujet et le verbe. Il n'a pas besoin de complément d'objet pour que son sens soit complet.
La lune brille. Le chat dort. L'avion a atterri. Anne est arrivée.

■ Le verbe intransitif peut évidemment être accompagné par des compléments circonstanciels, mais ils ne changent rien au sens même du verbe.

La lune brille + (lieu) *au-delà des toits. Le chat dort* + (manière) *en boule.*

■ Quelques verbes intransitifs sont parfois employés avec un complément qui répète leur sens. C'est le complément d'objet interne : *Vivre sa vie. Aller son chemin.*
« Ils chantaient leur premier chant, ils volaient leurs premiers vols » (Hugo).

2 Les verbes transitifs ont besoin d'un complément d'objet.

■ Le verbe transitif a besoin d'un complément d'objet pour que son sens soit complet. Le verbe désigne l'action, le complément d'objet désigne l'être ou la chose concernés par l'action.

■ Quand l'action concerne un complément d'objet direct, le verbe est **transitif direct** : *aimer quelqu'un, regarder quelqu'un* ou *quelque chose...* Le verbe transitif direct peut être employé à la voix passive (➤ p. 40).

■ Quand l'action concerne un complément d'objet indirect, le verbe est **transitif indirect** : *ressembler à quelqu'un, parler de quelqu'un* ou *de quelque chose...*

■ Parfois l'action concerne **deux compléments** : *donner quelque chose à quelqu'un, parler de quelque chose avec quelqu'un.*

■ Beaucoup de verbes ont des emplois intransitifs et transitifs (➤ p. 36).

3 Les verbes attributifs, ou d'état, sont construits avec un attribut.

■ Le verbe attributif *être* n'est qu'un lien entre le sujet et l'attribut.
Paul est plombier. Le ciel est nuageux.
Les verbes attributifs *sembler, paraître* expriment une opinion de l'énonciateur.
Il semble content. Elle paraît contente.
Le verbe attributif *devenir* a une valeur aspectuelle (➤ p. 44).
Le temps devient froid.

■ Beaucoup de verbes intransitifs ou transitifs peuvent avoir un emploi attributif :
« Émile a vécu content, heureux et libre » (Rousseau).

1   La voix est une mise en scène de l'ordre des mots dans la phrase.

- La **voix active** place en tête de phrase l'être ou la chose qui fait l'action.
  Une tortue devance un lièvre. Une tortue arrive.
  La **voix passive** place en tête de phrase l'être ou la chose sur qui porte l'action.
  Un lièvre est devancé par une tortue.
  La **voix impersonnelle** (➤ p. 41) place en tête de phrase l'action elle-même.
  Il arrive une tortue.
  La **voix** ou **forme pronominale** (➤ p. 42) donne deux rôles au même acteur : sujet et objet.
  La tortue se hâte.

2   La voix passive redistribue les rôles du sujet et de l'objet.

- Seuls les verbes transitifs directs (➤ p. 39) peuvent s'employer à la voix passive.

Voix active	sujet	verbe	complément d'objet direct
	la tortue	*devance*	*le lièvre*
Voix passive	sujet	verbe	complément d'agent
	le lièvre	*est devancé*	*par la tortue*

- Le complément d'objet direct de la voix active est le sujet de la voix passive.
  Le sujet de la voix active est le complément d'agent de la voix passive.

3   Le verbe à la voix passive : être + participe passé du verbe.

- L'auxiliaire *être* doit être au même temps que le verbe de la voix active.

	Verbe à la voix active	Auxiliaire *être*	Verbe à la voix passive
présent	*il voit*	*il est*	*il est vu par*
passé composé	*elle a vu*	*elle a été*	*elle a été vue par*
imparfait	*ils voyaient*	*ils étaient*	*ils étaient vus par*

- Attention à ne pas oublier l'accord du participe passé après *être* (➣ p. 82-83).
- Un verbe avec l'auxiliaire *être* n'est pas toujours au passif.
  Il est arrivé. Verbe intransitif *arriver* au passé composé avec l'auxiliaire *être*.
  Il est parti par le train. Le train est complément de moyen pas complément d'agent.
  Dans les deux cas, il est impossible de trouver une voix active.

Les constructions impersonnelles

I La voix impersonnelle place le verbe en tête de phrase.

- La voix impersonnelle ne s'emploie qu'à la 3e personne du singulier.
  Le verbe est toujours précédé du **pronom impersonnel *il***.

Voix active.	sujet		verbe
	une tortue		*arrive*
	deux avions		*atterrissent*
Voix impersonnelle.	pronom *il*	verbe	séquence de l'impersonnel
	il	*arrive*	*une tortue*
	il	*atterrit*	*deux avions*

- La voix impersonnelle peut être échangée avec une autre voix.
  – Voix active : *Le jury a reçu deux candidats.*
  – Voix passive : *Deux candidats ont été reçus par le jury.*
  – Voix impersonnelle : *Il a été reçu deux candidats par le jury.*
- Ce qui suit le verbe de la voix impersonnelle n'est pas le sujet du verbe impersonnel. En effet, cette suite peut être au pluriel (*Il atterrit deux avions.*) et le verbe reste toujours au singulier. On appelle cette suite la **séquence de l'impersonnel** : elle correspond au sujet de la voix active (*Deux avions atterrissent.*).

2 Les verbes impersonnels.

■ Certains verbes sont **toujours impersonnels**.
  – Les verbes exprimant des phénomènes météorologiques : *il pleut, il neige, il tonne, il vente*, etc.
  – Le verbe *falloir* (conjugaison p. 222) : *il faut que...*

■ Certains verbes ne sont pas impersonnels mais ils ont un **emploi impersonnel** :
  – *avoir* : *il y a..., il y avait...* ;
  – *être* : *il est un pays..., il était une fois une princesse...* ;
  – *faire* : *il fait beau, il fait un temps de chien* ;
  – *se souvenir* : « Et nos amours / Faut-il qu'il m'en souvienne » (Apollinaire).

■ Il **ne** faut **pas confondre** la voix impersonnelle et les verbes impersonnels : les verbes impersonnels ne peuvent pas être échangés avec les voix active ou passive.

Les constructions pronominales

I La voix ou forme pronominale donne deux rôles au même acteur.

■ Le verbe est employé avec un sujet et un pronom personnel complément qui sont de la **même personne**. Le pronom personnel complément est : *me, te, se, nous* ou *vous*.
Les temps composés sont toujours formés avec l'**auxiliaire être**.

Présent	Passé composé	Impératif
je me lève	*je me suis levé*	
tu te lèves	*tu t'es levé*	*lève-toi*
elle se lève	*elle s'est levée*	
nous nous levons	*nous nous sommes levés*	*levons-nous*
vous vous levez	*vous vous êtes levés*	*levez-vous*
elles se lèvent	*elles se sont levées*	

- Dans la forme pronominale **réfléchie**, le sujet est un être qui agit sur ou pour lui-même.
  La tortue se hâte. Manon s'est levée. Les spectateurs se sont bien amusés.

- Dans la forme pronominale **réciproque**, le sujet est toujours pluriel. On peut ajouter *l'un l'autre* ou *réciproquement*.
  Les joueurs se sont serré la main. Anne et Will se sont rencontrés dans le bus.
  « Deux pigeons s'aimaient d'amour tendre » (La Fontaine).

2 Les verbes pronominaux.

- Une soixantaine de verbes sont des verbes **essentiellement pronominaux** (uniquement pronominaux, liste p. 84) : *s'absenter, s'accouder, s'écrier, s'en aller, s'évader, se souvenir…*

- Une vingtaine de verbes sont **pronominaux autonomes**, ou neutres. Leur sens pronominal est différent de leur sens non pronominal (liste p. 85) : *s'apercevoir de* = se rendre compte / *apercevoir* = voir à peine, *se défier de, se douter de…*

3 Le pronominal passif efface le responsable de l'action.

- Le verbe pronominal passif demande un sujet à la 3ᵉ personne. Le complément d'agent est généralement absent. Il équivaut à un sujet de la voix active du type *on, ils*.
  Pronominal passif : *Le film se termine à minuit. Cette plante s'arrose souvent.*
  Voix active supposée : *Ils terminent le film à minuit. On arrose souvent cette plante.*

L'aspect

I L'aspect non accompli s'oppose à l'aspect accompli.

- L'**aspect non accompli** rend compte d'une séquence qui n'est pas terminée. Il est exprimé par les **temps simples**.
  La nuit arrive. La route devient sombre. J'allume mes phares.

- L'**aspect accompli** rend compte d'une séquence qui est terminée. Il est exprimé par les **temps composés**.
  La nuit est arrivée. La route est devenue sombre. J'ai allumé mes phares.

TEMPS SIMPLES aspect non accompli	TEMPS COMPOSÉS aspect accompli correspondant
aller (infinitif présent)	*être allé* (infinitif passé)
il va (présent)	*il est allé* (passé composé)
il allait (imparfait)	*il était allé* (plus-que-parfait)
il alla (passé simple)	*il fut allé* (passé antérieur)
il ira (futur)	*il sera allé* (futur antérieur)
il irait (conditionnel)	*il serait allé* (conditionnel passé)
qu'il aille (subjonctif présent)	*qu'il soit allé* (subjonctif passé)
qu'il allât (subjonctif imparfait)	*qu'il fût allé* (subjonctif plus-que-parfait)
va (impératif présent)	*sois allé* (impératif passé)
allant (participe présent)	*étant allé* (participe présent composé)

2 L'aspect sécant s'oppose à l'aspect global.

- L'**aspect sécant** nous place dans une séquence dont le début est précisé ou non, mais dont la fin n'est pas envisagée. Il est exprimé, par exemple, à l'imparfait (➤ p. 48).
  La nuit arrivait. Depuis quelques minutes, la route devenait sombre.

- L'**aspect global** envisage la séquence comme un tout, de son début à sa fin, quelle que soit sa durée. Il est exprimé, par exemple, au passé simple (➤ p. 50).
  La nuit arriva. En quelques minutes, la route devint sombre.

3 Les périphrases exprimant un aspect.

- Les périphrases *se mettre à*, *commencer à* + infinitif expriment l'**aspect inchoatif** :
  Il se met au travail. Le TGV commence à ralentir.

- La périphrase *être en train de* + infinitif exprime l'**aspect progressif** :
  Il est en train de travailler. Le TGV est en train de ralentir.

- Les périphrases *finir de*, *cesser de* + infinitif expriment l'**aspect terminatif** :
  Il finit de travailler. Le TGV cesse de ralentir.

Les modes
et les temps

1 Les désinences les plus irrégulières de la conjugaison.

■ L'**irrégularité** est celle des désinences du **singulier**.
Quatre grandes catégories :
1. **-e**, **-es**, **-e** : les verbes du 1er groupe + *ouvrir*, 42, *défaillir*, 48, *cueillir*, 50.
2. **-s**, **-s**, **-t** : les verbes du 2e groupe et la plupart des verbes du 3e groupe.
3. **-s**, **-s**, **(d)** : le *d* appartient au radical des verbes en *-dre*.
-s, **-s**, **(t)** : le *t* appartient au radical des verbes en *-tre* + *vêtir*, 47.
-s, **-s**, **(c)** : le c appartient au radical des verbes *vaincre* et *convaincre*, 76.
4. **-x**, **-x**, **-t** : les verbes *pouvoir*, 53, *vouloir*, 61, *valoir*, 57 et leurs dérivés.

■ Les désinences du **pluriel** sont **régulières** :
-ons, **-ez**, **-ent** (sauf pour *être*, *faire*, *dire*).

2 Les radicaux les plus irréguliers de la conjugaison.

■ Le présent est construit sur **un seul radical** : *chanter*, 3, *courir*, 51.

- Si le présent est construit sur **deux radicaux**, ils sont répartis de deux manières :

– Singulier 1 2 3　　　　　　　Pluriel 1 2 3
je par-s, tu par-s, il par-t　　　　*nous part-ons, vous part-ez, ils part-ent*
– Singulier 1 2 3 Pluriel 3　　　Pluriel 1 2
je voi-s, tu voi-s, il voi-t, ils voi-ent　nous voy-ons, vous voy-ez

- Si le présent est construit sur **trois radicaux**, ils sont répartis d'une seule manière :

– Singulier 1 2 3　　　　Pluriel 1 2　　　　　Pluriel 3
je vien-s, tu vien-s, il vien-t　nous ven-ons, vous ven-ez　ils vienn-ent

- Les radicaux de *avoir*, *être*, *faire*, *dire* et *aller* sont complètement irréguliers.

3 Une temporalité variable, mais toujours reliée au moment de l'énonciation.

- Le **moment de l'énonciation** est le moment du temps où l'énonciateur s'exprime. On l'appelle souvent le *maintenant* de l'énonciateur. Le présent de l'indicatif est toujours relié au *maintenant* et au *ici* de l'énonciateur.
  Mais, en fonction du contexte, le présent peut exprimer des **durées variables** dans le présent, le passé ou le futur.
  Je pars à l'instant. Je pars dans un mois. Il est là pour un an. Il fait beau depuis ce matin. Il fait beau depuis deux mois. Il revient tous les mois.

4 Le présent performatif est inséparable du moment de l'énonciation.

- *Je jure de dire la vérité, toute la vérité, rien que la vérité.*
  Pour jurer, on dit : « *Je jure…*» Pour promettre, on dit : « *Je promets…*» De même pour remercier, baptiser, ordonner, etc. C'est le **présent performatif**.
  Le verbe doit être employé à la 1re personne du présent dans une phrase affirmative. Les autres personnes, les autres temps ou la négation sont incompatibles avec cet emploi particulier du présent.

5   Des présents de durées diverses dans les dialogues ou dans les récits.

- **Présent actuel**, ou d'actualité. Celui du moment d'énonciation, du *maintenant*.
  – Présent actuel employé dans un dialogue de tous les jours.
  Qu'est-ce que tu fais aujourd'hui ? – Je travaille toute la journée.
  – Présent actuel et fictif employé dans un dialogue de roman.
  « Tu n'oublies pas que je flanque Cosette à la porte aujourd'hui ? » (Hugo).

- **Présent étendu**. La durée peut être précisée ou non.
  Je le connais depuis trois mois.
  À Paris, la tour Eiffel attire beaucoup de touristes.

- **Présent permanent**. Valable hier, aujourd'hui, demain...
  – Permanence d'une loi de nature scientifique (présent gnomique).
  L'eau se congèle à 0 °C sous la pression atmosphérique normale.
  – Permanence d'un point de vue de moraliste, ou d'un dicton.
  « L'avarice perd tout en voulant tout gagner » (La Fontaine).

- **Présent itératif** (répétitif). Il doit être précisé par un complément de temps.
  Il arrive tous les jours à 8 heures. Je vais à la piscine tous les lundis.

6   Dans les récits, deux présents nous mettent au cœur de l'action.

- Le **présent de narration** correspond à l'emploi du présent de l'indicatif dans un récit au passé. Il concerne toujours un passage bref.
  « Nous prîmes querelle au jeu, nous nous battîmes et durant le combat il me donna un coup de mail si bien appliqué que d'une main plus forte il m'eût fait sauter la cervelle. Je tombe à l'instant » (Rousseau).

- Le **présent historique** est le présent employé dans un récit historique.
  « Reste Cézanne : aucune nouvelle, et Zola s'inquiète. Le peintre et son amie Hortense ne sont plus à l'Estaque depuis le 15 ou le 20 mai. Ils ne sont pas non plus à Paris » (Henri Mitterand).

1 L'imparfait a une conjugaison régulière.

- Le **radical unique** est celui de la 1re personne du pluriel du présent (sauf pour *être*) :
nous av-ons → *j'av-ais, nous part-ons* → *je part-ais.*

- Les **terminaisons** combinent une marque interne de temps (*ai* ou *i*) et des désinences régulières. On a donc pour tous les verbes : *-ais, -ais, -ait, -ions, -iez, -aient.*

2 L'imparfait situe l'action dans le passé.

- L'imparfait ne précise pas le moment du passé où se déroulait l'action :
Je voulais la voir. Il était une fois une princesse qui s'ennuyait.
C'est le **contexte** qui précise le moment ou la fréquence de l'action :
Ce matin, je voulais la voir. Une princesse s'ennuyait tous les jeudis.

- Comme le présent, l'imparfait peut s'appliquer à des durées très diverses. Elles doivent être précisées dans le **contexte** :
Une princesse s'ennuyait depuis le matin / depuis toujours.

- Dans le discours rapporté indirect au passé, l'imparfait **transpose** le présent du discours direct. Discours direct : « *Ça va.* » Discours indirect : *Il a dit que ça allait.*

3 L'imparfait envisage l'action sous un aspect sécant.

- L'aspect sécant de l'imparfait (➤ p. 44) nous place dans le **déroulement** de l'action : *Le soleil se levait.* Il s'oppose donc à l'aspect global du passé simple : *Le soleil se leva.*

- L'aspect sécant permet à l'imparfait de **décrire** des actions qui se déroulent **en même temps** ou qui se superposent : « Elle contemplait ses deux garçons, les demi-frères, et les trouvait beaux » (Colette).

- Employé avec un verbe de sens imperfectif (exprimant une action qui n'a pas de limites), l'aspect sécant de l'imparfait donne le sentiment d'une **durée**, voire d'un **ralenti** : « Ils marchaient, d'un pas nonchalant » (Simenon).

4 Les valeurs modales de l'imparfait.

■ Selon les contextes, l'imparfait peut exprimer plusieurs modalités.
— Une demande (imparfait de politesse) : *Je venais te demander un service.*
— Un fait qui aurait pu se produire : *Un peu plus, je manquais mon rendez-vous.*
— Une hypothèse, avec *si* : *Si j'avais le temps, j'irais plus souvent au cinéma.*

Le passé simple

1 Le passé simple : une conjugaison difficile.

■ Un seul **radical**, mais il a des origines variées.
— Le radical est celui de la 1ʳᵉ personne du pluriel du présent pour les verbes du 1ᵉʳ groupe, pour *aller* et des verbes du 3ᵉ groupe : *nous appel-ons → j'appel-ai / nous all-ons → j'all-ai / nous part-ons → je part-ai.*
— C'est celui du singulier du présent pour le 2ᵉ groupe : *je fin-is → je fin-is.*
— C'est souvent un radical qu'il faut apprendre : *je v-ins, je d-us, je pr-is...*

■ La **voyelle interne** a quatre formes :
— *a*, *â* pour les verbes du 1ᵉʳ groupe et *aller ;*
— *i*, *î* pour les verbes du 2ᵉ groupe et des verbes du 3ᵉ groupe ;
— *u*, *û*, *in*, *în* pour les autres verbes du 3ᵉ groupe.
Le *i* ne prend pas d'accent circonflexe : *nous haïmes.*

■ Les **désinences** sont les mêmes pour tous les verbes : *-s*, *-s*, *-t*, *-mes*, *-tes*, *-rent*.

2 Le passé simple situe l'action d'un récit dans le passé.

■ Dans l'usage moderne, le passé simple est un temps des récits écrits (➢ p. 52).

■ C'est le **contexte** du récit qui précise le moment de l'action :
« Le soir les deux amants se rendirent au théâtre » (Balzac).

- Le **contexte** précise aussi la durée de l'action ou sa fréquence :
  « Pendant huit jours, Lesable ne dormit point » (Maupassant).

3 Le passé simple envisage l'action sous un aspect global.

- L'aspect global (➤ p. 44) envisage une action complète, du début à la fin. *Le soleil apparut.*
  Il s'oppose à l'aspect sécant de l'imparfait. *Le soleil apparaissait.*

- Avec des verbes de sens **perfectif** (les limites de l'action sont contenues dans le sens du verbe), le passé simple **raconte la succession** des événements. « Il sauta encore sur le tronc vermoulu. Il y eut un craquement, et le Chaamba disparut comme un diable dans sa boîte » (Tournier).

- Avec un verbe de sens **imperfectif** (il désigne une action sans limites précises), on a l'**impression d'une action ponctuelle**, brève même si elle est très longue. « Puis des années s'écoulèrent, toutes pareilles » (Flaubert).

> Attention ! On dit parfois que l'imparfait exprime la durée et que le passé simple exprime la brièveté. C'est une erreur : la durée de l'action dépend du sens du verbe et du contexte de la phrase.

Le passé composé

1 Le passé composé est le temps composé du présent de l'indicatif.

Présent du verbe	Présent de l'auxiliaire	Passé composé du verbe
il travaille	*a*	*il a travaillé*
elle arrive	*est*	*elle est arrivée*

- Le passé composé est le temps du passé le plus souvent employé (voir p. 52). Du fait de cette fréquence, il cumule des valeurs différentes.

2 Le passé composé exprime l'aspect accompli du présent.

■ Le passé composé exprime une action envisagée sous l'**aspect accompli** (➤ p. 44). Le présent exprime une action envisagée sous l'aspect non accompli.
J'ai rangé toutes mes affaires. Comparer avec : *je range.*
J'ai fini de repeindre la chambre aujourd'hui. Comparer avec : *je finis.*

■ Cette valeur aspectuelle d'accompli, le passé composé peut la **projeter** dans un **futur proche** qui doit être précisé par le contexte.
Dans cinq minutes, je suis parti.

3 Le passé composé exprime une antériorité par rapport à un présent.

■ Employé dans le contexte d'un autre verbe au présent, le passé composé a une valeur temporelle d'antériorité. Il exprime une action qui précède le verbe au **présent** :
Quand on a envoyé un SMS, on attend une réponse.
Quand le dernier coureur arrive, les premiers sont arrivés depuis longtemps.

■ Cette valeur temporelle d'antériorité, le passé composé peut l'exprimer dans une proposition subordonnée d'hypothèse concernant le **futur** :
S'il n'est pas arrivé à midi, je partirai sans lui.

■ Le passé **surcomposé** exprime une antériorité par rapport à un passé composé :
Quand il a eu fini, il est parti. Quand ils ont été arrivés, ils ont téléphoné.

4 Le passé composé : un temps du passé.

■ Dans un récit au passé (➤ p. 52), le passé composé a les mêmes emplois temporels que le passé simple.
– Passé simple. *Le temps se couvrit brusquement et le vent se leva.*
– Passé composé. *Le temps s'est couvert brusquement et le vent s'est levé.*
Mais les **valeurs d'aspect** demeurent différentes et la tonalité générale des récits n'est pas la même.

Histoire. La règle ancienne était celle « des vingt-quatre heures » : passé composé dans cet espace de temps, passé simple avant. En fait, dès le XVIIᵉ siècle, le passé composé s'appliquait au passé lointain. Mais le passé simple restait employé quand il y avait une précision de temps (une date, l'adverbe *hier*), c'est-à-dire quand le moment du passé était bien séparé du moment de l'énonciation. À partir du XVIIIᵉ siècle, l'emploi du passé composé devient de plus en plus fréquent. Aujourd'hui, tous les récits de l'oral ordinaire et beaucoup de récits écrits sont au passé composé. Mais le passé simple est couramment employé dans les récits écrits.

1 Un récit au passé simple n'est pas un récit au passé composé.

■ Le **passé simple** situe les actions du récit dans un passé complètement séparé du *maintenant* de l'énonciateur (➤ p. 49). Il raconte une **histoire passée**.
« La porte s'entrouvrit sans bruit et Maigret sursauta » (Simenon).

■ Le **passé composé** est le temps composé du présent. Il garde un lien avec le *maintenant* de l'énonciateur. Il reste lié à son récit. L'histoire qu'il raconte semble ne **pas** être **entièrement dans le passé**.
« La journée a tourné encore un peu. Au-dessus des toits, le ciel est devenu rougeâtre et, avec le soir naissant, les rues se sont animées » (Camus).

2 L'imparfait décrit. Le passé simple et le passé composé racontent.

■ L'aspect sécant de l'imparfait lui permet de superposer les actions (➤ p. 48). C'est pourquoi l'**imparfait** est le temps de la **description**. Par exemple, celle d'un paysage sur lequel le **passé simple** vient raconter l'**action**. « Le soleil flambait en plein ciel quand il aperçut dans le tremblement de la terre surchauffée, glissant sur un boqueteau de tamaris, la silhouette pataude d'une Land Rover » (Tournier).

- L'effet est le même entre l'**imparfait** et le **passé composé**. « Je dormais profondément quand le train s'est arrêté à Paris » (Le Clézio).

- L'**imparfait narratif** est employé là où l'on attendrait plutôt le passé simple. Les actions, au lieu de se succéder, semblent se superposer. « Alors, les mains tremblantes de hâte, elle se rhabilla, dans une confusion affreuse de femme dédaignée. Elle enfilait sa chemise, se battait avec ses jupes, agrafait son corsage de travers » (Zola).

- L'**imparfait de rupture** est un tour conclusif. Il est placé après un repère temporel et semble prolonger l'action sans achèvement. « Sur le soir, les derniers chevaux ennemis disparurent dans les champs de seigle, mais Conrad blessé au ventre agonisait » (Yourcenar).

Le futur simple

I Une conjugaison difficile.

- Les formes du futur comportent **trois** éléments :
  radical + marque interne du futur (**r**, **er**) + désinence.

- Les **désinences** sont toujours les mêmes :
  -ai, *-as*, *-a*, *-ons*, *-ez*, *-ont*.

- Le **radical** est unique, mais il a des origines variées et ces origines influent sur la marque interne du futur.
  – Verbes du 1er groupe et *cueillir*.
  Radical de la 3e personne du présent au singulier + *er* + désinence :
  il chant-e → *chant + er + a = il chant-er-a*
  – Verbes du 2e groupe et plusieurs verbes du 3e groupe (en *-ir* et en *-re*).
  Forme orale de l'infinitif ; le *r* prononcé devient la marque interne + désinence :
  [finiʀ] → *fini + r + a = il fini-r-a*.
  [paʀtiʀ] → *parti + r + a = il parti-r-a*.

[plɛʀ] → *plai* + *r* + *a* = *il plai-r-a.*
[mɛtʀ] → *mett* + *r* + *a* = *il mett-r-a.*
– Verbes *avoir, être, aller, faire,* certains verbes en *-oir,* etc.
Le radical ne peut pas être trouvé dans les autres temps. Il faut le connaître ou alors le chercher dans les tableaux de conjugaison.

2 Le futur simple situe l'action dans l'avenir.

■ Le futur **ne précise pas** le moment de l'avenir où se déroulera l'action.
Nous viendrons. Ils se marieront et ils auront beaucoup d'enfants.

■ Quand une précision est donnée, c'est toujours dans le **contexte**.
Nous viendrons demain. Ils se marieront bientôt.
Nous viendrons tous les jeudis. Ils penseront souvent à nous.

■ La périphrase temporelle *aller* + infinitif exprime le **futur immédiat** (➤ p. 37).

■ Le **futur de narration** littéraire est une anticipation sur les faits.
« Pendant tout le temps de notre histoire, pendant un an et demi, nous parlerons de cette façon » (Duras).

3 Les valeurs modales du futur.

■ Le futur peut exprimer **plusieurs modalités**.
– Une injonction : *Les coureurs devront se présenter au contrôle avant le départ.*
– Une demande polie : *Je vous demanderai de revenir demain.*
– L'indignation : *Ça ne changera donc jamais!*
– Une supposition, mais la probabilité que cette supposition se réalise est présente : *Il aura un empêchement de dernière minute.*
– Une promesse : « *Je vous paierai,* lui dit-elle / Avant l'oût, foi d'animal » (La Fontaine).

1 Une conjugaison facile (quand on connaît le futur et l'imparfait).

■ La forme du conditionnel présent comporte **quatre** éléments :
radical + marque du futur (*r*) + marque de l'imparfait (*ai, i*) + désinence.

■ Il n'y a qu'un seul radical pour les six personnes. C'est le **radical du futur**.

■ Les **terminaisons** sont toujours les mêmes. Elles combinent les deux marques internes (futur + imparfait) et les désinences de l'imparfait :
-rais, *-rais*, *-rait*, *-rions*, *-riez*, *-raient*.

2 Les valeurs temporelles du conditionnel présent.

■ Le conditionnel présent temporel exprime une **action postérieure à un repère passé**.

■ Cette action **n'est pas située** par rapport au **moment d'énonciation**. Elle peut donc se placer dans le passé, au présent ou dans l'avenir par rapport à ce moment.

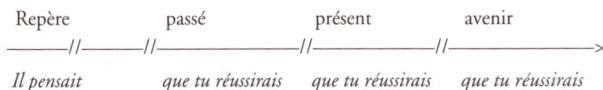

Repère	passé	présent	avenir
————//————//————————————//————————————//———————————>
Il pensait	*que tu réussirais*	*que tu réussirais*	*que tu réussirais*

■ Dans le discours rapporté indirect au passé, le conditionnel présent **transpose** souvent **le futur** du discours direct : « *Ça ira.* » / *Il a dit que ça irait*.

3 Les valeurs modales du conditionnel présent.

■ L'usage courant emploie le conditionnel modal dans une proposition **principale** accompagnée d'une subordonnée d'hypothèse à l'imparfait. Le conditionnel modal exprime ce qui serait possible si l'hypothèse était réalisée.

proposition subordonnée d'hypothèse à l'imparfait	proposition principale au conditionnel présent modal	
Si j'avais le temps,	*je viendrais vous voir.*	

■ Le conditionnel modal **employé seul** peut relever d'usages courants.

  – Une demande polie : *Je voudrais une boîte d'allumettes s'il vous plaît.*

  – Une information accompagnée de réserves : *Il devrait pleuvoir demain.*

  – Une fausse interrogation (interrogation rhétorique) : *Et je serais trop vieux pour ça ?*

■ D'autres emplois relèvent d'**usages soutenus**.

  – Des projets simplement imaginés : « D'abord, ils entreprendraient un grand voyage avec l'argent que Frédéric prélèverait sur sa fortune, à sa majorité » (Flaubert).

  – L'expression de l'indignation : « Quoi toujours ce serait toujours la guerre, la querelle » (Aragon).

Le plus-que-parfait, le passé antérieur

I Le plus-que-parfait est le temps composé de l'imparfait.

■
Imparfait	auxiliaire	plus-que-parfait
il chantait	*avait*	*il avait chanté*
il partait	*était*	*il était parti*

■ Employé seul, le plus-que-parfait exprime l'**aspect accompli** de l'imparfait. *Il avait plu toute la matinée.* Comparer avec : *Il pleuvait depuis le début de la journée.*

■ Employé dans le **contexte** d'un autre verbe à l'imparfait, il a une valeur temporelle d'**antériorité** dans le passé. *Quand il avait plu, la route brillait.*

■ Il reprend les valeurs modales de l'imparfait mais avec l'aspect accompli.

  – Une demande polie : *J'étais venu te demander un service.*

  – Un fait qui aurait pu se produire : *Un peu plus, j'avais manqué mon rendez-vous.*

– Une hypothèse avec *si*, la proposition principale est au conditionnel passé : *Si j'avais eu le temps, je serais allé plus souvent au cinéma.*

2 Le passé antérieur est le temps composé du passé simple.

■ **Passé simple**   **auxiliaire**   **passé antérieur**
il chanta   *eut*   *il eut chanté*
il partit   *fut*   *il fut parti*

■ Le passé antérieur n'est plus employé que dans les **récits écrits** (voir p. 52).

■ Employé seul, le passé antérieur exprime l'aspect accompli du passé simple.
« Et le drôle eut lapé le tout en un moment » (La Fontaine).

■ Employé dans le **contexte** d'un autre verbe au passé simple, il a une valeur temporelle d'**antériorité** dans le passé.
« Quand ils furent arrivés devant son jardin, madame Bovary poussa la petite barrière » (Flaubert).

■ **Attention à ne pas confondre** la 3ᵉ personne du singulier du passé antérieur et la 3ᵉ personne du singulier du subjonctif passé. Pour éviter les erreurs, il faut mettre le **pluriel**.
passé antérieur   subjonctif passé
il eut chanté   *qu'il eût chanté*
ils eurent chanté   *qu'ils eussent chanté*

Le futur antérieur, le conditionnel passé

1 Le futur antérieur est le temps composé du futur simple.

■ **Futur simple**   **auxiliaire**   **futur antérieur**
il chantera   *aura*   *il aura chanté*
il partira   *sera*   *il sera parti*

■ Employé seul, il exprime l'**aspect accompli** du futur simple.
Il aura fini à temps. Comparer avec le futur : *Il finira à temps.*

■ Employé dans le **contexte** d'un autre verbe au futur, le futur antérieur a une valeur temporelle d'**antériorité**. Il exprime une action qui précède le verbe au futur. « Ils fuiront. Rien n'*aura su* les retenir » (Perec).

- Il reprend certaines valeurs modales du futur simple mais avec l'aspect accompli.
  – Une injonction : *Les coureurs auront dû enregistrer leur licence avant le départ.*
  – Une supposition tenue pour probable : *Il aura eu un empêchement.*
  – Une promesse : *Je vous aurai payé avant la fin de la semaine.*

2 Le conditionnel passé est le temps composé du conditionnel présent.

Conditionnel présent	auxiliaire	conditionnel passé
il chanterait	*aurait*	*il aurait chanté*
il partirait	*serait*	*il serait parti*

- Employé seul, le conditionnel passé exprime l'**aspect accompli** du conditionnel présent, ce qui n'a pas eu lieu. « Quel bonheur nous aurions eu ! » (Flaubert).

- Dans le **contexte** d'un verbe au passé, le conditionnel passé a une valeur de futur, il exprime une action **postérieure** dans le passé, le présent ou l'avenir.
  Il pensait que tu aurais fini hier / aujourd'hui / demain.

- Dans le discours rapporté indirect au passé, le conditionnel passé peut **transposer le futur antérieur** du discours direct :
  « *Ce sera vite fini.* » / *Il a dit que ce serait vite fini.*

- Le conditionnel passé reprend les valeurs modales du conditionnel présent mais avec l'aspect accompli.
  – Une demande polie : *J'aurais voulu une boîte d'allumettes, s'il vous plaît.*
  – Une information avec réserves : *Ils auraient eu plusieurs entretiens.*
  – Une interrogation rhétorique : *Et j'aurais avalé tous ces mensonges ?*
  – Une construction hypothétique avec une subordonnée au plus-que-parfait : *Si j'avais su, j'aurais pu agir.* Ou conditionnel passé dans deux propositions juxtaposées : « Bernard aurait été moins jeune, Laura sans doute aurait été effrayée » (Gide).

I Le subjonctif présent.

■ À l'exception de *être* et *avoir*, les **désinences** du subjonctif présent sont les mêmes pour tous les verbes : *-e, -es, -e, -ions, -iez, -ent*. Elles s'ajoutent régulièrement à tous les radicaux, même terminés par *-i* ou *-y* : *que nous ri-ions, que vous pay-iez*.

■ Le subjonctif présent a :
– **un** radical (1ᵉʳ groupe type *chanter*, 2ᵉ groupe et des verbes du 3ᵉ groupe) ;
– **deux** radicaux (1ᵉʳ groupe type *envoyer, appeler, acheter...*, et des verbes du 3ᵉ groupe).
Ses radicaux sont empruntés à l'indicatif présent.
Exceptions : *avoir, être, faire, aller, pouvoir, vouloir, valoir, savoir, falloir*.

INDICATIF	SUBJONCTIF
Un radical	**Le même radical**
chant-e	chant-e
chant-es	chant-es
chant-e	chant-e
chant-ons	chant-ions
chant-ez	chant-iez
chant-ent	chant-ent

Deux radicaux	**Un radical (le 2)**
1. fini-s	finiss-e
1. fini-s	finiss-es
1. fini-t	finiss-e
2. finiss-ons	finiss-ions
2. finiss-ez	finiss-iez
2. finiss-ent	finiss-ent

Deux radicaux	**Les mêmes radicaux**
1. voi-s	voi-e
1. voi-s	voi-es
1. voi-t	voi-e
2. voy-ons	voy-ions (*yi*)
2. voy-ez	voy-iez (*yi*)
1. voi-ent	voi-ent

INDICATIF	SUBJONCTIF
Trois radicaux	**Deux radicaux (le 3 et le 2)**
1. vien-s	3. vienn-e
1. vien-s	3. vienn-es
1. vien-t	3. vienn-e
2. ven-ons	2. ven-ions
2. ven-ez	2. ven-iez
3. vienn-ent	3. vienn-ent

■ Qui **connaît** le présent de l'indicatif connaît le présent du subjonctif : il suffit de commencer par le pluriel !

2 Les autres temps du subjonctif.

■ La conjugaison du **subjonctif imparfait** est un épouvantail…
À tort !
– Même radical et même voyelle que le passé simple : *a, i, u* ou *in*.
– Les désinences sont toujours les mêmes : *-e, -es, -t, -ions, -iez, -ent*.
– Deux caractéristiques permanentes : les *-ss-* et les *-ât, -ît, -ût, -înt* (sauf avec un *i*).

■ Le s**ubjonctif passé** est le temps composé du subjonctif présent :
que je chante → *que j'aie chanté*.

■ Le **subjonctif plus-que-parfait** est le temps composé du subjonctif imparfait :
que je chantasse → *que j'eusse chanté*.

Les emplois du subjonctif dans les propositions indépendantes

I Le subjonctif est un mode.

■ Le subjonctif est le mode où l'énonciateur laisse le verbe **entre virtualité et actualisation** complète. Il ne se prononce pas sur la validation de la phrase.
Dans une proposition indépendante, cet entre-deux est directement exprimé par le subjonctif lui-même : *Qu'ils viennent nous voir demain!*

Dans une proposition subordonnée, cet entre-deux dépend du verbe de la proposition principale : *Je veux / préfère / souhaite qu'ils viennent nous voir demain.*

■ Le subjonctif **n'est pas un mode temporel**. La valeur temporelle d'un verbe au subjonctif est toujours donnée par le contexte ou la situation : *Il fallait qu'il vienne hier. Il faut qu'il vienne aujourd'hui. Il faudra qu'il vienne demain.*

■ L'usage courant utilise le présent et le passé du subjonctif. *Je souhaite qu'il réussisse / qu'il ait réussi.*

■ À l'**oral**, l'imparfait et le plus-que-parfait ne sont pas employés spontanément. On utilise surtout la 3ᵉ personne du singulier : *Il fallait qu'il vînt ce soir.*

■ À l'**écrit**, ces deux temps restent en usage mais avec des réserves. L'oreille contemporaine admet : « Je reconnus sa voix bien que je l'entendisse à peine » (Duras). « Idriss attendit pour monter que nombre de voyageurs eussent pris place » (Tournier).
Mais elle « n'entend plus » de même : « Tu vas me dire que tu ne l'avais pas vendue pour que je la tuasse » (Balzac).
Au début du xxᵉ siècle, l'humoriste Alphonse Allais s'en est amusé : « Fallait-il que vous me plussiez, Qu'ingénument je vous le disse, Qu'avec orgueil vous vous tussiez ? »

2 Le subjonctif en proposition indépendante.

■ Ce sont des constructions généralement **figées**. Elles commencent par *que* ou elles sont dans l'ordre verbe-sujet.

■ Elles expriment un virtuel qui peut se réaliser.
– Un **souhait** : *Vive la France !* « Puissent tous les hommes se souvenir qu'ils sont frères ! » (Voltaire).
– Une **injonction** : « Que chacun examine ses pensées » (Pascal).
– Une **hypothèse** de travail : *Soit un triangle isocèle ABC.*

■ Les autres emplois sont **polémiques**. Ils expriment un **jugement** de l'énonciateur.
– Indifférence : *Qu'il se débrouille ! Que m'importe !*
– Protestation : *Que je lui téléphone ? Et quoi encore ?* « Moi, des tanches ? dit-il, moi, Héron, que je fasse / Une si pauvre chère ? » (La Fontaine).

■ L'imparfait du subjonctif relève d'un usage **soutenu**. Le contexte doit comporter la raison qui justifie l'emploi du mode subjonctif : « Pour un peu, il eût hissé le drapeau noir » (Gracq).

Les emplois du subjonctif dans les propositions subordonnées

I Les propositions subordonnées complétives au subjonctif.

■ Après un verbe exprimant un **souhait**, un **doute**, une **opinion**, la subordonnée complétive doit être au subjonctif : *Je souhaite qu'il réussisse / qu'il ait réussi.*

■ Cependant, certains verbes d'opinion demandent une complétive à l'indicatif quand la principale est affirmative (*Je crois qu'il viendra*), mais ils offrent le **choix** entre l'indicatif et le subjonctif quand la construction est négative ou interrogative.
– Indicatif : la venue est improbable mais on en tient compte. *Je ne crois pas qu'il viendra. Crois-tu qu'il viendra ?*
– Subjonctif : incertitude. *Je ne crois pas qu'il vienne. Crois-tu qu'il vienne ?*

■ La complétive **sujet** est toujours au subjonctif : *Qu'il parte m'arrangerait.*

■ Verbes usuels suivis du subjonctif : *aimer, approuver, attendre, avoir envie, craindre, décider* et *décréter* (injonctifs), *déplorer, désirer, défendre, dire* (injonctif), *douter, s'étonner, être nécessaire, être possible, exiger, falloir, importer, interdire, ordonner, permettre, préférer, refuser, regretter, souhaiter, tenir à, vouloir,* etc.
Construction ironique d'usage soutenu : *Je ne sache pas qu'il soit très malin.*

2 Les propositions subordonnées relatives au subjonctif.

■ Certaines subordonnées relatives peuvent être à l'indicatif **ou** au subjonctif.
– Indicatif : le fait « est ». *Je cherche une maison qui a deux garages.* On peut continuer par : Je sais qu'elle est dans le coin.

– Subjonctif : le fait est souhaitable. *Je cherche une maison qui ait deux garages. Chercher* = vouloir louer, acheter. On souhaite deux garages.

■ La même **alternative** peut apparaître quand la forme est négative ou interrogative.

– Indicatif : le fait est tenu pour possible. *Il n'y a personne qui peut m'aider. Y a-t-il quelqu'un qui peut m'aider ?*

– Subjonctif : le fait est tenu pour improbable. *Il n'y a personne qui puisse m'aider. Y a-t-il quelqu'un qui puisse m'aider ?*

3 Les propositions subordonnées circonstancielles au subjonctif.

■ Le subjonctif est **obligatoire** avec certaines constructions circonstancielles.

– Temps : *J'attendrai jusqu'à ce qu'il vienne. Je partirai avant qu'il pleuve.*

– Cause incertaine : *Il est parti sans que je sache pourquoi.*

– Conséquence non réalisable : *Il est trop tard pour que je puisse le voir.*

– But (toujours au subjonctif) : *J'ouvre les volets pour qu'il fasse plus clair.*

– Concessive (toujours au subjonctif) : *Bien qu'il pleuve, je sors.*

4 Locutions conjonctives qui sont toujours suivies du subjonctif.

à condition que	*de crainte que*	*jusqu'à temps que*
afin que	*de façon que*	*loin que*
à moins que	*de manière que*	*malgré que**
*après que**	*de peur que*	*moyennant que*
à supposer que	*en admettant que*	*non que*
au cas que	*en attendant que*	*pour autant que*
au lieu que	*en cas que*	*pour peu que*
avant que	*encore que*	*pour que*
bien que	*en sorte que*	*pourvu que*
ce n'est pas que	*jusqu'à ce que*	*quel que*

quelque… que	sans que	soit que
qui que	si peu que	supposé que
quoique	si… que	
quoi que	si tant est que	

Les emplois de *après que* et de *malgré que* + subjonctif sont proscrits par les puristes. L'usage oral comme les plus grands écrivains désobéissent souvent. « La camionnette poussive de la réquisition, malgré qu'on eût changé les pneus, après qu'elle se fût enlisée deux fois dans les congères, ne se risqua plus guère à franchir les rampes verglacées de l'Éclaterie » (Gracq).

5 La concordance des temps dans les subordonnées au subjonctif.

■ Quand la **proposition principale** est au **présent** ou au **futur simple**, la **subordonnée** est au **subjonctif présent** (aspect non accompli) ou au **subjonctif passé** (aspect accompli).
Il faut qu'il vienne avant midi. Il faut qu'il soit venu avant midi.
Il faudra qu'il parte avant midi. Il faudra qu'il soit parti avant midi.

■ Quand la **proposition principale** est à un **temps du passé** ou du **conditionnel**, l'**usage soutenu** demande que la **subordonnée** soit à l'**imparfait** (aspect non accompli) ou au **plus-que-parfait du subjonctif** (aspect accompli).
Il fallait qu'il vînt avant midi. Il fallait qu'il fût venu avant midi.
Il faudrait qu'il partît avant midi. Il faudrait qu'il fût parti avant midi.
« Or il a décidé qu'il n'*était* pas bon que Jean Peloueyre *demeurât* seul » (Mauriac).
« Précisément, j'*aurais voulu* que ce ne *fût* que pour elle » (Gide).

■ L'**usage courant** emploie le présent et le passé.
Il fallait qu'il vienne avant midi. Il fallait qu'il soit venu avant midi.

Il faudrait qu'il parte avant midi. Il faudrait qu'il soit parti avant midi.

Surtout aux autres personnes que la 3ᵉ personne du singulier.
« Je voudrais que vous vérifiiez mes pneus, dit-elle » (Duras) / que vous vérifiassiez.

« Il aurait fallu que le monde, les choses, de tout temps leur appartiennent » (Perec) / leur appartinssent.

L'impératif

1 L'impératif a deux formes : l'impératif présent et l'impératif passé.

■ L'impératif passé est la forme composée de l'impératif présent.

Impératif présent	auxiliaire	impératif passé
chante	*aie*	*aie chanté*
pars	*sois*	*sois parti*

■ L'impératif est un **mode non temporel**. L'impératif présent et l'impératif passé s'opposent par les aspects non accompli / accompli. *Pars avant midi.* / *Sois parti avant midi.*
Avec un repère, l'impératif passé exprime l'antériorité. *Sois parti avant qu'ils reviennent.*

■ L'impératif est un **mode semi-personnel** employé à la 2ᵉ personne du singulier et aux 1ʳᵉ et 2ᵉ personnes du pluriel : *pars, partons, partez.* À la 3ᵉ personne l'injonction est exprimée par le subjonctif : *Qu'il parte!*

2 La conjugaison de l'impératif présent pourrait être facile…

■ À l'oral et à l'écrit, les **trois personnes** de l'impératif sont les trois mêmes personnes du présent de l'indicatif.

tu viens / viens	*tu fais / fais*	*tu vois / vois*
nous venons / venons	*nous faisons / faisons*	*nous voyons / voyons*
vous venez / venez	*vous faites / faites*	*vous voyez / voyez*

■ Mais les verbes qui font la 2ᵉ personne du présent de l'indicatif en *-es* **perdent le *-s*** à l'impératif : *tu chantes / chante, tu ouvres / ouvre, tu cueilles / cueille.*

– *Aller* fait sa 2ᵉ personne sans -*s* : *tu vas* / *va*.
– *Avoir, être, savoir,* 52, et *vouloir,* 61, ont un impératif dont les radicaux sont empruntés au subjonctif présent :

que tu aies / aie	que tu saches / sache	que tu veuilles / veuille
que nous ayons / ayons	que nous sachions / sachons	que nous voulions / veuillons
que vous ayez / ayez	que vous sachiez / sachez	que vous vouliez / veuillez

3 Un verbe sans sujet.

■ L'impératif se construit **sans sujet**.
Tiens-moi ça, s'il te plaît. « Maintenant, dit-il, pioncez » (Hugo). « Ne fais pas l'idiot. File » (Gracq).

■ On peut préciser le nom de l'interlocuteur pour l'avertir, l'interpeller ou souligner l'injonction. *Guillaume, tiens-moi ça, s'il te plaît.* « Ouvrez, Chérubin, ouvrez vite » (Beaumarchais). « Yvonne ! Tais-toi... » (Aragon).
Ce nom n'est pas le sujet du verbe. Il est détaché, c'est-à-dire séparé du reste de la phrase par une virgule. On dit qu'il est **en apostrophe**.

4 Les emplois.

■ L'impératif présent exprime une **injonction**.
– Un ordre : « Soyez honnête, soyez heureuse, et faites que je le sois » (Diderot).
– Une invitation : « Entre ici, ami de mon cœur » (Stendhal).
– Une demande : « Donnez-moi trois jetons, voulez-vous ? » (Simenon).
– Une prière : « Hélas ! laissez les pleurs couler de ma paupière » (Hugo).
Il ne sert à rien de vouloir classer toutes ces valeurs expressives puisqu'elles ne dépendent pas de l'impératif lui-même mais du contexte de la phrase.

■ En subordination implicite, l'impératif prend une valeur **argumentative** liée au contexte. *Réponds comme tu veux, tu verras bien ! Appuie sur le bon bouton, ça marchera.*
Une coordination par *ou* exprime un **avertissement**. *Réponds comme moi ou gare !* Si elle reste en suspens, une menace. *Réponds comme moi ou...*

■ Certains verbes peuvent être mis à la voix passive. L'impératif a alors une valeur **performative** (➤ p. 46). « Sois béni sous la pierre où te voilà couché ! » (Hugo)

L'impératif peut être renforcé par des mots d'appui : « Maman, dis donc, maman ! » (Colette). « Ah ! fermons aussi les yeux » (Aragon).

5 | Un point noir de la conjugaison : l'impératif et le *-s* de la 2ᵉ personne.

■ Du point de vue des points noirs de la conjugaison, on voit que le problème de l'impératif est celui des verbes du 1ᵉʳ groupe, plus *ouvrir*, 42, *défaillir*, 48, *cueillir*, 50, *aller*, 37 et… *avoir*, 1.

Ces verbes ont **un *-s* au présent de l'indicatif**, **pas de *-s* au présent de l'impératif** :

tu chantes / chante   tu ouvres / ouvre   tu vas / va   que tu aies / aie

■ Le point devient de plus en plus noir (si l'on peut dire !) quand ces impératifs sans *-s* précèdent les pronoms *en* et *y*.

– Pas de problème quand l'impératif est à la forme négative. Tous les pronoms compléments précèdent le verbe : *Ne me regarde pas. N'en parle pas. N'y va pas. Ne lui en parle pas.*

– Mais à l'impératif affirmatif les pronoms compléments sont placés après le verbe (ne pas oublier le trait d'union) : *Regarde-moi.*

– Et, devant *en* et *y*, les impératifs sans *-s*… retrouvent un ***-s* euphonique** !

Cueilles-en, aies-en, offres-en, retournes-y, vas-y.

■ Enfin, pour ajouter à la difficulté, quelques détails.

– Quand il y a deux pronoms, *moi* et *toi* sont **élidés** devant *en* et *y*. Il n'y a donc pas de trait d'union mais une **apostrophe** : *Donne-m'en. Tiens-t'y. Va-t'en* (mais *Allez-vous-en*). L'usage courant et correct doit préférer *donnes-en-moi* et *tiens-y-toi* aux familiers *donne-moi(z)en, tiens-toi(z)y*.

– Quand *en* et *y* ne sont pas complément du verbe à l'impératif, il n'y a **pas de trait d'union** entre le verbe et le pronom : *Va en prendre. Va y ranger tes affaires.*

I — Les deux formes du participe présent.

■ Le participe présent appartient essentiellement à **l'usage écrit soutenu**. Il a deux formes : une forme simple qui exprime l'aspect non accompli (*chantant*) et une forme composée qui exprime l'aspect accompli ou une action antérieure (*ayant chanté*).

■ C'est un **mode non temporel**. Le verbe au participe présent emprunte sa valeur temporelle au verbe principal du contexte. « Nous sortîmes du bal, nous tenant par la main » (Nerval). *Nous sortons, sortirons...* ; le participe demeure.

■ Le participe présent est d'**aspect sécant** (➤ p. 44). Comme l'imparfait, il décrit l'action en cours d'accomplissement sans signifier sa fin. « Dès que Fabrice fut sorti de la petite ville, marchant gaillardement le sabre de hussard sous le bras, il lui vint un scrupule » (Stendhal).

> En 1679, l'Académie française a formulé la règle de l'invariabilité du participe présent pour le distinguer de l'adjectif verbal. La langue classique offre des exemples de participes accordés. « Soyons bien buvants, bien mangeants » (La Fontaine). Quelques expressions demeurent : *toutes affaires cessantes*, *les ayants droit*. Ou se présentent des choix comme : *à dix heures sonnantes / sonnant ; tapantes / tapant*.

2 — Le participe présent « participe » de l'adjectif ou du verbe.

■ Le participe présent a les fonctions d'un **adjectif** quand il se rapporte à un nom ou un pronom qui est sujet ou complément du verbe principal. Mais il est **invariable**.
« La belle St. Yves, oppressée, éprouvant dans son corps une révolution qui la suffoquait, fut obligée de se mettre au lit » (Voltaire). Le participe présent invariable *éprouvant* se rapporte (est apposé) au nom propre *la belle St. Yves* qui est sujet du verbe *fut obligée*. L'adjectif *oppressée* a la même fonction, mais il est au féminin.

« Mais Saccard resta frissonnant » (Zola). Le participe présent *frissonnant* est attribut du nom *Saccard*. Ce nom est sujet du verbe d'état *rester*.

■ Le participe présent participe du **verbe** quand il est lié à un nom qui est seulement son agent (sujet). Il forme avec lui une **proposition subordonnée participiale**.
« Et depuis lors, rien qu'un déménagement en 1868, son propriétaire ayant voulu l'augmenter » (Maupassant). *Son propriétaire* est l'agent du participe présent composé *ayant voulu* (aspect accompli). Ce nom n'a pas d'autre fonction dans la phrase. La proposition participiale est : *son propriétaire ayant voulu l'augmenter*. Elle est complément de cause.

3 L'adjectif verbal s'accorde avec le nom auquel il se rapporte.

■ « Elle étendit la main, et je me précipitai, mes *doigts* tremblants offrant une coupe pleine... » (Colette). *Tremblants* : adjectif verbal, épithète au masculin pluriel du nom *doigts*. *Offrant* : participe présent invariable, *doigts* est son agent et la fin de la phrase forme une subordonnée participiale.

■ Plusieurs adjectifs verbaux ont une orthographe différente de celle du participe dont ils proviennent. Les participes ont les formes du verbe (*-ant*, *-quant*, *-guant*), les adjectifs s'en éloignent (*-ent*, *-cant*, *-gant*). Nous donnons les plus courants.

Participe présent	Adjectif verbal	Participe présent	Adjectif verbal
adhérant	adhérent	différant	différent
afférant	afférent	divaguant	divagant
affluant	affluent	divergeant	divergent
ardant	ardent	émergeant	émergent
coïncidant	coïncident	équivalant	équivalent
communiquant	communicant	excellant	excellent
confisquant	confiscant	expédiant	expédient
confluant	confluent	extravaguant	extravagant
convainquant	convaincant	fatiguant	fatigant
convergeant	convergent	influant	influent
déférant	déférent	interférant	interférent
détergeant	détergent	interrogeant	interrogant

intoxiquant	intoxicant	somnolant	somnolent
intriguant	intrigant	suffoquant	suffocant
naviguant	navigant	urgeant	urgent
négligeant	négligent	vaquant	vacant
précédant	précédent	violant	violent
provoquant	provocant	zigzaguant	zigzagant

4 Le gérondif.

■ Le gérondif est formé de la préposition **en** suivie de la forme **invariable** du verbe de terminaison **-ant**. *Il est parti en riant.* Le gérondif a une forme composée peu employée. *Il est parti en ayant tout rangé.*

■ Le gérondif peut exprimer :
– une simultanéité : *Il est parti en riant.* On peut ajouter *tout* : *tout en riant* ;
– un rapport logique : *En sortant, il est tombé.* On ne peut pas ajouter *tout*.

■ L'agent du gérondif doit être le même que le sujet de la phrase. Mais c'est une règle souvent oubliée, et l'usage contemporain conserve ici la belle liberté de la syntaxe classique : *En prenant le train, le voyage est plus reposant. L'appétit vient en mangeant.* Ce n'est pas le voyage qui prend le train, ni l'appétit qui mange !

Le participe passé

1 Le participe passé employé avec un auxiliaire fait partie du verbe.

■ Le participe passé employé **avec** un **auxiliaire** permet :
– de former les temps composés et surcomposés de la conjugaison (➤ p. 33) : *j'ai chanté, ils sont partis, quand j'ai eu chanté* ;
– de construire la voix passive des verbes transitifs directs (➤ p. 40) : *La lune est cachée par les nuages.*
Dans les deux cas, les valeurs et les emplois du participe passé sont inséparables de la forme verbale complète qui réunit l'auxiliaire et le participe passé.

■ Pour les désinences du participe passé, voir p. 23.
Pour les règles d'accord après *être* et *avoir*, voir p. 82 et suivantes.

2 | Le participe passé sans auxiliaire « participe » de l'adjectif ou du verbe.

■ Le participe passé est un **adjectif** à part entière quand il se rapporte à un nom ou un pronom qui a une fonction dans la phrase (sujet, complément). Il **s'accorde** en genre et en nombre avec ce nom ou pronom.
J'aime les anciens films tournés en noir et blanc. Le mot *tournés* se rapporte au nom *films*. Le nom *films* est complément du verbe *aimer*. Le mot *tournés* est un adjectif qualificatif au masculin pluriel, épithète du nom *films*. Il fonctionne exactement comme l'adjectif qualificatif *anciens*.

■ Ces adjectifs ont évidemment les fonctions des adjectifs.
– Épithète : *un regard fatigué.*
– Attribut du sujet : *Elle est fatiguée.*
– Attribut du complément d'objet : *Je la trouve fatiguée.*
– En apposition : *Fatigué, il n'est pas venu.*

■ Dans certains **tours figés**, l'adjectif issu d'un participe passé reste **invariable** : *Vu les circonstances, je reste.* Voir p. 81.

■ Le participe passé participe du **verbe** quand il est se rapporte à un nom qui est seulement son agent (sujet). Il forme avec lui une **proposition subordonnée participiale** et il **s'accorde** avec lui en genre et en nombre.
Le film terminé, les spectateurs ont applaudi. Dans cette phrase le nom *film* est uniquement l'agent du participe passé *terminé*, au masculin singulier. Le nom et le participe passé forment ensemble une subordonnée participiale : *le film terminé.* Elle est complément de temps.

■ Dans les **subordonnées participiales**, le participe passé exprime l'aspect accompli en face du participe présent qui exprime l'aspect sécant. « Deux Mulets cheminaient : l'un d'avoine chargé, / l'autre portant l'argent de la Gabelle » (La Fontaine). « Le repas achevé et M. Jérôme sommeillant, les pieds aux chenets, les deux époux, sans recours possible, se trouvaient face à face » (Mauriac).

I L'infinitif a deux formes : l'infinitif présent et l'infinitif passé.

■ L'infinitif passé est la forme composée de l'infinitif présent. Il exprime l'aspect accompli ou une action antérieure : *chanter / avoir chanté*; *venir / être venu*.

■ L'infinitif est un **mode non temporel**, il emprunte sa valeur temporelle au verbe principal ou au contexte. *J'essaie de lui téléphoner. Hier, j'ai essayé... / Demain, j'essaierai... de lui téléphoner.* L'infinitif ne change pas.

■ L'infinitif présent est en quelque sorte le **nom du verbe**. On parle du verbe *chanter*, du verbe *partir*. Dans le dictionnaire, le verbe est à l'infinitif présent.
En ancien français, l'**infinitif** pouvait facilement devenir un **nom**. Il nous reste : *le lever, le coucher, un déjeuner, un dîner, des rires*, etc.

2 Les emplois de l'infinitif.

■ L'**infinitif nominal** est lié au sujet du verbe principal. Il remplit toutes les fonctions d'un nom.
– Sujet ou attribut : *Souffler n'est pas jouer.*
– Complément du nom : « Ce serait une belle conversion à faire » (Laclos).
– Complément d'adjectif : « Je fus très heureux de pouvoir l'aider » (Michaux).
– Complément d'objet : « Le duc d'Auge veut flanquer une taloche au page » (Queneau).
– Complément circonstanciel : « Au moment d'ouvrir la porte, il se retourna » (Gracq).

■ L'**infinitif verbal** est un infinitif employé dans une proposition indépendante.
– Injonctions ou consignes. Il est plus poli, moins injonctif que l'impératif : *Ne pas fumer / Ne fumez pas. Pousser. Tirer.*
– Commentaires pour soi : *D'abord téléphoner et après faire les courses.*
– Hésitations : *Que faire ?*
– Exclamations : *Payer pour un film aussi nul !*

- Après les verbes de perception ou de mouvement, l'infinitif est accompagné d'un **agent** qui est complément d'objet direct du verbe principal. *J'ai vu Paul arriver. J'ai entendu arriver sa voiture. J'emmène Elliott se promener sur la plage.* Dans ces constructions, l'agent peut devenir un pronom et être séparé du verbe à l'infinitif. *Je l'ai vu arriver. Je l'ai entendue arriver. Je l'emmène se promener sur la plage.* Il est alors difficile de maintenir l'idée d'un regroupement syntaxique sous le nom de proposition subordonnée infinitive.

- L'**infinitif de narration** est un tour littéraire introduit par la conjonction *et*. Le verbe est précédé par la préposition *de*. « Et Grenouilles de se plaindre » (La Fontaine). « Et pains d'épice de voler à droite et à gauche, et filles et garçons de courir, s'entasser et s'estropier » (Rousseau).

- **Rappel** : la construction *faire* + infinitif forme la voix factitive (➢ p. 38) Plusieurs périphrases d'aspect sont composées avec l'infinitif (➢ p. 44).

Les accords

1 Le groupe du verbe dans la phrase.

■ « L'étranger avait écrit à lord Wilmore pour lui demander un rendez-vous » (Dumas).

■ La phrase simple comporte :
  – un groupe du nom sujet : *l'étranger* ;
  – un groupe du verbe : *avait écrit à lord Wilmore* ;
  – et un ou des compléments circonstanciels : *pour lui demander un rendez-vous*.

■ Le groupe du nom sujet et le groupe du verbe sont obligatoires. Les compléments circonstanciels sont facultatifs.

2 Les constituants du groupe du verbe.

■ Le groupe du verbe a plusieurs **constructions** possibles selon que le verbe est intransitif, transitif ou attributif (➢ p. 38).

■ – Verbe employé seul : *La pluie arrive*.
  – Verbe + complément d'objet direct : *Il regarde + les nuages*.
  – Verbe + complément d'objet indirect : *Elle ressemble + à son père*.
  – Verbe + complément d'objet direct + datif (attribution) : *J'écrirai + un mot + à Paul*.

– Verbe + complément d'objet indirect + datif : *Je donnerai + de tes nouvelles + à Paul.*
– Verbe + complément direct de verbe : *Ça coûte + 20 euros.*
– Verbe + complément indirect de verbe : *Je viens + de Paris.*
– Verbe + attribut du sujet : *Il est + satisfait.*
– Verbe + attribut du complément d'objet : *Elle a les yeux + verts.*

3 Le complément de verbe.

■ Le complément de verbe est un constituant **indispensable** du **groupe du verbe**.
– Il a une place réservée : « Une Grenouille vit un bœuf » (La Fontaine).
– Il peut être déplacé selon des règles précises : *Une grenouille le vit.*
– On ne peut pas le supprimer : **Une Grenouille vit...*
– Le complément de verbe **fait partie du sens du verbe**. La Fontaine n'utilise pas le verbe *voir*, mais le verbe *voir* **quelqu'un / quelque chose**.

4 Le complément circonstanciel.

■ Le complément circonstanciel est un constituant **facultatif** de la phrase.
Il peut être assez aisément déplacé : « La porte s'entrouvrit sans bruit » (Simenon). *Sans bruit, la porte s'entrouvrit. La porte, sans bruit, s'entrouvrit.*
On peut le supprimer, il **ne fait pas partie du sens du verbe** : *La porte s'entrouvrit.*
Il exprime le lieu, le temps, la manière (*sans bruit*), la cause, la conséquence, le but, l'hypothèse, l'opposition, la concession, la comparaison...

L'accord du verbe avec le sujet

I Règle générale et exemples types.

■ Le verbe s'accorde en personne et en nombre avec son sujet.
– Accord à la 1re personne du singulier avec le pronom personnel *je* : *Je chante.*

– Accord à la 2ᵉ personne du singulier avec le pronom personnel *tu* : *Tu chantes.*

– Accord à la 1ʳᵉ personne du pluriel avec le pronom personnel *nous* : *Nous chantons.*

– Accord à la 2ᵉ personne du pluriel avec le pronom personnel *vous* : *Vous chantez.*

■ Quand le *nous* et le *vous* désignent une seule personne, l'accord se fait quand même au pluriel : *Vous viendrez me voir ?*

■ Accord à la 3ᵉ personne du singulier avec :
– les pronoms personnels *il, elle, on* : *Il chante. Elle finit. On voit.*
– d'autres pronoms : *Ça commence bien !*
– un nom : *L'oiseau chante. Le voyageur veut un billet.*
– un verbe à l'infinitif : *Marcher est un bon exercice.*
– une proposition relative sans antécédent : *Qui cherche trouve.*
– une proposition complétive : *Qu'il vienne m'étonnerait.*

■ Accord à la 3ᵉ personne du pluriel avec :
– les pronoms personnels *ils, elles* : *Ils chantent. Elles finissaient.*
– d'autres pronoms : *Certains veulent partir. Ceux-ci arrivent.*
– un nom : *Les oiseaux chantent. Les voyageurs prennent le train.*

■ L'infinitif est invariable. Les autres formes non personnelles (participe présent et participe passé) suivent des règles particulières (voir p. 68, 81-93).

2 Le verbe impersonnel.

■ Le verbe impersonnel ou le verbe à la voix impersonnelle est toujours à la 3ᵉ personne du singulier. Le sujet est le **pronom impersonnel *il***. Il n'y a jamais d'accord avec la séquence qui suit le verbe (➤ p. 41).
Il tombait des cordes. Il passe cent voitures chaque minute.

3 L'ordre verbe-sujet.

■ L'ordre verbe-sujet est employé dans diverses occasions. Il **ne change rien** à l'accord du verbe avec le sujet.
Interrogation : *Quand partez-vous ?*
Énumération : *Sont convoqués Mmes et MM. X, Y, Z…*

Hypothèse : *Soit un triangle ABC.*
Souci de style : « Par la fenêtre, monte l'odeur des acacias »
(Aragon).

Les cas particuliers de l'accord
du verbe avec le sujet

1 Il y a plusieurs sujets de la 3ᵉ personne du singulier.

■ Le verbe se met à la 3ᵉ personne du pluriel :
Lui et sa sœur iront au cinéma. Le chat et le chien dorment au soleil.

■ Le verbe est au **singulier** quand un pronom indéfini reprend des sujets à la 3ᵉ personne :
« Femmes, moines, vieillards, tout était descendu » (La Fontaine).
Le verbe est au singulier quand le dernier terme résume une gradation :
Sa famille, ses amis, ses voisins, le monde entier l'énervait.
On peut envisager *l'un et l'autre* séparément ou ensemble.
L'un et l'autre se dit ou se disent.

2 Les sujets au singulier sont de personnes grammaticales différentes.

■ La 2ᵉ personne l'emporte sur la 3ᵉ personne :
Toi et Paul (*vous*) *partirez les premiers.* Le pronom *vous* est récapitulatif.
La 1ʳᵉ personne l'emporte sur les autres :
Anne, toi et moi (*nous*) *partirons après.* Le pronom *nous* est récapitulatif.

3 Les sujets au singulier désignent la même personne, le même objet.

■ Si les deux sujets désignent la même personne, le verbe est au singulier :
Mon voisin et (mon) ami dîne avec moi ce soir.
Mais on peut maintenir le **pluriel** pour souligner la **différence** des rôles :
L'homme privé et l'homme public ont été diffamés.

4 **Les sujets au singulier sont coordonnés par *ou*, par *ni... ni*.**

■ Mettre le verbe au **pluriel** correspond à l'emploi d'une conjonction inclusive. On envisage ensemble les deux cas, les sujets sont **rassemblés** :
L'un ou l'autre viendront. Ni l'un ni l'autre ne viendront.
Mettre le verbe au **singulier** correspond à l'emploi d'une conjonction exclusive. On envisage séparément les deux cas, les sujets sont **distingués** :
L'un ou l'autre viendra. Ni l'un ni l'autre ne viendra.

5 **Il y a plusieurs infinitifs sujets.**

■ Si on les **rassemble** dans un tout, le verbe est au **singulier** :
Se lever tard, flâner et manger avec des amis est le programme de mon dimanche.
Si on les **distingue**, le verbe est au **pluriel** :
Se lever tard, flâner et manger avec des amis sont au programme de mon dimanche.

6 **Le sujet est un nom collectif.**

■ Le **nom collectif** employé seul demande un verbe au singulier :
La foule applaudit le but.
Quand le nom collectif est suivi d'un complément de nom au pluriel, le verbe s'accorde au singulier ou au pluriel selon le sens :
Une foule d'écrivains fréquente ce quartier. On insiste sur la quantité : *une foule.*
Une foule d'écrivains fréquentent ce quartier. On insiste sur les écrivains.

7 **Le sujet exprime une quantité.**

■ *Beaucoup, peu, trop, assez, plus, moins, tant, autant, pas mal, beaucoup trop, assez peu,* etc., *combien* interrogatif et exclamatif, *que* exclamatif, etc.
Ils peuvent précéder un nom employé au pluriel et ils demandent un verbe au **pluriel** :
Beaucoup ont été surpris. Trop peu ont su réagir.

Quand ils précèdent effectivement un nom, l'accord se fait avec ce nom.

Beaucoup de gens sont venus. Beaucoup d'eau est gaspillée.

■ *La plupart* suivi d'un nom au pluriel accepte un verbe au **pluriel** ou au **singulier**.
La plupart des spectateurs sont partis avant la fin. On souligne les spectateurs.
La plupart des spectateurs est partie avant la fin. On souligne la quantité.

■ *Plus d'un* demande le **singulier**. *Moins de deux* demande le **pluriel**.
Plus d'un spectateur est parti. Moins de deux spectateurs sont restés.

■ Quand le sujet comporte un nom de **fraction** au singulier et un nom au pluriel, l'accord se fait au pluriel ou au singulier.
La moitié des spectateurs ne sont pas venus. Le tiers des spectateurs est vite parti.
Avec un nom de quantité au singulier, l'accord doit être au singulier.
La moitié du public a sifflé le spectacle.

■ Quand le sujet est un **pourcentage**, l'accord se fait au pluriel.
40 % des électeurs se sont abstenus.
Avec un nom de quantité au singulier, l'accord peut être au pluriel ou au singulier.
40 % du corps électoral se sont abstenus / s'est abstenu.

8 Le sujet est le pronom relatif *qui.*

■ Le pronom relatif *qui* est toujours sujet. Le verbe de la relative **s'accorde** avec le pronom *qui.* Cela signifie qu'il s'accorde avec l'antécédent de *qui.*
Moi qui ai lu ce livre, je peux en parler (antécédent *moi* = *je* → *j'ai lu*).
Toi qui as... Lui qui a... Nous qui avons... Vous qui avez... Elles qui ont...

■ Les expressions *le premier... qui, le seul... qui, celui... qui* permettent un **accord** à la **3e** personne même quand elles dépendent d'un verbe à la 1re ou à la 2e personne.
Je suis la première qui l'a lu / qui l'ai lu. Tu es la seule qui l'a lu / qui l'as lu.

■ L'expression (*l'*)*un de ceux... qui* autorise, selon le sens, le singulier **ou** le pluriel.
L'une de celles qui viendra te connaît déjà. On souligne le *une*.
L'une de celles qui viendront te connaît déjà. On souligne le *celles*.

L'accord du participe passé employé sans auxiliaire

1 Règle générale et exemples types.

■ **Le participe passé employé sans auxiliaire s'accorde en genre et en nombre avec le nom auquel il se rapporte**.

■ Quand le participe passé est un **adjectif**, il s'accorde comme les adjectifs. Épithète du nom : *une porte fermée*. Attribut du sujet : *La porte est fermée*. Attribut de l'objet : *Je laisse la porte fermée*. Adjectif apposé au nom : *Fermée, la porte garde la chaleur*.

■ Quand le participe est le **verbe** d'une **proposition subordonnée participe**, il s'accorde avec le nom qui est son agent (sujet) : *La porte fermée, il a ôté son écharpe et son manteau*.

2 Des participes passés invariables.

■ Dans les **locutions figées** des usages juridique ou administratif, le participe passé reste invariable. Il est toujours employé en tête de la locution participe + déterminant + nom.
Ces participes ont la valeur :
– d'une préposition : *Vu les circonstances, je reste* (= à cause des circonstances) ;
– ou d'un adverbe : *Vous trouverez ci-joint les documents demandés*.

■ Principaux **participes** et constructions concernés :

accepté	ci-annexé	considéré
admis	ci-inclus	entendu
approuvé	ci-joint	envoyé
attendu	communiqué	étant donné
autorisé	compris	étant entendu
certifié	compté	eu égard à

examiné	non compté	soustrait
excepté	ôté	supposé
joint	ouï	vérifié
lu	passé	visé
mis à part	reçu	vu
non compris	signé	y compris

■ Les participes **placés après** le nom sont des adjectifs qui **s'accordent** normalement. *Excepté les fautes, le travail est correct. Les fautes exceptées, le travail est correct. Ci-joint les pièces demandées. Les pièces ci-jointes ont été demandées.*

■ Quand la construction est une subordonnée participe avec ordre participe-sujet du passif, quelques participes s'accordent : *Mises à part ses erreurs, il… Étant données ces informations, nous pouvons continuer.*

<hr>

L'accord du participe passé employé avec l'auxiliaire *être* : règle générale

I   Règle générale et exemples types.

■ **Le participe passé des temps composés avec l'auxiliaire *être* et de la voix passive s'accorde en genre et en nombre avec le sujet du verbe.**

■ La règle **concerne** :
– les temps composés des verbes intransitifs conjugués avec *être* (➤ p. 35) : *ils sont arrivés en retard*;
– la voix passive des verbes transitifs directs (➤ p. 40) : *les étoiles sont cachées par le brouillard* (indicatif présent au passif).

■ La règle **s'applique** même quand le sujet est après le verbe. *Vers la fin de la journée sont arrivées les premières rafales de vent.*

■ Les temps composés de la voix passive construisent la forme composée de l'auxiliaire *être* avec l'auxiliaire *avoir*. Mais c'est **toujours** l'auxiliaire *être* qui **commande** l'accord. *Les étoiles ont été cachées par le brouillard* (passé composé au passif). *Ils avaient été égarés par la brume* (plus-que-parfait au passif).

2 Accord avec des sujets de genres différents.

■ Quand les sujets sont de genres différents, on emploie le **masculin neutre**.
Paul et Juliette sont allés se promener.

3 Accord avec les pronoms personnels sujets *je*, *tu*, *nous* et *vous*.

■ Quand le sujet est *je*, *tu*, *nous* ou *vous*, il faut connaître le sexe des interlocuteurs pour pouvoir accorder correctement le **genre** du participe passé.
– Masculin. *Je suis arrivé, dit Paul. Nous sommes arrivés, disent Paul et Roméo.*
– Féminin. *Je suis arrivée, dit Virginie. Nous sommes arrivées, disent Virginie et Juliette.*
– Masculin neutre. *Nous sommes arrivés, disent Roméo et Virginie.*

■ Quand le *nous* désigne une seule personne, l'accord se fait au **singulier**.
Nous = l'auteur. *Dans ce livre, nous sommes revenu souvent sur l'importance de la conjugaison orale.*
De même quand le *vous* est un *vous* de politesse. *Vous êtes bien arrivé ?*

4 Accord avec le pronom indéfini *on*.

■ Quand le sujet est le pronom indéfini *on*, le participe passé s'**accorde** en genre et en nombre avec les personnes représentées par le pronom *on*.
On est arrivés, disent Paul et Roméo. On est arrivées, disent Virginie et Juliette.

L'accord du participe passé employé avec *être* : les verbes pronominaux

I Règle générale et exemples types.

■ Le participe passé des verbes pronominaux s'accorde en genre et en nombre avec le sujet du verbe.

- **Tous** les verbes pronominaux se conjuguent avec l'auxiliaire *être*.

- La règle **concerne** :
  – les verbes essentiellement pronominaux : *elle s'est méfiée, ils se sont entraidés* ;
  – les verbes pronominaux autonomes : *elle s'est aperçue de son erreur* ;
  – les verbes pronominaux de sens passif : *la réponse s'est affichée tout de suite*.

2 Les verbes essentiellement pronominaux.

- Les verbes **essentiellement** pronominaux ne s'emploient qu'à la forme pronominale (➤ p. 43). Le dictionnaire les donne avec le pronom complément : *absenter (s'), méfier (se)*.

- Leur participe passé **s'accorde** avec le sujet. *Elle s'est méfiée. Ils se sont absentés.*
  Certains ont un sens réciproque. *Ils se sont entraidés. Ils se sont entre-tués.*

s'absenter	s'en prendre	s'esclaffer
s'abstenir	s'enquérir	s'escrimer
s'accouder	s'en retourner	s'évader
s'accroupir	s'en revenir	s'évanouir
s'acharner	s'ensuivre	s'évertuer
s'adonner à	s'en tenir	s'exclamer
s'affairer	s'entraccuser	s'extasier
s'agenouiller	s'entraider	se formaliser
s'avachir	s'entr'aimer	se gargariser
s'avérer	s'entrebattre	se gausser
se chamailler	s'entre-déchirer	se gendarmer
se dédire	s'entre-détruire	se goberger
se démener	s'entre-dévorer	s'immiscer
se désister	s'entr'égorger	s'infiltrer
s'ébattre	s'entre-frapper	s'ingénier
s'ébaubir	s'entre-haïr	s'insurger
s'ébrouer	s'entre-louer	se lamenter
s'écrier	s'entre-manger	se marrer
s'écrouler	s'entremettre	se méfier
s'efforcer	s'entrepénétrer	se moquer
s'emparer	s'entre-regarder	se morfondre
s'empresser	s'entre-tuer	s'obstiner
s'en aller	s'envoler	s'opiniâtrer
s'enfuir	s'éprendre	se pâmer

se parjurer	se rebiffer	se ressouvenir
se poiler	se récrier	se soucier
se prélasser	se recroqueviller	se souvenir
se prosterner	se réfugier	se suicider
se ratatiner	se renfrogner	se tapir
se raviser	se rengorger	se targuer, etc.
se rebeller	se repentir	

3 Les verbes pronominaux autonomes.

■ Les verbes pronominaux autonomes (ou verbes pronominaux neutres) ont un sens pronominal **différent** de leur sens non pronominal : *apercevoir quelqu'un* ou *quelque chose* = voir à peine / *s'apercevoir de quelque chose* = se rendre compte de quelque chose (➣ p. 43).

■ Leur participe passé **s'accorde** toujours avec le sujet. *Elle s'est aperçue de son erreur. Ils se sont doutés de quelque chose. Elles se sont tues.*

s'apercevoir de	se douter de	se prévaloir de
s'attaquer à	s'échapper de	se railler de
s'attendre à	s'ennuyer de	se refuser à
s'aviser de	se jouer de	se résoudre à
se battre comme, en	se moquer de	se saisir de
se connaître à, en	se plaindre de	se servir de
se défier de	se porter vers	se taire
se départir de	s'en prendre à	

4 Les verbes pronominaux de sens passif.

Le participe passé des verbes pronominaux de sens passif **s'accorde** avec le sujet du verbe (➣ p. 40). *Ces crèmes solaires se sont bien vendues.*

5 Cas particuliers.

■ Le verbe *s'arroger* est un verbe essentiellement pronominal transitif direct : *on s'arroge quelque chose à soi*. Son participe passé **s'accorde** avec le complément d'objet direct quand il est placé avant lui : *Tels sont tous les droits qu'il s'est arrogés.*
Il reste **invariable** quand le complément d'objet direct est placé après lui : *Il s'est arrogé trop de droits.*

■ Le verbe *s'entre-nuire* est un verbe essentiellement pronominal réciproque transitif indirect : *on nuit à quelqu'un*. Son participe passé reste **invariable** : *Le résultat, c'est qu'ils se sont entre-nui.*

L'accord du participe passé employé avec *être* : les verbes à la forme pronominale

1 Règle générale et exemples types.

■ Le participe passé des verbes à la forme pronominale (➣ p. 42) s'accorde en genre et en nombre avec le complément d'objet direct quand ce complément est placé **avant** le verbe.

■ L'accord suit donc la même règle que pour les participes passés employés avec l'auxiliaire *avoir*. Interpréter le sens de la forme pronominale en utilisant *avoir* est une bonne méthode pour analyser la construction et pour appliquer la règle.

■ **Premier cas**. Verbe type : *se laver*.
– *Elle s'est lavée*. L'objet direct (*s'*) est avant le verbe. Accord.
– *Elle s'est lavé les mains*. L'objet direct (*les mains*) est après le verbe. Pas d'accord.

■ **Deuxième cas**. Verbe type : *s'embrasser*.
Elles se sont embrassées. L'objet direct (*se*) est toujours avant le verbe. Accord.

■ **Troisième cas**. Verbe type : *se parler*.
Elles se sont parlé. Il n'y a jamais d'objet direct. Le participe est invariable.

■ **Quatrième cas**. Verbe type : *s'acheter*.
– *Elles se sont acheté deux vélos*. L'objet direct (*vélos*) est après le verbe. Pas d'accord.
– *Les vélos qu'elles se sont achetés*. L'objet direct (*que*) est avant le verbe. Accord.

2 Verbe type : *se laver.*

■ *Elle s'est lavée.*
Forme pronominale de sens réfléchi direct [elle a lavé elle]. Le complément d'objet direct est le pronom complément *se* ou *s'*. Le participe passé **s'accorde** avec ce pronom placé avant le verbe.
Elle s'est lavé les mains.

Il y a un complément d'objet exprimé : *les mains*. Ce complément est après le verbe. Le participe **ne s'accorde pas**.

■ Autres **exemples**. *Elle s'est coupée / Elle s'est coupé les ongles. Ils se sont rasés / Ils se sont rasé les cheveux.*

3 Verbe type : *s'embrasser.*

■ *Elles se sont embrassées.*
Forme pronominale de sens réciproque direct [elles ont embrassé elles]. Le complément d'objet direct est le pronom *se* ou *s'*. Le participe passé **s'accorde toujours** avec ce pronom.

■ Autres **exemples**. *Ils se sont salués. Ils se sont battus. Elles se sont rencontrées. Elles se sont disputées.*

4 Verbe type : *se parler.*

■ *Elles se sont parlé.*
Forme pronominale de sens réciproque mais toujours indirect [elles ont parlé **à** elles]. *Elles se sont parlé du concert toute la nuit* [elles ont parlé **de**... **à**...]. Le même verbe à la voix active n'est jamais transitif direct : *on parle à quelqu'un, on parle de quelque chose à quelqu'un.*
Le pronom complément *se* ou *s'* est donc toujours indirect et il n'y a jamais de complément d'objet direct. Conséquence : le participe passé est toujours **invariable**.

■ Autres **exemples**. *Ils se sont écrit. Elles se sont écrit. Elles s'en sont rendu compte. Elles se sont souri. Ils se sont nui. Les éclairs se sont succédé toute la nuit.*

s'appartenir	se nuire	se sourire
se complaire	se parler	se succéder
se convenir	se plaire	se suffire
se déplaire	se rendre compte	se survivre, etc.
s'en vouloir	se ressembler	
se mentir	se rire (de)	

5 Verbe type : *s'acheter.*

■ *Elle s'est acheté un vélo.* Forme pronominale avec un complément d'objet direct et un datif (attribution) [elle a acheté à elle un vélo]. Le pronom complément *se* ou *s'* est toujours un complément indirect. Tout dépend donc de la **place** du complément d'objet direct.

■ *Elles se sont acheté deux vélos.*
Le complément d'objet direct est placé après le verbe [elles ont acheté à elles deux vélos]. Le participe passé **ne s'accorde pas**.
Les vélos qu'elles se sont achetés.
Le complément d'objet direct est placé avant le verbe (*que = les vélos*). Le participe passé **s'accorde** avec ce complément.

■ *Ils se sont écrit des dizaines de lettres.*
L'objet direct est après le verbe, le participe passé **ne s'accorde pas**.
Les dizaines de lettres qu'ils se sont écrites.
L'objet direct est avant le verbe (*que = les lettres*). Le participe passé **s'accorde**.

L'accord du participe passé employé avec l'auxiliaire *avoir*

I Règle générale et exemples types.

■ Le participe passé des verbes conjugués avec l'auxiliaire *avoir* s'accorde en genre et en nombre avec le complément d'objet direct quand celui-ci est placé **avant** le verbe.

■ **Premier cas.** Le complément d'objet direct est **après** le verbe. Le participe passé reste **invariable** : *J'ai rencontré des amis.*

■ **Deuxième cas.** Le complément d'objet est **avant** le verbe. Le participe passé **s'accorde** avec ce complément : *Les amis que j'ai rencontrés.*

■ **Troisième cas.** Le verbe n'a pas de complément d'objet direct. Le participe passé reste **invariable** : *Nous avons parlé à des amis.*

Au total, les cas d'accord du participe passé sont assez peu nombreux. En effet, le complément d'objet direct ne précède le verbe que dans quelques constructions.
– Le présentatif *c'est... que.*
  C'est la photo que je t'ai montrée.
– Un pronom complément.
  Tes amis, je les ai rencontrés.
– Le pronom relatif *que* ou *lequel.*
  Les amis que j'ai rencontrés m'ont téléphoné.
– Un mot interrogatif ou exclamatif.
  Quels amis as-tu rencontrés ?

2 Ne pas confondre les compléments.

■ Le participe passé **après** *avoir* **ne s'accorde jamais** avec les autres compléments.

– Complément d'objet indirect. *Il parle à ses amis. Ses amis à qui il a parlé.*

– Complément de verbe. *Il pèse 100 kilos. Les 100 kilos qu'il a pesé.*

– Complément circonstanciel. *Il a attendu une heure. L'heure qu'il a attendu.*

Il faut donc faire **attention** aux nombreux verbes qui ont des emplois tantôt transitifs directs (avec objet direct et accord possible), tantôt intransitifs (sans accord).

Objet **direct** (accord)	Objet **indirect** (sans accord)
Les langues qu'il a parlées.	*Les personnes à qui il a parlé.*

Objet direct (accord)	Complément de verbe (sans accord)
Les fruits qu'il a pesés.	*Les 100 kilos qu'il a pesé.*
Les amis qu'il a eus.	*Les vingt ans qu'elle a eu hier.*
Les peines que cela m'a coûtées.	*Les 10 euros que cela m'a coûté.*
Les bêtises qu'il a faites.	*La chaleur qu'il a fait.*

Objet direct (accord)	Complément circonstanciel (sans accord)
Les années difficiles qu'il a vécues.	*Les dix années qu'il a vécu à l'étranger.*
Les dangers qu'il a courus.	*Les minutes qu'il a couru.*

3 Cas particuliers (hélas!).

■ 1. Le **participe passé suivi d'un infinitif** ne s'accorde pas avec le complément d'objet de l'infinitif dans le cas suivant :

La chanson que j'ai entendu chanter (j'ai entendu / chanter la chanson).

La voiture que j'ai vu repeindre (j'ai vu / repeindre la voiture).

Mais quand le complément d'objet est celui du participe, on fait l'accord. La construction est similaire à celle de certains infinitifs et elle intervient toujours après des verbes de sensation ou de mouvement :

La chanteuse que j'ai entendue chanter (j'ai entendu / la chanteuse chanter).

Les voitures que j'ai vues passer (j'ai vu / les voitures passer).

- 2. Les participes passés *cru*, *dit*, *dû*, *pensé*, *permis*, *su*, *voulu* sont considérés comme suivis d'un verbe sous-entendu qui est complément d'objet. Ils restent invariables.
  Je n'ai pas précisé tous les détails que j'aurais dû (préciser).
  Elle a vécu toutes les aventures qu'elle a voulu (vivre).

- 3. *Faire* et *se faire* suivis d'un infinitif sont invariables.
  Les fleurs qu'elle a fait pousser. Les dents qu'il s'est fait soigner.
  Laisser et *se laisser* s'accordaient. Les Rectifications de 1990 recommandent l'invariabilité. *Les herbes qu'elle a laissé pousser. Elle s'est laissé tomber.*

- 4. Si **le complément d'objet direct *l'*** représente un nom, le participe s'accorde.
  Cette voisine, je ne l'ai pas rencontrée souvent.
  Si *l'* est neutre, le participe ne s'accorde pas.
  Ce qu'il a raconté, il l'a imaginé. Le pronom *l'* représente ce qui a été imaginé.
  Il l'a échappé belle. Il l'a pris de haut.

- 5. *Des chanteuses nulles, j'en ai entendu.* On considère que *en* est un complément indirect [j'ai entendu « de cela »].
  Des chanteuses nulles, combien j'en ai entendues ! Un adverbe de quantité avant le pronom *en* permet l'accord [j'ai entendu une bonne quantité de chanteuses nulles].
  Si l'adverbe est après *en*, le participe est invariable : *Des nulles, j'en ai trop entendu.*

- 6. Quand le complément d'objet est un **mot collectif complété par un nom**, l'accord se fait selon le sens. *Le peu de sottises que j'ai entendu m'a suffi.* On attire l'attention sur la quantité. *Le peu de sottises que j'ai entendues m'a suffi.* On attire l'attention sur les sottises.
  Choix semblables : *Une des personnes que j'ai rencontrée / rencontrées. La foule de sottises que j'ai entendue / entendues.*
  Le sens peut demander le pluriel. *La plupart des personnes que j'ai vues. Plusieurs des personnes que j'ai vues.*

- 7. Quand le participe passé est **suivi d'un adjectif attribut du complément d'objet,** l'accord se fait normalement.
  Ses romans, je les ai toujours trouvés mal écrits. Le participe *trouvés* et l'attribut de l'objet *écrits* s'accordent avec le complément d'objet direct *les* = *romans*.
  Mais on tolère le non-accord du participe.

Des participes passés toujours invariables

1 Le participe passé des verbes impersonnels.

- Le participe passé des verbes impersonnels est employé avec *avoir* et il est toujours **invariable**.
  Après la fuite qu'il y a eu, il faut repeindre tout le plafond.
  La somme qu'il aurait fallu oblige à reporter le projet.

- Le participe passé des verbes à la voix impersonnelle est employé avec *être*. Il s'accorde donc toujours avec le pronom impersonnel *il*. Donc, il est toujours **invariable**.
  Il est arrivé une lettre pour toi.
  Il s'est produit des événements dramatiques.

2 Participes passés toujours invariables.

- Les participes passés variables sont ceux des verbes transitifs directs. Il y a donc des participes passés toujours **invariables** (sauf emplois rares ou vieillis) : ceux des verbes transitifs indirects, transitifs sans complément d'objet, intransitifs conjugués avec *avoir*, attributifs. On peut relever les plus courants.

abondé	boité	coexisté	croulé
accédé	bondi	coïncidé	culminé
acquiescé	bourlingué	commercé	daigné
afflué	boursicoté	comparu	déambulé
agi	bramé	compati	déblatéré
agonisé	brillé	complu	découché
appartenu	bronché	concordé	dégoutté
attenté	bruiné	concouru	déguerpi
badaudé	capitulé	condescendu	déjeuné
badiné	caracolé	contrevenu	démérité
baguenaudé	cascadé	contribué	démordu
bâillé	chancelé	conversé	déplu
banqueté	cheminé	convolé	dérogé
batifolé	circulé	coopéré	détoné
bavardé	clignoté	correspondu	détonné
bénéficié	coassé	croassé	devisé

dîné	giboyé	obvié	pué
discouru	godillé	officié	pullulé
disserté	gravité	opiné	radoté
divagué	grelotté	opté	raffolé
dogmatisé	grimacé	oscillé	ragé
dormi	grisonné	pactisé	râlé
duré	grogné	parlementé	rampé
enquêté	guerroyé	participé	réagi
entre-nui	henni	pataugé	récriminé
erré	herborisé	pâti	regimbé
été	hésité	patienté	régné
éternué	influé	péché	regorgé
étincelé	insisté	pédalé	rejailli
évolué	intercédé	péri	relui
excellé	jasé	périclité	remédié
excipé	jeûné	péroré	renâclé
faibli	joui	persévéré	rendu compte
failli	lambiné	persisté	renoncé
fainéanté	langui	pesté	résidé
fallu	larmoyé	pétillé	résisté
ferraillé	lésiné	philosophé	résonné
finassé	louvoyé	pirouetté	resplendi
flâné	lui	pivoté	ressemblé
flotté	lutté	planché	retenti
foisonné	maraudé	pleurniché	ri
folâtré	marché	plu (plaire)	ricané
fonctionné	médit	plu (pleuvoir)	rivalisé
fourmillé	menti	pouffé	rôdé
fraternisé	mésusé	pouliné	ronflé
frémi	miaulé	préexisté	roupillé
frétillé	mugi	préludé	ruisselé
frissonné	musé	procédé	sautillé
fructifié	navigué	profité	scintillé
gambadé	neigé	progressé	séjourné
geint	nui	prospéré	semblé
gémi	obtempéré	pu	sévi

siégé	sué	tergiversé	triomphé
sombré	suffi	tonné	trôné
sommeillé	surnagé	topé	trotté
songé	survécu	tournoyé	trottiné
soupé	sympathisé	toussé	vaqué
sourcillé	tablé	transigé	végété
souri	tâché	trébuché	verbalisé
subsisté	tardé	trépigné	verdoyé
subvenu	tâtonné	tressailli	vivoté
succédé	tempêté	trimé	vogué
succombé	temporisé	trinqué	voyagé

Histoire. L'accord du participe passé après *être* avec le sujet est présent dès l'ancien français. « Excusez nous, puis que sommes transsis, / Envers le fils de la Vierge Marie, / Que sa grace ne soit pour nous tarie » (Villon).

L'accord du participe passé après *avoir* avec le complément d'objet direct placé avant est courant. « Mult larges teres de vus avrai conquises [beaucoup de larges terres avec vous j'aurai conquises] » (*Chanson de Roland*). « En l'an de mon trentiesme aage, / Que toutes mes hontes j'eus beues » (Villon). La règle moderne fut d'abord formulée à la Renaissance par Clément Marot. Plus tard Vaugelas puis les grammairiens la détaillèrent en mille cas dont certains sont les fleurons de notre « criminelle orthographe » (Valéry).

L'alphabet phonétique international

VOYELLES		CONSONNES	
[a]	ami	[p]	pont
[ɑ]	pâte	[b]	bon
[ə]	le – je	[t]	tout
[e]	été	[d]	doux
[ɛ]	élève – lait	[k]	car – que
[ø]	jeu	[g]	gare
[œ]	jeune	[f]	fer
[i]	ami	[v]	verre
[u]	ou	[s]	basse – sous
[o]	mot – beau	[z]	base – zèbre
[ɔ]	botte	[ʃ]	chou
[y]	lune	[ʒ]	joue
		[l]	le
[ɑ̃]	dans	[ʀ]	rire
[ɛ̃]	fin – main	[m]	mon
[œ̃]	un	[n]	non
[ɔ̃]	on	[ɲ]	oignon
SEMI-VOYELLES OU SEMI-CONSONNES			
[j]	bille – œil		
[ɥ]	nuit		
[w]	oui		

Tableaux
de conjugaison

69 — ❶

CRAINDRE

craignant, craint(e) ❷
verbes en -aindre ❸
(➤ p. 135)

3ᴱ GROUPE

❹ ■ Trois radicaux à l'écrit : *crain-, craign-, craind-*.
❺ ■ Quatre radicaux à l'oral : [kʀɛ̃-], [kʀɛɲ-] et [kʀɛɲ] pour *craign-*, [kʀɛ̃d-].
■ Forme particulière du participe passé : *craint, -e*.
■ Le présent comporte deux radicaux écrits sur trois, et trois radicaux oraux sur quatre. Comparer leur disposition avec le subjonctif présent. Autre radical au futur.
❻ ■ Attention aux formes régulières *igni* de *craign-ions, craign-iez* (indicatif imparfait et subjonctif présent). Le deuxième *i* est dans la terminaison (au présent : *craign-ons*).

INFINITIF		PARTICIPE		IMPÉRATIF	
Présent	Passé	Présent	Passé	Présent	Passé
craindre	avoir craint	craignant ayant craint	craint, -e, -s, -es	crains craignons craignez	aie craint ayons craint ayez craint

INDICATIF

Présent	Imparfait	Passé simple	Futur simple	Conditionnel présent
je crains [kʀɛ̃-]	je craignais [e]	je craignis [e]	je craindrai [kʀɛ̃d-]	je craindrais
tu crains	tu craignais	tu craignis	tu craindras	tu craindrais
il craint	il craignait	il craignit	il craindra	il craindrait
nous craignons [kʀɛɲ-]	nous craignions [ɲj]	nous craignîmes	nous craindrons	nous craindrions
vous craignez	vous craigniez [ɲj]	vous craignîtes	vous craindrez	vous craindriez
ils craignent [kʀɛɲ-]	ils craignaient	ils craignirent	ils craindront	ils craindraient

Passé composé	Plus-que-parfait	Passé antérieur	Futur antérieur	Conditionnel passé
j'ai craint	j'avais craint	j'eus craint	j'aurai craint	j'aurais craint
tu as craint	tu avais craint	tu eus craint	tu auras craint	tu aurais craint
il a craint	il avait craint	il eut craint	il aura craint	il aurait craint
nous avons craint	nous avions craint	nous eûmes craint	nous aurons craint	nous aurions craint
vous avez craint	vous aviez craint	vous eûtes craint	vous aurez craint	vous auriez craint
ils ont craint	ils avaient craint	ils eurent craint	ils auront craint	ils auraient craint

SUBJONCTIF

Présent	Passé	Imparfait	Plus-que-parfait
que je craigne [ɛ]	que j'aie craint	que je craignisse [e]	que j'eusse craint
tu craignes	tu aies craint	tu craignisses	tu eusses craint
il craigne	il ait craint	il craignît	il eût craint
nous craignions [e]	nous ayons craint	nous craignissions	nous eussions craint
vous craigniez [e]	vous ayez craint	vous craignissiez	vous eussiez craint
ils craignent [ɛ]	ils aient craint	ils craignissent	ils eussent craint

Mode d'emploi des tableaux de conjugaison

❶ Numéro de la conjugaison. Dans la liste alphabétique des verbes, chaque verbe a un numéro qui permet de retrouver sa conjugaison : *craindre* 69.

❷ Infinitif, participe présent, participe passé. Ces données permettent d'identifier immédiatement le verbe. C'est à partir de l'infinitif qu'on pourra aller chercher le sens dans le dictionnaire. On voit aussi tout de suite si le participe passé est variable ou invariable.

❸ Les verbes qui ont la même conjugaison. *Craindre* est un verbe du 3ᵉ groupe. Pour ces verbes, il est possible de renvoyer à un tableau (➢ p. 134-136) qui comporte tous les verbes du 3ᵉ groupe. Pour les verbes du 1ᵉʳ groupe, on donne seulement une terminaison (verbes en *-eler*, en *-eter*...). Il y a trop de verbes pour les donner tous. Feuilletez la liste alphabétique des verbes : la conjugaison 3 revient sans cesse.

❹ Les radicaux du verbe à l'écrit. La vraie difficulté des conjugaisons, ce n'est pas les terminaisons mais les radicaux. Il faut donc les donner tout de suite. Il faut préciser dans quels temps on peut les apprendre et les mettre en valeur en rouge au moins une fois dans la conjugaison.

Rappel : le présent comporte toujours tous les radicaux ou un bon nombre d'entre eux. Il faut donc toujours apprendre avec soin le présent. Le reste suit. Voir : *Comment apprendre ou réviser les conjugaisons ?* (➢ p. 20).

❺ Les radicaux du verbe à l'oral. On n'apprend pas la conjugaison à l'écrit : il faut l'apprendre d'abord à l'oral. C'est à l'oral qu'on entend les différents radicaux. Le passage à l'écrit n'est pas toujours simple, mais connaître une conjugaison irrégulière à l'oral, c'est faire un bon pas pour la connaître à l'écrit. Comme les radicaux écrits, les radicaux de l'oral sont donnés au moins une fois dans la conjugaison.

❻ Commentaires sur l'orthographe. Les difficultés qu'il faut connaître pour mieux les surmonter. Elles sont présentées, commentées, éclairées. Et elles sont rappelées dans la conjugaison.

Les modes et les temps sont clairement indiqués. On peut les repérer tout de suite.

1

AVOIR

ayant, eu(e)

- Quatre radicaux à l'écrit : *av-, e-(u), au-, ai-*.
- Quatre radicaux à l'oral : [av-], [y-], [ɔ-], [ɛ-].
- Formes irrégulières (➤ p. 17) : *ai, as, a, ont, ait, ayons, ayez, ayant*.
- Il faut connaître par cœur la conjugaison orale et écrite des trois temps vraiment irréguliers : le présent de l'indicatif, le présent du subjonctif et le présent de l'impératif. Ils comportent les formes irrégulières et deux des radicaux : *av-, ai-*. Les autres radicaux s'apprennent au passé simple et au futur.
- Le verbe défectif familier *ravoir* ne s'emploie qu'à l'infinitif.

INFINITIF		PARTICIPE		IMPÉRATIF	
Présent	*Passé*	*Présent*	*Passé*	*Présent*	*Passé*
avoir	avoir eu	ayant	eu, eue, eus, eues	aie	aie eu
		ayant eu		ayons	ayons eu
				ayez	ayez eu

INDICATIF

Présent	*Imparfait*	*Passé simple*	*Futur simple*	*Conditionnel présent*
j'ai	j'avais	j'eus [y-]	j'aurai [ɔ-]	j'aurais
tu as	tu avais	tu eus	tu auras	tu aurais
il a	il avait	il eut	il aura	il aurait
nous avons [av-]	nous avions	nous eûmes	nous aurons	nous aurions
vous avez	vous aviez	vous eûtes	vous aurez	vous auriez
ils ont	ils avaient	ils eurent	ils auront	ils auraient
Passé composé	*Plus-que-parfait*	*Passé antérieur*	*Futur antérieur*	*Conditionnel passé*
j'ai eu	j'avais eu	j'eus eu	j'aurai eu	j'aurais eu
tu as eu	tu avais eu	tu eus eu	tu auras eu	tu aurais eu
il a eu	il avait eu	il eut eu	il aura eu	il aurait eu
nous avons eu	nous avions eu	nous eûmes eu	nous aurons eu	nous aurions eu
vous avez eu	vous aviez eu	vous eûtes eu	vous aurez eu	vous auriez eu
ils ont eu	ils avaient eu	ils eurent eu	ils auront eu	ils auraient eu

SUBJONCTIF

Présent	*Passé*	*Imparfait*	*Plus-que-parfait*
que j'aie [ɛ-]	que j'aie eu	que j'eusse	que j'eusse eu
tu aies	tu aies eu	tu eusses	tu eusses eu
il ait	il ait eu	il eût	il eût eu
nous ayons	nous ayons eu	nous eussions	nous eussions eu
vous ayez	vous ayez eu	vous eussiez	vous eussiez eu
ils aient	ils aient eu	ils eussent	ils eussent eu

ÊTRE

étant, été

- Cinq radicaux à l'écrit : *êt-*, *ét-*, *f-(u)*, *se-*, *soi-*.
- Cinq radicaux à l'oral : [ɛt-], [et-], [f-(y)], [sə-], [swa-].
- Formes irrégulières (➤ p. 17) : *suis, es, est, sommes, êtes, sont, sois, soit, soyons, soyez*.
- Apprendre par cœur la conjugaison orale et écrite des présents de l'indicatif, du subjonctif et de l'impératif : formes irrégulières et radical *soi-*. Voir ensuite l'imparfait et le passé simple. Futur et conditionnel : radical *se-*. Le *e* doit être prononcé dans *nous se-rions, vous se-riez*. Il est muet aux autres personnes sauf dans le sud de la France.
- Attention ! Le participe passé est invariable : *été*.

INFINITIF		PARTICIPE		IMPÉRATIF	
Présent	*Passé*	*Présent*	*Passé*	*Présent*	*Passé*
être [ɛt-]	avoir été	étant	été	sois	aie été
		ayant été		soyons	ayons été
				soyez	ayez été

INDICATIF

Présent	*Imparfait*	*Passé simple*	*Futur simple*	*Conditionnel présent*
je suis	j'étais [et-]	je fus [f-]	je serai [sə-]	je serais
tu es	tu étais	tu fus	tu seras	tu serais
il est	il était	il fut	il sera	il serait
nous sommes	nous étions	nous fûmes	nous serons	nous serions
vous êtes	vous étiez	vous fût	vous serez	vous seriez
ils sont	ils étaient	ils furent	ils seront	ils seraient
Passé composé	*Plus-que-parfait*	*Passé antérieur*	*Futur antérieur*	*Conditionnel passé*
j'ai été	j'avais été	j'eus été	j'aurai été	j'aurais été
tu as été	tu avais été	tu eus été	tu auras été	tu aurais été
il a été	il avait été	il eut été	il aura été	il aurait été
nous avons été	nous avions été	nous eûmes été	nous aurons été	nous aurions été
vous avez été	vous aviez été	vous eûtes été	vous aurez été	vous auriez été
ils ont été	ils avaient été	ils eurent été	ils auront été	ils auraient été

SUBJONCTIF

Présent	*Passé*	*Imparfait*	*Plus-que-parfait*
que je sois [swa-]	que j'aie été	que je fusse	que j'eusse été
tu sois	tu aies été	tu fusses	tu eusses été
il soit	il ait été	il fût	il eût été
nous soyons	nous ayons été	nous fussions	nous eussions été
vous soyez	vous ayez été	vous fussiez	vous eussiez été
ils soient	ils aient été	ils fussent	ils eussent été

3

CHANTER

chantant, chanté(e)

Iᴱᴿ GROUPE

- Un radical à l'écrit : *chant-*.
- Le même radical à l'oral : [ʃɑ̃t-].
- Caractéristiques générales des verbes du 1ᵉʳ groupe ➤ p. 18.
- Futur et conditionnel avec la marque interne *er*. Le *e* doit être prononcé dans *nous chant-er-ions*, *vous chant-er-iez*. Il est prononcé à toutes les personnes du futur et du conditionnel dans le sud de la France.
- Attention à la forme de l'impératif : *Chantes-en* où réapparaît un *-s*.
- Tour interrogatif à la 1ʳᵉ personne du présent : *Chanté-je ?*

INFINITIF		PARTICIPE		IMPÉRATIF	
Présent	*Passé*	*Présent*	*Passé*	*Présent*	*Passé*
chanter	avoir chanté	chantant	chanté, -e,	chante	aie chanté
		ayant chanté	-s, -es	chantons	ayons chanté
				chantez	ayez chanté

INDICATIF

Présent	*Imparfait*	*Passé simple*	*Futur simple*	*Conditionnel présent*
je chante [ʃɑ̃t-]	je chantais	je chantai	je chanterai	je chanterais
tu chantes	tu chantais	tu chantas	tu chanteras	tu chanterais
il chante	il chantait	il chanta	il chantera	il chanterait
nous chantons	nous chantions	nous chantâmes	nous chanterons	nous chanterions
vous chantez	vous chantiez	vous chantâtes	vous chanterez	vous chanteriez
ils chantent	ils chantaient	ils chantèrent	ils chanteront	ils chanteraient

Passé composé	*Plus-que-parfait*	*Passé antérieur*	*Futur antérieur*	*Conditionnel passé*
j'ai chanté	j'avais chanté	j'eus chanté	j'aurai chanté	j'aurais chanté
tu as chanté	tu avais chanté	tu eus chanté	tu auras chanté	tu aurais chanté
il a chanté	il avait chanté	il eut chanté	il aura chanté	il aurait chanté
nous avons chanté	nous avions chanté	nous eûmes chanté	nous aurons chanté	nous aurions chanté
vous avez chanté	vous aviez chanté	vous eûtes chanté	vous aurez chanté	vous auriez chanté
ils ont chanté	ils avaient chanté	ils eurent chanté	ils auront chanté	ils auraient chanté

SUBJONCTIF

Présent	*Passé*	*Imparfait*	*Plus-que-parfait*
que je chante	que j'aie chanté	que je chantasse	que j'eusse chanté
tu chantes	tu aies chanté	tu chantasses	tu eusses chanté
il chante	il ait chanté	il chantât	il eût chanté
nous chantions	nous ayons chanté	nous chantassions	nous eussions chanté
vous chantiez	vous ayez chanté	vous chantassiez	vous eussiez chanté
ils chantent	ils aient chanté	ils chantassent	ils eussent chanté

4

BRILLER

brillant, brillé
verbes en *-iller*, *-ailler*, *-ouiller*

IER GROUPE

- Un radical à l'écrit : *brill-*.
- Un radical à l'oral : [bʀij-].
- La conjugaison de *briller* est régulière.
- Mais attention aux formes régulières en *illi*. On y trouve le radical *brill-* suivi du *i* des terminaisons de l'imparfait et du présent du subjonctif : *brill-ions*, *brill-iez*. On les prononce [ijj] pour les distinguer du présent de l'indicatif : *brill-ons*, *brill-ez* [ij].

INFINITIF		PARTICIPE		IMPÉRATIF	
Présent	*Passé*	*Présent*	*Passé*	*Présent*	*Passé*
briller	avoir brillé	brillant	brillé	brille	aie brillé
		ayant brillé		brillons	ayons brillé
				brillez	ayez brillé

INDICATIF

Présent	*Imparfait*	*Passé simple*	*Futur simple*	*Conditionnel présent*
je brille [bʀij-]	je brillais	je brillai	je brillerai	je brillerais
tu brilles	tu brillais	tu brillas	tu brilleras	tu brillerais
il brille	il brillait	il brilla	il brillera	il brillerait
nous brillons [ij]	nous brillions [ijj]	nous brillâmes	nous brillerons	nous brillerions
vous brillez [ij]	vous brilliez [ijj]	vous brillâtes	vous brillerez	vous brilleriez
ils brillent	ils brillaient [ijj]	ils brillèrent	ils brilleront	ils brilleraient

Passé composé	*Plus-que-parfait*	*Passé antérieur*	*Futur antérieur*	*Conditionnel passé*
j'ai brillé	j'avais brillé	j'eus brillé	j'aurai brillé	j'aurais brillé
tu as brillé	tu avais brillé	tu eus brillé	tu auras brillé	tu aurais brillé
il a brillé	il avait brillé	il eut brillé	il aura brillé	il aurait brillé
nous avons brillé	nous avions brillé	nous eûmes brillé	nous aurons brillé	nous aurions brillé
vous avez brillé	vous aviez brillé	vous eûtes brillé	vous aurez brillé	vous auriez brillé
ils ont brillé	ils avaient brillé	ils eurent brillé	ils auront brillé	ils auraient brillé

SUBJONCTIF

Présent	*Passé*	*Imparfait*	*Plus-que-parfait*
que je brille	que j'aie brillé	que je brillasse	que j'eusse brillé
tu brilles	tu aies brillé	tu brillasses	tu eusses brillé
il brille	il ait brillé	il brillât	il eût brillé
nous brillions [ijj]	nous ayons brillé	nous brillassions	nous eussions brillé
vous brilliez [ijj]	vous ayez brillé	vous brillassiez	vous eussiez brillé
ils brillent	ils aient brillé	ils brillassent	ils eussent brillé

5

SIGNER

signant, signé(e)

Iᵉʳ GROUPE

- Un radical à l'écrit : *sign-*.
- Un radical à l'oral : [siɲ-].
- La conjugaison de *signer* est régulière.
- Mais attention aux formes régulières en *igni*. On y trouve le radical *sign-* suivi du *i* des terminaisons de l'imparfait et du présent du subjonctif : *sign-ions*, *sign-iez*. On les prononce [ɲj] pour les distinguer du présent de l'indicatif : *sign-ons*, *sign-ez*.

INFINITIF		PARTICIPE		IMPÉRATIF	
Présent	*Passé*	*Présent*	*Passé*	*Présent*	*Passé*
signer	avoir signé	signant	signé, -e, -s, -es	signe	aie signé
		ayant signé		signons	ayons signé
				signez	ayez signé

INDICATIF

Présent	*Imparfait*	*Passé simple*	*Futur simple*	*Conditionnel présent*
je signe [siɲ-]	je signais	je signai	je signerai	je signerais
tu signes	tu signais	tu signas	tu signeras	tu signerais
il signe	il signait	il signa	il signera	il signerait
nous signons	nous signions [iɲ·j]	nous signâmes	nous signerons	nous signerions
vous signez	vous signiez [iɲ·j]	vous signâtes	vous signerez	vous signeriez
ils signent	ils signaient	ils signèrent	ils signeront	ils signeraient

Passé composé	*Plus-que-parfait*	*Passé antérieur*	*Futur antérieur*	*Conditionnel passé*
j'ai signé	j'avais signé	j'eus signé	j'aurai signé	j'aurais signé
tu as signé	tu avais signé	tu eus signé	tu auras signé	tu aurais signé
il a signé	il avait signé	il eut signé	il aura signé	il aurait signé
nous avons signé	nous avions signé	nous eûmes signé	nous aurons signé	nous aurions signé
vous avez signé	vous aviez signé	vous eûtes signé	vous aurez signé	vous auriez signé
ils ont signé	ils avaient signé	ils eurent signé	ils auront signé	ils auraient signé

SUBJONCTIF

Présent	*Passé*	*Imparfait*	*Plus-que-parfait*
que je signe	que j'aie signé	que je signasse	que j'eusse signé
tu signes	tu aies signé	tu signasses	tu eusses signé
il signe	il ait signé	il signât	il eût signé
nous signions [iɲ·j]	nous ayons signé	nous signassions	nous eussions signé
vous signiez [iɲ·j]	vous ayez signé	vous signassiez	vous eussiez signé
ils signent	ils aient signé	ils signassent	ils eussent signé

6

CRÉER

créant, créé(e)
verbes en -éer

IER GROUPE

- Un radical à l'écrit : *cré-*.
- Deux radicaux à l'oral : [kʀɛ-], [kʀe-]. L'usage s'en tient souvent à un seul : [kʀe-].
- Attention aux formes écrites régulières qui semblent accumuler les *é* : *ée, éé, ééé*. Le premier *é* appartient toujours au radical. Les autres *e* ou *é* à la terminaison du verbe : *je cré-e, tu cré-es, il cré-era, il cré-erait*, participe passé *cré-é, cré-ée...*
- Attention aussi aux formes du pluriel de l'indicatif imparfait et du subjonctif présent : *nous cré-ions, vous cré-iez*. Radical *cré-*, terminaisons *-ions, -iez*.

INFINITIF		PARTICIPE		IMPÉRATIF	
Présent	*Passé*	*Présent*	*Passé*	*Présent*	*Passé*
créer	avoir créé	créant	créé, créée,	crée	aie créé
		ayant créé	-s, -es	créons	ayons créé
				créez	ayez créé

INDICATIF				
Présent	*Imparfait*	*Passé simple*	*Futur simple*	*Conditionnel présent*
je crée [kʀɛ-]	je créais [e]	je créai [e]	je créerai [e]	je créerais [e]
tu crées	tu créais	tu créas	tu créeras	tu créerais
il crée	il créait	il créa	il créera	il créerait
nous créons [kʀe-]	nous créions	nous créâmes	nous créerons	nous créerions
vous créez [e]	vous créiez	vous créâtes	vous créerez	vous créeriez
ils créent	ils créaient	ils créèrent	ils créeront	ils créeraient
Passé composé	*Plus-que-parfait*	*Passé antérieur*	*Futur antérieur*	*Conditionnel passé*
j'ai créé	j'avais créé	j'eus créé	j'aurai créé	j'aurais créé
tu as créé	tu avais créé	tu eus créé	tu auras créé	tu aurais créé
il a créé	il avait créé	il eut créé	il aura créé	il aurait créé
nous avons créé	nous avions créé	nous eûmes créé	nous aurons créé	nous aurions créé
vous avez créé	vous aviez créé	vous eûtes créé	vous aurez créé	vous auriez créé
ils ont créé	ils avaient créé	ils eurent créé	ils auront créé	ils auraient créé

SUBJONCTIF			
Présent	*Passé*	*Imparfait*	*Plus-que-parfait*
que je crée [ɛ]	que j'aie créé	que je créasse [e]	que j'eusse créé
tu crées	tu aies créé	tu créasses	tu eusses créé
il crée	il ait créé	il créât	il eût créé
nous créions [e]	nous ayons créé	nous créassions	nous eussions créé
vous créiez [e]	vous ayez créé	vous créassiez	vous eussiez créé
ils créent	ils aient créé	ils créassent	ils eussent créé

7

CRIER

criant, crié(e)
verbes en *-ier* [ije]

IER GROUPE

- Conjugaison régulière à l'écrit avec un seul radical : *cri-*.
- Mais il y a deux radicaux à l'oral : [kʁi-], [kʁij-].
- Dans *crier*, le *i* s'entend : [kʁi-e]. Dans *étudier*, le *i* ne se prononce pas : [etydj-e].
- Attention aux deux *ii* de *nous cri-ions, vous cri-iez* (indicatif imparfait et subjonctif présent). Le premier *i* appartient au radical, le deuxième à la terminaison. On prononce [ijj] pour distinguer du présent de l'indicatif : *cri-ons, cri-ez*.
- Futur et conditionnel : *il cri-er-a, il cri-er-ait*. Après le *i*, le *e* ne se prononce pas.

INFINITIF		PARTICIPE		IMPÉRATIF	
Présent	*Passé*	*Présent*	*Passé*	*Présent*	*Passé*
crier	avoir crié	criant	crié, -e, -s, -es	crie	aie crié
		ayant crié		crions	ayons crié
				criez	ayez crié

INDICATIF

Présent	*Imparfait*	*Passé simple*	*Futur simple*	*Conditionnel présent*
je crie [kʁi-]	je criais	je criai	je crierai	je crierais
tu cries	tu criais	tu crias	tu crieras	tu crierais
il crie	il criait	il cria	il criera	il crierait
nous crions [kʁij-]	nous criions [ijj]	nous criâmes	nous crierons	nous crierions
vous criez [kʁij-]	vous criiez [ijj]	vous criâtes	vous crierez	vous crieriez
ils crient	ils criaient	ils crièrent	ils crieront	ils crieraient
Passé composé	*Plus-que-parfait*	*Passé antérieur*	*Futur antérieur*	*Conditionnel passé*
j'ai crié	j'avais crié	j'eus crié	j'aurai crié	j'aurais crié
tu as crié	tu avais crié	tu eus crié	tu auras crié	tu aurais crié
il a crié	il avait crié	il eut crié	il aura crié	il aurait crié
nous avons crié	nous avions crié	nous eûmes crié	nous aurons crié	nous aurions crié
vous avez crié	vous aviez crié	vous eûtes crié	vous aurez crié	vous auriez crié
ils ont crié	ils avaient crié	ils eurent crié	ils auront crié	ils auraient crié

SUBJONCTIF

Présent	*Passé*	*Imparfait*	*Plus-que-parfait*
que je crie	que j'aie crié	que je criasse	que j'eusse crié
tu cries	tu aies crié	tu criasses	tu eusses crié
il crie	il ait crié	il criât	il eût crié
nous criions [ijj]	nous ayons crié	nous criassions	nous eussions crié
vous criiez [ijj]	vous ayez crié	vous criassiez	vous eussiez crié
ils crient	ils aient crié	ils criassent	ils eussent crié

8

ÉTUDIER

étudiant, étudié(e)
verbes en *-ier* [je]

IER GROUPE

- Conjugaison régulière à l'écrit avec un seul radical : *étudi-*.
- Mais il y a deux radicaux à l'oral : [etydi-], [etydj-].
- Attention aux deux *ii* de *nous étudi-ions, vous étudi-iez* (indicatif imparfait et subjonctif présent). Le premier *i* appartient au radical, le deuxième à la terminaison. On prononce [ij] pour distinguer du présent de l'indicatif : *étudi-ons, étudi-ez*.
- Futur et conditionnel : *il étudi-er-a, il étudi-er-ait*. Après le *i*, le *e* ne se prononce pas.
- À l'écrit, attention à distinguer : *je lierai* (*lier*) et *je lirai* (*lire*).

INFINITIF		PARTICIPE		IMPÉRATIF	
Présent	*Passé*	*Présent*	*Passé*	*Présent*	*Passé*
étudier	avoir étudié	étudiant	étudié, -e, -s, es	étudie	aie étudié
		ayant étudié		étudions	ayons étudié
				étudiez	ayez étudié

INDICATIF				
Présent	*Imparfait*	*Passé simple*	*Futur simple*	*Conditionnel présent*
j'étudie [etydi-]	j'étudiais	j'étudiai	j'étudierai	j'étudierais
tu étudies	tu étudiais	tu étudias	tu étudieras	tu étudierais
il étudie	il étudiait	il étudia	il étudiera	il étudierait
nous étudions [dj]	nous étudiions [ij]	nous étudiâmes	nous étudierons	nous étudierions
vous étudiez [dj]	vous étudiiez [ij]	vous étudiâtes	vous étudierez	vous étudieriez
ils étudient	ils étudiaient	ils étudièrent	ils étudieront	ils étudieraient
Passé composé	*Plus-que-parfait*	*Passé antérieur*	*Futur antérieur*	*Conditionnel passé*
j'ai étudié	j'avais étudié	j'eus étudié	j'aurai étudié	j'aurais étudié
tu as étudié	tu avais étudié	tu eus étudié	tu auras étudié	tu aurais étudié
il a étudié	il avait étudié	il eut étudié	il aura étudié	il aurait étudié
nous avons étudié	nous avions étudié	nous eûmes étudié	nous aurons étudié	nous aurions étudié
vous avez étudié	vous aviez étudié	vous eûtes étudié	vous aurez étudié	vous auriez étudié
ils ont étudié	ils avaient étudié	ils eurent étudié	ils auront étudié	ils auraient étudié

SUBJONCTIF			
Présent	*Passé*	*Imparfait*	*Plus-que-parfait*
que j'étudie	que j'aie étudié	que j'étudiasse	que j'eusse étudié
tu étudies	tu aies étudié	tu étudiasses	tu eusses étudié
il étudie	il ait étudié	il étudiât	il eût étudié
nous étudiions [ij]	nous ayons étudié	nous étudiassions	nous eussions étudié
vous étudiiez [ij]	vous ayez étudié	vous étudiassiez	vous eussiez étudié
ils étudient	ils aient étudié	ils étudiassent	ils eussent étudié

JOUER

jouant, joué(e)
verbes en -ouer

IER GROUPE

- Conjugaison régulière à l'écrit avec un seul radical : *jou-*.
- Mais il y a deux radicaux à l'oral : [ʒu-], [ʒw-].
- Présent et imparfait de l'indicatif utilisent les deux radicaux en croisant leurs places.
- Futur et conditionnel : *il jou-er-a, il jou-er-ait*. Après le *ou*, le *e* n'est pas prononcé.
- Dans *clouer, louer, renflouer, trouer*, etc., la conjugaison est régulière (modèle 3), elle ne comporte qu'un radical à l'écrit et à l'oral : le son *ou* [u] s'entend partout.

INFINITIF		PARTICIPE		IMPÉRATIF	
Présent	*Passé*	*Présent*	*Passé*	*Présent*	*Passé*
jouer [w]	avoir joué	jouant [w]	joué, -e, -s, -es	joue	aie joué
		ayant joué		jouons	ayons joué
				jouez	ayez joué

INDICATIF

Présent	*Imparfait*	*Passé simple*	*Futur simple*	*Conditionnel présent*
je joue [u]	je jouais [w]	je jouai [w]	je jouerai [u]	je jouerais [u]
tu joues [u]	tu jouais [w]	tu jouas	tu joueras	tu jouerais
il joue [u]	il jouait [w]	il joua	il jouera	il jouerait
nous jouons [w]	nous jouions [uj]	nous jouâmes	nous jouerons	nous jouerions
vous jouez [w]	vous jouiez [uj]	vous jouâtes	vous jouerez	vous joueriez
ils jouent [u]	ils jouaient [w]	ils jouèrent	ils joueront	ils joueraient

Passé composé	*Plus-que-parfait*	*Passé antérieur*	*Futur antérieur*	*Conditionnel passé*
j'ai joué	j'avais joué	j'eus joué	j'aurai joué	j'aurais joué
tu as joué	tu avais joué	tu eus joué	tu auras joué	tu aurais joué
il a joué	il avait joué	il eut joué	il aura joué	il aurait joué
nous avons joué	nous avions joué	nous eûmes joué	nous aurons joué	nous aurions joué
vous avez joué	vous aviez joué	vous eûtes joué	vous aurez joué	vous auriez joué
ils ont joué	ils avaient joué	ils eurent joué	ils auront joué	ils auraient joué

SUBJONCTIF

Présent	*Passé*	*Imparfait*	*Plus-que-parfait*
que je joue [u]	que j'aie joué	que je jouasse [w]	que j'eusse joué
tu joues	tu aies joué	tu jouasses	tu eusses joué
il joue	il ait joué	il jouât	il eût joué
nous jouions [uj]	nous ayons joué	nous jouassions	nous eussions joué
vous jouiez [uj]	vous ayez joué	vous jouassiez	vous eussiez joué
ils jouent	ils aient joué	ils jouassent	ils eussent joué

SALUER

saluant, salué(e)
verbes en -uer

IER GROUPE

- Conjugaison régulière à l'écrit avec un seul radical : *salu-*.
- Mais il y a deux radicaux à l'oral : [saly-], [salɥ-].
- Présent et imparfait de l'indicatif utilisent les deux radicaux en croisant leurs places.
- Futur et conditionnel : *il salu-er-a*, *il salu-er-ait*. Après le *u*, le *e* n'est pas prononcé.
- Dans *conspuer*, *fluctuer*, *obstruer*, *tonitruer*, etc., la conjugaison est régulière (modèle 3), elle ne comporte qu'un radical à l'écrit et à l'oral : le son *u* s'entend partout.

INFINITIF		PARTICIPE		IMPÉRATIF	
Présent	*Passé*	*Présent*	*Passé*	*Présent*	*Passé*
saluer [ɥ]	avoir salué	saluant [ɥ]	salué, -e, -s, -es	salue	aie salué
		ayant salué		saluons	ayons salué
				saluez	ayez salué

INDICATIF					
Présent	*Imparfait*	*Passé simple*	*Futur simple*	*Conditionnel présent*	
je salue [saly-]	je saluais [ɥ]	je saluai [ɥ]	je saluerai [y]	je saluerais [y]	
tu salues [y]	tu saluais	tu saluas	tu salueras	tu saluerais	
il salue [y]	il saluait	il salua	il saluera	il saluerait	
nous saluons [salɥ-]	nous saluions [yj]	nous saluâmes	nous saluerons	nous saluerions	
vous saluez [salɥ-]	vous saluiez [yj]	vous saluâtes	vous saluerez	vous salueriez	
ils saluent [y]	ils saluaient	ils saluèrent	ils salueront	ils salueraient	
Passé composé	*Plus-que-parfait*	*Passé antérieur*	*Futur antérieur*	*Conditionnel passé*	
j'ai salué	j'avais salué	j'eus salué	j'aurai salué	j'aurais salué	
tu as salué	tu avais salué	tu eus salué	tu auras salué	tu aurais salué	
il a salué	il avait salué	il eut salué	il aura salué	il aurait salué	
nous avons salué	nous avions salué	nous eûmes salué	nous aurons salué	nous aurions salué	
vous avez salué	vous aviez salué	vous eûtes salué	vous aurez salué	vous auriez salué	
ils ont salué	ils avaient salué	ils eurent salué	ils auront salué	ils auraient salué	

SUBJONCTIF			
Présent	*Passé*	*Imparfait*	*Plus-que-parfait*
que je salue [y]	que j'aie salué	que je saluasse [ɥ]	que j'eusse salué
tu salues	tu aies salué	tu saluasses	tu eusses salué
il salue	il ait salué	il saluât	il eût salué
nous saluions [yj]	nous ayons salué	nous saluassions	nous eussions salué
vous saluiez [yj]	vous ayez salué	vous saluassiez	vous eussiez salué
ils saluent	ils aient salué	ils saluassent	ils eussent salué

PAYER (1)

payant, payé(e)
verbes en *-ayer*

IER GROUPE

- Deux radicaux à l'écrit : *pai-, pay-*. On a donc une alternance *i / y*.
- Trois radicaux à l'oral : [pɛ-] et [pe-] pour *pai*, [pej-].
- Règle : *y* devient *i* devant un *e* muet (voir les trois présents, le futur et le conditionnel).
- Attention aux deux *yi* de *nous pay-ions, vous pay-iez* (indicatif imparfait et subjonctif présent). Le *y* appartient au radical, le *i* à la terminaison. On prononce [jj] pour distinguer du présent de l'indicatif : *pay-ons, pay-ez*.
- Futur et conditionnel : *il pai-er-a, il pai-er-ait*. Après le *i*, le *e* ne se prononce pas.

INFINITIF		PARTICIPE		IMPÉRATIF	
Présent	*Passé*	*Présent*	*Passé*	*Présent*	*Passé*
payer [e]	avoir payé	payant [e]	payé, -e, -s, -es	paie	aie payé
		ayant payé		payons	ayons payé
				payez	ayez payé

INDICATIF

Présent	*Imparfait*	*Passé simple*	*Futur simple*	*Conditionnel présent*
je paie [pɛ-]	je payais [ej]	je payai [ej]	je paierai [pe-]	je paierais [pe-]
tu paies	tu payais	tu payas	tu paieras	tu paierais
il paie	il payait	il paya	il paiera	il paierait
nous payons [pej-]	nous payions [ejj]	nous payâmes	nous paierons	nous paierions
vous payez [pej-]	vous payiez [ejj]	vous payâtes	vous paierez	vous paieriez
ils paient	ils payaient	ils payèrent	ils paieront	ils paieraient

Passé composé	*Plus-que-parfait*	*Passé antérieur*	*Futur antérieur*	*Conditionnel passé*
j'ai payé	j'avais payé	j'eus payé	j'aurai payé	j'aurais payé
tu as payé	tu avais payé	tu eus payé	tu auras payé	tu aurais payé
il a payé	il avait payé	il eut payé	il aura payé	il aurait payé
nous avons payé	nous avions payé	nous eûmes payé	nous aurons payé	nous aurions payé
vous avez payé	vous aviez payé	vous eûtes payé	vous aurez payé	vous auriez payé
ils ont payé	ils avaient payé	ils eurent payé	ils auront payé	ils auraient payé

SUBJONCTIF

Présent	*Passé*	*Imparfait*	*Plus-que-parfait*
que je paie [ɛ]	que j'aie payé	que je payasse [e]	que j'eusse payé
tu paies	tu aies payé	tu payasses	tu eusses payé
il paie	il ait payé	il payât	il eût payé
nous payions [ejj]	nous ayons payé	nous payassions	nous eussions payé
vous payiez [ejj]	vous ayez payé	vous payassiez	vous eussiez payé
ils paient	ils aient payé	ils payassent	ils eussent payé

PAYER (2)

payant, payé(e)
verbes en *-ayer*

IER GROUPE

- Un seul radical à l'écrit : *pay-*. On a donc un *y* à toutes les personnes.
- Mais il y a toujours deux radicaux à l'oral : [pɛj-], [pej-]. Alternance *è* ouvert / *é* fermé.
- Comme dans *payer 1*, attention aux *yi* de *nous pay-ions*, *vous pay-iez* (indicatif imparfait et subjonctif présent).
- Futur et conditionnel : *il pay-er-a*, *il pay-er-ait*. Le *e* doit être prononcé au conditionnel dans *nous payerions*, *vous payeriez*. On le prononce à toutes les personnes du futur et du conditionnel dans le sud de la France.

INFINITIF		PARTICIPE		IMPÉRATIF	
Présent	*Passé*	*Présent*	*Passé*	*Présent*	*Passé*
payer [e]	avoir payé	payant [e]	payé, -e, -s, -es	paye	aie payé
		ayant payé		payons	ayons payé
				payez	ayez payé

INDICATIF

Présent	*Imparfait*	*Passé simple*	*Futur simple*	*Conditionnel présent*
je paye [pɛj-]	je payais [ej]	je payai [ej]	je payerai [ej]	je payerais [ɛj]
tu payes	tu payais	tu payas	tu payeras	tu payerais
il paye	il payait	il paya	il payera	il payerait
nous payons [pej-]	nous payions [ejj]	nous payâmes	nous payerons	nous payerions
vous payez [pej-]	vous payiez [ejj]	vous payâtes	vous payerez	vous payeriez
ils payent	ils payaient	ils payèrent	ils payeront	ils payeraient
Passé composé	*Plus-que-parfait*	*Passé antérieur*	*Futur antérieur*	*Conditionnel passé*
j'ai payé	j'avais payé	j'eus payé	j'aurai payé	j'aurais payé
tu as payé	tu avais payé	tu eus payé	tu auras payé	tu aurais payé
il a payé	il avait payé	il eut payé	il aura payé	il aurait payé
nous avons payé	nous avions payé	nous eûmes payé	nous aurons payé	nous aurions payé
vous avez payé	vous aviez payé	vous eûtes payé	vous aurez payé	vous auriez payé
ils ont payé	ils avaient payé	ils eurent payé	ils auront payé	ils auraient payé

SUBJONCTIF

Présent	*Passé*	*Imparfait*	*Plus-que-parfait*
que je paye [ɛj]	que j'aie payé	que je payasse [e]	que j'eusse payé
tu payes	tu aies payé	tu payasses	tu eusses payé
il paye	il ait payé	il payât	il eût payé
nous payions [ejj]	nous ayons payé	nous payassions	nous eussions payé
vous payiez [ejj]	vous ayez payé	vous payassiez	vous eussiez payé
ils payent	ils aient payé	ils payassent	ils eussent payé

12

GRASSEYER

grasseyant, grasseyé(e)
verbes en -eyer

Iᴱᴿ GROUPE

- Un seul radical à l'écrit : *grassey-*. Le *y* est donc à toutes les personnes.
- Mais il y a deux radicaux à l'oral : [gʁasɛj-], [gʁasej-]. Alternance *è* ouvert / *é* fermé.
- Attention aux *yi* de *grassey-ions*, *grassey-iez* (indicatif imparfait et subjonctif présent). Le *y* appartient au radical, le *i* à la terminaison. On prononce [jj] pour distinguer du présent de l'indicatif : *grassey-ons*, *grassey-ez*.
- Le conditionnel emploie les deux radicaux de l'oral. Le *e* se prononce dans *grassey-er-ions*, *grassey-er-iez*. Il est prononcé à toutes les personnes du futur et du conditionnel dans le sud de la France.

INFINITIF		PARTICIPE		IMPÉRATIF	
Présent	*Passé*	*Présent*	*Passé*	*Présent*	*Passé*
grasseyer	avoir grasseyé	grasseyant	grasseyé, -e, -s, -es	grasseye	aie grasseyé
		ayant grasseyé		grasseyons	ayons grasseyé
				grasseyez	ayez grasseyé

INDICATIF

Présent	*Imparfait*	*Passé simple*	*Futur simple*	*Conditionnel présent*
je grasseye [ɛj]	je grasseyais [ej]	je grasseyai [ej]	je grasseyerai [ej]	je grasseyerais [sɛj-əʁ-]
tu grasseyes	tu grasseyais	tu grasseyas	tu grasseyeras	tu grasseyerais
il grasseye	il grasseyait	il grasseya	il grasseyera	il grasseyerait
nous grasseyons [ej]	nous grasseyions [jj]	nous grasseyâmes	nous grasseyerons	nous grasseyerions [sej-əʁ-j]
vous grasseyez [ej]	vous grasseyiez [jj]	vous grasseyâtes	vous grasseyerez	vous grasseyeriez [ej]
ils grasseyent	ils grasseyaient	ils grasseyèrent	ils grasseyeront	ils grasseyeraient

Passé composé	*Plus-que-parfait*	*Passé antérieur*	*Futur antérieur*	*Conditionnel passé*
j'ai grasseyé	j'avais grasseyé	j'eus grasseyé	j'aurai grasseyé	j'aurais grasseyé
tu as grasseyé	tu avais grasseyé	tu eus grasseyé	tu auras grasseyé	tu aurais grasseyé
il a grasseyé	il avait grasseyé	il eut grasseyé	il aura grasseyé	il aurait grasseyé
nous avons grasseyé	nous avions grasseyé	nous eûmes grasseyé	nous aurons grasseyé	nous aurions grasseyé
vous avez grasseyé	vous aviez grasseyé	vous eûtes grasseyé	vous aurez grasseyé	vous auriez grasseyé
ils ont grasseyé	ils avaient grasseyé	ils eurent grasseyé	ils auront grasseyé	ils auraient grasseyé

SUBJONCTIF

Présent	*Passé*	*Imparfait*	*Plus-que-parfait*
que je grasseye [ɛj]	que j'aie grasseyé	que je grasseyasse	que j'eusse grasseyé
tu grasseyes	tu aies grasseyé	tu grasseyasses	tu eusses grasseyé
il grasseye	il ait grasseyé	il grasseyât	il eût grasseyé
nous grasseyions [ejj]	nous ayons grasseyé	nous grasseyassions	nous eussions grasseyé
vous grasseyiez [ejj]	vous ayez grasseyé	vous grasseyassiez	vous eussiez grasseyé
ils grasseyent	ils aient grasseyé	ils grasseyassent	ils eussent grasseyé

13

ENVOYER

envoyant, envoyé(e)
renvoyer

IER GROUPE

- Trois radicaux à l'écrit : *envoi-, envoy-* (donc alternance *i / y*), *enve-*.
- Mêmes radicaux à l'oral : [ãvwa-], [ãvwaj-], [ãve-].
- Règle : *y* devient *i* devant un *e* muet (voir indicatif, subjonctif et impératif présents).
- Attention aux *yi* de *nous envoy-ions, vous envoy-iez* (indicatif imparfait et subjonctif présent). Le *y* appartient au radical, le *i* à la terminaison. On prononce [jj] pour distinguer du présent de l'indicatif : *envoy-ons, envoy-ez*.
- Le futur et le conditionnel ont un radical particulier avec une marque interne (➤ p. 18) de ces temps en *rr* : *il enve-rr-a, il enve-rr-ait*. On prononce un seul *r*.

INFINITIF		PARTICIPE		IMPÉRATIF	
Présent	*Passé*	*Présent*	*Passé*	*Présent*	*Passé*
envoyer	avoir envoyé	envoyant	envoyé, -e, -s, -es	envoie	aie envoyé
		ayant envoyé		envoyons	ayons envoyé
				envoyez	ayez envoyé

INDICATIF

Présent	*Imparfait*	*Passé simple*	*Futur simple*	*Conditionnel présent*
j'envoie [ãvwa-]	j'envoyais	j'envoyai	j'enverrai [ãve-]	j'enverrais
tu envoies	tu envoyais	tu envoyas	tu enverras	tu enverrais
il envoie	il envoyait	il envoya	il enverra	il enverrait
nous envoyons [ãvwaj-]	nous envoyions [jj]	nous envoyâmes	nous enverrons	nous enverrions
vous envoyez [j]	vous envoyiez [jj]	vous envoyâtes	vous enverrez	vous enverriez
ils envoient	ils envoyaient	ils envoyèrent	ils enverront	ils enverraient

Passé composé	*Plus-que-parfait*	*Passé antérieur*	*Futur antérieur*	*Conditionnel passé*
j'ai envoyé	j'avais envoyé	j'eus envoyé	j'aurai envoyé	j'aurais envoyé
tu as envoyé	tu avais envoyé	tu eus envoyé	tu auras envoyé	tu aurais envoyé
il a envoyé	il avait envoyé	il eut envoyé	il aura envoyé	il aurait envoyé
nous avons envoyé	nous avions envoyé	nous eûmes envoyé	nous aurons envoyé	nous aurions envoyé
vous avez envoyé	vous aviez envoyé	vous eûtes envoyé	vous aurez envoyé	vous auriez envoyé
ils ont envoyé	ils avaient envoyé	ils eurent envoyé	ils auront envoyé	ils auraient envoyé

SUBJONCTIF

Présent	*Passé*	*Imparfait*	*Plus-que-parfait*
que j'envoie	que j'aie envoyé	que j'envoyasse	que j'eusse envoyé
tu envoies	tu aies envoyé	tu envoyasses	tu eusses envoyé
il envoie	il ait envoyé	il envoyât	il eût envoyé
nous envoyions [jj]	nous ayons envoyé	nous envoyassions	nous eussions envoyé
vous envoyiez [jj]	vous ayez envoyé	vous envoyassiez	vous eussiez envoyé
ils envoient	ils aient envoyé	ils envoyassent	ils eussent envoyé

TABLEAUX DE CONJUGAISON 111

14

NETTOYER

nettoyant, nettoyé(e)
verbes en -oyer

IER GROUPE

- Deux radicaux à l'écrit : *nettoi-, nettoy-*. On a donc une alternance *i / y*.
- Mêmes radicaux à l'oral : [netwa-], [netwaj-].
- Règle : *y* devient *i* devant un *e* muet (voir les indicatif, subjonctif et impératif présents, le futur et le conditionnel).
- Attention aux *yi* de *nous nettoy-ions, vous nettoy-iez* (indicatif imparfait et subjonctif présent). Le *y* appartient au radical, le *i* à la terminaison. On prononce [jj] pour distinguer du présent de l'indicatif : *nettoy-ons, nettoy-ez*.
- Futur et conditionnel : *il nettoi-er-a, il nettoi-er-ait*. Le *e* ne se prononce pas.

INFINITIF		PARTICIPE		IMPÉRATIF	
Présent	*Passé*	*Présent*	*Passé*	*Présent*	*Passé*
nettoyer	avoir nettoyé	nettoyant	nettoyé, -e, -s, -es	nettoie	aie nettoyé
		ayant nettoyé		nettoyons	ayons nettoyé
				nettoyez	ayez nettoyé

INDICATIF				
Présent	*Imparfait*	*Passé simple*	*Futur simple*	*Conditionnel présent*
je nettoie [netwa-]	je nettoyais	je nettoyai	je nettoierai	je nettoierais
tu nettoies	tu nettoyais	tu nettoyas	tu nettoieras	tu nettoierais
il nettoie	il nettoyait	il nettoya	il nettoiera	il nettoierait
nous nettoyons [netwaj-]	nous nettoyions [jj]	nous nettoyâmes	nous nettoierons	nous nettoierions
vous nettoyez [j]	vous nettoyiez [jj]	vous nettoyâtes	vous nettoierez	vous nettoieriez
ils nettoient	ils nettoyaient	ils nettoyèrent	ils nettoieront	ils nettoieraient
Passé composé	*Plus-que-parfait*	*Passé antérieur*	*Futur antérieur*	*Conditionnel passé*
j'ai nettoyé	j'avais nettoyé	j'eus nettoyé	j'aurai nettoyé	j'aurais nettoyé
tu as nettoyé	tu avais nettoyé	tu eus nettoyé	tu auras nettoyé	tu aurais nettoyé
il a nettoyé	il avait nettoyé	il eut nettoyé	il aura nettoyé	il aurait nettoyé
nous avons nettoyé	nous avions nettoyé	nous eûmes nettoyé	nous aurons nettoyé	nous aurions nettoyé
vous avez nettoyé	vous aviez nettoyé	vous eûtes nettoyé	vous aurez nettoyé	vous auriez nettoyé
ils ont nettoyé	ils avaient nettoyé	ils eurent nettoyé	ils auront nettoyé	ils auraient nettoyé

SUBJONCTIF			
Présent	*Passé*	*Imparfait*	*Plus-que-parfait*
que je nettoie	que j'aie nettoyé	que je nettoyasse	que j'eusse nettoyé
tu nettoies	tu aies nettoyé	tu nettoyasses	tu eusses nettoyé
il nettoie	il ait nettoyé	il nettoyât	il eût nettoyé
nous nettoyions [jj]	nous ayons nettoyé	nous nettoyassions	nous eussions nettoyé
vous nettoyiez [jj]	vous ayez nettoyé	vous nettoyassiez	vous eussiez nettoyé
ils nettoient	ils aient nettoyé	ils nettoyassent	ils eussent nettoyé

15

ESSUYER

essuyant, essuyé(e)
verbes en -uyer
IER GROUPE

- Deux radicaux à l'écrit : *essui-, essuy-*. On a donc une alternance *i / y*.
- Mêmes radicaux à l'oral : [esɥi-], [esɥij-].
- Règle : *y* devient *i* devant un *e* muet (voir les indicatif, subjonctif et impératif présents, le futur et le conditionnel).
- Attention aux *yi* de *nous essuy-ions, vous essuy-iez* (indicatif imparfait et subjonctif présent). Le *y* appartient au radical, le *i* à la terminaison. On prononce [jj] pour distinguer du présent de l'indicatif : *essuy-ons, essuy-ez*.
- Futur et conditionnel : *il essui-er-a, il essui-er-ait*. Le *e* ne se prononce pas.

INFINITIF		PARTICIPE		IMPÉRATIF	
Présent	*Passé*	*Présent*	*Passé*	*Présent*	*Passé*
essuyer	avoir essuyé	essuyant	essuyé, -e, -s, -es	essuie	aie essuyé
		ayant essuyé		essuyons	ayons essuyé
				essuyez	ayez essuyé

INDICATIF

Présent	*Imparfait*	*Passé simple*	*Futur simple*	*Conditionnel présent*
j'essuie [esɥi-]	j'essuyais	j'essuyai	j'essuierai	j'essuierais
tu essuies	tu essuyais	tu essuyas	tu essuieras	tu essuierais
il essuie	il essuyait	il essuya	il essuiera	il essuierait
nous essuyons [esɥij-]	nous essuyions [jj]	nous essuyâmes	nous essuierons	nous essuierions
vous essuyez [esɥij-]	vous essuyiez [jj]	vous essuyâtes	vous essuierez	vous essuieriez
ils essuient	ils essuyaient	ils essuyèrent	ils essuieront	ils essuieraient

Passé composé	*Plus-que-parfait*	*Passé antérieur*	*Futur antérieur*	*Conditionnel passé*
j'ai essuyé	j'avais essuyé	j'eus essuyé	j'aurai essuyé	j'aurais essuyé
tu as essuyé	tu avais essuyé	tu eus essuyé	tu auras essuyé	tu aurais essuyé
il a essuyé	il avait essuyé	il eut essuyé	il aura essuyé	il aurait essuyé
nous avons essuyé	nous avions essuyé	nous eûmes essuyé	nous aurons essuyé	nous aurions essuyé
vous avez essuyé	vous aviez essuyé	vous eûtes essuyé	vous aurez essuyé	vous auriez essuyé
ils ont essuyé	ils avaient essuyé	ils eurent essuyé	ils auront essuyé	ils auraient essuyé

SUBJONCTIF

Présent	*Passé*	*Imparfait*	*Plus-que-parfait*
que j'essuie	que j'aie essuyé	que j'essuyasse	que j'eusse essuyé
tu essuies	tu aies essuyé	tu essuyasses	tu eusses essuyé
il essuie	il ait essuyé	il essuyât	il eût essuyé
nous essuyions [jj]	nous ayons essuyé	nous essuyassions	nous eussions essuyé
vous essuyiez [jj]	vous ayez essuyé	vous essuyassiez	vous eussiez essuyé
ils essuient	ils aient essuyé	ils essuyassent	ils eussent essuyé

16

aidant, aidé(e)
alternance [ɛ/e]
+ consonne + -er

IᵉᴿᴿER GROUPE

- Conjugaison régulière à l'écrit avec un seul radical : *aid-*.
- Mais il y a deux radicaux à l'oral : [ɛd-], [ed-]. Alternance *è* ouvert / *é* fermé.
- Le *è* ouvert précède toujours une syllabe avec un *e* muet. C'est pourquoi il est à toutes les personnes du futur. C'est pourquoi les deux radicaux alternent aux mêmes personnes des indicatif, conditionnel, subjonctif et impératif présents.
- Au conditionnel, le *e* se prononce dans *aid-er-ions*, *aid-er-iez*. Il est prononcé à toutes les personnes du futur et du conditionnel dans le sud de la France.

INFINITIF		PARTICIPE		IMPÉRATIF	
Présent	*Passé*	*Présent*	*Passé*	*Présent*	*Passé*
aider	avoir aidé	aidant [e]	aidé, -e, -s, -es	aide [ɛ]	aie aidé
		ayant aidé		aidons [e]	ayons aidé
				aidez [e]	ayez aidé

INDICATIF				
Présent	*Imparfait*	*Passé simple*	*Futur simple*	*Conditionnel présent*
j'aide [ɛd-]	j'aidais [e]	j'aidai [e]	j'aiderai [ɛ]	j'aiderais [ɛ]
tu aides	tu aidais	tu aidas	tu aideras	tu aiderais
il aide	il aidait	il aida	il aidera	il aiderait
nous aidons [ed-]	nous aidions	nous aidâmes	nous aiderons	nous aiderions [e]
vous aidez [ed-]	vous aidiez	vous aidâtes	vous aiderez	vous aideriez [e]
ils aident	ils aidaient	ils aidèrent	ils aideront	ils aideraient
Passé composé	*Plus-que-parfait*	*Passé antérieur*	*Futur antérieur*	*Conditionnel passé*
j'ai aidé	j'avais aidé	j'eus aidé	j'aurai aidé	j'aurais aidé
tu as aidé	tu avais aidé	tu eus aidé	tu auras aidé	tu aurais aidé
il a aidé	il avait aidé	il eut aidé	il aura aidé	il aurait aidé
nous avons aidé	nous avions aidé	nous eûmes aidé	nous aurons aidé	nous aurions aidé
vous avez aidé	vous aviez aidé	vous eûtes aidé	vous aurez aidé	vous auriez aidé
ils ont aidé	ils avaient aidé	ils eurent aidé	ils auront aidé	ils auraient aidé

SUBJONCTIF			
Présent	*Passé*	*Imparfait*	*Plus-que-parfait*
que j'aide [ɛ]	que j'aie aidé	que j'aidasse [e]	que j'eusse aidé
tu aides	tu aies aidé	tu aidasses	tu eusses aidé
il aide	il ait aidé	il aidât	il eût aidé
nous aidions [e]	nous ayons aidé	nous aidassions	nous eussions aidé
vous aidiez [e]	vous ayez aidé	vous aidassiez	vous eussiez aidé
ils aident	ils aient aidé	ils aidassent	ils eussent aidé

17

PLEURER

pleurant, pleuré(e)
alternance [œ/ø]
+ consonne + -er

Iᴱᴿ GROUPE

- Conjugaison régulière à l'écrit avec un seul radical : *pleur-*.
- Mais il y a deux radicaux à l'oral : [plœʀ-], [pløʀ-]. Alternance *peuple* [œ] / *peu* [ø].
- Les deux radicaux alternent aux mêmes personnes des indicatif, subjonctif et impératif présents. Mais ces deux sons connaissent beaucoup de variations régionales et souvent la conjugaison est complètement **régulière** sur un son ou sur l'autre.
- Au conditionnel, le *e* se prononce dans *pleur-er-ions*, *pleur-er-iez*. Il est prononcé à toutes les personnes du futur et du conditionnel dans le sud de la France.

INFINITIF		PARTICIPE		IMPÉRATIF	
Présent	*Passé*	*Présent*	*Passé*	*Présent*	*Passé*
pleurer [ø]	avoir pleuré	pleurant [ø]	pleuré, -e, -s, -es	pleure [œ]	aie pleuré
		ayant pleuré		pleurons	ayons pleuré
				pleurez	ayez pleuré

INDICATIF					
Présent	*Imparfait*	*Passé simple*	*Futur simple*	*Conditionnel présent*	
je pleure [plœʀ-]	je pleurais [ø]	je pleurai [ø]	je pleurerai [ø]	je pleurerais [ø]	
tu pleures [œ]	tu pleurais	tu pleuras	tu pleureras	tu pleurerais	
il pleure [œ]	il pleurait	il pleura	il pleurera	il pleurerait	
nous pleurons [pløʀ-]	nous pleurions	nous pleurâmes	nous pleurerons	nous pleurerions	
vous pleurez [ø]	vous pleuriez	vous pleurâtes	vous pleurerez	vous pleureriez	
ils pleurent [œ]	ils pleuraient	ils pleurèrent	ils pleureront	ils pleureraient	
Passé composé	*Plus-que-parfait*	*Passé antérieur*	*Futur antérieur*	*Conditionnel passé*	
j'ai pleuré	j'avais pleuré	j'eus pleuré	j'aurai pleuré	j'aurais pleuré	
tu as pleuré	tu avais pleuré	tu eus pleuré	tu auras pleuré	tu aurais pleuré	
il a pleuré	il avait pleuré	il eut pleuré	il aura pleuré	il aurait pleuré	
nous avons pleuré	nous avions pleuré	nous eûmes pleuré	nous aurons pleuré	nous aurions pleuré	
vous avez pleuré	vous aviez pleuré	vous eûtes pleuré	vous aurez pleuré	vous auriez pleuré	
ils ont pleuré	ils avaient pleuré	ils eurent pleuré	ils auront pleuré	ils auraient pleuré	

SUBJONCTIF			
Présent	*Passé*	*Imparfait*	*Plus-que-parfait*
que je pleure [œ]	que j'aie pleuré	que je pleurasse [ø]	que j'eusse pleuré
tu pleures [œ]	tu aies pleuré	tu pleurasses	tu eusses pleuré
il pleure [œ]	il ait pleuré	il pleurât	il eût pleuré
nous pleurions [ø]	nous ayons pleuré	nous pleurassions	nous eussions pleuré
vous pleuriez [ø]	vous ayez pleuré	vous pleurassiez	vous eussiez pleuré
ils pleurent [œ]	ils aient pleuré	ils pleurassent	ils eussent pleuré

18

COMMENCER

commençant, commencé(e)
verbes en -cer

IER GROUPE

- Deux radicaux à l'écrit : *commenc-*, *commenç-*. Soit l'alternance *c* / *ç*.
- Conjugaison régulière à l'oral avec un seul radical : [kɔmɑ̃s-].
- Règle : pour garder le son [s], on emploie *ç* cédille devant *a* et *o*. Autrement dit devant le *-ons* du présent et de l'impératif, les *-ai* de l'imparfait, les *-a*, *-â*, *-ass* du passé simple et du subjonctif imparfait, le *-ant* du participe présent.
- Au conditionnel, le *e* se prononce dans *commenc-er-ions*, *commenc-er-iez*. Il est prononcé à toutes les personnes du futur et du conditionnel dans le sud de la France.

INFINITIF		PARTICIPE		IMPÉRATIF	
Présent	*Passé*	*Présent*	*Passé*	*Présent*	*Passé*
commencer	avoir commencé	commençant	commencé, -e, -s, -es	commence	aie commencé
		ayant commencé		commençons	ayons commencé
				commencez	ayez commencé

INDICATIF

Présent	*Imparfait*	*Passé simple*	*Futur simple*	*Conditionnel présent*
je commence [kɔmɑ̃s-]	je commençais	je commençai	je commencerai	je commencerais
tu commences	tu commençais	tu commenças	tu commenceras	tu commencerais
il commence	il commençait	il commença	il commencera	il commencerait
nous commençons	nous commencions	nous commençâmes	nous commencerons	nous commencerions
vous commencez	vous commenciez	vous commençâtes	vous commencerez	vous commenceriez
ils commencent	ils commençaient	ils commencèrent	ils commenceront	ils commenceraient

Passé composé	*Plus-que-parfait*	*Passé antérieur*	*Futur antérieur*	*Conditionnel passé*
j'ai commencé	j'avais commencé	j'eus commencé	j'aurai commencé	j'aurais commencé
tu as commencé	tu avais commencé	tu eus commencé	tu auras commencé	tu aurais commencé
il a commencé	il avait commencé	il eut commencé	il aura commencé	il aurait commencé
nous avons commencé	nous avions commencé	nous eûmes commencé	nous aurons commencé	nous aurions commencé
vous avez commencé	vous aviez commencé	vous eûtes commencé	vous aurez commencé	vous auriez commencé
ils ont commencé	ils avaient commencé	ils eurent commencé	ils auront commencé	ils auraient commencé

SUBJONCTIF

Présent	*Passé*	*Imparfait*	*Plus-que-parfait*
que je commence	que j'aie commencé	que je commençasse	que j'eusse commencé
tu commences	tu aies commencé	tu commençasses	tu eusses commencé
il commence	il ait commencé	il commençât	il eût commencé
nous commencions	nous ayons commencé	nous commençassions	nous eussions commencé
vous commenciez	vous ayez commencé	vous commençassiez	vous eussiez commencé
ils commencent	ils aient commencé	ils commençassent	ils eussent commencé

ACQUIESCER

acquiesçant, acquiescé

Iᴱᴿ GROUPE

- Deux radicaux à l'écrit : *acquiesc-*, *acquiesç-*. Soit alternance *c / ç*.
- Deux radicaux à l'oral : [akjɛs-], [akjes-]. Soit l'alternance *è* ouvert / *é* fermé.
- Règle : pour garder le son [s], on emploie *ç* cédille devant *a* et *o*. Autrement dit devant le *-ons* du présent et de l'impératif, les *-ai* de l'imparfait, les *-a*, *-â*, *-ass* du passé simple et du subjonctif imparfait, le *-ant* du participe.
- Au conditionnel, le *e* se prononce dans *acquiesc-er-ions*, *acquiesc-er-iez*. Il est prononcé à toutes les personnes du futur et du conditionnel dans le sud de la France.

INFINITIF		PARTICIPE		IMPÉRATIF	
Présent	*Passé*	*Présent*	*Passé*	*Présent*	*Passé*
acquiescer	avoir acquiescé	acquiesçant	acquiescé	acquiesce [ɛ]	aie acquiescé
		ayant acquiescé		acquiesçons [e]	ayons acquiescé
				acquiescez [e]	ayez acquiescé

INDICATIF

Présent	*Imparfait*	*Passé simple*	*Futur simple*	*Conditionnel présent*
j'acquiesce [akjɛs-]	j'acquiesçais [e]	j'acquiesçai [e]	j'acquiescerai [ɛ]	j'acquiescerais [ɛ]
tu acquiesces	tu acquiesçais	tu acquiesças	tu acquiesceras	tu acquiescerais
il acquiesce	il acquiesçait	il acquiesça	il acquiescera	il acquiescerait
nous acquiesçons [akjes-]	nous acquiescions	nous acquiesçâmes	nous acquiescerons	nous acquiescerions [e]
vous acquiescez [akjes-]	vous acquiesciez	vous acquiesçâtes	vous acquiescerez	vous acquiesceriez [e]
ils acquiescent	ils acquiesçaient	ils acquiescèrent	ils acquiesceront	ils acquiesceraient
Passé composé	*Plus-que-parfait*	*Passé antérieur*	*Futur antérieur*	*Conditionnel passé*
j'ai acquiescé	j'avais acquiescé	j'eus acquiescé	j'aurai acquiescé	j'aurais acquiescé
tu as acquiescé	tu avais acquiescé	tu eus acquiescé	tu auras acquiescé	tu aurais acquiescé
il a acquiescé	il avait acquiescé	il eut acquiescé	il aura acquiescé	il aurait acquiescé
nous avons acquiescé	nous avions acquiescé	nous eûmes acquiescé	nous aurons acquiescé	nous aurions acquiescé
vous avez acquiescé	vous aviez acquiescé	vous eûtes acquiescé	vous aurez acquiescé	vous auriez acquiescé
ils ont acquiescé	ils avaient acquiescé	ils eurent acquiescé	ils auront acquiescé	ils auraient acquiescé

SUBJONCTIF

Présent	*Passé*	*Imparfait*	*Plus-que-parfait*
que j'acquiesce [ɛ]	que j'aie acquiescé	que j'acquiesçasse [e]	que j'eusse acquiescé
tu acquiesces	tu aies acquiescé	tu acquiesçasses	tu eusses acquiescé
il acquiesce	il ait acquiescé	il acquiesçât	il eût acquiescé
nous acquiescions [e]	nous ayons acquiescé	nous acquiesçassions	nous eussions acquiescé
vous acquiesciez [e]	vous ayez acquiescé	vous acquiesçassiez	vous eussiez acquiescé
ils acquiescent	ils aient acquiescé	ils acquiesçassent	ils eussent acquiescé

20

MANGER

mangeant, mangé(e)
verbes en -ger

IER GROUPE

- Deux radicaux à l'écrit : *mang-*, *mange-*. Soit l'alternance *g / ge*.
- Conjugaison régulière à l'oral avec un seul radical : [mãʒ-].
- Règle : pour garder le son [ʒ], on emploie *ge* devant *a* et *o*. Autrement dit devant le *-ons* du présent et de l'impératif, les *-ai* de l'imparfait, les *-a, -â, -ass* du passé simple et du subjonctif imparfait, le *-ant* du participe.
- Au conditionnel, le *e* se prononce dans *mang-er-ions*, *mang-er-iez*. Il est prononcé à toutes les personnes du futur et du conditionnel dans le sud de la France.

INFINITIF		PARTICIPE		IMPÉRATIF	
Présent	*Passé*	*Présent*	*Passé*	*Présent*	*Passé*
manger	avoir mangé	mangeant	mangé, -e, -s, -es	mange	aie mangé
		ayant mangé		mangeons	ayons mangé
				mangez	ayez mangé

INDICATIF

Présent	*Imparfait*	*Passé simple*	*Futur simple*	*Conditionnel présent*
je mange [mãʒ-]	je mangeais	je mangeai	je mangerai	je mangerais
tu manges	tu mangeais	tu mangeas	tu mangeras	tu mangerais
il mange	il mangeait	il mangea	il mangera	il mangerait
nous mangeons	nous mangions	nous mangeâmes	nous mangerons	nous mangerions
vous mangez	vous mangiez	vous mangeâtes	vous mangerez	vous mangeriez
ils mangent	ils mangeaient	ils mangèrent	ils mangeront	ils mangeraient

Passé composé	*Plus-que-parfait*	*Passé antérieur*	*Futur antérieur*	*Conditionnel passé*
j'ai mangé	j'avais mangé	j'eus mangé	j'aurai mangé	j'aurais mangé
tu as mangé	tu avais mangé	tu eus mangé	tu auras mangé	tu aurais mangé
il a mangé	il avait mangé	il eut mangé	il aura mangé	il aurait mangé
nous avons mangé	nous avions mangé	nous eûmes mangé	nous aurons mangé	nous aurions mangé
vous avez mangé	vous aviez mangé	vous eûtes mangé	vous aurez mangé	vous auriez mangé
ils ont mangé	ils avaient mangé	ils eurent mangé	ils auront mangé	ils auraient mangé

SUBJONCTIF

Présent	*Passé*	*Imparfait*	*Plus-que-parfait*
que je mange	que j'aie mangé	que je mangeasse	que j'eusse mangé
tu manges	tu aies mangé	tu mangeasses	tu eusses mangé
il mange	il ait mangé	il mangeât	il eût mangé
nous mangions	nous ayons mangé	nous mangeassions	nous eussions mangé
vous mangiez	vous ayez mangé	vous mangeassiez	vous eussiez mangé
ils mangent	ils aient mangé	ils mangeassent	ils eussent mangé

21

DÉNEIGER

déneigeant, déneigé(e)
verbes en -ger

Iᴱᴿ GROUPE

- Deux radicaux à l'écrit : *déneig-*, *déneige-*. Alternance *g / ge*.
- Deux radicaux à l'oral : [deneʒ-], [deneʒ-]. Alternance *è* ouvert / *é* fermé.
- Règle : pour garder le son [ʒ], on emploie *ge* devant *a* et *o*. Autrement dit devant le *-ons* du présent et de l'impératif, les *-ai* de l'imparfait, les *-a*, *-â*, *-ass* du passé simple et du subjonctif imparfait, le *-ant* du participe.
- Au conditionnel, le *e* se prononce dans *déneig-er-ions*, *déneig-er-iez*. Il est prononcé à toutes les personnes du futur et du conditionnel dans le sud de la France.
- Le verbe *neiger* est impersonnel, 122.

INFINITIF		PARTICIPE		IMPÉRATIF	
Présent	*Passé*	*Présent*	*Passé*	*Présent*	*Passé*
déneiger	avoir déneigé	déneigeant [e]	déneigé, -e, -s, -es	déneige [ɛ]	aie déneigé
		ayant déneigé		déneigeons [e]	ayons déneigé
				déneigez [e]	ayez déneigé

INDICATIF

Présent	*Imparfait*	*Passé simple*	*Futur simple*	*Conditionnel présent*
je déneige [deneʒ-]	je déneigeais [e]	je déneigeai [e]	je déneigerai [ɛ]	je déneigerais [ɛ]
tu déneiges	tu déneigeais	tu déneigeas	tu déneigeras	tu déneigerais
il déneige	il déneigeait	il déneigea	il déneigera	il déneigerait
nous déneigeons [deneʒ-]	nous déneigions	nous déneigeâmes	nous déneigerons	nous déneigerions [e]
vous déneigez [e]	vous déneigiez	vous déneigeâtes	vous déneigerez	vous déneigeriez [e]
ils déneigent	ils déneigeaient	ils déneigèrent	ils déneigeront	ils déneigeraient

Passé composé	*Plus-que-parfait*	*Passé antérieur*	*Futur antérieur*	*Conditionnel passé*
j'ai déneigé [e]	j'avais déneigé	j'eus déneigé	j'aurai déneigé	j'aurais déneigé
tu as déneigé	tu avais déneigé	tu eus déneigé	tu auras déneigé	tu aurais déneigé
il a déneigé	il avait déneigé	il eut déneigé	il aura déneigé	il aurait déneigé
nous avons déneigé	nous avions déneigé	nous eûmes déneigé	nous aurons déneigé	nous aurions déneigé
vous avez déneigé	vous aviez déneigé	vous eûtes déneigé	vous aurez déneigé	vous auriez déneigé
ils ont déneigé	ils avaient déneigé	ils eurent déneigé	ils auront déneigé	ils auraient déneigé

SUBJONCTIF

Présent	*Passé*	*Imparfait*	*Plus-que-parfait*
que je déneige [ɛ]	que j'aie déneigé	que je déneigeasse [e]	que j'eusse déneigé
tu déneiges	tu aies déneigé	tu déneigeasses	tu eusses déneigé
il déneige	il ait déneigé	il déneigeât	il eût déneigé
nous déneigions [e]	nous ayons déneigé	nous déneigeassions	nous eussions déneigé
vous déneigiez [e]	vous ayez déneigé	vous déneigeassiez	vous eussiez déneigé
ils déneigent	ils aient déneigé	ils déneigeassent	ils eussent déneigé

ARGUER

arguant, argué(e)

Iᴱᴿ GROUPE

- Il faut que le *u* soit prononcé partout. Donc, quand *u* précède un *e* muet, on écrit *uë* : *j'arguë, tu arguës, il arguëra...* Orthographe traditionnelle.
- Proposition de l'Académie reprise par les Rectifications de l'orthographe de 1990, placer le tréma sur tous les *ü* prononcés : *j'argüe, tu argües* mais aussi *j'argüais...*
- Autre possibilité : « savoir » qu'on prononce toujours le *u*, et écrire : *j'argue* (prononcé arg-u), *tu argues, il arguera...*
- Nous donnons l'orthographe traditionnelle et des exemples de celle de l'Académie.

INFINITIF		PARTICIPE		IMPÉRATIF	
Présent	*Passé*	*Présent*	*Passé*	*Présent*	*Passé*
arguer, argüer	avoir argué, argüé	arguant, argüant	argué, -e, -s, -es, argüé	arguë, argüe	aie argué (argüé)
		ayant argué		arguons, argüons	ayons argué
				arguez	ayez argué

INDICATIF

Présent	*Imparfait*	*Passé simple*	*Futur simple*	*Conditionnel présent*
j'arguë, argüe	j'arguais, argüais	j'arguai, argüai	j'arguërai, argüerai	j'arguërais, argüerais
tu arguës	tu arguais	tu arguas	tu arguëras	tu arguërais
il arguë	il arguait	il argua	il arguëra	il arguërait
nous arguons, argüons	nous arguions, argüions	nous arguâmes	nous arguërons	nous arguërions
vous arguez	vous arguiez	vous arguâtes	vous arguërez	vous arguëriez
ils arguënt	ils arguaient	ils arguèrent	ils arguëront	ils arguëraient

Passé composé	*Plus-que-parfait*	*Passé antérieur*	*Futur antérieur*	*Conditionnel passé*
j'ai argué (argüé)	j'avais argué (argüé)	j'eus argué (argüé)	j'aurai argué (argüé)	j'aurais argué (argüé)
tu as argué	tu avais argué	tu eus argué	tu auras argué	tu aurais argué
il a argué	il avait argué	il eut argué	il aura argué	il aurait argué
nous avons argué	nous avions argué	nous eûmes argué	nous aurons argué	nous aurions argué
vous avez argué	vous aviez argué	vous eûtes argué	vous aurez argué	vous auriez argué
ils ont argué	ils avaient argué	ils eurent argué	ils auront argué	ils auraient argué

SUBJONCTIF

Présent	*Passé*	*Imparfait*	*Plus-que-parfait*
que j'arguë, argüe	que j'aie argué (argüé)	que j'arguasse, argüasse	que j'eusse argué (argüé)
tu arguës	tu aies argué	tu arguasses	tu eusses argué
il arguë	il ait argué	il arguât	il eût argué
nous arguions	nous ayons argué	nous arguassions	nous eussions argué
vous arguiez	vous ayez argué	vous arguassiez	vous eussiez argué
ils arguënt	ils aient argué	ils arguassent	ils eussent argué

23

DÉPECER

dépeçant, dépecé(e)
verbes en -ecer

IER GROUPE

- Trois radicaux à l'écrit : *dépec-, dépeç-, dépèc-*. Alternance *c* / *ç*.
- Deux radicaux à l'oral : [depəs-], [depɛs-]. Alternance *e* neutre / *è* ouvert.
- Première règle : *e* devient *è* devant un *e* muet (voir indicatif, subjonctif et impératif présents, futur et conditionnel).
- Deuxième règle : pour conserver le son [s], le *c* devient *ç* devant *a* et *o* (voir *dépeçons*, l'imparfait, le passé simple et le subjonctif imparfait).
- Au conditionnel, le *e* se prononce dans *dépèc-er-ions, dépèc-er-iez*. Il est prononcé à toutes les personnes du futur et du conditionnel dans le sud de la France.

INFINITIF		PARTICIPE		IMPÉRATIF	
Présent	**Passé**	**Présent**	**Passé**	**Présent**	**Passé**
dépecer	avoir dépecé	dépeçant	dépecé, -e, -s, -es	dépèce	aie dépecé
		ayant dépecé		dépeçons	ayons dépecé
				dépecez	ayez dépecé

INDICATIF

Présent	**Imparfait**	**Passé simple**	**Futur simple**	**Conditionnel présent**
je dépèce [depɛs-]	je dépeçais	je dépeçai	je dépècerai	je dépècerais
tu dépèces	tu dépeçais	tu dépeças	tu dépèceras	tu dépècerais
il dépèce	il dépeçait	il dépeça	il dépècera	il dépècerait
nous dépeçons [depəs-]	nous dépecions	nous dépeçâmes	nous dépècerons	nous dépècerions
vous dépecez	vous dépeciez	vous dépeçâtes	vous dépècerez	vous dépèceriez
ils dépècent	ils dépeçaient	ils dépecèrent	ils dépèceront	ils dépèceraient
Passé composé	**Plus-que-parfait**	**Passé antérieur**	**Futur antérieur**	**Conditionnel passé**
j'ai dépecé	j'avais dépecé	j'eus dépecé	j'aurai dépecé	j'aurais dépecé
tu as dépecé	tu avais dépecé	tu eus dépecé	tu auras dépecé	tu aurais dépecé
il a dépecé	il avait dépecé	il eut dépecé	il aura dépecé	il aurait dépecé
nous avons dépecé	nous avions dépecé	nous eûmes dépecé	nous aurons dépecé	nous aurions dépecé
vous avez dépecé	vous aviez dépecé	vous eûtes dépecé	vous aurez dépecé	vous auriez dépecé
ils ont dépecé	ils avaient dépecé	ils eurent dépecé	ils auront dépecé	ils auraient dépecé

SUBJONCTIF

Présent	**Passé**	**Imparfait**	**Plus-que-parfait**
que je dépèce	que j'aie dépecé	que je dépeçasse	que j'eusse dépecé
tu dépèces	tu aies dépecé	tu dépeçasses	tu eusses dépecé
il dépèce	il ait dépecé	il dépeçât	il eût dépecé
nous dépecions	nous ayons dépecé	nous dépeçassions	nous eussions dépecé
vous dépeciez	vous ayez dépecé	vous dépeçassiez	vous eussiez dépecé
ils dépècent	ils aient dépecé	ils dépeçassent	ils eussent dépecé

24

GELER

gelant, gelé(e)
verbes en -eler (-èle)

IER GROUPE

- Deux radicaux à l'écrit : *gel-*, *gèl-*.
- Deux ou trois radicaux à l'oral : [ʒəl-], [ʒɛl-], [ʒl-]. Donc une alternance *e* neutre / *è* ouvert.
- Règle : *e* devient *è* devant un *e* muet (voir les indicatif, subjonctif et impératif présents, le futur et le conditionnel).
- Au conditionnel, le *e* se prononce dans *gèl-er-ions*, *gèl-er-iez*. Dans le sud de la France, il est prononcé à toutes les personnes où il apparaît. Ailleurs, il est généralement élidé : *nous gelons* [ʒlɔ̃], *on gelait* [ʒlɛ].

INFINITIF		PARTICIPE		IMPÉRATIF	
Présent	*Passé*	*Présent*	*Passé*	*Présent*	*Passé*
geler	avoir gelé	gelant	gelé, -e, -s, -es	gèle	aie gelé
		ayant gelé		gelons	ayons gelé
				gelez	ayez gelé

INDICATIF

Présent	*Imparfait*	*Passé simple*	*Futur simple*	*Conditionnel présent*
je gèle [ʒɛl-]	je gelais	je gelai	je gèlerai	je gèlerais
tu gèles	tu gelais	tu gelas	tu gèleras	tu gèlerais
il gèle	il gelait	il gela	il gèlera	il gèlerait
nous gelons [ʒəl-] [ʒl-]	nous gelions	nous gelâmes	nous gèlerons	nous gèlerions
vous gelez	vous geliez	vous gelâtes	vous gèlerez	vous gèleriez
ils gèlent	ils gelaient	ils gelèrent	ils gèleront	ils gèleraient

Passé composé	*Plus-que-parfait*	*Passé antérieur*	*Futur antérieur*	*Conditionnel passé*
j'ai gelé	j'avais gelé	j'eus gelé	j'aurai gelé	j'aurais gelé
tu as gelé	tu avais gelé	tu eus gelé	tu auras gelé	tu aurais gelé
il a gelé	il avait gelé	il eut gelé	il aura gelé	il aurait gelé
nous avons gelé	nous avions gelé	nous eûmes gelé	nous aurons gelé	nous aurions gelé
vous avez gelé	vous aviez gelé	vous eûtes gelé	vous aurez gelé	vous auriez gelé
ils ont gelé	ils avaient gelé	ils eurent gelé	ils auront gelé	ils auraient gelé

SUBJONCTIF

Présent	*Passé*	*Imparfait*	*Plus-que-parfait*
que je gèle	que j'aie gelé	que je gelasse	que j'eusse gelé
tu gèles	tu aies gelé	tu gelasses	tu eusses gelé
il gèle	il ait gelé	il gelât	il eût gelé
nous gelions	nous ayons gelé	nous gelassions	nous eussions gelé
vous geliez	vous ayez gelé	vous gelassiez	vous eussiez gelé
ils gèlent	ils aient gelé	ils gelassent	ils eussent gelé

25

APPELER

appelant, appelé(e)
verbes en -eler (-elle)

IER GROUPE

- Deux radicaux à l'écrit : *appel-, appell-*.
- Deux ou trois radicaux à l'oral : [apɛl-], [apl-] et [apəl-] pour *appelions, appeliez*.
- Règle d'écriture : *el-* devient *ell-* devant une syllabe avec un *e* muet (voir les présents de l'indicatif, du subjonctif et de l'impératif, le futur et le conditionnel).
- Au conditionnel, le *e* se prononce dans *appell-er-ions, appell-er-iez*. Dans le sud de la France, il est prononcé à toutes les personnes où il apparaît. Ailleurs, il est généralement élidé : *nous appelons* [aplɔ̃], *on appelait* [aplɛ].
- Les Rectifications de l'orthographe de 1990 permettent de conjuguer tous les verbes en *-eler* sur le modèle de *geler*, 24, sauf *appeler* et les verbes de la même famille.

INFINITIF		PARTICIPE		IMPÉRATIF	
Présent	*Passé*	*Présent*	*Passé*	*Présent*	*Passé*
appeler	avoir appelé	appelant	appelé, -e, -s, -es	appelle	aie appelé
		ayant appelé		appelons	ayons appelé
				appelez	ayez appelé

INDICATIF				
Présent	*Imparfait*	*Passé simple*	*Futur simple*	*Conditionnel présent*
j'appelle [apɛl-]	j'appelais	j'appelai	j'appellerai	j'appellerais
tu appelles	tu appelais	tu appelas	tu appelleras	tu appellerais
il appelle	il appelait	il appela	il appellera	il appellerait
nous appelons [apl-/apəl-]	nous appelions	nous appelâmes	nous appellerons	nous appellerions
vous appelez	vous appeliez	vous appelâtes	vous appellerez	vous appelleriez
ils appellent	ils appelaient	ils appelèrent	ils appelleront	ils appelleraient
Passé composé	*Plus-que-parfait*	*Passé antérieur*	*Futur antérieur*	*Conditionnel passé*
j'ai appelé	j'avais appelé	j'eus appelé	j'aurai appelé	j'aurais appelé
tu as appelé	tu avais appelé	tu eus appelé	tu auras appelé	tu aurais appelé
il a appelé	il avait appelé	il eut appelé	il aura appelé	il aurait appelé
nous avons appelé	nous avions appelé	nous eûmes appelé	nous aurons appelé	nous aurions appelé
vous avez appelé	vous aviez appelé	vous eûtes appelé	vous aurez appelé	vous auriez appelé
ils ont appelé	ils avaient appelé	ils eurent appelé	ils auront appelé	ils auraient appelé

SUBJONCTIF			
Présent	*Passé*	*Imparfait*	*Plus-que-parfait*
que j'appelle	que j'aie appelé	que j'appelasse	que j'eusse appelé
tu appelles	tu aies appelé	tu appelasses	tu eusses appelé
il appelle	il ait appelé	il appelât	il eût appelé
nous appelions [apəl-]	nous ayons appelé	nous appelassions	nous eussions appelé
vous appeliez [apəl-]	vous ayez appelé	vous appelassiez	vous eussiez appelé
ils appellent	ils aient appelé	ils appelassent	ils eussent appelé

26

INTERPELLER

interpellant, interpellé(e)
verbes en -eller

Iᴱᴿ GROUPE

- Un radical à l'écrit : *interpell-*.
- Deux radicaux à l'oral : [ɛ̃tɛʀpəl-], [ɛ̃tɛʀpɛl-]. Alternance *e* neutre / *è* ouvert.
- Le radical écrit étant fixe, l'alternance vocalique n'a pas d'incidence sur l'orthographe.
- Au conditionnel, le *e* se prononce dans *interpell-er-ions, interpell-er-iez*. Dans le sud de la France, il est prononcé à toutes les personnes du futur et du conditionnel.
- Les Rectifications de l'orthographe de 1990 permettent d'écrire *interpeler*. Le verbe rejoint alors la conjugaison de *geler*, 24.

INFINITIF		PARTICIPE		IMPÉRATIF	
Présent	*Passé*	*Présent*	*Passé*	*Présent*	*Passé*
interpeller	avoir interpellé	interpellant	interpellé, -e, -s, -es	interpelle	aie interpellé
		ayant interpellé		interpellons	ayons interpellé
				interpellez	ayez interpellé

INDICATIF

Présent	*Imparfait*	*Passé simple*	*Futur simple*	*Conditionnel présent*
j'interpelle [ɛl-]	j'interpellais [ə]	j'interpellai [ə]	j'interpellerai [ɛ]	j'interpellerais [ɛ]
tu interpelles	tu interpellais	tu interpellas	tu interpelleras	tu interpellerais
il interpelle	il interpellait	il interpella	il interpellera	il interpellerait
nous interpellons [əl-]	nous interpellions	nous interpellâmes	nous interpellerons	nous interpellerions
vous interpellez [əl-]	vous interpelliez	vous interpellâtes	vous interpellerez	vous interpelleriez
ils interpellent	ils interpellaient	ils interpellèrent	ils interpelleront	ils interpelleraient

Passé composé	*Plus-que-parfait*	*Passé antérieur*	*Futur antérieur*	*Conditionnel passé*
j'ai interpellé	j'avais interpellé	j'eus interpellé	j'aurai interpellé	j'aurais interpellé
tu as interpellé	tu avais interpellé	tu eus interpellé	tu auras interpellé	tu aurais interpellé
il a interpellé	il avait interpellé	il eut interpellé	il aura interpellé	il aurait interpellé
nous avons interpellé	nous avions interpellé	nous eûmes interpellé	nous aurons interpellé	nous aurions interpellé
vous avez interpellé	vous aviez interpellé	vous eûtes interpellé	vous aurez interpellé	vous auriez interpellé
ils ont interpellé	ils avaient interpellé	ils eurent interpellé	ils auront interpellé	ils auraient interpellé

SUBJONCTIF

Présent	*Passé*	*Imparfait*	*Plus-que-parfait*
que j'interpelle [ɛ]	que j'aie interpellé	que j'interpellasse	que j'eusse interpellé
tu interpelles	tu aies interpellé	tu interpellasses	tu eusses interpellé
il interpelle	il ait interpellé	il interpellât	il eût interpellé
nous interpellions [ə]	nous ayons interpellé	nous interpellassions	nous eussions interpellé
vous interpelliez [ə]	vous ayez interpellé	vous interpellassiez	vous eussiez interpellé
ils interpellent	ils aient interpellé	ils interpellassent	ils eussent interpellé

27

ACHETER

achetant, acheté(e)
verbes en -eter (-ète)

IᴱᴿGROUPE

- Deux radicaux à l'écrit : *achet-*, *achèt-*.
- Deux ou trois radicaux à l'oral : [aʃət], [aʃɛt-], [aʃt-]. Alternance *e* neutre / *è* ouvert.
- Règle : le *e* devient *è* devant une syllabe avec un *e* muet (voir le présent de l'indicatif, du subjonctif et de l'impératif, le futur et le conditionnel).
- Au conditionnel, le *e* se prononce dans *achèt-er-ions, achèt-er-iez*. Dans le sud de la France, il est prononcé à toutes les personnes où il apparaît. Ailleurs, il est souvent élidé : *nous achetons* [aʃtɔ̃], *on achetait* [aʃtɛ].

INFINITIF		PARTICIPE		IMPÉRATIF	
Présent	*Passé*	*Présent*	*Passé*	*Présent*	*Passé*
acheter	avoir acheté	achetant	acheté, -e, -s, -es	achète	aie acheté
		ayant acheté		achetons	ayons acheté
				achetez	ayez acheté

INDICATIF				
Présent	*Imparfait*	*Passé simple*	*Futur simple*	*Conditionnel présent*
j'achète [aʃɛt-]	j'achetais	j'achetai	j'achèterai	j'achèterais
tu achètes	tu achetais	tu achetas	tu achèteras	tu achèterais
il achète	il achetait	il acheta	il achèterait	il achèterait
nous achetons [aʃ(ə)t-]	nous achetions	nous achetâmes	nous achèterons	nous achèterions
vous achetez	vous achetiez	vous achetâtes	vous achèterez	vous achèteriez
ils achètent	ils achetaient	ils achetèrent	ils achèteront	ils achèteraient
Passé composé	*Plus-que-parfait*	*Passé antérieur*	*Futur antérieur*	*Conditionnel passé*
j'ai acheté	j'avais acheté	j'eus acheté	j'aurai acheté	j'aurais acheté
tu as acheté	tu avais acheté	tu eus acheté	tu auras acheté	tu aurais acheté
il a acheté	il avait acheté	il eut acheté	il aura acheté	il aurait acheté
nous avons acheté	nous avions acheté	nous eûmes acheté	nous aurons acheté	nous aurions acheté
vous avez acheté	vous aviez acheté	vous eûtes acheté	vous aurez acheté	vous auriez acheté
ils ont acheté	ils avaient acheté	ils eurent acheté	ils auront acheté	ils auraient acheté

SUBJONCTIF			
Présent	*Passé*	*Imparfait*	*Plus-que-parfait*
que j'achète	que j'aie acheté	que j'achetasse	que j'eusse acheté
tu achètes	tu aies acheté	tu achetasses	tu eusses acheté
il achète	il ait acheté	il achetât	il eût acheté
nous achetions	nous ayons acheté	nous achetassions	nous eussions acheté
vous achetiez	vous ayez acheté	vous achetassiez	vous eussiez acheté
ils achètent	ils aient acheté	ils achetassent	ils eussent acheté

28

JETER

jetant, jeté(e)
verbes en -eter (-ette)

IER GROUPE

- Deux radicaux à l'écrit : *jet-, jett-*.
- Deux ou trois radicaux à l'oral : [ʒət-], [ʒɛt-], [ʒt-]. Alternance *e* neutre / *è* ouvert.
- Règle : *et-* devient *ett-* devant une syllabe avec un *e* muet (voir le présent de l'indicatif, du subjonctif et de l'impératif, le futur et le conditionnel).
- Au conditionnel, le *e* se prononce dans *jett-er-ions, jett-er-iez*. Dans le sud de la France, il est prononcé à toutes les personnes où il apparaît. Ailleurs, il est souvent élidé : *nous jetons* [ʒtɔ̃], *on jetait* [ʒtɛ].
- Les Rectifications de l'orthographe de 1990 proposent de conjuguer tous les verbes en *-eter* sur le modèle d'*acheter*, 27, sauf *jeter* et les verbes de la même famille.

INFINITIF		PARTICIPE		IMPÉRATIF	
Présent	*Passé*	*Présent*	*Passé*	*Présent*	*Passé*
jeter	avoir jeté	jetant	jeté, -e, -s, -es	jette	aie jeté
		ayant jeté		jetons	ayons jeté
				jetez	ayez jeté

INDICATIF				
Présent	*Imparfait*	*Passé simple*	*Futur simple*	*Conditionnel présent*
je jette [ʒɛt-]	je jetais	je jetai	je jetterai	je jetterais
tu jettes	tu jetais	tu jetas	tu jetteras	tu jetterais
il jette	il jetait	il jeta	il jettera	il jetterait
nous jetons [ʒət-] [ʒt-]	nous jetions	nous jetâmes	nous jetterons	nous jetterions
vous jetez	vous jetiez	vous jetâtes	vous jetterez	vous jetteriez
ils jettent	ils jetaient	ils jetèrent	ils jetteront	ils jetteraient
Passé composé	*Plus-que-parfait*	*Passé antérieur*	*Futur antérieur*	*Conditionnel passé*
j'ai jeté	j'avais jeté	j'eus jeté	j'aurai jeté	j'aurais jeté
tu as jeté	tu avais jeté	tu eus jeté	tu auras jeté	tu aurais jeté
il a jeté	il avait jeté	il eut jeté	il aura jeté	il aurait jeté
nous avons jeté	nous avions jeté	nous eûmes jeté	nous aurons jeté	nous aurions jeté
vous avez jeté	vous aviez jeté	vous eûtes jeté	vous aurez jeté	vous auriez jeté
ils ont jeté	ils avaient jeté	ils eurent jeté	ils auront jeté	ils auraient jeté

SUBJONCTIF			
Présent	*Passé*	*Imparfait*	*Plus-que-parfait*
que je jette	que j'aie jeté	que je jetasse	que j'eusse jeté
tu jettes	tu aies jeté	tu jetasses	tu eusses jeté
il jette	il ait jeté	il jetât	il eût jeté
nous jetions	nous ayons jeté	nous jetassions	nous eussions jeté
vous jetiez	vous ayez jeté	vous jetassiez	vous eussiez jeté
ils jettent	ils aient jeté	ils jetassent	ils eussent jeté

29

LEVER

levant, levé(e)
verbes en e + (m, n, p, s, v, vr) + -er

IER GROUPE

- Deux radicaux à l'écrit : *lev-*, *lèv-*.
- Deux ou trois radicaux à l'oral : [ləv-], [lɛv-], [lv-]. Alternance *e* neutre / *è* ouvert.
- Règle : *e* devient *è* devant une syllabe avec un *e* muet (voir le présent de l'indicatif, du subjonctif et de l'impératif, le futur et le conditionnel).
- Au conditionnel, le *e* se prononce dans *lèv-er-ions*, *lèv-er-iez*. Dans le sud de la France, il est prononcé à toutes les personnes où il apparaît. Ailleurs, il est souvent élidé : *nous levons* [lvɔ̃], *on levait* [lvɛ].

INFINITIF		PARTICIPE		IMPÉRATIF	
Présent	*Passé*	*Présent*	*Passé*	*Présent*	*Passé*
lever	avoir levé	levant	levé, -e, -s, -es	lève	aie levé
		ayant levé		levons	ayons levé
				levez	ayez levé

INDICATIF

Présent	*Imparfait*	*Passé simple*	*Futur simple*	*Conditionnel présent*
je lève [lɛv-]	je levais	je levai	je lèverai	je lèverais
tu lèves	tu levais	tu levas	tu lèveras	tu lèverais
il lève	il levait	il leva	il lèvera	il lèverait
nous levons [ləv-] [lv-]	nous levions	nous levâmes	nous lèverons	nous lèverions
vous levez	vous leviez	vous levâtes	vous lèverez	vous lèveriez
ils lèvent	ils levaient	ils levèrent	ils lèveront	ils lèveraient
Passé composé	*Plus-que-parfait*	*Passé antérieur*	*Futur antérieur*	*Conditionnel passé*
j'ai levé	j'avais levé	j'eus levé	j'aurai levé	j'aurais levé
tu as levé	tu avais levé	tu eus levé	tu auras levé	tu aurais levé
il a levé	il avait levé	il eut levé	il aura levé	il aurait levé
nous avons levé	nous avions levé	nous eûmes levé	nous aurons levé	nous aurions levé
vous avez levé	vous aviez levé	vous eûtes levé	vous aurez levé	vous auriez levé
ils ont levé	ils avaient levé	ils eurent levé	ils auront levé	ils auraient levé

SUBJONCTIF

Présent	*Passé*	*Imparfait*	*Plus-que-parfait*
que je lève	que j'aie levé	que je levasse	que j'eusse levé
tu lèves	tu aies levé	tu levasses	tu eusses levé
il lève	il ait levé	il levât	il eût levé
nous levions	nous ayons levé	nous levassions	nous eussions levé
vous leviez	vous ayez levé	vous levassiez	vous eussiez levé
ils lèvent	ils aient levé	ils levassent	ils eussent levé

30

RAPIÉCER

rapiéçant, rapiécé(e)
verbes en -écer

IᴱᴿGROUPE

- Trois radicaux à l'écrit : *rapiéc-, rapiéç-, rapièc-*.
- Deux radicaux à l'oral : [ʁapjes-], [ʁapjɛs-]. Donc deux alternances : *c* / *ç* et *é* / *è*.
- Règle : le *é* devient *è* devant une syllabe avec *e* muet.
- Règle : pour conserver le son [s], *c* devient *ç* devant *a* et *o* (voir *dépecer*, 23).
- Futur et conditionnel formés sur le radical *rapiéc-*. L'usage actuel utilise *rapièc-* et les Rectifications de l'orthographe de 1990 entérinent cet usage.
- Au conditionnel, le *e* se prononce dans *rapié(è)c-er-ions, rapié(è)c-er-iez*. On le prononce à toutes les personnes du futur et du conditionnel dans le sud de la France.

INFINITIF		PARTICIPE		IMPÉRATIF	
Présent	*Passé*	*Présent*	*Passé*	*Présent*	*Passé*
rapiécer	avoir rapiécé	rapiéçant	rapiécé, -e, -s, -es	rapièce	aie rapiécé
		ayant rapiécé		rapiéçons	ayons rapiécé
				rapiécez	ayez rapiécé

INDICATIF

Présent	*Imparfait*	*Passé simple*	*Futur simple*	*Conditionnel présent*
je rapièce [ʁapjɛs-]	je rapiéçais	je rapiéçai	je rapiécerai (ou è)	je rapiécerais (ou è)
tu rapièces	tu rapiéçais	tu rapiéças	tu rapiéceras	tu rapiécerais
il rapièce	il rapiéçait	il rapiéça	il rapiécera	il rapiécerait
nous rapiéçons [ʁapjes-]	nous rapiécions	nous rapiéçâmes	nous rapiécerons	nous rapiécerions
vous rapiécez	vous rapiéciez	vous rapiéçâtes	vous rapiécerez	vous rapiéceriez
ils rapiècent	ils rapiéçaient	ils rapiécèrent	ils rapiéceront	ils rapiécèraient

Passé composé	*Plus-que-parfait*	*Passé antérieur*	*Futur antérieur*	*Conditionnel passé*
j'ai rapiécé	j'avais rapiécé	j'eus rapiécé	j'aurai rapiécé	j'aurais rapiécé
tu as rapiécé	tu avais rapiécé	tu eus rapiécé	tu auras rapiécé	tu aurais rapiécé
il a rapiécé	il avait rapiécé	il eut rapiécé	il aura rapiécé	il aurait rapiécé
nous avons rapiécé	nous avions rapiécé	nous eûmes rapiécé	nous aurons rapiécé	nous aurions rapiécé
vous avez rapiécé	vous aviez rapiécé	vous eûtes rapiécé	vous aurez rapiécé	vous auriez rapiécé
ils ont rapiécé	ils avaient rapiécé	ils eurent rapiécé	ils auront rapiécé	ils auraient rapiécé

SUBJONCTIF

Présent	*Passé*	*Imparfait*	*Plus-que-parfait*
que je rapièce	que j'aie rapiécé	que je rapiéçasse	que j'eusse rapiécé
tu rapièces	tu aies rapiécé	tu rapiéçasses	tu eusses rapiécé
il rapièce	il ait rapiécé	il rapiéçât	il eût rapiécé
nous rapiécions	nous ayons rapiécé	nous rapiéçassions	nous eussions rapiécé
vous rapiéciez	vous ayez rapiécé	vous rapiéçassiez	vous eussiez rapiécé
ils rapiècent	ils aient rapiécé	ils rapiéçassent	ils eussent rapiécé

31

PROTÉGER

protégeant, protégé(e)
verbes en -éger

Iᵉʳ GROUPE

- Trois radicaux à l'écrit : *protég-, protège-, protèg-*.
- Deux à l'oral : [pʀɔteʒ-], [pʀɔtɛʒ-]. Donc deux alternances : *g / ge* et *é /è*.
- Règle : le *é* devient *è* devant une syllabe avec un *e* muet (voir *lever*, 29).
- Règle : pour garder le son [ʒ], on emploie *ge* devant *a* et *o* (voir *manger*, 20).
- Futur et conditionnel formés sur le radical *protég-*. L'usage actuel utilise *protèg-* et les Rectifications de l'orthographe de 1990 entérinent cet usage.
- Au conditionnel, le *e* se prononce dans *proté(è)g-er-ions, proté(è)-g-er-iez*. On le prononce à toutes les personnes du futur et du conditionnel dans le sud de la France.

INFINITIF		PARTICIPE		IMPÉRATIF	
Présent	*Passé*	*Présent*	*Passé*	*Présent*	*Passé*
protéger	avoir protégé	protégeant	protégé, -e, -s, -es	protège	aie protégé
		ayant protégé		protégeons	ayons protégé
				protégez	ayez protégé

INDICATIF

Présent	*Imparfait*	*Passé simple*	*Futur simple*	*Conditionnel présent*
je protège [pʀɔtɛʒ-]	je protégeais	je protégeai	je protégerai (ou è)	je protégerais (ou è)
tu protèges	tu protégeais	tu protégeas	tu protégeras	tu protégerais
il protège	il protégeait	il protégea	il protégera	il protégerait
nous protégeons [pʀɔteʒ-]	nous protégions	nous protégeâmes	nous protégerons	nous protégerions
vous protégez	vous protégiez	vous protégeâtes	vous protégerez	vous protégeriez
ils protègent	ils protégeaient	ils protégèrent	ils protégeront	ils protégeraient

Passé composé	*Plus-que-parfait*	*Passé antérieur*	*Futur antérieur*	*Conditionnel passé*
j'ai protégé	j'avais protégé	j'eus protégé	j'aurai protégé	j'aurais protégé
tu as protégé	tu avais protégé	tu eus protégé	tu auras protégé	tu aurais protégé
il a protégé	il avait protégé	il eut protégé	il aura protégé	il aurait protégé
nous avons protégé	nous avions protégé	nous eûmes protégé	nous aurons protégé	nous aurions protégé
vous avez protégé	vous aviez protégé	vous eûtes protégé	vous aurez protégé	vous auriez protégé
ils ont protégé	ils avaient protégé	ils eurent protégé	ils auront protégé	ils auraient protégé

SUBJONCTIF

Présent	*Passé*	*Imparfait*	*Plus-que-parfait*
que je protège	que j'aie protégé	que je protégeasse	que j'eusse protégé
tu protèges	tu aies protégé	tu protégeasses	tu eusses protégé
il protège	il ait protégé	il protégeât	il eût protégé
nous protégions	nous ayons protégé	nous protégeassions	nous eussions protégé
vous protégiez	vous ayez protégé	vous protégeassiez	vous eussiez protégé
ils protègent	ils aient protégé	ils protégeassent	ils eussent protégé

CÉDER

cédant, cédé(e)
verbes en é + (consonne sauf c, g) + -er

1ᴱᴿ GROUPE

- Deux radicaux à l'écrit : *céd-, cèd-*.
- Mêmes radicaux à l'oral : [sed-], [sɛd-]. Alternance *é* fermé / *è* ouvert.
- Règle : *é* devient *è* devant une syllabe avec un e muet (voir le présent de l'indicatif, du subjonctif et de l'impératif).
- Futur et conditionnel formés sur le radical *céd-*. L'usage actuel utilise *cèd-* et les Rectifications de l'orthographe de 1990 entérinent cet usage.
- Au conditionnel, le *e* se prononce dans *cé(è)d-er-ions, cé(è)-d-er-iez*. On le prononce à toutes les personnes du futur et du conditionnel dans le sud de la France.

INFINITIF		PARTICIPE		IMPÉRATIF	
Présent	*Passé*	*Présent*	*Passé*	*Présent*	*Passé*
céder	avoir cédé	cédant	cédé, -e, -s, -es	cède	aie cédé
		ayant cédé		cédons	ayons cédé
				cédez	ayez cédé

INDICATIF

Présent	*Imparfait*	*Passé simple*	*Futur simple*	*Conditionnel présent*
je cède [sɛd-]	je cédais [e]	je cédai [e]	je céderai (ou cèd-)	je céderais (ou cèd-)
tu cèdes	tu cédais	tu cédas	tu céderas	tu céderais
il cède	il cédait	il céda	il cédera	il céderait
nous cédons [sed-]	nous cédions	nous cédâmes	nous céderons	nous céderions
vous cédez	vous cédiez	vous cédâtes	vous céderez	vous céderiez
ils cèdent	ils cédaient	ils cédèrent	ils céderont	ils céderaient

Passé composé	*Plus-que-parfait*	*Passé antérieur*	*Futur antérieur*	*Conditionnel passé*
j'ai cédé	j'avais cédé	j'eus cédé	j'aurai cédé	j'aurais cédé
tu as cédé	tu avais cédé	tu eus cédé	tu auras cédé	tu aurais cédé
il a cédé	il avait cédé	il eut cédé	il aura cédé	il aurait cédé
nous avons cédé	nous avions cédé	nous eûmes cédé	nous aurons cédé	nous aurions cédé
vous avez cédé	vous aviez cédé	vous eûtes cédé	vous aurez cédé	vous auriez cédé
ils ont cédé	ils avaient cédé	ils eurent cédé	ils auront cédé	ils auraient cédé

SUBJONCTIF

Présent	*Passé*	*Imparfait*	*Plus-que-parfait*
que je cède	que j'aie cédé	que je cédasse	que j'eusse cédé
tu cèdes	tu aies cédé	tu cédasses	tu eusses cédé
il cède	il ait cédé	il cédât	il eût cédé
nous cédions	nous ayons cédé	nous cédassions	nous eussions cédé
vous cédiez	vous ayez cédé	vous cédassiez	vous eussiez cédé
ils cèdent	ils aient cédé	ils cédassent	ils eussent cédé

FINIR

finissant, fini(e)

2ᴇ GROUPE

- Trois radicaux à l'écrit : *fini-, finiss-, fin-(i)*.
- Les mêmes à l'oral : [fini-], [finis-], [fin-(i)].
- Caractéristiques des verbes du 2ᵉ groupe, ➤ p. 19.
- Au futur et au conditionnel le *r* joue le rôle de marque interne (➤ p. 18) de ces deux temps : *je fini-r-ai, je fini-r-ais*.

INFINITIF		PARTICIPE		IMPÉRATIF	
Présent	*Passé*	*Présent*	*Passé*	*Présent*	*Passé*
finir	avoir fini	finissant ayant fini	fini, -e, -s, -es	finis finissons finissez	aie fini ayons fini ayez fini

INDICATIF

Présent	*Imparfait*	*Passé simple*	*Futur simple*	*Conditionnel présent*
je finis [fini-]	je finissais	je finis [fin-]	je finirai	je finirais
tu finis	tu finissais	tu finis	tu finiras	tu finirais
il finit	il finissait	il finit	il finira	il finirait
nous finissons [finis-]	nous finissions	nous finîmes	nous finirons	nous finirions
vous finissez	vous finissiez	vous finîtes	vous finirez	vous finiriez
ils finissent	ils finissaient	ils finirent	ils finiront	ils finiraient
Passé composé	*Plus-que-parfait*	*Passé antérieur*	*Futur antérieur*	*Conditionnel passé*
j'ai fini	j'avais fini	j'eus fini	j'aurai fini	j'aurais fini
tu as fini	tu avais fini	tu eus fini	tu auras fini	tu aurais fini
il a fini	il avait fini	il eut fini	il aura fini	il aurait fini
nous avons fini	nous avions fini	nous eûmes fini	nous aurons fini	nous aurions fini
vous avez fini	vous aviez fini	vous eûtes fini	vous aurez fini	vous auriez fini
ils ont fini	ils avaient fini	ils eurent fini	ils auront fini	ils auraient fini

SUBJONCTIF

Présent	*Passé*	*Imparfait*	*Plus-que-parfait*
que je finisse	que j'aie fini	que je finisse	que j'eusse fini
tu finisses	tu aies fini	tu finisses	tu eusses fini
il finisse	il ait fini	il finît	il eût fini
nous finissions	nous ayons fini	nous finissions	nous eussions fini
vous finissiez	vous ayez fini	vous finissiez	vous eussiez fini
ils finissent	ils aient fini	ils finissent	ils eussent fini

34

HAÏR

haïssant, haï(e)

2ᴱ GROUPE

- Conjugaison comme *finir*.
- Le *i* avec un tréma est prononcé partout : ha-ïr [aiʀ]. Sauf pour quatre personnes où la prononciation est [ɛ]. Au présent de l'indicatif : *je hais, tu hais, il hait*. À la 1ʳᵉ personne de l'impératif : *hais*.
- Attention au passé simple et à l'imparfait du subjonctif : la présence du tréma empêche l'emploi de l'accent circonflexe habituel.

INFINITIF		PARTICIPE		IMPÉRATIF	
Présent	*Passé*	*Présent*	*Passé*	*Présent*	*Passé*
haïr	avoir haï	haïssant	haï, -e, -s, -es	hais [ɛ]	aie haï
		ayant haï		haïssons	ayons haï
				haïssez	ayez haï

INDICATIF				
Présent	*Imparfait*	*Passé simple*	*Futur simple*	*Conditionnel présent*
je hais [ɛ]	je haïssais	je haïs	je haïrai	je haïrais
tu hais [ɛ]	tu haïssais	tu haïs	tu haïras	tu haïrais
il hait [ɛ]	il haïssait	il haït	il haïra	il haïrait
nous haïssons [ais-]	nous haïssions	nous haïmes	nous haïrons	nous haïrions
vous haïssez	vous haïssiez	vous haïtes	vous haïrez	vous haïriez
ils haïssent	ils haïssaient	ils haïrent	ils haïront	ils haïraient
Passé composé	*Plus-que-parfait*	*Passé antérieur*	*Futur antérieur*	*Conditionnel passé*
j'ai haï	j'avais haï	j'eus haï	j'aurai haï	j'aurais haï
tu as haï	tu avais haï	tu eus haï	tu auras haï	tu aurais haï
il a haï	il avait haï	il eut haï	il aura haï	il aurait haï
nous avons haï	nous avions haï	nous eûmes haï	nous aurons haï	nous aurions haï
vous avez haï	vous aviez haï	vous eûtes haï	vous aurez haï	vous auriez haï
ils ont haï	ils avaient haï	ils eurent haï	ils auront haï	ils auraient haï

SUBJONCTIF			
Présent	*Passé*	*Imparfait*	*Plus-que-parfait*
que je haïsse	que j'aie haï	que je haïsse	que j'eusse haï
tu haïsses	tu aies haï	tu haïsses	tu eusses haï
il haïsse	il ait haï	il haït	il eût haï
nous haïssions	nous ayons haï	nous haïssions	nous eussions haï
vous haïssiez	vous ayez haï	vous haïssiez	vous eussiez haï
ils haïssent	ils aient haï	ils haïssent	ils eussent haï

35

BÉNIR

2ᴱ GROUPE

- Conjugaison comme *finir*. Le participe passé régulier est *béni*.
- Mais il y a deux formes de participe passé : « bénit s'emploie lorsqu'il s'agit de la bénédiction des prêtres ; béni, lorsqu'il s'agit de la bénédiction de Dieu ou des hommes. Cette distinction est récente » (Littré).
- On a donc *béni* dans : *C'est un jour béni. Cette région est bénie par les dieux.*
- Et *bénit* dans quelques expressions religieuses : *du pain bénit, de l'eau bénite. La foule a été bénite par le prêtre.*

36

FLEURIR

2ᴱ GROUPE

- Pas de problème pour *fleurir* au sens de « donner des fleurs ». Le verbe se conjugue comme *finir* : *Le pommier fleurit au printemps. Dans ce coin du jardin, les roses fleurissaient bien. En fleurissant, les coquelicots bordent de rouge le champ de blé.*
- Mais *fleurir* (plus rarement *florir*) a aussi le sens de « se développer, croître ». Dans ce sens, le verbe se conjugue avec le radical *flor-* à l'imparfait de l'indicatif et au participe présent : *Athènes florissait sous Périclès.* Le radical est conservé quand le participe devient adjectif : *Les Arts florissants.*

- Le verbe *impartir* est défectif (127).

Les numéros sont ceux des conjugaisons modèles. Ils sont donnés dans l'ordre des tableaux. Dans chaque liste, les familles étymologiques sont regroupées.

Les verbes défectifs et impersonnels s'intercalent à leur place quand ils peuvent être rapprochés d'une conjugaison complète.

37 aller
sur-aller
123 raller

38 venir
circonvenir
contrevenir
convenir
devenir
disconvenir
intervenir
obvenir
parvenir
prévenir
provenir
redevenir
revenir
subvenir
survenir
se souvenir
se ressouvenir
tenir
s'abstenir
appartenir
contenir
détenir
s'entre-soutenir
entretenir
maintenir
obtenir
retenir
soutenir

134 advenir
124 avenir
125 bienvenir
129 mésadvenir
mésavenir

39 acquérir
conquérir
s'enquérir
reconquérir
requérir
131 quérir
178 enquerre

40 partir
départir
repartir
sortir
ressortir
130 partir
133 sortir

41 mentir
démentir
sentir
consentir
pressentir
ressentir
se repentir

42 ouvrir
entrouvrir
rentrouvrir
rouvrir
couvrir
découvrir
redécouvrir
offrir
souffrir

43 bouillir
débouillir
rebouillir

44 dormir
endormir
rendormir

45 servir
desservir
resservir

46 mourir

47 revêtir
dévêtir
survêtir
vêtir

48 défaillir
assaillir
tressaillir
137 saillir

49 fuir
s'enfuir
187 bruire

50 cueillir
accueillir
recueillir

51 courir
accourir
concourir
discourir
encourir
parcourir
raccourir
recourir
secourir
s'entre-secourir

126 férir
128 issir
132 rassir
135 faillir
136 ouïr
138 gésir

52 savoir
140 assavoir

53 pouvoir

54 apercevoir
concevoir
décevoir
entr'apercevoir
percevoir
recevoir

55 voir
entrevoir
revoir

56 prévoir

57 valoir
équivaloir
prévaloir
revaloir

58 mouvoir
émouvoir
143 démouvoir

59 promouvoir

60 devoir
s'entre-devoir
redevoir

61 vouloir
revouloir

62 asseoir
rasseoir
154 seoir
146 messeoir

63 surseoir

64 pourvoir
144 dépourvoir

139 apparoir
141 chaloir
142 comparoir
145 se douloir
148 souloir

149 choir
rechoir
150 déchoir
151 échoir

152 falloir

153 pleuvoir

65 faire
contrefaire
défaire
entre-faire
redéfaire
refaire
satisfaire
156 forfaire
157 malfaire
158 méfaire
159 parfaire
160 stupéfaire
161 surfaire

66 prendre
apprendre
comprendre
déprendre
désapprendre
s'entrapprendre

entreprendre
s'éprendre
méprendre
rapprendre
réapprendre
reprendre
surprendre

67 vendre
mévendre
revendre
défendre
descendre
condescendre
redescendre
tendre
attendre
détendre
distendre
étendre
prétendre
retendre
sous-tendre
entendre
s'entre-entendre
réentendre
sous-entendre
fendre
pourfendre
refendre
pendre
appendre
dépendre
rependre
suspendre
rendre

68 répandre
épandre

69 craindre
contraindre
plaindre

70 peindre
dépeindre
repeindre
atteindre

ratteindre
ceindre
enceindre
empreindre
épreindre
enfreindre
chanfreindre
éteindre
étreindre
astreindre
restreindre
feindre
geindre
teindre
déteindre
reteindre

71 joindre
adjoindre
conjoindre
déjoindre
disjoindre
enjoindre
rejoindre
oindre
166 poindre

72 perdre
éperdre
reperdre

73 répondre
correspondre
s'entre-répondre
contondre
fondre
confondre
se morfondre
parfondre
refondre
pondre
tondre
retondre
surtondre

74 mordre
démordre
remordre

tordre
détordre
distordre
retordre

75 rompre
corrompre
interrompre

76 vaincre
convaincre

77 plaire
complaire
déplaire

78 taire

183 extraire
abstraire
attraire
distraire
portraire
raire
rentraire
retraire
soustraire
traire
155 braire

79 naître
167 renaître

80 connaître
reconnaître
s'entre-connaître
méconnaître
paraître
apparaître
comparaître
disparaître
entrapparaître
réapparaître
recomparaître
reparaître
transparaître
repaître

184 paître
forpaître

81 croître
surcroître

82 accroître
décroître
recroître

83 dissoudre
absoudre

84 résoudre

85 coudre
découdre
recoudre

86 moudre
remoudre
émoudre
rémoudre

169 soudre
170 sourdre

87 battre
abattre
combattre
contrebattre
débattre
s'ébattre
embattre
s'entrabattre
s'entrebattre
rabattre
rebattre
soubattre

88 mettre
admettre
commettre
compromettre
décommettre
démettre
émettre
s'entremettre

omettre
mainmettre
permettre
promettre
réadmettre
remettre
retransmettre
soumettre
transmettre

89 boire
s'emboire
reboire
173 imboire

90 croire
décroire
171 accroire
172 mécroire

91 conduire
déduire
éconduire
enduire
induire
introduire
produire
reconduire
réduire
réintroduire
renduire
reproduire
séduire
traduire
retraduire
cuire
précuire
recuire
détruire
autodétruire
construire
s'entre-détruire
instruire
reconstruire

92 nuire
s'entre-nuire

93 luire
entre-luire
reluire

176 duire

94 vivre
revivre
survivre

95 suivre
s'entre-suivre
poursuivre

188 s'ensuivre

96 dire
s'entre-dire
174 redire

97 contredire
se dédire
interdire
médire
prédire

98 maudire

99 confire
déconfire
circoncire
186 frire

100 suffire

101 lire
entre-lire
prélire
relire
élire
réélire

102 écrire
circonscrire
décrire
s'entrécrire
inscrire
prescrire

proscrire
récrire
réécrire
réinscrire
retranscrire
souscrire
transcrire

103 rire
sourire

175 occire

104 conclure
exclure
inclure
occlure

180 s'intrure
181 reclure

185 foutre
contrefoutre (se)

182 clore
162 déclore
163 éclore
164 enclore
165 forclore

168 semondre
177 courre
179 tistre, titre

37

ALLER

allant, allé(e)

3ᴱ GROUPE

- Trois radicaux à l'écrit : *all-, i-, aill-.*
- Les mêmes à l'oral : [al-], [i-], [aj-].
- Quatre formes irrégulières (➤ p. 17) : *vais, vas, va, vont.*
- Le présent de l'indicatif et l'impératif comportent les formes irrégulières et un radical (attention à *vas-y*, ➤ p. 67). Les autres radicaux s'entendent au futur et au subjonctif.
- L'usage adopte souvent les temps composés du verbe *être* : *j'ai été, j'avais été.*
- *S'en aller*. Impératif : *Va-t'en. Allons-nous-en. Allez-vous-en.* Les temps composés sont de la forme : *Je m'en suis allé.* Usage courant : *Je me suis en allé.*

INFINITIF		PARTICIPE		IMPÉRATIF	
Présent	*Passé*	*Présent*	*Passé*	*Présent*	*Passé*
aller	être allé	allant	allé, -e, -s, -es	va	sois allé
		étant allé		allons	soyons allés
				allez	soyez allés

INDICATIF

Présent	*Imparfait*	*Passé simple*	*Futur simple*	*Conditionnel présent*
je vais	j'allais	j'allai	j'irai [i-]	j'irais
tu vas	tu allais	tu allas	tu iras	tu irais
il va	il allait	il alla	il ira	il irait
nous allons [al-]	nous allions	nous allâmes	nous irons	nous irions
vous allez	vous alliez	vous allâtes	vous irez	vous iriez
ils vont	ils allaient	ils allèrent	ils iront	ils iraient
Passé composé	*Plus-que-parfait*	*Passé antérieur*	*Futur antérieur*	*Conditionnel passé*
je suis allé	j'étais allé	je fus allé	je serai allé	je serais allé
tu es allé	tu étais allé	tu fus allé	tu seras allé	tu serais allé
il est allé	il était allé	il fut allé	il sera allé	il serait allé
nous sommes allés	nous étions allés	nous fûmes allés	nous serons allés	nous serions allés
vous êtes allés	vous étiez allés	vous fûtes allés	vous serez allés	vous seriez allés
ils sont allés	ils étaient allés	ils furent allés	ils seront allés	ils seraient allés

SUBJONCTIF

Présent	*Passé*	*Imparfait*	*Plus-que-parfait*
que j'aille [aj-]	que je sois allé	que j'allasse	qu je fusse allé
tu ailles	tu sois allé	tu allasses	tu fusses allé
il aille	il soit allé	il allât	il fût allé
nous allions	nous soyons allés	nous allassions	nous fussions allés
vous alliez	vous soyez allés	vous allassiez	vous fussiez allés
ils aillent	ils soient allés	ils allassent	ils fussent allés

38

VENIR

venant, venu(e)
verbes en -venir et -tenir
(➢ p. 134)

3ᴱ GROUPE

- Cinq radicaux à l'écrit : *vien-, ven-, vienn-, v-(in), viend-*.
- Les mêmes à l'oral : [vjɛ̃-], [vən-], [vjɛn-], [v-(ɛ̃)], [vjɛ̃d-].
- Le présent comporte trois radicaux. Les comparer avec ceux du subjonctif présent.
- Les deux autres radicaux s'apprennent au passé simple et au futur.
- *Circonvenir, contrevenir, prévenir, subvenir, tenir* et ses composés : auxiliaire *avoir*.

INFINITIF		PARTICIPE		IMPÉRATIF	
Présent	*Passé*	*Présent*	*Passé*	*Présent*	*Passé*
venir	être venu	venant	venu, -e, -us, -ues	viens	sois venu
		étant venu		venons	soyons venus
				venez	soyez venus

INDICATIF

Présent	*Imparfait*	*Passé simple*	*Futur simple*	*Conditionnel présent*
je viens [vjɛ̃-]	je venais	je vins [v-]	je viendrai [vjɛ̃d-]	je viendrais
tu viens	tu venais	tu vins	tu viendras	tu viendrais
il vient	il venait	il vint	il viendra	il viendrait
nous venons [vən-]	nous venions	nous vînmes	nous viendrons	nous viendrions
vous venez	vous veniez	vous vîntes	vous viendrez	vous viendriez
ils viennent [vjɛn-]	ils venaient	ils vinrent	ils viendront	ils viendraient
Passé composé	*Plus-que-parfait*	*Passé antérieur*	*Futur antérieur*	*Conditionnel passé*
je suis venu	j'étais venu	je fus venu	je serai venu	je serais venu
tu es venu	tu étais venu	tu fus venu	tu seras venu	tu serais venu
il est venu	il était venu	il fut venu	il sera venu	il serait venu
nous sommes venus	nous étions venus	nous fûmes venus	nous serons venus	nous serions venus
vous êtes venus	vous étiez venus	vous fûtes venus	vous serez venus	vous seriez venus
ils sont venus	ils étaient venus	ils furent venus	ils seront venus	ils seraient venus

SUBJONCTIF

Présent	*Passé*	*Imparfait*	*Plus-que-parfait*
que je vienne	que je sois venu	que je vinsse	que je fusse venu
tu viennes	tu sois venu	tu vinsses	tu fusses venu
il vienne	il soit venu	il vînt	il fût venu
nous venions	nous soyons venus	nous vinssions	nous fussions venus
vous veniez	vous soyez venus	vous vinssiez	vous fussiez venus
ils viennent	ils soient venus	ils vinssent	ils fussent venus

ACQUÉRIR

acquérant, acquis(e)
verbes en -quérir
(➤ p. 134)

3ᴱ GROUPE

■ Cinq radicaux à l'écrit : *acquier-, acquièr-, acquér-, acqu-(i), acque-*.

■ Quatre à l'oral : [akjɛʀ-] vaut pour *acquier-* et *acquièr-*, [akeʀ-], [ak-(i)], [ake-].

■ Le présent comporte trois des radicaux écrits et deux des radicaux oraux. Comparer ces radicaux avec ceux du subjonctif présent. Les autres radicaux s'apprennent au passé simple et au futur.

■ Futur et conditionnel formés sur un radical particulier + la marque interne *rr* (➤ p. 18). On prononce le *e* et on peut prononcer les deux *r* : *il acque-rr-a* [akeʀʀa].

INFINITIF		PARTICIPE		IMPÉRATIF	
Présent	*Passé*	*Présent*	*Passé*	*Présent*	*Passé*
acquérir	avoir acquis	acquérant	acquis, -e, -es	acquiers	aie acquis
		ayant acquis		acquérons	ayons acquis
				acquérez	ayez acquis

INDICATIF

Présent	*Imparfait*	*Passé simple*	*Futur simple*	*Conditionnel présent*
j'acquiers [akjɛʀ-]	j'acquérais	j'acquis [ak-]	j'acquerrai [ake-]	j'acquerrais
tu acquiers	tu acquérais	tu acquis	tu acquerras	tu acquerrais
il acquiert	il acquérait	il acquit	il acquerra	il acquerrait
nous acquérons [akeʀ-]	nous acquérions	nous acquîmes	nous acquerrons	nous acquerrions
vous acquérez	vous acquériez	vous acquîtes	vous acquerrez	vous acquerriez
ils acquièrent	ils acquéraient	ils acquirent	ils acquerront	ils acquerraient

Passé composé	*Plus-que-parfait*	*Passé antérieur*	*Futur antérieur*	*Conditionnel passé*
j'ai acquis	j'avais acquis	j'eus acquis	j'aurai acquis	j'aurais acquis
tu as acquis	tu avais acquis	tu eus acquis	tu auras acquis	tu aurais acquis
il a acquis	il avait acquis	il eut acquis	il aura acquis	il aurait acquis
nous avons acquis	nous avions acquis	nous eûmes acquis	nous aurons acquis	nous aurions acquis
vous avez acquis	vous aviez acquis	vous eûtes acquis	vous aurez acquis	vous auriez acquis
ils ont acquis	ils avaient acquis	ils eurent acquis	ils auront acquis	ils auraient acquis

SUBJONCTIF

Présent	*Passé*	*Imparfait*	*Plus-que-parfait*
que j'acquière	que j'aie acquis	que j'acquisse	que j'eusse acquis
tu acquières	tu aies acquis	tu acquisses	tu eusses acquis
il acquière	il ait acquis	il acquît	il eût acquis
nous acquérions	nous ayons acquis	nous acquissions	nous eussions acquis
vous acquériez	vous ayez acquis	vous acquissiez	vous eussiez acquis
ils acquièrent	ils aient acquis	ils acquissent	ils eussent acquis

PARTIR

partant, parti(e)
verbes en -partir et -sortir
(➤ p. 134)

3E GROUPE

- Trois radicaux à l'écrit : *par-, part-, parti-*.
- Les mêmes à l'oral : [paʁ-], [paʁt-], [paʁti-].
- Le présent comporte deux des trois radicaux. Le troisième s'apprend au futur.
- Même conjugaison : *départir* et *repartir* (répondre) qui prend l'auxiliaire *avoir*. *Répartir* (partager) appartient au 2e groupe. *Sortir, ressortir* prennent *être* ou *avoir*. *Ressortir à* (dépendre de) appartient au 2e groupe.

INFINITIF		PARTICIPE		IMPÉRATIF	
Présent	*Passé*	*Présent*	*Passé*	*Présent*	*Passé*
partir	être parti	partant	parti, -e, -s, -es	pars	sois parti
		étant parti		partons	soyons partis
				partez	soyez partis

INDICATIF				
Présent	*Imparfait*	*Passé simple*	*Futur simple*	*Conditionnel présent*
je pars [paʁ-]	je partais	je partis	je partirai [paʁti-]	je partirais
tu pars	tu partais	tu partis	tu partiras	tu partirais
il part	il partait	il partit	il partira	il partirait
nous partons [paʁt-]	nous partions	nous partîmes	nous partirons	nous partirions
vous partez	vous partiez	vous partîtes	vous partirez	vous partiriez
ils partent	ils partaient	ils partirent	ils partiront	ils partiraient
Passé composé	*Plus-que-parfait*	*Passé antérieur*	*Futur antérieur*	*Conditionnel passé*
je suis parti	j'étais parti	je fus parti	je serai parti	je serais parti
tu es parti	tu étais parti	tu fus parti	tu seras parti	tu serais parti
il est parti	il était parti	il fut parti	il sera parti	il serait parti
nous sommes partis	nous étions partis	nous fûmes partis	nous serons partis	nous serions partis
vous êtes partis	vous étiez partis	vous fûtes partis	vous serez partis	vous seriez partis
ils sont partis	ils étaient partis	ils furent partis	ils seront partis	ils seraient partis

SUBJONCTIF			
Présent	*Passé*	*Imparfait*	*Plus-que-parfait*
que je parte	que je sois parti	que je partisse	que je fusse parti
tu partes	tu sois parti	tu partisses	tu fusses parti
il parte	il soit parti	il partît	il fût parti
nous partions	nous soyons partis	nous partissions	nous fussions partis
vous partiez	vous soyez partis	vous partissiez	vous fussiez partis
ils partent	ils soient partis	ils partissent	ils fussent partis

41

MENTIR

mentant, menti
verbes en *-entir*
(➤ p. 134)

3ᴱ GROUPE

- Trois radicaux à l'écrit : *men-*, *ment-*, *menti-*.
- Les mêmes à l'oral : [mã-], [mãt-], [mãti-].
- Le présent comporte deux des trois radicaux. Le troisième s'apprend au futur.
- Attention : le participe passé *menti* est invariable.
- Les autres verbes de la même conjugaison ont un participe passé variable : *démenti, -ie, senti, -ie,* etc.

INFINITIF		PARTICIPE		IMPÉRATIF	
Présent	*Passé*	*Présent*	*Passé*	*Présent*	*Passé*
mentir	avoir menti	mentant	menti	mens	aie menti
		ayant menti		mentons	ayons menti
				mentez	ayez menti

INDICATIF

Présent	*Imparfait*	*Passé simple*	*Futur simple*	*Conditionnel présent*
je mens [mã-]	je mentais	je mentis	je mentirai [mãti-]	je mentirais
tu mens	tu mentais	tu mentis	tu mentiras	tu mentirais
il ment	il mentait	il mentit	il mentira	il mentirait
nous mentons [mãt-]	nous mentions	nous mentîmes	nous mentirons	nous mentirions
vous mentez	vous mentiez	vous mentîtes	vous mentirez	vous mentiriez
ils mentent	ils mentaient	ils mentirent	ils mentiront	ils mentiraient
Passé composé	*Plus-que-parfait*	*Passé antérieur*	*Futur antérieur*	*Conditionnel passé*
j'ai menti	j'avais menti	j'eus menti	j'aurai menti	j'aurais menti
tu as menti	tu avais menti	tu eus menti	tu auras menti	tu aurais menti
il a menti	il avait menti	il eut menti	il aura menti	il aurait menti
nous avons menti	nous avions menti	nous eûmes menti	nous aurons menti	nous aurions menti
vous avez menti	vous aviez menti	vous eûtes menti	vous aurez menti	vous auriez menti
ils ont menti	ils avaient menti	ils eurent menti	ils auront menti	ils auraient menti

SUBJONCTIF

Présent	*Passé*	*Imparfait*	*Plus-que-parfait*
que je mente	que j'aie menti	que je mentisse	que j'eusse menti
tu mentes	tu aies menti	tu mentisses	tu eusses menti
il mente	il ait menti	il mentît	il eût menti
nous mentions	nous ayons menti	nous mentissions	nous eussions menti
vous mentiez	vous ayez menti	vous mentissiez	vous eussiez menti
ils mentent	ils aient menti	ils mentissent	ils eussent menti

42

OUVRIR

ouvrant, ouvert(e)
verbes en -vrir et -ffrir
(➤ p. 134)

3ᴱ GROUPE

- Deux radicaux à l'écrit : *ouvr-*, *ouvri-*.
- Les mêmes à l'oral : [uvʀ-], [uvʀi-].
- Forme particulière du participe passé : *ouvert, ouverte*.
- Les présents de l'indicatif, du subjonctif et de l'impératif se conjuguent comme les verbes du 1ᵉʳ groupe. Attention à l'impératif *ouvres-en* (➤ p. 67). Le deuxième radical s'apprend au futur.

INFINITIF		PARTICIPE		IMPÉRATIF	
Présent	*Passé*	*Présent*	*Passé*	*Présent*	*Passé*
ouvrir	avoir ouvert	ouvrant	ouvert, -e, -s, -es	ouvre	aie ouvert
		ayant ouvert		ouvrons	ayons ouvert
				ouvrez	ayez ouvert

INDICATIF					
Présent	*Imparfait*	*Passé simple*	*Futur simple*	*Conditionnel présent*	
j'ouvre [uvʀ-]	j'ouvrais	j'ouvris	j'ouvrirai [uvʀi-]	j'ouvrirais	
tu ouvres	tu ouvrais	tu ouvris	tu ouvriras	tu ouvrirais	
il ouvre	il ouvrait	il ouvrit	il ouvrira	il ouvrirait	
nous ouvrons	nous ouvrions	nous ouvrîmes	nous ouvrirons	nous ouvririons	
vous ouvrez	vous ouvriez	vous ouvrîtes	vous ouvrirez	vous ouvririez	
ils ouvrent	ils ouvraient	ils ouvrirent	ils ouvriront	ils ouvriraient	
Passé composé	*Plus-que-parfait*	*Passé antérieur*	*Futur antérieur*	*Conditionnel passé*	
j'ai ouvert	j'avais ouvert	j'eus ouvert	j'aurai ouvert	j'aurais ouvert	
tu as ouvert	tu avais ouvert	tu eus ouvert	tu auras ouvert	tu aurais ouvert	
il a ouvert	il avait ouvert	il eut ouvert	il aura ouvert	il aurait ouvert	
nous avons ouvert	nous avions ouvert	nous eûmes ouvert	nous aurons ouvert	nous aurions ouvert	
vous avez ouvert	vous aviez ouvert	vous eûtes ouvert	vous aurez ouvert	vous auriez ouvert	
ils ont ouvert	ils avaient ouvert	ils eurent ouvert	ils auront ouvert	ils auraient ouvert	

SUBJONCTIF			
Présent	*Passé*	*Imparfait*	*Plus-que-parfait*
que j'ouvre	que j'aie ouvert	que j'ouvrisse	que j'eusse ouvert
tu ouvres	tu aies ouvert	tu ouvrisses	tu eusses ouvert
il ouvre	il ait ouvert	il ouvrît	il eût ouvert
nous ouvrions	nous ayons ouvert	nous ouvrissions	nous eussions ouvert
vous ouvriez	vous ayez ouvert	vous ouvrissiez	vous eussiez ouvert
ils ouvrent	ils aient ouvert	ils ouvrissent	ils eussent ouvert

43

BOUILLIR

bouillant, bouilli(e)
débouillir, rebouillir

3E GROUPE

- Trois radicaux à l'écrit : *bou-, bouill-, bouilli-.*
- Les mêmes à l'oral : [bu-], [buj-], [buji-].
- Le présent comporte deux des trois radicaux. Le troisième s'apprend au futur.
- Attention aux formes régulières *illi* : *bouill-ions, bouill-iez* (indicatif imparfait et subjonctif présent). Le deuxième *i* fait partie de la terminaison. On prononce le *ill* et le *i* ensemble [jj] pour distinguer du présent *bouill-ons* [j].

INFINITIF		PARTICIPE		IMPÉRATIF	
Présent	*Passé*	*Présent*	*Passé*	*Présent*	*Passé*
bouillir	avoir bouilli	bouillant	bouilli, -e, -s, -es	bous	aie bouilli
		ayant bouilli		bouillons	ayons bouilli
				bouillez	ayez bouilli

INDICATIF

Présent	*Imparfait*	*Passé simple*	*Futur simple*	*Conditionnel présent*
je bous [bu-]	je bouillais	je bouillis	je bouillirai [buji-]	je bouillirais
tu bous	tu bouillais	tu bouillis	tu bouilliras	tu bouillirais
il bout	il bouillait	il bouillit	il bouillira	il bouillirait
nous bouillons [buj-]	nous bouillions [jj]	nous bouillîmes	nous bouillirons	nous bouillirions
vous bouillez	vous bouilliez [jj]	vous bouillîtes	vous bouillirez	vous bouilliriez
ils bouillent	ils bouillaient	ils bouillirent	ils bouilliront	ils bouilliraient

Passé composé	*Plus-que-parfait*	*Passé antérieur*	*Futur antérieur*	*Conditionnel passé*
j'ai bouilli	j'avais bouilli	j'eus bouilli	j'aurai bouilli	j'aurais bouilli
tu as bouilli	tu avais bouilli	tu eus bouilli	tu auras bouilli	tu aurais bouilli
il a bouilli	il avait bouilli	il eut bouilli	il aura bouilli	il aurait bouilli
nous avons bouilli	nous avions bouilli	nous eûmes bouilli	nous aurons bouilli	nous aurions bouilli
vous avez bouilli	vous aviez bouilli	vous eûtes bouilli	vous aurez bouilli	vous auriez bouilli
ils ont bouilli	ils avaient bouilli	ils eurent bouilli	ils auront bouilli	ils auraient bouilli

SUBJONCTIF

Présent	*Passé*	*Imparfait*	*Plus-que-parfait*
que je bouille	que j'aie bouilli	que je bouillisse	que j'eusse bouilli
tu bouilles	tu aies bouilli	tu bouillisses	tu eusses bouilli
il bouille	il ait bouilli	il bouillît	il eût bouilli
nous bouillions [jj]	nous ayons bouilli	nous bouillissions	nous eussions bouilli
vous bouilliez [jj]	vous ayez bouilli	vous bouillissiez	vous eussiez bouilli
ils bouillent	ils aient bouilli	ils bouillissent	ils eussent bouilli

44

DORMIR

dormant, dormi
endormir, rendormir

3E GROUPE

- Trois radicaux à l'écrit : *dor-, dorm-, dormi-*.
- Les mêmes à l'oral : [dɔʀ-], [dɔʀm-], [dɔʀmi-].
- Le présent comporte deux des trois radicaux. Le troisième s'apprend au futur.
- Attention au participe passé invariable : *dormi*.
- Mais participe passé variable pour : *endormi, -ie, rendormi, -ie*.

INFINITIF		PARTICIPE		IMPÉRATIF	
Présent	*Passé*	*Présent*	*Passé*	*Présent*	*Passé*
dormir	avoir dormi	dormant	dormi	dors	aie dormi
		ayant dormi		dormons	ayons dormi
				dormez	ayez dormi

INDICATIF				
Présent	*Imparfait*	*Passé simple*	*Futur simple*	*Conditionnel présent*
je dors [dɔʀ-]	je dormais	je dormis	je dormirai [dɔʀmi-]	je dormirais
tu dors	tu dormais	tu dormis	tu dormiras	tu dormirais
il dort	il dormait	il dormit	il dormira	il dormirait
nous dormons [dɔʀm-]	nous dormions	nous dormîmes	nous dormirons	nous dormirions
vous dormez	vous dormiez	vous dormîtes	vous dormirez	vous dormiriez
ils dorment	ils dormaient	ils dormirent	ils dormiront	ils dormiraient
Passé composé	*Plus-que-parfait*	*Passé antérieur*	*Futur antérieur*	*Conditionnel passé*
j'ai dormi	j'avais dormi	j'eus dormi	j'aurai dormi	j'aurais dormi
tu as dormi	tu avais dormi	tu eus dormi	tu auras dormi	tu aurais dormi
il a dormi	il avait dormi	il eut dormi	il aura dormi	il aurait dormi
nous avons dormi	nous avions dormi	nous eûmes dormi	nous aurons dormi	nous aurions dormi
vous avez dormi	vous aviez dormi	vous eûtes dormi	vous aurez dormi	vous auriez dormi
ils ont dormi	ils avaient dormi	ils eurent dormi	ils auront dormi	ils auraient dormi

SUBJONCTIF			
Présent	*Passé*	*Imparfait*	*Plus-que-parfait*
que je dorme	que j'aie dormi	que je dormisse	que j'eusse dormi
tu dormes	tu aies dormi	tu dormisses	tu eusses dormi
il dorme	il ait dormi	il dormît	il eût dormi
nous dormions	nous ayons dormi	nous dormissions	nous eussions dormi
vous dormiez	vous ayez dormi	vous dormissiez	vous eussiez dormi
ils dorment	ils aient dormi	ils dormissent	ils eussent dormi

45

SERVIR

servant, servi(e)
desservir, resservir

3ᴱ GROUPE

- Trois radicaux à l'écrit : *ser-, serv-, servi-*.
- Les mêmes à l'oral : [sɛʀ-], [sɛʀv-], [sɛʀvi-].
- Le présent comporte deux des trois radicaux. Le troisième s'apprend au futur.
- *Asservir* est un verbe du 2ᵉ groupe.

INFINITIF		PARTICIPE		IMPÉRATIF	
Présent	*Passé*	*Présent*	*Passé*	*Présent*	*Passé*
servir	avoir servi	servant	servi, -e, -s, -es	sers	aie servi
		ayant servi		servons	ayons servi
				servez	ayez servi

INDICATIF

Présent	*Imparfait*	*Passé simple*	*Futur simple*	*Conditionnel présent*
je sers [sɛʀ-]	je servais	je servis	je servirai [sɛʀvi-]	je servirais
tu sers	tu servais	tu servis	tu serviras	tu servirais
il sert	il servait	il servit	il servira	il servirait
nous servons [sɛʀv-]	nous servions	nous servîmes	nous servirons	nous servirions
vous servez	vous serviez	vous servîtes	vous servirez	vous serviriez
ils servent	ils servaient	ils servirent	ils serviront	ils serviraient
Passé composé	*Plus-que-parfait*	*Passé antérieur*	*Futur antérieur*	*Conditionnel passé*
j'ai servi	j'avais servi	j'eus servi	j'aurai servi	j'aurais servi
tu as servi	tu avais servi	tu eus servi	tu auras servi	tu aurais servi
il a servi	il avait servi	il eut servi	il aura servi	il aurait servi
nous avons servi	nous avions servi	nous eûmes servi	nous aurons servi	nous aurions servi
vous avez servi	vous aviez servi	vous eûtes servi	vous aurez servi	vous auriez servi
ils ont servi	ils avaient servi	ils eurent servi	ils auront servi	ils auraient servi

SUBJONCTIF

Présent	*Passé*	*Imparfait*	*Plus-que-parfait*
que je serve	que j'aie servi	que je servisse	que j'eusse servi
tu serves	tu aies servi	tu servisses	tu eusses servi
il serve	il ait servi	il servît	il eût servi
nous servions	nous ayons servi	nous servissions	nous eussions servi
vous serviez	vous ayez servi	vous servissiez	vous eussiez servi
ils servent	ils aient servi	ils servissent	ils eussent servi

46

MOURIR

mourant, mort(e)

3ᴱ GROUPE

- Deux radicaux à l'écrit : *meur-*, *mour-*.
- Les mêmes à l'oral : [mœʀ-], [muʀ-].
- Forme particulière du participe passé : *mort, morte*.
- Le présent comporte les deux radicaux à l'écrit et à l'oral.
- Futur et conditionnel formés avec le radical *mour-* + la marque interne *r* (➤ p. 18) : *il mour-r-a, il mour-r-ait*. Il y a donc *rr* à l'écrit, et on prononce ces deux *r* [muʀʀa].

INFINITIF		PARTICIPE		IMPÉRATIF	
Présent	*Passé*	*Présent*	*Passé*	*Présent*	*Passé*
mourir	être mort	mourant	mort, -e, -s, -es	meurs	sois mort
		étant mort		mourons	soyons morts
				mourez	soyez morts

INDICATIF

Présent	*Imparfait*	*Passé simple*	*Futur simple*	*Conditionnel présent*
je meurs [mœʀ-]	je mourais	je mourus	je mourrai	je mourrais
tu meurs	tu mourais	tu mourus	tu mourras	tu mourrais
il meurt	il mourait	il mourut	il mourra	il mourrait
nous mourons [muʀ-]	nous mourions	nous mourûmes	nous mourrons	nous mourrions
vous mourez	vous mouriez	vous mourûtes	vous mourrez	vous mourriez
ils meurent	ils mouraient	ils moururent	ils mourront	ils mourraient
Passé composé	*Plus-que-parfait*	*Passé antérieur*	*Futur antérieur*	*Conditionnel passé*
je suis mort	j'étais mort	je fus mort	je serai mort	je serais mort
tu es mort	tu étais mort	tu fus mort	tu seras mort	tu serais mort
il est mort	il était mort	il fut mort	il sera mort	il serait mort
nous sommes morts	nous étions morts	nous fûmes morts	nous serons morts	nous serions morts
vous êtes morts	vous étiez morts	vous fûtes morts	vous serez morts	vous seriez morts
ils sont morts	ils étaient morts	ils furent morts	ils seront morts	ils seraient morts

SUBJONCTIF

Présent	*Passé*	*Imparfait*	*Plus-que-parfait*
que je meure	que je sois mort	que je mourusse	que je fusse mort
tu meures	tu sois mort	tu mourusses	tu fusses mort
il meure	il soit mort	il mourût	il fût mort
nous mourions	nous soyons morts	nous mourussions	nous fussions morts
vous mouriez	vous soyez morts	vous mourussiez	vous fussiez morts
ils meurent	ils soient morts	ils mourussent	ils fussent morts

REVÊTIR

revêtant, revêtu(e)
verbes en -vêtir
(➤ p. 134)

3ᴱ GROUPE

- Deux radicaux à l'écrit : *revêt-, revêti-*.
- Quatre radicaux à l'oral : [Rəvɛ-], [Rəvet-] et [Rəvet-] pour *revêt-*, [Rəveti-].
- Le présent comporte un radical de l'écrit et trois des radicaux de l'oral. L'autre radical s'apprend au futur.
- Terminaisons du présent : *-s, -s, -ø*. Le *t* de *il revêt* appartient au radical.
- Verbe *vêtir* : on rencontre des présents de l'indicatif et de l'impératif formés sur *finir*. L'usage courant préfère *s'habiller*. *Vêtir* appartient à un usage soutenu.

INFINITIF		PARTICIPE		IMPÉRATIF	
Présent	*Passé*	*Présent*	*Passé*	*Présent*	*Passé*
revêtir [ve]	avoir revêtu [ve]	revêtant [ve]	revêtu, -e, -s, -es	revêts [vɛ]	aie revêtu
		ayant revêtu		revêtons [ve]	ayons revêtu
				revêtez [ve]	ayez revêtu

INDICATIF

Présent	*Imparfait*	*Passé simple*	*Futur simple*	*Conditionnel présent*
je revêts [Rəvɛ-]	je revêtais [ve]	je revêtis [ve]	je revêtirai [Rəveti-]	je revêtirais [ve]
tu revêts	tu revêtais	tu revêtis	tu revêtiras	tu revêtirais
il revêt	il revêtait	il revêtit	il revêtira	il revêtirait
nous revêtons [Rəvet-]	nous revêtions	nous revêtîmes	nous revêtirons	nous revêtirions
vous revêtez	vous revêtiez	vous revêtîtes	vous revêtirez	vous revêtiriez
ils revêtent [Rəvet-]	ils revêtaient	ils revêtirent	ils revêtiront	ils revêtiraient
Passé composé	*Plus-que-parfait*	*Passé antérieur*	*Futur antérieur*	*Conditionnel passé*
j'ai revêtu	j'avais revêtu	j'eus revêtu	j'aurai revêtu	j'aurais revêtu
tu as revêtu	tu avais revêtu	tu eus revêtu	tu auras revêtu	tu aurais revêtu
il a revêtu	il avait revêtu	il eut revêtu	il aura revêtu	il aurait revêtu
nous avons revêtu	nous avions revêtu	nous eûmes revêtu	nous aurons revêtu	nous aurions revêtu
vous avez revêtu	vous aviez revêtu	vous eûtes revêtu	vous aurez revêtu	vous auriez revêtu
ils ont revêtu	ils avaient revêtu	ils eurent revêtu	ils auront revêtu	ils auraient revêtu

SUBJONCTIF

Présent	*Passé*	*Imparfait*	*Plus-que-parfait*
que je revête [vɛ]	que j'aie revêtu	que je revêtisse [ve]	que j'eusse revêtu
tu revêtes [vɛ]	tu aies revêtu	tu revêtisses	tu eusses revêtu
il revête [vɛ]	il ait revêtu	il revêtît	il eût revêtu
nous revêtions [ve]	nous ayons revêtu	nous revêtissions	nous eussions revêtu
vous revêtiez [ve]	vous ayez revêtu	vous revêtissiez	vous eussiez revêtu
ils revêtent [vɛ]	ils aient revêtu	ils revêtissent	ils eussent revêtu

48

défaillant, défailli
verbes en -aillir
(➢ p. 134)

3ᴱ GROUPE

- Deux radicaux à l'écrit : *défaill-*, *défailli-*.
- Les mêmes à l'oral : [defaj-], [defaji-].
- Les présents de l'indicatif, du subjonctif et de l'impératif se conjuguent comme les verbes du 1ᵉʳ groupe. Futur et conditionnel parfois en *e* : *il défaill-er-a, il défaill-er-ait*.
- Attention au participe passé invariable *défailli*.
- Attention aux formes régulières *illi* : *défaill-ions*, *défaill-iez* (indicatif imparfait et subjonctif présent). Le deuxième *i* fait partie de la terminaison. On prononce [jj]. Ne pas les confondre avec les *illi* du futur et du conditionnel qui appartiennent au radical *défailli-* et demandent la prononciation du deuxième *i* [defaji-].
- *Saillir* est défectif, 137.

INFINITIF		PARTICIPE		IMPÉRATIF	
Présent	*Passé*	*Présent*	*Passé*	*Présent*	*Passé*
défaillir	avoir défailli	défaillant	défailli	défaille	aie défailli
		ayant défailli		défaillons	ayons défailli
				défaillez	ayez défailli

INDICATIF				
Présent	*Imparfait*	*Passé simple*	*Futur simple*	*Conditionnel présent*
je défaille [defaj-]	je défaillais	je défaillis	je défaillirai [defaji-]	je défaillirais
tu défailles	tu défaillais	tu défaillis	tu défailliras	tu défaillirais
il défaille	il défaillait	il défaillit	il défaillira	il défaillirait
nous défaillons	nous défaillions [jj]	nous défaillîmes	nous défaillirons	nous défaillirions
vous défaillez	vous défailliez [jj]	vous défaillîtes	vous défaillirez	vous défailliriez
ils défaillent	ils défaillaient	ils défaillirent	ils défailliront	ils défailliraient
Passé composé	*Plus-que-parfait*	*Passé antérieur*	*Futur antérieur*	*Conditionnel passé*
j'ai défailli	j'avais défailli	j'eus défailli	j'aurai défailli	j'aurais défailli
tu as défailli	tu avais défailli	tu eus défailli	tu auras défailli	tu aurais défailli
il a défailli	il avait défailli	il eut défailli	il aura défailli	il aurait défailli
nous avons défailli	nous avions défailli	nous eûmes défailli	nous aurons défailli	nous aurions défailli
vous avez défailli	vous aviez défailli	vous eûtes défailli	vous aurez défailli	vous auriez défailli
ils ont défailli	ils avaient défailli	ils eurent défailli	ils auront défailli	ils auraient défailli

SUBJONCTIF			
Présent	*Passé*	*Imparfait*	*Plus-que-parfait*
que je défaille	que j'aie défailli	que je défaillisse	que j'eusse défailli
tu défailles	tu aies défailli	tu défaillisses	tu eusses défailli
il défaille	il ait défailli	il défaillît	il eût défailli
nous défaillions [jj]	nous ayons défailli	nous défaillissions	nous eussions défailli
vous défailliez [jj]	vous ayez défailli	vous défaillissiez	vous eussiez défailli
ils défaillent	ils aient défailli	ils défaillissent	ils eussent défailli

49

FUIR

fuyant, fui(e)
s'enfuir

3ᴱ GROUPE

- Trois radicaux à l'écrit : *fui-, fuy-, fu-(i)*.
- Les mêmes à l'oral : [fu̯i-], [fu̯ij-], [fu̯-(i)].
- Deux des trois radicaux sont au présent. L'autre radical s'apprend au passé simple.
- Attention aux formes régulières en *yi* : *fuy-ions, fuy-iez* (indicatif imparfait et subjonctif présent). Le *y* appartient au radical, le *i* appartient à la terminaison. On prononce le *y* et le *i* ensemble [ijj] pour distinguer du présent *fuy-ons* [ij].
- *Bruire* est défectif, 187.

INFINITIF		PARTICIPE		IMPÉRATIF	
Présent	*Passé*	*Présent*	*Passé*	*Présent*	*Passé*
fuir	avoir fui	fuyant	fui, -e, -s, -es	fuis	aie fui
		ayant fui-		fuyons	ayons fui
				fuyez	ayez fui

INDICATIF				
Présent	*Imparfait*	*Passé simple*	*Futur simple*	*Conditionnel présent*
je fuis [fu̯i-]	je fuyais	je fuis [fu̯-]	je fuirai	je fuirais
tu fuis	tu fuyais	tu fuis	tu fuiras	tu fuirais
il fuit	il fuyait	il fuit	il fuira	il fuirait
nous fuyons [fu̯ij-]	nous fuyions [ijj]	nous fuîmes	nous fuirons	nous fuirions
vous fuyez	vous fuyiez [ijj]	vous fuîtes	vous fuirez	vous fuiriez
ils fuient	ils fuyaient	ils fuirent	ils fuiront	ils fuiraient
Passé composé	*Plus-que-parfait*	*Passé antérieur*	*Futur antérieur*	*Conditionnel passé*
j'ai fui	j'avais fui	j'eus fui	j'aurai fui	j'aurais fui
tu as fui	tu avais fui	tu eus fui	tu auras fui	tu aurais fui
il a fui	il avait fui	il eut fui	il aura fui	il aurait fui
nous avons fui	nous avions fui	nous eûmes fui	nous aurons fui	nous aurions fui
vous avez fui	vous aviez fui	vous eûtes fui	vous aurez fui	vous auriez fui
ils ont fui	ils avaient fui	ils eurent fui	ils auront fui	ils auraient fui

SUBJONCTIF			
Présent	*Passé*	*Imparfait*	*Plus-que-parfait*
que je fuie	que j'aie fui	que je fuisse	que j'eusse fui
tu fuies	tu aies fui	tu fuisses	tu eusses fui
il fuie	il ait fui	il fût	il eût fui
nous fuyions [ijj]	nous ayons fui	nous fuissions	nous eussions fui
vous fuyiez [ijj]	vous ayez fui	vous fuissiez	vous eussiez fui
ils fuient	ils aient fui	ils fuissent	ils eussent fui

50

CUEILLIR

cueillant, cueilli(e)
verbes en *-cueillir*
(➣ p. 134)

3E GROUPE

- Deux radicaux à l'écrit : *cueill-, cueille-*.
- Deux radicaux à l'oral répartis sur les radicaux écrits : [køj-], [kœj-].
- Analogie avec le 1er groupe pour : les présents de l'indicatif, du subjonctif, de l'impératif (attention à *cueilles-en*, ➣ p. 67), le futur, le conditionnel. Le *e* des conditionnels *cueill-e-rions, cueill-e-riez* doit être prononcé. Le sud de la France le prononce à toutes les personnes du futur et du conditionnel.
- Attention aux formes régulières *illi* : *cueill-ions, cueill-iez* (indicatif imparfait et subjonctif présent). Le deuxième *i* fait partie de la terminaison. On prononce [jj].

INFINITIF		PARTICIPE		IMPÉRATIF	
Présent	*Passé*	*Présent*	*Passé*	*Présent*	*Passé*
cueillir [ø]	avoir cueilli	cueillant [ø]	cueilli, -e, -s, -es [ø]	cueille	aie cueilli
		ayant cueilli		cueillons	ayons cueilli
				cueillez	ayez cueilli

INDICATIF

Présent	*Imparfait*	*Passé simple*	*Futur simple*	*Conditionnel présent*
je cueille [kœj-]	je cueillais [œ]	je cueillis [ø]	je cueillerai [kœj(ə)-]	je cueillerais [œ]
tu cueilles	tu cueillais	tu cueillis	tu cueilleras	tu cueillerais
il cueille	il cueillait	il cueillit	il cueillera	il cueillerait
nous cueillons [køj-]	nous cueillions [jj]	nous cueillîmes	nous cueillerons	nous cueillerions [ø]
vous cueillez [køj-]	vous cueilliez [jj]	vous cueillîtes	vous cueillerez	vous cueilleriez [ø]
ils cueillent [kœj-]	ils cueillaient	ils cueillirent	ils cueilleront	ils cueilleraient [œ]

Passé composé	*Plus-que-parfait*	*Passé antérieur*	*Futur antérieur*	*Conditionnel passé*
j'ai cueilli	j'avais cueilli	j'eus cueilli	j'aurai cueilli	j'aurais cueilli
tu as cueilli	tu avais cueilli	tu eus cueilli	tu auras cueilli	tu aurais cueilli
il a cueilli	il avait cueilli	il eut cueilli	il aura cueilli	il aurait cueilli
nous avons cueilli	nous avions cueilli	nous eûmes cueilli	nous aurons cueilli	nous aurions cueilli
vous avez cueilli	vous aviez cueilli	vous eûtes cueilli	vous aurez cueilli	vous auriez cueilli
ils ont cueilli	ils avaient cueilli	ils eurent cueilli	ils auront cueilli	ils auraient cueilli

SUBJONCTIF

Présent	*Passé*	*Imparfait*	*Plus-que-parfait*
que je cueille [œ]	que j'aie cueilli	que je cueillisse [ø]	que j'eusse cueilli
tu cueilles	tu aies cueilli	tu cueillisses	tu eusses cueilli
il cueille	il ait cueilli	il cueillît	il eût cueilli
nous cueillions [øjj]	nous ayons cueilli	nous cueillissions	nous eussions cueilli
vous cueilliez [øjj]	vous ayez cueilli	vous cueillissiez	vous eussiez cueilli
ils cueillent [œ]	ils aient cueilli	ils cueillissent	ils eussent cueilli

COURIR

courant, couru(e)
verbes en -courir
(➤ p. 134)

3ᴱ GROUPE

- Un radical à l'écrit : *cour-*.
- Le même à l'oral : [kuʀ-].
- Une conjugaison du 3ᵉ groupe régulière.
- Futur et conditionnel : attention aux *rr*. Le premier appartient au radical, le second est la marque interne de ces temps (➤ p. 18) : *il cour-r-a*. On les prononce tous les deux [kuʀʀa].
- Même conjugaison pour *discourir* : le participe passé *discouru* est invariable.

INFINITIF		PARTICIPE		IMPÉRATIF	
Présent	*Passé*	*Présent*	*Passé*	*Présent*	*Passé*
courir	avoir couru	courant	couru, -e, -s, -es	cours	aie couru
		ayant couru		courons	ayons couru
				courez	ayez couru

INDICATIF					
Présent	*Imparfait*	*Passé simple*	*Futur simple*	*Conditionnel présent*	
je cours [kuʀ-]	je courais	je courus	je courrai [ʀʀ]	je courrais [ʀʀ]	
tu cours	tu courais	tu courus	tu courras	tu courrais	
il court	il courait	il courut	il courra	il courrait	
nous courons	nous courions	nous courûmes	nous courrons	nous courrions	
vous courez	vous couriez	vous courûtes	vous courrez	vous courriez	
ils courent	ils couraient	ils coururent	ils courront	ils courraient	
Passé composé	*Plus-que-parfait*	*Passé antérieur*	*Futur antérieur*	*Conditionnel passé*	
j'ai couru	j'avais couru	j'eus couru	j'aurai couru	j'aurais couru	
tu as couru	tu avais couru	tu eus couru	tu auras couru	tu aurais couru	
il a couru	il avait couru	il eut couru	il aura couru	il aurait couru	
nous avons couru	nous avions couru	nous eûmes couru	nous aurons couru	nous aurions couru	
vous avez couru	vous aviez couru	vous eûtes couru	vous aurez couru	vous auriez couru	
ils ont couru	ils avaient couru	ils eurent couru	ils auront couru	ils auraient couru	

SUBJONCTIF			
Présent	*Passé*	*Imparfait*	*Plus-que-parfait*
que je coure	que j'aie couru	que je courusse	que j'eusse couru
tu coures	tu aies couru	tu courusses	tu eusses couru
il coure	il ait couru	il courût	il eût couru
nous courions	nous ayons couru	nous courussions	nous eussions couru
vous couriez	vous ayez couru	vous courussiez	vous eussiez couru
ils courent	ils aient couru	ils courussent	ils eussent couru

52

SAVOIR

sachant, su(e)

3ᴱ GROUPE

- Cinq radicaux à l'écrit : *sai-, sav-, s-(u), sau-, sach-*.
- Les mêmes à l'oral : [sɛ-], [sav-], [s-(y)], [sɔ-], [saʃ-].
- Deux radicaux s'apprennent au présent, un au passé simple, un au futur. Enfin, un radical est commun au subjonctif présent, à l'impératif et au participe présent. Ne pas oublier de les repérer d'abord à l'oral.
- Mais les terminaisons sont, ici comme presque toujours, très régulières. Pas de -s à l'impératif *sache*.
- Tour archaïque du subjonctif dans : *Je ne sache pas qu'il soit capable de répondre.*

INFINITIF		PARTICIPE		IMPÉRATIF	
Présent	*Passé*	*Présent*	*Passé*	*Présent*	*Passé*
savoir	avoir su	sachant	su, -e, -s, -es	sache	aie su
		ayant su		sachons	ayons su
				sachez	ayez su

INDICATIF

Présent	*Imparfait*	*Passé simple*	*Futur simple*	*Conditionnel présent*
je sais [sɛ-]	je savais	je sus [s-]	je saurai [sɔ-]	je saurais
tu sais	tu savais	tu sus	tu sauras	tu saurais
il sait	il savait	il sut	il saura	il saurait
nous savons [sav-]	nous savions	nous sûmes	nous saurons	nous saurions
vous savez	vous saviez	vous sûtes	vous saurez	vous sauriez
ils savent	ils savaient	ils surent	ils sauront	ils sauraient

Passé composé	*Plus-que-parfait*	*Passé antérieur*	*Futur antérieur*	*Conditionnel passé*
j'ai su	j'avais su	j'eus su	j'aurai su	j'aurais su
tu as su	tu avais su	tu eus su	tu auras su	tu aurais su
il a su	il avait su	il eut su	il aura su	il aurait su
nous avons su	nous avions su	nous eûmes su	nous aurons su	nous aurions su
vous avez su	vous aviez su	vous eûtes su	vous aurez su	vous auriez su
ils ont su	ils avaient su	ils eurent su	ils auront su	ils auraient su

SUBJONCTIF

Présent	*Passé*	*Imparfait*	*Plus-que-parfait*
que je sache [saʃ-]	que j'aie su	que je susse	que j'eusse su
tu saches	tu aies su	tu susses	tu eusses su
il sache	il ait su	il sût	il eût su
nous sachions	nous ayons su	nous sussions	nous eussions su
vous sachiez	vous ayez su	vous sussiez	vous eussiez su
ils sachent	ils aient su	ils sussent	ils eussent su

53

POUVOIR

pouvant, pu

3ᴱ GROUPE

- Six radicaux à l'écrit : *peu-, pouv-, peuv-, p-(u), pou-, puiss-.*
- Les mêmes à l'oral : [pø-], [puv-], [pœv-], [p-(y)], [pu-], [pɥis-].
- Avalanche de radicaux : trois au présent, puis passé simple, futur, subjonctif présent.
- Terminaisons régulières. Au présent : *-x, x, -t.*
- Attention au participe passé invariable : *pu.*
- Attention aux *rr* du futur et du conditionnel. On ne prononce qu'un *r* [puʀa].
- Forme pronominale impersonnelle : *il se peut, il se pourrait...*
- La forme interrogative *Puis-je ?* est obligatoire.

INFINITIF		PARTICIPE		IMPÉRATIF	
Présent	*Passé*	*Présent*	*Passé*	*Présent*	*Passé*
pouvoir	avoir pu	pouvant	pu		(inusité)
		ayant pu			

INDICATIF				
Présent	*Imparfait*	*Passé simple*	*Futur simple*	*Conditionnel présent*
je peux, je puis	je pouvais	je pus [p-]	je pourrai [pu-ʀ-]	je pourrais [ʀ]
tu peux [pø-]	tu pouvais	tu pus	tu pourras	tu pourrais
il peut	il pouvait	il put	il pourra	il pourrait
nous pouvons [puv-]	nous pouvions	nous pûmes	nous pourrons	nous pourrions
vous pouvez	vous pouviez	vous pûtes	vous pourrez	vous pourriez
ils peuvent [pœv-]	ils pouvaient	ils purent	ils pourront	ils pourraient
Passé composé	*Plus-que-parfait*	*Passé antérieur*	*Futur antérieur*	*Conditionnel passé*
j'ai pu	j'avais pu	j'eus pu	j'aurai pu	j'aurais pu
tu as pu	tu avais pu	tu eus pu	tu auras pu	tu aurais pu
il a pu	il avait pu	il eut pu	il aura pu	il aurait pu
nous avons pu	nous avions pu	nous eûmes pu	nous aurons pu	nous aurions pu
vous avez pu	vous aviez pu	vous eûtes pu	vous aurez pu	vous auriez pu
ils ont pu	ils avaient pu	ils eurent pu	ils auront pu	ils auraient pu

SUBJONCTIF			
Présent	*Passé*	*Imparfait*	*Plus-que-parfait*
que je puisse [pɥis-]	que j'aie pu	que je pusse	que j'eusse pu
tu puisses	tu aies pu	tu pusses	tu eusses pu
il puisse	il ait pu	il pût	il eût pu
nous puissions	nous ayons pu	nous pussions	nous eussions pu
vous puissiez	vous ayez pu	vous pussiez	vous eussiez pu
ils puissent	ils aient pu	ils pussent	ils eussent pu

54

APERCEVOIR

apercevant, aperçu(e)
verbes en -cevoir
(➤ p. 134)

3ᴱ GROUPE

- Quatre radicaux à l'écrit : *aperçoi-, apercev-, aperçoiv-, aperç-(u)*.
- Les mêmes à l'oral : [apɛʀswa-], [apɛʀsəv-], [apɛʀswav-], [apɛʀs-(y)].
- Le présent de l'indicatif comporte trois des quatre radicaux. Comparer leur disposition avec les radicaux du subjonctif présent. L'autre radical s'apprend au passé simple.
- Attention. Pour conserver le son [s], on écrit ç devant les *o* et les *u* : *aperçois, aperçu*.

INFINITIF		PARTICIPE		IMPÉRATIF	
Présent	*Passé*	*Présent*	*Passé*	*Présent*	*Passé*
apercevoir	avoir aperçu	apercevant	aperçu, -e, -s, -es	aperçois	aie aperçu
		ayant aperçu		apercevons	ayons aperçu
				apercevez	ayez aperçu

INDICATIF

Présent	*Imparfait*	*Passé simple*	*Futur simple*	*Conditionnel présent*
j'aperçois [apɛʀswa-]	j'apercevais	j'aperçus [apɛʀs-]	j'apercevrai	j'apercevrais
tu aperçois	tu apercevais	tu aperçus	tu apercevras	tu apercevrais
il aperçoit	il apercevait	il aperçut	il apercevra	il apercevrait
nous apercevons [apɛʀsəv-]	nous apercevions	nous aperçûmes	nous apercevrons	nous apercevrions
vous apercevez	vous aperceviez	vous aperçûtes	vous apercevrez	vous apercevriez
ils aperçoivent [apɛʀswav-]	ils apercevaient	ils aperçurent	ils apercevront	ils apercevraient

Passé composé	*Plus-que-parfait*	*Passé antérieur*	*Futur antérieur*	*Conditionnel passé*
j'ai aperçu	j'avais aperçu	j'eus aperçu	j'aurai aperçu	j'aurai aperçu
tu as aperçu	tu avais aperçu	tu eus aperçu	tu auras aperçu	tu auras aperçu
il a aperçu	il avait aperçu	il eut aperçu	il aura aperçu	il aura aperçu
nous avons aperçu	nous avions aperçu	nous eûmes aperçu	nous aurons aperçu	nous aurons aperçu
vous avez aperçu	vous aviez aperçu	vous eûtes aperçu	vous aurez aperçu	vous aurez aperçu
ils ont aperçu	ils avaient aperçu	ils eurent aperçu	ils auront aperçu	ils auront aperçu

SUBJONCTIF

Présent	*Passé*	*Imparfait*	*Plus-que-parfait*
que j'aperçoive	que j'aie aperçu	que j'aperçusse	que j'eusse aperçu
tu aperçoives	tu aies aperçu	tu aperçusses	tu eusses aperçu
il aperçoive	il ait aperçu	il aperçût	il eût aperçu
nous apercevions	nous ayons aperçu	nous aperçussions	nous eussions aperçu
vous aperceviez	vous ayez aperçu	vous aperçussiez	vous eussiez aperçu
ils aperçoivent	ils aient aperçu	ils aperçussent	ils eussent aperçu

55

VOIR

voyant, vu(e)
verbes en *-voir* (➤ p. 134),
sauf *prévoir*, 56

3ᴱ GROUPE

- Quatre radicaux à l'écrit : *voi-, voy-, v-(i), ve-*.
- Les mêmes à l'oral : [vwa-], [vwaj-], [v-(i)], [ve-].
- Apprendre deux radicaux au présent. Puis un au passé simple et un au futur.
- Futur et conditionnel. Attention aux *rr* qui sont la marque interne de ces temps (➤ p. 18) : *il ve-rr-a*. On ne prononce qu'un *r* [ʀa]. Prononciation courante en *ai* [vɛʀa].
- Attention aux formes *yi* de *voy-ions, voy-iez* (indicatif imparfait et subjonctif présent). Le *y* appartient au radical, le *i* appartient à la terminaison. On prononce [jj].

INFINITIF		PARTICIPE		IMPÉRATIF	
Présent	*Passé*	*Présent*	*Passé*	*Présent*	*Passé*
voir	avoir vu	voyant	vu, -e, -s, -es	vois	aie vu
		ayant vu		voyons	ayons vu
				voyez	ayez vu

INDICATIF				
Présent	*Imparfait*	*Passé simple*	*Futur simple*	*Conditionnel présent*
je vois [vwa-]	je voyais	je vis [v-]	je verrai [ve-ʀ-]	je verrais [ʀ]
tu vois	tu voyais	tu vis	tu verras	tu verrais
il voit	il voyait	il vit	il verra	il verrait
nous voyons [vwaj-]	nous voyions [jj]	nous vîmes	nous verrons	nous verrions
vous voyez	vous voyiez [jj]	vous vîtes	vous verrez	vous verriez
ils voient	ils voyaient	ils virent	ils verront	ils verraient
Passé composé	*Plus-que-parfait*	*Passé antérieur*	*Futur antérieur*	*Conditionnel passé*
j'ai vu	j'avais vu	j'eus vu	j'aurai vu	j'aurais vu
tu as vu	tu avais vu	tu eus vu	tu auras vu	tu aurais vu
il a vu	il avait vu	il eut vu	il aura vu	il aurait vu
nous avons vu	nous avions vu	nous eûmes vu	nous aurons vu	nous aurions vu
vous avez vu	vous aviez vu	vous eûtes vu	vous aurez vu	vous auriez vu
ils ont vu	ils avaient vu	ils eurent vu	ils auront vu	ils auraient vu

SUBJONCTIF			
Présent	*Passé*	*Imparfait*	*Plus-que-parfait*
que je voie	que j'aie vu	que je visse	que j'eusse vu
tu voies	tu aies vu	tu visses	tu eusses vu
il voie	il ait vu	il vît	il eût vu
nous voyions [jj]	nous ayons vu	nous vissions	nous eussions vu
vous voyiez [jj]	vous ayez vu	vous vissiez	vous eussiez vu
ils voient	ils aient vu	ils vissent	ils eussent vu

56

PRÉVOIR

prévoyant, prévu(e)

3ᴱ GROUPE

- Même conjugaison que *voir*, 55. Mais il n'y a que trois radicaux parce que le radical du futur et du conditionnel est en *-oi* : *je ve-rr-ai* / *je prévoi-r-ai.*

INFINITIF		PARTICIPE		IMPÉRATIF	
Présent	*Passé*	*Présent*	*Passé*	*Présent*	*Passé*
prévoir	avoir prévu	prévoyant	prévu, -e, -s, -es	prévois	aie prévu
		ayant prévu		prévoyons	ayons prévu
				prévoyez	ayez prévu

INDICATIF

Présent	*Imparfait*	*Passé simple*	*Futur simple*	*Conditionnel présent*
je prévois [pʀɛvwa-]	je prévoyais	je prévis [pʀɛv-]	je prévoirai	je prévoirais
tu prévois	tu prévoyais	tu prévis	tu prévoiras	tu prévoirais
il prévoit	il prévoyait	il prévit	il prévoira	il prévoirait
nous prévoyons [pʀɛvwaj-]	nous prévoyions [jj]	nous prévîmes	nous prévoirons	nous prévoirions
vous prévoyez	vous prévoyiez [jj]	vous prévîtes	vous prévoirez	vous prévoiriez
ils prévoient	ils prévoyaient	ils prévirent	ils prévoiront	ils prévoiraient

Passé composé	*Plus-que-parfait*	*Passé antérieur*	*Futur antérieur*	*Conditionnel passé*
j'ai prévu	j'avais prévu	j'eus prévu	j'aurai prévu	j'aurais prévu
tu as prévu	tu avais prévu	tu eus prévu	tu auras prévu	tu aurais prévu
il a prévu	il avait prévu	il eut prévu	il aura prévu	il aurait prévu
nous avons prévu	nous avions prévu	nous eûmes prévu	nous aurons prévu	nous aurions prévu
vous avez prévu	vous aviez prévu	vous eûtes prévu	vous aurez prévu	vous auriez prévu
ils ont prévu	ils avaient prévu	ils eurent prévu	ils auront prévu	ils auraient prévu

SUBJONCTIF

Présent	*Passé*	*Imparfait*	*Plus-que-parfait*
que je prévoie	que j'aie prévu	que je prévisse	que j'eusse prévu
tu prévoies	tu aies prévu	tu prévisses	tu eusses prévu
il prévoie	il ait prévu	il prévît	il eût prévu
nous prévoyions [jj]	nous ayons prévu	nous prévissions	nous eussions prévu
vous prévoyiez [jj]	vous ayez prévu	vous prévissiez	vous eussiez prévu
ils prévoient	ils aient prévu	ils prévissent	ils eussent prévu

57

VALOIR

valant, valu(e)
verbes en -valoir
(➤ p. 134)

3ᴱ GROUPE

- Quatre radicaux à l'écrit : *vau-, val-, vaud-, vaill-.*
- Les mêmes à l'oral : [vo-], [val-], [vod-], [vaj-].
- Le présent de l'indicatif comporte deux des quatre radicaux. Les deux autres s'apprennent au futur et au subjonctif présent.
- Mêmes conjugaisons. *Prévaloir* fait au subjonctif présent : *que je prévale, tu prévales, il prévale, nous prévalions.* *Équivaloir* : participe invariable *équivalu.*

INFINITIF		PARTICIPE		IMPÉRATIF	
Présent	*Passé*	*Présent*	*Passé*	*Présent*	*Passé*
valoir	avoir valu	valant	valu, -e, -s, -es	vaux	aie valu
		ayant valu		valons	ayons valu
				valez	ayez valu

INDICATIF

Présent	*Imparfait*	*Passé simple*	*Futur simple*	*Conditionnel présent*
je vaux [vo-]	je valais	je valus	je vaudrai [vod-]	je vaudrais
tu vaux	tu valais	tu valus	tu vaudras	tu vaudrais
il vaut	il valait	il valut	il vaudra	il vaudrait
nous valons [val-]	nous valions	nous valûmes	nous vaudrons	nous vaudrions
vous valez	vous valiez	vous valûtes	vous vaudrez	vous vaudriez
ils valent	ils valaient	ils valurent	ils vaudront	ils vaudraient
Passé composé	*Plus-que-parfait*	*Passé antérieur*	*Futur antérieur*	*Conditionnel passé*
j'ai valu	j'avais valu	j'eus valu	j'aurai valu	j'aurais valu
tu as valu	tu avais valu	tu eus valu	tu auras valu	tu aurais valu
il a valu	il avait valu	il eut valu	il aura valu	il aurait valu
nous avons valu	nous avions valu	nous eûmes valu	nous aurons valu	nous aurions valu
vous avez valu	vous aviez valu	vous eûtes valu	vous aurez valu	vous auriez valu
ils ont valu	ils avaient valu	ils eurent valu	ils auront valu	ils auraient valu

SUBJONCTIF

Présent	*Passé*	*Imparfait*	*Plus-que-parfait*
que je vaille [vaj-]	que j'aie valu	que je valusse	que j'eusse valu
tu vailles	tu aies valu	tu valusses	tu eusses valu
il vaille	il ait valu	il valût	il eût valu
nous valions	nous ayons valu	nous valussions	nous eussions valu
vous valiez	vous ayez valu	vous valussiez	vous eussiez valu
ils vaillent	ils aient valu	ils valussent	ils eussent valu

58

MOUVOIR

mouvant, mû, mue

3E GROUPE

- Quatre radicaux à l'écrit : *meu-, mouv-, meuv-, m-(u)*.
- Les mêmes à l'oral : [mø-], [muv-], [mœv-], [m-(y)].
- Une forme particulière de participe passé : *mû, mue, mus, mues*. Les Rectifications orthographiques de 1990 admettent *mu*.
- Trois des quatre radicaux sont au présent. Le troisième s'apprend au passé simple.
- Même conjugaison pour *émouvoir*, mais avec le participe passé *ému*.

INFINITIF		PARTICIPE		IMPÉRATIF	
Présent	*Passé*	*Présent*	*Passé*	*Présent*	*Passé*
mouvoir	avoir mû	mouvant	mû, mue, mus, mues	meus	aie mû
		ayant mû		mouvons	ayons mû
				mouvez	ayez mû

INDICATIF

Présent	*Imparfait*	*Passé simple*	*Futur simple*	*Conditionnel présent*
je meus [mø-]	je mouvais	je mus [m-]	je mouvrai	je mouvrais
tu meus	tu mouvais	tu mus	tu mouvras	tu mouvrais
il meut	il mouvait	il mut	il mouvra	il mouvrait
nous mouvons [muv-]	nous mouvions	nous mûmes	nous mouvrons	nous mouvrions
vous mouvez	vous mouviez	vous mûtes	vous mouvrez	vous mouvriez
ils meuvent [mœv-]	ils mouvaient	ils murent	ils mouvront	ils mouvraient
Passé composé	*Plus-que-parfait*	*Passé antérieur*	*Futur antérieur*	*Conditionnel passé*
j'ai mû	j'avais mû	j'eus mû	j'aurai mû	j'aurais mû
tu as mû	tu avais mû	tu eus mû	tu auras mû	tu aurais mû
il a mû	il avait mû	il eut mû	il aura mû	il aurait mû
nous avons mû	nous avions mû	nous eûmes mû	nous aurons mû	nous aurions mû
vous avez mû	vous aviez mû	vous eûtes mû	vous aurez mû	vous auriez mû
ils ont mû	ils avaient mû	ils eurent mû	ils auront mû	ils auraient mû

SUBJONCTIF

Présent	*Passé*	*Imparfait*	*Plus-que-parfait*
que je meuve [œ]	que j'aie mû	que je musse	que j'eusse mû
tu meuves	tu aies mû	tu musses	tu eusses mû
il meuve	il ait mû	il mût	il eût mû
nous mouvions	nous ayons mû	nous mussions	nous eussions mû
vous mouviez	vous ayez mû	vous mussiez	vous eussiez mû
ils meuvent	ils aient mû	ils mussent	ils eussent mû

59

promouvant, promu(e)

3E GROUPE

- Se conjugue comme *mouvoir*, mais le participe passé est en *-u*, sans accent circonflexe.
- L'usage de *promouvoir* était rare. Il est devenu plus fréquent. Non sans erreur souvent.

INFINITIF		PARTICIPE		IMPÉRATIF	
Présent	*Passé*	*Présent*	*Passé*	*Présent*	*Passé*
promouvoir	avoir promu	promouvant	promu, -e, -s, -es	promeus [ø]	aie promu
		ayant promu		promouvons	ayons promu
				promouvez	ayez promu

INDICATIF

Présent	*Imparfait*	*Passé simple*	*Futur simple*	*Conditionnel présent*
je promeus [ø]	je promouvais	je promus	je promouvrai	je promouvrais
tu promeus	tu promouvais	tu promus	tu promouvras	tu promouvrais
il promeut	il promouvait	il promut	il promouvra	il promouvrait
nous promouvons [u]	nous promouvions	nous promûmes	nous promouvrons	nous promouvrions
vous promouvez	vous promouviez	vous promûtes	vous promouvrez	vous promouvriez
ils promeuvent [œ]	ils promouvaient	ils promurent	ils promouvront	ils promouvraient
Passé composé	*Plus-que-parfait*	*Passé antérieur*	*Futur antérieur*	*Conditionnel passé*
j'ai promu	j'avais promu	j'eus promu	j'aurai promu	j'aurais promu
tu as promu	tu avais promu	tu eus promu	tu auras promu	tu aurais promu
il a promu	il avait promu	il eut promu	il aura promu	il aurait promu
nous avons promu	nous avions promu	nous eûmes promu	nous aurons promu	nous aurions promu
vous avez promu	vous aviez promu	vous eûtes promu	vous aurez promu	vous auriez promu
ils ont promu	ils avaient promu	ils eurent promu	ils auront promu	ils auraient promu

SUBJONCTIF

Présent	*Passé*	*Imparfait*	*Plus-que-parfait*
que je promeuve	que j'aie promu	que je promusse	que j'eusse promu
tu promeuves	tu aies promu	tu promusses	tu eusses promu
il promeuve	il ait promu	il promût	il eût promu
nous promouvions	nous ayons promu	nous promussions	nous eussions promu
vous promouviez	vous ayez promu	vous promussiez	vous eussiez promu
ils promeuvent	ils aient promu	ils promussent	ils eussent promu

60

DEVOIR

devant, dû, due
redevoir

3ᴱ GROUPE

- Quatre radicaux à l'écrit : *doi-, dev-, doiv-, d-(u).*
- Les mêmes à l'oral : [dwa-], [dǝv-], [dwav-], [d-(y)].
- Une forme particulière au participe passé : *dû, due, dus, dues.*
- Le présent de l'indicatif comporte trois des quatre radicaux. Comparer leur disposition avec le subjonctif présent. Le quatrième radical s'apprend au passé simple.
- Participe passé de *redevoir* : *redû, redue.*

INFINITIF		PARTICIPE		IMPÉRATIF	
Présent	*Passé*	*Présent*	*Passé*	*Présent*	*Passé*
devoir	avoir dû	devant	dû, due, dus, dues	dois	aie dû
		ayant dû		devons	ayons dû
				devez	ayez dû

INDICATIF

Présent	*Imparfait*	*Passé simple*	*Futur simple*	*Conditionnel présent*
je dois [dwa-]	je devais	je dus [d-]	je devrai	je devrais
tu dois	tu devais	tu dus	tu devras	tu devrais
il doit	il devait	il dut	il devra	il devrait
nous devons [dǝv-]	nous devions	nous dûmes	nous devrons	nous devrions
vous devez	vous deviez	vous dûtes	vous devrez	vous devriez
ils doivent [dwav-]	ils devaient	ils durent	ils devront	ils devraient
Passé composé	*Plus-que-parfait*	*Passé antérieur*	*Futur antérieur*	*Conditionnel passé*
j'ai dû	j'avais dû	j'eus dû	j'aurai dû	j'aurais dû
tu as dû	tu avais dû	tu eus dû	tu auras dû	tu aurais dû
il a dû	il avait dû	il eut dû	il aura dû	il aurait dû
nous avons dû	nous avions dû	nous eûmes dû	nous aurons dû	nous aurions dû
vous avez dû	vous aviez dû	vous eûtes dû	vous aurez dû	vous auriez dû
ils ont dû	ils avaient dû	ils eurent dû	ils auront dû	ils auraient dû

SUBJONCTIF

Présent	*Passé*	*Imparfait*	*Plus-que-parfait*
que je doive	que j'aie dû	que je dusse	que j'eusse dû
tu doives	tu aies dû	tu dusses	tu eusses dû
il doive	il ait dû	il dût	il eût dû
nous devions	nous ayons dû	nous dussions	nous eussions dû
vous deviez	vous ayez dû	vous dussiez	vous eussiez dû
ils doivent	ils aient dû	ils dussent	ils eussent dû

VOULOIR

voulant, voulu(e)
revouloir

3ᴱ GROUPE

- Cinq radicaux à l'écrit : *veu-, voul-, veul-, voud-, veuill-*.
- Les mêmes à l'oral : [vø-], [vul-], [vœl-], [vud-], [vœj-].
- Trois des cinq radicaux sont au présent. Le radical *veul-* n'est utilisé que pour la 3ᵉ personne du pluriel. Les autres radicaux s'apprennent au futur et au subjonctif présent.
- Impératif de politesse : *Veuillez accepter…* Les formes en *vou-* sont très rares. Pas de *-s* à *veuille*.
- *En vouloir à.* Usage courant : *Ne m'en veux pas.* Usage soutenu : *Ne m'en veuille pas.*

INFINITIF		PARTICIPE		IMPÉRATIF	
Présent	*Passé*	*Présent*	*Passé*	*Présent*	*Passé*
vouloir	avoir voulu	voulant	voulu, -e, -s, -es	veux, veuille	aie voulu
		ayant voulu		voulons, veuillons	ayons voulu
				voulez, veuillez	ayez voulu

INDICATIF

Présent	*Imparfait*	*Passé simple*	*Futur simple*	*Conditionnel présent*
je veux [vø-]	je voulais	je voulus	je voudrai [vud-]	je voudrais
tu veux	tu voulais	tu voulus	tu voudras	tu voudrais
il veut	il voulait	il voulut	il voudra	il voudrait
nous voulons [vul-]	nous voulions	nous voulûmes	nous voudrons	nous voudrions
vous voulez	vous vouliez	vous voulûtes	vous voudrez	vous voudriez
ils veulent [vœl-]	ils voulaient	ils voulurent	ils voudront	ils voudraient

Passé composé	*Plus-que-parfait*	*Passé antérieur*	*Futur antérieur*	*Conditionnel passé*
j'ai voulu	j'avais voulu	j'eus voulu	j'aurai voulu	j'aurais voulu
tu as voulu	tu avais voulu	tu eus voulu	tu auras voulu	tu aurais voulu
il a voulu	il avait voulu	il eut voulu	il aura voulu	il aurait voulu
nous avons voulu	nous avions voulu	nous eûmes voulu	nous aurons voulu	nous aurions voulu
vous avez voulu	vous aviez voulu	vous eûtes voulu	vous aurez voulu	vous auriez voulu
ils ont voulu	ils avaient voulu	ils eurent voulu	ils auront voulu	ils auraient voulu

SUBJONCTIF

Présent	*Passé*	*Imparfait*	*Plus-que-parfait*
que je veuille [vœj-]	que j'aie voulu	que je voulusse	que j'eusse voulu
tu veuilles	tu aies voulu	tu voulusses	tu eusses voulu
il veuille	il ait voulu	il voulût	il eût voulu
nous voulions, veuillions	nous ayons voulu	nous voulussions	nous eussions voulu
vous vouliez, veuilliez	vous ayez voulu	vous voulussiez	vous eussiez voulu
ils veuillent	ils aient voulu	ils voulussent	ils eussent voulu

62

ASSEOIR (I)

asseyant, assis(e)
rasseoir

3ᴱ GROUPE

- Quatre radicaux à l'écrit : *assied-, assey-, ass-(i), assié-*.
- Quatre à l'oral : [asje-] pour *assied-* et *assié-*, [asej-] et [asɛj-] pour *assey-*, [as-(i)].
- Deux des radicaux écrits et trois des radicaux oraux sont au présent. Comparer leur disposition avec le subjonctif présent. Autres radicaux au passé simple et au futur.
- Terminaisons du présent : *-s, -s, -ø*. Le *d* de *il s'assied* appartient au radical.
- Attention aux formes régulières *yi* de *assey-ions, assey-iez* (indicatif imparfait et subjonctif présent). On prononce [jj] pour les distinguer du présent : *assey-ons*.

INFINITIF		PARTICIPE		IMPÉRATIF	
Présent	*Passé*	*Présent*	*Passé*	*Présent*	*Passé*
asseoir	avoir assis	asseyant	assis, -e, -es	assieds	aie assis
		ayant assis		asseyons	ayons assis
				asseyez	ayez assis

INDICATIF

Présent	*Imparfait*	*Passé simple*	*Futur simple*	*Conditionnel présent*
j'assieds [asje-]	j'asseyais [asɛj-]	j'assis [as-]	j'assiérai [asje-]	j'assiérais
tu assieds	tu asseyais	tu assis	tu assiéras	tu assiérais
il assied	il asseyait	il assit	il assiéra	il assiérait
nous asseyons [asej-]	nous asseyions [asejj]	nous assîmes	nous assiérons	nous assiérions
vous asseyez [asej-]	vous asseyiez [asejj]	vous assîtes	vous assiérez	vous assiériez
ils asseyent [asɛj-]	ils asseyaient [asɛj-]	ils assirent	ils assiéront	ils assiéraient
Passé composé	*Plus-que-parfait*	*Passé antérieur*	*Futur antérieur*	*Conditionnel passé*
j'ai assis	j'avais assis	j'eus assis	j'aurai assis	j'aurais assis
tu as assis	tu avais assis	tu eus assis	tu auras assis	tu aurais assis
il a assis	il avait assis	il eut assis	il aura assis	il aurait assis
nous avons assis	nous avions assis	nous eûmes assis	nous aurons assis	nous aurions assis
vous avez assis	vous aviez assis	vous eûtes assis	vous aurez assis	vous auriez assis
ils ont assis	ils avaient assis	ils eurent assis	ils auront assis	ils auraient assis

SUBJONCTIF

Présent	*Passé*	*Imparfait*	*Plus-que-parfait*
que j'asseye [asɛj-]	que j'aie assis	que j'assisse	que j'eusse assis
tu asseyes	tu aies assis	tu assisses	tu eusses assis
il asseye	il ait assis	il assît	il eût assis
nous asseyions [asej-j]	nous ayons assis	nous assissions	nous eussions assis
vous asseyiez [asej-j]	vous ayez assis	vous assissiez	vous eussiez assis
ils asseyent [asɛj-]	ils aient assis	ils assissent	ils eussent assis

ASSEOIR (2)

assoyant, assis(e)
rasseoir

3ᴱ GROUPE

- Trois radicaux à l'écrit : *assoi-, assoy-, ass-(i).*
- Les mêmes à l'oral : [aswa-], [aswaj-], [as-(i)].
- Le présent comporte deux des trois radicaux. Le troisième s'apprend au passé simple.
- Attention aux formes régulières *yi* de *assoy-ions, assoy-iez* (indicatif imparfait et subjonctif présent). On prononce [jj] pour les distinguer du présent : *assoy-ons.*
- L'usage semblait adopter *asseoir* pour écrire le radical *assoi-* en *asseoi-* : *je m'asseois.* Les Rectifications orthographiques de 1990 autorisent l'infinitif *assoir.* À suivre…

INFINITIF		PARTICIPE		IMPÉRATIF	
Présent	*Passé*	*Présent*	*Passé*	*Présent*	*Passé*
asseoir	avoir assis	assoyant	assis, -e, -es	assois	aie assis
		ayant assis		assoyons	ayons assis
				assoyez	ayez assis

INDICATIF				
Présent	*Imparfait*	*Passé simple*	*Futur simple*	*Conditionnel présent*
j'assois [aswa-]	j'assoyais	j'assis [as-]	j'assoirai	j'assoirais
tu assois	tu assoyais	tu assis	tu assoiras	tu assoirais
il assoit	il assoyait	il assit	il assoira	il assoirait
nous assoyons [aswaj-]	nous assoyions [jj]	nous assîmes	nous assoirons	nous assoirions
vous assoyez	vous assoyiez [jj]	vous assîtes	vous assoirez	vous assoiriez
ils assoient	ils assoyaient	ils assirent	ils assoiront	ils assoiraient
Passé composé	*Plus-que-parfait*	*Passé antérieur*	*Futur antérieur*	*Conditionnel passé*
j'ai assis	j'avais assis	j'eus assis	j'aurai assis	j'aurais assis
tu as assis	tu avais assis	tu eus assis	tu auras assis	tu aurais assis
il a assis	il avait assis	il eut assis	il aura assis	il aurait assis
nous avons assis	nous avions assis	nous eûmes assis	nous aurons assis	nous aurions assis
vous avez assis	vous aviez assis	vous eûtes assis	vous aurez assis	vous auriez assis
ils ont assis	ils avaient assis	ils eurent assis	ils auront assis	ils auraient assis

SUBJONCTIF			
Présent	*Passé*	*Imparfait*	*Plus-que-parfait*
que j'assoie	que j'aie assis	que j'assisse	que j'eusse assis
tu assoies	tu aies assis	tu assisses	tu eusses assis
il assoie	il ait assis	il assît	il eût assis
nous assoyions [jj]	nous ayons assis	nous assissions	nous eussions assis
vous assoyiez [jj]	vous ayez assis	vous assissiez	vous eussiez assis
ils assoient	ils aient assis	ils assissent	ils eussent assis

63

SURSEOIR

sursoyant, sursis(e)

3ᴱ GROUPE

- Quatre radicaux à l'écrit : *sursoi-, sursoy-, surs-(i), surseoi-*.
- Trois à l'oral : [syʀswa-] vaut pour *sursoi-* et *surseoi-*, [syʀswaj-], [syʀs-(i)].
- Deux radicaux écrits au présent. Les autres s'apprennent au passé simple et au futur.
- *Surseoir* se conjugue comme *asseoir 2*. Sauf au futur et au conditionnel où le radical garde la forme particulière de l'infinitif : *surseoi-*.
- Attention aux formes régulières *yi* de *sursoy-ions, sursoy-iez* (indicatif imparfait et subjonctif présent). On prononce [jj] pour les distinguer du présent : *sursoy-ons*.

INFINITIF		PARTICIPE		IMPÉRATIF	
Présent	*Passé*	*Présent*	*Passé*	*Présent*	*Passé*
surseoir	avoir sursis	sursoyant	sursis, -e, -es	sursois	aie sursis
		ayant sursis		sursoyons	ayons sursis
				sursoyez	ayez sursis

INDICATIF

Présent	*Imparfait*	*Passé simple*	*Futur simple*	*Conditionnel présent*
je sursois [syʀswa-]	je sursoyais	je sursis [syʀs-]	je surseoirai [syʀswa-]	je surseoirais
tu sursois	tu sursoyais	tu sursis	tu surseoiras	tu surseoirais
il sursoit	il sursoyait	il sursit	il surseoira	il surseoirait
nous sursoyons [syʀswaj-]	nous sursoyions [jj]	nous sursîmes	nous surseoirons	nous surseoirions
vous sursoyez	vous sursoyiez [jj]	vous sursîtes	vous surseoirez	vous surseoiriez
ils sursoient	ils sursoyaient	ils sursirent	ils surseoiront	ils surseoiraient
Passé composé	*Plus-que-parfait*	*Passé antérieur*	*Futur antérieur*	*Conditionnel passé*
j'ai sursis	j'avais sursis	j'eus sursis	j'aurai sursis	j'aurais sursis
tu as sursis	tu avais sursis	tu eus sursis	tu auras sursis	tu aurais sursis
il a sursis	il avait sursis	il eut sursis	il aura sursis	il aurait sursis
nous avons sursis	nous avions sursis	nous eûmes sursis	nous aurons sursis	nous aurions sursis
vous avez sursis	vous aviez sursis	vous eûtes sursis	vous aurez sursis	vous auriez sursis
ils ont sursis	ils avaient sursis	ils eurent sursis	ils auront sursis	ils auraient sursis

SUBJONCTIF

Présent	*Passé*	*Imparfait*	*Plus-que-parfait*
que je sursoie	que j'aie sursis	que je sursisse	que j'eusse sursis
tu sursoies	tu aies sursis	tu sursisses	tu eusses sursis
il sursoie	il ait sursis	il sursît	il eût sursis
nous sursoyions [jj]	nous ayons sursis	nous sursissions	nous eussions sursis
vous sursoyiez [jj]	vous ayez sursis	vous sursissiez	vous eussiez sursis
ils sursoient	ils aient sursis	ils sursissent	ils eussent sursis

64

POURVOIR

pourvoyant, pourvu(e)
dépourvoir

3ᴱ GROUPE

- Trois radicaux à l'écrit : *pourvoi-, pourvoy-, pourv-(u).*
- Les mêmes à l'oral : [puʀvwa-], [puʀvwaj-], [puʀv-(y)].
- Le présent comporte deux des trois radicaux. Le troisième s'apprend au passé simple.
- Attention aux formes régulières *yi* de *pourvoy-ions, pourvoy-iez* (indicatif imparfait et subjonctif présent). On prononce [jj] pour les distinguer du présent : *pourvoy-ons.*
- *Dépourvoir* devient défectif. S'emploie principalement au participe, *dépourvu de,* et à la forme pronominale, *se dépourvoir de quelque chose.*

INFINITIF		PARTICIPE		IMPÉRATIF	
Présent	*Passé*	*Présent*	*Passé*	*Présent*	*Passé*
pourvoir	avoir pourvu	pourvoyant	pourvu, -e, -s, -es	pourvois	aie pourvu
		ayant pourvu		pourvoyons	ayons pourvu
				pourvoyez	ayez pourvu

INDICATIF

Présent	*Imparfait*	*Passé simple*	*Futur simple*	*Conditionnel présent*
je pourvois [puʀvwa-]	je pourvoyais	je pourvus [puʀv-]	je pourvoirai	je pourvoirais
tu pourvois	tu pourvoyais	tu pourvus	tu pourvoiras	tu pourvoirais
il pourvoit	il pourvoyait	il pourvut	il pourvoira	il pourvoirait
nous pourvoyons [puʀvwaj-]	nous pourvoyions [jj]	nous pourvûmes	nous pourvoirons	nous pourvoirions
vous pourvoyez	vous pourvoyiez [jj]	vous pourvûtes	vous pourvoirez	vous pourvoiriez
ils pourvoient	ils pourvoyaient	ils pourvurent	ils pourvoiront	ils pourvoiraient

Passé composé	*Plus-que-parfait*	*Passé antérieur*	*Futur antérieur*	*Conditionnel passé*
j'ai pourvu	j'avais pourvu	j'eus pourvu	j'aurai pourvu	j'aurais pourvu
tu as pourvu	tu avais pourvu	tu eus pourvu	tu auras pourvu	tu aurais pourvu
il a pourvu	il avait pourvu	il eut pourvu	il aura pourvu	il aurait pourvu
nous avons pourvu	nous avions pourvu	nous eûmes pourvu	nous aurons pourvu	nous aurions pourvu
vous avez pourvu	vous aviez pourvu	vous eûtes pourvu	vous aurez pourvu	vous auriez pourvu
ils ont pourvu	ils avaient pourvu	ils eurent pourvu	ils auront pourvu	ils auraient pourvu

SUBJONCTIF

Présent	*Passé*	*Imparfait*	*Plus-que-parfait*
que je pourvoie	que j'aie pourvu	que je pourvusse	que j'eusse pourvu
tu pourvoies	tu aies pourvu	tu pourvusses	tu eusses pourvu
il pourvoie	il ait pourvu	il pourvût	il eût pourvu
nous pourvoyions [jj]	nous ayons pourvu	nous pourvussions	nous eussions pourvu
vous pourvoyiez [jj]	vous ayez pourvu	vous pourvussiez	vous eussiez pourvu
ils pourvoient	ils aient pourvu	ils pourvussent	ils eussent pourvu

65

FAIRE

faisant, fait(e)
verbes en -faire
(➢ p. 135)

3ᴱ GROUPE

- Cinq radicaux à l'écrit : *fai-, fais-, f-(i), fe-, fass-*.
- Cinq radicaux à l'oral : [fɛ-], [fəz-], [f-(i)], [fə-], [fas-].
- Formes irrégulières : *faites, font*.
- Forme particulière du participe passé : *fait, -e*.
- L'oral n'aide pas toujours : imparfait et participe présent en *fais-* sont prononcés comme avec un *e* [fəz-]. Il faut donc combiner oral, écrit et… par cœur !
- Le *e* des conditionnels *fe-rions, fe-riez* doit être prononcé. Dans le sud de la France, on le prononce aussi aux autres personnes et au futur. Ailleurs, le *e* est souvent effacé [fʀ-]

INFINITIF		PARTICIPE		IMPÉRATIF	
Présent	*Passé*	*Présent*	*Passé*	*Présent*	*Passé*
faire	avoir fait	faisant [fə]	fait, -e, -s, -es	fais	aie fait
		ayant fait		faisons	ayons fait
				faites	ayez fait

INDICATIF				
Présent	*Imparfait*	*Passé simple*	*Futur simple*	*Conditionnel présent*
je fais [fɛ-]	je faisais [fə]	je fis [f-]	je ferai [fə-ʀ-/fʀ-]	je ferais
tu fais	tu faisais	tu fis	tu feras	tu ferais
il fait	il faisait	il fit	il fera	il ferait
nous faisons [fəz-]	nous faisions	nous fîmes	nous ferons	nous ferions
vous faites	vous faisiez	vous fîtes	vous ferez	vous feriez
ils font	ils faisaient	ils firent	ils feront	ils feraient
Passé composé	*Plus-que-parfait*	*Passé antérieur*	*Futur antérieur*	*Conditionnel passé*
j'ai fait	j'avais fait	j'eus fait	j'aurai fait	j'aurais fait
tu as fait	tu avais fait	tu eus fait	tu auras fait	tu aurais fait
il a fait	il avait fait	il eut fait	il aura fait	il aurait fait
nous avons fait	nous avions fait	nous eûmes fait	nous aurons fait	nous aurions fait
vous avez fait	vous aviez fait	vous eûtes fait	vous aurez fait	vous auriez fait
ils ont fait	ils avaient fait	ils eurent fait	ils auront fait	ils auraient fait

SUBJONCTIF			
Présent	*Passé*	*Imparfait*	*Plus-que-parfait*
que je fasse [fas-]	que j'aie fait	que je fisse	que j'eusse fait
tu fasses	tu aies fait	tu fisses	tu eusses fait
il fasse	il ait fait	il fît	il eût fait
nous fassions	nous ayons fait	nous fissions	nous eussions fait
vous fassiez	vous ayez fait	vous fissiez	vous eussiez fait
ils fassent	ils aient fait	ils fissent	ils eussent fait

PRENDRE

prenant, pris(e)
verbes en -prendre
(➤ p. 135)

3ᴱ GROUPE

- Quatre radicaux à l'écrit : *prend-, pren-, prenn-, pr-(i).*
- Cinq radicaux à l'oral : [pʀɑ̃-] et [pʀɑ̃d-] pour *prend-*, [pʀən-], [pʀɛn-], [pʀ-(i)].
- Le présent comporte trois des radicaux écrits sur quatre et trois des radicaux oraux sur cinq. Comparer leur disposition avec le subjonctif présent. Autres radicaux au passé simple et au futur (radical écrit *prend-*, mais le *d* est prononcé : *il prend-r-a*).
- Terminaisons du présent : *-s, -s, -ø*. Le *d* de *il prend* appartient au radical.

INFINITIF		PARTICIPE		IMPÉRATIF	
Présent	*Passé*	*Présent*	*Passé*	*Présent*	*Passé*
prendre	avoir pris	prenant	pris, -e, -es	prends	aie pris
		ayant pris		prenons	ayons pris
				prenez	ayez pris

INDICATIF				
Présent	*Imparfait*	*Passé simple*	*Futur simple*	*Conditionnel présent*
je prends [pʀɑ̃-]	je prenais	je pris [pʀ-]	je prendrai [pʀɑ̃d-]	je prendrais
tu prends	tu prenais	tu pris	tu prendras	tu prendrais
il prend	il prenait	il prit	il prendra	il prendrait
nous prenons [pʀən-]	nous prenions	nous prîmes	nous prendrons	nous prendrions
vous prenez	vous preniez	vous prîtes	vous prendrez	vous prendriez
ils prennent [pʀɛn-]	ils prenaient	ils prirent	ils prendront	ils prendraient
Passé composé	*Plus-que-parfait*	*Passé antérieur*	*Futur antérieur*	*Conditionnel passé*
j'ai pris	j'avais pris	j'eus pris	j'aurai pris	j'aurais pris
tu as pris	tu avais pris	tu eus pris	tu auras pris	tu aurais pris
il a pris	il avait pris	il eut pris	il aura pris	il aurait pris
nous avons pris	nous avions pris	nous eûmes pris	nous aurons pris	nous aurions pris
vous avez pris	vous aviez pris	vous eûtes pris	vous aurez pris	vous auriez pris
ils ont pris	ils avaient pris	ils eurent pris	ils auront pris	ils auraient pris

SUBJONCTIF			
Présent	*Passé*	*Imparfait*	*Plus-que-parfait*
que je prenne	que j'aie pris	que je prisse	que j'eusse pris
tu prennes	tu aies pris	tu prisses	tu eusses pris
il prenne	il ait pris	il prît	il eût pris
nous prenions	nous ayons pris	nous prissions	nous eussions pris
vous preniez	vous ayez pris	vous prissiez	vous eussiez pris
ils prennent	ils aient pris	ils prissent	ils eussent pris

67

VENDRE

vendant, vendu(e)
verbes en -endre
(➤ p. 135)

3E GROUPE

- Un radical à l'écrit : *vend-*.
- Mais deux radicaux à l'oral selon que le *d* est ou non prononcé : [vã-], [vãd-].
- Conjugaison complètement régulière à l'écrit.
- Terminaisons du présent : *-s, -s, -ø*. Le *d* de *il vend* appartient au radical.

INFINITIF		PARTICIPE		IMPÉRATIF	
Présent	*Passé*	*Présent*	*Passé*	*Présent*	*Passé*
vendre	avoir vendu	vendant	vendu, -e, -s, -es	vends	aie vendu
		ayant vendu		vendons	ayons vendu
				vendez	ayez vendu

INDICATIF					
Présent	*Imparfait*	*Passé simple*	*Futur simple*	*Conditionnel présent*	
je vends [vã-]	je vendais	je vendis	je vendrai	je vendrais	
tu vends	tu vendais	tu vendis	tu vendras	tu vendrais	
il vend	il vendait	il vendit	il vendra	il vendrait	
nous vendons [vãd-]	nous vendions	nous vendîmes	nous vendrons	nous vendrions	
vous vendez	vous vendiez	vous vendîtes	vous vendrez	vous vendriez	
ils vendent	ils vendaient	ils vendirent	ils vendront	ils vendraient	
Passé composé	*Plus-que-parfait*	*Passé antérieur*	*Futur antérieur*	*Conditionnel passé*	
j'ai vendu	j'avais vendu	j'eus vendu	j'aurai vendu	j'aurais vendu	
tu as vendu	tu avais vendu	tu eus vendu	tu auras vendu	tu aurais vendu	
il a vendu	il avait vendu	il eut vendu	il aura vendu	il aurait vendu	
nous avons vendu	nous avions vendu	nous eûmes vendu	nous aurons vendu	nous aurions vendu	
vous avez vendu	vous aviez vendu	vous eûtes vendu	vous aurez vendu	vous auriez vendu	
ils ont vendu	ils avaient vendu	ils eurent vendu	ils auront vendu	ils auraient vendu	

SUBJONCTIF			
Présent	*Passé*	*Imparfait*	*Plus-que-parfait*
que je vende	que j'aie vendu	que je vendisse	que j'eusse vendu
tu vendes	tu aies vendu	tu vendisses	tu eusses vendu
il vende	il ait vendu	il vendît	il eût vendu
nous vendions	nous ayons vendu	nous vendissions	nous eussions vendu
vous vendiez	vous ayez vendu	vous vendissiez	vous eussiez vendu
ils vendent	ils aient vendu .	ils vendissent	ils eussent vendu

RÉPANDRE

répandant, répandu(e)
épandre

3ᴱ GROUPE

- Un radical à l'écrit : *répand-*.
- Mais deux radicaux à l'oral selon la prononciation du *d* : [Repɑ̃-], [Repɑ̃d-].
- Conjugaison régulière à l'écrit.
- Terminaisons du présent : *-s, -s, -ø*. Le *d* de *il répand* appartient au radical.

INFINITIF		PARTICIPE		IMPÉRATIF	
Présent	*Passé*	*Présent*	*Passé*	*Présent*	*Passé*
répandre	avoir répandu	répandant	répandu, -ue, -us, -ues	répands	aie répandu
		ayant répandu		répandons	ayons répandu
				répandez	ayez répandu

INDICATIF

Présent	*Imparfait*	*Passé simple*	*Futur simple*	*Conditionnel présent*
je répands [Repɑ̃-]	je répandais	je répandis	je répandrai	je répandrais
tu répands	tu répandais	tu répandis	tu répandras	tu répandrais
il répand	il répandait	il répandit	il répandra	il répandrait
nous répandons [Repɑ̃d-]	nous répandions	nous répandîmes	nous répandrons	nous répandrions
vous répandez	vous répandiez	vous répandîtes	vous répandrez	vous répandriez
ils répandent	ils répandaient	ils répandirent	ils répandront	ils répandraient

Passé composé	*Plus-que-parfait*	*Passé antérieur*	*Futur antérieur*	*Conditionnel passé*
j'ai répandu	j'avais répandu	j'eus répandu	j'aurai répandu	j'aurais répandu
tu as répandu	tu avais répandu	tu eus répandu	tu auras répandu	tu aurais répandu
il a répandu	il avait répandu	il eut répandu	il aura répandu	il aurait répandu
nous avons répandu	nous avions répandu	nous eûmes répandu	nous aurons répandu	nous aurions répandu
vous avez répandu	vous aviez répandu	vous eûtes répandu	vous aurez répandu	vous auriez répandu
ils ont répandu	ils avaient répandu	ils eurent répandu	ils auront répandu	ils auraient répandu

SUBJONCTIF

Présent	*Passé*	*Imparfait*	*Plus-que-parfait*
que je répande	que j'aie répandu	que je répandisse	que j'eusse répandu
tu répandes	tu aies répandu	tu répandisses	tu eusses répandu
il répande	il ait répandu	il répandît	il eût répandu
nous répandions	nous ayons répandu	nous répandissions	nous eussions répandu
vous répandiez	vous ayez répandu	vous répandissiez	vous eussiez répandu
ils répandent	ils aient répandu	ils répandissent	ils eussent répandu

CRAINDRE

craignant, craint(e)
verbes en -aindre
(➤ p. 135)

3ᴱ GROUPE

- Trois radicaux à l'écrit : *crain-, craign-, craind-*.
- Quatre radicaux à l'oral : [kʀɛ̃-], [kʀɛɲ-] et [kʀɛɲ] pour *craign-*, [kʀɛ̃d-].
- Forme particulière du participe passé : *craint, -e*.
- Le présent de l'indicatif comporte deux radicaux écrits sur trois, et trois radicaux oraux sur quatre. Comparer leur disposition avec le subjonctif présent. Autre radical au futur.
- Attention aux formes régulières *igni* de *craign-ions, craign-iez* (indicatif imparfait et subjonctif présent). Le deuxième *i* est dans la terminaison (au présent : *craign-ons*).

INFINITIF		PARTICIPE		IMPÉRATIF	
Présent	*Passé*	*Présent*	*Passé*	*Présent*	*Passé*
craindre	avoir craint	craignant	craint, -e, -s, -es	crains	ayons craint
		ayant craint		craignons	aie craint
				craignez	ayez craint

INDICATIF

Présent	*Imparfait*	*Passé simple*	*Futur simple*	*Conditionnel présent*
je crains [kʀɛ̃-]	je craignais [e]	je craignis [e]	je craindrai [kʀɛ̃d-]	je craindrais
tu crains	tu craignais	tu craignis	tu craindras	tu craindrais
il craint	il craignait	il craignit	il craindra	il craindrait
nous craignons [kʀɛɲ-]	nous craignions [ɲj]	nous craignîmes	nous craindrons	nous craindrions
vous craignez	vous craigniez [ɲj]	vous craignîtes	vous craindrez	vous craindriez
ils craignent [kʀɛɲ-]	ils craignaient	ils craignirent	ils craindront	ils craindraient
Passé composé	*Plus-que-parfait*	*Passé antérieur*	*Futur antérieur*	*Conditionnel passé*
j'ai craint	j'avais craint	j'eus craint	j'aurai craint	j'aurais craint
tu as craint	tu avais craint	tu eus craint	tu auras craint	tu aurais craint
il a craint	il avait craint	il eut craint	il aura craint	il aurait craint
nous avons craint	nous avions craint	nous eûmes craint	nous aurons craint	nous aurions craint
vous avez craint	vous aviez craint	vous eûtes craint	vous aurez craint	vous auriez craint
ils ont craint	ils avaient craint	ils eurent craint	ils auront craint	ils auraient craint

SUBJONCTIF

Présent	*Passé*	*Imparfait*	*Plus-que-parfait*
que je craigne [ɛ]	que j'aie craint	que je craignisse [e]	que j'eusse craint
tu craignes	tu aies craint	tu craignisses	tu eusses craint
il craigne	il ait craint	il craignît	il eût craint
nous craignions [e]	nous ayons craint	nous craignissions	nous eussions craint
vous craigniez [e]	vous ayez craint	vous craignissiez	vous eussiez craint
ils craignent [ɛ]	ils aient craint	ils craignissent	ils eussent craint

70

PEINDRE

peignant, peint(e)
verbes en -eindre
(➤ p. 135)

3ᴱ GROUPE

- Trois radicaux à l'écrit : *pein-, peign-, peind-*.
- Quatre radicaux à l'oral : [pɛ̃-], [pɛɲ-] et [pɛɲ] pour *peign-*, [pɛ̃d-].
- Forme particulière du participe passé : *peint, -e*.
- Le présent de l'indicatif comporte deux radicaux écrits sur trois, et trois radicaux oraux sur quatre. Comparer leur disposition avec le subjonctif présent. Autre radical au futur.
- Attention aux formes régulières *igni* de *peign-ions, peign-iez* (indicatif imparfait et subjonctif présent). Le deuxième *i* est de la terminaison (au présent : *peign-ons*).
- Même conjugaison pour *geindre*, mais le participe passé est invariable : *geint*.

INFINITIF		PARTICIPE		IMPÉRATIF	
Présent	*Passé*	*Présent*	*Passé*	*Présent*	*Passé*
peindre	avoir peint	peignant	peint, -e, -s, -es	peins	aie peint
		ayant peint		peignons	ayons peint
				peignez	ayez peint

INDICATIF					
Présent	*Imparfait*	*Passé simple*	*Futur simple*	*Conditionnel présent*	
je peins [pɛ̃-]	je peignais [e]	je peignis [e]	je peindrai [pɛ̃d-]	je peindrais	
tu peins	tu peignais	tu peignis	tu peindras	tu peindrais	
il peint	il peignait	il peignit	il peindra	il peindrait	
nous peignons [pɛɲ-]	nous peignions	nous peignîmes	nous peindrons	nous peindrions	
vous peignez	vous peigniez	vous peignîtes	vous peindrez	vous peindriez	
ils peignent [pɛɲ-]	ils peignaient	ils peignirent	ils peindront	ils peindraient	
Passé composé	*Plus-que-parfait*	*Passé antérieur*	*Futur antérieur*	*Conditionnel passé*	
j'ai peint	j'avais peint	j'eus peint	j'aurai peint	j'aurais peint	
tu as peint	tu avais peint	tu eus peint	tu auras peint	tu aurais peint	
il a peint	il avait peint	il eut peint	il aura peint	il aurait peint	
nous avons peint	nous avions peint	nous eûmes peint	nous aurons peint	nous aurions peint	
vous avez peint	vous aviez peint	vous eûtes	vous aurez peint	vous auriez peint	
ils ont peint	ils avaient peint	ils eurent peint	ils auront peint	ils auraient peint	

SUBJONCTIF			
Présent	*Passé*	*Imparfait*	*Plus-que-parfait*
que je peigne [ɛ]	que j'aie peint	que je peignisse	que j'eusse peint
tu peignes	tu aies peint	tu peignisses	tu eusses peint
il peigne	il ait peint	il peignît	il eût peint
nous peignions [e]	nous ayons peint	nous peignissions	nous eussions peint
vous peigniez [e]	vous ayez peint	vous peignissiez	vous eussiez peint
ils peignent [ɛ]	ils aient peint	ils peignissent	ils eussent peint

JOINDRE

joignant, joint(e)
verbes en -oindre
(➤ p. 135)

3ᴱ GROUPE

- Trois radicaux à l'écrit : *join-, joign-, joind-*.
- Les mêmes radicaux à l'oral : [ʒwɛ̃-], [ʒwaɲ-], [ʒwɛ̃d-].
- Forme particulière du participe passé : *joint, -e*.
- Le présent comporte deux radicaux sur trois. L'autre radical s'apprend au futur.
- Attention aux formes régulières *igni* de *joign-ions, joign-iez* (indicatif imparfait et subjonctif présent). Le deuxième *i* est de la terminaison (au présent : *joign-ons*).

INFINITIF		PARTICIPE		IMPÉRATIF	
Présent	*Passé*	*Présent*	*Passé*	*Présent*	*Passé*
joindre	avoir joint	joignant	joint, -e, -s, -es	joins	aie joint
		ayant joint		joignons	ayons joint
				joignez	ayez joint

INDICATIF				
Présent	*Imparfait*	*Passé simple*	*Futur simple*	*Conditionnel présent*
je joins [ʒwɛ̃]	je joignais	je joignis	je joindrai [ʒwɛ̃d-]	je joindrais
tu joins	tu joignais	tu joignis	tu joindras	tu joindrais
il joint	il joignait	il joignit	il joindra	il joindrait
nous joignons [ʒwaɲ-]	nous joignions	nous joignîmes	nous joindrons	nous joindrions
vous joignez	vous joigniez	vous joignîtes	vous joindrez	vous joindriez
ils joignent	ils joignaient	ils joignirent	ils joindront	ils joindraient
Passé composé	*Plus-que-parfait*	*Passé antérieur*	*Futur antérieur*	*Conditionnel passé*
j'ai joint	j'avais joint	j'eus joint	j'aurai joint	j'aurais joint
tu as joint	tu avais joint	tu eus joint	tu auras joint	tu aurais joint
il a joint	il avait joint	il eut joint	il aura joint	il aurait joint
nous avons joint	nous avions joint	nous eûmes joint	nous aurons joint	nous aurions joint
vous avez joint	vous aviez joint	vous eûtes joint	vous aurez joint	vous auriez joint
ils ont joint	ils avaient joint	ils eurent joint	ils auront joint	ils auraient joint

SUBJONCTIF			
Présent	*Passé*	*Imparfait*	*Plus-que-parfait*
que je joigne	que j'aie joint	que je joignisse	que j'eusse joint
tu joignes	tu aies joint	tu joignisses	tu eusses joint
il joigne	il ait joint	il joignît	il eût joint
nous joignions	nous ayons joint	nous joignissions	nous eussions joint
vous joigniez	vous ayez joint	vous joignissiez	vous eussiez joint
ils joignent	ils aient joint	ils joignissent	ils eussent joint

72

PERDRE

perdant, perdu(e)
verbes en -perdre
(➢ p. 135)

3E GROUPE

- Un radical à l'écrit : *perd-*.
- Mais deux radicaux à l'oral selon que le *d* est prononcé ou non : [pɛʀ-], [pɛʀd-].
- Conjugaison régulière à l'écrit.
- Le présent comporte tous les radicaux.
- Terminaisons du présent : *-s, -s, -ø*. Le *d* de *il perd* appartient au radical.

INFINITIF		PARTICIPE		IMPÉRATIF	
Présent	*Passé*	*Présent*	*Passé*	*Présent*	*Passé*
perdre	avoir perdu	perdant	perdu, -e, -s, -es	perds	aie perdu
		ayant perdu		perdons	ayons perdu
				perdez	ayez perdu

INDICATIF				
Présent	*Imparfait*	*Passé simple*	*Futur simple*	*Conditionnel présent*
je perds [pɛʀ-]	je perdais	je perdis	je perdrai	je perdrais
tu perds	tu perdais	tu perdis	tu perdras	tu perdrais
il perd	il perdait	il perdit	il perdra	il perdrait
nous perdons [pɛʀd-]	nous perdions	nous perdîmes	nous perdrons	nous perdrions
vous perdez	vous perdiez	vous perdîtes	vous perdrez	vous perdriez
ils perdent	ils perdaient	ils perdirent	ils perdront	ils perdraient
Passé composé	*Plus-que-parfait*	*Passé antérieur*	*Futur antérieur*	*Conditionnel passé*
j'ai perdu	j'avais perdu	j'eus perdu	j'aurai perdu	j'aurais perdu
tu as perdu	tu avais perdu	tu eus perdu	tu auras perdu	tu aurais perdu
il a perdu	il avait perdu	il eut perdu	il aura perdu	il aurait perdu
nous avons perdu	nous avions perdu	nous eûmes perdu	nous aurons perdu	nous aurions perdu
vous avez perdu	vous aviez perdu	vous eûtes perdu	vous aurez perdu	vous auriez perdu
ils ont perdu	ils avaient perdu	ils eurent perdu	ils auront perdu	ils auraient perdu

SUBJONCTIF			
Présent	*Passé*	*Imparfait*	*Plus-que-parfait*
que je perde	que j'aie perdu	que je perdisse	que j'eusse perdu
tu perdes	tu aies perdu	tu perdisses	tu eusses perdu
il perde	il ait perdu	il perdît	il eût perdu
nous perdions	nous ayons perdu	nous perdissions	nous eussions perdu
vous perdiez	vous ayez perdu	vous perdissiez	vous eussiez perdu
ils perdent	ils aient perdu	ils perdissent	ils eussent perdu

RÉPONDRE

répondant, répondu(e)
verbes en -ondre
(➣ p. 135)

3ᴱ GROUPE

- Un radical à l'écrit : *répond-*.
- Mais deux radicaux à l'oral selon que le *d* est prononcé ou non : [ʀepɔ̃-], [ʀepɔ̃d-].
- Conjugaison régulière à l'écrit.
- Le présent comporte les deux radicaux de l'oral.
- Terminaisons du présent : *-s, -s, -ø*. Le *d* de *il répond* appartient au radical.

INFINITIF		PARTICIPE		IMPÉRATIF	
Présent	**Passé**	**Présent**	**Passé**	**Présent**	**Passé**
répondre	avoir répondu	répondant	répondu, -e, -s, -es	réponds	aie répondu
		ayant répondu		répondons	ayons répondu
				répondez	ayez répondu

INDICATIF

Présent	**Imparfait**	**Passé simple**	**Futur simple**	**Conditionnel présent**
je **répond**s [ʀepɔ̃-]	je répondais	je répondis	je répondrai	je répondrais
tu réponds	tu répondais	tu répondis	tu répondras	tu répondrais
il répond	il répondait	il répondit	il répondra	il répondrait
nous répondons [ʀepɔ̃d-]	nous répondions	nous répondîmes	nous répondrons	nous répondrions
vous répondez	vous répondiez	vous répondîtes	vous répondrez	vous répondriez
ils répondent	ils répondaient	ils répondirent	ils répondront	ils répondraient
Passé composé	**Plus-que-parfait**	**Passé antérieur**	**Futur antérieur**	**Conditionnel passé**
j'ai répondu	j'avais répondu	j'eus répondu	j'aurai répondu	j'aurais répondu
tu as répondu	tu avais répondu	tu eus répondu	tu auras répondu	tu aurais répondu
il a répondu	il avait répondu	il eut répondu	il aura répondu	il aurait répondu
nous avons répondu	nous avions répondu	nous eûmes répondu	nous aurons répondu	nous aurions répondu
vous avez répondu	vous aviez répondu	vous eûtes répondu	vous aurez répondu	vous auriez répondu
ils ont répondu	ils avaient répondu	ils eurent répondu	ils auront répondu	ils auraient répondu

SUBJONCTIF

Présent	**Passé**	**Imparfait**	**Plus-que-parfait**
que je réponde	que j'aie répondu	que je répondisse	que j'eusse répondu
tu répondes	tu aies répondu	tu répondisses	tu eusses répondu
il réponde	il ait répondu	il répondît	il eût répondu
nous répondions	nous ayons répondu	nous répondissions	nous eussions répondu
vous répondiez	vous ayez répondu	vous répondissiez	vous eussiez répondu
ils répondent	ils aient répondu	ils répondissent	ils eussent répondu

MORDRE

mordant, mordu(e)
verbes en -ordre
(➤ p. 135)

3ᴱ GROUPE

- Un radical à l'écrit : *mord-*.
- Mais deux radicaux à l'oral selon que le *d* est prononcé ou non : [mɔʀ-], [mɔʀd-].
- Conjugaison régulière à l'écrit.
- Le présent comporte les deux radicaux de l'oral.
- Terminaisons du présent : *-s, -s, -ø*. Le *d* de *il mord* appartient au radical.

INFINITIF		PARTICIPE		IMPÉRATIF	
Présent	*Passé*	*Présent*	*Passé*	*Présent*	*Passé*
mordre	avoir mordu	mordant	mordu, -e, -s, -es	mords	aie mordu
		ayant mordu		mordons	ayons mordu
				mordez	ayez mordu

INDICATIF

Présent	*Imparfait*	*Passé simple*	*Futur simple*	*Conditionnel présent*
je mords [mɔʀ-]	je mordais	je mordis	je mordrai	je mordrais
tu mords	tu mordais	tu mordis	tu mordras	tu mordrais
il mord	il mordait	il mordit	il mordra	il mordrait
nous mordons [mɔʀd-]	nous mordions	nous mordîmes	nous mordrons	nous mordrions
vous mordez	vous mordiez	vous mordîtes	vous mordrez	vous mordriez
ils mordent	ils mordaient	ils mordirent	ils mordront	ils mordraient

Passé composé	*Plus-que-parfait*	*Passé antérieur*	*Futur antérieur*	*Conditionnel passé*
j'ai mordu	j'avais mordu	j'eus mordu	j'aurai mordu	j'aurais mordu
tu as mordu	tu avais mordu	tu eus mordu	tu auras mordu	tu aurais mordu
il a mordu	il avait mordu	il eut mordu	il aura mordu	il aurait mordu
nous avons mordu	nous avions mordu	nous eûmes mordu	nous aurons mordu	nous aurions mordu
vous avez mordu	vous aviez mordu	vous eûtes mordu	vous aurez mordu	vous auriez mordu
ils ont mordu	ils avaient mordu	ils eurent mordu	ils auront mordu	ils auraient mordu

SUBJONCTIF

Présent	*Passé*	*Imparfait*	*Plus-que-parfait*
que je morde	que j'aie mordu	que je mordisse	que j'eusse mordu
tu mordes	tu aies mordu	tu mordisses	tu eusses mordu
il morde	il ait mordu	il mordît	il eût mordu
nous mordions	nous ayons mordu	nous mordissions	nous eussions mordu
vous mordiez	vous ayez mordu	vous mordissiez	vous eussiez mordu
ils mordent	ils aient mordu	ils mordissent	ils eussent mordu

75

ROMPRE

rompant, rompu(e)
verbes en -rompre
(> p. 135)

3ᴱ GROUPE

- Un radical à l'écrit : *romp-*.
- Mais deux radicaux à l'oral selon que le *p* est prononcé ou non : [ʀɔ̃-], [ʀɔ̃p-].
- Conjugaison régulière à l'écrit.
- Le présent comporte les deux radicaux de l'oral.

INFINITIF		PARTICIPE		IMPÉRATIF	
Présent	*Passé*	*Présent*	*Passé*	*Présent*	*Passé*
rompre	avoir rompu	rompant	rompu, -e, -s, -es	romps	aie rompu
		ayant rompu		rompons	ayons rompu
				rompez	ayez rompu

INDICATIF

Présent	*Imparfait*	*Passé simple*	*Futur simple*	*Conditionnel présent*
je romps [ʀɔ̃-]	je rompais	je rompis	je romprai	je romprais
tu romps	tu rompais	tu rompis	tu rompras	tu romprais
il rompt	il rompait	il rompit	il rompra	il romprait
nous rompons [ʀɔ̃p-]	nous rompions	nous rompîmes	nous romprons	nous romprions
vous rompez	vous rompiez	vous rompîtes	vous romprez	vous rompriez
ils rompent	ils rompaient	ils rompirent	ils rompront	ils rompraient
Passé composé	*Plus-que-parfait*	*Passé antérieur*	*Futur antérieur*	*Conditionnel passé*
j'ai rompu	j'avais rompu	j'eus rompu	j'aurai rompu	j'aurais rompu
tu as rompu	tu avais rompu	tu eus rompu	tu auras rompu	tu aurais rompu
il a rompu	il avait rompu	il eut rompu	il aura rompu	il aurait rompu
nous avons rompu	nous avions rompu	nous eûmes rompu	nous aurons rompu	nous aurions rompu
vous avez rompu	vous aviez rompu	vous eûtes rompu	vous aurez rompu	vous auriez rompu
ils ont rompu	ils avaient rompu	ils eurent rompu	ils auront rompu	ils auraient rompu

SUBJONCTIF

Présent	*Passé*	*Imparfait*	*Plus-que-parfait*
que je rompe	que j'aie rompu	que je rompisse	que j'eusse rompu
tu rompes	tu aies rompu	tu rompisses	tu eusses rompu
il rompe	il ait rompu	il rompît	il eût rompu
nous rompions	nous ayons rompu	nous rompissions	nous eussions rompu
vous rompiez	vous ayez rompu	vous rompissiez	vous eussiez rompu
ils rompent	ils aient rompu	ils rompissent	ils eussent rompu

76

VAINCRE

vainquant, vaincu(e)
convaincre

3ᴱ GROUPE

- Deux radicaux à l'écrit : *vainc-, vainqu-*.
- Deux radicaux à l'oral : [vɛ̃-] pour *vainc-, c* muet, [vɛ̃k-] pour *vainc-* et *vainqu-*.
- Attention aux formes *vaincs, vainc* (indicatif présent et impératif) où le *c* ne se prononce pas. Mais les terminaisons du présent sont régulières : *-s, -s, -ø*. Le *c* muet de *il vainc* appartient au radical écrit.
- Attention à l'alternance *vainc- / vainqu-*. Le *c* prononcé [k] est employé :
  – devant *r* à l'infinitif, au futur et au conditionnel : *il vaincra* ;
  – et devant *u* au participe passé : *il a vaincu*.

INFINITIF		PARTICIPE		IMPÉRATIF	
Présent	*Passé*	*Présent*	*Passé*	*Présent*	*Passé*
vaincre	avoir vaincu	vainquant	vaincu, -e, -s, -es	vaincs	aie vaincu
		ayant vaincu		vainquons	ayons vaincu
				vainquez	ayez vaincu

INDICATIF

Présent	*Imparfait*	*Passé simple*	*Futur simple*	*Conditionnel présent*
je vaincs [vɛ̃-]	je vainquais	je vainquis	je vaincrai	je vaincrais
tu vaincs	tu vainquais	tu vainquis	tu vaincras	tu vaincrais
il vainc	il vainquait	il vainquit	il vaincra	il vaincrait
nous vainquons [vɛ̃k-]	nous vainquions	nous vainquîmes	nous vaincrons	nous vaincrions
vous vainquez	vous vainquiez	vous vainquîtes	vous vaincrez	vous vaincriez
ils vainquent	ils vainquaient	ils vainquirent	ils vaincront	ils vaincraient

Passé composé	*Plus-que-parfait*	*Passé antérieur*	*Futur antérieur*	*Conditionnel passé*
j'ai vaincu	j'avais vaincu	j'eus vaincu	j'aurai vaincu	j'aurais vaincu
tu as vaincu	tu avais vaincu	tu eus vaincu	tu auras vaincu	tu aurais vaincu
il a vaincu	il avait vaincu	il eut vaincu	il aura vaincu	il aurait vaincu
nous avons vaincu	nous avions vaincu	nous eûmes vaincu	nous aurons vaincu	nous aurions vaincu
vous avez vaincu	vous aviez vaincu	vous eûtes vaincu	vous aurez vaincu	vous auriez vaincu
ils ont vaincu	ils avaient vaincu	ils eurent vaincu	ils auront vaincu	ils auraient vaincu

SUBJONCTIF

Présent	*Passé*	*Imparfait*	*Plus-que-parfait*
que je vainque	que j'aie vaincu	que je vainquisse	que j'eusse vaincu
tu vainques	tu aies vaincu	tu vainquisses	tu eusses vaincu
il vainque	il ait vaincu	il vainquît	il eût vaincu
nous vainquions	nous ayons vaincu	nous vainquissions	nous eussions vaincu
vous vainquiez	vous ayez vaincu	vous vainquissiez	vous eussiez vaincu
ils vainquent	ils aient vaincu	ils vainquissent	ils eussent vaincu

PLAIRE

plaisant, plu
verbes en -plaire
(➤ p. 135)

3ᴱ GROUPE

- Trois radicaux à l'écrit : *plai-, plais-, pl-*.
- Quatre radicaux à l'oral : [plɛ-], [plez-] et [plɛz-] pour *plais-*, [pl-].
- Forme particulière avec l'accent circonflexe : *il plaît*.
- Deux des radicaux écrits et trois des radicaux oraux sont au présent de l'indicatif. Comparer leur disposition avec le subjonctif présent. Le troisième radical s'apprend au passé simple.
- Attention au participe passé invariable : *plu*.
- Les Rectifications orthographiques de 1990 permettent *il plait*.

INFINITIF		PARTICIPE		IMPÉRATIF	
Présent	*Passé*	*Présent*	*Passé*	*Présent*	*Passé*
plaire	avoir plu	plaisant	plu	plais	aie plu
		ayant plu		plaisons	ayons plu
				plaisez	ayez plu

INDICATIF

Présent	*Imparfait*	*Passé simple*	*Futur simple*	*Conditionnel présent*
je plais [plɛ-]	je plaisais [e]	je plus [pl-]	je plairai [e]	je plairais
tu plais	tu plaisais	tu plus	tu plairas	tu plairais
il plaît	il plaisait	il plut	il plaira	il plairait
nous plaisons [plez-]	nous plaisions	nous plûmes	nous plairons	nous plairions
vous plaisez [plez-]	vous plaisiez	vous plûtes	vous plairez	vous plairiez
ils plaisent [plɛz-]	ils plaisaient	ils plurent	ils plairont	ils plairaient
Passé composé	*Plus-que-parfait*	*Passé antérieur*	*Futur antérieur*	*Conditionnel passé*
j'ai plu	j'avais plu	j'eus plu	j'aurai plu	j'aurais plu
tu as plu	tu avais plu	tu eus plu	tu auras plu	tu aurais plu
il a plu	il avait plu	il eut plu	il aura plu	il aurait plu
nous avons plu	nous avions plu	nous eûmes plu	nous aurons plu	nous aurions plu
vous avez plu	vous aviez plu	vous eûtes plu	vous aurez plu	vous auriez plu
ils ont plu	ils avaient plu	ils eurent plu	ils auront plu	ils auraient plu

SUBJONCTIF

Présent	*Passé*	*Imparfait*	*Plus-que-parfait*
que je plaise [ɛ]	que j'aie plu	que je plusse	que j'eusse plu
tu plaises	tu aies plu	tu plusses	tu eusses plu
il plaise	il ait plu	il plût	il eût plu
nous plaisions [e]	nous ayons plu	nous plussions	nous eussions plu
vous plaisiez [e]	vous ayez plu	vous plussiez	vous eussiez plu
ils plaisent [ɛ]	ils aient plu	ils plussent	ils eussent plu

78

TAIRE

taisant, tu(e)

3E GROUPE

- Même conjugaison que *plaire*, 77.
- Deux différences :
  - pas de forme particulière avec accent circonflexe : *il tait* ;
  - participe passé variable : *tu, -e*.

INFINITIF		PARTICIPE		IMPÉRATIF	
Présent	*Passé*	*Présent*	*Passé*	*Présent*	*Passé*
taire	avoir tu	taisant	tu, -e, -s, -es	tais	aie tu
		ayant tu		taisons	ayons tu
				taisez	ayez tu

INDICATIF				
Présent	*Imparfait*	*Passé simple*	*Futur simple*	*Conditionnel présent*
je tais	je taisais	je tus	je tairai	je tairais
tu tais	tu taisais	tu tus	tu tairas	tu tairais
il tait	il taisait	il tut	il taira	il tairait
nous taisons	nous taisions	nous tûmes	nous tairons	nous tairions
vous taisez	vous taisiez	vous tûtes	vous tairez	vous tairiez
ils taisent	ils taisaient	ils turent	ils tairont	ils tairaient
Passé composé	*Plus-que-parfait*	*Passé antérieur*	*Futur antérieur*	*Conditionnel passé*
j'ai tu	j'avais tu	j'eus tu	j'aurai tu	j'aurais tu
tu as tu	tu avais tu	tu eus tu	tu auras tu	tu aurais tu
il a tu	il avait tu	il eut tu	il aura tu	il aurait tu
nous avons tu	nous avions tu	nous eûmes tu	nous aurons tu	nous aurions tu
vous avez tu	vous aviez tu	vous eûtes tu	vous aurez tu	vous auriez tu
ils ont tu	ils avaient tu	ils eurent tu	ils auront tu	ils auraient tu

SUBJONCTIF			
Présent	*Passé*	*Imparfait*	*Plus-que-parfait*
que je taise	que j'aie tu	que je tusse	que j'eusse tu
tu taises	tu aies tu	tu tusses	tu eusses tu
il taise	il ait tu	il tût	il eût tu
nous taisions	nous ayons tu	nous tussions	nous eussions tu
vous taisiez	vous ayez tu	vous tussiez	vous eussiez tu
ils taisent	ils aient tu	ils tussent	ils eussent tu

79

NAÎTRE

naissant, né(e)

3ᴱ GROUPE

- Cinq radicaux à l'écrit : *nai-, naiss-, naqu-, naît-, n-*.
- Sept à l'oral : [nɛ-], [nes-] et [nɛs-] pour *naiss-*, [nak-], [net-] et [nɛt-] pour *naît-*, [n-].
- Présent de l'indicatif : deux radicaux écrits et trois radicaux oraux. Comparer avec le subjonctif présent. Autres radicaux : passé simple, futur et le radical du participe passé.
- Terminaisons du présent : *-s, -s, -ø*. Le *t* de *il naît* appartient au radical.
- Devant *t*, on a *î* avec accent circonflexe : *naître, il naît, il naîtra*. Les Rectifications orthographiques de 1990 autorisent *it* : *naitre*.
- *Renaître* est défectif, 167.

INFINITIF		PARTICIPE		IMPÉRATIF	
Présent	*Passé*	*Présent*	*Passé*	*Présent*	*Passé*
naître [nɛt-]	être né	naissant [e]	né, -e, -s, -es	nais	sois né
		étant né		naissons	soyons nés
				naissez	soyez nés

INDICATIF				
Présent	*Imparfait*	*Passé simple*	*Futur simple*	*Conditionnel présent*
je nais [nɛ-]	je naissais [e]	je naquis [nak-]	je naîtrai [net-]	je naîtrais [e]
tu nais	tu naissais	tu naquis	tu naîtras	tu naîtrais
il naît	il naissait	il naquit	il naîtra	il naîtrait
nous naissons [nes-]	nous naissions	nous naquîmes	nous naîtrons	nous naîtrions
vous naissez [nes-]	vous naissiez	vous naquîtes	vous naîtrez	vous naîtriez
ils naissent [nɛs-]	ils naissaient	ils naquirent	ils naîtront	ils naîtraient
Passé composé	*Plus-que-parfait*	*Passé antérieur*	*Futur antérieur*	*Conditionnel passé*
je suis né	j'étais né	je fus né	je serai né	je serais né
tu es né	tu étais né	tu fus né	tu seras né	tu serais né
il est né	il était né	il fut né	il sera né	il serait né
nous sommes nés	nous étions nés	nous fûmes nés	nous serons nés	nous serions nés
vous êtes nés	vous étiez nés	vous fûtes nés	vous serez nés	vous seriez nés
ils sont nés	ils étaient nés	ils furent nés	ils seront nés	ils seraient nés

SUBJONCTIF			
Présent	*Passé*	*Imparfait*	*Plus-que-parfait*
que je naisse [ɛ]	que je sois né	que je naquisse	que je fusse né
tu naisses	tu sois né	tu naquisses	tu fusses né
il naisse	il soit né	il naquît	il fût né
nous naissions [e]	nous soyons nés	nous naquissions	nous fussions nés
vous naissiez [e]	vous soyez nés	vous naquissiez	vous fussiez nés
ils naissent [ɛ]	ils soient nés	ils naquissent	ils fussent nés

CONNAÎTRE

connaissant, connu(e)
verbes en -aître
(➤ p. 135)

3ᴱ GROUPE

- Quatre radicaux à l'écrit : *connai-, connaiss-, conn-, connaît-*.
- Six radicaux à l'oral : [kɔnɛ-], [kɔnes-] et [kɔnɛs-] pour *connaiss-*, [kɔn-], [kɔnɛt-] et [kɔnɛt-] pour *connaît-*.
- Présent de l'indicatif : deux radicaux écrits et trois radicaux oraux. Comparer avec le subjonctif présent. Les autres radicaux s'apprennent au passé simple et au futur.
- Terminaisons du présent : *-s, -s, -ø*. Le *t* de *il connaît* appartient au radical.
- Devant *t*, on a *î* avec accent circonflexe : *connaître, il connaît, il connaîtra*. Les Rectifications orthographiques de 1990 autorisent *connaitre*.

INFINITIF		PARTICIPE		IMPÉRATIF	
Présent	*Passé*	*Présent*	*Passé*	*Présent*	*Passé*
connaître [kɔnɛt-]	avoir connu	connaissant [e]	connu, -e, -s, -es	connais	aie connu
		ayant connu		connaissons	ayons connu
				connaissez	ayez connu

INDICATIF

Présent	*Imparfait*	*Passé simple*	*Futur simple*	*Conditionnel présent*
je connais [kɔnɛ-]	je connaissais [e]	je connus [kɔn-]	je connaîtrai [kɔnɛt-]	je connaîtrais [e]
tu connais	tu connaissais	tu connus	tu connaîtras	tu connaîtrais
il connaît	il connaissait	il connut	il connaîtra	il connaîtrait
nous connaissons [kɔnes-]	nous connaissions	nous connûmes	nous connaîtrons	nous connaîtrions
vous connaissez [kɔnes-]	vous connaissiez	vous connûtes	vous connaîtrez	vous connaîtriez
ils connaissent [kɔnɛs-]	ils connaissaient	ils connurent	ils connaîtront	ils connaîtraient

Passé composé	*Plus-que-parfait*	*Passé antérieur*	*Futur antérieur*	*Conditionnel passé*
j'ai connu	j'avais connu	j'eus connu	j'aurai connu	j'aurais connu
tu as connu	tu avais connu	tu eus connu	tu auras connu	tu aurais connu
il a connu	il avait connu	il eut connu	il aura connu	il aurait connu
nous avons connu	nous avions connu	nous eûmes connu	nous aurons connu	nous aurions connu
vous avez connu	vous aviez connu	vous eûtes connu	vous aurez connu	vous auriez connu
ils ont connu	ils avaient connu	ils eurent connu	ils auront connu	ils auraient connu

SUBJONCTIF

Présent	*Passé*	*Imparfait*	*Plus-que-parfait*
que je connaisse [ɛ]	que j'aie connu	que je connusse	que j'eusse connu
tu connaisses	tu aies connu	tu connusses	tu eusses connu
il connaisse	il ait connu	il connût	il eût connu
nous connaissions [e]	nous ayons connu	nous connussions	nous eussions connu
vous connaissiez [e]	vous ayez connu	vous connussiez	vous eussiez connu
ils connaissent [ɛ]	ils aient connu	ils connussent	ils eussent connu

81

CROÎTRE

croissant, crû, crue

3ᴱ GROUPE

- Quatre radicaux à l'écrit : *croî-, croiss-, cr-, croît-*.
- Quatre à l'oral : [kʀwa-], [kʀwas-], [kʀ-], [kʀwat-].
- Forme particulière du participe passé : *crû, crue, crus, crues*.
- Deux radicaux au présent. Les autres s'apprennent au passé simple et au futur.
- Pour éviter des confusions avec *croire*, le verbe *croître* prend un accent circonflexe sur les *i* des trois premières personnes du présent de l'indicatif, au futur, au conditionnel et à la 1ʳᵉ personne de l'impératif. Il prend un accent circonflexe sur les *u* du passé simple, du subjonctif imparfait et du participe passé. L'Académie permet *crusse, crussions*…

INFINITIF		PARTICIPE		IMPÉRATIF	
Présent	*Passé*	*Présent*	*Passé*	*Présent*	*Passé*
croître	avoir crû	croissant	crû, crue, crus,	croîs	aie crû
		ayant crû	crues	croissons	ayons crû
				croissez	ayez crû

INDICATIF

Présent	*Imparfait*	*Passé simple*	*Futur simple*	*Conditionnel présent*
je croîs [kʀwa-]	je croissais	je crûs [kʀ-]	je croîtrai [kʀwat-]	je croîtrais
tu croîs	tu croissais	tu crûs	tu croîtras	tu croîtrais
il croît	il croissait	il crût	il croîtra	il croîtrait
nous croissons [kʀwas-]	nous croissions	nous crûmes	nous croîtrons	nous croîtrions
vous croissez	vous croissiez	vous crûtes	vous croîtrez	vous croîtriez
ils croissent	ils croissaient	ils crûrent	ils croîtront	ils croîtraient
Passé composé	*Plus-que-parfait*	*Passé antérieur*	*Futur antérieur*	*Conditionnel passé*
j'ai crû	j'avais crû	j'eus crû	j'aurai crû	j'aurais crû
tu as crû	tu avais crû	tu eus crû	tu auras crû	tu aurais crû
il a crû	il avait crû	il eut crû	il aura crû	il aurait crû
nous avons crû	nous avions crû	nous eûmes crû	nous aurons crû	nous aurions crû
vous avez crû	vous aviez crû	vous eûtes crû	vous aurez crû	vous auriez crû
ils ont crû	ils avaient crû	ils eurent crû	ils auront crû	ils auraient crû

SUBJONCTIF

Présent	*Passé*	*Imparfait*	*Plus-que-parfait*
que je croisse	que j'aie crû	que je crûsse	que j'eusse crû
tu croisses	tu aies crû	tu crûsses	tu eusses crû
il croisse	il ait crû	il crût	il eût crû
nous croissions	nous ayons crû	nous crûssions	nous eussions crû
vous croissiez	vous ayez crû	vous crûssiez	vous eussiez crû
ils croissent	ils aient crû	ils crûssent	ils eussent crû

82

ACCROÎTRE

accroissant, accru(e)
décroître, recroître

3ᴇ GROUPE

- Quatre radicaux à l'écrit : *accroi-*, *accroiss-*, *accr-*, *accroît-*.
- Quatre radicaux à l'oral : [akʀwa-], [akʀwas-], [akʀ-], [akʀwat-].
- Deux radicaux au présent. Les deux autres s'apprennent au passé simple et au futur.
- Devant *t*, on a *î* avec accent circonflexe : *accroître, il accroît, il accroîtra*. Les Rectifications orthographiques de 1990 autorisent *accroitre*.
- *Recroître*. Participe passé : *recrû, -ue*.

INFINITIF		PARTICIPE		IMPÉRATIF	
Présent	**Passé**	**Présent**	**Passé**	**Présent**	**Passé**
accroître	avoir accru	accroissant	accru, -e, -s, -es	accrois	aie accru
		ayant accru		accroissons	ayons accru
				accroissez	ayez accru

INDICATIF

Présent	Imparfait	Passé simple	Futur simple	Conditionnel présent
j'accrois [akʀwa-]	j'accroissais	j'accrus [akʀ-]	j'accroîtrai [akʀwat-]	j'accroîtrais
tu accrois	tu accroissais	tu accrus	tu accroîtras	tu accroîtrais
il accroît	il accroissait	il accrut	il accroîtra	il accroîtrait
nous accroissons [akʀwas-]	nous accroissions	nous accrûmes	nous accroîtrons	nous accroîtrions
vous accroissez	vous accroissiez	vous accrûtes	vous accroîtrez	vous accroîtriez
ils accroissent	ils accroissaient	ils accrurent	ils accroîtront	ils accroîtraient

Passé composé	Plus-que-parfait	Passé antérieur	Futur antérieur	Conditionnel passé
j'ai accru	j'avais accru	j'eus accru	j'aurai accru	j'aurais accru
tu as accru	tu avais accru	tu eus accru	tu auras accru	tu aurais accru
il a accru	il avait accru	il eut accru	il aura accru	il aurait accru
nous avons accru	nous avions accru	nous eûmes accru	nous aurons accru	nous aurions accru
vous avez accru	vous aviez accru	vous eûtes accru	vous aurez accru	vous auriez accru
ils ont accru	ils avaient accru	ils eurent accru	ils auront accru	ils auraient accru

SUBJONCTIF

Présent	Passé	Imparfait	Plus-que-parfait
que j'accroisse	que j'aie accru	que j'accrusse	que j'eusse accru
tu accroisses	tu aies accru	tu accrusses	tu eusses accru
il accroisse	il ait accru	il accrût	il eût accru
nous accroissions	nous ayons accru	nous accrussions	nous eussions accru
vous accroissiez	vous ayez accru	vous accrussiez	vous eussiez accru
ils accroissent	ils aient accru	ils accrussent	ils eussent accru

83

DISSOUDRE

dissolvant, dissous, dissoute
absoudre

3ᴱ GROUPE

- Quatre radicaux à l'écrit : *dissou-, dissolv-, dissol-(u), dissoud-.*
- Quatre à l'oral : [disu-], [dissolv-], [disol-(y)], [disud-].
- Formes particulières du participe passé : *dissous, dissoute.*
- Des radicaux mal commodes. Partir de l'oral. Le présent comporte deux radicaux. Apprendre ensuite celui du futur. Le passé simple est très peu employé.
- Les formes anciennes des participes passés *dissolu* et *absolu* sont devenues des adjectifs.

INFINITIF		PARTICIPE		IMPÉRATIF	
Présent	*Passé*	*Présent*	*Passé*	*Présent*	*Passé*
dissoudre	avoir dissous	dissolvant	dissous, dissoute,	dissous	aie dissous
		ayant dissous	dissoutes	dissolvons	ayons dissous
				dissolvez	ayez dissous

INDICATIF

Présent	*Imparfait*	*Passé simple (rare)*	*Futur simple*	*Conditionnel présent*
je dissous [disu-]	je dissolvais	je dissous [disol-]	je dissoudrai [disud-]	je dissoudrais
tu dissous	tu dissolvais	tu dissolus	tu dissoudras	tu dissoudrais
il dissout	il dissolvait	il dissolut	il dissoudra	il dissoudrait
nous dissolvons [disolv-]	nous dissolvions	nous dissolûmes	nous dissoudrons	nous dissoudrions
vous dissolvez	vous dissolviez	vous dissolûtes	vous dissoudrez	vous dissoudriez
ils dissolvent	ils dissolvaient	ils dissolurent	ils dissoudront	ils dissoudraient
Passé composé	*Plus-que-parfait*	*Passé antérieur*	*Futur antérieur*	*Conditionnel passé*
j'ai dissous	j'avais dissous	j'eus dissous	j'aurai dissous	j'aurais dissous
tu as dissous	tu avais dissous	tu eus dissous	tu auras dissous	tu aurais dissous
il a dissous	il avait dissous	il eut dissous	il aura dissous	il aurait dissous
nous avons dissous	nous avions dissous	nous eûmes dissous	nous aurons dissous	nous aurions dissous
vous avez dissous	vous aviez dissous	vous eûtes dissous	vous aurez dissous	vous auriez dissous
ils ont dissous	ils avaient dissous	ils eurent dissous	ils auront dissous	ils auraient dissous

SUBJONCTIF

Présent	*Passé*	*Imparfait (rare)*	*Plus-que-parfait*
que je dissolve	que j'aie dissous	que je dissolusse	que j'eusse dissous
tu dissolves	tu aies dissous	tu dissolusses	tu eusses dissous
il dissolve	il ait dissous	il dissolût	il eût dissous
nous dissolvions	nous ayons dissous	nous dissolussions	nous eussions dissous
vous dissolviez	vous ayez dissous	vous dissolussiez	vous eussiez dissous
ils dissolvent	ils aient dissous	ils dissolussent	ils eussent dissous

84

RÉSOUDRE

résolvant, résolu(e)

3^E GROUPE

- Se conjugue comme *dissoudre* mais :
  - le participe passé est *résolu* ;
  - le passé simple et le subjonctif imparfait sont employés : *je résolus*, *il fallait que je résolusse*.
- Demeure un participe passé *résous* (employé pour un des sens de *résoudre* = transformer) : *un liquide résous en vapeur*. Le féminin *résoute* est rare. Noter l'adjectif *résolu* (décidé à faire quelque chose).

INFINITIF		PARTICIPE		IMPÉRATIF	
Présent	*Passé*	*Présent*	*Passé*	*Présent*	*Passé*
résoudre	avoir résolu	résolvant	résolu, -e, -s, -es	résous	aie résolu
		ayant résolu		résolvons	ayons résolu
				résolvez	ayez résolu

INDICATIF				
Présent	*Imparfait*	*Passé simple*	*Futur simple*	*Conditionnel présent*
je résous	je résolvais	je résolus	je résoudrai	je résoudrais
tu résous	tu résolvais	tu résolus	tu résoudras	tu résoudrais
il résout	il résolvait	il résolut	il résoudra	il résoudrait
nous résolvons	nous résolvions	nous résolûmes	nous résoudrons	nous résoudrions
vous résolvez	vous résolviez	vous résolûtes	vous résoudrez	vous résoudriez
ils résolvent	ils résolvaient	ils résolurent	ils résoudront	ils résoudraient
Passé composé	*Plus-que-parfait*	*Passé antérieur*	*Futur antérieur*	*Conditionnel passé*
j'ai résolu	j'avais résolu	j'eus résolu	j'aurai résolu	j'aurais résolu
tu as résolu	tu avais résolu	tu eus résolu	tu auras résolu	tu aurais résolu
il a résolu	il avait résolu	il eut résolu	il aura résolu	il aurait résolu
nous avons résolu	nous avions résolu	nous eûmes résolu	nous aurons résolu	nous aurions résolu
vous avez résolu	vous aviez résolu	vous eûtes résolu	vous aurez résolu	vous auriez résolu
ils ont résolu	ils avaient résolu	ils eurent résolu	ils auront résolu	ils auraient résolu

SUBJONCTIF			
Présent	*Passé*	*Imparfait*	*Plus-que-parfait*
que je résolve	que j'aie résolu	que je résolusse	que j'eusse résolu
tu résolves	tu aies résolu	tu résolusses	tu eusses résolu
il résolve	il ait résolu	il résolût	il eût résolu
nous résolvions	nous ayons résolu	nous résolussions	nous eussions résolu
vous résolviez	vous ayez résolu	vous résolussiez	vous eussiez résolu
ils résolvent	ils aient résolu	ils résolussent	ils eussent résolu

COUDRE

cousant, cousu(e)
découdre, recoudre

3ᴱ GROUPE

- Deux radicaux à l'écrit : *coud-*, *cous-*.
- Trois à l'oral : deux selon que le *d* est muet [ku-] ou prononcé [kud-], et [kuz-].
- Le présent comporte les deux radicaux de l'écrit et deux radicaux de l'oral. Le radical oral avec le *d* prononcé s'entend et s'apprend au futur.
- Terminaisons du présent : *-s*, *-s*, *-ø*. Le *d* de *il coud* appartient au radical.

INFINITIF		PARTICIPE		IMPÉRATIF	
Présent	*Passé*	*Présent*	*Passé*	*Présent*	*Passé*
coudre	avoir cousu	cousant	cousu, -e, -s, -es	couds	aie cousu
		ayant cousu		cousons	ayons cousu
				cousez	ayez cousu

INDICATIF

Présent	*Imparfait*	*Passé simple*	*Futur simple*	*Conditionnel présent*
je couds [ku-]	je cousais	je cousis	je coudrai [kud-]	je coudrais
tu couds	tu cousais	tu cousis	tu coudras	tu coudrais
il coud	il cousait	il cousit	il coudra	il coudrait
nous cousons [kuz-]	nous cousions	nous cousîmes	nous coudrons	nous coudrions
vous cousez	vous cousiez	vous cousîtes	vous coudrez	vous coudriez
ils cousent	ils cousaient	ils cousirent	ils coudront	ils coudraient

Passé composé	*Plus-que-parfait*	*Passé antérieur*	*Futur antérieur*	*Conditionnel passé*
j'ai cousu	j'avais cousu	j'eus cousu	j'aurai cousu	j'aurais cousu
tu as cousu	tu avais cousu	tu eus cousu	tu auras cousu	tu aurais cousu
il a cousu	il avait cousu	il eut cousu	il aura cousu	il aurait cousu
nous avons cousu	nous avions cousu	nous eûmes cousu	nous aurons cousu	nous aurions cousu
vous avez cousu	vous aviez cousu	vous eûtes cousu	vous aurez cousu	vous auriez cousu
ils ont cousu	ils avaient cousu	ils eurent cousu	ils auront cousu	ils auraient cousu

SUBJONCTIF

Présent	*Passé*	*Imparfait*	*Plus-que-parfait*
que je couse	que j'aie cousu	que je cousisse	que j'eusse cousu
tu couses	tu aies cousu	tu cousisses	tu eusses cousu
il couse	il ait cousu	il cousît	il eût cousu
nous cousions	nous ayons cousu	nous cousissions	nous eussions cousu
vous cousiez	vous ayez cousu	vous cousissiez	vous eussiez cousu
ils cousent	ils aient cousu	ils cousissent	ils eussent cousu

MOUDRE

moulant, moulu(e)
émoudre, remoudre

3ᴱ GROUPE

- Deux radicaux à l'écrit : *moud-, moul-*.
- Trois à l'oral : deux selon que le *d* est muet [mu-] ou prononcé [mud-], et [mul-].
- Le présent comporte les deux radicaux de l'écrit et deux radicaux de l'oral. Le radical oral avec le *d* prononcé s'entend et s'apprend au futur.
- Terminaisons du présent : *-s, -s, -ø*. Le *d* de *il moud* appartient au radical.

INFINITIF		PARTICIPE		IMPÉRATIF	
Présent	*Passé*	*Présent*	*Passé*	*Présent*	*Passé*
moudre	avoir moulu	moulant	moulu, -e, -s, -es	mouds	aie moulu
		ayant moulu		moulons	ayons moulu
				moulez	ayez moulu

INDICATIF

Présent	*Imparfait*	*Passé simple*	*Futur simple*	*Conditionnel présent*
je **mouds** [mu-]	je moulais	je moulus	je moudrai [mud-]	je moudrais
tu mouds	tu moulais	tu moulus	tu moudras	tu moudrais
il moud	il moulait	il moulut	il moudra	il moudrait
nous **moulons** [mul-]	nous moulions	nous moulûmes	nous moudrons	nous moudrions
vous moulez	vous mouliez	vous moulûtes	vous moudrez	vous moudriez
ils moulent	ils moulaient	ils moulurent	ils moudront	ils moudraient

Passé composé	*Plus-que-parfait*	*Passé antérieur*	*Futur antérieur*	*Conditionnel passé*
j'ai moulu	j'avais moulu	j'eus moulu	j'aurai moulu	j'aurais moulu
tu as moulu	tu avais moulu	tu eus moulu	tu auras moulu	tu aurais moulu
il a moulu	il avait moulu	il eut moulu	il aura moulu	il aurait moulu
nous avons moulu	nous avions moulu	nous eûmes moulu	nous aurons moulu	nous aurions moulu
vous avez moulu	vous aviez moulu	vous eûtes moulu	vous aurez moulu	vous auriez moulu
ils ont moulu	ils avaient moulu	ils eurent moulu	ils auront moulu	ils auraient moulu

SUBJONCTIF

Présent	*Passé*	*Imparfait*	*Plus-que-parfait*
que je moule	que j'aie moulu	que je moulusse	que j'eusse moulu
tu moules	tu aies moulu	tu moulusses	tu eusses moulu
il moule	il ait moulu	il moulût	il eût moulu
nous moulions	nous ayons moulu	nous moulussions	nous eussions moulu
vous mouliez	vous ayez moulu	vous moulussiez	vous eussiez moulu
ils moulent	ils aient moulu	ils moulussent	ils eussent moulu

87

BATTRE

battant, battu(e)
verbes en -battre
(➤ p. 136)

3^E GROUPE

- Deux radicaux à l'écrit : *bat-*, *batt-*.
- Deux radicaux à l'oral : [ba-], [bat-].
- Le présent comporte les deux radicaux.
- Terminaisons du présent : *-s*, *-s*, *-ø*. Le *t* de *il bat* appartient au radical.

INFINITIF		PARTICIPE		IMPÉRATIF	
Présent	*Passé*	*Présent*	*Passé*	*Présent*	*Passé*
battre	avoir battu	battant	battu, -e, -s, -es	bats	aie battu
		ayant battu		battons	ayons battu
				battez	ayez battu

INDICATIF

Présent	*Imparfait*	*Passé simple*	*Futur simple*	*Conditionnel présent*
je bats [ba-]	je battais	je battis	je battrai	je battrais
tu bats	tu battais	tu battis	tu battras	tu battrais
il bat	il battait	il battit	il battra	il battrait
nous battons [bat-]	nous battions	nous battîmes	nous battrons	nous battrions
vous battez	vous battiez	vous battîtes	vous battrez	vous battriez
ils battent	ils battaient	ils battirent	ils battront	ils battraient
Passé composé	*Plus-que-parfait*	*Passé antérieur*	*Futur antérieur*	*Conditionnel passé*
j'ai battu	j'avais battu	j'eus battu	j'aurai battu	j'aurais battu
tu as battu	tu avais battu	tu eus battu	tu auras battu	tu aurais battu
il a battu	il avait battu	il eut battu	il aura battu	il aurait battu
nous avons battu	nous avions battu	nous eûmes battu	nous aurons battu	nous aurions battu
vous avez battu	vous aviez battu	vous eûtes battu	vous aurez battu	vous auriez battu
ils ont battu	ils avaient battu	ils eurent battu	ils auront battu	ils auraient battu

SUBJONCTIF

Présent	*Passé*	*Imparfait*	*Plus-que-parfait*
que je batte	que j'aie battu	que je battisse	que j'eusse battu
tu battes	tu aies battu	tu battisses	tu eusses battu
il batte	il ait battu	il battît	il eût battu
nous battions	nous ayons battu	nous battissions	nous eussions battu
vous battiez	vous ayez battu	vous battissiez	vous eussiez battu
ils battent	ils aient battu	ils battissent	ils eussent battu

88

METTRE

mettant, mis(e)
verbes en -mettre
(➤ p. 136)

3^E GROUPE

- Trois radicaux à l'écrit : *met-, mett-, m-(i)*.
- Quatre à l'oral : [mɛ-] pour *met-*, [met-] et [mɛt-] pour *mett-*, [m-(i)].
- Deux des radicaux écrits et trois des radicaux oraux sont au présent. Comparer leur disposition avec les radicaux du subjonctif présent. L'autre radical s'apprend au passé simple.
- Terminaisons du présent : *-s, -s, -ø*. Le *t* de *il met* appartient au radical.

INFINITIF		PARTICIPE		IMPÉRATIF	
Présent	*Passé*	*Présent*	*Passé*	*Présent*	*Passé*
mettre	avoir mis	mettant	mis, -e, -es	mets	aie mis
		ayant mis		mettons	ayons mis
				mettez	ayez mis

INDICATIF

Présent	*Imparfait*	*Passé simple*	*Futur simple*	*Conditionnel présent*
je mets [mɛ-]	je mettais [e]	je mis [m-]	je mettrai [e]	je mettrais [e]
tu mets	tu mettais	tu mis	tu mettras	tu mettrais
il met	il mettait	il mit	il mettra	il mettrait
nous mettons [met-]	nous mettions	nous mîmes	nous mettrons	nous mettrions
vous mettez [met-]	vous mettiez	vous mîtes	vous mettrez	vous mettriez
ils mettent [mɛt-]	ils mettaient	ils mirent	ils mettront	ils mettraient
Passé composé	*Plus-que-parfait*	*Passé antérieur*	*Futur antérieur*	*Conditionnel passé*
j'ai mis	j'avais mis	j'eus mis	j'aurai mis	j'aurais mis
tu as mis	tu avais mis	tu eus mis	tu auras mis	tu aurais mis
il a mis	il avait mis	il eut mis	il aura mis	il aurait mis
nous avons mis	nous avions mis	nous eûmes mis	nous aurons mis	nous aurions mis
vous avez mis	vous aviez mis	vous eûtes mis	vous aurez mis	vous auriez mis
ils ont mis	ils avaient mis	ils eurent mis	ils auront mis	ils auraient mis

SUBJONCTIF

Présent	*Passé*	*Imparfait*	*Plus-que-parfait*
que je mette [ɛ]	que j'aie mis	que je misse	que j'eusse mis
tu mettes	tu aies mis	tu misses	tu eusses mis
il mette	il ait mis	il mît	il eût mis
nous mettions [e]	nous ayons mis	nous missions	nous eussions mis
vous mettiez [e]	vous ayez mis	vous missiez	vous eussiez mis
ils mettent [ɛ]	ils aient mis	ils missent	ils eussent mis

89

BOIRE

buvant, bu(e)
emboire, imboire

3ᴱ GROUPE

- Quatre radicaux à l'écrit : *boi-, buv-, boiv-, b-(u).*
- Les mêmes à l'oral : [bwa-], [byv-], [bwav-], [b-(y)].
- Trois des radicaux de l'écrit et de l'oral sont au présent. Comparer leur disposition avec les radicaux du subjonctif présent. L'autre radical s'apprend au passé simple.

INFINITIF		PARTICIPE		IMPÉRATIF	
Présent	*Passé*	*Présent*	*Passé*	*Présent*	*Passé*
boire	avoir bu	buvant	bu, -e, -s, -es	bois	aie bu
		ayant bu		buvons	ayons bu
				buvez	ayez bu

INDICATIF

Présent	*Imparfait*	*Passé simple*	*Futur simple*	*Conditionnel présent*
je bois [bwa-]	je buvais	je bus [b-]	je boirai	je boirais
tu bois	tu buvais	tu bus	tu boiras	tu boirais
il boit	il buvait	il but	il boira	il boirait
nous buvons [byv-]	nous buvions	nous bûmes	nous boirons	nous boirions
vous buvez [byv-]	vous buviez	vous bûtes	vous boirez	vous boiriez
ils boivent [bwav-]	ils buvaient	ils burent	ils boiront	ils boiraient
Passé composé	*Plus-que-parfait*	*Passé antérieur*	*Futur antérieur*	*Conditionnel passé*
j'ai bu	j'avais bu	j'eus bu	j'aurai bu	j'aurais bu
tu as bu	tu avais bu	tu eus bu	tu auras bu	tu aurais bu
il a bu	il avait bu	il eut bu	il aura bu	il aurait bu
nous avons bu	nous avions bu	nous eûmes bu	nous aurons bu	nous aurions bu
vous avez bu	vous aviez bu	vous eûtes bu	vous aurez bu	vous auriez bu
ils ont bu	ils avaient bu	ils eurent bu	ils auront bu	ils auraient bu

SUBJONCTIF

Présent	*Passé*	*Imparfait*	*Plus-que-parfait*
que je boive	que j'aie bu	que je busse	que j'eusse bu
tu boives	tu aies bu	tu busses	tu eusses bu
il boive	il ait bu	il bût	il eût bu
nous buvions	nous ayons bu	nous bussions	nous eussions bu
vous buviez	vous ayez bu	vous bussiez	vous eussiez bu
ils boivent	ils aient bu	ils bussent	ils eussent bu

90

CROIRE

croyant, cru(e)

3ᴱ GROUPE

- Trois radicaux à l'écrit : *croi-, croy-, cr-(u)*.
- Trois à l'oral : [kʀwa-], [kʀwaj-], [kʀ-(y)].
- Le présent comporte deux des radicaux. Le troisième s'apprend au passé simple.
- Attention aux formes régulières *yi* de *croy-ions, croy-iez* (indicatif imparfait et subjonctif présent). Le *y* termine le radical, le *i* commence la terminaison. On prononce [jj] pour les distinguer du présent : *croy-ons*.
- *Accroire*, 171, et *mécroire*, 172, sont défectifs.

INFINITIF		PARTICIPE		IMPÉRATIF	
Présent	*Passé*	*Présent*	*Passé*	*Présent*	*Passé*
croire	avoir cru	croyant	cru, -e, -s, -es	crois	aie cru
		ayant cru		croyons	ayons cru
				croyez	ayez cru

INDICATIF

Présent	*Imparfait*	*Passé simple*	*Futur simple*	*Conditionnel présent*
je crois [kʀwa-]	je croyais	je crus [kʀ-]	je croirai	je croirais
tu crois	tu croyais	tu crus	tu croiras	tu croirais
il croit	il croyait	il crut	il croira	il croirait
nous croyons [kʀwaj-]	nous croyions [jj]	nous crûmes	nous croirons	nous croirions
vous croyez [kʀwaj-]	vous croyiez [jj]	vous crûtes	vous croirez	vous croiriez
ils croient	ils croyaient	ils crurent	ils croiront	ils croiraient
Passé composé	*Plus-que-parfait*	*Passé antérieur*	*Futur antérieur*	*Conditionnel passé*
j'ai cru	j'avais cru	j'eus cru	j'aurai cru	j'aurais cru
tu as cru	tu avais cru	tu eus cru	tu auras cru	tu aurais cru
il a cru	il avait cru	il eut cru	il aura cru	il aurait cru
nous avons cru	nous avions cru	nous eûmes cru	nous aurons cru	nous aurions cru
vous avez cru	vous aviez cru	vous eûtes cru	vous aurez cru	vous auriez cru
ils ont cru	ils avaient cru	ils eurent cru	ils auront cru	ils auraient cru

SUBJONCTIF

Présent	*Passé*	*Imparfait*	*Plus-que-parfait*
que je croie	que j'aie cru	que je crusse	que j'eusse cru
tu croies	tu aies cru	tu crusses	tu eusses cru
il croie	il ait cru	il crût	il eût cru
nous croyions [jj]	nous ayons cru	nous crussions	nous eussions cru
vous croyiez [jj]	vous ayez cru	vous crussiez	vous eussiez cru
ils croient	ils aient cru	ils crussent	ils eussent cru

91

CONDUIRE

conduisant, conduit(e)
verbes en -uire
(➤ p. 136)

3ᵉ GROUPE

- Deux radicaux à l'écrit : *condui-, conduis-*.
- Les mêmes à l'oral : [kɔ̃dɥi-], [kɔ̃dɥiz-].
- Forme particulière du participe passé : *conduit, conduite*.
- Le présent comporte les deux radicaux.
- Conjugaisons différentes pour *nuire*, 92, et *luire*, 93.

INFINITIF		PARTICIPE		IMPÉRATIF	
Présent	*Passé*	*Présent*	*Passé*	*Présent*	*Passé*
conduire	avoir conduit	conduisant	conduit, -e, -s, -es	conduis	aie conduit
		ayant conduit		conduisons	ayons conduit
				conduisez	ayez conduit

INDICATIF

Présent	*Imparfait*	*Passé simple*	*Futur simple*	*Conditionnel présent*
je conduis [kɔ̃dɥi-]	je conduisais	je conduisis	je conduirai	je conduirais
tu conduis	tu conduisais	tu conduisis	tu conduiras	tu conduirais
il conduit	il conduisait	il conduisit	il conduira	il conduirait
nous conduisons [kɔ̃dɥiz-]	nous conduisions	nous conduisîmes	nous conduirons	nous conduirions
vous conduisez	vous conduisiez	vous conduisîtes	vous conduirez	vous conduiriez
ils conduisent	ils conduisaient	ils conduisirent	ils conduiront	ils conduiraient
Passé composé	*Plus-que-parfait*	*Passé antérieur*	*Futur antérieur*	*Conditionnel passé*
j'ai conduit	j'avais conduit	j'eus conduit	j'aurai conduit	j'aurais conduit
tu as conduit	tu avais conduit	tu eus conduit	tu auras conduit	tu aurais conduit
il a conduit	il avait conduit	il eut conduit	il aura conduit	il aurait conduit
nous avons conduit	nous avions conduit	nous eûmes conduit	nous aurons conduit	nous aurions conduit
vous avez conduit	vous aviez conduit	vous eûtes conduit	vous aurez conduit	vous auriez conduit
ils ont conduit	ils avaient conduit	ils eurent conduit	ils auront conduit	ils auraient conduit

SUBJONCTIF

Présent	*Passé*	*Imparfait*	*Plus-que-parfait*
que je conduise	que j'aie conduit	que je conduisisse	que j'eusse conduit
tu conduises	tu aies conduit	tu conduisisses	tu eusses conduit
il conduise	il ait conduit	il conduisît	il eût conduit
nous conduisions	nous ayons conduit	nous conduisissions	nous eussions conduit
vous conduisiez	vous ayez conduit	vous conduisissiez	vous eussiez conduit
ils conduisent	ils aient conduit	ils conduisissent	ils eussent conduit

92

NUIRE

nuisant, nui
s'entre(-)nuire

3ᴱ GROUPE

■ Se conjugue comme *conduire*, 91, mais avec un participe passé invariable de forme *nui*.

INFINITIF		PARTICIPE		IMPÉRATIF	
Présent	*Passé*	*Présent*	*Passé*	*Présent*	*Passé*
nuire	avoir nui	nuisant	nui	nuis	aie nui
		ayant nui		nuisons	ayons nui
				nuisez	ayez nui

INDICATIF				
Présent	*Imparfait*	*Passé simple*	*Futur simple*	*Conditionnel présent*
je nuis	je nuisais	je nuisis	je nuirai	je nuirais
tu nuis	tu nuisais	tu nuisis	tu nuiras	tu nuirais
il nuit	il nuisait	il nuisit	il nuira	il nuirait
nous nuisons	nous nuisions	nous nuisîmes	nous nuirons	nous nuirions
vous nuisez	vous nuisiez	vous nuisîtes	vous nuirez	vous nuiriez
ils nuisent	ils nuisaient	ils nuisirent	ils nuiront	ils nuiraient
Passé composé	*Plus-que-parfait*	*Passé antérieur*	*Futur antérieur*	*Conditionnel passé*
j'ai nui	j'avais nui	j'eus nui	j'aurai nui	j'aurais nui
tu as nui	tu avais nui	tu eus nui	tu auras nui	tu aurais nui
il a nui	il avait nui	il eut nui	il aura nui	il aurait nui
nous avons nui	nous avions nui	nous eûmes nui	nous aurons nui	nous aurions nui
vous avez nui	vous aviez nui	vous eûtes nui	vous aurez nui	vous auriez nui
ils ont nui	ils avaient nui	ils eurent nui	ils auront nui	ils auraient nui

SUBJONCTIF			
Présent	*Passé*	*Imparfait*	*Plus-que-parfait*
que je nuise	que j'aie nui	que je nuisisse	que j'eusse nui
tu nuises	tu aies nui	tu nuisisses	tu eusses nui
il nuise	il ait nui	il nuisît	il eût nui
nous nuisions	nous ayons nui	nous nuisissions	nous eussions nui
vous nuisiez	vous ayez nui	vous nuisissiez	vous eussiez nui
ils nuisent	ils aient nui	ils nuisissent	ils eussent nui

93

LUIRE

luisant, lui
reluire

3E GROUPE

- Se conjugue comme *conduire*, 91, mais :
  – avec un participe passé invariable de forme *lui* ;
  – et avec deux formes possibles au passé simple.

INFINITIF		PARTICIPE		IMPÉRATIF	
Présent	*Passé*	*Présent*	*Passé*	*Présent*	*Passé*
luire	avoir lui	luisant	lui	luis	aie lui
		ayant lui		luisons	ayons lui
				luisez	ayez lui

INDICATIF				
Présent	*Imparfait*	*Passé simple*	*Futur simple*	*Conditionnel présent*
je luis	je luisais	je luisis, luis	je luirai	je luirais
tu luis	tu luisais	tu luisis, luis	tu luiras	tu luirais
il luit	il luisait	il luisit, luit	il luira	il luirait
nous luisons	nous luisions	nous luisîmes, luîmes	nous luirons	nous luirions
vous luisez	vous luisiez	vous luisîtes, luîtes	vous luirez	vous luiriez
ils luisent	ils luisaient	ils luisirent, luirent	ils luiront	ils luiraient
Passé composé	*Plus-que-parfait*	*Passé antérieur*	*Futur antérieur*	*Conditionnel passé*
j'ai lui	j'avais lui	j'eus lui	j'aurai lui	j'aurais lui
tu as lui	tu avais lui	tu eus lui	tu auras lui	tu aurais lui
il a lui	il avait lui	il eut lui	il aura lui	il aurait lui
nous avons lui	nous avions lui	nous eûmes lui	nous aurons lui	nous aurions lui
vous avez lui	vous aviez lui	vous eûtes lui	vous aurez lui	vous auriez lui
ils ont lui	ils avaient lui	ils eurent lui	ils auront lui	ils auraient lui

SUBJONCTIF			
Présent	*Passé*	*Imparfait*	*Plus-que-parfait*
que je luise	que j'aie lui	que je luisisse	que j'eusse lui
tu luises	tu aies lui	tu luisisses	tu eusses lui
il luise	il ait lui	il luisît	il eût lui
nous luisions	nous ayons lui	nous luisissions	nous eussions lui
vous luisiez	vous ayez lui	vous luisissiez	vous eussiez lui
ils luisent	ils aient lui	ils luisissent	ils eussent lui

VIVRE

vivant, vécu(e)
revivre, survivre

3ᴱ GROUPE

- Trois radicaux à l'écrit : *vi-, viv-, véc-(u).*
- Les mêmes radicaux à l'oral : [vi-], [viv-], [vek-(y)].
- Le présent comporte deux radicaux. Le troisième s'apprend au passé simple.
- Le participe passé de *survivre* est invariable : *survécu.*

INFINITIF		PARTICIPE		IMPÉRATIF	
Présent	*Passé*	*Présent*	*Passé*	*Présent*	*Passé*
vivre	avoir vécu	vivant	vécu, -e, -s, -es	vis	aie vécu
		ayant vécu		vivons	ayons vécu
				vivez	ayez vécu

INDICATIF				
Présent	*Imparfait*	*Passé simple*	*Futur simple*	*Conditionnel présent*
je vis [vi-]	je vivais	je vécus [vek-]	je vivrai	je vivrais
tu vis	tu vivais	tu vécus	tu vivras	tu vivrais
il vit	il vivait	il vécut	il vivra	il vivrait
nous vivons [viv-]	nous vivions	nous vécûmes	nous vivrons	nous vivrions
vous vivez	vous viviez	vous vécûtes	vous vivrez	vous vivriez
ils vivent	ils vivaient	ils vécurent	ils vivront	ils vivraient
Passé composé	*Plus-que-parfait*	*Passé antérieur*	*Futur antérieur*	*Conditionnel passé*
j'ai vécu	j'avais vécu	j'eus vécu	j'aurai vécu	j'aurais vécu
tu as vécu	tu avais vécu	tu eus vécu	tu auras vécu	tu aurais vécu
il a vécu	il avait vécu	il eut vécu	il aura vécu	il aurait vécu
nous avons vécu	nous avions vécu	nous eûmes vécu	nous aurons vécu	nous aurions vécu
vous avez vécu	vous aviez vécu	vous eûtes vécu	vous aurez vécu	vous auriez vécu
ils ont vécu	ils avaient vécu	ils eurent vécu	ils auront vécu	ils auraient vécu

SUBJONCTIF			
Présent	*Passé*	*Imparfait*	*Plus-que-parfait*
que je vive	que j'aie vécu	que je vécusse	que j'eusse vécu
tu vives	tu aies vécu	tu vécusses	tu eusses vécu
il vive	il ait vécu	il vécût	il eût vécu
nous vivions	nous ayons vécu	nous vécussions	nous eussions vécu
vous viviez	vous ayez vécu	vous vécussiez	vous eussiez vécu
ils vivent	ils aient vécu	ils vécussent	ils eussent vécu

95

SUIVRE

suivant, suivi(e)
poursuivre

3ᴱ GROUPE

- Deux radicaux à l'écrit : *sui-, suiv-*.
- Les mêmes à l'oral : [sui-], [suiv-].
- Le présent comporte les deux radicaux.
- *S'ensuivre* est défectif, 188.

INFINITIF		PARTICIPE		IMPÉRATIF	
Présent	*Passé*	*Présent*	*Passé*	*Présent*	*Passé*
suivre	avoir suivi	suivant	suivi, -e, -s, -es	suis	aie suivi
		ayant suivi		suivons	ayons suivi
				suivez	ayez suivi

INDICATIF					
Présent	*Imparfait*	*Passé simple*	*Futur simple*	*Conditionnel présent*	
je suis [sui-]	je suivais	je suivis	je suivrai	je suivrais	
tu suis	tu suivais	tu suivis	tu suivras	tu suivrais	
il suit	il suivait	il suivit	il suivra	il suivrait	
nous suivons [suiv-]	nous suivions	nous suivîmes	nous suivrons	nous suivrions	
vous suivez	vous suiviez	vous suivîtes	vous suivrez	vous suivriez	
ils suivent	ils suivaient	ils suivirent	ils suivront	ils suivraient	
Passé composé	*Plus-que-parfait*	*Passé antérieur*	*Futur antérieur*	*Conditionnel passé*	
j'ai suivi	j'avais suivi	j'eus suivi	j'aurai suivi	j'aurais suivi	
tu as suivi	tu avais suivi	tu eus suivi	tu auras suivi	tu aurais suivi	
il a suivi	il avait suivi	il eut suivi	il aura suivi	il aurait suivi	
nous avons suivi	nous avions suivi	nous eûmes suivi	nous aurons suivi	nous aurions suivi	
vous avez suivi	vous aviez suivi	vous eûtes suivi	vous aurez suivi	vous auriez suivi	
ils ont suivi	ils avaient suivi	ils eurent suivi	ils auront suivi	ils auraient suivi	

SUBJONCTIF			
Présent	*Passé*	*Imparfait*	*Plus-que-parfait*
que je suive	que j'aie suivi	que je suivisse	que j'eusse suivi
tu suives	tu aies suivi	tu suivisses	tu eusses suivi
il suive	il ait suivi	il suivît	il eût suivi
nous suivions	nous ayons suivi	nous suivissions	nous eussions suivi
vous suiviez	vous ayez suivi	vous suivissiez	vous eussiez suivi
ils suivent	ils aient suivi	ils suivissent	ils eussent suivi

96

DIRE

disant, dit(e)

3ᴱ GROUPE

- Trois radicaux à l'écrit : *di-, dis-, d-(i)*.
- Les mêmes à l'oral : [di-], [diz-], [d-(i)].
- Une forme irrégulière (➤ p. 20) : *dites*.
- Une forme particulière du participe passé : *dit, dite*.
- Le présent comporte deux des radicaux, ainsi que la forme *dites* de la 2ᵉ personne du pluriel (elle se retrouve à l'impératif). Le troisième radical s'apprend au passé simple.
- Même conjugaison pour *redire*, mais voir *redire* défectif, 174.

INFINITIF		PARTICIPE		IMPÉRATIF	
Présent	*Passé*	*Présent*	*Passé*	*Présent*	*Passé*
dire	avoir dit	disant	dit, -e, -s, -es	dis	aie dit
		ayant dit		disons	ayons dit
				dites	ayez dit

INDICATIF					
Présent	*Imparfait*	*Passé simple*	*Futur simple*	*Conditionnel présent*	
je dis [di-]	je disais	je dis [d-]	je dirai	je dirais	
tu dis	tu disais	tu dis	tu diras	tu dirais	
il dit	il disait	il dit	il dira	il dirait	
nous disons [diz-]	nous disions	nous dîmes	nous dirons	nous dirions	
vous dites	vous disiez	vous dîtes	vous direz	vous diriez	
ils disent	ils disaient	ils dirent	ils diront	ils diraient	
Passé composé	*Plus-que-parfait*	*Passé antérieur*	*Futur antérieur*	*Conditionnel passé*	
j'ai dit	j'avais dit	j'eus dit	j'aurai dit	j'aurais dit	
tu as dit	tu avais dit	tu eus dit	tu auras dit	tu aurais dit	
il a dit	il avait dit	il eut dit	il aura dit	il aurait dit	
nous avons dit	nous avions dit	nous eûmes dit	nous aurons dit	nous aurions dit	
vous avez dit	vous aviez dit	vous eûtes dit	vous aurez dit	vous auriez dit	
ils ont dit	ils avaient dit	ils eurent dit	ils auront dit	ils auraient dit	

SUBJONCTIF			
Présent	*Passé*	*Imparfait*	*Plus-que-parfait*
que je dise	que j'aie dit	que je disse	que j'eusse dit
tu dises	tu aies dit	tu disses	tu eusses dit
il dise	il ait dit	il dît	il eût dit
nous disions	nous ayons dit	nous dissions	nous eussions dit
vous disiez	vous ayez dit	vous dissiez	vous eussiez dit
ils disent	ils aient dit	ils dissent	ils eussent dit

97

CONTREDIRE

contredisant, contredit(e)
verbes en -dire
(➤ p. 136)

3E GROUPE

- Se conjugue comme *dire*, 96, sauf à la 2e personne du pluriel des présents de l'indicatif et de l'impératif. Au lieu de la forme irrégulière *dites*, on a la forme régulière *contredisez, interdisez, médisez, prédisez.*
- Autre conjugaison : *maudire*, 98.

INFINITIF		PARTICIPE		IMPÉRATIF	
Présent	*Passé*	*Présent*	*Passé*	*Présent*	*Passé*
contredire	avoir contredit	contredisant	contredit, -e, -s, -es	contredis	aie contredit
		ayant contredit		contredisons	ayons contredit
				contredisez	ayez contredit

INDICATIF				
Présent	*Imparfait*	*Passé simple*	*Futur simple*	*Conditionnel présent*
je contredis	je contredisais	je contredis	je contredirai	je contredirais
tu contredis	tu contredisais	tu contredis	tu contrediras	tu contredirais
il contredit	il contredisait	il contredit	il contredira	il contredirait
nous contredisons	nous contredisions	nous contredîmes	nous contredirons	nous contredirions
vous contredisez	vous contredisiez	vous contredîtes	vous contredirez	vous contrediriez
ils contredisent	ils contredisaient	ils contredirent	ils contrediront	ils contrediraient
Passé composé	*Plus-que-parfait*	*Passé antérieur*	*Futur antérieur*	*Conditionnel passé*
j'ai contredit	j'avais contredit	j'eus contredit	j'aurai contredit	j'aurais contredit
tu as contredit	tu avais contredit	tu eus contredit	tu auras contredit	tu aurais contredit
il a contredit	il avait contredit	il eut contredit	il aura contredit	il aurait contredit
nous avons contredit	nous avions contredit	nous eûmes contredit	nous aurons contredit	nous aurions contredit
vous avez contredit	vous aviez contredit	vous eûtes contredit	vous aurez contredit	vous auriez contredit
ils ont contredit	ils avaient contredit	ils eurent contredit	ils auront contredit	ils auraient contredit

SUBJONCTIF			
Présent	*Passé*	*Imparfait*	*Plus-que-parfait*
que je contredise	que j'aie contredit	que je contredisse	que j'eusse contredit
tu contredises	tu aies contredit	tu contredisses	tu eusses contredit
il contredise	il ait contredit	il contredît	il eût contredit
nous contredisions	nous ayons contredit	nous contredissions	nous eussions contredit
vous contredisiez	vous ayez contredit	vous contredissiez	vous eussiez contredit
ils contredisent	ils aient contredit	ils contredissent	ils eussent contredit

98

MAUDIRE

maudissant, maudit(e)

3ᴇ GROUPE

- *Maudire* pourrait être un verbe du 2ᵉ groupe. Il se conjugue comme *finir*, 33.
- Mais le participe passé est de la forme *maudit, maudite*. Il se rapproche donc des verbes comme *dire* et *contredire* qui forment eux aussi leur participe passé sur la 3ᵉ personne du présent de l'indicatif.
- Et l'infinitif n'est pas en *-ir* !

INFINITIF		PARTICIPE		IMPÉRATIF	
Présent	*Passé*	*Présent*	*Passé*	*Présent*	*Passé*
maudire	avoir maudit	maudissant	maudit, -e, -s, -es	maudis	aie maudit
		ayant maudit		maudissons	ayons maudit
				maudissez	ayez maudit

INDICATIF				
Présent	*Imparfait*	*Passé simple*	*Futur simple*	*Conditionnel présent*
je maudis	je maudissais	je maudis	je maudirai	je maudirais
tu maudis	tu maudissais	tu maudis	tu maudiras	tu maudirais
il maudit	il maudissait	il maudit	il maudira	il maudirait
nous maudissons	nous maudissions	nous maudîmes	nous maudirons	nous maudirions
vous maudissez	vous maudissiez	vous maudîtes	vous maudirez	vous maudiriez
ils maudissent	ils maudissaient	ils maudirent	ils maudiront	ils maudiraient
Passé composé	*Plus-que-parfait*	*Passé antérieur*	*Futur antérieur*	*Conditionnel passé*
j'ai maudit	j'avais maudit	j'eus maudit	j'aurai maudit	j'aurais maudit
tu as maudit	tu avais maudit	tu eus maudit	tu auras maudit	tu aurais maudit
il a maudit	il avait maudit	il eut maudit	il aura maudit	il aurait maudit
nous avons maudit	nous avions maudit	nous eûmes maudit	nous aurons maudit	nous aurions maudit
vous avez maudit	vous aviez maudit	vous eûtes maudit	vous aurez maudit	vous auriez maudit
ils ont maudit	ils avaient maudit	ils eurent maudit	ils auront maudit	ils auraient maudit

SUBJONCTIF			
Présent	*Passé*	*Imparfait*	*Plus-que-parfait*
que je maudisse	que j'aie maudit	que je maudisse	que j'eusse maudit
tu maudisses	tu aies maudit	tu maudisses	tu eusses maudit
il maudisse	il ait maudit	il maudît	il eût maudit
nous maudissions	nous ayons maudit	nous maudissions	nous eussions maudit
vous maudissiez	vous ayez maudit	vous maudissiez	vous eussiez maudit
ils maudissent	ils aient maudit	ils maudissent	ils eussent maudit

CONFIRE

confisant, confit(e)
déconfire, circoncire

3E GROUPE

- Trois radicaux à l'écrit : *confi-, confis-, conf-(i)*.
- Les mêmes à l'oral : [kɔ̃fi-], [kɔ̃fiz-], [kɔ̃f-(i)].
- Une forme particulière de participe passé : *confit, confite*.
- Le présent comporte deux radicaux. Le troisième s'apprend au passé simple.
- *Circoncire* : le participe passé est *circoncis(e)*. *Frire* est défectif, 186.

INFINITIF		PARTICIPE		IMPÉRATIF	
Présent	*Passé*	*Présent*	*Passé*	*Présent*	*Passé*
confire	avoir confit	confisant	confit, -e, -s, -es	confis	aie confit
		ayant confit		confisons	ayons confit
				confisez	ayez confit

INDICATIF				
Présent	*Imparfait*	*Passé simple*	*Futur simple*	*Conditionnel présent*
je confis [kɔ̃fi-]	je confisais	je confis [kɔ̃f-]	je confirai	je confirais
tu confis	tu confisais	tu confis	tu confiras	tu confirais
il confit	il confisait	il confit	il confira	il confirait
nous confisons [kɔ̃fiz-]	nous confisions	nous confîmes	nous confirons	nous confirions
vous confisez	vous confisiez	vous confîtes	vous confirez	vous confiriez
ils confisent	ils confisaient	ils confirent	ils confiront	ils confiraient
Passé composé	*Plus-que-parfait*	*Passé antérieur*	*Futur antérieur*	*Conditionnel passé*
j'ai confit	j'avais confit	j'eus confit	j'aurai confit	j'aurais confit
tu as confit	tu avais confit	tu eus confit	tu auras confit	tu aurais confit
il a confit	il avait confit	il eut confit	il aura confit	il aurait confit
nous avons confit	nous avions confit	nous eûmes confit	nous aurons confit	nous aurions confit
vous avez confit	vous aviez confit	vous eûtes confit	vous aurez confit	vous auriez confit
ils ont confit	ils avaient confit	ils eurent confit	ils auront confit	ils auraient confit

SUBJONCTIF			
Présent	*Passé*	*Imparfait*	*Plus-que-parfait*
que je confise	que j'aie confit	que je confisse	que j'eusse confit
tu confises	tu aies confit	tu confisses	tu eusses confit
il confise	il ait confit	il confît	il eût confit
nous confisions	nous ayons confit	nous confissions	nous eussions confit
vous confisiez	vous ayez confit	vous confissiez	vous eussiez confit
ils confisent	ils aient confit	ils confissent	ils eussent confit

100

SUFFIRE

suffisant, suffi

3ᴇ GROUPE

- Trois radicaux à l'écrit : *suffi-, suffis-, suff-(i).*
- Les mêmes à l'oral : [syfi-], [syfiz-], [syf-(i)].
- Le présent comporte deux radicaux. Le troisième s'apprend au passé simple.
- Attention au participe passé invariable : *suffi.*

INFINITIF		PARTICIPE		IMPÉRATIF	
Présent	*Passé*	*Présent*	*Passé*	*Présent*	*Passé*
suffire	avoir suffi	suffisant	suffi	suffis	aie suffi
		ayant suffi		suffisons	ayons suffi
				suffisez	ayez suffi

INDICATIF

Présent	*Imparfait*	*Passé simple*	*Futur simple*	*Conditionnel présent*
je suffis [syfi-]	je suffisais	je suffis [syf-]	je suffirai	je suffirais
tu suffis	tu suffisais	tu suffis	tu suffiras	tu suffirais
il suffit	il suffisait	il suffit	il suffira	il suffirait
nous suffisons [syfiz-]	nous suffisions	nous suffîmes	nous suffirons	nous suffirions
vous suffisez	vous suffisiez	vous suffîtes	vous suffirez	vous suffiriez
ils suffisent	ils suffisaient	ils suffirent	ils suffiront	ils suffiraient

Passé composé	*Plus-que-parfait*	*Passé antérieur*	*Futur antérieur*	*Conditionnel passé*
j'ai suffi	j'avais suffi	j'eus suffi	j'aurai suffi	j'aurais suffi
tu as suffi	tu avais suffi	tu eus suffi	tu auras suffi	tu aurais suffi
il a suffi	il avait suffi	il eut suffi	il aura suffi	il aurait suffi
nous avons suffi	nous avions suffi	nous eûmes suffi	nous aurons suffi	nous aurions suffi
vous avez suffi	vous aviez suffi	vous eûtes suffi	vous aurez suffi	vous auriez suffi
ils ont suffi	ils avaient suffi	ils eurent suffi	ils auront suffi	ils auraient suffi

SUBJONCTIF

Présent	*Passé*	*Imparfait*	*Plus-que-parfait*
que je suffise	que j'aie suffi	que je suffisse	que j'eusse suffi
tu suffises	tu aies suffi	tu suffisses	tu eusses suffi
il suffise	il ait suffi	il suffît	il eût suffi
nous suffisions	nous ayons suffi	nous suffissions	nous eussions suffi
vous suffisiez	vous ayez suffi	vous suffissiez	vous eussiez suffi
ils suffisent	ils aient suffi	ils suffissent	ils eussent suffi

101

lisant, lu(e)
verbes en -lire

3ᴱ GROUPE

- Trois radicaux à l'écrit : *li-*, *lis-*, *l-(u)*.
- Les mêmes à l'oral : [li-], [liz-], [l-(y)].
- Le présent comporte deux des trois radicaux. Le troisième s'apprend au passé simple.

INFINITIF		PARTICIPE		IMPÉRATIF	
Présent	*Passé*	*Présent*	*Passé*	*Présent*	*Passé*
lire	avoir lu	lisant	lu, -e, -s, -es	lis	aie lu
		ayant lu		lisons	ayons lu
				lisez	ayez lu

INDICATIF					
Présent	*Imparfait*	*Passé simple*	*Futur simple*	*Conditionnel présent*	
je lis [li-]	je lisais	je lus [l-]	je lirai	je lirais	
tu lis	tu lisais	tu lus	tu liras	tu lirais	
il lit	il lisait	il lut	il lira	il lirait	
nous lisons [liz-]	nous lisions	nous lûmes	nous lirons	nous lirions	
vous lisez	vous lisiez	vous lûtes	vous lirez	vous liriez	
ils lisent	ils lisaient	ils lurent	ils liront	ils liraient	
Passé composé	*Plus-que-parfait*	*Passé antérieur*	*Futur antérieur*	*Conditionnel passé*	
j'ai lu	j'avais lu	j'eus lu	j'aurai lu	j'aurais lu	
tu as lu	tu avais lu	tu eus lu	tu auras lu	tu aurais lu	
il a lu	il avait lu	il eut lu	il aura lu	il aurait lu	
nous avons lu	nous avions lu	nous eûmes lu	nous aurons lu	nous aurions lu	
vous avez lu	vous aviez lu	vous eûtes lu	vous aurez lu	vous auriez lu	
ils ont lu	ils avaient lu	ils eurent lu	ils auront lu	ils auraient lu	

SUBJONCTIF			
Présent	*Passé*	*Imparfait*	*Plus-que-parfait*
que je lise	que j'aie lu	que je lusse	que j'eusse lu
tu lises	tu aies lu	tu lusses	tu eusses lu
il lise	il ait lu	il lût	il eût lu
nous lisions	nous ayons lu	nous lussions	nous eussions lu
vous lisiez	vous ayez lu	vous lussiez	vous eussiez lu
ils lisent	ils aient lu	ils lussent	ils eussent lu

102

ÉCRIRE

écrivant, écrit(e)
verbes en *-crire, -scrire*
(➤ p. 136)

3^E GROUPE

- Deux radicaux à l'écrit : *écri-, écriv-*.
- Les mêmes à l'oral : [ekʀi-], [ekʀiv-].
- Une forme particulière de participe passé : *écrit, écrite*.
- Le présent comporte les deux radicaux.

INFINITIF		PARTICIPE		IMPÉRATIF	
Présent	*Passé*	*Présent*	*Passé*	*Présent*	*Passé*
écrire	avoir écrit	écrivant	écrit, -e, -s, -es	écris	aie écrit
		ayant écrit		écrivons	ayons écrit
				écrivez	ayez écrit

INDICATIF

Présent	*Imparfait*	*Passé simple*	*Futur simple*	*Conditionnel présent*
j'écris [ekʀi]	j'écrivais	j'écrivis	j'écrirai	j'écrirais
tu écris	tu écrivais	tu écrivis	tu écriras	tu écrirais
il écrit	il écrivait	il écrivit	il écrira	il écrirait
nous écrivons [ekʀiv-]	nous écrivions	nous écrivîmes	nous écrirons	nous écririons
vous écrivez	vous écriviez	vous écrivîtes	vous écrirez	vous écririez
ils écrivent	ils écrivaient	ils écrivirent	ils écriront	ils écriraient
Passé composé	*Plus-que-parfait*	*Passé antérieur*	*Futur antérieur*	*Conditionnel passé*
j'ai écrit	j'avais écrit	j'eus écrit	j'aurai écrit	j'aurais écrit
tu as écrit	tu avais écrit	tu eus écrit	tu auras écrit	tu aurais écrit
il a écrit	il avait écrit	il eut écrit	il aura écrit	il aurait écrit
nous avons écrit	nous avions écrit	nous eûmes écrit	nous aurons écrit	nous aurions écrit
vous avez écrit	vous aviez écrit	vous eûtes écrit	vous aurez écrit	vous auriez écrit
ils ont écrit	ils avaient écrit	ils eurent écrit	ils auront écrit	ils auraient écrit

SUBJONCTIF

Présent	*Passé*	*Imparfait*	*Plus-que-parfait*
que j'écrive	que j'aie écrit	que j'écrivisse	que j'eusse écrit
tu écrives	tu aies écrit	tu écrivisses	tu eusses écrit
il écrive	il ait écrit	il écrivît	il eût écrit
nous écrivions	nous ayons écrit	nous écrivissions	nous eussions écrit
vous écriviez	vous ayez écrit	vous écrivissiez	vous eussiez écrit
ils écrivent	ils aient écrit	ils écrivissent	ils eussent écrit

RIRE

riant, ri
sourire

3ᴱ GROUPE

- Deux radicaux à l'écrit : *ri-*, *r-(i)*.
- Trois radicaux à l'oral : [ʀi-], [ʀij-] pour *ri-s* et *ri-ons*, [ʀ-(i)].
- Le présent comporte le premier radical de l'écrit et les deux radicaux de l'oral qui vont avec lui. Le troisième radical s'apprend au passé simple.
- Attention aux formes régulières *ii* (imparfait et subjonctif présent). Le premier *i* appartient au radical, le deuxième à la terminaison : *ri-ions*, *ri-iez*. On proonce le radical [ʀij-] et un *i* mouillé : [ʀijj-, ʀijj-e] pour distinguer du présent : *ri-ons*, *ri-ez*.
- Attention au participe passé invariable : *ri*. De même pour : *souri*.

INFINITIF		PARTICIPE		IMPÉRATIF	
Présent	*Passé*	*Présent*	*Passé*	*Présent*	*Passé*
rire	avoir ri	riant	ri	ris	aie ri
		ayant ri		rions	ayons ri
				riez	ayez ri

INDICATIF				
Présent	*Imparfait*	*Passé simple*	*Futur simple*	*Conditionnel présent*
je ris [ʀi-]	je riais	je ris [ʀ-]	je rirai	je rirais
tu ris	tu riais	tu ris	tu riras	tu rirais
il rit	il riait	il rit	il rira	il rirait
nous rions [ʀij-]	nous riions [ijj]	nous rîmes	nous rirons	nous ririons
vous riez [ʀij-]	vous riiez [ijj]	vous rîtes	vous rirez	vous ririez
ils rient	ils riaient	ils rirent	ils riront	ils riraient
Passé composé	*Plus-que-parfait*	*Passé antérieur*	*Futur antérieur*	*Conditionnel passé*
j'ai ri	j'avais ri	j'eus ri	j'aurai ri	j'aurais ri
tu as ri	tu avais ri	tu eus ri	tu auras ri	tu aurais ri
il a ri	il avait ri	il eut ri	il aura ri	il aurait ri
nous avons ri	nous avions ri	nous eûmes ri	nous aurons ri	nous aurions ri
vous avez ri	vous aviez ri	vous eûtes ri	vous aurez ri	vous auriez ri
ils ont ri	ils avaient ri	ils eurent ri	ils auront ri	ils auraient ri

SUBJONCTIF			
Présent	*Passé*	*Imparfait*	*Plus-que-parfait*
que je rie	que j'aie ri	que je risse	que j'eusse ri
tu ries	tu aies ri	tu risses	tu eusses ri
il rie	il ait ri	il rît	il eût ri
nous riions [ijj]	nous ayons ri	nous rissions	nous eussions ri
vous riiez [ijj]	vous ayez ri	vous rissiez	vous eussiez ri
ils rient	ils aient ri	ils rissent	ils eussent ri

104

CONCLURE

concluant, conclu(e)
verbes en -clure

3ᴇ GROUPE

- Deux radicaux à l'écrit : *conclu-, concl-(u)*.
- Les mêmes à l'oral : [kɔ̃kly-], [kɔ̃kl-(y)].
- Le présent comporte le premier radical. Le passé simple comporte le second.
- *Exclure* a le même participe passé : *exclu, exclue, exclus, exclues*.
- Mais *inclure, occlure* et *reclure* ont un participe passé en *-us* : *inclus, incluse, occlus(e), reclus(e)*.

INFINITIF		PARTICIPE		IMPÉRATIF	
Présent	*Passé*	*Présent*	*Passé*	*Présent*	*Passé*
conclure	avoir conclu	concluant	conclu, -e, -s, -es	conclus	aie conclu
		ayant conclu		concluons	ayons conclu
				concluez	ayez conclu

INDICATIF

Présent	*Imparfait*	*Passé simple*	*Futur simple*	*Conditionnel présent*
je conclus [kɔ̃kly-]	je concluais	je conclus [kɔ̃kl-]	je conclurai	je conclurais
tu conclus	tu concluais	tu conclus	tu concluras	tu conclurais
il conclut	il concluait	il conclut	il conclura	il conclurait
nous concluons	nous concluions	nous conclûmes	nous conclurons	nous conclurions
vous concluez	vous concluiez	vous conclûtes	vous conclurez	vous concluriez
ils concluent	ils concluaient	ils conclurent	ils concluront	ils concluraient
Passé composé	*Plus-que-parfait*	*Passé antérieur*	*Futur antérieur*	*Conditionnel passé*
j'ai conclu	j'avais conclu	j'eus conclu	j'aurai conclu	j'aurais conclu
tu as conclu	tu avais conclu	tu eus conclu	tu auras conclu	tu aurais conclu
il a conclu	il avait conclu	il eut conclu	il aura conclu	il aurait conclu
nous avons conclu	nous avions conclu	nous eûmes conclu	nous aurons conclu	nous aurions conclu
vous avez conclu	vous aviez conclu	vous eûtes conclu	vous aurez conclu	vous auriez conclu
ils ont conclu	ils avaient conclu	ils eurent conclu	ils auront conclu	ils auraient conclu

SUBJONCTIF

Présent	*Passé*	*Imparfait*	*Plus-que-parfait*
que je conclue	que j'aie conclu	que je conclusse	que j'eusse conclu
tu conclues	tu aies conclu	tu conclusses	tu eusses conclu
il conclue	il ait conclu	il conclût	il eût conclu
nous concluions	nous ayons conclu	nous conclussions	nous eussions conclu
vous concluiez	vous ayez conclu	vous conclussiez	vous eussiez conclu
ils concluent	ils aient conclu	ils conclussent	ils eussent conclu

105 adirer

Terme de la langue juridique, égarer. S'emploie seulement à l'infinitif et au participe passé, 3. *Adirer une pièce. Pièces adirées.*

106 barder

Verbe impersonnel, 3, tourner à la querelle. S'emploie avec le pronom *ça.* *Ça barde !*

107 béer

S'emploie surtout à l'imparfait, *il béait d'admiration*, au participe présent, *béant*, et au participe passé, devenu adjectif dans l'expression *bouche bée* (le participe régulier serait sur le modèle de *créer*, 6).

108 boumer

Verbe impersonnel, 3, aller très bien. S'emploie avec le pronom *ça.* Principalement au présent de l'indicatif et du subjonctif. *Alors, ça boume ? Il faut que ça boume !*

109 cafeter, cafter

Cafeter, dénoncer, 27, ne comporte pas les personnes 1, 2, 3 du singulier et 3 du pluriel de l'indicatif présent ni la 2ᵉ personne de l'impératif. *Cafter* se conjugue normalement, 3.

110 se caleter, se calter

Se caleter, fuir, 27, ne comporte pas les personnes 1, 2, 3 du singulier et 3 du pluriel de l'indicatif présent ni la 2ᵉ personne de l'impératif. *Se calter* se conjugue normalement, 3.

111 douer

S'emploie à l'infinitif, au participe passé et aux temps composés, 3 : « La nature l'a doué d'heureuses facultés » (Littré).

112 écloper

Rendre boiteux. N'est plus d'usage. Demeure l'adjectif *éclopé*.

113 endêver

S'emploie dans l'expression *faire endêver*, dépiter, faire enrager.

114 ester

Terme de la langue juridique utilisé seulement à l'infinitif. *Ester en justice*, *ester en jugement* : « poursuivre une action en justice ou défendre à cette action » (Littré).

115 incomber

Peser, être imposé. S'emploie seulement à la 3ᵉ personne du singulier et du pluriel, 3. *Cette erreur m'incombe. Ces échecs vous incomberont.* Il existe aussi un emploi impersonnel.

116 mésarriver

Verbe impersonnel vieilli, tourner mal. Se conjuguait avec *être*.

117 moufeter, moufter

Parler, répondre. *Moufeter* s'emploie à l'infinitif et aux temps composés, 27. *Partir sans moufeter. Je n'ai pas moufeté. Moufter* est possible aux autres temps, 3. *Il ne mouftait plus. Il ne mouftera pas. Qu'il moufte et on verra.*

118 résulter

S'emploie à l'infinitif, aux participes présent et passé et aux 3ᵉˢ personnes de tous les temps, 3. *Cet échec résulte de ses erreurs. Ces échecs résultaient de ses erreurs.* S'emploie avec les auxiliaires *avoir* et *être*.

119 urger

Verbe impersonnel, 20, être nécessaire dans un bref délai. S'emploie principalement avec le pronom *ça* : *Ça urge.*

FICHE, FICHER

- Infinitif courant : *fiche* (*Tu vas me fiche la paix !*). Participe passé usuel : *fichu*. Participe rare : *fiché*.
- *Ficher*, enfoncer en terre, et *ficher*, inscrire dans un fichier, sont réguliers, 3.
- Même conjugaison : *se contrefiche, se contreficher*.

INFINITIF		PARTICIPE		IMPÉRATIF	
Présent	*Passé*	*Présent*	*Passé*	*Présent*	*Passé*
ficher, fiche	avoir fichu	fichant	fichu, -e, -s, -es	fiche	aie fichu
		ayant fichu	fiché	fichons	ayons fichu
				fichez	ayez fichu

INDICATIF				
Présent	*Imparfait*	*Passé simple*	*Futur simple*	*Conditionnel présent*
je fiche	je fichais	(inusité)	je ficherai	je ficherais
tu fiches	tu fichais		tu ficheras	tu ficherais
il fiche	il fichait		il fichera	il ficherait
nous fichons	nous fichions		nous ficherons	nous ficherions
vous fichez	vous fichiez		vous ficherez	vous ficheriez
ils fichent	ils fichaient		ils ficheront	ils ficheraient
Passé composé	*Plus-que-parfait*	*Passé antérieur*	*Futur antérieur*	*Conditionnel passé*
j'ai fichu	j'avais fichu	(inusité)	j'aurai fichu	j'aurais fichu
tu as fichu	tu avais fichu		tu auras fichu	tu aurais fichu
il a fichu	il avait fichu		il aura fichu	il aurait fichu
nous avons fichu	nous avions fichu		nous aurons fichu	nous aurions fichu
vous avez fichu	vous aviez fichu		vous aurez fichu	vous auriez fichu
ils ont fichu	ils avaient fichu		ils auront fichu	ils auraient fichu

SUBJONCTIF			
Présent	*Passé*	*Imparfait*	*Plus-que-parfait*
que je fiche	que j'aie fichu	(rare)	(rare)
tu fiches	tu aies fichu	que je fichasse	que j'eusse fichu
il fiche	il ait fichu		
nous fichions	nous ayons fichu		
vous fichiez	vous ayez fichu		
ils fichent	ils aient fichu		

121

GRÊLER

■ Verbe impersonnel, 3. Même conjugaison : *brouillasser, bruiner, brumasser, brumer, crachiner, flotter, grésiller, mouillasser, neigeoter (il neigeote, il neigeotte), pleuvasser, pleuviner, pleuvioter, pleuvocher, pleuvoter, pluviner, vaser, vasouiller, venter, verglacer*, etc.

INFINITIF		PARTICIPE		IMPÉRATIF	
Présent	*Passé*	*Présent* (rare)	*Passé* (invariable)	*Présent*	*Passé*
grêler	avoir grêlé	grêlant	grêlé	(inusité)	(inusité)
		ayant grêlé			

INDICATIF				
Présent	*Imparfait*	*Passé simple*	*Futur simple*	*Conditionnel présent*
il grêle	il grêlait	il grêla	il grêlera	il grêlerait
Passé composé	*Plus-que-parfait*	*Passé antérieur*	*Futur antérieur*	*Conditionnel passé*
il a grêlé	il avait grêlé	il eut grêlé	il aura grêlé	il aurait grêlé

SUBJONCTIF			
Présent	*Passé*	*Imparfait*	*Plus-que-parfait*
qu'il grêle	qu'il ait grêlé	qu'il grêlât	qu'il eût grêlé

122 neiger, reneiger
Verbes impersonnels, se conjuguent sur le modèle de *déneiger*, 21.

123 raller
Aller de nouveau, 37. S'emploie au présent et à l'impératif. *Il y reva. Revas-y.*

124 avenir
Forme ancienne de *advenir*. Demeurent : *Nul et non avenu. Tout est à l'avenant.*

125 bienvenir
S'emploie à l'infinitif dans l'expression *se faire bienvenir de quelqu'un*, « faire qu'on soit bien accueilli » (Littré).

126 férir
Demeurent : l'infinitif *sans coup férir*, sans obstacle (littéralement : sans donner de coups), et le participe passé *être féru de*, être très épris (ancien sens : être blessé).

127 impartir
Accorder. Se conjugue comme *finir*, 33. S'emploie à l'infinitif, au participe passé (*imparti, -e*), au présent de l'indicatif (*j'impartis, tu impartis, il impartit, nous impartissons, vous impartissez, ils impartissent*) et à tous les temps composés (*ayant imparti, j'ai imparti, j'avais imparti*, etc.).

128 issir
Ancien verbe supplanté par *sortir*. S'emploie au participe passé et aux temps composés (auxiliaire *être*) : « Des cousins issus de germain » (Littré). « Ils sont issus de germains » (Littré). Demeurent : *une issue*, et *issant*, terme de blason.

129 mésadvenir, mésavenir
Verbes impersonnels, vieillis. « Tourner à mal. Agissez toujours ; il ne peut vous en mésavenir » (Littré).

130 partir
Diviser en deux, partager. Demeure *avoir maille à partir*. La maille était une petite monnaie de cuivre.

131 quérir, querir

S'emploie seulement à l'infinitif : *aller quérir, envoyer quérir.* « Chercher avec mission d'amener, d'apporter » (Littré). Voir *enquerre*, 178.

132 rassir

S'emploie seulement à l'infinitif et au participe passé. Attention aux formes du participe passé : *du pain rassis, une brioche rassise, des tartes rassises.* Le verbe *rassir* vient du participe passé *rassis(e)*, du verbe *rasseoir*, rendre au calme : *un esprit rassis. Viande rassise*, viande d'un animal tué il y a plusieurs jours.

133 sortir

Terme de jurisprudence, obtenir. « Cette sentence sortira son plein et entier effet » (Littré). S'emploie à l'infinitif, aux participes, aux 3es personnes du singulier et du pluriel : *sorti, sortissant, elle sortit, elles sortissent, elle a sorti, elles ont sorti, elle sortissait, elle sortit, elle sortira, elle sortirait, qu'elle sortisse, qu'elle sortît,* etc. Sur le modèle de *finir*, 33.

ADVENIR

■ Arriver. Sur le modèle de *venir*, 38.

INFINITIF		PARTICIPE	
Présent	*Passé*	*Présent*	*Passé*
advenir	être advenu	advenant	advenu, -e, -s, -es
		étant advenu	

INDICATIF

Présent	*Imparfait*	*Passé simple*	*Futur simple*	*Conditionnel présent*
il advient	il advenait	il advint	il adviendra	il adviendrait
ils adviennent	ils advenaient	ils advinrent	ils adviendront	ils adviendraient
Passé composé	*Plus-que-parfait*	*Passé antérieur*	*Futur antérieur*	*Conditionnel passé*
il est advenu	il était advenu	il fut advenu	il sera advenu	il serait advenu
ils sont advenus	ils étaient advenus	ils furent advenus	ils seront advenus	ils seraient advenus

SUBJONCTIF

Présent	*Passé*	*Imparfait*	*Plus-que-parfait*
qu'il advienne	qu'il soit advenu	qu'il advînt	qu'il fût advenu
ils adviennent	ils soient advenus	ils advinssent	ils fussent advenus

135

FAILLIR

- L'ancienne conjugaison (*je faux*) a été remplacée par la conjugaison sur le modèle de *finir* (*je faillis*, 33). Demeurent des expressions du bel ancien usage. *Le cœur me faut.*
- Deux sens. 1. Manquer de. On utilise surtout les temps composés : *J'ai failli tomber.* L'usage écrit emploie le passé simple : *Il faillit tomber.* 2. Manquer à. S'emploie seulement aux temps composés, au futur, au conditionnel et au passé simple : *Il ne faillira pas à ses obligations.* L'emploi juridique demeure dans la périphrase *faire faillite* et le nom *un failli.* S'emploie avec les auxiliaires *avoir* et *être.*

INFINITIF		PARTICIPE		IMPÉRATIF	
Présent	*Passé*	*Présent*	*Passé* (invariable avec *avoir*)	*Présent*	*Passé*
faillir	avoir failli	faillant ayant failli	failli	(inusité)	(inusité)

INDICATIF				
Présent (rare)	*Imparfait* (rare)	*Passé simple*	*Futur simple*	*Conditionnel présent*
je faillis, faux	je faillissais, faillais	je faillis	je faillirai, faudrai	je faillirais, faudrais
tu faillis, faux	tu faillissais, faillais	tu faillis	tu failliras, faudras	tu faillirais, faudrais
il faillit, faut	il faillissait, faillait	il faillit	il faillira, faudra	il faillirait, faudrait
nous faillissons, faillons	nous faillissions, faillions	nous faillîmes	nous faillirons, faudrons	nous faillirions, faudrions
vous faillissez, faillez	vous faillissiez, failliez	vous faillîtes	vous faillirez, faudrez	vous failliriez, faudriez
ils faillissent, faillent	ils faillissaient, faillaient	ils faillirent	ils failliront, faudront	ils failliraient, faudraient
Passé composé	*Plus-que-parfait*	*Passé antérieur*	*Futur antérieur*	*Conditionnel passé*
j'ai failli	j'avais failli	j'eus failli	j'aurai failli	j'aurais failli
tu as failli	tu avais failli	tu eus failli	tu auras failli	tu aurais failli
il a failli	il avait failli	il eut failli	il aura failli	il aurait failli
nous avons failli	nous avions failli	nous eûmes failli	nous aurons failli	nous aurions failli
vous avez failli	vous aviez failli	vous eûtes failli	vous aurez failli	vous auriez failli
ils ont failli	ils avaient failli	ils eurent failli	ils auront failli	ils auraient failli

SUBJONCTIF			
Présent	*Passé*	*Imparfait*	*Plus-que-parfait*
que je faillisse, faille	que j'aie failli	que je faillisse	que j'eusse failli
tu faillisses, failles	tu aies failli	tu faillisses	tu eusses failli
il faillisse, faille	il ait failli	il faillît	il eût failli
nous faillissions, faillions	nous ayons failli	nous faillissions	nous eussions failli
vous faillissiez, failliez	vous ayez failli	vous faillissiez	vous eussiez failli
ils faillissent, faillent	ils aient failli	ils faillissent	ils eussent failli

136

- L'ancienne conjugaison (*j'ois, nous oyons*) a été refaite (*j'ouïs, nous ouïssons*). Demeurent l'expression *ouï-dire*, et en langue juridique : *ouïr les témoins*. Par archaïsme, on retient de belles formes de l'ancienne conjugaison. *Oyez braves gens !*
- Le *ï* est partout : pas d'accent circonflexe au passé simple ni au subjonctif imparfait.
- Ce n'est donc pas un défectif formel mais d'usage.

INFINITIF		PARTICIPE		IMPÉRATIF	
Présent	*Passé*	*Présent*	*Passé*	*Présent*	*Passé*
ouïr	avoir ouï	oyant	ouï, -e, -s, -es	ouïs, ois	aie ouï
		ayant ouï		ouïssons, oyons	ayons ouï
				ouïssez, oyez	ayez ouï

INDICATIF					
Présent	*Imparfait*	*Passé simple*	*Futur simple*	*Conditionnel présent*	
j'ouïs, ois	j'ouïssais, oyais	j'ouïs	j'ouïrai, orrai	j'ouïrais, orrais	
tu ouïs, ois	tu ouïssais, oyais	tu ouïs	tu ouïras, orras	tu ouïrais, orrais	
il ouït, oit	il ouïssait, oyait	il ouït	il ouïra, orra	il ouïrait, orrait	
nous ouïssons, oyons	nous ouïssions, oyions	nous ouïmes	nous ouïrons, orrons	nous ouïrions, orrions	
vous ouïssez, oyez	vous ouïssiez, oyiez	vous ouïtes	vous ouïrez, orrez	vous ouïriez, orriez	
ils ouïssent, oient	ils ouïssaient, oyaient	ils ouïrent	ils ouïront, orront	ils ouïraient, orraient	
Passé composé	*Plus-que-parfait*	*Passé antérieur*	*Futur antérieur*	*Conditionnel passé*	
j'ai ouï	j'avais ouï	j'eus ouï	j'aurai ouï	j'aurais ouï	
tu as ouï	tu avais ouï	tu eus ouï	tu auras ouï	tu aurais ouï	
il a ouï	il avait ouï	il eut ouï	il aura ouï	il aurait ouï	
nous avons ouï	nous avions ouï	nous eûmes ouï	nous aurons ouï	nous aurions ouï	
vous avez ouï	vous aviez ouï	vous eûtes ouï	vous aurez ouï	vous auriez ouï	
ils ont ouï	ils avaient ouï	ils eurent ouï	ils auront ouï	ils auraient ouï	

SUBJONCTIF			
Présent	*Passé*	*Imparfait*	*Plus-que-parfait*
que j'ouïsse, oie	que j'aie ouï	que j'ouïsse	que j'eusse ouï
tu ouïsses, oies	tu aies ouï	tu ouïsses	tu eusses ouï
il ouïsse, oie	il ait ouï	il ouït	il eût ouï
nous ouïssions, oyions	nous ayons ouï	nous ouïssions	nous eussions ouï
vous ouïssiez, oyiez	vous ayez ouï	vous ouïssiez	vous eussiez ouï
ils ouïssent, oient	ils aient ouï	ils ouïssent	ils eussent ouï

137

SAILLIR (1)

- Faire saillie, s'avancer au dehors, être en relief. Sur le modèle de *défaillir*, 48, sauf au futur et au conditionnel (*il saillera / saillerait*).

INFINITIF		PARTICIPE	
Présent	*Passé*	*Présent*	*Passé*
saillir	avoir sailli	saillant	sailli
		ayant sailli	

INDICATIF				
Présent	*Imparfait*	*Passé simple*	*Futur simple*	*Conditionnel présent*
il saille	il saillait	il saillit	il saillera	il saillerait
ils saillent	ils saillaient	ils saillirent	ils sailleront	ils sailleraient
Passé composé	*Plus-que-parfait*	*Passé antérieur*	*Futur antérieur*	*Conditionnel passé*
il a sailli	il avait sailli	il eut sailli	il aura sailli	il aurait sailli
ils ont sailli	ils avaient sailli	ils eurent sailli	ils auront sailli	ils auraient sailli

SUBJONCTIF			
Présent	*Passé*	*Imparfait*	*Plus-que-parfait*
qu'il saille	qu'il ait sailli	qu'il saillît	qu'il eût sailli
ils saillent	ils aient sailli	ils saillissent	ils eussent sailli

137

SAILLIR (2)

- Jaillir. *La source saillit abondamment.* S'accoupler avec une femelle. *L'étalon a sailli la jument.* Sur le modèle de *finir*, 33.

INFINITIF		PARTICIPE	
Présent	*Passé*	*Présent*	*Passé*
saillir	avoir sailli	saillissant	sailli, -e, -s, -es
		ayant sailli	

INDICATIF				
Présent	*Imparfait*	*Passé simple*	*Futur simple*	*Conditionnel présent*
il saillit	il saillissait	il saillit	il saillira	il saillirait
ils saillissent	ils saillissaient	ils saillirent	ils sailliront	ils sailliraient
Passé composé	*Plus-que-parfait*	*Passé antérieur*	*Futur antérieur*	*Conditionnel passé*
il a sailli	il avait sailli	il eut sailli	il aura sailli	il aurait sailli
ils ont sailli	ils avaient sailli	ils eurent sailli	ils auront sailli	ils auraient sailli

SUBJONCTIF			
Présent	*Passé*	*Imparfait*	*Plus-que-parfait*
qu'il saillisse	qu'il ait sailli	qu'il saillît	qu'il eût sailli
ils saillissent	ils aient sailli	ils saillissent	ils eussent sailli

GÉSIR

■ Attention à l'accent circonflexe de *il gît*. Le nom *un gisant* vient du participe présent.

INFINITIF	PARTICIPE	INDICATIF	
Présent	*Présent*	*Présent*	*Imparfait*
gésir	gisant	je gis	je gisais
		tu gis	tu gisais
		il gît	il gisait
		nous gisons	nous gisions
		vous gisez	vous gisiez
		ils gisent	ils gisaient

139 apparoir
Verbe impersonnel de la langue juridique, être constaté. S'emploie à l'infinitif et au présent. *Il a fait apparoir de son bon droit. Il appert par jugement que…*

140 assavoir
Ne demeure que dans *faire assavoir*, faire savoir.

141 chaloir
Ne demeure que dans *peu m'en chaut, il ne m'en chaut*, peu m'importe.

142 comparoir
Terme de la langue juridique, comparaître en justice. S'emploie à l'infinitif, *être assigné à comparoir.*

143 démouvoir
« Faire renoncer à quelque prétention » (Littré). Était employé à l'infinitif. *Rien n'a pu le démouvoir.*

144 dépourvoir
Ôter le nécessaire. Demeure le participe passé : *être dépourvu de tout.*

145 se douloir
Ressentir de la douleur. S'employait seulement à l'infinitif.

146 messeoir

N'être pas séant. « Cette couleur messied à votre âge » (Littré). Se conjugue sur le modèle de *seoir 1*, 154. Mais avec le participe présent *messéant*.

147 ravoir

S'emploie seulement à l'infinitif.

148 souloir

Terme vieilli dont il ne reste que l'imparfait, à peine encore usité. Avoir coutume. « Quant à son temps… Deux parts en fit, dont il souloit passer / L'une à dormir et l'autre à ne rien faire » (La Fontaine).

149

CHOIR

■ Le futur et le conditionnel gardent trace de formes anciennes. Même conjugaison, *rechoir*.

INFINITIF		PARTICIPE		IMPÉRATIF	
Présent	*Passé*	*Présent*	*Passé*	*Présent*	*Passé*
choir	être chu	(inusité) étant chu	chu, -e, -s, -es	(inusité)	(inusité)

INDICATIF

Présent	*Imparfait*	*Passé simple*	*Futur simple*	*Conditionnel présent*
je chois	(inusité)	je chus	je choirai, cherrai	je choirais, cherrais
tu chois		tu chus	tu choiras, cherras	tu choirais, cherrais
il choit		il chut	il choira, cherra	il choirait, cherrait
		nous chûmes	nous choirons, cherrons	nous choirions, cherrions
		vous chûtes	vous choirez, cherrez	vous choiriez, cherriez
ils choient		ils churent	ils choiront, cherront	ils choiraient, cherraient

Passé composé	*Plus-que-parfait*	*Passé antérieur*	*Futur antérieur*	*Conditionnel passé*
je suis chu	j'étais chu	je fus chu	je serai chu	je serais chu
tu es chu	tu étais chu	tu fus chu	tu seras chu	tu serais chu
il est chu	il était chu	il fut chu	il sera chu	il serait chu
nous sommes chus	nous étions chus	nous fûmes chus	nous serons chus	nous serions chus
vous êtes chus	vous étiez chus	vous fûtes chus	vous serez chus	vous seriez chus
ils sont chus	ils étaient chus	ils furent chus	ils seront chus	ils seraient chus

SUBJONCTIF

Présent	*Passé*	*Imparfait*	*Plus-que-parfait*
(inusité)	que je sois chu	que je (inusité)	que je fusse chu
	tu sois chu		tu fusses chu
	il soit chu	il chût	il fût chu
	nous soyons chus		nous fussions chus
	vous soyez chus		vous fussiez chus
	ils soient chus		ils fussent chus

150

DÉCHOIR

■ Comme pour *choir*, le futur et le conditionnel gardent trace des formes anciennes. Le subjonctif est possible.

INFINITIF		PARTICIPE		IMPÉRATIF	
Présent	*Passé*	*Présent*	*Passé*	*Présent*	*Passé*
déchoir	avoir déchu	(inusité) ayant déchu	déchu, -e, -s, -es	(inusité)	(inusité)

INDICATIF

Présent	*Imparfait*	*Passé simple*	*Futur simple*	*Conditionnel présent*
je déchois	(inusité)	je déchus	je déchoirai, décherrai	je déchoirais
tu déchois		tu déchus	tu déchoiras	tu déchoirais
il déchoit		il déchut	il déchoira	il déchoirait
nous déchoyons		nous déchûmes	nous déchoirons	nous déchoirions
vous déchoyez		vous déchûtes	vous déchoirez	vous déchoiriez
ils déchoient		ils déchurent	ils déchoiront	ils déchoiraient
Passé composé	*Plus-que-parfait*	*Passé antérieur*	*Futur antérieur*	*Conditionnel passé*
j'ai déchu	j'avais déchu	j'eus déchu	j'aurai déchu	j'aurais déchu
tu as déchu	tu avais déchu	tu eus déchu	tu auras déchu	tu aurais déchu
il a déchu	il avait déchu	il eut déchu	il aura déchu	il aurait déchu
nous avons déchu	nous avions déchu	nous eûmes déchu	nous aurons déchu	nous aurions déchu
vous avez déchu	vous aviez déchu	vous eûtes déchu	vous aurez déchu	vous auriez déchu
ils ont déchu	ils avaient déchu	ils eurent déchu	ils auront déchu	ils auraient déchu

SUBJONCTIF

Présent	*Passé*	*Imparfait*	*Plus-que-parfait*
que je déchoie	que j'aie déchu	que je déchusse	que j'eusse déchu
tu déchoies	tu aies déchu	tu déchusses	tu eusses déchu
il déchoie	il ait déchu	il déchût	il eût déchu
nous déchoyions	nous ayons déchu	nous déchussions	nous eussions déchu
vous déchoyiez	vous ayez déchu	vous déchussiez	vous eussiez déchu
ils déchoient	ils aient déchu	ils déchussent	ils eussent déchu

151

ÉCHOIR

■ Comme pour *choir*, le futur et le conditionnel gardent trace de formes anciennes.

INFINITIF		PARTICIPE		IMPÉRATIF	
Présent	*Passé*	*Présent*	*Passé*	*Présent*	*Passé*
échoir	être échu	échéant	échu, -e, -s, -es	(inusité)	(inusité)
		étant échu			

INDICATIF				
Présent	*Imparfait*	*Passé simple*	*Futur simple*	*Conditionnel présent*
il échoit	il échoyait	il échut	il échoira, écherra	il échoirait, écherrait
ils échoient	ils échoyaient	ils échurent	ils échoiront, écherront	ils échoiraient, écherraient
Passé composé	*Plus-que-parfait*	*Passé antérieur*	*Futur antérieur*	*Conditionnel passé*
il est échu	il était échu	il fut échu	il sera échu	il serait échu
ils sont échus	ils étaient échus	ils furent échus	ils seront échus	ils seraient échus

SUBJONCTIF			
Présent	*Passé*	*Imparfait*	*Plus-que-parfait*
qu'il échoie	qu'il soit échu	qu'il échût	qu'il fût échu
ils échoient	ils soient échus	ils échussent	ils fussent échus

152

FALLOIR

- Verbe impersonnel.
- *S'en falloir*, forme pronominale avec l'auxiliaire *être* : *il s'en faut, il s'en est fallu.*

INFINITIF		PARTICIPE		IMPÉRATIF	
Présent	*Passé*	*Présent*	*Passé*	*Présent*	*Passé*
falloir	(inusité)	(inusité)	(invariable) fallu	(inusité)	(inusité)

INDICATIF				
Présent	*Imparfait*	*Passé simple*	*Futur simple*	*Conditionnel présent*
il faut	il fallait	il fallut	il faudra	il faudrait
Passé composé	*Plus-que-parfait*	*Passé antérieur*	*Futur antérieur*	*Conditionnel passé*
il a fallu	il avait fallu	il eut fallu	il aura fallu	il aurait fallu

SUBJONCTIF			
Présent	*Passé*	*Imparfait*	*Plus-que-parfait*
qu'il faille	qu'il ait fallu	qu'il fallût	qu'il eût fallu

153

PLEUVOIR

- Verbe impersonnel. Au sens figuré, l'emploi à la 3ᵉ personne du pluriel est possible : « Les calomnies pleuvent sur quiconque réussit » (Voltaire).
- Même conjugaison : *repleuvoir*.
- Sur le modèle de *grêler*, 121 : *pleuvasser*, *pleuviner*, *pleuvioter*, *pleuvocher*, *pleuvoter*, *pluviner*.

INFINITIF		PARTICIPE		IMPÉRATIF	
Présent	*Passé*	*Présent*	*Passé*	*Présent*	*Passé*
pleuvoir	avoir plu	pleuvant	(invariable)	(inusité)	(inusité)
		ayant plu	plu		

INDICATIF				
Présent	*Imparfait*	*Passé simple*	*Futur simple*	*Conditionnel présent*
il pleut	il pleuvait	il plut	il pleuvra	il pleuvrait
Passé composé	*Plus-que-parfait*	*Passé antérieur*	*Futur antérieur*	*Conditionnel passé*
il a plu	il avait plu	il eut plu	il aura plu	il aurait plu

SUBJONCTIF			
Présent	*Passé*	*Imparfait*	*Plus-que-parfait*
qu'il pleuve	qu'il ait plu	qu'il plût	qu'il eût plu

SEOIR (1)

- Convenir, aller bien. *Ces couleurs vous siéent.*

INFINITIF		PARTICIPE		IMPÉRATIF	
Présent	*Passé*	*Présent*	*Passé*	*Présent*	*Passé*
seoir	(inusité)	seyant	(inusité)	(inusité)	(inusité)

INDICATIF				
Présent	*Imparfait*	*Passé simple*	*Futur simple*	*Conditionnel présent*
il sied	il seyait	(inusité)	il siéra	il siérait
ils siéent	ils seyaient		ils siéront	ils siéraient
Passé composé	*Plus-que-parfait*	*Passé antérieur*	*Futur antérieur*	*Conditionnel passé*
(inusité)	(inusité)	(inusité)	(inusité)	(inusité)

SUBJONCTIF			
Présent	*Passé*	*Imparfait*	*Plus-que-parfait*
qu'il siée	(inusité)	(inusité)	(inusité)
ils siéent			

SEOIR (2)

- Siéger, être assis, être situé. Les autres temps et modes sont défectifs.

INFINITIF	PARTICIPE		IMPÉRATIF	INDICATIF
Présent	*Présent*	*Passé*	*Présent*	*Présent*
seoir	séant	sis, sise, sises	sieds-toi	je sieds
			seyons-nous	tu sieds
			seyez-vous	il sied
				nous seyons
				vous seyez
				ils siéent

155 braire

Sur le modèle d'*extraire*, 183. S'emploie aux 3ᵉˢ personnes du présent : *il brait, ils braient*. Du futur : *il braira, ils brairont*. Du conditionnel : *il brairait, ils brairaient*.

156 forfaire

Faire quelque chose contre le devoir, l'honneur. S'emploie à l'infinitif : *forfaire à l'honneur*. Au participe passé, au singulier du présent de l'indicatif et aux temps composés : *Tu n'as pas forfait à l'honneur. Il a forfait à son devoir*.

157 malfaire

S'emploie seulement à l'infinitif. « Faire de méchantes actions » (Littré).

158 méfaire

S'emploie seulement à l'infinitif. « Faire le mal » (Littré).

159 parfaire

S'emploie surtout à l'infinitif, au participe passé, *parfait, parfaite*, au singulier du présent de l'indicatif et aux temps composés. *Je parfais, tu parfais, il parfait le travail. Avec ce stage, il a parfait sa formation*.

160 stupéfaire

S'emploie à l'infinitif, au participe passé, *stupéfait, stupéfaite*, à la 3ᵉ personne de l'indicatif présent et aux temps composés. *Il stupéfait tout le monde. Il a stupéfait le public. Stupéfier* se conjugue sur le modèle de *étudier*, 8.

161 surfaire

Évaluer trop haut. Rare. S'emploie surtout à l'infinitif, au participe passé, *surfait, surfaite*, au singulier de l'indicatif présent et aux temps composés. *Il a surfait ses qualités*. Fréquent au passif. *Ses romans ont été très surfaits*.

162 déclore

Vieilli, s'emploie surtout à l'infinitif et au participe passé : *déclos(e)*. Au présent, attention à *il déclot*, sans accent circonflexe.

163 éclore

S'emploie surtout aux 3ᵉˢ personnes du singulier et du pluriel. Au présent, l'Académie recommande *il éclot*, sans accent circonflexe. S'emploie avec les auxiliaires *avoir* et *être*.

164 enclore
Au présent, l'Académie recommande *il enclot*, sans accent circonflexe. Pour compenser les formes défectives, l'usage emploie parfois les présents *nous enclosons, vous enclosez*, et les impératifs *enclosons, enclosez*.

165 forclore
Terme de la langue juridique. Ne plus pouvoir exercer un droit au-delà d'un délai prescrit. S'emploie seulement à l'infinitif et au participe passé, *forclos, forclose*.

166 poindre
Deux sens. Commencer à paraître. S'emploie à l'infinitif et à la 3ᵉ personne du singulier de l'indicatif présent et futur. *Le jour point à peine. L'aube poindra dans cette direction.* Piquer, percer. Se conjugue comme *joindre*, 71.

167 renaître
Se conjugue comme *naître*, 79. Mais uniquement aux temps simples parce que *renaître* n'a pas de participe passé.

168 semondre
Convier à une cérémonie, à une réunion publique. Selon l'Académie, uniquement à l'infinitif. Littré indique des emplois au présent, *je semons*, à l'imparfait, *je semonnais*, au futur, *je semondrai*, et au conditionnel, *je semondrais*.

169 soudre
« Qui a vieilli et dont il n'est resté que l'infinitif, à peine encore usité » (Littré). S'employait avec les sens de *résoudre* et *dissoudre*.

170 sourdre
Sortir faiblement, sans jaillir. S'emploie à l'infinitif, au participe présent (*sourdant*) et aux 3ᵉˢ personnes de l'indicatif. Pas de participe passé, donc pas de temps composés. *L'eau sourd, sourdait, sourdit, sourdra, sourdrait. Les eaux sourdent…*

171 accroire
S'emploie seulement à l'infinitif dans l'expression *faire accroire*, faire croire ce qui n'est pas vrai. *Vous voulez m'en faire accroire.*

172 mécroire
S'emploie seulement à l'infinitif. Refuser de croire.

173 imboire
Humecter de, se pénétrer de. Demeure *être imbu de*.

174 redire
Au sens de blâmer, critiquer, s'emploie à l'infinitif. *Redire à tout. Il n'a rien trouvé à redire.* Se conjugue comme *dire*, 96, au sens de dire de nouveau.

175 occire
Vieux verbe, tuer. S'emploie seulement par archaïsme à l'infinitif, au participe passé, *occis, occise*, et aux temps composés.

176 duire
Convenir. Ne s'employait qu'à la 3ᵉ personne du présent. « Tout duit aux gens heureux » (La Fontaine).

177 courre
Ancien infinitif de *courir*. Demeurent *chasse à courre, laisser courre*.

178 enquerre
Ancien terme de blason, aujourd'hui *enquérir*. S'employait à l'infinitif. *Armes à enquerre*, armes disposées hors des règles ordinaires et qui obligent à se demander la raison de cette disposition.

179 tistre, titre
Tisser. S'emploie seulement au participe passé et aux temps composés. *Il a tissu ce tapis. Ils avaient tissu ce complot.*

180 intrure, s'intrure
Vieilli. « Introduire sans droit ni titre » (Littré). S'emploie seulement aux temps composés. *Il s'est intrus dans la place.*

181 reclure
Enfermer, priver de contacts. S'emploie à l'infinitif, au participe passé, *reclus, recluse*, et aux temps composés.

182

CLORE

- Attention à l'accent circonflexe de *il clôt*.

INFINITIF		PARTICIPE		IMPÉRATIF	
Présent	*Passé*	*Présent*	*Passé*	*Présent*	*Passé*
clore	avoir clos	closant	clos, -e, -es	clos	aie clos
		ayant clos		(inusité)	ayons clos
					ayez clos

INDICATIF

Présent	*Imparfait*	*Passé simple*	*Futur simple*	*Conditionnel présent*
je clos	(inusité)	(inusité)	je clorai	je clorais
tu clos			tu cloras	tu clorais
il clôt			il clora	il clorait
nous closons			nous clorons	nous clorions
vous closez			vous clorez	vous cloriez
ils closent			ils cloront	ils cloraient

Passé composé	*Plus-que-parfait*	*Passé antérieur*	*Futur antérieur*	*Conditionnel passé*
j'ai clos	j'avais clos	j'eus clos	j'aurai clos	j'aurais clos
tu as clos	tu avais clos	tu eus clos	tu auras clos	tu aurais clos
il a clos	il avait clos	il eut clos	il aura clos	il aurait clos
nous avons clos	nous avions clos	nous eûmes clos	nous aurons clos	nous aurions clos
vous avez clos	vous aviez clos	vous eûtes clos	vous aurez clos	vous auriez clos
ils ont clos	ils avaient clos	ils eurent clos	ils auront clos	ils auraient clos

SUBJONCTIF

Présent	*Passé*	*Imparfait*	*Plus-que-parfait*
que je close	que j'aie clos	(inusité)	que j'eusse clos
tu closes	tu aies clos		tu eusses clos
il close	il ait clos		il eût clos
nous closions	nous ayons clos		nous eussions clos
vous closiez	vous ayez clos		vous eussiez clos
ils closent	ils aient clos		ils eussent clos

183

EXTRAIRE

■ Même conjugaison : *abstraire, attraire, distraire, portraire, raire, rentraire, retraire, soustraire, traire*. Pour *braire*, 155.

INFINITIF		PARTICIPE		IMPÉRATIF	
Présent	*Passé*	*Présent*	*Passé*	*Présent*	*Passé*
extraire	avoir extrait	extrayant	extrait, -e, -s, -es	extrais	aie extrait
		ayant extrait		extrayons	ayons extrait
				extrayez	ayez extrait

INDICATIF

Présent	*Imparfait*	*Passé simple*	*Futur simple*	*Conditionnel présent*
j'extrais	j'extrayais	(inusité)	j'extrairai	j'extrairais
tu extrais	tu extrayais		tu extrairas	tu extrairais
il extrait	il extrayait		il extraira	il extrairait
nous extrayons	nous extrayions		nous extrairons	nous extrairions
vous extrayez	vous extrayiez		vous extrairez	vous extrairiez
ils extraient	ils extrayaient		ils extrairont	ils extrairaient
Passé composé	*Plus-que-parfait*	*Passé antérieur*	*Futur antérieur*	*Conditionnel passé*
j'ai extrait	j'avais extrait	j'eus extrait	j'aurai extrait	j'aurais extrait
tu as extrait	tu avais extrait	tu eus extrait	tu auras extrait	tu aurais extrait
il a extrait	il avait extrait	il eut extrait	il aura extrait	il aurait extrait
nous avons extrait	nous avions extrait	nous eûmes extrait	nous aurons extrait	nous aurions extrait
vous avez extrait	vous aviez extrait	vous eûtes extrait	vous aurez extrait	vous auriez extrait
ils ont extrait	ils avaient extrait	ils eurent extrait	ils auront extrait	ils auraient extrait

SUBJONCTIF

Présent	*Passé*	*Imparfait*	*Plus-que-parfait*
que j'extraie	que j'aie extrait	(inusité)	que j'eusse extrait
tu extraies	tu aies extrait		tu eusses extrait
il extraie	il ait extrait		il eût extrait
nous extrayions	nous ayons extrait		nous eussions extrait
vous extrayiez	vous ayez extrait		vous eussiez extrait
ils extraient	ils aient extrait		ils eussent extrait

184

PAÎTRE

forpaître

■ Attention aux formes en *paît*, avec *î* accent circonflexe devant un *t*. Ce verbe n'a pas de participe passé, donc il n'a aucun temps composé. *Repaître*, 80.

INFINITIF	PARTICIPE	IMPÉRATIF
Présent	*Présent*	*Présent*
paître	paissant	pais
		paissons
		paissez

INDICATIF

Présent	Imparfait	Passé simple	Futur simple	Conditionnel présent
je pais	je paissais	(inusité)	je paîtrai	je paîtrais
tu pais	tu paissais		tu paîtras	tu paîtrais
il paît	il paissait		il paîtra	il paîtrait
nous paissons	nous paissions		nous paîtrons	nous paîtrions
vous paissez	vous paissiez		vous paîtrez	vous paîtriez
ils paissent	ils paissaient		ils paîtront	ils paîtraient

SUBJONCTIF

Présent	Imparfait
que je paisse	(inusité)
tu paisses	
il paisse	
nous paissions	
vous paissiez	
ils paissent	

FOUTRE

- Le sens sexuel, posséder sexuellement, faire l'amour, est banalisé dans le sens courant, faire.
- Même conjugaison : *se contrefoutre*.

INFINITIF		PARTICIPE		IMPÉRATIF	
Présent	*Passé*	*Présent*	*Passé*	*Présent*	*Passé*
foutre	avoir foutu	foutant	foutu, -e, -s, -es	fous	aie foutu
		ayant foutu		foutons	ayons foutu
				foutez	ayez foutu

INDICATIF				
Présent	*Imparfait*	*Passé simple*	*Futur simple*	*Conditionnel présent*
je fous	je foutais	(inusité)	je foutrai	je foutrais
tu fous	tu foutais		tu foutras	tu foutrais
il fout	il foutait		il foutra	il foutrait
nous foutons	nous foutions		nous foutrons	nous foutrions
vous foutez	vous foutiez		vous foutrez	vous foutriez
ils foutent	ils foutaient		ils foutront	ils foutraient
Passé composé	*Plus-que-parfait*	*Passé antérieur*	*Futur antérieur*	*Conditionnel passé*
j'ai foutu	j'avais foutu	(inusité)	j'aurai foutu	j'aurais foutu
tu as foutu	tu avais foutu		tu auras foutu	tu aurais foutu
il a foutu	il avait foutu		il aura foutu	il aurait foutu
nous avons foutu	nous avions foutu		nous aurons foutu	nous aurions foutu
vous avez foutu	vous aviez foutu		vous aurez foutu	vous auriez foutu
ils ont foutu	ils avaient foutu		ils auront foutu	ils auraient foutu

SUBJONCTIF			
Présent	*Passé*	*Imparfait (rare)*	*Plus-que-parfait*
que je foute	que j'aie foutu	que je foutisse	que j'eusse foutu
tu foutes	tu aies foutu	tu foutisses	tu eusses foutu
il foute	il ait foutu	il foutît	il eût foutu
nous foutions	nous ayons foutu		nous eussions foutu
vous foutiez	vous ayez foutu		vous eussiez foutu
ils foutent	ils aient foutu		ils eussent foutu

186

FRIRE

INFINITIF		PARTICIPE		IMPÉRATIF	
Présent	*Passé*	*Présent*	*Passé*	*Présent*	*Passé*
frire	avoir frit	(inusité)	frit, -e, -s, -es	fris	aie frit
		ayant frit		(inusité)	ayons frit
					ayez frit

INDICATIF

Présent	*Imparfait*	*Passé simple*	*Futur simple*	*Conditionnel présent*
je fris	(inusité)	(inusité)	je frirai	je frirais
tu fris			tu friras	tu frirais
il frit			il frira	il frirait
(inusité)			nous frirons	nous fririons
			vous frirez	vous fririez
			ils friront	ils friraient

Passé composé	*Plus-que-parfait*	*Passé antérieur*	*Futur antérieur*	*Conditionnel passé*
j'ai frit	j'avais frit	j'eus frit	j'aurai frit	j'aurais frit
tu as frit	tu avais frit	tu eus frit	tu auras frit	tu aurais frit
il a frit	il avait frit	il eut frit	il aura frit	il aurait frit
nous avons frit	nous avions frit	nous eûmes frit	nous aurons frit	nous aurions frit
vous avez frit	vous aviez frit	vous eûtes frit	vous aurez frit	vous auriez frit
ils ont frit	ils avaient frit	ils eurent frit	ils auront frit	ils auraient frit

SUBJONCTIF

Présent	*Passé*	*Imparfait*	*Plus-que-parfait*
(inusité)	que j'aie frit	(inusité)	que j'eusse frit
	tu aies frit		tu eusses frit
	il ait frit		il eût frit
	nous ayons frit		nous eussions frit
	vous ayez frit		vous eussiez frit
	ils aient frit		ils eussent frit

BRUIRE

■ Sur le modèle de *fuir*, 49, mais défectif pour plusieurs formes. L'usage a introduit *bruissant* en place de *bruyant*, un imparfait *je bruissais* en place de *je bruyais*, et il a créé le subjonctif *que je bruisse*. D'où le verbe régulier *bruisser*.

INFINITIF		PARTICIPE		IMPÉRATIF	
Présent	*Passé*	*Présent*	*Passé*	*Présent*	*Passé*
bruire	avoir bruit	bruyant	(invariable)	(inusité)	(inusité)
		ayant bruit	bruit		

INDICATIF				
Présent	*Imparfait*	*Passé simple*	*Futur simple*	*Conditionnel présent*
je bruis	je bruyais	(inusité)	je bruirai	je bruirais
tu bruis	tu bruyais		tu bruiras	tu bruirais
il bruit	il bruyait		il bruira	il bruirait
(inusité)	nous bruyions		nous bruirons	nous bruirions
	vous bruyiez		vous bruirez	vous bruiriez
	ils bruyaient		ils bruiront	ils bruiraient
Passé composé	*Plus-que-parfait*	*Passé antérieur*	*Futur antérieur*	*Conditionnel passé*
j'ai bruit	j'avais bruit	j'eus bruit	j'aurai bruit	j'aurais bruit
tu as bruit	tu avais bruit	tu eus bruit	tu auras bruit	tu aurais bruit
il a bruit	il avait bruit	il eut bruit	il aura bruit	il aurait bruit
nous avons bruit	nous avions bruit	nous eûmes bruit	nous aurons bruit	nous aurions bruit
vous avez bruit	vous aviez bruit	vous eûtes bruit	vous aurez bruit	vous auriez bruit
ils ont bruit	ils avaient bruit	ils eurent bruit	ils auront bruit	ils auraient bruit

SUBJONCTIF			
Présent	*Passé*	*Imparfait*	*Plus-que-parfait*
(inusité)	que j'aie bruit	(inusité)	que j'eusse bruit
	tu aies bruit		tu eusses bruit
	il ait bruit		il eût bruit
	nous ayons bruit		nous eussions bruit
	vous ayez bruit		vous eussiez bruit
	ils aient bruit		ils eussent bruit

S'ENSUIVRE

INFINITIF		PARTICIPE		IMPÉRATIF
Présent	*Passé*	*Présent*	*Passé*	*Présent*
s'ensuivre	s'être ensuivi	s'ensuivant	ensuivi, -e, -s, -es	(inusité)
		s'étant ensuivi		

INDICATIF

Présent	*Imparfait*	*Passé simple*	*Futur simple*	*Conditionnel présent*
il s'ensuit	il s'ensuivait	il s'ensuivit	il s'ensuivra	il s'ensuivrait
ils s'ensuivent	ils s'ensuivaient	ils s'ensuivirent	ils s'ensuivront	ils s'ensuivraient
Passé composé	*Plus-que-parfait*	*Passé antérieur*	*Futur antérieur*	*Conditionnel passé*
il s'est ensuivi	il s'était ensuivi	il se fut ensuivi	il se sera ensuivi	il se serait ensuivi
ils se sont ensuivis	ils s'étaient ensuivis	ils se furent ensuivis	ils se seront ensuivis	ils se seraient ensuivis

SUBJONCTIF

Présent	*Passé*	*Imparfait*	*Plus-que-parfait*
qu'il s'ensuive	qu'il se soit ensuivi	qu'il ensuivît	qu'il se fût ensuivi
ils s'ensuivent	ils se soient ensuivis	ils s'ensuivissent	ils se fussent ensuivis

Liste alphabétique des verbes

Abréviations utilisées.

tr.	transitif direct	*pr.*	pronominal
tr. i.	transitif indirect	*déf.*	défectif
intr.	intransitif	*ê*	se conjugue avec *être*
imp.	impersonnel	*a*	se conjugue avec *avoir*

A

abaisser, *tr.* 16
s'abaisser, *pr.*
abalourdir, *tr.* 33
abandonner, *tr.* 3
s'abandonner, *pr.*
abasourdir, *tr.* 33
abâtardir, *tr.* 33
s'abâtardir, *pr.*
abattre, *tr.*, *intr.* 87
s'abattre, *pr.*
abcéder, *intr.* 32
s'abcéder, *pr.*
abdiquer, *tr.*, *intr.* 3
abecquer, *tr.* 3
abéquer, abécher, *tr.* 32
aberrer, *intr.* 16
abêtir, *tr.* 33
s'abêtir, *pr.*
abhorrer, *tr.* 3
s'abhorrer, *pr.*
abîmer, *tr.* 3
s'abîmer, *pr.*
abjurer, *tr.*, *intr.* 3
s'abjurer, *pr.*
abluer, *tr.* 3

ablutionner, *tr.* 3
abolir, *tr.* 33
s'abolir, *pr.*
abominer, *tr.* 3
abonder, *intr.* 3
abonner, *tr.* 3
s'abonner, *pr.*
abonnir, *tr.* 33
s'abonnir, *pr.*
aborder, *tr.*, *intr.*, *ê*, *a* 3
s'aborder, *pr.*
aborner, *tr.* 3
aboucher, *tr.* 3
s'aboucher, *pr.*
abouler, *tr.*, *intr.* 33
s'abouler, *pr.*
abouter, *tr.* 3
aboutir, *tr. i.*, *intr.*, *ê*, *a* 33
aboyer, *tr.*, *intr.* 14
abraser, *tr.* 3
s'abraser, *pr.*
abréagir, *tr.* 33
abréger, *tr.* 31
s'abréger, *pr.*
abreuver, *tr.* 17
s'abreuver, *pr.*

abriter, *tr.* 3
s'abriter, *pr.*
abroger, *tr.* 20
s'abroger, *pr.*
abrutir, *tr.* 33
s'abrutir, *pr.*
absenter (s'), *pr.* 3
absorber, *tr.* 3
s'absorber, *pr.*
absoudre, *tr.* 83
s'absoudre, *pr.*
abstenir (s'), *pr.* 38
absterger, *tr.* 20
abstraire, *déf.* 183
s'abstraire, *pr.*
abuser, *tr.*, *tr. i.*, *intr.* 3
s'abuser, *pr.*
abuter, *tr.* 3
académiser, *tr.* 3
acagnarder, *tr.* 3
s'acagnarder, *pr.*
accabler, *tr.* 3
s'accabler, *pr.*
accaparer, *tr.* 3
s'accaparer, *pr.*
accastiller, *tr.* 4
accéder, *tr. i.* 32

accélérer, *tr.*, *intr.* 32
accenser, *tr.* 3
accentuer, *tr.* 10
s'accentuer, *pr.*
accepter, *tr.*, *tr. i.*, *intr.* 16
s'accepter, *pr.*
accessoiriser, *tr.* 3
accidenter, *tr.* 3
acclamer, *tr.* 3
acclamper, *tr.* 3
acclimater, *tr.* 3
s'acclimater, *pr.*
accointer (s'), *pr.* 3
accolader, *tr.* 3
accoler, *tr.* 3
s'accoler, *pr.*
accommoder, *tr.* 3
s'accommoder, *pr.*
accompagner, *tr.* 3
s'accompagner, *pr.*
accomplir, *tr.* 33
s'accomplir, *pr.*
accorder, *tr.* 3
s'accorder, *pr.*
accorer, *tr.* 3
accoster, *tr.* 3
s'accoster, *pr.*
accoter, *tr.* 3
s'accoter, *pr.*
accouardir, *tr.* 33
accoucher, *tr.*, *tr. i.*, *intr.*, *ê, a* 3
accouder (s'), *pr.* 3
accouer, *tr.* 9
accoupler, *tr.* 3
s'accoupler, *pr.*
accourcir, *tr.*, *intr.* 33
s'accourcir, *pr.*
accourir, *intr.*, *ê, a* 51
accoutrer, *tr.* 3
s'accoutrer, *pr.*
accoutumer, *tr. ê, a* 3
s'accoutumer, *pr.*
accréditer, *tr.* 3
s'accréditer, *pr.*
accrocher, *tr.*, *intr.* 3

s'accrocher, *pr.*
accroire, *déf.* 171
accroître, *tr.*, *tr. i.*, *ê, a* 82
s'accroître, *pr.*
accroupir (s'), *pr.* 33
accueillir, *tr.* 50
acculer, *tr.* 3
s'acculer, *pr.*
accumuler, *tr.*, *intr.* 3
s'accumuler, *pr.*
accuser, *tr.* 3
s'accuser, *pr.*
acenser, *tr.* 3
acérer, *tr.* 32
acétaliser, *tr.* 3
acétifier, *tr.* 8
acétyler, *tr.* 3
achalander, *tr.* 3
s'achalander, *pr.*
achaler, *tr.* 3
acharner, *tr.* 3
s'acharner, *pr.*
acheminer, *tr.* 3
s'acheminer, *pr.*
acheter, *tr.*, *intr.* 27
s'acheter, *pr.*
achever, *tr.* 29
s'achever, *pr.*
achopper, *tr. i.* 3
achromatiser, *tr.* 3
acidifier, *tr.* 8
s'acidifier, *pr.*
aciduler, *tr.* 3
aciérer, *tr.* 32
s'aciérer, *pr.*
aciériser, *tr.* 3
acoquiner, *tr.* 3
s'acoquiner, *pr.*
acquérir, *tr.* 39
s'acquérir, *pr.*
acquêter, *tr.* 16
acquiescer, *tr. i.*, *intr.* 19
acquitter, *tr.* 3
s'acquitter, *pr.*
acter, *tr.* 3

actionner, *tr.* 3
activer, *tr.*, *intr.* 3
s'activer, *pr.*
actualiser, *tr.* 3
adapter, *tr.* 3
s'adapter, *pr.*
additionner, *tr.* 3
s'additionner, *pr.*
adhérer, *tr.*, *intr.* 32
adirer, *déf.* 105
adjectiver, *tr.* 3
adjectiviser, *tr.* 3
adjoindre, *tr.* 71
s'adjoindre, *pr.*
adjuger, *tr.* 20
s'adjuger, *pr.*
adjurer, *tr.* 3
admettre, *tr.* 88
administrer, *tr.* 3
s'administrer, *pr.*
admirer, *tr.* 3
s'admirer, *pr.*
admonester, *tr.* 3
adomestiquer, *tr.* 3
s'adomestiquer, *pr.*
adoniser, *tr.* 3
s'adoniser, *pr.*
adonner (s'), *pr.* 3
adopter, *tr.* 3
adorer, *tr.* 3
s'adorer, *pr.*
adosser, *tr.* 3
s'adosser, *pr.*
adouber, *tr.*, *intr.* 3
adoucir, *tr.* 33
s'adoucir, *pr.*
adresser, *tr.* 16
s'adresser, *pr.*
adsorber, *tr.* 3
aduler, *tr.* 3
adultérer, *tr.* 32
advenir, *déf.* 134
adverbialiser, *tr.* 3
aérer, *tr.* 32
s'aérer, *pr.*
aériser, *tr.* 3
affabuler, *tr.*, *intr.* 3

affadir, *tr.* 33
s'affadir, *pr.*
affaiblir, *tr.* 33
s'affaiblir, *pr.*
affainéantir (s'), *pr.* 33
affairer (s'), *pr.* 16
affaisser, *tr.* 16
s'affaisser, *pr.*
affaiter, *tr.* 16
affaler, *tr.* 3
s'affaler, *pr.*
affamer, *tr.* 3
afféager, *tr.* 20
affecter, *tr.* 16
s'affecter, *pr.*
affectionner, *tr.* 3
s'affectionner, *pr.*
affener, *tr.* 29
affermer, *tr.* 3
affermir, *tr.* 33
s'affermir, *pr.*
afficher, *tr.* 3
s'afficher, *pr.*
affiler, *tr.* 3
affilier, *tr.* 8
s'affilier, *pr.*
affiner, *tr.* 3
s'affiner, *pr.*
affirmer, *tr.* 3
s'affirmer, *pr.*
affleurer, *tr.*, *intr.* 17
affliger, *tr.* 20
s'affliger, *pr.*
afflouer, *tr.* 9
affluer, *intr.* 3
affoler, *tr.* 3
s'affoler, *pr.*
affouager, *tr.* 20
affouiller, *tr.* 4
affour(r)ager, *tr.* 20
affourcher, *tr.* 3
s'affourcher, *pr.*
affranchir, *tr.* 33
s'affranchir, *pr.*
affréter, *tr.* 32
affriander, *tr.* 3
affrioler, *tr.* 3

affronter, *tr.* 3
s'affronter, *pr.*
affruiter, *tr.*, *intr.* 3
s'affruiter, *pr.*
affubler, *tr.* 3
s'affubler, *pr.*
affurer, *tr.* 3
affûter, *tr.* 3
africaniser, *tr.* 3
agacer, *tr.* 18
s'agacer, *pr.*
agencer, *tr.* 18
s'agencer, *pr.*
agenouiller (s'), *pr.* 4
agglomérer, *tr.* 32
s'agglomérer, *pr.*
agglutiner, *tr.* 3
s'agglutiner, *pr.*
aggraver, *tr.* 3
s'aggraver, *pr.*
agioter, *intr.* 3
agir, *tr.*, *intr.* 33
s'agir, *pr.*
agiter, *tr.* 3
s'agiter, *pr.*
agneler, *intr.* 25 (Littré
   24)
agonir, *tr.*, *intr.* 33
s'agonir, *pr.*
agoniser, *intr.* 3
agrafer, *tr.* 3
agrainer, *tr.* 16
agrandir, *tr.* 33
s'agrandir, *pr.*
agréer, *tr.*, *tr. i.*, *intr.* 6
agréger, *tr.* 31
s'agréger, *pr.*
agrémenter, *tr.* 3
agresser, *tr.* 16
agriffer (s'), *pr.* 3
agripper, *tr.* 3
s'agripper, *pr.*
agrouper, *tr.* 3
aguerrir, *tr.* 33
s'aguerrir, *pr.*
aguicher, *tr.* 3
ahaner, *intr.* 3

aheurter (s'), *pr.* 3
ahurir, *tr.* 33
s'ahurir, *pr.*
aicher, *tr.* 16
aider, *tr.*, *tr. i.* 16
s'aider, *pr.*
aigrir, *tr.*, *intr.* 33
s'aigrir, *pr.*
aiguayer, *tr.* 11
aiguiller, *tr.* 4
aiguilleter, *tr.* 28
aiguillonner, *tr.* 3
aiguiser, *tr.* 3
s'aiguiser, *pr.*
ailer, *tr.* 16
ailler, *tr.* 4
ailloliser, *tr.* 3
aimanter, *tr.* 3
s'aimanter, *pr.*
aimer, *tr.* 16
s'aimer, *pr.*
airer, *intr.* 16
ajointer, *tr.* 3
ajourer, *tr.* 3
ajourner, *tr.* 3
ajouter, *tr.*, *tr. i.*, *intr.* 3
s'ajouter, *pr.*
ajuster, *tr.* 3
s'ajuster, *pr.*
alambiquer, *tr.* 3
s'alambiquer, *pr.*
alanguir, *tr.* 33
s'alanguir, *pr.*
alarguer, *tr.* 3
alarmer, *tr.* 3
s'alarmer, *pr.*
alcaliniser, *tr.* 3
alcaliser, *tr.* 3
alcooliser, *tr.* 3
s'alcooliser, *pr.*
alentir, *tr.* 33
s'alentir, *pr.*
alerter, *tr.* 3
aléser, *tr.* 32
aleviner, *tr.* 3
aliéner, *tr.* 32
s'aliéner, *pr.*

aligner, *tr.* 3
s'aligner, *pr.*
alimenter, *tr.* 3
s'alimenter, *pr.*
aliter, *tr.* 3
s'aliter, *pr.*
alivrer, *tr.* 3
allaiter, *tr.*, *intr.* 16
allécher, *tr.* 32
alléger, *tr.* 31
s'alléger, *pr.*
allégir, *tr.* 33
allégoriser, *tr.* 3
alléguer, *tr.* 32
aller, *intr.*, *ê* 37
s'en aller, *pr.* 37
alléser, *tr.* 32
allier, *tr.* 8
s'allier, *pr.*
allitérer, *tr.* 32
allivrer, *tr.* 3
allonger, *tr.*, *intr.* 20
s'allonger, *pr.*
allotir, *tr.* 3
allouer, *tr.* 9
allumer, *tr.* 3
s'allumer, *pr.*
alluvionner, *tr.* 3
alourdir, *tr.* 33
s'alourdir, *pr.*
aloyer, *tr.* 14
alpaguer, *tr.* 3
alphabétiser, *tr.* 3
altérer, *tr.* 32
s'altérer, *pr.*
alterner, *tr.*, *intr.* 3
alterquer, *intr.* 3
aluminer, *tr.* 3
aluner, *tr.* 3
alunir, *intr.*, *ê*, *a* 33
amadouer, *tr.* 9
amaigrir, *tr.* 33
s'amaigrir, *pr.*
amalgamer, *tr.* 3
s'amalgamer, *pr.*
amariner, *tr.* 3
amarrer, *tr.* 3

s'amarrer, *pr.*
amasser, *tr.*, *intr.* 3
s'amasser, *pr.*
amateloter, *tr.* 3
amatir, *tr.* 33
ambitionner, *tr.* 3
ambler, *intr.* 3
ambrer, *tr.* 3
améliorer, *tr.* 3
s'améliorer, *pr.*
aménager, *tr.* 20
s'aménager, *pr.*
amender, *tr.* 3
s'amender, *pr.*
amener, *tr.* 29
s'amener, *pr.*
amenuiser, *tr.* 3
s'amenuiser, *pr.*
américaniser, *tr.* 3
s'américaniser, *pr.*
amerrir, *intr.*, *ê*, *a* 33
ameublir, *tr.* 33
ameuter, *tr.* 3
s'ameuter, *pr.*
amidonner, *tr.* 3
amincir, *tr.*, *intr.* 33
s'amincir, *pr.*
amnistier, *tr.* 8
amocher, *tr.* 3
s'amocher, *pr.*
amochir, *tr.* 33
amodier, *tr.* 9
amoindrir, *tr.* 33
s'amoindrir, *pr.*
amollir, *tr.* 33
s'amollir, *pr.*
amonceler, *tr.* 25
s'amonceler, *pr.*
amorcer, *tr.*, *intr.* 18
s'amorcer, *pr.*
amordancer, *tr.* 18
amortir, *tr.* 33
s'amortir, *pr.*
amouracher, *tr.* 3
s'amouracher, *pr.*
ampexer, *tr.* 16
amplier, *tr.* 7

amplifier, *tr.* 8
s'amplifier, *pr.*
amputer, *tr.* 3
amuïr (s'), *pr.* 34
amunitionner, *tr.* 3
amurer, *tr.* 3
amuser, *tr.* 3
s'amuser, *pr.*
anagrammatiser, *tr.* 3
analgésier, *tr.* 8
analyser, *tr.* 3
s'analyser, *pr.*
anastomoser, *tr.* 3
s'anastomoser, *pr.*
anathématiser, *tr.* 3
anatomiser, *tr.* 3
ancrer, *tr.* 3
s'ancrer, *pr.*
anéantir, *tr.* 33
s'anéantir, *pr.*
anémier, *tr.* 8
s'anémier, *pr.*
anesthésier, *tr.* 8
anglaiser, *tr.* 16
angliciser, *tr.* 3
s'angliciser, *pr.*
angoisser, *tr.*, *intr.* 3
s'angoisser, *pr.*
anhéler, *intr.* 32
anhydriser, *tr.* 3
animaliser, *tr.* 3
s'animaliser, *pr.*
animer, *tr.* 3
s'animer, *pr.*
aniser, *tr.* 3
ankyloser, *tr.* 3
s'ankyloser, *pr.*
anneler, *tr.* 25
annexer, *tr.* 16
s'annexer, *pr.*
annihiler, *tr.* 3
s'annihiler, *pr.*
annoncer, *tr.* 18
s'annoncer, *pr.*
annoter, *tr.* 3
annualiser, *tr.* 3
annuler, *tr.* 3

s'annuler, *pr.*
anoblir, *tr.* 33
s'anoblir, *pr.*
anodiser, *tr.* 3
ânonner, *tr., intr.* 3
anordir, *intr.* 33
anser, *tr.* 3
antéposer, *tr.* 3
anthropomorphiser, *tr.* 3
anticiper, *tr., intr.* 3
antidater, *tr.* 3
antiparasiter, *tr.* 3
antiquer, *tr.* 3
anuiter (s'), *pr.* 3
août er, *tr., intr.* 3
apaiser, *tr.* 16
s'apaiser, *pr.*
apanager, *tr.* 20
apapelardir (s'), *pr.* 33
apercevoir, *tr.* 54
s'apercevoir, *pr.*
apetisser, *tr.* 3
s'apetisser, *pr.*
apeurer, *tr.* 17
apiquer, *tr.* 3
apitoyer, *tr.* 14
s'apitoyer, *pr.*
aplanir, *tr.* 33
s'aplanir, *pr.*
aplatir, *tr.* 33
s'aplatir, *pr.*
apologiser, *tr.* 3
apostasier, *intr.* 8
aposter, *tr.* 3
apostiller, *tr.* 4
apostropher, *tr.* 3
apostumer, *tr.* 3
appairer, *tr.* 16
apparaître, *intr., ê, a* 80
appareiller, *tr., intr.* 16
s'appareiller, *pr.*
apparenter, *tr.* 3
s'apparenter, *pr.*
apparier, *tr.* 8
s'apparier, *pr.*
apparoir, *déf.* 139
appartenir, *tr. i.* 38

s'appartenir, *pr.*
appâter, *tr.* 3
appatronner, *tr., intr.* 3
appauvrir, *tr. ê, a* 33
s'appauvrir, *pr.*
appeler, *tr., intr.* 25
s'appeler, *pr.*
appendre, *tr.* 67
appert (apparoir)
appertiser, *tr.* 3
appesantir, *tr.* 33
s'appesantir, *pr.*
appéter, *tr.* 32
applaudir, *tr., tr. i., intr.* 33
s'applaudir, *pr.*
appliquer, *tr.* 3
s'appliquer, *pr.*
appoggiaturer, *tr.* 3
appointer, *tr.* 3
s'appointer, *pr.*
appointir, *tr.* 33
apponter, *intr.* 3
apporter, *tr.* 3
apposer, *tr.* 3
apprécier, *tr.* 8
s'apprécier, *pr.*
appréhender, *tr.* 3
apprendre, *tr.* 66
s'apprendre, *pr.*
apprêter, *tr.* 16
s'apprêter, *pr.*
apprivoiser, *tr.* 3
s'apprivoiser, *pr.*
approcher, *tr., tr. i., intr.* 3
s'approcher, *pr.*
approfondir, *tr.* 33
s'approfondir, *pr.*
approprier, *tr.* 7
s'approprier, *pr.*
approuver, *tr.* 3
s'approuver, *pr.*
approvisionner, *tr.* 3
s'approvisionner, *pr.*
approximer, *tr.* 3
appuyer, *tr., intr.* 15

s'appuyer, *pr.*
apurer, *tr.* 3
arabiser, *tr.* 3
s'arabiser, *pr.*
araser, *tr.* 3
arbitrer, *tr.* 3
arborer, *tr.* 3
arc-bouter, *tr.* 3
s'arc-bouter, *pr.*
archaïser, *intr.* 3
architecturer, *tr.* 3
archiver, *tr.* 3
arçonner, *tr.* 3
arder, *tr.* 3
ardoiser, *tr.* 3
argenter, *tr.* 3
s'argenter, *pr.*
argoter, *intr.* 3
argotiser, *intr.* 3
arguer, *tr., intr.* 22
argumenter, *intr.* 3
s'argumenter, *pr.*
arimer, *tr.* 3
ariser, *tr.* 3
aristotéliser, *intr.* 3
armer, *tr.* 3
s'armer, *pr.*
armorier, *tr.* 8
arnaquer, *tr.* 3
aromatiser, *tr.* 3
arpéger, *tr., intr.* 31
arpenter, *tr.* 3
arpigner, *tr.* 5
arquebuser, *tr.* 3
arquer, *tr., intr.* 3
s'arquer, *pr.*
arracher, *tr.* 3
s'arracher, *pr.*
arraisonner, *tr.* 3
arranger, *tr.* 20
s'arranger, *pr.*
arrenter, *tr.* 3
arrérager, *tr.* 20
arrêter, *tr., intr.* 16
s'arrêter, *pr.*
arrher, *tr.* 3
arriérer, *tr.* 32

s'arriérer, *pr.*
arrimer, *tr.* 3
arriser, *tr.* 3
arriver, *intr.*, *ê* 3
arroger (s'), *pr.* 20
arrondir, *tr.* 33
s'arrondir, *pr.*
arroser, *tr.* 3
s'arroser, *pr.*
arsouiller (s'), *pr.* 4
artérialiser, *tr.* 3
articuler, *tr.*, *intr.* 3
s'articuler, *pr.*
ascensionner, *tr.* 3
aseptiser, *tr.* 3
aspecter, *tr.* 16
asperger, *tr.* 20
s'asperger, *pr.*
asphalter, *tr.* 3
asphyxier, *tr.*, *intr.* 8
s'asphyxier, *pr.*
aspirer, *tr.*, *tr. i.* 3
assagir, *tr.* 33
s'assagir, *pr.*
assaillir, *tr.* 48
assaimer, *intr.*, *ê*, *a* 3
assainir, *tr.* 33
assaisonner, *tr.* 3
assarmenter, *tr.* 3
assassiner, *tr.* 3
assavoir, *déf.* 140
assécher, *tr.*, *intr.* 32
s'assécher, *pr.*
assembler, *tr.* 3
s'assembler, *pr.*
asséner, *tr.* 32
assener, *tr.* 29
assentir, *tr.* 41
asseoir, *tr.* 62
s'asseoir, *pr.*
assermenter, *tr.* 3
asservir, *tr.* 33
s'asservir, *pr.*
assibiler, *tr.* 3
s'assibiler, *pr.*
assiéger, *tr.* 31
assigner, *tr.* 5

s'assigner, *pr.*
assimiler, *tr.* 3
s'assimiler, *pr.*
assister, *tr.*, *intr.* 3
associer, *tr.* 8
s'associer, *pr.*
assoiffer, *tr.* 3
assoler, *tr.* 3
assombrir, *tr.* 33
s'assombrir, *pr.*
assommer, *tr.* 3
s'assommer, *pr.*
assonancer, *tr.* 18
assoner, *intr.* 3
assortir, *tr.* 33
s'assortir, *pr.*
assoter, *tr.* 3
s'assoter, *pr.*
assoupir, *tr.* 33
s'assoupir, *pr.*
assouplir, *tr.* 33
s'assouplir, *pr.*
assourdir, *tr.*, *intr.* 33
s'assourdir, *pr.*
assouvir, *tr.* 33
s'assouvir, *pr.*
assujettir, *tr.* 33
s'assujettir, *pr.*
assumer, *tr.*, *intr.* 3
s'assumer, *pr.*
assurer, *tr.*, *intr.* 3
s'assurer, *pr.*
asticoter, *tr.* 3
astiquer, *tr.* 3
astreindre, *tr.* 70
s'astreindre, *pr.*
atermoyer, *intr.* 14
s'atermoyer, *pr.*
atinter, *tr.* 3
s'atinter, *pr.*
atomiser, *tr.* 3
s'atomiser, *pr.*
atourner, *tr.* 3
atrophier, *tr.* 8
s'atrophier, *pr.*
attabler, *tr.* 3
s'attabler, *pr.*

attacher, *tr.*, *intr.* 3
s'attacher, *pr.*
attaquer, *tr.* 3
s'attaquer, *pr.*
attarder, *tr.* 3
s'attarder, *pr.*
atteindre, *tr.*, *tr. i.* 70
s'atteindre, *pr.*
atteler, *tr.*, *intr.* 25
s'atteler, *pr.*
attendre, *tr.*, *intr.* 67
s'attendre, *pr.*
attendrir, *tr.* 33
s'attendrir, *pr.*
attenter, *tr. i.*, *intr.* 3
attentionner (s'), *pr.* 3
atténuer, *tr.* 10
s'atténuer, *pr.*
atterrer, *tr.* 16
atterrir, *intr.*, *ê*, *a* 33
attester, *tr.* 3
attiédir, *tr.* 33
s'attiédir, *pr.*
attifer, *tr.* 3
s'attifer, *pr.*
attiger, *tr.*, *intr.* 20
attirer, *tr.* 3
s'attirer, *pr.*
attiser, *tr.* 3
attitrer, *tr.* 3
attoucher, *tr. i.* 3
attraire, *tr.* 183
attraper, *tr.* 3
s'attraper, *pr.*
attremper, *tr.* 3
attribuer, *tr.* 10
s'attribuer, *pr.*
attrister, *tr.* 3
s'attrister, *pr.*
attrouper, *tr.* 3
s'attrouper, *pr.*
aubiner, *intr.* 3
audiencer, *tr.* 18
auditer, *tr.* 3
auditionner, *tr.*, *intr.* 3
augmenter, *tr.*, *intr.*, *ê*,
    a 3

s'augmenter, *pr.*
augurer, *tr.*, *intr.* 3
aumôner, *tr.* 3
auner, *tr.* 3
auréoler, *tr.* 3
s'auréoler, *pr.*
aurifier, *tr.* 8
ausculter, *tr.* 3
authentifier, *tr.* 8
authentiquer, *tr.* 3
autocélébrer (s'), *pr.* 32
autocensurer (s'), *pr.* 3
autocritiquer (s'), *pr.* 3
autodétruire (s'), *pr.* 91
autodéterminer (s'), *pr.* 3
autodiscipliner (s'), *pr.* 3
autoéditer (s'), *pr.* 3
autofinancer (s'), *pr.* 18
autogérer (s'), *pr.* 32
autographier, *tr.* 8
autoguider, *tr.* 3
autolyser (s'), *pr.* 3
automatiser, *tr.* 3
automutiler (s'), *pr.* 3
autoproclamer (s'), *pr.* 3
autopsier, *tr.* 8
autoriser, *tr.* 3
s'autoriser, *pr.* 3
autosuggestionner (s'),
    pr. 3
autotomiser (s'), *pr.* 3
auvergner, *tr.* 3
avachir, *tr.*, *intr.* 33
s'avachir, *pr.*
avaler, *tr.* 3
s'avaler, *pr.*
avaliser, *tr.* 3
avancer, *tr.*, *intr.* 18
s'avancer, *pr.*
avantager, *tr.* 20
s'avantager, *pr.*
avarier, *tr.* 8
s'avarier, *pr.*
aveindre, *tr.* 70
avenir, *déf.* 124
aventurer, *tr.* 3
s'aventurer, *pr.*

avérer, *tr.* 32
s'avérer, *pr.*
avertir, *tr.* 33
aveuer (avuer)
aveugler, *tr.* 17
s'aveugler, *pr.*
aveulir, *tr.* 33
s'aveulir, *pr.*
avilir, *tr.* 33
s'avilir, *pr.*
aviner, *tr.* 3
aviser, *tr.* 3
s'aviser, *pr.*
avitailler, *tr.* 4
s'avitailler, *pr.*
aviver, *tr.* 3
s'aviver, *pr.*
avocasser, *tr.* 3
avoiner, *tr.* 3
avoir, *tr.* 1
avoisiner, *tr.* 3
s'avoisiner, *pr.*
avorter, *tr.*, *intr.*, *ê, a* 3
avouer, *tr.* 9
s'avouer, *pr.*
avoyer, *tr.* 14
avuer, *tr.* 10
axer, *tr.* 3
axiomatiser, *tr.* 3
azoter, *tr.* 3
azurer, *tr.* 3

B

babiller, *intr.* 4
bâcher, *tr.* 3
bachoter, *intr.* 3
bâcler, *tr.*, *intr.* 3
badauder, *intr.* 3
badger, *tr.* 3
badigeonner, *tr.*, *tr. i.* 3
se badigeonner, *pr.*
badiner, *intr.* 3
bafouer, *tr.* 9
bafouiller, *tr.*, *intr.* 4
bâfrer, *tr.*, *intr.* 3
bagarrer, *intr.* 3

se bagarrer, *pr.*
baguenauder, *intr.* 3
se baguenauder, *pr.*
baguer, *tr.* 3
baigner, *tr.*, *intr.* 16
se baigner, *pr.*
bailler, *tr.* 4
bâiller, *intr.* 4
bâillonner, *tr.* 3
baiser, *tr.*, *intr.* 16
se baiser, *pr.*
baisoter, *tr.* 3
se baisoter, *pr.*
baisser, *tr.*, *intr.*, *ê, a* 16
se baisser, *pr.*
bakéliser, *tr.* 3
balader, *tr.* 3
se balader, *pr.* 3
balafrer, *tr.* 3
balancer, *tr.*, *intr.* 18
se balancer, *pr.*
balayer, *tr.* 11
balbutier, *tr.*, *intr.* 8
baleiner, *tr.* 16
baliser, *tr.*, *intr.* 3
baliverner, *intr.* 3
balkaniser, *tr.* 3
se balkaniser, *pr.*
ballaster, *tr.* 3
baller, *intr.* 3
ballonner, *tr.* 3
se ballonner, *pr.*
ballotter, *tr.*, *intr.* 3
balustrer, *tr.* 3
bambocher, *intr.* 3
banaliser, *tr.* 3
se banaliser, *pr.*
bananer, *tr.* 3
bancher, *tr.* 3
bander, *tr.*, *intr.* 3
se bander, *pr.*
banner, *tr.* 3
bannir, *tr.* 33
se bannir, *pr.*
banquer, *intr.* 3
banqueter, *intr.* 28
baptiser, *tr.* 3

baquer (se), *pr.* 3
baqueter, *tr.* 28
baragouiner, *tr.*, *intr.* 3
baraquer, *tr.*, *intr.* 3
se baraquer, *pr.*
baratiner, *tr.*, *intr.* 3
baratter, *tr.* 3
barbariser, *tr.* 3
barber, *tr.* 3
se barber, *pr.*
barbeyer, *intr.* 12
barbifier, *tr.* 8
se barbifier, *pr.*
barboter, *tr.*, *intr.* 3
barbouiller, *tr.* 4
se barbouiller, *pr.*
barder, *tr.* 3
barder, *déf.* 106
baréter, *intr.* 32
barguigner, *intr.* 5
barioler, *tr.* 3
baronner, *tr.* 3
baroquiser, *tr.*, *intr.* 3
barouder, *intr.* 3
barrer, *tr.*, *intr.* 3
se barrer, *pr.*
barricader, *tr.* 3
se barricader, *pr.*
barrir, *intr.* 33
basaner, *tr.* 3
se basaner, *pr.*
basculer, *tr.*, *intr.* 3
baser, *tr.* 3
se baser, *pr.*
bassiner, *tr.* 3
baster, *intr.* 3
bastinguer, *tr.* 3
se bastinguer, *pr.*
bastillonner, *tr.* 3
bastionner, *tr.* 3
bastonner, *tr.* 3
se bastonner, *pr.*
batailler, *intr.* 4
se batailler, *pr.*
bateler, *intr.* 25
bâter, *tr.* 3
batifoler, *intr.* 3

bâtir, *tr.* 33
se bâtir, *pr.*
bâtonner, *tr.* 3
battre, *tr.*, *tr. i.*, *intr.* 87
se battre, *pr.*
baudir, *tr.* 33
bauger, *intr.* 20
se bauger, *pr.*
bavarder, *intr.* 3
bavasser, *intr.* 3
baver, *intr.* 3
bavocher, *intr.* 3
bayer, *intr.* 3
bazarder, *tr.* 3
béatifier, *tr.* 8
bêcher, *tr.*, *intr.* 16
bêcheveter, *tr.* 28
bécoter, *tr.* 3
se bécoter, *pr.*
becquer, *tr.* 16
becqueter, *tr.* 28 (Littré 27)
se becqueter, *pr.*
becter, *tr.* 16
bedonner, *intr.* 3
béer, *déf.* 107
bégayer, *tr.*, *intr.* 11
bégueter, *intr.* 27
bêler, *intr.* 16
bémoliser, *tr.* 3
bénéficier, *tr. i.* 8
se bénéficier, *pr.*
bénir, *tr.* 35
béqueter, *tr.* 28 (Littré 27)
béquiller, *tr.*, *intr.* 4
bercer, *tr.* 18
se bercer, *pr.*
berdiner, *intr.* 3
berner, *tr.* 3
bertauder, *tr.* 3
besogner, *intr.* 5
bestialiser, *tr.* 3
bêtifier, *tr.*, *intr.* 8
se bêtifier, *pr.*
bêtiser, *intr.* 3
bétonner, *tr.*, *intr.* 3

beugler, *tr.*, *intr.* 17
beurrer, *tr.* 17
se beurrer, *pr.*
biaiser, *tr.*, *intr.* 16
bibeloter, *intr.* 3
biberonner, *intr.* 3
bicher, *intr.* 3
bichonner, *tr.* 3
se bichonner, *pr.*
bichoter, *intr.* 3
bichromater, *tr.* 3
bider (se), *pr.* 3
bidonner, *tr. i.*, *intr.* 3
se bidonner, *pr.*
bidouiller, *tr.* 4
bienvenir, *déf.* 125
biffer, *tr.* 3
bifurquer, *intr.* 3
bigarrer, *tr.* 3
bigler, *tr.*, *intr.* 3
biglouser, *tr.* 3
bigophoner, *intr.* 3
bigorner, *tr.* 3
se bigorner, *pr.*
biler (se), *pr.* 3
billarder, *intr.* 3
billebarrer, *tr.* 3
billebauder, *intr.* 3
biller, *intr.* 4
billeter, *tr.* 28
billonner, *tr.* 3
biloquer, *tr.* 3
biner, *tr.*, *intr.* 3
biper, *tr.*, *intr.* 3
biscuiter, *tr.* 3
biseauter, *tr.* 3
bisegmenter, *tr.* 3
biser, *tr.*, *intr.* 3
bisquer, *intr.* 3
bissecter, *tr.* 3
bisser, *tr.*, *intr.* 3
bistouriser, *tr.* 3
bistourner, *tr.* 3
se bistourner, *pr.*
bistrer, *tr.* 3
bistrouiller, *tr.* 4
biter, *tr.* 3

bitter, *tr.* 3
bitumer, *tr.* 3
bituminer, *tr.* 3
bit(t)urer (se), *pr.* 3
bivaquer, *intr.* 3
bivouaquer, *intr.* 3
bizuter, *tr.* 3
blablater, *intr.* 3
blackbouler, *tr.* 3
blaguer, *intr.* 3
blairer, *tr.* 16
blâmer, *tr.* 3
se blâmer, *pr.*
blanchir, *tr.*, *intr.* 33
se blanchir, *pr.*
blanchoyer, *intr.* 14
blaser, *tr.* 3
se blaser, *pr.*
blasonner, *tr.* 3
se blasonner, *pr.*
blasphémer, *tr.*, *intr.* 32
blatérer, *intr.* 32
blêchir, *intr.* 33
blêmir, *intr.* 33
bléser, *intr.* 32
blesser, *tr.* 16
se blesser, *pr.*
blettir, *intr.* 33
bleuir, *tr.*, *intr.* 33
se bleuir, *pr.*
blinder, *tr.*, *intr.* 3
se blinder, *pr.*
blinquer, *intr.* 3
blondir, *tr.*, *intr.* 33
blondoyer, *intr.* 14
bloquer, *tr.* 3
se bloquer, *pr.*
blossir, *intr.* 33
blottir (se), *tr.* 3
blouser, *tr.*, *intr.* 3
se blouser, *pr.*
bluffer, *tr.*, *intr.* 3
bluter, *tr.* 3
bobiner, *tr.* 3
bocarder, *tr.* 3
boetter, *tr.* 16
boguer, *intr.* 3

boire, *tr.*, *intr.* 89
se boire, *pr.*
boiser, *tr.* 3
boissonner, *intr.* 3
boiter, *intr.* 3
boitiller, *intr.* 4
bombarder, *tr.* 3
bomber, *tr.*, *intr.* 3
bonder, *tr.* 3
bondériser, *tr.* 3
bondir, *intr.* 33
bondonner, *tr.* 3
bonifier, *tr.* 8
se bonifier, *pr.*
bonimenter, *intr.* 3
bonneter, *tr.* 28
booker, *tr.* 3
booster, *tr.* 3
bordailler, *intr.* 4
bordayer, *intr.* 3
bordéliser, *tr.* 3
border, *tr.* 3
bordeyer, *intr.* 12
bordoyer, *intr.* 14
bordurer, *tr.* 3
borner, *tr.* 3
se borner, *pr.*
bornoyer, *tr.*, *intr.* 14
bosseler, *tr.* 25
se bosseler, *pr.*
bosser, *tr.*, *intr.* 3
bossuer, *tr.* 10
se bossuer, *pr.*
bostonner, *intr.* 3
botaniser, *intr.* 3
botteler, *tr.* 25
botter, *tr.*, *intr.* 3
se botter, *pr.*
boubouler, *intr.* 3
boucaner, *tr.*, *intr.* 3
boucharder, *tr.* 3
boucher, *tr.* 3
se boucher, *pr.*
bouchonner, *tr.*, *intr.* 3
se bouchonner, *pr.*
bouchoyer, *tr.* 14
boucler, *tr.*, *intr.* 3

se boucler, *pr.*
bouder, *tr.*, *intr.* 3
se bouder, *pr.*
boudiner, *tr.*, *intr.* 3
bouffer, *tr.*, *intr.* 3
se bouffer, *pr.*
bouffir, *tr.*, *intr.* 33
se bouffir, *pr.*
bouffonner, *intr.* 3
bouger, *tr.*, *intr.* 20
se bouger, *pr.*
bougier, *tr.* 8
bougonner, *tr.*, *intr.* 3
bouiller, *tr.* 4
bouillir, *tr.*, *intr.* 43
bouillonner, *tr.*, *intr.* 3
bouillotter, *intr.* 3
boulanger, *tr.*, *intr.* 20
bouler, *tr.*, *intr.* 3
bouleverser, *tr.* 3
se bouleverser, *pr.*
bouliner, *tr.*, *intr.* 3
boulocher, *intr.* 3
boulonner, *tr.*, *intr.* 3
boulotter, *tr.*, *intr.* 3
boumer, *déf.* 108
bouquer, *tr.*, *intr.* 3
bouquiner, *tr.*, *intr.* 3
bourcer, *tr.* 18
bourder, *intr.* 3
bourdonner, *intr.* 3
bourgeonner, *intr.* 3
bourlinguer, *intr.* 3
bourreler, *tr.* 25
bourrer, *tr.*, *intr.* 3
se bourrer, *pr.*
bourser, *tr.* 3
boursicoter, *intr.* 3
boursiller, *intr.* 4
boursouf(f)ler, *tr.* 3
se boursoufler, *pr.*
bousculer, *tr.* 3
se bousculer, *pr.*
bousiller, *tr.*, *intr.* 3
boustifailler, *intr.* 4
bouter, *tr.* 3
boutonner, *tr.*, *intr.* 3

se boutonner, *pr.*
bouturer, *tr.* 3
bouveter, *tr.* 28
boxer, *tr.*, *intr.* 3
se boxer, *pr.*
boyauter (se), *pr.* 3
boycotter, *tr.* 3
braconner, *tr.*, *intr.* 3
brader, *tr.* 3
brailler, *tr.*, *intr.* 4
braire, *déf.* 155
braiser, *tr.* 16
braisiller, *intr.* 4
bramer, *intr.* 3
brancarder, *tr.* 3
brancher, *tr.*, *intr.* 3
se brancher, *pr.*
brandiller, *tr.*, *intr.* 4
se brandiller, *pr.*
brandir, *tr.* 33
brandonner, *tr.* 3
branler, *tr.*, *intr.* 3
braquer, *tr.*, *intr.* 3
se braquer, *pr.*
braser, *tr.* 3
brasiller, *tr.*, *intr.* 4
brasquer, *tr.* 3
brasser, *tr.* 3
se brasser, *pr.*
brasseyer, *tr.* 12
braver, *tr.* 3
se braver, *pr.*
brayer, *tr.* 3
bredouiller, *tr.*, *intr.* 4
brelander, *tr.* 3
brêler, *tr.* 3
brésiller, *tr.*, *intr.* 4
se brésiller, *pr.*
brétailler, *intr.* 4
bretauder, *tr.* 3
bretteler, *tr.* 25
bretter, *tr.* 16
breveter, *tr.* 28
bricoler, *tr.*, *intr.* 3
brider, *tr.* 3
bridger, *tr.* 3
briefer, *tr.* 3

brier, *tr.* 7
briffer, *tr.*, *intr.* 3
brigander, *tr.*, *intr.* 3
briguer, *tr.* 3
brillanter, *tr.* 3
brillantiner, *tr.* 3
briller, *intr.* 4
brimbaler, *tr.*, *intr.* 3
brimer, *tr.* 3
bringuebaler, *tr.*, *intr.* 3
bringuer, *intr.* 3
brinquebaler, *tr.*, *intr.* 3
briquer, *tr.* 3
briqueter, *tr.* 28
briser, *tr.*, *intr.* 3
se briser, *pr.*
brocanter, *tr.*, *intr.* 3
brocarder, *tr.* 3
brocher, *tr.* 3
broder, *tr.*, *intr.* 3
bromer, *tr.* 3
bromurer, *tr.* 3
broncher, *intr.* 3
bronzer, *tr.*, *intr.* 3
se bronzer, *pr.*
brosser, *tr.*, *intr.* 3
se brosser, *pr.*
brouetter, *tr.* 16
brouillasser, *imp.* 121
brouiller, *tr.* 4
se brouiller, *pr.*
brouillonner, *tr.*, *intr.* 3
brouir, *tr.* 33
brouter, *tr.*, *intr.* 3
broyer, *tr.* 14
bruiner, *imp.* 121
bruire, *déf.* 187
bruisser, *intr.* 3
bruiter, *tr.* 3
brûler, *tr.*, *intr.* 3
se brûler, *pr.*
brumasser, *imp.* 121
brumer, *imp.* 121
brunir, *tr.*, *intr.* 33
se brunir, *pr.*
brusquer, *tr.* 3
brutaliser, *tr.* 3

bûcher, *tr.*, *intr.* 3
budgéter, *tr.* 3
budgétiser, *tr.* 3
buffeter, *intr.* 28
buller, *intr.* 3
bureaucratiser, *tr.* 3
buriner, *tr.* 3
busquer, *intr.* 3
se busquer, *pr.*
buter, *tr.*, *intr.* 3
se buter, *pr.*
butiner, *tr.*, *intr.* 3
butter, *tr.*, *intr.* 3
buvoter, *tr. i.* 3
buvotter, *tr. i.* 3

C

cabaler, *intr.* 3
cabaner, *tr.* 3
câbler, *tr.* 3
cabosser, *tr.* 3
caboter, *intr.* 3
cabotiner, *intr.* 3
cabrer, *tr.* 3
se cabrer, *pr.*
cabrioler, *intr.* 3
cacaber, *intr.* 3
cacarder, *intr.* 3
cacher, *tr.* 3
se cacher, *pr.*
cacheter, *tr.* 28
cachetonner, *intr.* 3
cachotter, *tr.* 3
se cachotter, *pr.*
cadastrer, *tr.* 3
cadenasser, *tr.* 3
cadencer, *tr.* 18
cadmier, *tr.* 8
cadrer, *tr.*, *intr.* 3
cafarder, *tr.*, *intr.* 3
caf(e)ter, *déf.* 109
cafouiller, *intr.* 4
cagnarder, *intr.* 3
cagner, *intr.* 5
caguer, *intr.* 3
cahoter, *tr.*, *intr.* 3

caillasser, *tr.* 3
caillebotter, *tr.* 3
se caillebotter, *pr.*
cailler, *tr., intr.* 4
se cailler, *pr.*
cailleter, *intr.* 28
caillouter, *tr.* 3
cajoler, *tr.* 3
calaminer (se), *pr.* 3
calamistrer, *tr.* 3
calancher, *intr.* 3
calandrer, *tr.* 3
calciner, *tr.* 3
se calciner, *pr.*
calculer, *tr., intr.* 3
se calculer, *pr.*
caler, *tr., intr.* 3
se caler, *pr.*
cal(e)ter (se), *déf.* 110
calfater, *tr.* 3
calfeutrer, *tr.* 3
se calfeutrer, *pr.*
calibrer, *tr.* 3
câliner, *tr.* 3
se câliner, *pr.*
calligraphier, *tr.* 8
calmer, *tr.* 3
se calmer, *pr.*
calmir, *intr.* 33
calomnier, *tr.* 8
se calomnier, *pr.*
calorifuger, *tr.* 20
caloriser, *tr.* 3
calotter, *tr.* 3
calquer, *tr.* 3
se calquer, *pr.*
calter (se), *déf.* 110
cambrer, *tr.* 3
se cambrer, *pr.*
cambrioler, *tr.* 3
cameloter, *tr., intr.* 3
camer (se), *pr.* 3
camionner, *tr.* 3
camoufler, *tr.* 3
se camoufler, *pr.*
camper, *tr., intr., ê, a* 3
se camper, *pr.*

camphrer, *tr.* 3
canaliser, *tr.* 3
canarder, *tr., intr.* 3
cancaner, *intr.* 3
canceller, *tr.* 26
cancériser (se), *pr.* 3
candir (se), *pr.* 33
caner, *intr.* 3
canneler, *tr.* 25
canner, *tr., intr.* 3
cannibaliser, *tr.* 3
canoniser, *tr.* 3
canonner, *tr.* 3
se canonner, *pr.*
canoter, *intr.* 3
cantiner, *intr.* 3
cantonner, *tr., intr.* 3
se cantonner, *pr.*
canuler, *tr.* 3
caoutchouter, *tr.* 3
caparaçonner, *tr.* 3
se caparaçonner, *pr.*
capéer, *intr.* 6
capeler, *tr.* 25
capeyer, *intr.* 12
capitaliser, *tr., intr.* 3
capitonner, *tr.* 3
se capitonner, *pr.*
capituler, *intr.* 3
caponner, *intr.* 3
caporaliser, *tr.* 3
capoter, *tr., intr.* 3
capsuler, *tr.* 3
capter, *tr.* 3
captiver, *tr.* 3
se captiver, *pr.*
capturer, *tr.* 3
caquer, *tr.* 3
caqueter, *intr.* 3
carabiner, *intr.* 3
caracoler, *intr.* 3
caractériser, *tr.* 3
se caractériser, *pr.*
caramboler, *tr., intr.* 3
se caramboler, *pr.*
carambouiller, *intr.* 4
caraméliser, *tr., intr.* 3

se caraméliser, *pr.*
carapater (se), *pr.* 3
carbonater, *tr.* 3
carboniser, *tr.* 3
carbonitrurer, *tr.* 3
carburer, *tr., intr.* 3
carcailler, *intr.* 4
carder, *tr.* 3
se carder, *pr.*
cardinaliser, *tr.* 3
carencer, *tr.* 18
caréner, *tr., intr.* 32
carer, *tr.* 3
caresser, *tr.* 16
se caresser, *pr.*
carguer, *tr.* 3
caricaturer, *tr.* 3
carier, *tr.* 8
se carier, *pr.*
carillonner, *tr., intr.* 3
carminer, *tr.* 3
carnifier (se), *pr.* 8
carotter, *tr., intr.* 3
carreler, *tr.* 25
carrer, *tr.* 3
se carrer, *pr.*
carrosser, *tr.* 3
carroyer, *tr.* 14
cartayer, *intr.* 3
cartelliser, *tr.* 3
carter, *tr.* 3
cartographier, *tr.* 8
cartonner, *tr., intr.* 3
cascader, *intr.* 3
caséifier, *tr.* 8
casemater, *tr.* 3
caser, *tr.* 3
se caser, *pr.*
caserner, *tr., intr.* 3
casquer, *tr., intr.* 3
casse-croûter, *intr.* 3
casser, *tr., intr.* 3
se casser, *pr.*
castagner, *tr., intr.* 5
se castagner, *pr.*
castrer, *tr.* 3
cataboliser, *tr.* 3

cataloguer, *tr.* 3
catalyser, *tr.* 3
catapulter, *tr.* 3
cataracter (se), *pr.* 3
catastropher, *tr.* 3
catcher, *intr.* 3
catéchiser, *tr.* 3
catégoriser, *tr.* 3
cathétériser, *tr.* 3
catholiciser, *tr.* 3
catir, *tr.* 33
se catir, *pr.*
cauchemarder, *intr.* 3
causer, *tr.*, *intr.* 3
cautériser, *tr.* 3
cautionner, *tr.* 3
cavalcader, *intr.* 3
cavaler, *tr.*, *intr.* 3
se cavaler, *pr.*
caver, *tr.*, *intr.* 3
se caver, *pr.*
caviarder, *tr.* 3
céder, *tr.*, *tr. i.*, *intr.* 32
ceindre, *tr.* 70
se ceindre, *pr.*
ceintrer, *tr.* 3
ceinturer, *tr.* 3
se ceinturer, *pr.*
célébrer, *tr.* 32
se célébrer, *pr.*
celer, *tr.* 24
se celer, *pr.*
cémenter, *tr.* 3
cendrer, *tr.* 3
censurer, *tr.* 3
se censurer, *pr.*
centraliser, *tr.* 3
se centraliser, *pr.*
centrer, *tr.*, *intr.* 3
se centrer, *pr.*
centrifuger, *tr.* 20
centupler, *tr.*, *intr.* 3
se centupler, *pr.*
cercler, *tr.* 3
cerner, *tr.* 3
se cerner, *pr.*
certifier, *tr.* 8

césariser, *tr.* 3
cesser, *tr.*, *tr. i.*, *intr.* 16
chabler, *tr.* 3
chagriner, *tr.* 3
se chagriner, *pr.*
chahuter, *tr.*, *intr.* 3
chaîner, *tr.* 16
challenger, *tr.* 20
chaloir, *déf.* 141
chalouper, *intr.* 3
chamailler, *tr.* 4
se chamailler, *pr.*
chamarrer, *tr.* 3
se chamarrer, *pr.*
chambarder, *tr.* 3
chambouler, *tr.* 3
chambrer, *tr.* 3
se chambrer, *pr.*
chamoiser, *tr.* 3
champagniser, *tr.* 3
champarter, *tr.* 3
champlever, *tr.* 29
chanceler, *intr.* 25
chancir, *intr.* 33
se chancir, *pr.*
chanfreindre, *tr.* 70
chanfreiner, *tr.* 16
chanfrer, *tr.* 3
changer, *tr. tr. i., intr.*
  ê, a, 20
se changer, *pr.*
chanlatter, *tr.* 3
chansonner, *tr.* 3
chanter, *tr.*, *intr.* 3
se chanter, *pr.*
chantonner, *tr.*, *intr.* 3
chantourner, *tr.* 3
chaparder, *tr.*, *intr.* 3
chapeauter, *tr.* 3
chapeler, *tr.* 25
chaperonner, *tr.* 3
chapitrer, *tr.* 3
chaponner, *tr.* 3
chapoter, *tr.* 3
chaptaliser, *tr.* 3
charbonner, *tr.*, *intr.* 3
se charbonner, *pr.*

charbouiller, *tr.* 4
charcuter, *tr.* 3
se charcuter, *pr.*
charger, *tr.*, *intr.* 20
se charger, *pr.*
chariboter, *intr.* 3
charioter, *tr.* 3
charivariser, *tr.*, *intr.* 3
charlataner, *tr.*, *intr.* 3
charmer, *tr.*, *intr.* 3
charpenter, *tr.* 3
charrier, *tr.*, *intr.* 8
charroyer, *tr.* 14
charruer, *tr.* 10
chartériser, *tr.* 3
chasser, *tr.*, *intr.* 3
se chasser, *pr.*
châtier, *tr.* 8
se châtier, *pr.*
chatonner, *tr.* 3
chatouiller, *tr.* 4
se chatouiller, *pr.*
chatoyer, *intr.* 14
châtrer, *tr.* 3
chatter, *intr.* 3
chauffer, *tr.*, *intr.* 3
se chauffer, *pr.*
chauler, *tr.* 3
chaumer, *tr.*, *intr.* 3
chausser, *tr.*, *intr.* 3
se chausser, *pr.*
chaut (chaloir)
chauvir, *intr.* 33
chavirer, *tr.*, *intr.*, *ê, a* 3
chelinguer, *intr.* 3
chêmer (se), *pr.* 3
cheminer, *intr.* 3
chemiser, *tr.* 3
chenaler, *intr.* 3
chènevotter, *intr.* 3
chercher, *tr.*, *intr.* 3
se chercher, *pr.*
chérer, *intr.* 32
chérir, *tr.* 33
se chérir, *pr.*
cherrer, *intr.* 16
chevaler, *tr.* 3

chevaucher, *tr.*, *intr.* 3
se chevaucher, *pr.*
chever, *tr.* 29
cheviller, *tr.* 4
chèvreter, *tr.*, *intr.* 28
chevronner, *tr.* 3
chevroter, *intr.* 3
chiader, *tr.* 3
chialer, *intr.* 3
chicaner, *tr.*, *tr. i.*, *intr.* 3
se chicaner, *pr.*
chicorer (se), *pr.* 3
chicoter, *intr.* 3
chienner, *intr.* 16
chier, *tr.*, *intr.* 8
chiffonner, *tr.*, *intr.* 3
se chiffonner, *pr.*
chiffrer, *tr.*, *intr.* 3
se chiffrer, *pr.*
chigner, *intr.* 5
chiner, *tr.* 3
chinoiser, *intr.* 3
chiper, *tr.* 3
chipoter, *intr.* 3
chiquer, *tr.*, *intr.* 3
se chiquer, *pr.*
chirographier, *tr.* 8
chlinguer, *intr.* 3
chlorer, *tr.* 3
chloroformer, *tr.* 3
chloroformiser, *tr.* 3
chlorurer, *tr.* 3
choir, *déf.* 149
choisir, *tr.* 33
se choisir, *pr.*
chômer, *tr.*, *intr.* 3
choper, *tr.* 3
chopiner, *intr.* 3
chopper, *intr.* 3
choquer, *tr.* 3
se choquer, *pr.*
chorégraphier, *tr.*, *intr.* 8
chosifier, *tr.* 8
chouanner, *intr.* 3
chouchouter, *tr.* 3
chouraver, *tr.* 3
chourer, *tr.* 3

choyer, *tr.* 14
se choyer, *pr.*
christianiser, *tr.* 3
chromatiser, *tr.* 3
chromer, *tr.* 3
chromiser, *tr.* 3
chroniquer, *tr.*, *intr.* 3
chroniciser (se), *pr.* 3
chronométrer, *tr.* 32
chrysalider, *tr.* 3
chuchoter, *tr.*, *intr.* 3
chuinter, *intr.* 3
chuter, *intr.* 3
chylifier, *tr.* 8
se chylifier, *pr.*
cibler, *tr.* 3
cicatriser, *tr.*, *intr.* 3
se cicatriser, *pr.*
ciller, *intr.* 4
cimenter, *tr.* 3
se cimenter, *pr.*
cinématographier, *tr.* 8
cingler, *tr.*, *intr.* 3
se cingler, *pr.*
cintrer, *tr.* 3
circoncire, *tr.* 99
circonscrire, *tr.* 102
se circonscrire, *pr.*
circonstancier, *tr.* 18
circonvenir, *tr.* 38
circulariser, *tr.* 3
circuler, *intr.* 3
cirer, *tr.* 3
se cirer, *pr.*
cisailler, *tr.* 4
ciseler, *tr.* 24
citer, *tr.* 3
se citer, *pr.*
citronner, *tr.* 3
civiliser, *tr.* 3
se civiliser, *pr.*
clabauder, *intr.* 3
claboter, *tr.* 3
claironner, *tr.*, *intr.* 3
clairsemer, *tr.* 29
se clairsemer, *pr.*
clamecer, *intr.* 18

clamer, *tr.* 3
clamper, *tr.* 3
clamser, *intr.* 3
claper, *tr.* 3
clapir, *intr.* 33
se clapir, *pr.*
clapoter, *intr.* 3
clapper, *intr.* 3
claquemurer, *tr.* 3
se claquemurer, *pr.*
claquer, *tr.*, *intr.* 3
claqueter, *intr.* 28
clarifier, *tr.* 8
se clarifier, *pr.*
clasher, *intr.* 3
se clasher, *pr.*
classer, *tr.* 3
se classer, *pr.*
classifier, *tr.* 8
clatir, *intr.* 33
claudiquer, *intr.* 3
claustrer, *tr.* 3
se claustrer, *pr.*
claver, *tr.* 3
claveter, *tr.* 28
clavetter, *tr.* 26
clayer, *tr.* 11
clayonner, *tr.* 3
cléricaliser, *tr.* 3
clicher, *tr.* 3
se clicher, *pr.*
cligner, *tr.*, *tr. i.*, *intr.* 5
clignoter, *intr.* 3
climatiser, *tr.* 3
clipper, *tr.* 3
cliquer, *intr.* 3
cliqueter, *intr.* 28
clisser, *tr.* 3
cliver, *tr.* 3
se cliver, *pr.*
clochardiser, *tr.* 3
se clochardiser, *pr.*
clocher, *intr.* 3
cloisonner, *tr.* 3
se cloisonner, *pr.*
cloîtrer, *tr.* 3
se cloîtrer, *pr.*

cloner, *tr.* 3
se cloner, *pr.*
cloper, *intr.* 3
clopiner, *intr.* 3
cloquer, *tr.*, *intr.* 3
clore, *déf.* 182
se clore, *pr.*
clôturer, *tr.*, *intr.* 3
clouer, *tr.* 3
se clouer, *pr.*
clouter, *tr.* 3
clystériser, *tr.* 3
coaguler, *tr.*, *intr.* 3
se coaguler, *pr.*
coalescer, *intr.* 18
coaliser, *tr.* 3
se coaliser, *pr.*
coasser, *intr.* 3
cocheniller, *tr.* 4
cocher, *tr.* 3
cochonner, *tr.*, *intr.* 3
cocot(t)er, *intr.* 3
cocufier, *tr.* 8
coder, *tr.*, *intr.* 3
codifier, *tr.* 3
coéditer, *tr.* 3
coexister, *intr.* 3
coffrer, *tr.* 3
cofinancer, *tr.* 18
cogérer, *tr.* 3
cogiter, *tr.*, *intr.* 3
cogner, *tr.*, *tr. i.* 5
se cogner, *pr.*
cognoter, *intr.* 3
cohabiter, *intr.* 3
cohériter, *intr.* 3
cohober, *tr.* 3
coiffer, *tr.* 3
se coiffer, *pr.*
coincer, *tr.* 18
se coincer, *pr.*
coïncider, *intr.* 3
coïter, *intr.* 3
cokéfier, *tr.* 3
collaborer, *tr. i.*, *intr.* 3
collapser, *intr.* 3
collationner, *tr.*, *intr.* 3

collecter, *tr.* 16
collectionner, *tr.* 3
collectiviser, *tr.* 3
coller, *tr.*, *tr. i.*, *intr.* 3
se coller, *pr.*
colletailler (se), *pr.* 4
colleter, *tr.* 28 (Littré 27)
se colleter, *pr.*
colliger, *tr.* 20
collisionner, *tr.* 3
colloquer, *tr.* 3
se colloquer, *pr.*
colluder, *intr.* 3
colmater, *tr.* 3
coloniser, *tr.* 3
se coloniser, *pr.*
colorer, *tr.* 3
se colorer, *pr.*
colorier, *tr.* 8
coloriser, *tr.* 3
colporter, *tr.* 3
se colporter, *pr.*
coltiner, *tr.* 3
se coltiner, *pr.*
combattre, *tr.*, *tr. i.*, *intr.* 87
se combattre, *pr.*
combiner, *tr.* 3
se combiner, *pr.*
combler, *tr.* 3
se combler, *pr.*
combuger, *tr.* 20
commander, *tr.*, *tr. i.*, *intr.* 3
se commander, *pr.*
commanditer, *tr.* 3
commémorer, *tr.* 3
commencer, *tr.*, *tr. i.*, *intr.*, *ê, a* 18
se commencer, *pr.*
commenter, *tr.* 3
commer, *intr.* 3
commercer, *intr.* 18
commercialiser, *tr.* 3
commérer, *intr.* 32
commettre, *tr.* 88
se commettre, *pr.*

commissionner, *tr.* 3
commotionner, *tr.* 3
commuer, *tr.* 10
communaliser, *tr.* 3
communautariser, *tr.* 3
se communautariser, *pr.*
communier, *tr. i.*, *intr.* 8
communiquer, *tr.*, *intr.* 3
se communiquer, *pr.*
commuter, *tr.*, *intr.* 3
compacter, *tr.* 3
comparaître, *intr.* 80
comparer, *tr.* 3
se comparer, *pr.*
comparoir, *déf.* 142
compartimenter, *tr.* 3
se compartimenter, *pr.*
compasser, *tr.* 3
compatir, *tr. i.* 33
compenser, *tr.* 3
se compenser, *pr.*
compéter, *intr.* 32
compiler, *tr.* 3
compisser, *tr.* 3
complaire, *tr. i.* 77
se complaire, *pr.*
complanter, *tr.* 3
compléter, *tr.* 32
se compléter, *pr.*
complexer, *tr.* 16
complexifier, *tr.* 8
se complexifier, *pr.*
complimenter, *tr.* 3
compliquer, *tr.* 3
se compliquer, *pr.*
comploter, *tr.*, *tr. i.*, *intr.* 3
comporter, *tr.* 3
se comporter, *pr.*
composer, *tr.*, *intr.* 3
se composer, *pr.*
composter, *tr.* 3
comprendre, *tr.* 66
se comprendre, *pr.*
compresser, *tr.* 16

comprimer, *tr.* 3
se comprimer, *pr.*
compromettre, *tr., intr.* 88
se compromettre, *pr.*
comptabiliser, *tr.* 3
compter, *tr., intr.* 3
se compter, *pr.*
compulser, *tr.* 3
concasser, *tr.* 3
concaténer, *tr.* 32
concéder, *tr.* 32
concélébrer, *tr.* 32
concentrer, *tr.* 3
se concentrer, *pr.*
conceptualiser, *tr., intr.* 3
concerner, *tr.* 3
concerter, *tr., intr.* 3
se concerter, *pr.*
concevoir, *tr.* 54
se concevoir, *pr.*
concilier, *tr.* 8
se concilier, *pr.*
conclure, *tr., tr. i., intr.* 104
se conclure, *pr.*
concocter, *tr.* 3
concorder, *intr.* 3
concourir, *tr. i., intr.* 51
concréter, *tr.* 32
se concréter, *pr.*
concrétionner (se), *pr.* 3
concrétiser, *tr.* 3
se concrétiser, *pr.*
concubiner, *tr., intr.* 3
concurrencer, *tr.* 18
condamner, *tr.* 3
se condamner, *pr.*
condenser, *tr.* 3
se condenser, *pr.*
condescendre, *tr. i.* 67
conditionner, *tr.* 3
se conditionner, *pr.*
conduire, *tr.* 91
se conduire, *pr.*
confabuler, *intr.* 3

confectionner, *tr.* 3
se confectionner, *pr.*
confédérer, *tr.* 32
se confédérer, *pr.*
conférer, *tr., tr. i., intr.* 32
confesser, *tr.* 16
se confesser, *pr.*
confier, *tr.* 8
se confier, *pr.*
configurer, *tr.* 3
confiner, *tr. tr. i., intr.* 3
se confiner, *pr.*
confire, *tr.* 99
se confire, *pr.*
confirmer, *tr.* 3
se confirmer, *pr.*
confisquer, *tr.* 3
se confisquer, *pr.*
confluer, *intr.* 3
confondre, *tr.* 73
se confondre, *pr.*
conformer, *tr.* 3
se conformer, *pr.*
conforter, *tr.* 3
se conforter, *pr.*
confronter, *tr.* 3
congédier, *tr.* 8
congeler, *tr.* 24
se congeler, *pr.*
congestionner, *tr.* 3
se congestionner, *pr.*
conglober, *tr.* 3
se conglober, *pr.*
conglomérer, *tr.* 32
se conglomérer, *pr.*
conglutiner, *tr.* 3
se conglutiner, *pr.*
congratuler, *tr.* 3
se congratuler, *pr.*
congréer, *tr.* 6
conjecturer, *tr., intr.* 3
conjoindre, *tr.* 71
se conjoindre, *pr.*
conjouir (se), *pr.* 33
conjuguer, *tr.* 3

se conjuguer, *pr.*
conjurer, *tr.* 3
se conjurer, *pr.*
connaître, *tr.* 80
se connaître, *pr.*
connecter, *tr.* 16
se connecter, *pr.*
conniver, *intr.* 3
connoter, *tr.* 3
conquérir, *tr.* 39
se conquérir, *pr.*
consacrer, *tr.* 3
se consacrer, *pr.*
conscientiser, *tr.* 3
conseiller, *tr., tr. i.* 16
se conseiller, *pr.*
consentir, *tr., tr. i.* 41
conserver, *tr.* 3
se conserver, *pr.*
considérer, *tr.* 32
se considérer, *pr.*
consigner, *tr.* 5
consister, *intr.* 3
consoler, *tr., intr.* 3
se consoler, *pr.*
consolider, *tr.* 3
se consolider, *pr.*
consommer, *tr., intr.* 3
se consommer, *pr.*
consonner, *intr.* 3
conspirer, *tr., tr. i., intr.* 3
conspuer, *tr.* 3
constater, *tr.* 3
consteller, *tr.* 3
conster, *tr.* 3
consterner, *tr.* 3
constiper, *tr., intr.* 3
se constiper, *pr.*
constituer, *tr.* 10
se constituer, *pr.*
constitutionnaliser, *tr.* 3
construire, *tr., intr.* 91
se construire, *pr.*
consulter, *tr., intr.* 3
se consulter, *pr.*
consumer, *tr.* 3
se consumer, *pr.*

contacter, *tr.* 3
se contacter, *pr.*
contagionner, *tr.* 3
containériser, *tr.* 3
contaminer, *tr.* 3
contempler, *tr.* 3
se contempler, *pr.*
conteneuriser, *tr.* 3
contenir, *tr.* 38
se contenir, *pr.*
contenter, *tr.* 3
se contenter, *pr.*
conter, *tr.* 3
contester, *tr.*, *intr.* 3
se contester, *pr.*
contextualiser, *tr.* 3
contingenter, *tr.* 3
continuer, *tr.*, *tr. i.*, *intr.*
   10
se continuer, *pr.*
contondre, *tr.* 73
contorsionner (se), *pr.* 3
contourner, *tr.* 3
se contourner, *pr.*
contracter, *tr.* 3
se contracter, *pr.*
contractualiser, *tr.* 3
contracturer, *tr.* 3
se contracturer, *pr.*
contraindre, *tr.* 69
se contraindre, *pr.*
contrarier, *tr.* 8
se contrarier, *pr.*
contraster, *tr.*, *intr.* 3
contre-attaquer, *intr.* 3
contrebalancer, *tr.* 3
se contrebalancer, *pr.*
s'en contrebalancer, *pr.*
contrebattre, *tr.* 87
contre-bouter, *tr.* 3
contre-braquer, *tr.* 3
contre-brasser, *tr.* 3
contrebuter, *tr.* 3
contre-calquer, *tr.* 3
se contre-calquer, *pr.*
contrecarrer, *tr.* 3
se contrecarrer, *pr.*

contrecoller, *tr.* 3
contredater, *tr.* 3
contredire, *tr.* 97
se contredire, *pr.*
contre-disposer, *tr.* 3
contre-émailler, *tr.* 3
contre-épreuver, *tr.* 3
contre-estamper, *tr.* 3
contrefaire, *tr.* 65
se contrefaire, *pr.*
contrefiche(r) (se), *pr.*
   déf. 120
contre-forger, *tr.* 3
contrefoutre (se), *pr.*
   déf. 185
contre-hacher, *tr.* 3
contre-indiquer, *tr.* 3
contre-latter, *tr.* 3
contre-mailler, *tr.* 3
contremander, *tr.* 3
contre-manifester, *intr.*
   3
contremarquer, *tr.* 3
contre-miner, *tr.* 3
contre-mouler, *tr.* 3
contre-murer, *tr.* 3
contre-passer, *tr.* 3
contre-percer, *tr.* 18
contre-peser, *tr.* 29
contre-planter, *tr.* 3
contre-plaquer, *tr.* 3
contre-pointer, *tr.* 3
contre-pousser, *tr.* 3
contrépreuver, *tr.* 17
contre-profiler, *tr.* 3
contrer, *tr.*, *intr.* 3
contre-sceller, *tr.* 3
contre-sempler, *tr.* 3
contresigner, *tr.* 5
contre-sommer, *tr.* 3
contre-tailler, *tr.* 3
contre-tirer, *tr.* 3
contretyper, *tr.* 3
contrevenir, *tr. i.* 38
contreventer, *tr.* 3
contribuer, *tr. i.* 10
contrister, *tr.* 3

se contrister, *pr.*
contrôler, *tr.* 3
se contrôler, *pr.*
controuver, *tr.* 3
controverser, *tr.*, *intr.* 3
se controverser, *pr.*
contumacer, *tr.* 3
contusionner, *tr.* 3
convaincre, *tr.* 76
se convaincre, *pr.*
convenir, *tr. i.*, *intr.*, *ê,*
   a 38
se convenir, *pr.*
conventionner, *tr.* 3
converger, *intr.* 3
converser, *intr.* 3
convertir, *tr.* 3
se convertir, *pr.*
convier, *tr.* 8
convivialiser, *tr.*, *intr.* 3
convoiter, *tr.*, *intr.* 3
convoler, *intr.* 3
convoquer, *tr.* 3
convoyer, *tr.* 14
convulser, *tr.* 3
se convulser, *pr.*
convulsionner, *tr.* 3
coopérer, *tr. i.*, *intr.* 32
coopter, *tr.* 3
coordonner, *tr.* 3
se coordonner, *pr.*
copartager, *tr.* 20
copermuter, *tr.* 3
copier, *tr.*, *intr.* 8
copier-coller, *tr.*, *intr.* 3
copiner, *intr.* 3
coposséder, *tr.* 32
copolymériser, *tr.* 3
coproduire, *tr.* 91
copter, *tr.* 3
copuler, *intr.* 3
coqueter, *intr.* 28
cordeler, *tr.* 25
corder, *tr.* 3
se corder, *pr.*
cordonner, *tr.* 3
cornaquer, *tr.* 3

corner, *tr.*, *intr.* 3
se corner, *pr.*
corporifier, *tr.* 8
se corporifier, *pr.*
correctionnaliser, *tr.* 3
corréler, *tr.* 32
correspondre, *tr. i.*, *intr.* 73
se correspondre, *pr.*
corriger, *tr.* 20
se corriger, *pr.*
corroborer, *tr.* 3
corroder, *tr.* 3
se corroder, *pr.*
corrompre, *tr.* 75
se corrompre, *pr.*
corroyer, *tr.* 14
corser, *tr.* 3
se corser, *pr.*
corseter, *tr.* 27
cosigner, *tr.* 5
cosmétiquer, *tr.* 3
cosser, *intr.* 3
costumer, *tr.* 3
se costumer, *pr.*
coter, *tr.*, *intr.* 3
cotir, *tr.* 33
cotiser, *intr.* 3
se cotiser, *pr.*
cotonner, *tr.*, *intr.* 3
se cotonner, *pr.*
côtoyer, *tr.* 14
se côtoyer, *pr.*
couchailler, *intr.* 4
coucher, *tr.*, *intr.* 3
se coucher, *pr.*
couder, *tr.* 3
se couder, *pr.*
coudoyer, *tr.* 14
se coudoyer, *pr.*
coudre, *tr.* 85
couillonner, *tr.* 3
couiner, *intr.* 3
couler, *tr.*, *intr.* 3
se couler, *pr.*
coulisser, *tr.*, *intr.* 3
coupailler, *tr.* 4

coupeller, *tr.* 16
couper, *tr.*, *tr. i.*, *intr.* 3
se couper, *pr.*
couper-coller, *tr.*, *intr.* 3
couperoser, *tr.* 3
se couperoser, *pr.*
coupler, *tr.* 3
coupleter, *tr.* 28
courailler, *intr.* 4
courbaturer, *tr.* 3
    participes passés *courbaturé(e)* et *courbatu(e)*
se courbaturer, *pr.*
courber, *tr.*, *intr.* 3
se courber, *pr.*
courcailler, *tr.* 3
courir, *tr.*, *intr.* 51
couronner, *tr.* 3
se couronner, *pr.*
courre, *déf.* 177
courroucer, *tr.* 18
se courroucer, *pr.*
courser, *tr.* 3
courtauder, *tr.* 3
court-circuiter, *tr.* 3
courter, *tr.*, *intr.* 3
courtiser, *tr.* 3
cousiner, *intr.* 3
se cousiner, *pr.*
coûter, *tr.*, *tr. i.*, *intr.* 3
couturer, *tr.* 3
couver, *tr.*, *intr.* 3
se couver, *pr.*
couvrir, *tr.* 42
se couvrir, *pr.*
craboter, *tr.* 3
cracher, *tr.*, *intr.* 3
crachiner, *imp.* 121
crachoter, *tr.*, *intr.* 3
crachouiller, *tr.*, *intr.* 4
crailler, *intr.* 4
craindre, *tr.*, *intr.* 69
se craindre, *pr.*
cramer, *tr.*, *intr.* 3
cramponner, *tr.* 3

se cramponner, *pr.*
crâner, *intr.* 3
cranter, *tr.* 3
crapahuter, *intr.* 3
crapoter, *intr.* 3
crapuler, *intr.* 3
craqueler, *tr.* 25
se craqueler, *pr.*
craquer, *tr.*, *intr.* 3
craqueter, *intr.* 28 (Littré 27)
crasher (se), *pr.* 3
crasser, *tr.* 3
se crasser, *pr.*
craticuler (graticuler)
cravacher, *tr.*, *intr.* 3
cravater, *tr.* 3
se cravater, *pr.*
crawler, *intr.* 3
crayonner, *tr.* 3
créancer, *tr.* 18
crécher, *intr.* 32
crédibiliser, *tr.* 3
créditer, *tr.* 3
créer, *tr.* 6
se créer, *pr.*
crémer, *intr.* 32
se crémer, *pr.*
créneler, *tr.* 25
créner, *tr.* 32
créoliser (se), *tr.* 3
créosoter, *tr.* 3
crêper, *tr.* 16
se crêper, *pr.*
crépir, *tr.* 33
crépiter, *intr.* 3
crésyler, *tr.* 3
crételer, *tr.* 25
crêter, *tr.* 16
crétiniser, *tr.* 3
se crétiniser, *pr.*
creuser, *tr.*, *intr.* 3
se creuser, *pr.*
crevasser, *tr.* 3
se crevasser, *pr.*
crever, *tr.*, *intr.*, *ê, a* 29
se crever, *pr.*

criailler, *intr.* 4
cribler, *tr.* 3
se cribler, *pr.*
crier, *tr.*, *intr.* 7
se crier, *pr.*
criminaliser, *tr.* 3
se criminaliser, *pr.*
criquer, *intr.* 3
crisper, *tr.* 3
se crisper, *pr.*
crisser, *intr.* 3
cristalliser, *tr.*, *intr.* 3
se cristalliser, *pr.*
criticailler, *tr.*, *intr.* 4
critiquer, *tr.* 3
se critiquer, *pr.*
croasser, *intr.* 3
crocher, *tr.*, *intr.* 3
crocheter, *tr.* 27
croire, *tr.*, *tr. i.*, *intr.* 90
se croire, *pr.*
croiser, *tr.*, *intr.* 3
se croiser, *pr.*
croître, *intr.*, *ê*, *a* 81
croquer, *tr.*, *intr.* 3
crosser, *tr.* 3
crotter, *tr.*, *intr.* 3
se crotter, *pr.*
crouler, *intr.*, *ê*, *a* 3
croupionner, *intr.* 3
croupir, *intr.*, *ê*, *a* 33
croustiller, *intr.* 3
croûter, *tr.*, *intr.* 3
crucifier, *tr.* 8
crypter, *tr.* 3
cryptographier, *tr.* 8
cuber, *tr.*, *intr.* 3
se cuber, *pr.*
cueillir, *tr.* 50
se cueillir, *pr.*
cuider, *intr.* 3
cuirasser, *tr.* 3
se cuirasser, *pr.*
cuire, *tr.*, *intr.* 91
se cuire, *pr.*
cuisiner, *tr.*, *intr.* 3
cuiter (se), *pr.* 3

cuivrer, *tr.* 3
se cuivrer, *pr.*
culasser, *tr.* 3
culbuter, *tr.*, *intr.* 3
se culbuter, *pr.*
culer, *tr.*, *intr.* 3
culminer, *intr.* 3
culotter, *tr.* 3
se culotter, *pr.*
culpabiliser, *tr.*, *intr.* 3
se culpabiliser, *pr.*
cultiver, *tr.* 3
se cultiver, *pr.*
cumuler, *tr.* 3
curer, *tr.* 3
se curer, *pr.*
cureter, *tr.* 28
customiser, *tr.* 3
cuveler, *tr.* 25
se cuveler, *pr.*
cuver, *tr.*, *intr.* 3
cyanoser, *tr.* 3
cyanurer, *tr.* 3
cybernétiser, *tr.* 3
cycliser, *tr.* 3
se cycliser, *pr.*
cylindrer, *tr.* 3

D

dactylographier, *tr.* 8
daguer, *tr.* 3
daguerréotyper, *tr.* 3
daigner, *tr.* 16
daller, *tr.* 3
damasquiner, *tr.* 3
damasser, *tr.* 3
damer, *tr.*, *intr.* 3
damner, *tr.*, *intr.* 3
se damner, *pr.*
dandiner, *tr.* 3
se dandiner, *pr.*
danser, *tr.*, *intr.* 3
se danser, *pr.*
dansot(t)er, *intr.* 3
darder, *tr.*, *intr.* 3
dater, *tr.*, *intr.* 3

se dater, *pr.*
dauber, *tr.*, *intr.* 3
se dauber, *pr.*
dealer, *tr.* 3
déambuler, *intr.* 3
débâcher, *tr.*, *intr.* 3
débâcler, *tr.*, *intr.* 3
débagouler, *tr.*, *intr.* 3
débâillonner, *tr.* 3
déballer, *tr.*, *intr.* 3
déballonner (se), *pr.* 3
débanaliser, *tr.* 3
débander, *tr.*, *intr.* 3
se débander, *pr.*
débanquer, *tr.* 3
débaptiser, *tr.* 3
se débaptiser, *pr.*
débarbouiller, *tr.* 4
se débarbouiller, *pr.*
débarder, *tr.* 3
débarquer, *tr.*, *intr.* *ê*,
   a 3
débarrasser, *tr.*, *intr.* 3
se débarrasser, *pr.*
débarrer, *tr.* 3
débarricader, *tr.* 3
débateler, *tr.* 3
débâter, *tr.* 3
débâtir, *tr.* 33
débattre, *tr.* 87
se débattre, *pr.*
débaucher, *tr.* 3
se débaucher, *pr.*
débecter, *tr.* 16
débéqueter, *tr.* 16
débecqueter, *tr.* 16
débiffer, *tr.* 3
débiliter, *tr.* 3
se débiliter, *pr.*
débillarder, *tr.* 3
débiner, *tr.* 3
se débiner, *pr.*
débiter, *tr.* 3
se débiter, *pr.*
déblanchir, *tr.* 33
déblatérer, *intr.* 32
déblayer, *tr.* 11

se déblayer, *pr.*
débloquer, *tr., intr.* 3
se débloquer, *pr.*
débobiner, *tr.* 3
déboetter, *tr.* 16
déboguer, *tr.* 3
déboiser, *tr.* 3
se déboiser, *pr.*
déboîter, *tr., intr.* 3
se déboîter, *pr.*
débonder, *tr.* 3
se débonder, *pr.*
débondonner, *tr.* 3
déborder, *tr., intr.* ê, a 3
se déborder, *pr.*
débosseler, *tr.* 25
débotter, *tr.* 3
se débotter, *pr.*
déboucher, *tr., intr.* 3
se déboucher, *pr.*
déboucler, *tr.* 3
se déboucler, *pr.*
débouillir, *tr.* 43
débouler, *tr., intr.* 3
déboulonner, *tr.* 3
débouquer, *intr.* 3
débourber, *tr.* 3
se débourber, *pr.*
débourgeoiser, *tr., intr.* 3
se débourgeoiser, *pr.*
débourrer, *tr., intr.* 3
débourser, *tr.* 3
déboussoler, *tr.* 3
débouter, *tr.* 3
déboutonner, *tr.* 3
se déboutonner, *pr.*
débraguetter, *tr.* 3
se débraguetter, *pr.*
débrailler (se), *pr.* 4
débrancher, *tr.* 3
débrayer, *tr., intr.* 11
débredouiller, *tr.* 4
se débredouiller, *pr.*
débrider, *tr., intr.* 3
débriefer, *tr.* 3
débrocher, *tr.* 3
débronzer, *tr., intr.* 3

débrouiller, *tr.* 4
se débrouiller, *pr.*
débroussailler, *tr.* 4
débrutir, *tr.* 33
débucher, *tr., intr., ê, a* 3
débudgétiser, *tr.* 3
débureaucratiser, *tr.* 3
débusquer, *tr.* 3
débuter, *tr., intr.* 3
décabosser, *tr.* 3
décacheter, *tr.* 28
se décacheter, *pr.*
décadenasser, *tr.* 3
décadrer, *tr.* 3
décaisser, *tr.* 16
décalaminer, *tr.* 3
décalcifier, *tr.* 8
se décalcifier, *pr.*
décaler, *tr.* 3
se décaler, *pr.*
décalotter, *tr.* 3
se décalotter, *pr.*
décalquer, *tr.* 3
décamper, *intr., ê, a* 3
décanailler, *tr.* 4
décaniller, *intr.* 4
décanter, *tr., intr.* 3
se décanter, *pr.*
décaper, *tr.* 3
décapeler, *tr., intr.* 25
décapitaliser, *tr.* 3
décapiter, *tr.* 3
décapoter, *tr.* 3
décapsuler, *tr.* 3
décapuchonner, *tr.* 3
décarbonater, *tr.* 3
se décarbonater, *pr.*
décarboniser, *tr.* 3
décarboxyler, *tr.* 3
décarburer, *tr.* 3
se décarburer, *pr.*
décarcasser, *tr.* 3
se décarcasser, *pr.*
décarêmer (se), *pr.* 3
décarreler, *tr.* 25
décarrer, *intr.* 3
décartelliser, *tr.* 3

décartonner, *tr.* 3
décatir, *tr.* 33
se décatir, *pr.*
décavaillonner, *tr.* 3
décaver, *tr.* 3
se décaver, *pr.*
décéder, *intr., ê* 3
déceindre, *tr.* 70
déceler, *tr.* 24
se déceler, *pr.*
décélérer, *intr.* 32
décentraliser, *tr.* 3
se décentraliser, *pr.*
décentrer, *tr.* 3
se décentrer, *pr.*
décercler, *tr.* 3
décérébrer, *tr.* 32
décerner, *tr.* 3
se décerner, *pr.*
décerveler, *tr.* 25
se décerveler, *pr.*
décevoir, *tr.* 54
se décevoir, *pr.*
déchaîner, *tr.* 16
se déchaîner, *pr.*
déchalasser, *tr.* 3
déchaler, *intr.* 3
déchanter, *intr.* 3
déchaper, *tr.* 3
déchaperonner, *tr.* 3
décharger, *tr., intr.* 20
se décharger, *pr.*
décharner, *tr.* 3
se décharner, *pr.*
déchasser, *intr.* 3
déchauler, *tr.* 3
déchaumer, *tr.* 3
déchausser, *tr., intr.* 3
se déchausser, *pr.*
décheveler, *tr.* 3
se décheveler, *pr.*
déchevêtrer, *tr.* 16
décheviller, *tr.* 4
se décheviller, *pr.*
déchiffonner, *tr.* 3
déchiffrer, *tr., intr.* 3
se déchiffrer, *pr.*

déchiqueter, *tr.* 28
se déchiqueter, *pr.*
déchirer, *tr.* 3
se déchirer, *pr.*
déchlorurer, *tr.* 3
déchoir, *déf.* 150
déchouer, *tr.* 9
déchristianiser, *tr.* 3
se déchristianiser, *pr.*
déchromer, *tr.* 3
décider, *tr.*, *tr. i.* 3
se décider, *pr.*
déciller (dessiller)
décimaliser, *tr.* 3
décimer, *tr.* 3
décintrer, *tr.* 3
déclamer, *tr.*, *intr.* 3
se déclamer, *pr.*
déclarer, *tr.* 3
se déclarer, *pr.*
déclasser, *tr.* 3
se déclasser, *pr.*
déclassifier, *tr.* 8
déclaveter, *tr.* 28
déclencher, *tr.* 3
déclimater, *tr.* 3
décliner, *tr.*, *intr.* 3
se décliner, *pr.*
déclinquer, *tr.* 3
décliquer, *tr.* 3
décliqueter, *tr.* 28
décloisonner, *tr.* 3
déclore, *déf.* 162
déclouer, *tr.* 3
se déclouer, *pr.*
décoaguler, *tr.* 3
décocher, *tr.* 3
se décocher, *pr.*
décoconner, *tr.* 3
décoder, *tr.* 3
décoffrer, *tr.* 3
décoiffer, *tr.* 3
se décoiffer, *pr.*
décoincer, *tr.* 18
décolérer, *intr.* 32
décoller, *tr.*, *intr.* 3
se décoller, *pr.*

décolleter, *tr.* 28
se décolleter, *pr.*
décoloniser, *tr.* 3
décolorer, *tr.* 3
se décolorer, *pr.*
décombrer, *tr.* 3
décommander, *tr.* 3
se décommander, *pr.*
décommettre, *tr.* 88
décompartimenter, *tr.* 3
décompenser, *intr.* 3
décompléter, *tr.* 3
décomplexer, *tr.* 16
se décomplexer, *pr.*
décomposer, *tr.* 3
se décomposer, *pr.*
décompresser, *tr.*, *intr.* 16
décomprimer, *tr.* 3
décompter, *tr.*, *intr.* 3
déconcentrer, *tr.* 3
se déconcentrer, *pr.*
déconcerter, *tr.* 3
se déconcerter, *pr.*
déconditionner, *tr.* 3
déconfessionnaliser, *tr.* 3
déconfire, *tr.* 99
déconforter, *tr.*, *intr.* 3
se déconforter, *pr.*
décongeler, *tr.* 24
décongestionner, *tr.* 3
déconnecter, *tr.* 16
se déconnecter, *pr.*
déconner, *intr.* 3
déconseiller, *tr.* 16
déconsidérer, *tr.* 32
se déconsidérer, *pr.*
déconsigner, *tr.* 5
déconstiper, *tr.* 3
déconstruire, *tr.* 91
se déconstruire, *pr.*
décontaminer, *tr.* 3
décontenancer, *tr.* 18
se décontenancer, *pr.*
décontracter, *tr.* 3
se décontracter, *pr.*

décoquiller, *tr.* 4
décorder, *tr.* 3
décorer, *tr.*, *intr.* 3
se décorer, *pr.*
décorner, *tr.* 3
décortiquer, *tr.* 3
se décortiquer, *pr.*
découcher, *tr.*, *intr.* 3
découdre, *tr.* 85
se découdre, *pr.*
découler, *tr. i.*, *intr.* 3
découper, *tr.* 3
se découper, *pr.*
découpler, *tr.* 3
décourager, *tr.* 20
se décourager, *pr.*
découronner, *tr.* 3
découvrir, *tr.* 42
se découvrir, *pr.*
décramponner, *tr.* 3
se décramponner, *pr.*
décrasser, *tr.* 3
se décrasser, *pr.*
décravater, *tr.* 3
se décravater, *pr.*
décrédibiliser, *tr.* 3
se décrédibiliser, *pr.*
décréditer, *tr.* 3
se décréditer, *pr.*
décrêper, *tr.* 16
décrépir, *tr.* 33
se décrépir, *pr.*
décrépiter, *tr.*, *intr.* 3
décréter, *tr.* 32
décreuser, *tr.* 3
décrier, *tr.* 7
se décrier, *pr.*
décrire, *tr.* 102
se décrire, *pr.*
décrisper, *tr.* 3
se décrisper, *pr.*
décrocher, *tr.*, *intr.* 3
se décrocher, *pr.*
décroire, *intr.* 90
décroiser, *tr.* 3
se décroiser, *pr.*
décroître, *intr.*, *ê*, *a* 82

décrotter, *tr.* 3
se décrotter, *pr.*
décruer, *tr.* 3
décruser, *tr.* 3
décrypter, *tr.* 3
décuire, *tr.* 91
se décuire, *pr.*
décuivrer, *tr.* 3
déculasser, *tr.* 3
déculotter, *tr.* 3
se déculotter, *pr.*
déculpabiliser, *tr.* 3
décupler, *tr.*, *intr.* 3
se décupler, *pr.*
décuver, *tr.* 3
dédaigner, *tr.*, *tr. i.* 16
dédaller, *tr.* 3
dédamer, *intr.* 3
dédicacer, *tr.* 18
dédier, *tr.* 8
dédifférencier, *tr.* 8
dédire, *tr.* 97
se dédire, *pr.*
dédiviniser, *tr.* 3
dédommager, *tr.* 20
se dédommager, *pr.*
dédorer, *tr.* 3
se dédorer, *pr.*
dédotaliser, *tr.* 3
dédouaner, *tr.* 3
se dédouaner, *pr.*
dédoubler, *tr.* 3
se dédoubler, *pr.*
dédramatiser, *tr.*, *intr.* 3
déduire, *tr.* 91
se déduire, *pr.*
défâcher (se), *pr.* 3
défaçonner (se), *pr.* 3
défaillir, *intr.* 48
défaire, *tr.* 65
se défaire, *pr.*
défalquer, *tr.* 3
se défalquer, *pr.*
défarder, *tr.* 3
défatiguer, *tr.*, *intr.* 3
se défatiguer, *pr.*
défaufiler, *tr.* 3

défausser, *tr.* 3
se défausser, *pr.*
défavoriser, *tr.* 3
déféminiser, *tr.* 3
défendre, *tr.* 67
se défendre, *pr.*
défenestrer, *tr.* 3
se défenestrer, *pr.*
déféquer, *tr.*, *intr.* 32
déférer, *tr.*, *tr. i.* 32
se déférer, *pr.*
déferler, *tr.*, *intr.* 3
se déferler, *pr.*
déferrer, *tr.* 16
se déferrer, *pr.*
défeuiller, *tr.* 17
se défeuiller, *pr.*
défeutrer, *tr.* 3
défiancer, *tr.* 18
se défiancer, *pr.*
défibrer, *tr.* 3
défibriller, *tr.* 4
défibriner, *tr.* 3
déficeler, *tr.* 25
déficher, *tr.* 3
défier, *tr.* 8
se défier, *pr.*
défiger, *tr.* 20
se défiger, *pr.*
défigurer, *tr.* 3
se défigurer, *pr.*
défiler, *tr.*, *intr.* 3
se défiler, *pr.*
défilocher, *tr.* 3
définir, *tr.* 33
se définir, *pr.*
défiscaliser, *tr.* 3
déflagrer, *intr.* 3
défléchir, *tr.*, *intr.* 33
déflegmer, *tr.* 3
défleurir, *tr.*, *intr.* 33
se défleurir, *pr.*
défloquer, *tr.* 3
déflorer, *tr.* 3
défolier, *tr.* 8
défoncer, *tr.* 18
se défoncer, *pr.*

déformer, *tr.* 3
se déformer, *pr.*
défouler, *tr.* 3
se défouler, *pr.*
défourner, *tr.* 3
défourrer, *tr.* 3
défragmenter, *tr.* 3
défraîchir, *tr.* 33
se défraîchir, *pr.*
défranchiser, *tr.* 3
défrayer, *tr.* 11
se défrayer, *pr.*
defretter, *tr.* 16
défricher, *tr.* 3
défringuer, *tr.* 3
se défringuer, *pr.*
défriper, *tr.* 3
défriser, *tr.* 3
se défriser, *pr.*
défroisser, *tr.* 3
se défroisser, *pr.*
défroncer, *tr.* 18
se défroncer, *pr.*
défroquer, *tr.*, *intr.* 3
se défroquer, *pr.*
défruiter, *tr.* 3
défubler, *tr.* 3
dégager, *tr.*, *intr.* 20
se dégager, *pr.*
dégainer, *tr.* 16
dégalonner, *tr.* 3
déganter, *tr.* 3
se déganter, *pr.*
dégarnir, *tr.* 33
se dégarnir, *pr.*
dégarouler, *tr.* 3
dégauchir, *tr.* 33
se dégauchir, *pr.*
dégazer, *tr.*, *intr.* 3
dégazoliner, *tr.* 3
dégazonner, *tr.* 3
dégeler, *tr.*, *intr.*, *ê, a* 24
se dégeler, *pr.*
dégénérer, *intr.*, *ê, a* 32
dégermer, *tr.* 3
dégingander, *tr.* 3
se dégingander, *pr.*

dégîter, *tr.* 3
dégivrer, *tr.* 3
déglacer, *tr.* 18
déglinguer, *tr.* 3
se déglinguer, *pr.*
dégluer, *tr.* 3
se dégluer, *pr.*
déglutir, *tr.*, *intr.* 33
dégobiller, *tr.*, *intr.* 4
dégoiser, *tr.*, *intr.* 3
dégommer, *tr.* 3
dégonder, *tr.* 3
dégonfler, *tr.*, *intr.* 3
se dégonfler, *pr.*
dégorger, *tr.*, *intr.* 20
se dégorger, *pr.*
dégoter, *tr.*, *intr.* 3
dégoudronner, *tr.* 3
dégouliner, *intr.* 3
dégoupiller, *tr.* 4
dégourdir, *tr.* 33
se dégourdir, *pr.*
dégoûter, *tr.* 3
se dégoûter, *pr.*
dégoutter, *tr.*, *intr.* 3
dégrader, *tr.* 3
se dégrader, *pr.*
dégrafer, *tr.* 3
se dégrafer, *pr.*
dégraisser, *tr.* 16
se dégraisser, *pr.*
dégramer, *tr.* 3
dégraver, *tr.* 3
dégravoyer, *tr.* 14
dégréer, *tr.* 6
dégréner, *tr.*, *intr.*, *ê* 3
dégrever, *tr.* 29
dégringoler, *tr.*, *intr.* 3
dégripper, *tr.* 3
dégriser, *tr.* 3
se dégriser, *pr.*
dégrossir, *tr.* 33
se dégrossir, *pr.*
dégrouiller (se), *pr.* 4
dégrouper, *tr.* 3
déguenniller, *tr.* 4
déguerpir, *tr.*, *intr.* 33

dégueulasser, *tr.* 3
dégueuler, *tr.*, *intr.* 17
déguignonner, *tr.* 3
se déguignonner, *pr.*
déguiser, *tr.* 3
se déguiser, *pr.*
dégurgiter, *tr.* 3
déguster, *tr.* 3
se déguster, *pr.*
déhaler, *tr.* 3
se déhaler, *pr.*
déhâler, *intr.* 3
se déhâler, *pr.*
déhancher, *tr.* 3
se déhancher, *pr.*
déharnacher, *tr.* 3
se déharnacher, *pr.*
déhotter, *tr.*, *intr.* 3
déhouiller, *tr.* 4
déifier, *tr.* 8
se déifier, *pr.*
déjanter, *tr.* 3
déjauger, *intr.* 20
déjeter, *tr.* 28
se déjeter, *pr.*
déjeuner, *intr.* 17
déjoindre, *tr.* 71
se déjoindre, *pr.*
déjouer, *tr.* 9
déjucher, *tr.*, *intr.* 3
déjuger (se), *pr.* 20
délabialiser, *tr.* 3
se délabialiser, *pr.*
délabrer, *tr.* 3
se délabrer, *pr.*
délacer, *tr.* 18
se délacer, *pr.*
délainer, *tr.* 16
délaisser, *tr.* 16
se délaisser, *pr.*
délaiter, *tr.* 16
délarder, *tr.* 3
délasser, *tr.*, *intr.* 3
se délasser, *pr.*
délatter, *tr.* 3
se délatter, *pr.*
délaver, *tr.* 3

se délaver, *pr.*
délayer, *tr.* 11
déléaturer, *tr.* 3
délecter, *tr.* 16
se délecter, *pr.*
délégitimer, *tr.* 3
déléguer, *tr.* 32
se déléguer, *pr.*
délester, *tr.* 3
se délester, *pr.*
délibérer, *tr. i.*, *intr.* 32
délicater, *tr.* 3
se délicater, *pr.*
délicoter (se), *pr.* 3
délier, *tr.* 8
se délier, *pr.*
déligner, *tr.* 5
délimiter, *tr.* 3
délinéamenter, *tr.* 3
délinéer, *tr.* 6
délinquer, *intr.* 3
délirer, *intr.* 3
délisser, *tr.*, *intr.* 3
déliter, *tr.* 3
se déliter, *pr.*
délivrer, *tr.* 3
se délivrer, *pr.*
délocaliser, *tr.* 3
se délocaliser, *pr.*
déloger, *tr.*, *intr.* 20
déloquer, *tr.* 3
se déloquer, *pr.*
délover, *tr.* 3
délurer, *tr.* 3
se délurer, *pr.*
délustrer, *tr.* 3
se délustrer, *pr.*
déluter, *tr.* 3
démacadamiser, *tr.* 3
démacler, *tr.* 3
démaçonner, *tr.* 3
démagnétiser, *tr.* 3
démagogiser, *intr.* 3
démaigrir, *tr.*, *intr.* 33
démailler, *tr.* 4
se démailler, *pr.*
démailloter, *tr.* 3

se démailloter, *pr.*
démancher, *tr.* 3
se démancher, *pr.*
demander, *tr.* 3
se demander, *pr.*
démandriner, *tr.* 3
démanger, *tr.*, *intr.* 20
démanteler, *tr.* 24
se démanteler, *pr.*
démantibuler, *tr.* 3
se démantibuler, *pr.*
démaquiller, *tr.* 4
se démaquiller, *pr.*
démarabouter, *tr.* 3
démarcher, *tr.* 3
démarger, *tr.* 20
démarier, *tr.* 8
se démarier, *pr.*
démarquer, *tr.* 3
se démarquer, *pr.*
démarrer, *tr.*, *intr.* 3
se démarrer, *pr.*
démascler, *tr.* 3
démasquer, *tr.* 3
se démasquer, *pr.*
démastiquer, *tr.* 3
démâter, *tr.*, *intr.* 3
se démâter, *pr.*
dématérialiser, *tr.* 3
démazouter, *tr.* 3
démédicaliser, *tr.* 3
démêler, *tr.* 16
se démêler, *pr.*
démembrer, *tr.* 3
se démembrer, *pr.*
déménager, *tr.*, *intr.*, *ê*, *a* 20
démener (se), *pr.* 29
démentir, *tr.* 41
se démentir, *pr.*
démerder (se), *pr.* 3
démériter, *intr.* 3
démettre, *tr.* 88
se démettre, *pr.*
déméthaniser, *tr.* 3
démeubler, *tr.* 17
se démeubler, *pr.*

demeurer, *intr.*, *ê*, *a* 17
démieller, *tr.* 16
démilitariser, *tr.* 3
déminer, *tr.* 3
déminéraliser, *tr.* 3
démissionner, *tr.*, *tr. i.*, *intr.* 3
démobiliser, *tr.*, *intr.* 3
démocratiser, *tr.* 3
se démocratiser, *pr.*
démoder, *tr.* 3
se démoder, *pr.*
démoduler, *tr.* 3
démolir, *tr.* 33
démonétiser, *tr.* 3
se démonétiser, *pr.*
démonter, *tr.* 3
se démonter, *pr.*
démontrer, *tr.* 3
se démontrer, *pr.*
démoraliser, *tr.* 3
se démoraliser, *pr.*
démordre, *tr. i.* 74
démorphiner, *tr.* 3
démotiver, *tr.* 3
se démotiver, *pr.*
démoucheter, *tr.* 28
démouler, *tr.* 3
démoustiquer, *tr.* 3
démouvoir, *déf.* 143
démucilaginer, *tr.* 3
démultiplier, *tr.* 7
démunir, *tr.* 33
se démunir, *pr.*
démurer, *tr.* 3
démurger, *tr.*, *intr.* 20
démuseler, *tr.* 25
se démuseler, *pr.*
démutiser, *tr.* 3
démystifier, *tr.* 8
démythifier, *tr.* 8
dénantir, *tr.* 33
se dénantir, *pr.*
dénasaliser, *tr.* 3
se dénasaliser, *pr.*
dénationaliser, *tr.* 3
se dénationaliser, *pr.*

dénatter, *tr.* 3
se dénatter, *pr.*
dénaturaliser, *tr.* 3
dénaturer, *tr.* 3
se dénaturer, *pr.*
dénazifier, *tr.* 8
dénébuler, *tr.* 3
dénébuliser, *tr.* 3
déneiger, *tr.* 21
déniaiser, *tr.* 16
se déniaiser, *pr.*
dénicher, *tr.*, *intr.*, *ê*, *a* 3
dénicotiniser, *tr.* 3
dénier, *tr.* 8
se dénier, *pr.*
dénigrer, *tr.* 3
se dénigrer, *pr.*
déniveler, *tr.* 25
dénoircir, *tr.* 3
dénombrer, *tr.* 3
se dénombrer, *pr.*
dénommer, *tr.* 3
se dénommer, *pr.*
dénoncer, *tr.* 18
se dénoncer, *pr.*
dénonder, *tr.* 3
dénoter, *tr.*, *intr.* 3
se dénoter, *pr.*
dénouer, *tr.* 9
se dénouer, *pr.*
dénoyauter, *tr.* 3
dénoyer, *tr.* 14
densifier, *tr.* 8
denteler, *tr.* 25
denter, *tr.* 3
dénucléariser, *tr.* 3
dénuder, *tr.* 3
se dénuder, *pr.*
dénuer, *tr.* 10
se dénuer, *pr.*
dépailler, *tr.* 4
se dépailler, *pr.*
dépalisser, *tr.* 3
dépanner, *tr.* 3
dépailloter, *tr.* 3
dépaqueter, *tr.* 28
déparager, *tr.* 3

déparasiter, *tr.* 3
dépareiller, *tr.* 16
se dépareiller, *pr.*
déparer, *tr.* 3
se déparer, *pr.*
déparier, *tr.* 8
se déparier, *pr.*
déparler, *intr.* 3
déparquer, *tr.* 3
départager, *tr.* 20
se départager, *pr.*
départementaliser, *tr.* 3
départir, *tr.* 33 (Académie 40)
se départir, *pr.*
dépasser, *tr.*, *intr.* 3
se dépasser, *pr.*
dépassionner, *tr.* 3
se dépassionner, *pr.*
dépatouiller (se), *pr.* 4
dépaver, *tr.* 3
se dépaver, *pr.*
dépayser, *tr.* 3
se dépayser, *pr.*
dépecer, *tr.* 23
se dépecer, *pr.*
dépêcher, *tr.* 16
se dépêcher, *pr.*
dépeigner, *tr.* 16
dépeindre, *tr.* 70
se dépeindre, *pr.*
dépelotonner, *tr.* 3
se dépelotonner, *pr.*
dépénaliser, *tr.* 3
dépendre, *tr.*, *tr. i.* 67
se dépendre, *pr.*
dépenser, *tr.* 3
se dépenser, *pr.*
dépérir, *intr.* 33
dépersonnaliser, *tr.* 3
dépersuader, *tr.* 3
dépêtrer, *tr.* 16
se dépêtrer, *pr.*
dépeupler, *tr.* 17
se dépeupler, *pr.*
déphaser, *tr.* 3
déphosphater, *tr.* 3

déphosphorer, *tr.* 3
dépiauter, *tr.* 3
dépiécer, *tr.* 30
dépiler, *tr.*, *intr.* 3
se dépiler, *pr.*
dépingler, *tr.* 3
dépiquer, *tr.* 3
se dépiquer, *pr.*
dépister, *tr.* 3
dépiter, *tr.* 3
se dépiter, *pr.*
déplacer, *tr.* 18
se déplacer, *pr.*
déplafonner, *tr.* 3
déplaire, *tr. i.* 77
se déplaire, *pr.*
déplanter, *tr.* 3
déplatiner, *tr.* 3
déplâtrer, *tr.* 3
déplier, *tr.* 7
se déplier, *pr.*
déplisser, *tr.* 3
se déplisser, *pr.*
déplomber, *tr.* 3
se déplomber, *pr.*
déplorer, *tr.* 3
déployer, *tr.* 14
se déployer, *pr.*
déplumer, *tr.* 3
se déplumer, *pr.*
dépocher, *tr.* 3
dépoétiser, *tr.* 3
dépolariser, *tr.* 3
dépolir, *tr.* 33
se dépolir, *pr.*
dépolitiser, *tr.* 3
se dépolitiser, *pr.*
dépolluer, *tr.* 10
dépolymériser, *tr.* 3
dépontiller, *intr.* 4
dépopulariser, *tr.* 3
se dépopulariser, *pr.*
déporter, *tr.* 3
se déporter, *pr.*
déposer, *tr.*, *intr.* 3
se déposer, *pr.*
déposséder, *tr.* 32

déposter, *tr.* 3
dépoter, *tr.* 3
dépoudrer, *tr.* 3
se dépoudrer, *pr.*
dépouiller, *tr.* 4
se dépouiller, *pr.*
dépourvoir, *déf.* 144
se dépourvoir, *pr.*
dépoussiérer, *tr.* 32
dépraver, *tr.* 3
se dépraver, *pr.*
déprécier, *tr.* 8
se déprécier, *pr.*
dépréder, *tr.* 32
déprendre, *tr.*, 66
se déprendre, *pr.*
dépressuriser, *tr.* 3
déprier, *tr.* 7
déprimer, *tr.*, *intr.* 3
se déprimer, *pr.*
dépriser, *tr.* 3
se dépriser, *pr.*
déprisonner, *tr.* 3
déprogrammer, *tr.* 3
déprolétariser, *tr.* 3
déprotéger, *tr.* 31
dépuceler, *tr.* 25
dépulper, *tr.* 3
dépurer, *tr.* 3
se dépurer, *pr.*
députer, *tr.* 3
déqualifier, *tr.* 8
déraciner, *tr.* 3
se déraciner, *pr.*
dérader, *intr.* 3
dérager, *intr.* 20
déraidir, *tr.* 33
se déraidir, *pr.*
dérailler, *tr.* 4
déraisonner, *intr.* 3
déralinguer, *tr.* 3
déramer, *tr.*, *intr.* 3
déranger, *tr.* 20
se déranger, *pr.*
déraper, *intr.* 3
dérâper, *tr.* 3
déraser, *tr.* 3

dérater, *tr.* 3
dératiser, *tr.* 3
dérayer, *tr.*, *intr.* 11
déréaliser, *tr.* 3
dérégionaliser, *tr.* 3
déréglementer, *tr.* 3
dérégler, *tr.* 32
se dérégler, *pr.*
déresponsabiliser, *tr.* 3
dérider, *tr.* 3
se dérider, *pr.*
dériver, *tr.*, *tr. i.*, *intr.* 3
se dériver, *pr.*
dériveter, *tr.* 28
dérober, *tr.* 3
se dérober, *pr.*
dérocher, *tr.*, *intr.* 3
dérocter, *tr.* 3
déroder, *tr.* 3
déroger, *tr. i.* 20
déroidir, *tr.* 33
dérougir, *tr.* 33
se dérougir, *pr.*
dérouiller, *tr.*, *intr.* 4
se dérouiller, *pr.*
dérouler, *tr.* 3
se dérouler, *pr.*
dérouter, *tr.* 3
se dérouter, *pr.*
désabonner, *tr.* 3
se désabonner, *pr.*
désabriter, *tr.* 3
désabuser, *tr.* 3
se désabuser, *pr.*
désaccentuer, *tr.* 3
désacclimater, *tr.* 3
désaccorder, *tr.* 3
se désaccorder, *pr.*
désaccoupler, *tr.* 3
se désaccoupler, *pr.*
désaccoutumer, *tr.* 3
se désaccoutumer, *pr.*
désachalander, *tr.* 3
se désachalander, *pr.*
désaciérer, *tr.* 32
désacraliser, *tr.* 3
désactiver, *tr.* 3

se désactiver, *pr.*
désadapter, *tr.* 3
se désadapter, *pr.*
désaffecter, *tr.* 16
désaffectionner, *tr.* 3
se désaffectionner, *pr.*
désaffilier, *tr.* 8
désaffourcher, *tr.*, *intr.* 3
désaffubler, *tr.* 3
se désaffubler, *pr.*
désagencer, *tr.* 18
désagrafer, *tr.* 3
désagréer, *tr.* 6
désagréger, *tr.* 31
se désagréger, *pr.*
désaguerrir, *tr.* 33
désaimanter, *tr.* 3
se désaimanter, *pr.*
désaisonnaliser, *tr.* 3
désajuster, *tr.* 3
se désajuster, *pr.*
désaliéner, *tr.* 32
désaligner, *tr.* 3
désaliter (se), *pr.* 3
désallaiter, *tr.* 3
désalper, *intr.* 3
désaltérer, *tr.* 32
se désaltérer, *pr.*
désamarrer, *tr.* 3
désambiguïser, *tr.* 3
désamianter, *tr.* 3
désamidonner, *tr.* 3
désamorcer, *tr.* 18
désancrer, *tr.* 3
désannexer, *tr.* 3
désappareiller, *tr.* 4
se désappareiller, *pr.*
désapparier, *tr.* 8
désappointer, *tr.* 3
désapprendre, *tr.* 66
se désapprendre, *pr.*
désapproprier, *tr.* 7
se désapproprier, *pr.*
désapprouver, *tr.*, *intr.* 3
se désapprouver, *pr.*
désapprovisionner, *tr.* 3
désarçonner, *tr.* 3

se désarçonner, *pr.*
désargenter, *tr.* 3
se désargenter, *pr.*
désarmer, *tr.*, *intr.* 3
se désarmer, *pr.*
désarrimer, *tr.* 3
désarticuler, *tr.* 3
se désarticuler, *pr.*
désasphalter, *tr.* 3
désassembler, *tr.* 3
se désassembler, *pr.*
désassiéger, *tr.*, *intr.* 31
désassimiler, *tr.* 3
désassocier, *tr.* 8
se désassocier, *pr.*
désassortir, *tr.* 33
se désassortir, *pr.*
désassurer, *tr.* 3
se désassurer, *pr.*
désatelliser, *tr.* 3
désatomiser, *tr.* 3
désattrister, *tr.* 3
se désattrister, *pr.*
désavantager, *tr.* 20
désaveugler, *tr.* 17
se désaveugler, *pr.*
désavouer, *tr.* 9
se désavouer, *pr.*
désaxer, *tr.* 3
désazoter, *tr.* 3
desceller, *tr.* 16
se desceller, *pr.*
descendre, *tr.*, *intr.*, *ê*, *a* 67
déscolariser, *tr.* 3
déséchafauder, *tr.* 3
déséchalasser, *tr.* 3
déséchouer, *tr.* 9
se déséchouer, *pr.*
désectoriser, *tr.* 3
désemballer, *tr.* 3
désembarquer, *tr.* 3
se désembarquer, *pr.*
désembobiner, *tr.* 3
désembourber, *tr.* 3
se désembourber, *pr.*
désembourgeoiser, *tr.* 3

se désembourgeoiser, *pr.*
désembouteiller, *tr.* 4
désembroussailler, *tr.* 4
désembrayer, *tr.*, *intr.* 11
désembuer, *tr.* 10
désemmailloter, *tr.* 3
désemmancher, *tr.* 3
désemmêler, *tr.* 3
désemparer, *tr.*, *intr.* 3
désempeser, *tr.* 29
se désempeser, *pr.*
désempêtrer, *tr.* 3
se désempêtrer, *pr.*
désempiler, *tr.* 3
désemplir, *tr.*, *intr.* 33
se désemplir, *pr.*
désemplumer, *tr.* 3
se désemplumer, *pr.*
désempoisonner, *tr.* 3
désempoissonner, *tr.* 3
se désempoissonner, *pr.*
désemprisonner, *tr.* 3
se désemprisonner, *pr.*
désémulsionner, *tr.* 3
désencadrer, *tr.* 3
désencarter, *tr.* 3
désencastrer, *tr.* 3
désenchaîner, *tr.* 16
désenchanter, *tr.* 3
se désenchanter, *pr.*
désenclaver, *tr.* 3
se désenclaver, *pr.*
désenclouer, *tr.* 3
désencoller, *tr.* 3
désencombrer, *tr.* 3
se désencombrer, *pr.*
désencrasser, *tr.* 3
désencrer, *tr.* 3
désencroûter, *tr.* 3
se désencroûter, *pr.*
désendetter (se), *pr.* 16
désénerver, *tr.* 3
désenfiler, *tr.* 3
se désenfiler, *pr.*
désenflammer, *tr.* 3
désenfler, *tr.*, *intr.* 3
se désenfler, *pr.*

désenfourner, *tr.* 3
désenfumer, *tr.* 3
désengager, *tr.* 20
se désengager, *pr.*
désengorger, *tr.* 20
désengourdir, *tr.* 33
désengrener, *tr.* 29
désenivrer, *tr.*, *intr.* 3
se désenivrer, *pr.*
désenlacer, *tr.* 18
se désenlacer, *pr.*
désennuyer, *tr.*, *intr.* 15
se désennuyer, *pr.*
désenorgueillir, *tr. i.* 33
désenrayer, *tr.* 11
se désenrayer, *pr.*
désenrhumer, *tr.* 3
se désenrhumer, *pr.*
désenrôler, *tr.* 3
désenrouer, *tr.* 9
se désenrouer, *pr.*
désensabler, *tr.* 3
désensevelir, *tr.* 33
désensibiliser, *tr.* 3
se désensibiliser, *pr.*
désensorceler, *tr.* 25
se désensorceler, *pr.*
désentasser, *tr.* 3
désentêter, *tr.* 16
se désentêter, *pr.*
désenthousiasmer, *tr.* 3
désentoiler, *tr.* 3
désentortiller, *tr.* 4
désentraver, *tr.* 3
désentrelacer, *tr.* 18
désenvaser, *tr.* 3
désenvelopper, *tr.* 3
désenvenimer, *tr.* 3
désenverguer, *tr.* 3
désenvoûter, *tr.* 3
désépaissir, *tr.* 33
déséquilibrer, *tr.* 3
déséquiper, *tr.* 3
déserter, *tr.*, *intr.* 3
se déserter, *pr.*
désertifier (se), *pr.* 8
désespérer, *tr.*, *intr.* 32

se désespérer, *pr.*
désétablir, *tr.* 33
désétamer, *tr.* 3
déséthaniser, *tr.* 3
désétatiser, *tr.* 3
désexciter, *tr.* 3
se désexciter, *pr.*
désexualiser, *tr.* 3
déshabiller, *tr.* 4
se déshabiller, *pr.*
déshabiter, *tr.* 3
se déshabiter, *pr.*
déshabituer, *tr.* 10
se déshabituer, *pr.*
déshalogéner, *tr.* 32
désherber, *tr.* 3
déshériter, *tr.* 3
désheurer, *tr.*, *intr.* 17
se désheurer, *pr.*
déshonorer, *tr.* 3
se déshonorer, *pr.*
déshuiler, *tr.* 3
déshumaniser, *tr.* 3
se déshumaniser, *pr.*
déshumidifier, *tr.* 8
déshydrater, *tr.* 3
se déshydrater, *pr.*
déshydrogéner, *tr.* 32
déshypothéquer, *tr.* 32
désigner, *tr.* 3
se désigner, *pr.*
désillusionner, *tr.* 3
se désillusionner, *pr.*
désincarcérer, *tr.* 32
désincarner, *tr.* 3
se désincarner, *pr.*
désincorporer, *tr.* 3
désincruster, *tr.* 3
désinculper, *tr.* 3
désindexer, *tr.* 3
désindustrialiser, *tr.* 3
se désindustrialiser, *pr.*
désinfatuer, *tr.* 3
se désinfatuer, *pr.*
désinfecter, *tr.* 16
se désinfecter, *pr.*
désinformer, *tr.* 3

désinhiber, *tr.* 3
désinsectiser, *tr.* 3
désinstaller, *tr.* 3
désintégrer, *tr.* 32
se désintégrer, *pr.*
désintéresser, *tr.* 16
se désintéresser, *pr.*
désintoxiquer, *tr.* 3
désinvaginer, *tr.* 3
désinvestir, *tr.*, *intr.* 33
se désinvestir, *pr.*
désinviter, *tr.* 3
désioniser, *tr.* 3
désirer, *tr.* 3
se désirer, *pr.*
désister (se), *pr.* 3
désobéir, *tr. i.*, *intr.* 33
désobliger, *tr.* 20
se désobliger, *pr.*
désobstruer, *tr.* 3
se désobstruer, *pr.*
désoccuper, *tr.* 3
se désoccuper, *pr.*
désocialiser, *tr.* 3
se désocialiser, *pr.*
désodoriser, *tr.* 3
désœuvrer, *tr.* 17
désoler, *tr.* 3
se désoler, *pr.*
désolidariser, *tr.* 3
se désolidariser, *pr.*
désoperculer, *tr.* 3
désopiler, *tr.* 3
se désopiler, *pr.*
désorber, *tr.* 3
désorbiter, *tr.* 3
se désorbiter, *pr.*
désordonner, *tr.* 3
se désordonner, *pr.*
désorganiser, *tr.* 3
se désorganiser, *pr.*
désorienter, *tr.* 3
se désorienter, *pr.*
désosser, *tr.* 3
se désosser, *pr.*
désoufrer, *tr.* 3
désourdir, *tr.* 33

désoxyder, *tr.* 3
se désoxyder, *pr.*
désoxygéner, *tr.* 32
se désoxygéner, *pr.*
desquamer, *tr.*, *intr.* 3
se desquamer, *pr.*
dessabler, *tr.* 3
dessaisir, *tr.* 33
se dessaisir, *pr.*
dessaisonner, *tr.* 3
dessaler, *tr.*, *intr.* 3
se dessaler, *pr.*
dessangler, *tr.* 3
se dessangler, *pr.*
dessaouler, *tr.*, *intr.* 3
se dessaouler, *pr.*
dessaper, *tr.* 3
se dessaper, *pr.*
dessécher, *tr.* 32
se dessécher, *pr.*
desseller, *tr.* 16
dessemeler, *tr.* 25
desserrer, *tr.* 16
se desserrer, *pr.*
dessertir, *tr.* 33
desservir, *tr.* 45
se desservir, *pr.*
dessiller, *tr.* 4
se dessiller, *pr.*
dessiner, *tr.* 3
se dessiner, *pr.*
dessoler, *tr.* 3
dessoucher, *tr.* 3
dessouder, *tr.* 3
se dessouder, *pr.*
dessoûler, *tr.*, *intr.* 3
se dessoûler, *pr.*
dessuinter, *tr.* 3
déstabiliser, *tr.* 3
déstaliniser, *tr.* 3
destiner, *tr.* 3
se destiner, *pr.*
destituer, *tr.* 10
déstocker, *tr.*, *intr.* 3
destructurer, *tr.* 3
se destructurer, *pr.*
désucrer, *tr.* 3

désulfiter, *tr.* 3
désulfurer, *tr.* 3
désunir, *tr.* 33
se désunir, *pr.*
désynchroniser, *tr.* 3
se désynchroniser, *pr.*
détacher, *tr.* 3
se détacher, *pr.*
détailler, *tr.* 4
se détailler, *pr.*
détaler, *intr.* 3
détalinguer, *intr.* 3
détapisser, *tr.* 3
détartrer, *tr.* 3
détaxer, *tr.* 3
détecter, *tr.* 16
déteindre, *tr.*, *intr.* 70
se déteindre, *pr.*
dételer, *tr.*, *intr.* 25
détendre, *tr.* 67
se détendre, *pr.*
détenir, *tr.* 38
se détenir, *pr.*
déterger, *tr.* 20
se déterger, *pr.*
détériorer, *tr.* 3
se détériorer, *pr.* 3
déterminer, *tr.* 3
se déterminer, *pr.*
déterrer, *tr.* 16
détester, *tr.* 3
se détester, *pr.*
détirefonner, *tr.* 3
détirer, *tr.* 3
se détirer, *pr.*
détiser, *tr.* 3
détisser, *tr.* 3
se détisser, *pr.*
détitrer, *tr.* 3
détoner, *intr.* 3
détonneler, *tr.* 25
détonner, *intr.* 3
détordre, *tr.* 74
se détordre, *pr.*
détorquer, *tr.* 3
détortiller, *tr.* 4
se détortiller, *pr.*

détoupillonner, *tr.* 3
détourer, *tr.* 3
détourner, *tr.* 3
se détourner, *pr.*
détoxiquer, *tr.* 3
détoxifier, *tr.* 8
détracter, *tr.* 3
se détracter, *pr.*
détranger, *tr.* 20
détraquer, *tr.* 3
se détraquer, *pr.*
détremper, *tr.* 3
se détremper, *pr.*
détresser, *tr.* 3
se détresser, *pr.*
détricoter, *tr.* 3
détromper, *tr.* 3
se détromper, *pr.*
détrôner, *tr.* 3
détroquer, *tr.* 3
détrousser, *tr.* 3
se détrousser, *pr.*
détruire, *tr.* 91
se détruire, *pr.*
dévaler, *tr.*, *intr.* 3
se dévaler, *pr.*
dévaliser, *tr.* 3
dévaloriser, *tr.* 3
se dévaloriser, *pr.*
dévaluer, *tr.* 10
se dévaluer, *pr.*
devancer, *tr.* 18
se devancer, *pr.*
dévaster, *tr.* 3
développer, *tr.* 3
se développer, *pr.*
devenir, *intr.*, *ê* 38
déventer, *tr.* 3
dévergonder (se), *pr.* 3
déverguer, *tr.* 3
dévernir, *tr.* 33
déverrouiller, *tr.* 4
déverser, *tr.* 3
se déverser, *pr.*
dévêtir, *tr.* 47
se dévêtir, *pr.*
dévider, *tr.* 3

se dévider, *pr.*
dévier, *tr.*, *intr.* 8
se dévier, *pr.*
deviner, *tr.* 3
se deviner, *pr.*
dévirer, *tr.*, *intr.* 3
dévirginiser, *tr.* 3
déviriliser, *tr.* 3
déviroler, *tr.* 3
dévisager, *tr.* 20
se dévisager, *pr.*
deviser, *intr.* 3
dévisser, *tr.*, *intr.* 3
se dévisser, *pr.*
dévitaliser, *tr.* 3
dévitaminer, *tr.* 3
dévitaminiser, *tr.* 3
dévitrifier, *tr.* 3
dévoiler, *tr.* 3
se dévoiler, *pr.*
devoir, *tr.* 60
se devoir, *pr.*
dévoler, *intr.* 3
dévolter, *tr.* 3
dévorer, *tr.*, *intr.* 3
se dévorer, *pr.*
dévouer, *tr.* 9
se dévouer, *pr.*
dévoyer, *tr.* 14
se dévoyer, *pr.*
dévriller, *tr.* 4
dézinguer, *tr.* 3
diaboliser, *tr.* 3
diaconiser, *tr.* 3
diagnostiquer, *tr.* 3
se diagnostiquer, *pr.*
dialectiser, *tr.* 3
dialoguer, *tr.*, *intr.* 3
dialyser, *tr.* 3
diamanter, *tr.* 3
diapasonner, *tr.* 3
se diapasonner, *pr.*
diaphragmer, *tr.*, *intr.* 3
diaprer, *tr.* 3
se diaprer, *pr.*
diazoter, *tr.* 3
dicter, *tr.* 3

diéséliser, *tr.* 3
diéser, *tr.* 32
se diéser, *pr.*
diffamer, *tr.* 3
se diffamer, *pr.*
différencier, *tr.* 8
se différencier, *pr.*
différentier, *tr.* 8
différer, *tr.*, *intr.* 32
se différer, *pr.*
diffluer, *intr.* 3
difformer, *tr.* 3
diffracter, *tr.* 3
diffuser, *tr.* 3
se diffuser, *pr.*
digérer, *tr.*, *intr.* 32
se digérer, *pr.*
digitaliser, *tr.* 3
digresser, *intr.* 16
dilacérer, *tr.* 32
se dilacérer, *pr.*
dilapider, *tr.* 3
dilater, *tr.* 3
se dilater, *pr.*
dilayer, *tr.* 11
diligenter, *tr.* 3
se diligenter, *pr.*
diluer, *tr.* 10
se diluer, *pr.*
dimensionner, *tr.* 3
dîmer, *tr.* 3
diminuer, *tr.*, *intr.*, *ê*, *a* 10
se diminuer, *pr.*
dindonner, *tr.* 3
dîner, *intr.* 3
dinguer, *intr.* 3
diphtonguer, *tr.* 3
diplômer, *tr.* 3
dire, *tr.* 96
se dire, *pr.*
diriger, *tr.* 20
se diriger, *pr.*
discerner, *tr.* 3
se discerner, *pr.*
discipliner, *tr.* 3
se discipliner, *pr.*

discontinuer, *intr.* 10
se discontinuer, *pr.*
disconvenir, *tr. i., intr.* 38
discorder, *intr.* 3
discounter, *tr.* 3
discourir, *intr.* 51
discréditer, *tr.* 3
se discréditer, *pr.*
discriminer, *tr.* 3
disculper, *tr.* 3
se disculper, *pr.*
discutailler, *tr., intr.* 4
discuter, *tr., intr.* 3
se discuter, *pr.*
disgracier, *tr.* 8
disjoindre, *tr.* 71
se disjoindre, *pr.*
disjoncter, *tr., intr.* 3
disloquer, *tr.* 3
se disloquer, *pr.*
disparaître, *intr., ê, a* 80
dispatcher, *tr.* 3
dispenser, *tr.* 3
se dispenser, *pr.*
disperser, *tr.* 3
se disperser, *pr.*
disposer, *tr., tr. i.* 3
se disposer, *pr.*
disputailler, *intr.* 4
disputer, *tr., tr. i.* 3
se disputer, *pr.*
disqualifier, *tr.* 8
se disqualifier, *pr.*
dissembler, *intr.* 3
disséminer, *tr.* 3
se disséminer, *pr.*
disséquer, *tr.* 32
disserter, *intr.* 3
dissimiler, *tr.* 3
dissimuler, *tr.* 3
se dissimuler, *pr.*
dissiper, *tr.* 3
se dissiper, *pr.*
dissocier, *tr.* 8
se dissocier, *pr.*
dissoner, *intr.* 3
dissoudre, *tr.* 83

se dissoudre, *pr.*
dissuader, *tr.* 3
distancer, *tr.* 18
se distancer, *pr.*
distancier, *tr.* 8
se distancier, *pr.*
distendre, *tr.* 67
se distendre, *pr.*
distiller, *tr., intr.* 4
se distiller, *pr.*
distinguer, *tr., intr.* 3
se distinguer, *pr.*
distordre, *tr.* 74
se distordre, *pr.*
distraire, *déf.* 183
se distraire, *pr.*
distribuer, *tr.* 10
se distribuer, *pr.*
divaguer, *intr.* 3
diverger, *intr.* 20
diversifier, *tr.* 8
se diversifier, *pr.*
divertir, *tr.* 33
se divertir, *pr.*
diviniser, *tr.* 3
diviser, *tr.* 3
se diviser, *pr.*
divorcer, *intr., ê, a* 18
divulguer, *tr.* 3
se divulguer, *pr.*
documenter, *tr.* 3
se documenter, *pr.*
dodeliner, *intr.* 3
dodiner, *tr.* 3
se dodiner, *pr.*
dogmatiser, *intr.* 3
doigter, *tr., intr.* 3
doler, *tr.* 3
dollariser, *tr.* 3
domanialiser, *tr.* 3
domestiquer, *tr.* 3
se domestiquer, *pr.*
domicilier, *tr.* 8
se domicilier, *pr.*
dominer, *tr., intr.* 3
se dominer, *pr.*
dompter, *tr.* 3

se dompter, *pr.*
donner, *tr., intr.* 3
se donner, *pr.*
doper, *tr.* 3
se doper, *pr.*
dorer, *tr.* 3
se dorer, *pr.*
dorloter, *tr.* 3
se dorloter, *pr.*
dormir, *intr.* 44
doser, *tr.* 3
doter, *tr.* 3
double-cliquer, *tr.* 3
doubler, *tr., intr.* 3
se doubler, *pr.*
doublonner, *intr.* 3
doucher, *tr.* 3
se doucher, *pr.*
doucir, *tr.* 33
douer, *déf.* 111
douiller, *intr.* 4
douilletter, *tr.* 3
se douilletter, *pr.*
douloir (se), *déf.* 145
douter, *tr. i., intr.* 3
se douter, *pr.*
dragéifier, *tr.* 8
drageonner, *intr.* 3
draguer, *tr., intr.* 3
drainer, *tr.* 16
dramatiser, *tr., intr.* 3
draper, *tr.* 3
se draper, *pr.*
drayer, *tr.* 11
dresser, *tr.* 16
se dresser, *pr.*
dribbler, *tr., intr.* 3
driver, *tr., intr.* 3
droguer, *tr., intr.* 3
se droguer, *pr.*
droper, *intr.* 3
se droper, *pr.*
drop(p)er, *tr.,* 3
drosser, *tr.* 3
dualiser, *tr.* 3
duire, *déf.* 176
duiter, *tr.* 3

dulcifier, *tr.* 8
duper, *tr.* 3
se duper, *pr.*
duplexer, *tr.* 16
dupliquer, *tr.* 3
durcir, *tr.*, *intr.* 33
se durcir, *pr.*
durer, *intr.* 3
durillonner (se), *pr.* 3
dynamiser, *tr.* 3
dynamiter, *tr.* 3

E

ébahir, *tr.* 33
s'ébahir, *pr.*
ébarber, *tr.* 3
ébattre (s'), *pr.* 87
ébaubir (s'), *pr.* 33
ébaucher, *tr.* 3
s'ébaucher, *pr.*
ébaudir, *tr.* 33
s'ébaudir, *pr.*
ébavurer, *tr.* 3
ébéner, *tr.* 3
éberluer, *tr.* 10
ébêtir, *tr.* 3
éblouir, *tr.*, *intr.* 33
s'éblouir, *pr.*
éborgner, *tr.* 3
s'éborgner, *pr.*
ébouer, *tr.* 9
ébouillanter, *tr.* 3
s'ébouillanter, *pr.*
ébouiller, *tr.* 4
ébouillir, *tr.* 43
ébouler, *tr.*, *intr.* 3
s'ébouler, *pr.*
ébourgeonner, *tr.* 3
ébouriffer, *tr.* 3
s'ébouriffer, *pr.*
ébousiner, *tr.* 3
ébourrer, *tr.* 3
ébouter, *tr.* 3
ébouturer, *tr.* 3
ébraiser, *tr.* 16
ébrancher, *tr.* 3

ébranler, *tr.* 3
s'ébranler, *pr.*
ébraser, *tr.* 3
ébrécher, *tr.* 32
s'ébrécher, *pr.*
ébrener, *tr.* 29
ébrouer, *tr.*
ébrouer (s'), *pr.*
ébruiter, *tr.* 3
s'ébruiter, *pr.*
écacher, *tr.* 3
s'écacher, *pr.*
écailler, *tr.* 4
s'écailler, *pr.*
écaler, *tr.* 3
s'écaler, *pr.*
écanguer, *tr.* 3
écarbouiller, *tr.* 4
écarquiller, *tr.* 4
s'écarquiller, *pr.*
écarteler, *tr.* 24
écarter, *tr.*, *intr.* 3
s'écarter, *pr.*
écatir, *tr.* 33
ecchymoser, *tr.* 3
s'ecchymoser, *pr.*
écéper, *tr.* 32
écerveler, *tr.* 25
échafauder, *tr.*, *intr.* 3
s'échafauder, *pr.*
échalasser, *tr.* 3
échampir, *tr.* 33
échancrer, *tr.* 3
s'échancrer, *pr.*
échanfreiner, *tr.* 16
échanger, *tr.* 20
s'échanger, *pr.*
échantillonner, *tr.* 3
s'échantillonner, *pr.*
échapper, *tr.*, *tr. i.*, *intr.*,
  ê, a 3
s'échapper, *pr.*
échardonner, *tr.* 3
écharner, *tr.* 3
écharper, *tr.* 3
s'écharper, *pr.*
écharpiller, *tr.* 4

échauder, *tr.* 3
s'échauder, *pr.*
échauffer, *tr.* 3
s'échauffer, *pr.*
échauler, *tr.* 3
échaumer, *tr.* 3
échelonner, *tr.* 3
s'échelonner, *pr.*
écheniller, *tr.* 3
écheoir (échoir)
écher, *tr.* 32
écheveler, *tr.* 25
s'écheveler, *pr.*
échiner, *tr.* 3
s'échiner, *pr.*
échographier, *tr.* 8
échoir, *déf.* 151
échopper, *tr.* 3
échouer, *tr.*, *intr.*, *ê, a* 9
s'échouer, *pr.*
écimer, *tr.* 3
éclabousser, *tr.* 3
s'éclabousser, *pr.*
éclaircir, *tr.* 33
s'éclaircir, *pr.*
éclairer, *tr.*, *intr.* 16
s'éclairer, *pr.*
éclater, *tr.*, *intr.*, *ê, a* 3
s'éclater, *pr.*
éclipser, *tr.* 3
s'éclipser, *pr.*
éclisser, *tr.* 3
éclore, *déf.* 112
s'écloper, *pr.*
éclore, *déf.* 163
écluser, *tr.* 3
écobuer, *tr.* 10
écœurer, *tr.*, *intr.* 17
écoiner, *tr.* 3
écolleter, *tr.* 28
éconduire, *tr.* 91
économiser, *tr.*, *intr.* 3
écoper, *tr.* 3
écoquer, *tr.* 3
écorcer, *tr.* 18
s'écorcer, *pr.*
écorcher, *tr.* 3

s'écorcher, *pr.*
écorer, *tr.* 3
écorner, *tr.* 3
s'écorner, *pr.*
écornifler, *tr.* 3
écosser, *tr.* 3
s'écosser, *pr.*
écouler, *tr.* 3
s'écouler, *pr.*
écourter, *tr.* 3
s'écourter, *pr.*
écouter, *tr.*, *intr.* 3
s'écouter, *pr.*
écouvillonner, *tr.* 3
écrabouiller, *tr.* 4
s'écrabouiller, *pr.*
écraser, *tr.*, *intr.* 3
s'écraser, *pr.*
écrémer, *tr.* 32
écréner, *tr.* 32
s'écréner, *pr.*
écrêter, *tr.* 16
écrier (s'), *pr.* 7
écrire, *tr.*, *tr. i.*, *intr.* 102
s'écrire, *pr.*
écrivailler, *intr.* 4
écrivasser, *tr.* 3
écrouer, *tr.* 3
écrouir, *tr.* 33
s'écrouir, *pr.*
écrouler (s'), *pr.* 3
écroûter, *tr.* 3
écuisser, *tr.* 3
éculer, *tr.* 3
s'éculer, *pr.*
écumer, *tr.*, *intr.* 3
écurer, *tr.* 3
s'écurer, *pr.*
écussonner, *tr.* 3
édenter, *tr.* 3
s'édenter, *pr.*
édicter, *tr.* 3
édifier, *tr.*, *intr.* 8
s'édifier, *pr.*
éditer, *tr.* 3
s'éditer, *pr.*

éditionner, *tr.* 3
édulcorer, *tr.* 3
s'édulcorer, *pr.*
éduquer, *tr.* 3
éfaufiler, *tr.* 3
s'éfaufiler, *pr.*
effacer, *tr.*, *intr.* 18
s'effacer, *pr.*
effaner, *tr.* 3
effarer, *tr.* 3
s'effarer, *pr.*
effaroucher, *tr.* 3
s'effaroucher, *pr.*
effectuer, *tr.* 10
s'effectuer, *pr.*
efféminer, *tr.* 3
s'efféminer, *pr.*
effeuiller, *tr.* 17
s'effeuiller, *pr.*
effigier, *tr.* 8
effiler, *tr.* 3
s'effiler, *pr.*
effilocher, *tr.* 3
s'effilocher, *pr.*
effiloquer, *tr.* 3
s'effiloquer, *pr.*
efflanquer, *tr.* 3
s'efflanquer, *pr.*
effleurer, *tr.* 17
s'effleurer, *pr.*
effleurir, *tr.* 33
s'effleurir, *pr.*
effluver, *intr.* 3
effondrer, *tr.* 3
s'effondrer, *pr.*
efforcer (s'), *pr.* 18
effranger, *tr.* 20
s'effranger, *pr.*
effrayer, *tr.* 11
s'effrayer, *pr.*
effriter, *tr.* 3
s'effriter, *pr.*
effruiter, *tr.* 3
égailler (s'), *pr.* 16
égaler, *tr.* 3
s'égaler, *pr.*
égaliser, *tr.*, *intr.* 3

s'égaliser, *pr.*
égarer, *tr.* 3
s'égarer, *pr.*
égayer, *tr.* 11
s'égayer, *pr.*
égermer, *tr.* 3
égoïser, *intr.* 3
égorger, *tr.* 20
s'égorger, *pr.*
égosiller (s'), *pr.* 4
égoutter, *tr.* 3
s'égoutter, *pr.*
égrainer, *tr.* 16
s'égrainer, *pr.*
égrapper, *tr.* 3
s'égrapper, *pr.*
égratigner, *tr.* 3
s'égratigner, *pr.*
égravillonner, *tr.* 3
égrener, *tr.* 29
s'égrener, *pr.*
égriser, *tr.* 3
égruger, *tr.* 20
égueuler, *tr.* 3
s'égueuler, *pr.*
éherber, *tr.* 3
éhouper, *tr.* 3
éjaculer, *tr.* 3
éjecter, *tr.* 16
s'éjecter, *pr.*
éjointer, *tr.* 3
éjouir (s'), *pr.* 33
élaborer, *tr.* 3
s'élaborer, *pr.*
élaguer, *tr.* 3
élancer, *tr.*, *intr.* 18
s'élancer, *pr.*
élargir, *tr.*, *intr.* 33
s'élargir, *pr.*
électrifier, *tr.* 8
électriser, *tr.* 3
s'électriser, *pr.*
électrocuter, *tr.* 3
s'électrocuter, *pr.*
électrolyser, *tr.* 3
électroniser, *tr.* 3
élégir, *tr.* 33

élever, *tr.* 29
s'élever, *pr.*
élider, *tr.* 3
s'élider, *pr.*
élier, *tr.* 8
élimer, *tr.* 3
s'élimer, *pr.*
éliminer, *tr., intr.* 3
s'éliminer, *pr.*
élinguer, *tr.* 3
élire, *tr.* 101
éloigner, *tr.* 3
s'éloigner, *pr.*
élonger, *tr.* 20
élucider, *tr.* 3
s'élucider, *pr.*
élucubrer, *tr.* 3
éluder, *tr.* 3
s'éluder, *pr.*
éluer, *tr.* 10
émacier, *tr.* 8
s'émacier, *pr.*
émailler, *tr.* 3
s'émailler, *pr.*
émanciper, *tr.* 3
s'émanciper, *pr.*
émaner, *intr.* 3
émarger, *tr., intr.* 20
émasculer, *tr.* 3
embabouiner, *tr.* 3
emballer, *tr.* 3
s'emballer, *pr.*
embalotter, *tr.* 3
embarbouiller, *tr.* 4
s'embarbouiller, *pr.*
embarder, *tr.* 3
s'embarder, *pr.*
embarquer, *tr., intr.* 3
s'embarquer, *pr.*
embarrasser, *tr.* 3
s'embarrasser, *pr.*
embarrer, *tr., intr.* 3
s'embarrer, *pr.*
embastiller, *tr.* 3
embâter, *tr.* 3
embâtonner, *tr.* 3
s'embâtonner, *pr.*

embat(t)re, *tr.* 87
embaucher, *tr., intr.* 3
s'embaucher, *pr.*
embaumer, *tr., intr.* 3
s'embaumer, *pr.*
embecquer, *tr.* 16
embéguiner, *tr.* 3
s'embéguiner, *pr.*
embellir, *tr., intr., ê, a* 33
s'embellir, *pr.*
emberlificoter, *tr.* 3
s'emberlificoter, *pr.*
emberlucoquer (s'), *tr.* 3
embêter, *tr.* 16
s'embêter, *pr.*
embieller, *tr.* 3
emblaver, *tr.* 3
embler, *tr.* 3
embobeliner, *tr.* 3
embobiner, *tr.* 3
emboire (s'), *pr.* 89
emboiser, *tr.* 3
emboîter, *tr.* 3
s'emboîter, *pr.*
emboquer, *tr.* 3
embordurer, *tr.* 3
embosser, *tr.* 3
s'embosser, *pr.*
emboucher, *tr.* 3
s'emboucher, *pr.*
embouer, *tr., intr.* 9
s'embouer, *pr.*
embouquer, *tr., intr.* 3
embourber, *tr.* 3
s'embourber, *pr.*
embourgeoiser, *tr.* 3
s'embourgeoiser, *pr.*
embourrer, *tr.* 3
s'embourrer, *pr.*
embourser, *tr.* 3
embouser, *tr.* 3
embouteiller, *tr.* 16
embouter, *tr.* 3
emboutir, *tr.* 33
embrancher, *tr.* 3
s'embrancher, *pr.*

embraquer, *tr.* 3
embraser, *tr.* 3
s'embraser, *pr.*
embrasser, *tr.* 3
s'embrasser, *pr.*
embrayer, *tr., intr.* 11
embrener, *tr.* 29
s'embrener, *pr.*
embrever, *tr.* 29
embrigader, *tr.* 3
s'embrigader, *pr.*
embringuer, *tr.* 3
s'embringuer, *pr.*
embrocher, *tr.* 3
s'embrocher, *pr.*
embroncher, *tr.* 3
embrouiller, *tr.* 4
s'embrouiller, *pr.*
embroussailler, *tr.* 4
s'embroussailler, *pr.*
embrumer, *tr.* 3
s'embrumer, *pr.*
embrunir, *tr.* 33
embuer, *tr.* 10
s'embuer, *pr.*
embusquer, *tr.* 3
s'embusquer, *pr.*
émécher, *tr.* 32
émender, *tr.* 3
émerger, *intr.* 20
émerillonner, *tr.* 3
s'émerillonner, *pr.*
émeriser, *tr.* 3
émerveiller, *tr.* 16
s'émerveiller, *pr.*
émétiser, *tr.* 3
émettre, *tr., intr.* 88
émier, *tr.* 8
émietter, *tr.* 16
s'émietter, *pr.*
émigrer, *intr.* 3
émincer, *tr.* 18
emmagasiner, *tr.* 3
s'emmagasiner, *pr.*
emmaigrir, *tr.* 33
s'emmaigrir, *pr.*
emmailloter, *tr.* 3

s'emmailloter, *pr.*
emmancher, *tr.* 3
s'emmancher, *pr.*
emmannequiner, *tr.* 3
emmêler, *tr.* 16
s'emmêler, *pr.*
emménager, *tr., intr. ê,*
  a 20
s'emménager, *pr.*
emmener, *tr.* 29
emmenotter, *tr.* 3
emmerder, *tr.* 3
s'emmerder, *pr.*
emmétrer, *tr.* 32
emmeuler, *tr.* 3
emmieller, *tr.* 16
emmitonner, *tr.* 3
emmitoufler, *tr.* 3
s'emmitoufler, *pr.*
emmortaiser, *tr.* 16
emmurer, *tr.* 3
emmuseler, *tr.* 25
émolumenter, *intr.* 3
émonder, *tr.* 3
émorfiler, *tr.* 3
émotionner, *tr.* 3
s'émotionner, *pr.*
émotter, *tr.* 3
s'émotter, *pr.*
émoucher, *tr.* 3
s'émoucher, *pr.*
émoucheter, *tr.* 28
émoudre, *tr.* 86
émousser, *tr.* 3
s'émousser, *pr.*
émoustiller, *tr.* 4
s'émoustiller, *pr.*
émouvoir, *tr., intr.* 58
s'émouvoir, *pr.*
empailler, *tr.* 4
empaler, *tr.* 3
s'empaler, *pr.*
empalmer, *tr.* 3
empanacher, *tr.* 3
s'empanacher, *pr.*
empanner, *tr., intr.* 3

empapa(h)outer, *tr.* 3
empapilloter, *tr.* 3
empaqueter, *tr.* 28
s'empaqueter, *pr.*
emparer (s'), *pr.* 3
empâter, *tr.* 3
s'empâter *pr.*
empatter, *tr.* 3
empaumer, *tr.* 3
empêcher, *tr.*16
s'empêcher, *pr.*
empeigner, *tr.* 5
empêner, *tr., intr.* 16
empenner, *tr.* 16
emperler, *tr.* 3
s'emperler, *pr.*
empeser, *tr.* 29
empester, *tr., intr.* 3
empêtrer, *tr.* 16
s'empêtrer, *pr.*
empiéger, *tr.* 31
empierrer, *tr.* 16
empiéter, *tr.* 32
empiffrer, *tr.* 3
s'empiffrer, *pr.*
empiler, *tr.* 3
s'empiler, *pr.*
empirer, *tr., intr., ê, a* 3
s'empirer, *pr.*
emplafonner, *tr.* 3
s'emplafonner, *pr.*
emplâtrer, *tr.* 3
emplir, *tr., intr.* 33
s'emplir, *pr.*
employer, *tr.* 14
s'employer, *pr.*
emplumer, *tr.* 3
s'emplumer, *pr.*
empocher, *tr.* 3
s'empocher, *pr.*
empoigner, *tr.* 5
s'empoigner, *pr.*
empointer, *tr.* 3
empoisonner, *tr.* 3
s'empoisonner, *pr.*
empoisser, *tr.* 3
empoissonner, *tr.* 3

emporter, *tr.* 3
s'emporter, *pr.*
empoter, *tr.* 3
empourprer, *tr.* 3
empoussiérer, *tr.* 32
s'empoussiérer, *pr.*
empreindre, *tr.* 70
s'empreindre, *pr.*
empresser (s'), *pr.* 16
emprésurer, *tr.* 3
emprisonner, *tr.* 3
s'emprisonner, *pr.*
emprunter, *tr., intr.* 3
s'emprunter, *pr.*
empuantir, *tr.* 33
s'empuantir, *pr.*
émuler, *tr.* 3
émulsifier, *tr.* 8
émulsionner, *tr.* 3
énamourer (s'), *pr.* 3
enarrher, *tr.* 3
encabaner, *tr.* 3
encadrer, *tr.* 3
s'encadrer, *pr.*
encager, *tr.* 20
encagouler, *tr.* 3
encaisser, *tr.* 16
s'encaisser, *pr.*
encanailler, *tr.* 4
s'encanailler, *pr.*
encapsuler, *tr.* 3
encapuchonner, *tr.* 3
s'encapuchonner, *pr.*
encaquer, *tr.* 3
s'encaquer, *pr.*
encarter, *tr.* 3
s'encarter, *pr.*
encartonner, *tr.* 3
encaserner, *tr.* 3
encasteler (s'), *pr.* 24
encastrer, *tr.* 3
s'encastrer, *pr.*
encaustiquer, *tr.* 3
encaver, *tr.* 3
s'encaver, *pr.*
enceindre, *tr.* 70
encelluler, *tr.* 3

encenser, *tr.*, *intr.* 3
s'encenser, *pr.*
encercler, *tr.* 3
enchaîner, *tr.*, *intr.* 16
s'enchaîner, *pr.*
enchanteler, *tr.* 25
enchanter, *tr.* 3
s'enchanter, *pr.*
enchaper, *tr.* 3
enchaperonner, *tr.* 3
encharger, *tr.* 20
enchâsser, *tr.* 3
s'enchâsser, *pr.*
enchâteler, *tr.* 25
enchatonner, *tr.* 3
s'enchatonner, *pr.*
enchausser, *tr.* 3
enchemiser, *tr.* 3
enchérir, *intr.* 33
enchevaucher, *tr.* 3
enchevêtrer, *tr.* 16
s'enchevêtrer, *pr.*
enchifrener, *tr.* 29
s'enchifrener, *pr.*
encirer, *tr.* 3
enclasser, *tr.* 3
enclaver, *tr.* 3
s'enclaver, *pr.*
enclencher, *tr.* 3
s'enclencher, *pr.*
encliqueter, *tr.* 28
encloîtrer, *tr.* 3
s'encloîtrer, *pr.*
enclore, *déf.* 164
s'enclore, *pr.*
enclouer, *tr.* 3
s'enclouer, *pr.*
encocher, *tr.* 3
encoder, *tr.* 3
encoffrer, *tr.* 3
encoiffer (s'), *pr.* 3
encoller, *tr.* 3
encombrer, *tr.* 3
s'encombrer, *pr.*
encorder, *tr.* 3
s'encorder, *pr.*
encorner, *tr.* 3

encorneter, *tr.* 28
s'encorneter, *pr.*
encoubler (s'), *pr.* 3
encourager, *tr.* 20
s'encourager, *pr.*
encourir, *tr.* 51
encrasser, *tr.* 3
s'encrasser, *pr.*
encrêper, *tr.* 16
s'encrêper, *pr.*
encrer, *tr.*, *intr.* 3
encroiser, *tr.* 3
encroûter, *tr.* 3
s'encroûter, *pr.*
encuirasser, *tr.* 3
s'encuirasser, *pr.*
enculer, *tr.* 3
encuver, *tr.* 3
endauber, *tr.* 3
endenter, *tr.* 3
s'endenter, *pr.*
endetter, *tr.* 3
s'endetter, *pr.*
endeuiller, *tr.* 17
endêver, *déf.* 113
endiabler, *tr.*, *intr.* 3
endiguer, *tr.* 3
endimancher, *tr.* 3
s'endimancher, *pr.*
endivisionner, *tr.* 3
endoctriner, *tr.* 3
endolorir, *tr.* 33
s'endolorir, *pr.*
endommager, *tr.* 20
s'endommager, *pr.*
endormir, *tr.* 44
s'endormir, *pr.*
endosser, *tr.* 3
s'endosser, *pr.*
enduire, *tr.*, *intr.* 91
s'enduire, *pr.*
endurcir, *tr.* 33
s'endurcir, *pr.*
endurer, *tr.* 3
s'endurer, *pr.*
énerver, *tr.* 3
s'énerver, *pr.*

enfaîter, *tr.* 16
enfanter, *tr.*, *intr.* 3
s'enfanter, *pr.*
enfarger (s'), *pr.* 20
enfariner, *tr.* 3
s'enfariner, *pr.*
enfermer, *tr.* 3
s'enfermer, *pr.*
enferrer, *tr.* 16
s'enferrer, *pr.*
enficher, *tr.* 3
enfieller, *tr.* 16
enfiévrer, *tr.* 32
s'enfiévrer, *pr.*
enfiler, *tr.* 3
s'enfiler, *pr.*
enflammer, *tr.* 3
s'enflammer, *pr.*
enflécher, *tr.* 32
enfler, *tr.*, *intr.* 3
s'enfler, *pr.*
enfleurer, *tr.* 17
enfoncer, *tr.*, *intr.* 18
s'enfoncer, *pr.*
enforcir, *intr.* 33
s'enforcir, *pr.*
enfouir, *tr.* 33
s'enfouir, *pr.*
enfourcher, *tr.* 3
enfourner, *tr.* 3
s'enfourner, *pr.*
enfreindre, *tr.* 70
s'enfreindre, *pr.*
enfroquer, *tr.* 3
s'enfroquer, *pr.*
enfuir (s'), *pr.* 49
enfumer, *tr.* 3
s'enfumer, *pr.*
enfutailler, *tr.* 4
enfûter, *tr.* 3
engager, *tr.* 20
s'engager, *pr.*
engainer, *tr.* 16
s'engainer, *pr.*
engamer, *tr.* 3
engaver, *tr.* 3
engazonner, *tr.* 3

engeancer, *tr.* 18
s'engeancer, *pr.*
engendrer, *tr.* 3
s'engendrer, *pr.*
engeôler (enjôler)
enger, *tr.* 20
engerber, *tr.* 3
englacer, *tr.* 18
englober, *tr.* 3
engloutir, *tr.* 33
s'engloutir, *pr.*
engluer, *tr.* 3
s'engluer, *pr.*
engober, *tr.* 3
engommer, *tr.* 3
engoncer, *tr.* 18
s'engoncer, *pr.*
engorger, *tr.* 20
s'engorger, *pr.*
engouer, *tr.* 9
s'engouer, *pr.*
engouffrer, *tr.* 3
s'engouffrer, *pr.*
engouler, *tr.* 3
engourdir, *tr.* 33
s'engourdir, *pr.*
engraisser, *tr., intr.* 16
s'engraisser, *pr.*
engranger, *tr.* 20
engraver, *tr.* 3
s'engraver, *pr.*
engrêler, *tr.* 3
engrener, *tr.* 29
s'engrener, *pr.*
engrosser, *tr.* 3
engrumeler, *tr.* 25
s'engrumeler, *pr.*
engueniller, *tr.* 4
s'engueniller, *pr.*
engueuler, *tr.* 17
s'engueuler, *pr.*
enguirlander, *tr.* 3
enhardir, *tr.* 33
s'enhardir, *pr.*
enharnacher, *tr.* 3
s'enharnacher, *pr.*
enherber, *tr.* 3

énieller, *tr.* 16
enivrer, *tr., intr.* 3
s'enivrer, *pr.*
enjamber, *tr., intr.* 3
enjaveler, *tr.* 25
enjoindre, *tr.* 71
enjôler, *tr.* 3
s'enjôler, *pr.*
enjoliver, *tr.* 3
s'enjoliver, *pr.*
enjoncer, *tr.* 18
enjouer, *tr.* 9
enjuguer, *tr.* 3
enjuponner, *tr.* 3
enkyster (s'), *pr.* 3
enlacer, *tr.* 18
s'enlacer, *pr.*
enlaidir, *tr., intr., ê, a* 33
s'enlaidir, *pr.*
enlever, *tr.* 29
s'enlever, *pr.*
enliasser, *tr.* 3
enlier, *tr.* 8
enligner, *tr.* 5
enliser, *tr.* 3
s'enliser, *pr.*
enluminer, *tr.* 3
s'enluminer, *pr.*
enneiger, *tr.* 21
ennoblir, *tr.* 33
s'ennoblir, *pr.*
ennoyer, *tr.* 14
ennuager, *tr.* 20
s'ennuager, *pr.*
ennuyer, *tr., intr.* 15
s'ennuyer, *pr.*
énoncer, *tr.* 18
s'énoncer, *pr.*
enorgueillir, *tr.* 33
s'enorgueillir, *pr.*
énouer, *tr.* 9
enquérir (s'), *pr.* 39
enquerre, *déf.* 178
enquêter, *intr.* 16
s'enquêter, *pr.*
enquiquiner, *tr.* 3

s'enquiquiner, *pr.*
enraciner, *tr.* 3
s'enraciner, *pr.*
enrager, *intr.* 20
enrailler, *tr.* 4
enrayer, *tr.* 11
s'enrayer, *pr.*
enrégimenter, *tr.* 3
s'enrégimenter, *pr.*
enregistrer, *tr.* 3
s'enregistrer, *pr.*
enrêner, *tr.* 16
enrhumer, *tr.* 3
s'enrhumer, *pr.*
enrichir, *tr.* 33
s'enrichir, *pr.*
enrober, *tr.* 3
enrocher, *tr.* 3
enrôler, *tr.* 3
s'enrôler, *pr.*
enrouer, *tr.* 9
s'enrouer, *pr.*
enrouiller, *intr.* 4
s'enrouiller, *pr.*
enrouler, *tr.* 3
s'enrouler, *pr.*
enrubanner, *tr.* 3
s'enrubanner, *pr.*
ensabler, *tr.* 3
s'ensabler, *pr.*
ensaboter, *tr.* 3
ensacher, *tr.* 3
ensaisiner, *tr.* 3
ensanglanter, *tr.* 3
s'ensanglanter, *pr.*
ensauvager, *tr.* 20
ensauver (s'), *pr.* 3
enseigner, *tr.* 5
s'enseigner, *pr.*
enseller, *tr.* 3
ensemencer, *tr.* 18
s'ensemencer, *pr.*
enserrer, *tr.* 16
ensevelir, *tr.* 33
s'ensevelir, *pr.*
ensiler, *tr.* 3
ensiloter, *tr.* 3

ensoleiller, *tr.* 16
ensorceler, *tr.* 25
s'ensorceler, *pr.*
ensoufrer, *tr.* 3
enstérer, *tr.* 32
ensuifer, *tr.* 3
ensuivre (s'), *déf.* 188
entabler, *tr.* 3
s'entabler, *pr.*
entacher, *tr.* 3
s'entacher, *pr.*
entailler, *tr.* 4
s'entailler, *pr.*
entamer, *tr.* 3
entaquer, *tr.* 3
entarter, *tr.* 3
entartrer, *tr.* 3
s'entartrer, *pr.*
entasser, *tr.* 3
s'entasser, *pr.*
entendre, *tr., tr. i., intr.* 67
s'entendre, *pr.*
enténébrer, *tr.* 32
s'enténébrer, *pr.*
enter, *tr.* 3
s'enter, *pr.*
entériner, *tr.* 3
enterrer, *tr.* 16
s'enterrer, *pr.*
entêter, *tr.* 16
s'entêter, *pr.*
enthousiasmer, *tr.* 3
s'enthousiasmer, *pr.*
enticher (s'), *pr.* 3
entoiler, *tr.* 3
entôler, *tr.* 3
entonner, *tr.* 3
s'entonner, *pr.*
entortiller, *tr.* 4
s'entortiller, *pr.*
entourer, *tr.* 3
s'entourer, *pr.*
entourlouper, *tr.* 3
entr'abattre (s'), *pr.* 87
entraborder (s'), *pr.* 3
entraccorder (s'), *pr.* 3

entraccuser (s'), *pr.* 3
entradmirer (s'), *pr.* 3
entraider (s'), *pr.* 16
entr'aimer (s'), *pr.* 16
entraîner, *tr.* 16
s'entraîner, *pr.*
entr'apercevoir, *tr.* 54
entrapparaître, *intr.* 80
entr'appeler (s'), *pr.* 25
entrapprendre (s'), *pr.* 66
entrapprocher (s'), *pr.* 3
entrassassiner (s'), *pr.* 3
entrassommer (s'), *pr.* 3
entrattaquer (s'), *pr.* 3
entraver, *tr.* 3
s'entraver, *pr.*
entr'avertir (s'), *pr.* 33
entravouer (s'), *pr.* 9
entrebâiller, *tr.* 4
s'entrebâiller, *pr.*
entre-baiser (s'), *pr.* 16
entrebattre (s'), *pr.* 87
entre-blesser (s'), *pr.* 3
entre-charger (s'), *pr.* 20
entre-chercher (s'), *pr.* 3
entrechoquer, *tr.* 3
s'entrechoquer, *pr.*
entre-communiquer (s'), *pr.* 3
entre-connaître (s'), *pr.* 80
entre-consoler (s'), *pr.* 3
entrecouper, *tr.* 3
s'entrecouper, *pr.*
entrécouter (s'), *pr.* 3
entrécrire (s'), *pr.* 102
entrecroiser, *tr.* 3
s'entrecroiser, *pr.*
entre-déchirer (s'), *pr.* 3
entre-demander (s'), *pr.* 3
entre-détruire (s'), *pr.* 91
entre-devoir (s'), *pr.* 60
entre-dévorer (s'), *pr.* 3
entre-dire (s'), *pr.* 96
entre-donner (s'), *pr.* 3
entr'égorger (s'), *pr.* 20

entre-faire (s'), *pr.* 65
entre-flatter (s'), *pr.* 3
entre-frapper (s'), *pr.* 3
entre-gratter (s'), *pr.* 3
entre-haïr (s'), *pr.* 34
entre-heurter (s'), *pr.* 3
entre-jurer (s'), *pr.* 3
entrelacer, *tr.* 18
s'entrelacer, *pr.*
entrelarder, *tr.* 3
entre-lire, *tr.* 101
entre-louer (s'), *pr.* 9
entre-luire, *intr.* 93
entre-manger (s'), *pr.* 20
entremêler, *tr.* 16
s'entremêler, *pr.*
entremettre (s'), *pr.* 88
entre-moquer (s'), *pr.* 3
entrentendre (s'), *pr.* 67
entre-nuire (s'), *pr.* 92
entre-payer (s'), *pr.* 11
entre-pénétrer (s'), *pr.* 32
entre-percer (s'), *pr.* 18
entreposer, *tr.* 3
entre-pousser (s'), *pr.* 3
entreprendre, *tr., intr.* 66
s'entreprendre, *pr.*
entre-presser (s'), *pr.* 3
entre-prêter (s'), *pr.* 3
entre-quereller (s'), *pr.* 16
entrer, *tr., intr., ê, a* 3
entre-regarder (s'), *pr.* 3
entre-répondre (s'), *pr.* 73
entre-secourir (s'), *pr.* 51
entre-soutenir (s'), *pr.* 38
entre-suivre (s'), *pr.* 95
entretailler (s'), *pr.* 4
entretenir, *tr.* 38
s'entretenir, *pr.*
entre-tisser, *tr.* 3
entretoiser, *tr.* 3
entre-toucher (s'), *pr.* 3
entre-tromper (s'), *pr.* 3
entre-tuer (s'), *pr.* 10

entrevoir, *tr.* 55
s'entrevoir, *pr.*
entrevoûter, *tr.* 3
entrouvrir, *tr.* 42
s'entrouvrir, *pr.*
entuber, *tr.* 3
énucléer, *tr.* 6
énumérer, *tr.* 32
énuquer (s'), *tr.* 3
envahir, *tr.* 33
envaser, *tr.* 3
s'envaser, *pr.*
envelopper, *tr.* 3
s'envelopper, *pr.*
envenimer, *tr.* 3
s'envenimer, *pr.*
enverger, *tr.* 20
enverguer, *tr.* 3
envieillir, *tr.* 33
s'envieillir, *pr.*
envier, *tr.* 8
s'envier, *pr.*
environner, *tr.* 3
s'environner, *pr.*
envisager, *tr.* 20
s'envisager, *pr.*
envoiler (s'), *pr.* 3
envoisiner, *tr.* 3
s'envoisiner, *pr.*
envoler (s'), *pr.* 3
envoûter, *tr.* 3
envoyer, *tr.* 13
s'envoyer, *pr.*
épailler, *tr.* 4
épaissir, *tr.*, *intr.* 33
s'épaissir, *pr.*
épaler, *tr.* 3
épamprer, *tr.* 3
épancher, *tr.* 3
s'épancher, *pr.*
épandre, *tr.* 68
s'épandre, *pr.*
épanneler, *tr.* 25
épanner, *tr.* 3
épanouir, *tr.* 33
s'épanouir, *pr.*
éparer (s'), *pr.* 3

épargner, *tr.*, *intr.* 5
s'épargner, *pr.*
éparpiller, *tr.* 4
s'éparpiller, *pr.*
épater, *tr.* 3
s'épater, *pr.*
épaufrer, *tr.* 3
épauler, *tr.*, *intr.* 3
s'épauler, *pr.*
épeler, *tr.*, *intr.* 25
épépiner, *tr.* 3
éperdre, *tr.* 72
s'éperdre, *pr.*
éperonner, *tr.* 3
épeuler, *tr.* 17
épeurer, *tr.* 17
épicer, *tr.* 18
épier, *tr.*, *intr.* 8
s'épier, *pr.*
épierrer, *tr.* 16
épiler, *tr.* 3
s'épiler, *pr.*
épiloguer, *tr.*, *tr. i.* 3
s'épiloguer, *pr.*
épinceler, *tr.* 24
épincer, *tr.* 18
épinceter, *tr.* 28
épiner, *tr.* 3
épingler, *tr.* 3
s'épingler, *pr.*
épisser, *tr.* 3
éployer, *tr.* 14
s'éployer, *pr.*
éplucher, *tr.* 3
s'éplucher, *pr.*
épointer, *tr.* 3
s'épointer, *pr.*
éponger, *tr.* 20
s'éponger, *pr.*
épointiller, *tr.* 4
époudrer, *tr.* 3
épouffer (s'), *pr.* 3
épouiller, *tr.* 4
s'épouiller, *pr.*
époumoner, *tr.* 3
s'époumoner, *pr.*
épouser, *tr.*, *intr.* 3

s'épouser, *pr.*
épousseter, *tr.* 28
s'épousseter, *pr.*
époustoufler, *tr.* 3
époutier, *tr.* 8
époutir, *tr.* 33
épouvanter, *tr.* 3
s'épouvanter, *pr.*
épreindre, *tr.* 70
s'épreindre, *pr.*
éprendre (s'), *pr.* 66
éprouver, *tr.* 3
s'éprouver, *pr.*
épucer, *tr.* 18
s'épucer, *pr.*
épuiser, *tr.* 3
s'épuiser, *pr.*
épurer, *tr.* 3
s'épurer, *pr.*
équarrir, *tr.* 33
équerrer, *tr.* 16
équeuter, *tr.* 3
équilibrer, *tr.* 3
s'équilibrer, *pr.*
équiper, *tr.* 3
s'équiper, *pr.*
équipoller, *tr.* 3
équivaloir, *tr. i.* 57
s'équivaloir, *pr.*
équivoquer, *intr.* 3
s'équivoquer, *pr.*
éradiquer, *tr.* 3
érafler, *tr.* 3
s'érafler, *pr.*
érailler, *tr.* 4
s'érailler, *pr.*
érater, *tr.* 3
s'érater, *pr.*
éreinter, *tr.* 3
s'éreinter, *pr.*
ergoter, *intr.* 3
ériger, *tr.* 20
s'ériger, *pr.*
éroder, *tr.* 3
s'éroder, *pr.*
érotiser, *tr.* 3
errer, *intr.* 16

éructer, *tr.*, *intr.* 3
esbaudir (s'), *pr.* 33
esbigner, *tr.* 3
s'esbigner, *pr.*
escadronner, *intr.* 3
escagasser, *tr.* 3
s'escagasser, *pr.*
escalader, *tr.* 3
escaler, *intr.* 3
escaloper, *tr.* 3
escamoter, *tr.* 3
escamper, *tr.*, *intr.* 3
escarbouiller, *tr.* 4
escarmoucher, *intr.* 3
s'escarmoucher, *pr.*
escarper, *tr.* 3
s'escarper, *pr.*
escarrifier, *tr.* 8
escher, *tr.* 3
esclaffer (s'), *pr.* 3
esclavager, *tr.* 20
escobarder, *tr.*, *intr.* 3
escof(f)ier, *tr.* 8
escompter, *tr.* 3
s'escompter, *pr.*
escorter, *tr.* 3
escrimer, *tr.* 3
s'escrimer, *pr.*
escroquer, *tr.* 3
s'escroquer, *pr.*
esgourder, *tr.* 3
espacer, *tr.* 18
s'espacer, *pr.*
espadonner, *tr.* 3
espalmer, *tr.* 3
espérer, *tr.*, *intr.* 32
espionner, *tr.* 3
s'espionner, *pr.*
espoliner, *tr.* 3
espouliner, *tr.* 3
esquicher, *intr.* 3
s'esquicher, *pr.*
esquinter, *tr.* 3
s'esquinter, *pr.*
esquisser, *tr.* 3
s'esquisser, *pr.*
esquiver, *tr.* 3

s'esquiver, *pr.*
essaimer, *tr.*, *intr.* 16
essanger, *tr.* 20
essarder, *tr.* 3
essarmenter, *tr.* 3
essarter, *tr.* 3
essayer, *tr.* 11
s'essayer, *pr.*
esseuler, *tr.* 3
essorer, *tr.* 3
s'essorer, *pr.*
essoriller, *tr.* 4
essoucher, *tr.* 3
essouffler, *tr.* 3
s'essouffler, *pr.*
essuyer, *tr.* 15
s'essuyer, *pr.*
estafilader, *tr.* 3
estamper, *tr.* 3
estampiller, *tr.* 4
ester, *déf.* 114
estérifier, *tr.* 3
esthétiser, *tr.*, *intr.* 3
estimer, *tr.* 3
s'estimer, *pr.*
estiver, *tr.*, *intr.* 3
estocader, *tr.* 3
estomaquer, *tr.* 3
s'estomaquer, *pr.*
estomper, *tr.* 3
s'estomper, *pr.*
estourbir, *tr.* 33
estramaçonner, *tr.* 3
s'estramaçonner, *pr.*
estrapader, *tr.* 3
estrapasser, *tr.* 3
estropier, *tr.* 8
s'estropier, *pr.*
établer, *tr.* 3
établir, *tr.* 33
s'établir, *pr.*
étager, *tr.* 20
s'étager, *pr.*
étalager, *tr.* 20
étaler, *tr.*, *intr.* 3
s'étaler, *pr.*
étalinguer, *tr.* 3

étalonner, *tr.* 3
étamer, *tr.* 3
étamper, *tr.* 3
étancher, *tr.* 3
s'étancher, *pr.*
étançonner, *tr.* 3
étarquer, *tr.* 3
s'étarquer, *pr.*
étatiser, *tr.* 3
étayer, *tr.* 11
s'étayer, *pr.*
éteindre, *tr.* 70
s'éteindre, *pr.*
étendre, *tr.* 67
s'étendre, *pr.*
éterniser, *tr.* 3
s'éterniser, *pr.*
éternuer, *intr.* 10
étêter, *tr.* 16
éthérifier, *tr.* 8
éthériser, *tr.* 3
ethniciser, *tr.* 3
étinceler, *intr.* 25
étioler, *tr.* 3
s'étioler, *pr.*
étiqueter, *tr.* 28 (Littré 27)
étirer, *tr.* 3
s'étirer, *pr.*
étoffer, *tr.* 3
s'étoffer, *pr.*
étoiler, *tr.* 3
s'étoiler, *pr.*
étonner, *tr.* 3
s'étonner, *pr.*
étouffer, *tr.*, *intr.* 3
s'étouffer, *pr.*
étouper, *tr.* 3
étoupiller, *tr.* 4
étourdir, *tr.* 33
s'étourdir, *pr.*
étranger, *tr.* 20
s'étranger, *pr.*
étrangler, *tr.* 3
s'étrangler, *pr.*
étraper, *tr.* 3
être, *intr.* 2

étrécir, *tr.*, *intr.* 33
s'étrécir, *pr.*
étreindre, *tr.* 70
s'étreindre, *pr.*
étrenner, *tr.*, *intr.* 16
étrésillonner, *tr.* 3
étriller, *tr.* 4
étripailler, *tr.*, *intr.* 4
étriper, *tr.* 3
s'étriper, *pr.*
étriquer, *tr.* 3
étronçonner, *tr.* 3
étudier, *tr.*, *intr.* 8
s'étudier, *pr.*
étuver, *tr.* 3
s'étuver, *pr.*
euphoriser, *tr.*, *intr.* 3
européaniser, *tr.* 3
s'européaniser, *pr.*
euthanasier, *tr.* 3
évacuer, *tr.* 10
s'évacuer, *pr.*
évader (s'), *pr.* 3
évaluer, *tr.* 10
s'évaluer, *pr.*
évangéliser, *tr.* 3
évanouir (s'), *pr.* 33
évaporer, *tr.* 3
s'évaporer, *pr.*
évaser, *tr.* 3
s'évaser, *pr.*
éveiller, *tr.* 16
s'éveiller, *pr.*
éventer, *tr.* 3
s'éventer, *pr.*
éventrer, *tr.* 3
s'éventrer, *pr.*
évertuer (s'), *pr.* 3
évider, *tr.* 3
évincer, *tr.* 18
s'évincer, *pr.*
éviscérer, *tr.* 32
éviter, *tr.*, *tr. i.* 3
s'éviter, *pr.*
évoluer, *intr.* 10
évoquer, *tr.* 3
exacerber, *tr.* 3

s'exacerber, *pr.*
exagérer, *tr.*, *intr.* 32
s'exagérer, *pr.*
exalter, *tr.* 3
s'exalter, *pr.*
examiner, *tr.*, *intr.* 3
s'examiner, *pr.*
exaspérer, *tr.* 32
s'exaspérer, *pr.*
exaucer, *tr.* 18
excaver, *tr.* 3
excéder, *tr.* 32
s'excéder, *pr.*
exceller, *intr.* 16
excentrer, *tr.* 3
excepter, *tr.* 16
s'excepter, *pr.*
exciper, *tr. i.* 3
exciser, *tr.* 3
exciter, *tr.* 3
s'exciter, *pr.*
exclamer (s'), *pr.* 3
exclure, *tr.* 104
s'exclure, *pr.*
excommunier, *tr.* 8
s'excommunier, *pr.*
excorier, *tr.* 8
s'excorier, *pr.*
excréter, *tr.* 32
excuser, *tr.* 3
s'excuser, *pr.*
exécrer, *tr.* 32
s'exécrer, *pr.*
exécuter, *tr.* 3
s'exécuter, *pr.*
exemplifier, *tr.* 8
exempter, *tr.* 3
s'exempter, *pr.*
exercer, *tr.*, *intr.* 18
s'exercer, *pr.*
exfiltrer, *tr.* 3
exfolier, *tr.* 8
s'exfolier, *pr.*
exhaler, *tr.* 3
s'exhaler, *pr.*
exhausser, *tr.* 3
s'exhausser, *pr.*

exhéréder, *tr.* 32
exhiber, *tr.* 3
s'exhiber, *pr.*
exhorter, *tr.* 3
s'exhorter, *pr.*
exhumer, *tr.* 3
exiger, *tr.* 20
s'exiger, *pr.*
exiler, *tr.* 3
s'exiler, *pr.*
exister, *intr.* 3
exonder, *tr.* 3
s'exonder, *pr.*
exonérer, *tr.* 32
s'exonérer, *pr.*
exorciser, *tr.* 3
expatrier, *tr.* 7
s'expatrier, *pr.*
expectorer, *tr.*, *intr.* 3
expédier, *tr.* 8
s'expédier, *pr.*
expérimenter, *tr.*, *intr.* 3
s'expérimenter, *pr.*
expertiser, *tr.* 3
s'expertiser, *pr.*
expier, *tr.*, 8
s'expier, *pr.*
expirer, *tr.*, *intr.*, *ê, a* 3
expliciter, *tr.* 3
expliquer, *tr.* 3
s'expliquer, *pr.*
exploiter, *tr.*, *intr.* 3
s'exploiter, *pr.*
explorer, *tr.* 3
exploser, *intr.* 3
exporter, *tr.*, *intr.* 3
s'exporter, *pr.*
exposer, *tr.* 3
s'exposer, *pr.*
exprimer, *tr.* 3
s'exprimer, *pr.*
exproprier, *tr.* 7
expulser, *tr.* 3
expurger, *tr.* 20
s'expurger, *pr.*
exsuder, *tr.*, *intr.* 3

extasier (s'), *pr.* 8
exténuer, *tr.* 10
s'exténuer, *pr.*
extérioriser, *tr.* 3
s'extérioriser, *pr.*
exterminer, *tr.* 3
s'exterminer, *pr.*
externaliser, *tr.* 3
extirper, *tr.* 3
s'extirper, *pr.*
extorquer, *tr.* 3
extrader, *tr.* 3
extradosser, *tr.* 3
extraire, *déf.* 183
s'extraire, *pr.*
extrapasser (strapasser)
extrapoler, *tr.*, *intr.* 3
extravaguer, *intr.* 3
extravaser, *tr.* 3
s'extravaser, *pr.*
extrémiser, *tr.* 3
extruder, *tr.* 3
exubérer, *intr.* 3
exulcérer, *tr.* 32
s'exulcérer, *pr.*
exulter, *intr.* 3

F

fabriquer, *tr.*, *intr.* 3
se fabriquer, *pr.*
fabuler, *intr.* 3
facer, *tr.* 18
facetter, *tr.* 16
fâcher, *tr.* 3
se fâcher, *pr.*
faciliter, *tr.* 3
se faciliter, *pr.*
façonner, *tr.* 3
se façonner, *pr.*
factoriser, *tr.* 3
facturer, *tr.* 3
fader (se), *pr.* 3
fagoter, *tr.* 3
se fagoter, *pr.*
faiblir, *intr.* 33
failler (se), *pr.* 4

faillir, *déf.* 135
fainéanter, *intr.* 3
faire, *tr.*, *intr.* 65
se faire, *pr.*
faisander, *tr.* 3
se faisander, *pr.*
falaiser, *intr.* 3
falloir, *déf.* 152
s'en falloir, *pr.*
falquer, *intr.* 3
falsifier, *tr.* 8
se falsifier, *pr.*
faluner, *tr.* 3
familiariser, *tr.* 3
se familiariser, *pr.*
fanatiser, *tr.* 3
se fanatiser, *pr.*
faner, *tr.* 3
se faner, *pr.*
fanfaronner, *intr.* 3
fanfreluchner, *tr.* 3
fantasmer, *tr.*, *intr.* 3
faonner, *intr.* 3
farcir, *tr.* 33
se farcir, *pr.*
farder, *tr.*, *intr.* 3
se farder, *pr.*
farfouiller, *tr.*, *int.* 4
fariner, *tr.*, *intr.* 3
se fariner, *pr.*
farter, *tr.* 3
fasciner, *tr.* 3
se fasciner, *pr.*
fasciser, *tr.* 3
faseyer, *intr.* 12
fasier (faseyer)
fatiguer, *tr.*, *intr.* 3
se fatiguer, *pr.*
fatrasser, *tr.* 3
faucarder, *tr.* 3
faucher, *tr.*, *intr.* 3
faufiler, *tr.*, *intr.* 3
se faufiler, *pr.*
fausser, *tr.* 3
se fausser, *pr.*
fauter, *intr.* 3
favoriser, *tr.* 3

se favoriser, *pr.*
faxer, *tr.* 3
fayoter, *intr.* 3
féconder, *tr.* 3
se féconder, *pr.*
féculer, *tr.* 3
fédéraliser, *tr.* 3
se fédéraliser, *pr.*
fédérer, *tr.* 32
se fédérer, *pr.*
féer, *tr.* 6
feindre, *tr.*, *intr.* 70
se feindre, *pr.*
feinter, *tr.*, *intr.* 3
fêler, *tr.* 16
se fêler, *pr.*
féliciter, *tr.* 3
se féliciter, *pr.*
féminiser, *tr.* 3
se féminiser, *pr.*
fendiller, *tr.* 4
se fendiller, *pr.*
fendre, *tr.* 67
se fendre, *pr.*
fenêtrer, *tr.* 16
féodaliser, *tr.* 3
férir, *déf.* 126
ferler, *tr.* 3
se ferler, *pr.*
fermenter, *intr.* 3
fermer, *tr.*, *intr.* 3
se fermer, *pr.*
ferrailler, *intr.* 4
ferrer, *tr.* 16
ferrouter, *tr.* 3
fertiliser, *tr.* 3
se fertiliser, *pr.*
fesser, *tr.* 16
se fesser, *pr.*
festiner, *tr.*, *intr.* 3
festonner, *tr.* 3
se festonner, *pr.*
festoyer, *tr.*, *intr.* 14
se festoyer, *pr.*
fêter, *tr.* 16
fétichiser, *tr.* 3
feuiller, *tr.*, *intr.* 17

se feuiller, *pr.*
feuilleter, *tr.* 28
se feuilleter, *pr.*
feuilletiser, *tr.* 3
feuilloler, *intr.* 3
feuler, *intr.* 3
feutrer, *tr.*, *intr.* 3
se feutrer, *pr.*
fiabiliser, *tr.* 3
fiancer, *tr.* 18
se fiancer, *pr.*
fibrer (se), *pr.* 3
fibriller, *intr.* 4
ficeler, *tr.* 25
se ficeler, *pr.*
fiche (se), *déf.* 120
ficher, *tr.* 3
se ficher, *pr.*
ficher (se), *déf.* 120
fidéliser, *tr.* 3
fieffer, *tr.* 16
fienter, *intr.* 3
fier, *tr.* 3
se fier, *pr.*
figer, *tr.*, *intr.* 20
se figer, *pr.*
fignoler, *tr.* 3
se fignoler, *pr.*
figurer, *tr.*, *intr.* 3
se figurer, *pr.*
filer, *tr.*, *intr.* 3
se filer, *pr.*
fileter, *tr.* 27
filialiser, *tr.* 3
filigraner, *tr.* 3
filmer, *tr.*, *intr.* 3
se filmer, *pr.*
filocher, *tr.*, *intr.* 3
filouter, *tr.*, *intr.* 3
filtrer, *tr.*, *intr.* 3
se filtrer, *pr.*
finaliser, *tr.* 3
financer, *tr.*, *intr.* 18
financiariser, *tr.* 3
finasser, *tr.*, *intr.* 3
finir, *tr.*, *intr.*, *ê*, *a* 33
se finir, *pr.*

finlandiser, *tr.* 3
se finlandiser, *pr.*
fiscaliser, *tr.* 3
fissionner, *tr.* 3
fissurer, *tr.* 3
se fissurer, *pr.*
fixer, *tr.* 3
se fixer, *pr.*
flageller, *tr.* 16
se flageller, *pr.*
flageoler, *intr.* 3
flagorner, *tr.* 3
se flagorner, *pr.*
flairer, *tr.* 16
se flairer, *pr.*
flamber, *tr.*, *intr.* 3
flamboyer, *intr.* 14
flancher, *tr.*, *intr.* 3
flâner, *intr.* 3
flânocher, *intr.* 3
flanquer, *tr.* 3
se flanquer, *pr.*
flaquer, *intr.* 3
flasher, *tr.*, *intr.* 3
flâtrer, *tr.* 3
flatter, *tr.* 3
se flatter, *pr.*
flécher, *tr.* 32
fléchir, *tr.*, *intr.* 33
se fléchir, *pr.*
flemmarder, *intr.* 3
flétrir, *tr.* 33
se flétrir, *pr.*
fleurdeliser, *tr.* 3
fleurer, *tr.*, *intr.* 17
fleurir, *tr.*, *intr.* 36
se fleurir, *pr.*
fleuronner, *tr.* 3
flexibiliser, *tr.* 3
flibuster, *tr.*, *intr.* 3
flinguer, *tr.*, *intr.* 3
se flinguer, *pr.*
flipper, *intr.* 3
fliquer, *tr.* 3
flirter, *intr.* 3
floconner, *intr.* 3
floculer, *intr.* 3

floquer, *tr.* 3
flotter, *tr.*, *intr.* 3
flotter, *imp.* 121
flouer, *tr.* 3
fluctuer, *intr.* 3
fluer, *intr.* 3
fluidifier, *tr.* 8
fluidiser, *tr.* 3
fluoriser, *tr.* 3
fluorescer, *intr.* 19
flûter, *tr.*, *intr.* 3
fluxer, *tr.* 3
focaliser, *tr.* 3
se focaliser, *pr.*
foirer, *intr.* 3
foisonner, *intr.* 3
folichonner, *intr.* 3
folioter, *tr.* 3
folkloriser, *tr.* 3
se folkloriser, *pr.*
fomenter, *tr.* 3
se fomenter, *pr.*
foncer, *tr.*, *intr.* 18
se foncer, *pr.*
fonctionnaliser, *tr.* 3
fonctionnariser, *tr.* 3
fonctionner, *intr.* 3
fonder, *tr.*, *intr.* 3
se fonder, *pr.*
fondre, *tr.*, *intr.* 73
se fondre, *pr.*
forcer, *tr.*, *intr.* 18
se forcer, *pr.*
forcir, *intr.* 33
forclore, *déf.* 165
forer, *tr.* 3
forfaire, *déf.* 156
forger, *tr.*, *intr.* 20
se forger, *pr.*
forhuer, *intr.* 10
forjeter, *tr.*, *intr.* 28
se forjeter, *pr.*
forlancer, *tr.* 18
forligner, *intr.* 3
forlonger, *tr.* 20
se forlonger, *pr.*
formaliser, *tr.* 3

formaliser (se), *pr.*
formater, *tr.* 3
former, *tr.* 3
se former, *pr.*
formoler, *tr.* 3
formuer, *tr.* 3
formuler, *tr.* 3
se formuler, *pr.*
forniquer, *intr.* 3
forpaiser, *intr.* 3
forpaître, *déf.* 184
fortifier, *tr.* 8
se fortifier, *pr.*
fortitrer, *intr.* 3
fossiliser, *tr.* 3
se fossiliser, *pr.*
fossoyer, *tr.* 14
fouailler, *tr.* 4
foudroyer, *tr.* 14
fouetter, *tr.*, *intr.* 16
se fouetter, *pr.*
fouger, *intr.* 20
fouiller, *tr.*, *intr.* 4
se fouiller, *pr.*
fouiner, *intr.* 3
fouir, *tr.* 33
fouler, *tr.* 3
se fouler, *pr.*
foulonner, *tr.* 3
fourailler, *tr.*, *intr.* 4
fourber, *tr.*, *intr.* 3
fourbir, *tr.* 33
se fourbir, *pr.*
fourcher, *tr.*, *intr.* 3
se fourcher, *pr.*
fourgonner, *intr.* 3
fourguer, *tr.* 3
fourmiller, *intr.* 4
fournir, *tr.*, *tr. i.* 33
se fournir, *pr.*
fourrager, *tr.*, *intr.* 20
fourrer, *tr.* 3
se fourrer, *pr.*
fourvoyer, *tr.* 14
se fourvoyer, *pr.*
foutre, *déf.* 185
se foutre, *pr.*

fracasser, *tr.* 3
se fracasser, *pr.*
fractionner, *tr.* 3
se fractionner, *pr.*
fracturer, *tr.* 3
se fracturer, *pr.*
fragiliser, *tr.* 3
fragmenter, *tr.* 3
se fragmenter, *pr.*
fraîchir, *intr.* 33
fraiser, *tr.* 16
framboiser, *tr.* 3
franchir, *tr.* 33
se franchir, *pr.*
franchiser, *tr.* 3
franciser, *tr.* 3
se franciser, *pr.*
franger, *tr.* 20
fransquillonner, *intr.* 3
frapper, *tr.*, *intr.* 3
se frapper, *pr.*
fraterniser, *intr.* 3
frauder, *tr.*, *intr.* 3
frayer, *tr.*, *intr.* 11
se frayer, *pr.*
fredonner, *tr.*, *intr.* 3
frégater, *tr.* 3
freiner, *tr.*, *intr.* 16
se freiner, *pr.*
frelater, *tr.* 3
se frelater, *pr.*
frémir, *intr.* 33
fréquenter, *tr.*, *intr.* 3
se fréquenter, *pr.*
fréter, *tr.* 32
frétiller, *intr.* 4
fretter, *tr.* 16
fricasser, *tr.* 3
se fricasser, *pr.*
fricoter, *tr.*, *intr.* 3
frictionner, *tr.* 3
se frictionner, *pr.*
frigorifier, *tr.* 8
frigorifuger, *tr.* 20
frimer, *tr.*, *intr.* 3
fringuer, *tr.*, *intr.* 3
se fringuer, *pr.*

friper, *tr.* 3
se friper, *pr.*
friponner, *tr.*, *intr.* 3
frire, *déf.* 186
se frire, *pr.*
friseler, *tr.* 24
friser, *tr.*, *intr.* 3
se friser, *pr.*
frisotter, *tr.*, *intr.* 3
se frisotter, *pr.*
frissonner, *intr.* 3
fritter, *tr.*, *intr.* 3
froidir, *intr.* 33
se froidir, *pr.*
froisser, *tr.* 3
se froisser, *pr.*
frôler, *tr.* 3
froncer, *tr.* 18
se froncer, *pr.*
fronder, *tr.*, *intr.* 3
frotailler, *tr.* 4
frotter, *tr.*, *intr.* 3
se frotter, *pr.*
frouer, *intr.* 3
froufrouter, *intr.* 3
fructifier, *intr.* 8
frustrer, *tr.*
se frustrer, *pr.*
fuguer, *intr.* 3
fuir, *tr.*, *intr.* 49
se fuir, *pr.*
fulgurer, *tr.*, *intr.* 3
fulminer, *tr.*, *intr.* 3
fumer, *tr.*, *intr.* 3
se fumer, *pr.*
fumiger, *tr.* 20
fureter, *intr.* 27
fuseler, *tr.* 25
fuser, *intr.* 3
fusiller, *tr.* 4
se fusiller, *pr.*
fusionner, *tr.*, *intr.* 3
se fusionner, *pr.*
fustiger, *tr.* 20
se fustiger, *pr.*

G

gabeler, *tr.* 25
gabionner, *tr.* 3
se gabionner, *pr.*
gâcher, *tr., intr.* 3
gadgétiser, *tr.* 3
gaffer, *tr., intr.* 3
gager, *tr.* 20
gagner, *tr., intr.* 5
se gagner, *pr.*
gainer, *tr.* 16
galantiser, *tr., intr.* 3
galber, *tr.* 3
galéjer, *intr.* 32
galer, *tr.* 3
se galer, *pr.*
galérer, *intr.* 32
galeter, *tr.* 28
galipoter, *tr.* 3
galonner, *tr.* 3
se galonner, *pr.*
galoper, *tr., intr.* 3
galvaniser, *tr.* 3
galvauder, *tr., intr.* 3
se galvauder, *pr.*
gambader, *intr.* 3
gamberger, *tr., intr.* 20
gambiller, *intr.* 4
gaminer, *intr.* 3
ganer, *intr.* 3
gangrener, *tr.* 32
se gangrener, *pr.*
ganser, *tr.* 3
ganter, *tr., intr.* 3
se ganter, *pr.*
garancer, *tr.* 18
garantir, *tr.* 33
se garantir, *pr.*
garder, *tr.* 3
se garder, *pr.*
gardienner, *tr.* 3
garer, *tr.* 3
se garer, *pr.*
gargariser, *tr.* 3
se gargariser, *pr.*
gargoter, *intr.* 3

gargouiller, *intr.* 4
garnir, *tr.* 33
se garnir, *pr.*
garrotter, *tr.* 3
gasconner, *intr.* 3
gaspiller, *tr.* 4
se gaspiller, *pr.*
gâter, *tr.* 3
se gâter, *pr.*
gâtifier, *intr.* 8
gauchir, *tr., intr.* 33
se gauchir, *pr.*
gaudir (se), *pr.* 33
gauchiser, *tr.* 3
se gauchiser, *pr.*
gaufrer, *tr.* 3
se gaufrer, *pr.*
gauler, *tr.* 3
se gauler, *pr.*
gausser (se), *pr.* 3
gaver, *tr.* 3
se gaver, *pr.*
gazéifier, *tr.* 8
se gazéifier, *pr.*
gazer, *tr., intr.* 3
gazonner, *tr., intr.* 3
gazouiller, *intr.* 4
geindre, *intr.* 70
geler, *tr., intr.* 24
se geler, *pr.*
gélifier, *tr.* 8
se gélifier, *pr.*
géminer, *tr.* 3
gémir, *tr., intr.* 33
gemmer, *tr.* 16
gendarmer (se), *pr.* 3
gêner, *tr.* 16
se gêner, *pr.*
généraliser, *tr.* 3
se généraliser, *pr.*
générer, *tr.* 32
géométriser, *tr.* 3
gerber, *tr., intr.* 3
gercer, *tr., intr.* 18
se gercer, *pr.*
gérer, *tr.* 32
germaniser, *tr., intr.* 3

germer, *intr.* 3
gésir, *déf.* 138
gesticuler, *intr.* 3
giboyer, *tr., intr.* 14
gicler, *intr.* 3
gifler, *tr.* 3
se gifler, *pr.*
gigoter, *intr.* 3
ginguer, *intr.* 3
gironner, *tr.* 3
girouetter, *intr.* 16
gît (gésir)
gîter, *intr.* 3
se gîter, *pr.*
givrer, *tr.* 3
se givrer, *pr.*
glacer, *tr., intr., imp.* 18
se glacer, *pr.*
glaglater, *intr.* 3
glairer, *tr.* 16
glaiser, *tr.* 16
glander, *intr.* 3
glaner, *tr., intr.* 3
glapir, *tr., intr.* 33
glatir, *intr.* 33
glavioter, *intr.* 3
gléner, *tr.* 32
glisser, *tr.* 3
se glisser, *pr.*
globaliser, *tr.* 3
glorifier, *tr.* 8
se glorifier, *pr.*
gloser, *tr., tr. i., intr.* 3
glouglouter, *intr.* 3
glousser, *intr.* 3
gluer, *tr.* 10
glycériner, *tr.* 3
gobelotter, *intr.* 3
gober, *tr.* 3
se gober, *pr.*
goberger (se), *pr.* 20
gobeter, *tr.* 28
gobichonner, *intr.* 3
godailler, *intr.* 4
goder, *intr.* 3
godiller, *intr.* 4
godronner, *tr.* 3

goguenarder, *intr.* 3
goinfrer, *intr.* 3
se goinfrer, *pr.*
gominer (se), *pr.* 3
gommer, *tr.* 3
gonder, *tr.* 3
gondoler, *intr.* 3
se gondoler, *pr.*
gonfler, *tr.*, *intr.* 3
se gonfler, *pr.*
gorger, *tr.* 3
se gorger, *pr.*
gouacher, *tr.* 3
gouailler, *intr.* 4
goualer, *tr.*, *intr.* 3
goudronner, *tr.* 3
gouger, *tr.* 20
goujonner, *tr.* 3
goupiller, *tr.* 4
se goupiller, *pr.*
gourer (se), *pr.* 3
gourmander, *tr.* 3
se gourmander, *pr.*
gourmer, *tr.* 3
se gourmer, *pr.*
gournabler, *tr.* 3
goûter, *tr.*, *tr. i.*, *intr.* 3
se goûter, *pr.*
goutter, *intr.* 3
gouverner, *tr.*, *intr.* 3
se gouverner, *pr.*
gracier, *tr.* 8
gracieuser, *tr.* 3
graduer, *tr.* 10
graffiter, *tr.*, *intr.* 3
grailler, *tr.*, *intr.* 4
graillonner, *intr.* 3
grainer, *tr.* 16
graisser, *tr.*, *intr.* 16
se graisser, *pr.*
grammaticaliser, *tr.* 3
se grammaticaliser, *pr.*
grandir, *tr.*, *intr.*, *ê*, *a* 33
se grandir, *pr.*
graniter, *tr.* 3
granuler, *tr.* 3

graphiter, *tr.* 3
grappiller, *tr.*, *intr.* 4
grasseyer, *tr.*, *intr.* 12
graticuler, *tr.* 3
gratifier, *tr.* 3
se gratifier, *pr.*
gratiner, *tr.*, *intr.* 3
grat(t)ouiller, *tr.* 4
gratter, *tr.*, *intr.* 3
se gratter, *pr.*
graveler, *tr.* 25
graver, *tr.*, *intr.* 3
se graver, *pr.*
gravillonner, *tr.* 3
gravir, *tr.*, *tr. i.* 33
graviter, *intr.* 3
gréciser, *tr.* 3
grediner, *intr.* 3
gréer, *tr.* 6
greffer, *tr.* 16
se greffer, *pr.*
grêler, *imp.* 122
grelotter, *intr.* 3
grenader, *tr.* 3
grenailler, *tr.* 4
greneler, *tr.* 25
grener, *tr.*, *intr.* 29
greneter, *tr.* 28
grenouiller, *intr.* 4
gréser, *tr.* 32
grésiller, *intr.* 4
se grésiller, *pr.*
grésiller, *imp.* 121
grever, *tr.* 29
se grever, *pr.*
gribouiller, *tr.*, *intr.* 4
griffer, *tr.*, *intr.* 3
se griffer, *pr.*
griffonner, *tr.*, *intr.* 3
grigner, *intr.* 3
grignoter, *tr.* 3
grillager, *tr.* 20
griller, *tr.*, *intr.* 4
se griller, *pr.*
grimacer, *intr.* 18
grimeliner, *intr.* 3
grimer, *tr.* 3

se grimer, *pr.*
grimper, *tr.*, *intr.*, *ê*, *a* 3
se grimper, *pr.*
grincer, *intr.* 18
grincher, *intr.* 3
gringotter, *intr.* 3
gripper, *tr.*, *intr.* 3
se gripper, *pr.*
grisailler, *tr.*, *intr.* 4
griser, *tr.* 3
se griser, *pr.*
grisoller, *intr.* 3
grisonner, *intr.* 3
griveler, *tr.*, *intr.* 25
    (Littré 24)
grognasser, *intr.* 3
grogner, *tr.*, *intr.* 4
se grogner, *pr.*
grognonner, *intr.* 3
grommeler, *tr.*, *intr.* 25
gronder, *tr.*, *intr.* 3
se gronder, *pr.*
grossir, *tr.*, *intr.*, *ê*, *a* 33
se grossir, *pr.*
grossoyer, *tr.* 14
grouiller, *intr.* 4
se grouiller, *pr.*
grouper, *tr.*, *intr.* 3
se grouper, *pr.*
gruer, *tr.* 3
gruger, *tr.* 20
grumeler (se), *pr.* 25
guéder, *tr.* 32
se guéder, *pr.*
guéer, *tr.* 6
se guéer, *pr.*
guerdonner, *tr.* 3
guérir, *tr.*, *intr.* 33
se guérir, *pr.*
guerroyer, *tr.*, *intr.* 14
guêtrer, *tr.* 16
se guêtrer, *pr.*
guetter, *tr.*, *intr.* 16
se guetter, *pr.*
gueuler, *tr.* 17
gueuletonner, *intr.* 3
gueusailler, *intr.* 4

gueuser, *tr.*, *intr.* 3
guider, *tr.* 3
se guider, *pr.*
guigner, *tr.* 3
guillemeter, *tr.* 28
guiller, *intr.* 4
guillocher, *tr.* 3
guillotiner, *tr.* 3
guincher, *intr.* 3
guindailler, *intr.* 4
guinder, *tr.* 3
se guinder, *pr.*
guiper, *tr.* 3

H

(*h = *h* aspiré)
habiliter, *tr.* 3
habiller, *tr.* 3
s'habiller, *pr.*
habiter, *tr.*, *intr.* 3
habituer, *tr.* 10
s'habituer, *pr.*
*hâbler, *intr.* 3
*hacher, *tr.* 3
se hacher, *pr.*
*hachurer, *tr.* 3
*haïr, *tr.*, *intr.* 34
se haïr, *pr.*
halener, *tr.* 32
*haler, *tr.* 3
*hâler, *tr.* 3
se hâler, *pr.*
*haleter, *intr.* 27 (Littré 28)
halluciner, *tr.* 3
s'halluciner, *pr.*
hameçonner, *tr.* 3
*hancher, *tr.*, *intr.* 3
*handicaper, *tr.* 3
*hannetonner, *tr.*, *intr.* 3
*hanter, *tr.* 3
se hanter, *pr.*
*happer, *tr.*, *intr.* 3
*haranguer, *tr.* 3
se haranguer, *pr.*
*harasser, *tr.* 3

se harasser, *pr.*
harceler, *tr.* 24 (Académie 25)
se harceler, *pr.*
*harder, *tr.* 3
se harder, *pr.*
haricoter, *tr.* 3
harmoniser, *tr.* 3
s'harmoniser, *pr.*
*harnacher, *tr.* 3
se harnacher, *pr.*
*harpailler, *intr.* 4
se harpailler, *pr.*
*harper, *tr.* 3
se harper, *pr.*
*harponner, *tr.* 3
*hasarder, *tr.* 3
se hasarder, *pr.*
*hâter, *tr.* 3
se hâter, *pr.*
*haubaner, *tr.* 3
*hausser, *tr.* 3
se hausser, *pr.*
*haver, *tr.* 3
*havir, *tr.*, *intr.* 33
se havir, *pr.*
héberger, *tr.* 20
s'héberger, *pr.*
hébéter, *tr.* 32
s'hébéter, *pr.*
hébraïser, *tr.*, *intr.* 3
*héler, *tr.* 32
se héler, *pr.*
hélitreuiller, *tr.* 4
helléniser, *tr.* 3
*hennir, *intr.* 33
herbager, *tr.* 20
herbeiller, *intr.* 4
herber, *tr.* 3
herboriser, *intr.* 3
hercher, *intr.* 3
*hérisser, *tr.* 3
se hérisser, *pr.*
*hérissonner, *tr.*, *intr.* 3
se hérissonner, *pr.*
hériter, *tr.*, *tr. i.*, *intr.* 3
*herser, *tr.* 3

se herser, *pr.*
hésiter, *intr.* 3
*heurter, *tr.*, *intr.* 3
se heurter, *pr.*
hiberner, *tr.*, *intr.* 3
*hiérarchiser, *tr.* 3
*hisser, *tr.* 3
se hisser, *pr.*
historier, *tr.* 8
hiverner, *tr.*, *intr.* 3
s'hiverner, *pr.*
*hocher, *tr.* 3
*hogner, *intr.* 5
*hollander, *tr.* 3
holographier, *tr.* 8
homogénéifier, *tr.* 8
homogénéiser, *tr.* 3
homologuer, *tr.* 3
*hongrer, *tr.* 3
*hongroyer, *tr.* 14
*honnir, *tr.* 33
honorer, *tr.* 3
s'honorer, *pr.*
*hoqueter, *tr.*, *intr.* 28
horrifier, *tr.* 8
horripiler, *tr.* 3
s'horripiler, *pr.*
hospitaliser, *tr.* 3
*hotter, *tr.* 3
*houblonner, *tr.* 3
*houer, *tr.* 9
*houler, *tr.* 3
*houper, *tr.* 3
se houper, *pr.*
*houpper, *tr.* 3
*hourailler, *intr.* 4
*hourder, *tr.* 3
*hourdir, *tr.* 33
*houspiller, *tr.* 3
se houspiller, *pr.*
*housser, *tr.* 3
se housser, *pr.*
houssiner, *tr.* 3
*hucher, *tr.* 3
se hucher, *pr.*
*huer, *tr.*, *intr.* 10
se huer, *pr.*

huiler, *tr.* 3
s'huiler, *pr.*
*hululer, *intr.* 3
humaniser, *tr.* 3
s'humaniser, *pr.*
humecter, *tr.* 16
s'humecter, *pr.*
*humer, *tr.* 3
se humer, *pr.*
humidifier, *tr.* 8
humilier, *tr.* 8
s'humilier, *pr.*
*hurler, *tr., intr.* 3
*hutter (se), *pr.* 3
hybrider, *tr.* 3
hydrater, *tr.* 3
s'hydrater, *pr.*
hydrocraquer, *tr.* 3
hydrofuger, *tr.* 20
hydrogéner, *tr.* 32
s'hydrogéner, *pr.*
hydrolyser, *tr.* 3
hydroplaner, *intr.* 3
hypertrophier, *tr.* 8
s'hypertrophier, *pr.*
hypnotiser, *tr.* 3
s'hypnotiser, *pr.*
hypostasier, *tr.* 8
hypothéquer, *tr.* 32
s'hypothéquer, *pr.*

I

idéaliser, *tr.* 3
s'idéaliser, *pr.*
idéer, *tr.* 6
identifier, *tr.* 8
s'identifier, *pr.*
idéologiser, *tr.* 3
idiotifier, *tr.* 8
idiotiser, *tr.* 3
idolâtrer, *tr.* 3
s'idolâtrer, *pr.*
ignifuger, *tr.* 20
ignorer, *tr.* 3
s'ignorer, *pr.*
illuminer, *tr.* 3

s'illuminer, *pr.*
illusionner, *tr.* 3
s'illusionner, *pr.*
illustrer, *tr.* 3
s'illustrer, *pr.*
imager, *tr.* 20
imaginer, *tr.* 3
s'imaginer, *pr.*
imbiber, *tr.* 3
s'imbiber, *pr.*
imboire, *déf.* 173
s'imboire, *pr.*
imbriquer, *tr.* 3
s'imbriquer, *pr.*
imiter, *tr.* 3
s'imiter, *pr.*
immatérialiser, *tr.* 3
immatriculer, *tr.* 3
immerger, *tr.* 20
s'immerger, *pr.*
immigrer, *intr.* 3
immiscer (s'), *pr.* 18
immobiliser, *tr.* 3
s'immobiliser, *pr.*
immoler, *tr.* 3
s'immoler, *pr.*
immortaliser, *tr.* 3
s'immortaliser, *pr.*
immuniser, *tr.* 3
s'immuniser, *pr.*
impacter, *tr.* 3
impartir, *déf.* 127
impatienter, *tr.* 3
s'impatienter, *pr.*
impatroniser, *tr.* 3
s'impatroniser, *pr.*
imperméabiliser, *tr.* 3
impétrer, *tr.* 32
implanter, *tr.* 3
s'implanter, *pr.*
impliquer, *tr.* 3
s'impliquer, *pr.*
implorer, *tr.* 3
imploser, *intr.* 3
importer, *tr., tr. i., intr.* 3
s'importer, *pr.*
importuner, *tr.* 3

s'importuner, *pr.*
imposer, *tr.* 3
s'imposer, *pr.*
imprégner, *tr.* 32
s'imprégner, *pr.*
impressionner, *tr.* 3
s'impressionner, *pr.*
imprimer, *tr.* 3
s'imprimer, *pr.*
improuver, *tr.* 3
improviser, *tr., intr.* 3
s'improviser, *pr.*
impugner, *tr.* 3
impulser, *tr.* 3
imputer, *tr., tr. i.* 3
s'imputer, *pr.*
inactiver, *tr.* 3
inaugurer, *tr.* 3
incaguer, *tr.* 3
incamérer, *tr.* 32
incanter, *tr.* 3
incarcérer, *tr.* 32
s'incarcérer, *pr.*
incarner, *tr.* 3
s'incarner, *pr.*
incendier, *tr.* 8
s'incendier, *pr.*
incidenter, *tr., intr.* 3
incinérer, *tr.* 32
inciser, *tr.* 3
inciter, *tr.* 3
s'inciter, *pr.*
incliner, *tr.* 3
s'incliner, *pr.*
inclure, *tr.* 104
incomber, *déf.* 115
incommoder, *tr.* 3
s'incommoder, *pr.*
incorporer, *tr.* 3
s'incorporer, *pr.*
incrémenter, *tr.* 3
incriminer, *tr.* 3
incruster, *tr.* 3
s'incruster, *pr.*
incuber, *tr.* 3
inculper, *tr.* 3
s'inculper, *pr.*

inculquer, *tr.* 3
s'inculquer, *pr.*
incurver, *tr.* 3
s'incurver, *pr.*
indemniser, *tr.* 3
s'indemniser, *pr.*
indexer, *tr.* 16
indifférer, *tr.* 32
indigner, *tr.* 5
s'indigner, *pr.*
indiquer, *tr.* 3
s'indiquer, *pr.*
indisposer, *tr.* 3
s'indisposer, *pr.*
individualiser, *tr.* 3
s'individualiser, *pr.*
induire, *tr.* 91
s'induire, *pr.*
indulgencier, *tr.* 8
indurer, *tr.* 3
s'indurer, *pr.*
industrialiser, *tr.* 3
s'industrialiser, *pr.*
infantiliser, *tr.* 3
infatuer, *tr.* 10
s'infatuer, *pr.*
infecter, *tr.* 16
s'infecter, *pr.*
inféoder, *tr.* 3
s'inféoder, *pr.*
inférer, *tr.* 32
s'inférer, *pr.*
intérioriser, *tr.* 3
infester, *tr.* 3
infibuler, *tr.* 3
infiltrer, *tr.* 3
s'infiltrer, *pr.*
infirmer, *tr.* 3
infléchir, *tr.* 33
s'infléchir, *pr.*
infliger, *tr.*, *tr. i.* 20
s'infliger, *pr.*
influencer, *tr.* 18
s'influencer, *pr.*
influer, *intr.* 3
informatiser, *tr.* 3
s'informatiser, *pr.*

informer, *tr.*, *intr.* 3
s'informer, *pr.*
infuser, *tr.*, *intr.* 3
ingénier (s'), *pr.* 8
ingérer, *tr.* 32
s'ingérer, *pr.*
ingurgiter, *tr.* 3
inhaler, *tr.* 3
inhiber, *tr.* 3
inhumer, *tr.* 3
initialer, *tr.* 3
initialiser, *tr.* 3
initier, *tr.* 8
s'initier, *pr.*
injecter, *tr.* 16
s'injecter, *pr.*
injurier, *tr.* 8
s'injurier, *pr.*
innerver, *tr.* 3
s'innerver, *pr.*
innocenter, *tr.* 3
innover, *tr.*, *intr.* 3
inoculer, *tr.* 3
s'inoculer, *pr.*
inonder, *tr.* 3
s'inonder, *pr.*
inquiéter, *tr.* 32
s'inquiéter, *pr.*
inscrire, *tr.* 102
s'inscrire, *pr.*
insculper, *tr.* 3
inséminer, *tr.* 3
insensibiliser, *tr.* 3
insérer, *tr.* 32
s'insérer, *pr.*
insinuer, *tr.* 10
s'insinuer, *pr.*
insister, *intr.* 3
insoler, *tr.* 3
s'insoler, *pr.*
insolubiliser, *tr.* 3
insonoriser, *tr.* 3
inspecter, *tr.* 16
inspirer, *tr.*, *intr.* 3
s'inspirer, *pr.*
installer, *tr.* 3
s'installer, *pr.*

instantanéiser, *tr.* 3
instaurer, *tr.* 3
s'instaurer, *pr.*
instiguer, *tr.* 3
instiller, *tr.* 4
s'instiller, *pr.*
instituer, *tr.* 10
s'instituer, *pr.*
institutionnaliser, *tr.* 3
s'institutionnaliser, *pr.*
instruire, *tr.* 91
s'instruire, *pr.*
instrumentaliser, *tr.* 3
instrumenter, *tr.*, *intr.* 3
insuffler, *tr.* 3
insulter, *tr.*, *tr. i.*, *intr.* 3
s'insulter, *pr.*
insupporter, *tr.* 3
insurger, *tr.* 20
s'insurger, *pr.*
intailler, *tr.* 4
intégrer, *tr.*, *tr. i.*, *intr.* 32
s'intégrer, *pr.*
intellectualiser, *tr.* 3
intensifier, *tr.* 8
s'intensifier, *pr.*
intenter, *tr.* 3
intentionnaliser, *tr.* 3
intentionner, *tr.* 3
interagir, *intr.* 33
intercaler, *tr.* 3
s'intercaler, *pr.*
intercéder, *intr.* 32
intercepter, *tr.* 16
s'intercepter, *pr.*
interchanger, *tr.* 3
interclasser, *tr.* 3
interconnecter, *tr.* 3
interdire, *tr.* 97
s'interdire, *pr.*
intéresser, *tr.* 16
s'intéresser, *pr.*
interférer, *intr.* 32
interfolier, *tr.* 8
intérioriser, *tr.* 3
interjeter, *tr.* 28

interligner, *tr.* 3
interlinéer, *tr.* 6
interloquer, *tr.* 3
s'interloquer, *pr.*
internationaliser, *tr.* 3
s'internationaliser, *pr.*
interner, *tr.* 3
interpeller, *tr.* 26
interpénétrer (s'), *pr.* 32
interpoler, *tr.* 3
interpolliniser, *tr.* 3
interposer, *tr.* 3
s'interposer, *pr.*
interpréter, *tr.* 32
s'interpréter, *pr.*
interroger, *tr.* 20
s'interroger, *pr.*
interrompre, *tr.* 75
s'interrompre, *pr.*
intersecter, *tr.* 16
intervenir, *intr.*, *ê* 38
intervertir, *tr.* 33
interviewer, *tr.* 3
intimer, *tr.* 3
intimider, *tr.* 3
s'intimider, *pr.*
intituler, *tr.* 3
s'intituler, *pr.*
intoxiquer, *tr.* 3
s'intoxiquer, *pr.*
intrigailler, *intr.* 4
intriguer, *tr.*, *intr.* 3
s'intriguer, *pr.*
intriquer (s'), *pr.* 3
introduire, *tr.* 91
s'introduire, *pr.*
intrôner, *tr.* 3
introniser, *tr.* 3
s'introniser, *pr.*
introspecter, *tr.*, *intr.* 16
intrure, *déf.* 180
s'intrure, *pr.*
intuber, *tr.* 3
invaginer (s'), *pr.* 3
invalider, *tr.* 3
invectiver, *tr.*, *intr.* 3
inventer, *tr.*, *intr.* 3

s'inventer, *pr.*
inventorier, *tr.* 8
inverser, *tr.* 3
s'inverser, *pr.*
invertir, *tr.* 33
investiguer, *intr.* 3
investir, *tr.*, *intr.* 33
s'investir, *pr.*
invétérer (s'), *pr.* 32
inviter, *tr.* 3
s'inviter, *pr.*
invoquer, *tr.* 3
ioder, *tr.* 3
iodler, *intr.* 3
ioniser, *tr.* 3
iouler, *tr.*, *intr.* 3
iriser, *tr.* 3
s'iriser, *pr.*
ironiser, *intr.* 3
irradier, *tr.*, *intr.* 8
s'irradier, *pr.*
irriguer, *tr.* 3
irriter, *tr.* 3
s'irriter, *pr.*
islamiser, *tr.* 3
s'islamiser, *pr.*
isoler, *tr.* 3
s'isoler, *pr.*
isomériser, *tr.* 3
issir, *déf.* 128
italianiser, *tr.*, *intr.* 3
ivrogner, *intr.* 3
ixer, *tr.* 3

J

jabler, *tr.* 3
jaboter, *tr.*, *intr.* 3
jacasser, *intr.* 3
jachérer, *tr.* 32
jacter, *tr.*, *intr.* 3
jaillir, *intr.*, *ê*, *a* 33
jalonner, *tr.*, *intr.* 3
jalouser, *tr.* 3
se jalouser, *pr.*
japoniser, *tr.*, *intr.* 3
se japoniser, *pr.*

japper, *intr.* 3
jardiner, *tr.*, *intr.* 3
jargonner, *intr.* 3
jarreter, *tr.*, *intr.* 28
se jarreter, *pr.*
jaser, *intr.* 3
jasper, *tr.* 3
jaspiner, *tr.*, *intr.* 3
jauger, *tr.*, *intr.* 20
se jauger, *pr.*
jaunir, *tr.*, *intr.* 33
javeler, *tr.*, *intr.* 25
javelliser, *tr.* 3
jazzifier, *tr.* 8
jerker, *intr.* 3
jeter, *tr.* 28
se jeter, *pr.*
jeûner, *intr.* 3
jobarder, *tr.* 3
jodler, *intr.* 3
jogger, *intr.* 3
joindre, *tr.*, *intr.* 71
se joindre, *pr.*
jointer, *tr.* 3
jointoyer, *tr.* 14
joncer, *tr.* 18
joncher, *tr.* 3
se joncher, *pr.*
jongler, *intr.* 3
jouailler, *intr.* 4
jouer, *tr.*, *intr.* 9
se jouer, *pr.*
jouir, *tr. i.*, *intr.* 33
jouter, *intr.* 3
jouxter, *tr.* 3
jubiler, *intr.* 3
jucher, *tr.*, *intr.* 3
se jucher, *pr.*
judaïser, *tr.*, *intr.* 3
judiciariser, *tr.* 3
juger, *tr.*, *tr. i.*, *intr.* 20
se juger, *pr.*
juguler, *tr.* 3
jumeler, *tr.* 25
juponner, *tr.*, *intr.* 3
jurer, *tr.*, *intr.* 3
se jurer, *pr.*

justicier, *tr.* 8
justifier, *tr.*, *tr. i.* 8
se justifier, *pr.*
juter, *intr.* 3
juxtaposer, *tr.* 3
se juxtaposer, *pr.*

K

kératiniser, *tr.* 3
se kératiniser, *pr.*
kidnapper, *tr.* 3
kiffer, *tr., intr.* 3
kilométrer, *tr.* 32
klaxonner, *tr.*, *intr.* 3

L

labéliser, *tr.* 3
labelliser (labéliser)
labialiser, *tr.* 3
se labialiser, *pr.*
labourer, *tr.* 3
lacer, *tr.* 18
se lacer, *pr.*
lacérer, *tr.* 32
lâcher, *tr.*, *intr.* 3
se lâcher, *pr.*
laïciser, *tr.* 3
se laïciser, *pr.*
laidir, *intr.* 33
lainer, *tr.* 16
laisser, *tr.* 16
se laisser, *pr.*
laitonner, *tr.* 3
laïusser, *intr.* 3
lambiner, *intr.* 3
lambrisser, *tr.* 3
lamenter, *tr.*, *intr.* 3
se lamenter, *pr.*
lamer, *tr.* 3
laminer, *tr.* 3
lamper, *tr.* 3
lancer, *tr.* 18
lanciner, *tr.*, *intr.* 3
langer, *tr.* 20
langueyer, *tr.* 12

languir, *intr.* 33
lanterner, *tr.*, *intr.* 3
lantiponner, *intr.* 3
laper, *tr.*, *intr.* 3
lapider, *tr.* 3
lapidifier, *tr.* 8
se lapidifier, *pr.*
lapiner, *intr.* 3
laquer, *tr.* 3
larder, *tr.* 3
lardonner, *tr.* 3
larguer, *tr.* 3
larmoyer, *intr.* 12
lasser, *tr.*, *intr.* 3
se lasser, *pr.*
lasurer, *tr.* 3
latéraliser, *tr.* 3
latiniser, *tr.*, *intr.* 3
latter, *tr.* 3
laurer, *tr.* 3
laver, *tr.* 3
se laver, *pr.*
layer, *tr.* 11
lécher, *tr.* 32
se lécher, *pr.*
léchouiller, *tr.* 4
légaliser, *tr.* 3
légender, *tr.* 3
légiférer, *tr.* 32
légitimer, *tr.* 3
se légitimer, *pr.*
léguer, *tr.* 32
se léguer, *pr.*
lemmatiser, *tr.* 3
lénifier, *tr.* 8
léser, *tr.* 32
se léser, *pr.*
lésiner, *intr.* 3
lessiver, *tr.* 3
lester, *tr.* 3
se lester, *pr.*
lettrer, *tr.* 3
leurrer, *tr.* 17
se leurrer, *pr.*
lever, *tr.*, *intr.* 29
se lever, *pr.*
léviger, *tr.* 20

léviter, *intr.* 3
levrauder, *tr.* 3
levretter, *intr.* 26
lexicaliser (se), *pr.* 3
lézarder, *tr.*, *intr.* 3
se lézarder, *pr.*
liaisonner, *tr.* 3
liarder, *intr.* 3
libeller, *tr.* 16
libéraliser, *tr.* 3
se libéraliser, *pr.*
libérer, *tr.* 32
se libérer, *pr.*
libertiner, *intr.* 3
se libertiner, *pr.*
licencier, *tr.* 8
se licencier, *pr.*
licher, *tr.*, *intr.* 3
lichetrogner, *tr.*, *intr.* 3
liciter, *tr.* 3
liéger, *tr.* 31
lier, *tr.* 8
se lier, *pr.*
lifter, *tr.* 3
ligaturer, *tr.* 3
lignifier (se), *pr.* 8
ligoter, *tr.* 3
liguer, *tr.* 3
se liguer, *pr.*
limander, *tr.* 3
limer, *tr.*, *intr.* 3
se limer, *pr.*
limiter, *tr.* 3
se limiter, *pr.*
limoger, *tr.* 20
linéamenter, *tr.* 3
lingoter, *tr.* 3
liquater, *tr.* 3
liquéfier, *tr.* 8
se liquéfier, *pr.*
liquider, *tr.* 3
se liquider, *pr.*
lire, *tr.*, *intr.* 101
se lire, *pr.*
liserer, *tr.* 29
se liserer, *pr.*
lisser, *tr.* 3

se lisser, *pr.*
lister, *tr.* 3
liter, *tr.* 3
lithographier, *tr.* 8
livrer, *tr.* 3
se livrer, *pr.*
lixivier, *tr.* 8
lober, *tr.* 3
lobotomiser, *tr.* 3
localiser, *tr.* 3
se localiser, *pr.*
locher, *tr.*, *intr.* 3
lock(-)outer, *tr.* 3
lofer, *intr.* 3
loger, *tr.*, *intr.* 20
se loger, *pr.*
longer, *tr.* 20
loquer, *tr.* 3
se loquer, *pr.*
lorgner, *tr.* 5
losanger, *tr.* 20
lotionner, *tr.* 3
lotir, *tr.* 33
louanger, *tr.* 20
se louanger, *pr.*
loucher, *intr.* 3
louchir, *intr.* 33
louer, *tr.* 9
se louer, *pr.*
louper, *tr.*, *intr.* 3
lourder, *tr.* 3
lourer, *tr.* 3
louver, *tr.* 3
louveter, *intr.* 28
louvoyer, *intr.* 14
lover, *tr.* 3
se lover, *pr.*
lubrifier, *tr.* 8
luger, *intr.* 20
se luger, *pr.*
luire, *intr.* 93
luncher, *intr.* 3
lustrer, *tr.* 3
se lustrer, *pr.*
luter, *tr.* 3
lutiner, *tr.* 3
lutter, *intr.* 3

luxer, *tr.* 3
se luxer, *pr.*
lyncher, *tr.* 3
lyophiliser, *tr.* 3
lyser, *tr.* 3

M

macadamiser, *tr.* 3
macérer, *tr.*, *intr.* 32
se macérer, *pr.*
mâcher, *tr.* 3
se mâcher, *pr.*
machiavéliser, *intr.* 3
mâchicoter, *tr.* 3
mâchiller, *tr.* 3
machiner, *tr.* 3
se machiner, *pr.*
mâchonner, *tr.* 3
mâchouiller, *tr.* 4
mâchurer, *tr.* 3
macler, *tr.*, *intr.* 3
maçonner, *tr.* 3
maculer, *tr.* 3
madéfier, *tr.* 8
madériser, *tr.* 3
se madériser, *pr.*
madrigaliser, *intr.* 3
magasiner, *intr.* 3
magner (se), *pr.* 3
magnétiser, *tr.* 3
magnétoscoper, *tr.* 3
magnifier, *tr.* 8
se magnifier, *pr.*
magouiller, *tr.*, *intr.* 4
maigrir, *tr.*, *intr.*, *ê*, *a* 33
mailler, *tr.*, *intr.* 4
se mailler, *pr.*
mainmettre, *tr.* 88
maintenir, *tr.* 38
se maintenir, *pr.*
maîtriser, *tr.* 3
se maîtriser, *pr.*
majorer, *tr.* 3
malaxer, *tr.* 3
malfaire, *déf.* 157

malléabiliser, *tr.* 3
malléer, *tr.* 6
malmener, *tr.* 29
malter, *tr.* 3
maltraiter, *tr.* 16
malverser, *intr.* 3
mamelonner, *tr.* 3
manager, *tr.* 20
mandater, *tr.* 3
mander, *tr.* 3
se mander, *pr.*
mandriner, *tr.* 3
mangeot(t)er, *tr.* 3
manger, *tr.* 20
se manger, *pr.*
manier, *tr.* 8
manier (se), *pr.* 8
maniérer, *tr.* 32
se maniérer, *pr.*
manifester, *tr.*, *intr.* 3
se manifester, *pr.*
manigancer, *tr.* 18
se manigancer, *pr.*
maniller, *tr.* 4
manipuler, *tr.* 3
se manipuler, *pr.*
mannequiner, *tr.* 3
manœuvrer, *tr.* 17
manquer, *tr.*, *tr. i.*, *intr.* 3
se manquer, *pr.*
mansarder, *tr.* 3
manucurer, *tr.* 3
manufacturer, *tr.* 3
se manufacturer, *pr.*
manutentionner, *tr.* 3
maquer, *tr.* 3
se maquer, *pr.*
maquetter, *tr.* 3
maquignonner, *tr.* 3
se maquignonner, *pr.*
maquiller, *tr.* 4
se maquiller, *pr.*
marabouter, *tr.* 3
marauder, *tr.*, *intr.* 3
marbrer, *tr.* 3
se marbrer, *pr.*

marchander, *tr.*, *intr.* 3
se marchander, *pr.*
marcher, *intr.* 3
marcotter, *tr.* 3
marger, *tr.*, *intr.* 20
marginaliser, *tr.* 3
se marginaliser, *pr.*
marginer, *tr.* 3
margotter, *intr.* 3
marier, *tr.* 8
se marier, *pr.*
mariner, *tr.*, *intr.* 3
se mariner, *pr.*
marivauder, *intr.* 3
marmonner, *tr.* 3
marmotter, *tr.*, *intr.* 3
se marmotter, *pr.*
marner, *tr.*, *intr.* 3
maronner, *intr.* 3
maroquiner, *tr.* 3
maroufler, *tr.* 3
marquer, *tr.*, *intr.* 3
se marquer, *pr.*
marqueter, *tr.* 28
marrer (se), *pr.* 3
marronner, *intr.* 3
marsouiner, *intr.* 3
marteler, *tr.* 24
martingaler, *intr.* 3
martyriser, *tr.* 3
se martyriser, *pr.*
masculiniser, *tr.* 3
masquer, *tr.*, *intr.* 3
se masquer, *pr.*
massacrer, *tr.* 3
se massacrer, *pr.*
masser, *tr.* 3
se masser, *pr.*
massicoter, *tr.* 3
massifier, *tr.* 3
mastiquer, *tr.*, *intr.* 3
masturber, *tr.* 3
se masturber, *pr.*
matcher, *tr.*, *intr.* 3
matelasser, *tr.* 3
mater, *tr.*, *intr.* 3
mâter, *tr.* 3

matérialiser, *tr.* 3
se matérialiser, *pr.*
materner, *tr.* 3
mathématiser, *tr.* 3
mâtiner, *tr.* 3
matir, *tr.* 33
matraquer, *tr.* 3
matriculer, *tr.* 3
maturer, *tr.* 3
maudire, *tr.* 98
se maudire, *pr.*
maugréer, *tr.*, *intr.* 6
maximaliser, *tr.* 3
maximer, *tr.* 3
maximiser, *tr.* 3
mazer, *tr.* 3
mazouter, *tr.*, *intr.* 3
mécaniser, *tr.* 3
mécher, *tr.* 32
mécompter (se), *pr.* 3
méconduire (se), *pr.* 91
méconnaître, *tr.* 80
se méconnaître, *pr.*
mécontenter, *tr.* 3
se mécontenter, *pr.*
mécroire, *déf.* 172
médailler, *tr.* 4
médeciner, *tr.* 3
se médeciner, *pr.*
médiatiser, *tr.* 3
médicaliser, *tr.* 3
médicamenter, *tr.* 3
se médicamenter, *pr.*
médire, *tr. i.* 97
méditer, *tr.*, *intr.* 3
se méditer, *pr.*
méduser, *tr.* 3
méfaire, *déf.* 158
méfier (se), *pr.* 8
mégir, *tr.* 33
mégisser, *tr.* 3
mégoter, *tr.*, *intr.* 3
méjuger, *tr.*, *intr.* 20
se méjuger, *pr.*
mélanger, *tr.* 20
se mélanger, *pr.*
mêler, *tr.* 16

se mêler, *pr.*
mélodramatiser, *tr.* 3
mémoriser, *tr.*, *intr.* 3
menacer, *tr.*, *intr.* 18
se menacer, *pr.*
ménager, *tr.* 20
se ménager, *pr.*
mendier, *tr.*, *intr.* 8
mendigoter, *tr.*, *intr.* 3
mener, *tr.*, *intr.* 29
se mener, *pr.*
menotter, *tr.* 3
mensualiser, *tr.* 3
mentionner, *tr.* 3
mentir, *tr. i.*, *intr.* 41
menuiser, *tr.* 3
méprendre (se), *pr.* 66
mépriser, *tr.* 3
se mépriser, *pr.*
mercantiliser, *tr.* 3
merceriser, *tr.* 3
merder, *intr.* 3
merdoyer, *intr.* 14
meringuer, *tr.* 3
mériter, *tr.*, *tr. i.* 3
se mériter, *pr.*
mésallier, *tr.* 8
se mésallier, *pr.*
mésa(d)venir, *déf.* 129
mésarriver, *déf.* 116
mésestimer, *tr.* 3
se mésestimer, *pr.*
mésoffrir, *intr.* 42
messeoir, *déf.* 146
mesurer, *tr.*, *intr.* 3
se mesurer, *pr.*
mésuser, *tr. i.* 3
métaboliser, *tr.* 3
métalliser, *tr.* 3
se métalliser, *pr.*
métamorphiser, *tr.* 3
métamorphoser, *tr.* 3
se métamorphoser, *pr.*
métaphysiquer, *intr.* 3
météoriser, *tr.* 3
se météoriser, *pr.*
méthaniser, *tr.* 3

métisser, *tr.* 3
se métisser, *pr.*
métrer, *tr.* 32
mettre, *tr.* 88
se mettre, *pr.*
meubler, *tr.* 17
se meubler, *pr.*
meugler, *intr.* 17
meuler, *tr.* 17
meurtrir, *tr.* 33
se meurtrir, *pr.*
mévendre, *tr.* 67
miauler, *intr.* 3
michetonner, *intr.* 3
microfilmer, *tr.* 3
micro-injecter, *tr.* 3
microniser, *tr.* 3
mignarder, *tr.* 3
se mignarder, *pr.*
mignoter, *tr.* 3
se mignoter, *pr.*
migrer, *intr.* 3
mijoter, *tr.*, *intr.* 3
se mijoter, *pr.*
militariser, *tr.* 3
militer, *intr.* 3
millésimer, *tr.* 3
mimer, *tr.* 3
minauder, *intr.* 3
mincer, *tr.* 3
mincir, *intr.* 33
miner, *tr.* 3
se miner, *pr.*
minéraliser, *tr.* 3
miniaturiser, *tr.* 3
minimaliser, *tr.* 3
minimiser, *tr.* 3
minorer, *tr.* 3
minuter, *tr.* 3
mirer, *tr.* 3
se mirer, *pr.*
miroiter, *intr.* 3
miser, *tr.*, *intr.* 3
missionner, *tr.* 3
miter, *tr.* 3
se miter, *pr.*
mithridatiser, *tr.* 3

se mithridatiser, *pr.*
mitiger, *tr.* 20
se mitiger, *pr.*
mitonner, *tr.*, *intr.* 3
se mitonner, *pr.*
mitrailler, *tr.*, *intr.* 4
se mitrailler, *pr.*
mixer, *tr.* 3
mixtionner, *tr.* 3
mobiliser, *tr.* 3
se mobiliser, *pr.*
modaliser, *tr.* 3
modeler, *tr.* 24
se modeler, *pr.*
modéliser, *tr.* 3
modérer, *tr.* 32
se modérer, *pr.*
moderner, *tr.* 3
moderniser, *tr.* 3
modifier, *tr.* 8
se modifier, *pr.*
moduler, *tr.*, *intr.* 3
moirer, *tr.* 3
moiser, *tr.* 3
moisir, *intr.* 33
se moisir, *pr.*
moissonner, *tr.* 3
moitir, *tr.* 33
mol(l)arder, *intr.* 3
molester, *tr.* 3
moleter, *tr.* 28
molletonner, *tr.* 3
mollifier, *tr.* 8
mollir, *tr.*, *intr.* 33
momifier, *tr.* 8
se momifier, *pr.*
monder, *tr.* 3
mondialiser, *tr.* 3
se mondialiser, *pr.*
mondifier, *tr.* 8
monétiser, *tr.* 3
monnayer, *tr.* 11
monologuer, *intr.* 3
monopoliser, *tr.* 3
monseigneuriser, *intr.* 3
se monseigneuriser, *pr.*
monter, *tr.*, *intr.*, *ê*, *a* 3

se monter, *pr.*
montrer, *tr.* 3
se montrer, *pr.*
moquer, *tr.* 3
se moquer, *pr.*
moquetter, *tr.* 16
moraliser, *tr.*, *intr.* 3
se moraliser, *pr.*
morceler, *tr.* 25
se morceler, *pr.*
mordancer, *tr.* 18
mordiller, *tr.*, *intr.* 4
mordre, *tr.*, *tr. i.*, *intr.* 74
se mordre, *pr.*
morfaler, *intr.* 3
morfiler, *tr.* 3
morfler, *tr.* 3
morfondre, *tr.*, *intr.* 73
se morfondre, *pr.*
morguer, *tr.* 3
se morguer, *pr.*
morigéner, *tr.* 32
mortaiser, *tr.* 16
mortifier, *tr.* 8
se mortifier, *pr.*
motionner, *intr.* 3
motiver, *tr.* 3
se motiver, *pr.*
motoriser, *tr.* 3
motter, *tr.* 3
se motter, *pr.*
moucharder, *tr.*, *intr.* 3
moucher, *tr.*, *intr.* 3
se moucher, *pr.*
moucheronner, *intr.* 3
moucheter, *tr.* 28
moudre, *tr.* 86
se moudre, *pr.*
mouf(e)ter, *déf.* 117
mouillasser, *imp.* 121
mouiller, *tr.*, *intr.* 4
se mouiller, *pr.*
mouler, *tr.*, *intr.* 3
se mouler, *pr.*
mouliner, *tr.*, *intr.* 3
moulurer, *tr.* 3

mourir, *intr.*, *ê* 46
se mourir, *pr.*
mouronner, *intr.* 3
mousser, *intr.* 3
moutarder, *tr.* 3
moutonner, *intr.* 3
mouvementer, *tr.* 3
mouver, *intr.* 3
mouvoir, *tr.* 58
se mouvoir, *pr.*
moyenner, *tr.*, *intr.* 16
moyer, *tr.* 14
mucher, *tr.* 3
muer, *tr.*, *intr.* 10
mugir, *intr.* 33
mugueter, *tr.* 28
muloter, *intr.* 3
multinationaliser (se), *pr.* 3
multiplexer, *tr.* 16
multiplier, *tr.*, *intr.* 8
se multiplier, *pr.*
municipaliser, *tr.* 3
munir, *tr.* 33
se munir, *pr.*
munitionner, *tr.* 3
murailler, *tr.* 4
murer, *tr.* 3
se murer, *pr.*
mûrir, *tr.*, *intr.* 33
murmurer, *tr.*, *intr.* 3
se murmurer, *pr.*
musarder, *intr.* 3
muscler, *tr.* 3
se muscler, *pr.*
muséifier, *tr.* 8
museler, *tr.* 25
muser, *intr.* 3
musiquer, *tr.*, *intr.* 3
musquer, *tr.* 3
se musquer, *pr.*
musser (se), *pr.* 3
muter, *tr.*, *intr.* 3
mutiler, *tr.* 3
se mutiler, *pr.*
mutiner, *tr.* 3
se mutiner, *pr.*

mutualiser, *tr.* 3
mystifier, *tr.* 8
mythifier, *tr.* 8

N

nacrer, *tr.* 3
se nacrer, *pr.*
nageoter, *intr.* 3
nager, *tr.*, *intr.* 20
naître, *intr.*, *ê* 79
nanifier, *tr.* 3
naniser, *tr.* 3
nantir, *tr.* 33
se nantir, *pr.*
napper, *tr.* 3
narguer, *tr.* 3
narrer, *tr.* 3
nasaliser, *tr.* 3
se nasaliser, *pr.*
nasarder, *intr.* 3
nasiller, *intr.* 3
nasillonner, *intr.* 3
nasonner, *intr.* 3
nationaliser, *tr.* 3
se nationaliser, *pr.*
natter, *tr.* 3
se natter, *pr.*
naturaliser, *tr.* 3
se naturaliser, *pr.*
naufrager, *intr.* 20
naviguer, *intr.* 3
navrer, *tr.* 3
nazifier, *tr.* 8
néantiser, *tr.* 3
nébuliser, *tr.* 3
nécessiter, *tr.* 3
nécroser, *tr.* 3
se nécroser, *pr.*
négliger, *tr.* 20
se négliger, *pr.*
négocier, *tr.*, *intr.* 8
se négocier, *pr.*
neigeoter, *imp.* 121
neiger, *imp.* 122
nerférer (se), *pr.* 32
nerver, *tr.* 3

nervurer, *tr.* 3
nettoyer, *tr.* 14
se nettoyer, *pr.*
neutraliser, *tr.* 3
se neutraliser, *pr.*
niaiser, *intr.* 16
nicher, *tr.*, *intr.* 3
se nicher, *pr.*
nickeler, *tr.* 25 (Littré 24)
nicotiniser, *tr.* 3
nidifier, *intr.* 8
nieller, *tr.* 16
se nieller, *pr.*
nier, *tr.*, *intr.* 8
se nier, *pr.*
nigauder, *intr.* 3
nimber, *tr.* 3
se nimber, *pr.*
nipper, *tr.* 3
se nipper, *pr.*
niquer, *tr.* 3
nitrater, *tr.* 3
nitrer, *tr.* 3
nitrifier, *tr.* 8
se nitrifier, *pr.*
nitrurer, *tr.* 3
niveler, *tr.* 25
se niveler, *pr.*
noircir, *tr.*, *intr.* 33
se noircir, *pr.*
noliser, *tr.* 3
nomadiser, *intr.* 3
nombrer, *tr.* 3
nominaliser, *tr.* 3
nominer, *tr.* 3
nommer, *tr.* 3
se nommer, *pr.*
nonupler, *tr.* 3
nordir, *intr.* 33
normaliser, *tr.* 3
se normaliser, *pr.*
noter, *tr.* 3
se noter, *pr.*
notifier, *tr.* 8
nouer, *tr.*, *intr.* 9
se nouer, *pr.*

nourrir, *tr.*, *intr.* 33
se nourrir, *pr.*
nover, *tr.*, *intr.* 3
noyauter, *tr.* 3
noyer, *tr.* 14
se noyer, *pr.*
nuancer, *tr.* 18
se nuancer, *pr.*
nucléariser, *tr.* 3
nucléer, *tr.* 6
nuer, *tr.* 10
nuire, *tr. i.* 92
se nuire, *pr.*
numériser, *tr.* 3
numéroter, *tr.* 3
se numéroter, *pr.*

O

obéir, *tr. i.* 33
obérer, *tr.* 32
s'obérer, *pr.*
objecter, *tr.* 16
s'objecter, *pr.*
objectiver, *tr.* 3
objurguer, *intr.* 3
obliger, *tr.* 20
s'obliger, *pr.*
obliquer, *intr.* 3
oblitérer, *tr.* 32
s'oblitérer, *pr.*
obnubiler, *tr.* 3
obombrer, *tr.* 3
obscurcir, *tr.* 33
s'obscurcir, *pr.*
obséder, *tr.* 32
observer, *tr.* 3
s'observer, *pr.*
obstiner (s'), *pr.* 3
obstruer, *tr.* 3
s'obstruer, *pr.*
obtempérer, *tr. i.*, *intr.* 32
obtenir, *tr.* 38
s'obtenir, *pr.*
obturer, *tr.* 3
obvenir, *intr.*, *ê* 38

obvier, *tr. i.* 8
occasionner, *tr.* 3
occidentaliser, *tr.* 3
s'occidentaliser, *pr.*
occire, *déf.* 175
s'occire, *pr.*
occlure, *tr.* 104
occulter, *tr.* 3
occuper, *tr.* 3
s'occuper, *pr.*
ocrer, *tr.* 3
octavier, *tr.*, *intr.* 8
octroyer, *tr.* 14
s'octroyer, *pr.*
octupler, *tr.* 3
odorer, *tr.*, *intr.* 3
œdématier, *tr.* 8
œilletonner, *tr.* 3
œuvrer, *intr.* 17
offenser, *tr.* 3
s'offenser, *pr.*
officialiser, *tr.* 3
officier, *intr.* 8
offrir, *tr.* 42
s'offrir, *pr.*
offusquer, *tr.* 3
s'offusquer, *pr.*
oindre, *tr.* 71
s'oindre, *pr.*
oiseler, *tr.*, *intr.* 25
oliver, *tr.* 3
ombrager, *tr.*, 20
s'ombrager, *pr.*
ombrer, *tr.* 3
omettre, *tr.* 88
s'omettre, *pr.*
onder, *tr.*, *intr.* 3
ondoyer, *tr.*, *intr.* 14
onduler, *tr.*, *intr.* 3
opacifier, *tr.* 8
s'opacifier, *pr.*
opaliser, *tr.* 3
opérer, *tr.*, *intr.* 32
s'opérer, *pr.*
opiacer, *tr.* 18
opiler, *tr.* 3
opiner, *intr.* 3

opiniâtrer, *tr.* 3
s'opiniâtrer, *pr.*
opposer, *tr.* 3
s'opposer, *pr.*
oppresser, *tr.* 16
s'oppresser, *pr.*
opprimer, *tr.* 3
opter, *intr.* 3
optimaliser, *tr.* 3
optimiser, *tr.* 3
oraliser, *tr.* 3
oranger, *tr.* 20
orbiter, *intr.* 3
orchestrer, *tr.* 3
ordonnancer, *tr.* 18
ordonner, *tr.*, *intr.* 3
s'ordonner, *pr.*
organiser, *tr.* 3
s'organiser, *pr.*
organsiner, *tr.* 3
orienter, *tr.* 3
s'orienter, *pr.*
oringuer, *tr.* 3
ornementer, *tr.* 3
orner, *tr.* 3
s'orner, *pr.*
orthographier, *tr.*, *intr.* 8
s'orthographier, *pr.*
osciller, *intr.* 4
oser, *tr.* 3
ossifier, *tr.* 8
s'ossifier, *pr.*
ostraciser, *tr.* 3
ôter, *tr.* 3
s'ôter, *pr.*
ouater, *tr.* 3
ouatiner, *tr.* 3
oublier, *tr.*, *intr.* 7
s'oublier, *pr.*
ouiller, *tr.*, *intr.* 4
ouïr, *déf.* 136
ourdir, *tr.* 33
ourler, *tr.* 3
outiller, *tr.* 4
outrager, *tr.* 20
outrepasser, *tr.* 3

outrer, *tr.* 3
ouvrager, *tr.* 20
ouvrer, *tr.*, *intr.* 3
ouvrir, *tr.*, *intr.* 42
ovaliser, *tr.* 3
ovationner, *tr.* 3
ovuler, *intr.* 3
oxyder, *tr.* 3
oxygéner, *tr.* 32
oxytoniser, *tr.* 3
ozoner, *tr.* 3
ozoniser, *tr.* 3

P

pacager, *tr.*, *intr.* 20
pacifier, *tr.* 8
pacser, *tr.* 3
se pacser, *pr.*
pactiser, *intr.* 3
paddocker (se), *pr.* 3
paganiser, *tr.*, *intr.* 3
pagayer, *intr.* 11
paginer, *tr.* 3
pagnoter (se), *pr.* 3
paillarder, *tr.* 3
se paillarder, *pr.*
paillassonner, *tr.* 3
pailler, *tr.* 4
pailleter, *tr.* 28
paillonner, *tr.* 3
paisseler, *tr.* 25
paître, *déf.* 184
se paître, *pr.*
palabrer, *intr.* 3
palancrer, *tr.* 3
palangrer, *tr.* 3
palanguer, *tr.*, *intr.* 3
palanquer, *tr.*, *intr.* 3
palataliser, *tr.* 3
se palatiser, *pr.*
paleter, *tr.* 28
paletter, *tr.* 16
palettiser, *tr.* 3
palifier, *tr.* 8
pâlir, *tr.*, *intr.* 33
palissader, *tr.* 3

palisser, *tr.* 3
palissonner, *tr.* 3
pallier, *tr.* 8
palmer, *tr.* 3
paloter, *tr.* 3
palper, *tr.* 3
se palper, *pr.*
palpiter, *intr.* 3
pâmer, *intr.*, *ê*, *a* 3
se pâmer, *pr.*
panacher, *tr.*, *intr.* 3
se panacher 3
panader, *intr.* 3
se panader, *pr.*
paner, *tr.* 3
panifier, *tr.* 8
paniquer, *tr.*, *intr.* 3
se paniquer, *pr.*
panneauter, *tr.*, *intr.* 3
panner, *tr.* 3
panoramiquer, *intr.* 3
panosser, *tr.* 3
panser, *tr.* 3
se panser, *pr.*
panteler, *intr.* 25
pantoufler, *intr.* 3
papelarder, *intr.* 3
paperasser, *intr.* 3
papillonner, *intr.* 3
papilloter, *tr.*, *intr.* 3
papoter, *intr.* 3
papouiller, *tr.* 4
paqueter, *tr.* 28
parachever, *tr.* 29
se parachever, *pr.*
parachuter, *tr.* 3
parader, *intr.* 3
parafer, *tr.* 3
paraffiner, *tr.* 3
paraître, *intr.*, *ê*, *a* 80
paralléliser, *tr.* 3
paralyser, *tr.* 3
se paralyser, *pr.*
paramétrer, *tr.* 3
parangonner, *tr.* 3
parapher, *tr.* 3
paraphraser, *tr.* 3

parasiter, *tr.* 3
parceller, *tr.* 16
parcelliser, *tr.* 3
se parcelliser, *pr.*
parcheminer, *tr.* 3
se parcheminer, *pr.*
parcourir, *tr.* 51
se parcourir, *pr.*
pardonner, *tr.*, *intr.* 3
se pardonner, *pr.*
parementer, *tr.* 3
parenthétiser, *tr.* 3
parer, *tr.*, *tr. i.* 3
se parer, *pr.*
paresser, *intr.* 16
parfaire, *déf.* 159
se parfaire, *pr.*
parfiler, *tr.* 3
parfondre, *tr.* 73
parfournir, *tr.* 33
parfumer, *tr.* 3
se parfumer, *pr.*
parier, *tr.*, *intr.* 8
parjurer (se), *pr.* 3
parlailler, *intr.* 4
parlementer, *intr.* 3
parler, *tr.*, *tr. i.*, *intr.* 3
se parler, *pr.*
parodier, *tr.* 3
se parodier, *pr.*
parquer, *tr.*, *intr.* 3
se parquer, *pr.*
parqueter, *tr.* 28
parrainer, *tr.* 16
parsemer, *tr.* 29
partager, *tr.* 20
se partager, *pr.*
participer, *tr. i.* 3
particulariser, *tr.* 3
se particulariser, *pr.*
partir, *intr.*, *ê* 40
partir, *déf.* 130
partouzer, *intr.* 3
parvenir, *tr. i.*, *intr.*, *ê* 38
passager, *tr.* 20
passefiler, *tr.* 3

passementer, *tr.* 3
passer, *tr., intr., ê, a* 3
se passer, *pr.*
passionner, *tr.* 3
se passionner, *pr.*
passiver, *tr.* 3
pasteller, *tr., intr.* 16
pasteuriser, *tr.* 3
pasticher, *tr.* 3
patauger, *intr.* 20
pateliner, *tr., intr.* 3
patenter, *tr.* 3
paternaliser, *tr.* 3
patienter, *intr.* 3
patiner, *tr., intr.* 3
se patiner, *pr.*
pâtir, *intr.* 33
pâtisser, *intr.* 3
patoiser, *intr.* 3
patouiller, *tr., intr.* 4
patrimonialiser, *tr.* 3
patrociner, *intr.* 3
patronner, *tr.* 3
patrouiller, *intr.* 4
patter, *tr.* 3
pâturer, *tr., intr.* 3
paumer, *tr.* 3
se paumer, *pr.*
paumoyer, *tr.* 14
paupériser, *tr.* 3
se paupériser, *pr.*
pauser, *intr.* 3
pavaner (se), *pr.* 3
paver, *tr.* 3
pavoiser, *tr., intr.* 3
se pavoiser, *pr.*
payer, *tr., intr.* 11
se payer, *pr.*
peaufiner, *tr.* 3
pécher, *intr.* 32
pêcher, *tr., intr.* 16
se pêcher, *pr.*
pédaler, *intr.* 3
pédanter, *intr.* 3
pédantiser, *intr.* 3
pédicurer, *tr.* 3
peigner, *tr.* 16

se peigner, *pr.*
peindre, *tr., intr.* 70
se peindre, *pr.*
peiner, *tr., intr.* 16
se peiner, *pr.*
peinturer, *tr.* 3
peinturlurer, *tr.* 3
se peinturlurer, *pr.*
pêle-mêler, *tr.* 3
peler, *tr., intr.* 24
se peler, *pr.*
peller, *tr.* 26
pelleter, *tr.* 28
peloter, *tr., intr.* 3
se peloter, *pr.*
pelotonner, *tr.* 3
se pelotonner, *pr.*
pelucher, *intr.* 3
pénaliser, *tr.* 3
pencher, *tr., intr.* 3
se pencher, *pr.*
pendiller, *intr.* 4
pendouiller, *intr.* 4
pendre, *tr., intr.* 67
se pendre, *pr.*
penduler, *intr.* 3
pénétrer, *tr., intr.* 32
se pénétrer, *pr.*
penser, *tr., tr. i., intr.* 3
se penser, *pr.*
pensionner, *tr.* 3
pépier, *intr.* 18
percer, *tr., intr.* 18
se percer, *pr.*
percevoir, *tr.* 54
percher, *tr., intr.* 3
se percher, *pr.*
percuter, *tr., intr.* 3
perdre, *tr., intr.* 72
se perdre, *pr.*
perdurer, *intr.* 3
pérégriner, *intr.* 3
pérenniser, *tr.* 3
perfectionner, *tr.* 3
se perfectionner, *pr.*
perforer, *tr.* 3
perfuser, *tr.* 3

péricliter, *intr.* 3
périmer, *tr.* 3
se périmer, *pr.*
périodiser, *tr.* 3
périphraser, *intr.* 3
périr, *intr.* 33
perler, *tr., intr.* 3
permanenter, *tr.* 3
permettre, *tr.* 88
se permettre, *pr.*
permissionner, *tr.* 3
permuter, *tr., intr.* 3
se permuter, *pr.*
pérorer, *intr.* 3
peroxyder, *tr.* 3
perpétrer, *tr.* 32
perpétuer, *tr.* 10
se perpétuer, *pr.*
perquisitionner, *intr.* 3
persécuter, *tr.* 3
persévérer, *intr.* 32
persifler, *tr.* 3
persister, *intr.* 3
personnaliser, *tr.* 3
personnifier, *tr.* 8
se personnifier, *pr.*
persuader, *tr.* 3
se persuader, *pr.*
perturber, *tr.* 3
pervertir, *tr.* 33
se pervertir, *pr.*
pervibrer, *tr.* 3
peser, *tr., intr.* 29
se peser, *pr.*
pester, *intr.* 3
pestiférer, *tr.* 32
pétarader, *intr.* 3
pétarder, *tr., intr.* 3
péter, *tr., intr.* 32
pétiller, *intr.* 4
pétitionner, *intr.* 3
pétocher, *intr.* 3
pétouiller, *intr.* 4
pétrarquiser, *intr.* 3
pétrifier, *tr.* 8
se pétrifier, *pr.*
pétrir, *tr.* 33

se pétrir, *pr.*
pétuner, *intr.* 3
peupler, *tr.* 17
se peupler, *pr.*
phagocyter, *tr.* 3
phantasmer, *tr.*, *intr.* 3
philosophailler, *intr.* 4
philosopher, *intr.* 3
phlébotomiser, *tr.* 3
phosphater, *tr.* 3
phosphorer, *intr.* 3
phosphoryler, *tr.* 3
photocomposer, *tr.* 3
photocopier, *tr.* 8
photographier, *tr.* 8
photométrer, *tr.* 32
phraser, *tr.*, *intr.* 3
piaffer, *intr.* 3
piailler, *intr.* 4
pianoter, *tr.*, *intr.* 3
piauler, *intr.* 3
picoler, *tr.*, *intr.* 3
picorer, *tr.*, *intr.* 3
picoter, *tr.* 3
piéger, *tr.* 31
piéter, *intr.* 32
se piéter, *pr.*
piétiner, *tr.*, *intr.* 3
pieuter (se), *pr.* 3
pif(f)er, *tr.* 3
piffrer (se), *pr.* 3
pigeonner, *tr.* 3
piger, *tr.*, *intr.* 20
pigmenter, *tr.* 3
pignocher, *tr.*, *intr.* 3
piler, *tr.*, *intr.* 3
se piler, *pr.*
piller, *tr.* 4
se piller, *pr.*
pilonner, *tr.* 3
pilorier, *tr.* 8
piloter, *tr.* 3
pimenter, *tr.* 3
pinceauter, *tr.*, *intr.* 3
pinailler, *intr.* 4
pincer, *tr.*, *intr.* 18
se pincer, *pr.*

pindariser, *intr.* 3
pinter, *tr.*, *intr.* 3
se pinter, *pr.*
piocher, *tr.*, *intr.* 3
se piocher, *pr.*
pioncer, *intr.* 18
pionner, *intr.* 3
piper, *tr.*, *intr.* 3
se piper, *pr.*
pipetter, *tr.* 3
pipier, *intr.* 8
pique-niquer, *intr.* 3
piquer, *tr.*, *intr.* 3
se piquer, *pr.*
piqueter, *tr.* 28
pirater, *tr.*, *intr.* 3
pirouetter, *intr.* 16
piser, *tr.* 3
pisser, *tr.*, *intr.* 3
pissoter, *intr.* 3
pister, *tr.* 3
pistonner, *tr.* 3
pitonner, *intr.* 3
pivoter, *intr.* 3
placarder, *tr.* 3
placer, *tr.* 18
se placer, *pr.*
placoter, *intr.* 3
plafonner, *tr.*, *intr.* 3
plagier, *tr.*, *intr.* 8
plaider, *tr.*, *intr.* 16
se plaider, *pr.*
plaindre, *tr.* 69
se plaindre, *pr.*
plaire, *tr. i.*, *intr.* 77
se plaire, *pr.*
plaisanter, *tr.*, *intr.* 3
se plaisanter, *pr.*
plamer, *tr.* 3
planchéier, *tr.* 16
plancher, *intr.* 3
planer, *tr.*, *intr.* 3
planifier, *tr.* 8
planquer, *tr.*, *intr.* 3
se planquer, *pr.*
planter, *tr.* 3
se planter, *pr.*

plaquer, *tr.* 3
se plaquer, *pr.*
plasmifier, *tr.* 8
plastifier, *tr.* 8
plastiquer, *tr.* 3
plastronner, *tr.*, *intr.* 3
se plastronner, *pr.*
platiner, *tr.* 3
platoniser, *intr.* 3
plâtrer, *tr.* 3
se plâtrer, *pr.*
plébisciter, *tr.* 3
pleurer, *tr.*, *intr.* 17
se pleurer, *pr.*
pleurnicher, *intr.* 3
pleuvasser, *imp.* 121
pleuviner, *imp.* 121
pleuvioter, *imp.* 121
pleuvocher, *imp.* 121
pleuvoir, *imp.* 153
pleuvoter, *imp.* 121
plier, *tr.*, *intr.* 7
se plier, *pr.*
pliquer (se), *pr.* 3
plisser, *tr.*, *intr.* 3
se plisser, *pr.*
plomber, *tr.* 3
se plomber, *pr.*
plonger, *tr.*, *intr.* 20
se plonger, *pr.*
ploquer, *tr.* 3
se ploquer, *pr.*
ployer, *tr.*, *intr.* 14
plucher, *intr.* 3
plumer, *tr.*, *intr.* 3
se plumer, *pr.*
pluraliser, *tr.* 3
se pluraliser, *pr.*
pluviner, *imp.* 121
pocharder (se), *pr.* 3
pocher, *tr.*, *intr.* 3
pocheter, *tr.* 28
podzoliser, *tr.* 3
poêler, *tr.* 3
poétiser, *tr.* 3
poignarder, *tr.* 3
se poignarder, *pr.*

poiler (se), *pr.* 3
poinçonner, *tr.* 3
poindre, *déf.* 166
pointer, *tr.*, *intr.* 3
se pointer, *pr.*
pointiller, *tr.*, *intr.* 4
se pointiller, *pr.*
poireauter, *intr.* 3
poiroter, *intr.* 3
poisser, *tr.*, *intr.* 3
poivrer, *tr.* 3
se poivrer, *pr.*
polariser, *tr.* 3
se polariser, *pr.*
poldériser, *tr.* 3
polémiquer, *intr.* 3
policer, *tr.* 18
se policer, *pr.*
polir, *tr.* 33
se polir, *pr.*
polissonner, *intr.* 3
politicailler, *intr.* 4
politiquer, *intr.* 3
politiser, *tr.* 3
se politiser, *pr.*
polker, *intr.* 3
polliniser, *tr.* 3
polluer, *tr.*, *intr.* 10
polycopier, *tr.* 8
polymériser, *tr.* 3
pommader, *tr.* 3
se pommader, *pr.*
pommeler (se), *pr.* 25
pommer, *intr.* 3
pomper, *tr.*, *intr.* 3
pomponner, *tr.* 3
se pomponner, *pr.*
poncer, *tr.* 18
ponctionner, *tr.* 3
ponctuer, *tr.* 10
pondérer, *tr.* 32
pondre, *tr.*, *intr.* 73
ponter, *tr.*, *intr.* 3
pontifier, *intr.* 8
pontiller, *tr.* 4
populariser, *tr.* 3
se populariser, *pr.*

poquer, *intr.* 3
porphyriser, *tr.* 3
porter, *tr.*, *tr. i.*, *intr.* 3
se porter, *pr.*
portraire, *déf.* 183
portraiturer, *tr.* 3
poser, *tr.*, *intr.* 3
se poser, *pr.*
positionner, *tr.* 3
se positionner, *pr.*
positiver, *tr.*, *intr.* 3
posséder, *tr.* 32
se posséder, *pr.*
postdater, *tr.* 3
poster, *tr.* 3
se poster, *pr.*
posticher, *intr.* 3
postillonner, *intr.* 3
postposer, *tr.* 3
postsynchroniser, *tr.* 3
postuler, *tr.*, *intr.* 3
potasser, *tr.*, *intr.* 3
potentialiser, *tr.* 3
potiner, *intr.* 3
poudrer, *tr.* 3
se poudrer, *pr.*
poudroyer, *intr.* 14
pouffer, *intr.* 3
pouiller, *tr.* 4
se pouiller, *pr.*
pouliner, *intr.* 3
pouponner, *intr.* 3
pourchasser, *tr.* 3
se pourchasser, *pr.*
pourfendre, *tr.* 67
pourlécher, *tr.* 32
se pourlécher, *pr.*
pourpenser, *tr.* 3
pourprer, *tr.* 3
se pourprer, *pr.*
pourrir, *tr.*, *intr.*, *ê, a* 33
se pourrir, *pr.*
poursuivre, *tr.* 95
se poursuivre, *pr.*
pourvoir, *tr.*, *intr.* 64
se pourvoir, *pr.*
pousser, *tr.*, *intr.* 3

se pousser, *pr.*
poutser, *tr.* 3
pouvoir, *tr.*, *intr.* 53
se pouvoir, *imp.* 53
praliner, *tr.* 3
pratiquer, *tr.*, *intr.* 3
se pratiquer, *pr.*
préacheter, *tr.* 27
préannoncer, *tr.* 18
préaviser, *tr.* 3
précariser, *tr.* 3
se précariser, *pr.*
précautionner, *tr.* 3
se précautionner, *pr.*
précéder, *tr.*, *intr.* 32
se précéder, *pr.*
préchauffer, *tr.* 3
prêcher, *tr.*, *intr.* 16
se prêcher, *pr.*
précipiter, *tr.* 3
se précipiter, *pr.*
préciser, *tr.*, *intr.* 3
se préciser, *pr.*
précompter, *tr.* 3
préconiser, *tr.* 3
se préconiser, *pr.*
précuire, *tr.*, *intr.* 91
prédécéder, *intr.* 3
prédestiner, *tr.* 3
se prédestiner, *pr.*
prédéterminer, *tr.* 3
prédiquer, *tr.* 3
prédire, *tr.* 97
prédisposer, *tr.*, *intr.* 3
prédominer, *intr.* 3
préemballer, *tr.* 3
préempter, *tr.* 3
préétablir, *tr.* 33
préexister, *intr.* 3
préfabriquer, *tr.* 3
préfacer, *tr.* 18
préférer, *tr.*, *intr.* 32
se préférer, *pr.*
préfigurer, *tr.* 3
préfinir, *tr.* 33
préfixer, *tr.* 3
préformer, *tr.* 3

préfractionner, *tr.* 3
préfritter, *tr.* 3
préjudicier, *intr.* 8
préjuger, *tr.*, *intr.* 20
prélasser (se), *pr.* 3
prélaver, *tr.* 3
préléguer, *tr.* 3
prélever, *tr.* 29
se prélever, *pr.*
prélire, *tr.* 101
préluder, *tr.*, *tr. i.*, *intr.* 3
préméditer, *tr.*, *intr.* 3
prémunir, *tr.* 33
se prémunir, *pr.*
prendre, *tr.*, *intr.* 66
se prendre, *pr.*
prénommer, *tr.* 3
se prénommer, *pr.*
préoccuper, *tr.* 3
se préoccuper, *pr.*
préopiner, *intr.* 3
préordonner, *tr.* 3
préparer, *tr.* 3
se préparer, *pr.*
prépayer, *tr.* 11
préposer, *tr.* 3
prérégler, *tr.* 3
présager, *tr.* 20
prescrire, *tr.*, *intr.* 102
se prescrire, *pr.*
présélectionner, *tr.* 3
présenter, *tr.*, *intr.* 3
se présenter, *pr.*
préserver, *tr.* 3
se préserver, *pr.*
présider, *tr.*, *tr. i.*, *intr.* 3
présonoriser, *tr.* 3
pressentir, *tr.* 41
se pressentir, *pr.*
presser, *tr.*, *intr.* 3
se presser, *pr.*
pressurer, *tr.* 3
se pressurer, *pr.*
pressuriser, *tr.* 3
présumer, *tr.*, *intr.* 3

se présumer, *pr.*
présupposer, *tr.* 3
se présupposer, *pr.*
présurer, *tr.* 3
prétendre, *tr.*, *intr.* 67
se prétendre, *pr.*
prêter, *tr.*, *intr.* 16
se prêter, *pr.*
prétexter, *tr.* 16
pretintailler, *tr.* 4
prévaloir, *intr.* 57
se prévaloir, *pr.*
prévariquer, *intr.* 3
prévenir, *tr.* 38
se prévenir, *pr.*
prévoir, *tr.* 56
se prévoir, *pr.*
prier, *tr.*, *intr.* 7
primariser, *tr.* 3
primer, *tr.*, *intr.* 3
priser, *tr.*, *intr.* 3
privatiser, *tr.* 3
priver, *tr.* 3
se priver, *pr.*
privilégier, *tr.* 8
problématiser, *tr.* 3
procéder, *tr. i.*, *intr.* 32
processionner, *intr.* 3
proclamer, *tr.* 3
se proclamer, *pr.*
procréer, *tr.* 6
procurer, *tr.* 3
se procurer, *pr.*
prodiguer, *tr.* 3
se prodiguer, *pr.*
produire, *tr.*, *intr.* 91
se produire, *pr.*
profaner, *tr.* 3
proférer, *tr.* 32
professer, *tr.*, *intr.* 16
professionnaliser, *tr.* 3
se professionnaliser, *pr.*
profiler, *tr.* 3
se profiler, *pr.*
profiter, *tr. i.*, *intr.* 3
programmer, *tr.*, *intr.* 3
progresser, *intr.* 3

prohiber, *tr.* 3
projeter, *tr.* 28
prolétariser, *tr.* 3
proliférer, *intr.* 32
prolonger, *tr.* 20
se prolonger, *pr.*
promener, *tr.* 29
se promener, *pr.*
promettre, *tr.*, *intr.* 88
se promettre, *pr.*
prominer, *intr.* 3
promouvoir, *tr.* 59
promulguer, *tr.* 3
prôner, *tr.*, *intr.* 3
pronominaliser, *tr.* 3
prononcer, *tr.*, *intr.* 18
se prononcer, *pr.*
pronostiquer, *tr.* 3
propager, *tr.* 20
se propager, *pr.*
prophétiser, *tr.*, *intr.* 3
proportionner, *tr.* 3
se proportionner
proposer, *tr.*, *intr.* 3
se proposer, *pr.*
propulser, *tr.* 3
se propulser, *pr.*
proroger, *tr.* 20
prosaïser, *intr.* 3
proscrire, *tr.* 102
prosodier, *tr.* 8
prospecter, *tr.*, *intr.* 16
prospérer, *intr.* 32
prosterner, *tr.* 3
se prosterner, *pr.*
prostituer, *tr.* 10
se prostituer, *pr.*
protéger, *tr.* 31
se protéger, *pr.*
protester, *tr.*, *tr. i.*, *intr.* 3
prouver, *tr.* 3
provenir, *intr.*, *ê* 38
provigner, *tr.*, *intr.* 3
provincialiser, *tr.* 3
provisionner, *tr.* 3
provoquer, *tr.* 3

se provoquer, *pr.*
psalmodier, *tr.* 8
pschuter, *tr.* 3
psychanalyser, *tr.* 3
psychiatriser, *tr.* 3
publier, *tr.* 7
puddler, *tr.* 3
puer, *tr.*, *intr.* 10
puiser, *tr.*, *intr.* 3
se puiser, *pr.*
pulluler, *intr.* 3
pulper, *tr.* 3
pulser, *tr.* 3
pulvériser, *tr.* 3
punaiser, *tr.* 16
punir, *tr.* 33
purger, *tr.* 20
se purger, *pr.*
purifier, *tr.* 8
se purifier, *pr.*
puriner, *tr.* 3
putasser, *tr.*, *intr.* 3
putréfier, *tr.* 8
se putréfier, *pr.*
putter, *tr.*, *intr.* 3
pyramider, *intr.* 3
pyrograver, *tr.* 3
pyrolyser, *tr.* 3

Q

quadriller, *tr.* 4
quadrupler, *tr.*, *intr.* 3
qualifier, *tr.* 8
se qualifier, *pr.*
quantifier, *tr.* 8
quarderonner, *tr.* 3
quarrer, *tr.* 3
quartager, *tr.* 20
quarter, *tr.* 3
quémander, *tr.*, *intr.* 3
quereller, *tr.* 16
se quereller, *pr.*
quérir, *déf.* 131
questionner, *tr.* 3
se questionner, *pr.*
quêter, *tr.*, *intr.* 16

queuter, *intr.* 3
quiller, *tr.* 4
quintessencier, *tr.* 8
quintupler, *tr.*, *intr.* 3
quittancer, *tr.* 18
quitter, *tr.*, *intr.* 3
se quitter, *pr.*
quoailler, *intr.* 4
quotter, *intr.* 3

R

rabâcher, *tr.*, *intr.* 3
rabaisser, *tr.* 16
se rabaisser, *pr.*
rabanter, *tr.* 3
rabattre, *tr.*, *intr.* 87
se rabattre, *pr.*
rabbiniser, *intr.* 3
rabêtir, *tr.*, *intr.*, *ê, a* 33
rabibocher, *tr.* 3
se rabibocher, *pr.*
rabioter, *tr.*, *intr.* 3
râbler, *tr.* 3
rabonnir, *tr.*, *intr.* 33
raboter, *tr.* 3
rabougrir, *tr.*, *intr.* 33
se rabougrir, *pr.*
rabouter, *tr.* 3
raboutir, *tr.* 33
rabrouer, *tr.* 3
raccommoder, *tr.* 3
se raccommoder, *pr.*
raccompagner, *tr.* 3
raccorder, *tr.* 3
se raccorder, *pr.*
raccourcir, *tr.*, *intr.* 33
se raccourcir, *pr.*
raccourir, *intr.* 51
raccoutrer, *tr.* 3
se raccoutrer, *pr.*
raccoutumer, *tr.* 3
se raccoutumer, *pr.*
raccrocher, *tr.*, *intr.* 3
se raccrocher, *pr.*
rachalander, *tr.* 3
racheter, *tr.* 27

se racheter, *pr.*
raciner, *tr.* 3
racketter, *tr.* 16
racler, *tr.* 3
se racler, *pr.*
racoler, *tr.* 3
raconter, *tr.* 3
se raconter, *pr.*
racornir, *tr.* 33
se racornir, *pr.*
racquitter, *tr.* 3
se racquitter, *pr.*
rader, *tr.* 3
radicaliser, *tr.* 3
se radicaliser, *pr.*
radier, *tr.* 8
radiner, *intr.* 3
se radiner, *pr.*
radiobaliser, *tr.* 3
radiodiffuser, *tr.* 3
radiographier, *tr.* 8
radioguider, *tr.* 3
radiotélégraphier, *tr.* 8
radoter, *intr.* 3
radouber, *tr.* 3
radoucir, *tr.*, *intr.* 33
se radoucir, *pr.*
raffermer, *tr.* 3
raffermir, *tr.* 33
se raffermir, *pr.*
raffiner, *tr.*, *intr.* 3
se raffiner, *pr.*
raffoler, *tr. i.* 3
raffûter, *tr.* 3
rafistoler, *tr.* 3
rafler, *tr.* 3
rafraîchir, *tr.*, *intr.* 33
se rafraîchir, *pr.*
ragaillardir, *tr.* 33
rager, *intr.* 20
ragoter, *intr.* 3
ragoûter, *tr.* 3
se ragoûter, *pr.*
ragrafer, *tr.* 3
ragrandir, *tr.* 33
ragréer, *tr.* 6
se ragréer, *pr.*

raguer, *intr.* 3
raidir, *tr.* 33
se raidir, *pr.*
railler, *tr.*, *intr.* 4
se railler, *pr.*
raimer, *tr.* 3
rainer, *tr.* 16
rainurer, *tr.* 3
raire, *déf.* 183
raisonner, *tr.*, *tr. i.*, *intr.* 3
se raisonner, *pr.*
rajeunir, *tr.*, *intr.*, *ê, a* 33
se rajeunir, *pr.*
rajouter, *tr.* 3
rajuster, *tr.* 3
se rajuster, *pr.*
ralentir, *tr.*, *intr.* 33
se ralentir, *pr.*
râler, *intr.* 3
ralinguer, *tr.*, *intr.* 3
raller, *déf.* 123
rallier, *tr.*, *intr.* 3
se rallier, *pr.*
rallonger, *tr.*, *intr.* 20
se rallonger, *pr.*
rallumer, *tr.*, *intr.* 3
se rallumer, *pr.*
ramager, *tr.*, *intr.* 20
ramaigrir, *tr.*, *intr.* 33
ramasser, *tr.* 3
se ramasser, *pr.*
ramender, *tr.* 3
ramener, *tr.* 29
se ramener, *pr.*
ramentevoir, *tr.* 54
se ramentevoir, *pr.*
ramer, *tr.*, *intr.* 3
rameuter, *tr.* 3
se rameuter, *pr.*
ramifier, *tr.* 8
se ramifier, *pr.*
ramoitir, *tr.* 33
se ramoitir, *pr.*
ramollir, *tr.* 33
se ramollir, *pr.*

ramoner, *tr.*, *intr.* 3
se ramoner, *pr.*
ramper, *intr.* 3
rancarder, *tr.* 3
se rancarder, *pr.*
rancir, *intr.* 33
se rancir, *pr.*
rançonner, *tr.* 3
randomiser, *tr.* 3
randonner, *intr.* 3
ranger, *tr.* 20
se ranger, *pr.*
ranimer, *tr.* 3
se ranimer, *pr.*
rapailler, *tr.* 4
rapaiser, *tr.* 3
rapapilloter, *tr.* 3
rapatrier, *tr.* 7
se rapatrier, *pr.*
rapatronner, *tr.* 3
râper, *tr.* 3
se râper, *pr.*
rapetasser, *tr.* 3
rapetisser, *tr.*, *intr.* 3
se rapetisser, *pr.*
rapiécer, *tr.* 30
rapiéceter, *tr.* 28 (Littré 27)
rapiner, *intr.* 3
raplatir, *tr.* 33
rappareiller, *tr.* 16
rapparier, *tr.* 8
rappeler, *tr.*, *intr.* 25
se rappeler, *pr.*
rapper, *intr.* 3
rappliquer, *intr.* 3
rap(p)ointir, *tr.* 33
rapporter, *tr.*, *intr.* 3
se rapporter, *pr.*
rapprendre, *tr.* 66
rapprêter, *tr.* 3
rapprivoiser, *tr.* 3
se rapprivoiser, *pr.*
rapprocher, *tr.*, *intr.* 3
se rapprocher, *pr.*
raquer, *tr.*, *intr.* 3
raréfier, *tr.* 8

se raréfier, *pr.*
raser, *tr.* 3
se raser, *pr.*
rassasier, *tr.* 8
se rassasier, *pr.*
rassembler, *tr.* 3
se rassembler, *pr.*
rasseoir, *tr.*, *intr.* 62
se rasseoir, *pr.*
rasséréner, *tr.* 32
se rasséréner, *pr.*
rassir, *déf.* 132
rassortir, *tr.* 33
rassoter, *intr.* 3
rassurer, *tr.* 3
se rassurer, *pr.*
ratatiner, *tr.* 3
se ratatiner, *pr.*
râteler, *tr.* 25
rater, *tr.*, *intr.* 3
ratiboiser, *tr.* 3
ratifier, *tr.* 8
ratiner, *tr.* 3
ratiociner, *intr.* 3
rationaliser, *tr.* 3
rationner, *tr.* 3
se rationner, *pr.*
ratisser, *tr.* 3
rattacher, *tr.* 3
se rattacher, *pr.*
ratteindre, *tr.* 70
ratteler, *tr.* 25
rattraper, *tr.* 3
raturer, *tr.* 3
rauquer, *intr.* 3
ravager, *tr.* 20
ravaler, *tr.* 3
se ravaler, *pr.*
ravauder, *tr.*, *intr.* 3
ravigoter, *tr.* 3
ravilir, *tr.* 33
raviner, *tr.* 3
ravir, *tr.* 33
raviser (se), *pr.* 3
ravitailler, *tr.* 4
se ravitailler, *pr.*
raviver, *tr.* 3

se raviver, *pr.*
ravoir, *déf.* 147
rayer, *tr.* 11
se rayer, *pr.*
rayonner, *tr.*, *intr.* 3
razzier, *tr.* 8
réabonner, *tr.* 3
réaborder, *tr.* 3
réabsorber, *tr.* 3
réaccoutumer, *tr.* 3
se réaccoutumer, *pr.*
réactionner, *tr.* 3
réactiver, *tr.* 3
réactualiser, *tr.* 3
réadapter, *tr.* 3
se réadapter, *pr.*
réadmettre, *tr.* 88
réaffecter, *tr.* 3
réaffirmer, *tr.* 3
réaffûter, *tr.* 3
réaggraver, *tr.* 3
réagir, *tr. i.*, *intr.* 33
réaiguiller, *tr.* 3
réajourner, *tr.* 3
réajuster, *tr.* 3
se réajuster, *pr.*
réaléser, *tr.* 32
réaligner, *tr.* 3
réaliser, *tr.* 3
se réaliser, *pr.*
réaménager, *tr.* 3
réamorcer, *tr.* 18
réanimer, *tr.* 3
réapparaître, *intr.*, *ê, a* 80
réappeler, *tr.* 25
réapplaudir, *tr.* 33
réapposer, *tr.* 3
réapprendre, *tr.* 66
réapprêter, *tr.* 16
réapprovisionner, *tr.* 3
réappuyer, *tr.* 15
réargenter, *tr.* 3
se réargenter, *pr.*
réarmer, *tr.*, *intr.* 3
se réarmer, *pr.*
réarranger, *tr.* 20

réaspirer, *tr.* 3
réassigner, *tr.* 5
réassortir, *tr.* 33
se réassortir, *pr.*
réassumer, *tr.* 3
réassurer, *tr.* 3
se réassurer, *pr.*
réatteler, *tr.* 25
réavancer, *tr.* 18
rebaisser, *intr.* 16
rebaigner, *tr.* 5
rebâiller, *tr.* 4
rebander, *tr.* 3
rebaptiser, *tr.* 3
rebarrer, *tr.* 3
rebâtir, *tr.* 33
rebattre, *tr.* 87
rebaudir, *intr.* 33
rebeller (se), *pr.* 16
rebénir, *tr.* 33
rebéquer (se), *pr.* 3
rebiffer (se), *pr.* 3
rebiquer, *intr.* 3
reblanchir, *tr.* 33
reblandir, *tr.* 33
rebobiner, *tr.* 3
reboire, *tr.* 89
reboiser, *tr.* 3
rebondir, *intr.* 33
reborder, *tr.* 3
rebotter (se), *pr.* 3
reboucher, *tr.* 3
se reboucher, *pr.*
rebouillir, *tr.* 43
rebouiser, *tr.* 3
rebouter, *tr.* 3
reboutonner, *tr.* 3
rebraguetter, *tr.* 3
se rebraguetter, *pr.*
rebrasser, *tr.* 3
rebrider, *tr.* 3
rebrocher, *tr.* 3
rebroder, *tr.* 3
rebrousser, *tr.*, *intr.* 3
rebrûler, *tr.* 3
rebuter, *tr.*, *intr.* 3
se rebuter, *pr.*

recacher, *tr.* 3
recacheter, *tr.* 28
recadrer, *tr.* 3
recalcifier, *tr.* 8
récalcitrer, *intr.* 3
recalculer, *tr.* 3
recaler, *tr.* 3
recapitaliser, *tr.* 3
récapituler, *tr.* 3
recarder, *tr.* 3
recarreler, *tr.* 25
recaser, *tr.* 3
se recaser, *pr.*
recasser, *tr.* 3
recauser, *intr.* 3
recéder, *tr.*, *intr.* 32
receler, *tr.*, *intr.* 24
recéler, *tr.*, *intr.* 32
recenser, *tr.* 3
recentrer, *tr.* 3
receper, *tr.* 32
réceptionner, *tr.* 3
recercler, *tr.* 3
recevoir, *tr.*, *intr.* 54
se recevoir, *pr.*
réchampir, *tr.* 33
rechanger, *tr.* 20
se rechanger, *pr.*
rechanter, *tr.* 3
rechaper, *tr.* 3
réchapper, *intr.*, *ê, a* 3
recharger, *tr.* 20
rechasser, *tr.*, *intr.* 3
réchauffer, *tr.* 3
se réchauffer, *pr.*
rechausser, *tr.* 3
rechercher, *tr.* 3
se rechercher, *pr.*
rechigner, *tr. i.*, *intr.* 3
rechoir, *déf.* 149
rechristianiser, *tr.* 3
rechuter, *intr.* 3
récidiver, *intr.*, *ê, a* 3
réciproquer, *tr.*, *intr.* 3
réciter, *tr.* 3
réclamer, *tr.*, *intr.* 3
se réclamer, *pr.*

reclasser, *tr.* 3
reclouer, *tr.* 3
reclure, *déf.* 181
recogner, *tr.* 5
recoiffer, *tr.* 3
se recoiffer, *pr.*
recoincer, *tr.* 18
récoler, *tr.* 3
recoller, *tr.*, *intr.* 3
se recoller, *pr.*
récolliger (se), *pr.* 20
récolter, *tr.* 3
se récolter, *pr.*
recombiner, *tr.* 3
recommander, *tr.* 3
se recommander, *pr.*
recommencer, *tr.*, *intr.*
  18
recomparaître, *intr.* 80
récompenser, *tr.* 3
se récompenser, *pr.*
recomposer, *tr.* 3
se recomposer, *pr.*
recompter, *tr.* 3
réconcilier, *tr.* 8
se réconcilier, *pr.*
reconduire, *tr.* 91
recondamner, *tr.* 3
réconforter, *tr.* 3
se réconforter, *pr.*
reconnaître, *tr.* 80
se reconnaître, *pr.*
reconnecter, *tr.* 3
se reconnecter, *pr.*
reconquérir, *tr.* 39
reconsidérer, *tr.* 32
reconsolider, *tr.* 3
reconstituer, *tr.* 10
se reconstituer, *pr.*
reconstruire, *tr.* 91
reconvertir, *tr.* 33
se reconvertir, *pr.*
recopier, *tr.* 8
recoquiller, *tr.* 4
recorder, *tr.* 3
recorriger, *tr.* 20
recoucher, *tr.* 3

recoudre, *tr.* 85
se recoudre, *pr.*
recouper, *tr.* 3
se recouper, *pr.*
recouponner, *tr.* 3
recourber, *tr.* 3
se recourber, *pr.*
recourir, *tr.*, *tr. i.* 51
recouvrer, *tr.* 3
recouvrir, *tr.* 42
recracher, *tr.*, *intr.* 3
recréer, *tr.* 6
récréer, *tr.* 6
se récréer, *pr.*
recrépir, *tr.* 33
recreuser, *tr.* 3
récrier (se), *pr.* 7
récriminer, *intr.* 3
récrire, *tr.* 102
recristalliser, *tr.* 3
recroître, *intr.* 82
recroqueviller (se), *pr.* 4
recruter, *tr.*, *intr.* 3
rectifier, *tr.* 8
recueillir, *tr.* 50
se recueillir, *pr.*
recuire, *tr.*, *intr.* 91
reculer, *tr.*, *intr.* 3
se reculer, *pr.*
reculotter, *tr.* 3
se reculotter, *pr.*
récupérer, *tr.* 32
récurer, *tr.* 3
récuser, *tr.* 3
se récuser, *pr.*
recycler, *tr.* 3
se recycler, *pr.*
rédarguer, *tr.* 3
redécouvrir, *tr.* 42
redéfaire, *tr.* 65
redéfinir, *tr.* 33
redemander, *tr.* 3
redémarrer, *tr.* 3
redéployer, *tr.* 14
redéposer, *tr.* 3
redescendre, *tr.*, *intr.*, *ê*,
  a 67

redevenir, *intr.*, *ê* 38
redevoir, *tr.* 60
rediffuser, *tr.* 3
rédiger, *tr.*, *intr.* 20
redimensionner, *tr.* 3
rédimer, *tr.* 3
se rédimer, *pr.*
redire, *tr.*, *tr. i.* 96
redire, *déf.* 174
rediscuter, *tr.* 3
redistribuer, *tr.* 10
redonder, *intr.* 3
redonner, *tr.*, *intr.* 3
se redonner, *pr.*
redorer, *tr.* 3
redormir, *intr.* 44
redoubler, *tr.*, *tr. i.*, *intr.*
  3
redouter, *tr.* 3
redresser, *tr.* 16
se redresser, *pr.*
réduire, *tr.* 91
se réduire, *pr.*
rééchelonner, *tr.* 3
réécrire, *tr.* 102
réédifier, *tr.* 8
rééditer, *tr.* 3
rééduquer, *tr.* 3
réélire, *tr.* 101
réembaucher, *tr.* 3
réemployer, *tr.* 14
réemprunter, *tr.* 3
réencadrer, *tr.* 3
réendosser, *tr.* 3
réenfiler, *tr.* 3
réenfourcher, *tr.* 3
réengager, *tr.* 20
se réengager, *pr.*
réenregistrer, *tr.* 3
réensemencer, *tr.* 18
réentendre, *tr.* 67
réentraîner, *tr.* 3
réenvisager, *tr.* 20
réenvoyer, *tr.* 13
rééquilibrer, *tr.* 3
réer, *intr.* 6
réescompter, *tr.* 3

réessayer, *tr.* 11
réétudier, *tr.* 8
réévaluer, *tr.* 10
réexaminer, *tr.* 3
réexpédier, *tr.* 8
réexporter, *tr.* 3
réexposer, *tr.* 3
refabriquer, *tr.* 3
refaçonner, *tr.* 3
refaire, *tr.* 65
se refaire, *pr.*
refaucher, *tr.* 3
reféer, *tr.* 6
refendre, *tr.* 67
référencer, *tr.* 18
référer, *tr. i.* 32
se référer, *pr.*
refermer, *tr.* 3
se refermer, *pr.*
referrer, *tr.* 16
refiler, *tr.* 3
réfléchir, *tr., tr. i., intr.* 33
se réfléchir, *pr.*
refléter, *tr.* 32
se refléter, *pr.*
refleurir, *tr., intr.* 33
refluer, *intr.* 10
refonder, *tr.* 3
refondre, *tr., intr.* 73
reforger, *tr.* 20
reformer, *tr.* 3
se reformer, *pr.*
réformer, *tr.* 3
se réformer, *pr.*
reformuler, *tr.* 3
refouiller, *tr.* 4
refouler, *tr., intr.* 3
refourguer, *tr.* 3
refourrer, *tr.* 3
refoutre, *déf.* 185
réfracter, *tr.* 3
se réfracter, *pr.*
refrapper, *tr.* 3
refréner (réfréner)
réfréner, *tr.* 32
se réfréner, *pr.*

refricasser, *tr.* 3
réfrigérer, *tr.* 32
refriser, *tr.* 3
refrogner, *tr.* 5
refroidir, *tr., intr.* 33
se refroidir, *pr.*
réfugier (se), *pr.* 8
refuir, *tr.* 49
refuser, *tr., intr.* 3
se refuser, *pr.*
réfuter, *tr.* 3
regagner, *tr.* 5
regaillardir, *tr.* 33
régaler, *tr.* 3
regarder, *tr., tr. i., intr.* 3
se regarder, *pr.*
regarnir, *tr.* 33
régater, *intr.* 3
regazéifier, *tr.* 8
regazonner, *tr.* 3
regeler, *tr., intr.* 24
régénérer, *tr.* 32
se régénérer, *pr.*
régenter, *tr., intr.* 3
regimber, *intr.* 3
se regimber, *pr.*
régionaliser, *tr.* 3
régir, *tr.* 33
registrer, *tr.* 3
réglementer, *tr.* 3
régler, *tr.* 32
reglisser, *tr.* 3
régner, *intr.* 32
regonfler, *tr., intr.* 3
regorger, *intr.* 20
regouler, *tr.* 3
regratter, *tr., intr.* 3
regréer, *tr.* 6
regreffer, *tr.* 16
régresser, *intr.* 16
regretter, *tr.* 16
regrimper, *tr., intr.* 3
regrossir, *intr.* 33
regrouper, *tr.* 3
se regrouper, *pr.*
régulariser, *tr.* 3
réguler, *tr.* 3

se réguler, *pr.*
régurgiter, *tr.* 3
réhabiliter, *tr.* 3
se réhabiliter, *pr.*
réhabituer, *tr.* 10
se réhabituer, *pr.*
rehasarder, *tr.* 3
se rehasarder, *pr.*
rehausser, *tr.* 3
réhydrater, *tr.* 3
réifier, *tr.* 8
réimbiber, *tr.* 3
réimperméabiliser, *tr.* 3
réimplanter, *tr.* 3
réimporter, *tr.* 3
réimposer, *tr.* 3
réimprimer, *tr.* 3
réincarcérer, *tr.* 32
réincarner (se), *pr.* 3
réincorporer, *tr.* 3
réinfecter, *tr.* 16
se réinfecter, *pr.*
réinjecter, *tr.* 3
réinscrire, *tr.* 102
se réinscrire, *pr.*
réinsérer, *tr.* 32
se réinsérer, *pr.*
réinstaller, *tr.* 3
se réinstaller, *pr.*
réintégrer, *tr.* 32
réinterroger, *tr.* 20
réintroduire, *tr.* 91
réinventer, *tr.* 3
réinvestir, *tr.* 33
réinviter, *tr.* 3
réitérer, *tr., intr.* 32
rejaillir, *intr.* 33
rejeter, *tr.* 28
rejoindre, *tr.* 71
se rejoindre, *pr.*
rejointoyer, *tr.* 14
rejouer, *tr., intr.* 9
réjouir, *tr.* 33
se réjouir, *pr.*
rejuger, *tr.* 20
relâcher, *tr., intr.* 3
se relâcher, *pr.*

relaisser, *tr.* 16
se relaisser, *pr.*
relancer, *tr.* 18
rélargir, *tr.* 33
relarguer, *tr.* 3
relater, *tr.* 3
relativiser, *tr.* 3
relaver, *tr.*, *intr.* 3
relaxer, *tr.* 3
relayer, *tr.*, *intr.* 11
se relayer, *pr.*
reléguer, *tr.* 32
relever, *tr.*, *tr. i.*, *intr.* 29
se relever, *pr.*
relier, *tr.* 8
relifter, *tr.* 3
relire, *tr.* 101
se relire, *pr.*
reloger, *tr.* 20
relooker, *tr.* 3
relouer, *tr.* 9
reluire, *intr.* 93
reluquer, *tr.* 3
remâcher, *tr.* 3
remailler, *tr.* 4
remanger, *tr.* 20
remanier, *tr.* 8
remaquiller, *tr.* 4
se remaquiller, *pr.*
remarcher, *intr.* 3
remarier, *tr.* 8
se remarier, *pr.*
remarquer, *tr.* 3
se remarquer, *pr.*
remastériser, *tr.* 3
remastiquer, *tr.* 3
remballer, *tr.* 3
rembarquer, *tr.*, *intr.* 3
se rembarquer, *pr.*
rembarrer, *tr.* 3
rembaucher, *tr.* 3
rembiner, *tr.* 3
remblaver, *tr.* 3
remblayer, *tr.* 11
rembobiner, *tr.* 3
remboîter, *tr.* 3

rembouger, *tr.* 20
rembourrer, *tr.* 3
rembourser, *tr.* 3
rembrunir, *tr.* 33
rembucher, *tr.*, *intr.* 3
se rembucher, *pr.*
remédier, *tr. i.* 8
remêler, *tr.* 16
remembrer, *tr.* 3
remémorer, *tr.* 3
se remémorer, *pr.*
remener, *tr.*, *intr.* 29
remercier, *tr.* 8
remesurer, *tr.* 3
remétrer, *tr.* 32
remettre, *tr.* 88
se remettre, *pr.*
remeubler, *tr.* 17
remilitariser, *tr.* 3
se remilitariser, *pr.*
remiser, *tr.* 3
remixer, *tr.* 3
remmailler, *tr.* 4
remmailloter, *tr.* 3
remmancher, *tr.* 3
remmener, *tr.* 29
remobiliser, *tr.* 3
remodeler, *tr.* 24
remonter, *tr.*, *intr.*, *ê*, *a* 3
remontrer, *tr.*, *tr. i.*, *intr.* 3
se remontrer, *pr.*
remordre, *tr.* 74
remorquer, *tr.* 3
remoucher, *tr.* 3
remoudre, *tr.* 86
rémoudre, *tr.* 86
remouiller, *tr.* 4
rempailler, *tr.* 4
remparer, *tr.* 3
se remparer, *pr.*
rempiéter, *tr.* 32
rempiler, *tr.*, *intr.* 3
remplacer, *tr.* 18
se remplacer, *pr.*
remplier, *tr.* 7
remplir, *tr.* 33

se remplir, *pr.*
employer, *tr.* 14
remplumer, *tr.* 3
se remplumer, *pr.*
rempocher, *tr.* 3
rempoissonner, *tr.* 3
remporter, *tr.* 3
rempoter, *tr.* 3
remprunter, *tr.* 3
remuer, *tr.*, *intr.* 10
se remuer, *pr.*
rémunérer, *tr.* 32
renâcler, *intr.* 3
renaître, *déf.* 167
renarder, *tr.* 3
renauder, *tr.* 3
rencaisser, *tr.* 16
rencarder, *tr.* 3
renchérir, *tr.*, *intr.* 33
rencogner, *tr.* 5
se rencogner, *pr.*
rencontrer, *tr.* 3
se rencontrer, *pr.*
rencorser, *tr.* 3
rendetter (se), *pr.* 3
rendormir, *tr.* 44
se rendormir, *pr.*
rendosser, *tr.* 3
rendoubler, *tr.* 3
rendre, *tr.*, *intr.* 67
se rendre, *pr.*
renduire, *tr.* 91
rendurcir, *tr.* 33
se rendurcir, *pr.*
renégocier, *tr.* 8
reneiger, *imp.* 122
rénetter, *tr.* 3
renfaîter, *tr.* 16
renfermer, *tr.* 3
se renfermer, *pr.*
renfiler, *tr.* 3
renflammer, *tr.* 3
renfler, *tr.*, *intr.* 3
se renfler, *pr.*
renflouer, *tr.* 3
renfoncer, *tr.* 18
se renfoncer, *pr.*

renforcer, *tr.* 18
se renforcer, *pr.*
renforcir, *tr.* 33
renformir, *tr.* 33
renfouir, *tr.* 33
renfourcher, *tr.* 3
renfourner, *tr.* 3
renfrogner, *tr.* 5
se renfrogner, *pr.*
rengager, *tr., intr.* 20
se rengager, *pr.*
rengainer, *tr.* 16
rengorger (se), *pr.* 20
rengraisser, *tr.* 16
se rengraisser, *pr.*
rengréger, *tr.* 31
rengrener, *tr.* 29
rengréner, *tr.* 32
renhardir, *tr.* 33
se renhardir, *pr.*
renier, *tr.* 8
se renier, *pr.*
renifler, *tr., intr.* 3
renommer, *tr.* 3
renoncer, *tr., tr. i.* 18
renouer, *tr.* 9
se renouer, *pr.*
renouveler, *tr., intr.* 25
se renouveler, *pr.*
rénover, *tr.* 3
renquiller, *tr.* 4
renseigner, *tr.* 16
se renseigner, *pr.*
rentabiliser, *tr.* 3
rentamer, *tr.* 3
renter, *tr.* 3
rentoiler, *tr.* 3
rentortiller, *tr.* 4
rentraîner, *tr.* 16
rentraire, *déf.* 183
rentrayer, *tr.* 11
rentrer, *tr., intr., ê, a* 3
rentrouvrir, *tr.* 42
renvelopper, *tr.* 3
renvenimer, *tr.* 3
se renvenimer, *pr.*
renverser, *tr.* 3

se renverser, *pr.*
renvider, *tr.* 3
renvier, *tr., intr.* 8
renvoyer, *tr.* 13
se renvoyer, *pr.*
réoccuper, *tr.* 3
réopérer, *tr.* 3
réorchestrer, *tr.* 3
réordonner, *tr.* 3
réorganiser, *tr.* 3
se réorganiser, *pr.*
réorienter, *tr.* 3
se réorienter, *pr.*
repairer, *intr.* 16
repaître, *tr.* 80
se repaître, *pr.*
répandre, *tr.* 68
se répandre, *pr.*
reparaître, *intr., ê, a* 80
réparer, *tr.* 3
se réparer, *pr.*
reparler, *tr. i., intr.* 3
se reparler, *pr.*
repartager, *tr.* 20
repartir, *intr., ê* 40
repartir, *tr., a* 40
répartir, *tr.* 33
se répartir, *pr.*
repasser, *tr., intr., ê, a* 3
se repasser, *pr.*
repatiner, *tr.* 3
repaver, *tr.* 3
repêcher, *tr.* 16
repeigner, *tr.* 16
se repeigner, *pr.*
repeindre, *tr.* 70
rependre, *tr.* 67
repenser, *tr., intr.* 3
repentir (se), *pr.* 41
repercer, *tr.* 18
répercuter, *tr.* 3
se répercuter, *pr.*
reperdre, *tr.* 72
se reperdre, *pr.*
repérer, *tr.* 32
se repérer, *pr.*
répertorier, *tr.* 8

répétailler, *tr., intr.* 4
répéter, *tr., intr.* 32
se répéter, *pr.*
repeupler, *tr.* 17
se repeupler, *pr.*
repincer, *tr.* 18
repiquer, *tr., intr.* 3
replacer, *tr.* 18
se replacer, *pr.*
replanter, *tr.* 3
se replanter, *pr.*
replâtrer, *tr.* 3
repleuvoir, *imp.* 153
replier, *tr.* 7
se replier, *pr.*
répliquer, *tr., intr.* 3
se répliquer, *pr.*
replonger, *tr., intr.* 20
se replonger, *pr.*
reployer, *tr.* 14
repolir, *tr.* 33
repomper, *tr.* 3
répondre, *tr., tr. i., intr.*
73
se répondre, *pr.*
reporter, *tr.* 3
se reporter, *pr.*
repositionner, *tr.* 3
se repositionner, *pr.*
repoudrer (se), *pr.* 3
repousser, *tr., intr.* 3
se repousser, *pr.*
reprendre, *tr., intr.* 66
se reprendre, *pr.*
représenter, *tr., intr.* 3
se représenter, *pr.*
réprimander, *tr.* 3
réprimer, *tr.* 3
repriser, *tr.* 3
reprocher, *tr.* 3
se reprocher, *pr.*
reproduire, *tr.* 91
se reproduire, *pr.*
reprogrammer, *tr.* 3
reprographier, *tr.* 8

reprouver, *tr.* 3
réprouver, *tr.* 3
républicaniser, *tr.* 3
republier, *tr.* 7
répudier, *tr.* 8
répugner, *tr.*, *tr. i.* 5
repulluler, *intr.* 3
réputer, *tr.* 3
requalifier, *tr.* 8
se requalifier, *pr.*
requérir, *tr.* 39
requêter, *intr.* 16
requiller, *tr.* 4
requinquer, *tr.* 3
se requinquer, *pr.*
réquisitionner, *tr.* 3
requitter, *tr.* 3
resaler, *tr.* 3
resalir, *tr.* 33
se resalir, *pr.*
resaluer, *tr.* 10
rescinder, *tr.* 3
resemer, *tr.* 29
se resemer, *pr.*
réséquer, *tr.* 32
réserver, *tr.* 3
se réserver, *pr.*
résider, *intr.* 3
résigner, *tr.* 5
se résigner, *pr.*
résilier, *tr.* 8
résiner, *tr.* 3
résinifier, *tr.* 8
résister, *tr. i.* 3
resituer, *tr.* 10
resocialiser, *tr.* 3
resonger, *tr. i.* 20
résonner, *intr.* 3
résorber, *tr.* 3
se résorber, *pr.*
résoudre, *tr.* 84
se résoudre, *pr.*
resouper, *intr.* 3
respectabiliser, *tr.* 3
respecter, *tr.* 16
se respecter, *pr.*
respirer, *tr.*, *intr.* 3

se respirer, *pr.*
resplendir, *intr.* 33
responsabiliser, *tr.* 3
resquiller, *tr.*, *intr.* 4
ressaigner, *tr.*, *int.* 16
ressaisir, *tr.* 33
se ressaisir, *pr.*
ressaler, *tr.* 3
ressasser, *tr.* 3
ressauter, *tr.*, *intr.* 3
ressayer, *tr.* 11
ressembler, *tr. i.* 3
se ressembler, *pr.*
ressemeler, *tr.* 25
ressemer, *tr.* 29
se ressemer, *pr.*
ressentir, *tr.* 41
se ressentir, *pr.*
resserrer, *tr.* 16
se resserrer, *pr.*
resservir, *tr.*, *intr.* 45
se resservir, *pr.*
ressortir, *tr.*, *intr.*, *ê, a*
  40
ressortir, *tr. i* 33
ressouder, *tr.* 3
se ressouder, *pr.*
ressourcer, *tr.* 18
se ressourcer, *pr.*
ressouvenir (se), *pr.* 38
ressuer, *tr.*, *intr.* 10
ressurgir, *intr.* 33
ressusciter, *tr.*, *intr.*, *ê,*
  a 3
ressuyer, *tr.* 15
se ressuyer, *pr.*
restaurer, *tr.* 3
se restaurer, *pr.*
rester, *intr.*, *ê, a* 3
restituer, *tr.* 10
se restituer, *pr.*
restreindre, *tr.* 70
se restreindre, *pr.*
restructurer, *tr.* 3
restyler, *tr.* 3
résulter, *déf.* 118
résumer, *tr.* 3

se résumer, *pr.*
resurgir, *intr.* 33
rétablir, *tr.* 33
se rétablir, *pr.*
retailler, *tr.* 4
rétamer, *tr.* 3
se rétamer, *pr.*
retaper, *tr.* 3
se retaper, *pr.*
retapisser, *tr.* 3
retarder, *tr.*, *intr.* 3
retâter, *tr.*, *tr. i.* 3
reteindre, *tr.* 70
retéléphoner, *tr. i.* 3
retendre, *tr.* 67
retenir, *tr.*, *intr.* 38
se retenir, *pr.*
retenter, *tr.* 3
retentir, *intr.* 33
retercer, *tr.* 18
reterser, *tr.* 3
réticuler, *tr.* 3
retirer, *tr.* 3
se retirer, *pr.*
retisser, *tr.* 3
retomber, *intr.*, *ê, a* 3
retondre, *tr.* 73
retoquer, *tr.* 3
retordre, *tr.* 74
rétorquer, *tr.* 3
retortiller, *tr.* 4
retoucher, *tr.*, *tr. i.* 3
retouper, *tr.* 3
retourner, *tr.*, *intr.*, *ê,*
  a 3
se retourner, *pr.*
retracer, *tr.* 18
rétracter, *tr.* 3
se rétracter, *pr.*
retraduire, *tr.* 91
retraire, *déf.* 183
retraiter, *tr.* 16
retrancher, *tr.* 3
se retrancher, *pr.*
retranscrire, *tr.* 102
retransmettre, *tr.* 88
retravailler, *tr.*, *tr. i.*,

intr. 4
retraverser, *tr.* 3
rétrécir, *tr.*, *intr.* 33
se rétrécir, *pr.*
retreindre, *tr.* 70
rétreindre, *tr.* 70
retremper, *tr.* 3
se retremper, *pr.*
rétribuer, *tr.* 10
rétroagir, *intr.* 33
rétrocéder, *tr.*, *intr.* 32
rétrograder, *tr.*, *intr.* 3
rétropédaler, *intr.* 3
retrousser, *tr.* 3
se retrousser, *pr.*
retrouver, *tr.* 3
se retrouver, *pr.*
retuber, *tr.* 3
réunifier, *tr.* 8
réunir, *tr.* 33
se réunir, *pr.*
réussir, *tr.*, *tr. i.*, *intr.*,
   ê, a 33
réutiliser, *tr.* 3
revacciner, *tr.* 3
revaloir, *tr.*, *intr.* 57
revaloriser, *tr.* 3
revancher, *tr.* 3
se revancher, *pr.*
revasculariser, *tr.* 3
rêvasser, *intr.* 3
réveiller, *tr.* 16
se réveiller, *pr.*
réveillonner, *intr.* 3
révéler, *tr.* 32
se révéler, *pr.*
revendiquer, *tr.*, *intr.* 3
se revendiquer, *pr.*
revendre, *tr.* 67
se revendre, *pr.*
revenir, *intr.*, ê 38
s'en revenir, *pr.*
rêver, *tr.*, *tr. i.*, *intr.* 16
réverbérer, *tr.* 32
se réverbérer, *pr.*
reverdir, *tr.*, *intr.* 33
révérer, *tr.* 32

revérifier, *tr.* 8
revernir, *tr.* 33
reverser, *tr.* 3
revêtir, *tr.* 47
se revêtir, *pr.*
revider, *tr.* 3
revigorer, *tr.* 3
revirer, *intr.* 3
réviser, *tr.*, *intr.* 3
revisiter, *tr.* 3
revisser, *tr.* 3
revitaliser, *tr.* 3
revivifier, *tr.* 8
revivre, *tr.*, *intr.* 94
revoir, *tr.* 55
revoler, *tr.*, *intr.* 3
révolter, *tr.* 3
se révolter, *pr.*
révolutionner, *tr.* 3
révolvériser, *tr.* 3
revomir, *tr.*, *intr.* 33
révoquer, *tr.* 3
revoter, *tr.*, *intr.* 3
revouloir, *tr.* 61
révulser, *tr.* 3
se révulser, *pr.*
rewriter, *tr.* 3
rhabiller, *tr.* 4
se rhabiller, *pr.*
rhabituer, *tr.* 3
se rhabituer, *pr.*
rhapsoder, *tr.* 3
rhumer, *tr.* 3
ribler, *tr.* 3
riboter, *intr.* 3
ribouler, *intr.* 3
ricaner, *intr.* 3
ricocher, *intr.* 3
rider, *tr.* 3
ridiculiser, *tr.* 3
se ridiculiser, *pr.*
riffauder, *tr.* 3
rifler, *tr.* 3
rigidifier, *tr.* 8
rigoler, *intr.* 3
rimailler, *intr.* 4
rimer, *tr.*, *intr.* 3

rincer, *tr.* 18
se rincer, *pr.*
ringarder, *tr.* 3
ringardiser, *tr.* 3
rioter, *intr.* 3
ripailler, *intr.* 4
riper, *tr.*, *intr.* 3
ripoliner, *tr.* 3
riposter, *tr.*, *intr.* 3
rire, *intr.* 103
se rire, *pr.*
risquer, *tr.* 3
se risquer, *pr.*
rissoler, *tr.*, *intr.* 3
ristourner, *tr.* 3
ritualiser, *tr.* 3
rivaliser, *intr.* 3
river, *tr.* 3
riveter, *tr.* 28
rober, *tr.* 3
robotiser, *tr.* 3
rocher, *tr.*, *intr.* 3
rocouer, *tr.* 9
se rocouer, *pr.*
rôdailler, *intr.* 4
roder, *tr.* 3
rôder, *intr.* 3
roffrir, *tr.* 42
rogner, *tr.*, *intr.* 5
rognonner, *intr.* 3
roidir, *tr.* 33
se roidir, *pr.*
rôler, *intr.* 3
romancer, *tr.* 18
romaniser, *tr.*, *intr.* 3
rompre, *tr.*, *intr.* 75
se rompre, *pr.*
ronchonner, *intr.* 3
rondiner, *tr.* 3
rondir, *tr.*, *intr.* 33
ronéoter, *tr.* 3
ronéotyper, *tr.* 3
ronfler, *intr.* 3
ronger, *tr.* 20
se ronger, *pr.*
ronronner, *intr.* 3
ronsardiser, *intr.* 3

roquer, *intr.* 3
roser, *tr.* 3
rosir, *tr.*, *intr.* 33
rosser, *tr.* 3
rossignoler, *intr.* 3
roter, *intr.* 3
rôtir, *tr.*, *intr.* 33
se rôtir, *pr.*
rouanner, *tr.* 3
roucouler, *tr.*, *intr.* 3
rouer, *tr.* 9
rougeoyer, *intr.* 14
rougir, *tr.*, *int.* 33
rouiller, *tr.*, *intr.* 3
rouir, *tr.*, *intr.* 33
rouler, *tr.*, *intr.* 3
se rouler, *pr.*
roulotter, *tr.* 3
roupiller, *intr.* 4
rouscailler, *intr.* 4
rouspéter, *intr.* 32
roussir, *tr.*, *int.* 33
routailler, *intr.* 4
router, *tr.* 3
routiner, *intr.* 3
rouvrir, *tr.*, *intr.* 42
se rouvrir, *pr.*
royaliser, *tr.* 3
rubaner, *tr.* 3
rubéfier, *tr.* 8
rubriquer, *intr.* 3
rucher, *tr.* 3
rudoyer, *tr.* 14
rueller, *tr.* 3
ruer, *intr.* 10
se ruer, *pr.*
ruginer, *tr.* 3
rugir, *tr.*, *intr.* 33
ruiler, *tr.* 3
ruiner, *tr.* 3
se ruiner, *pr.*
ruisseler, *intr.* 25
ruminer, *tr.*, *intr.* 3
rupiner, *tr.*, *intr.* 3
ruser, *intr.* 3
russifier, *tr.* 8
rustiquer, *tr.* 3

rutiler, *intr.* 3
rythmer, *tr.* 3

S

sabler, *tr.*, *intr.* 3
sablonner, *tr.* 3
saborder, *tr.* 3
se saborder, *pr.*
saboter, *tr.* 3
sabouler, *tr.* 3
sabrenasser, *tr.* 3
sabrer, *tr.*, *intr.* 3
saccader, *tr.* 3
saccager, *tr.* 20
saccharifier, *tr.* 8
sacquer, *tr.* 3
sacraliser, *tr.* 3
sacrer, *tr.*, *intr.* 3
sacrifier, *tr.* 8
se sacrifier, *pr.*
safraner, *tr.* 3
saigner, *tr.*, *intr.* 5
se saigner, *pr.*
saillir, *déf.* 137
saisir, *tr.* 33
se saisir, *pr.*
saisonner, *intr.* 3
salarier, *tr.* 8
saler, *tr.* 3
salifier, *tr.* 8
saligoter, *tr.* 3
salir, *tr.* 33
se salir, *pr.*
saliver, *intr.* 3
saloper, *tr.* 3
salpêtrer, *tr.* 16
saluer, *tr.* 10
se saluer, *pr.*
sancir, *intr.* 33
sanctifier, *tr.* 8
sanctionner, *tr.* 3
sanctuariser, *tr.* 3
sandwicher, *tr.* 3
sangler, *tr.* 3
se sangler, *pr.*
sangloter, *intr.* 3

saper, *tr.* 3
se saper, *pr.*
saponifier, *tr.* 8
saquer, *tr.* 3
sarcler, *tr.* 3
sarmenter, *intr.* 3
sasser, *tr.* 3
satelliser, *tr.* 3
se satelliser, *pr.*
satiner, *tr.* 3
satiriser, *tr.* 3
satisfaire, *tr.*, *tr. i.* 65
se satisfaire, *pr.*
saturer, *tr.*, *intr.* 3
saucer, *tr.* 18
saucissonner, *tr.*, *intr.* 3
saumurer, *tr.* 3
sauner, *intr.* 3
saupoudrer, *tr.* 3
saurer, *tr.* 3
saurir, *tr.* 33
sauter, *tr.*, *intr.* 3
sautiller, *intr.* 4
sauvegarder, *tr.* 3
sauver, *tr.*, *intr.* 3
se sauver, *pr.*
sauveter, *tr.* 28
saveter, *tr.* 28
savoir, *tr.*, *intr.* 52
se savoir, *pr.*
savonner, *tr.* 3
se savonner, *pr.*
savourer, *tr.* 3
scalper, *tr.* 3
scandaliser, *tr.*, *intr.* 3
se scandaliser, *pr.*
scander, *tr.* 3
scanner, *tr.* 3
scarifier, *tr.* 8
sceller, *tr.* 16
scénariser, *tr.* 3
schématiser, *tr.*, *intr.* 3
schlinguer, *intr.* 3
schlitter, *tr.* 3
scier, *tr.*, *intr.* 8
scinder, *tr.* 3
se scinder, *pr.*

scintiller, *intr.* 4
scissionner, *intr.* 3
scléroser, *tr.* 3
se scléroser, *pr.*
scolariser, *tr.* 3
scorifier, *tr.* 8
scotcher, *tr.* 3
scotomiser, *tr.* 3
scratcher, *tr., intr.* 3
se scratcher, *pr.*
scribouiller, *tr.* 4
scruter, *tr.* 3
sculpter, *tr., intr.* 3
sécher, *tr., intr.* 32
se sécher, *pr.*
secondariser, *tr.* 3
seconder, *tr.* 3
secouer, *tr.* 9
se secouer, *pr.*
secourir, *tr.* 51
secréter, *tr.* 32
sécréter, *tr.* 32
sectionner, *tr.* 3
se sectionner, *pr.*
sectoriser, *tr.* 3
séculariser, *tr.* 3
sécuriser, *tr.* 3
sédentariser, *tr.* 3
se sédentariser, *pr.*
sédimenter, *tr.* 3
se sédimenter, *pr.*
séduire, *tr., intr.* 91
segmenter, *tr.* 3
se segmenter, *pr.*
ségréguer, *tr.* 32
séjourner, *intr.* 3
sélecter, *tr.* 16
sélectionner, *tr.* 3
seller, *tr.* 16
sembler, *intr.* 3
semer, *tr., intr.* 29
sémiller, *intr.* 4
semoncer, *tr.* 18
semondre, *déf.* 168
sensibiliser, *tr.* 3
se sensibiliser, *pr.*
sentencier, *intr.* 8

sentir, *tr., intr.* 41
se sentir, *pr.*
seoir, *déf.* 154
séparer, *tr.* 3
se séparer, *pr.*
septupler, *tr., intr.* 3
séquencer, *tr.* 18
séquestrer, *tr.* 3
serfouir, *tr.* 33
sergenter, *tr.* 3
sérialiser, *tr.* 3
sérier, *tr.* 8
seriner, *tr.* 3
seringuer, *tr.* 3
sermonner, *tr.* 3
serpenter, *intr.* 3
serper, *tr.* 3
serrer, *tr., intr.* 3
se serrer, *pr.*
sertir, *tr.* 33
servir, *tr., tr. i., intr.* 45
se servir, *pr.*
sévir, *intr.* 33
sevrer, *tr.* 29
sextupler, *tr., intr.* 3
sexualiser, *tr.* 3
shampooiner, *tr.* 3
shampouiner, *tr.* 3
shooter, *tr., intr.* 3
se shooter, *pr.*
shunter, *tr.* 3
sidérer, *tr.* 32
siéger, *intr.* 31
siffler, *tr., intr.* 3
siffloter, *tr., intr.* 3
sigler, *tr.* 3
signaler, *tr.* 3
se signaler, *pr.*
signaliser, *tr.* 3
signer, *tr., intr.* 5
se signer, *pr.*
signifier, *tr.* 8
silhouetter, *tr.* 16
se silhouetter, *pr.*
silicatiser, *tr.* 3
se silicatiser, *pr.*
siliconer, *tr.* 3

siller, *intr.* 4
siller, *tr.* 4
sillonner, *tr.* 3
similiser, *tr.* 3
simplifier, *tr., intr.* 8
se simplifier, *pr.*
simuler, *tr.* 3
sinapiser, *tr.* 3
singer, *tr.* 20
singulariser, *tr.* 3
se singulariser, *pr.*
siniser, *tr.* 3
se siniser, *pr.*
sinuer, *intr.* 10
siphonner, *tr.* 3
siroter, *tr.* 3
situer, *tr.* 10
se situer, *pr.*
skier, *intr.* 7
slalomer, *intr.* 3
slaviser, *tr.* 3
slicer, *tr.* 18
smasher, *intr.* 3
smiller, *tr.* 3
sniffer, *tr.* 3
snober, *tr.* 3
sociabiliser, *tr.* 3
socialiser, *tr.* 3
socratiser, *intr.* 3
sodomiser, *tr.* 3
soigner, *tr., intr.* 5
se soigner, *pr.*
solacier, *tr.* 3
solariser, *tr.* 3
solder, *tr.* 3
se solder, *pr.*
solenniser, *tr.* 3
solfier, *tr.* 8
solidariser, *tr.* 3
se solidariser, *pr.*
solidifier, *tr.* 8
se solidifier, *pr.*
solifluer, *intr.* 3
soliloquer, *intr.* 3
solliciter, *tr.* 3
solmiser, *tr.* 3
solubiliser, *tr.* 3

solutionner, *tr.* 3
somatiser, *tr.*, *intr.* 3
sombrer, *intr.* 3
sommeiller, *intr.* 16
sommer, *tr.* 3
somnoler, *intr.* 3
sonder, *tr.* 3
songer, *tr. i.*, *intr.* 20
sonnailler, *intr.* 4
sonner, *tr.*, *tr. i.*, *intr.*,
    ê, a 3
sonoriser, *tr.* 3
sophistiquer, *tr.* 3
se sophistiquer, *pr.*
sortir, *tr.*, *intr.*, ê, a 40
se sortir, *pr.*
sortir, *déf.* 133
soubattre, *tr.* 87
soubresauter, *intr.* 3
soucier, *tr.* 8
se soucier, *pr.*
souder, *tr.* 3
se souder, *pr.*
soudiviser, *tr.* 3
soudoyer, *tr.* 14
soudre, *déf.* 169
souffler, *tr.*, *intr.* 3
souffleter, *tr.* 28
souffrir, *tr.*, *intr.* 42
soufrer, *tr.* 3
souhaiter, *tr.* 16
souiller, *tr.* 4
soulager, *tr.* 20
se soulager, *pr.*
soûler, *tr.* 3
se soûler, *pr.*
soulever, *tr.* 29
se soulever, *pr.*
souligner, *tr.* 3
souloir, *déf.* 148
soumettre, *tr.* 88
se soumettre, *pr.*
soumissionner, *tr.*, *intr.*
    3
soupçonner, *tr.* 3
souper, *intr.* 3
soupeser, *tr.* 29

soupirer, *tr.*, *intr.* 3
souquer, *tr.*, *intr.* 3
sourciller, *intr.* 4
sourdre, *déf.* 170
sourire, *tr. i.*, *intr.* 103
se sourire, *pr.*
sous-affermer, *tr.* 3
sous-alimenter, *tr.* 3
sous-amender, *tr.* 3
sous-assurer, *tr.* 3
sous-battre, *tr.* 87
souscrire, *tr.*, *tr. i.*, *intr.*
    102
sous-déclarer, *tr.* 3
sous-déléguer, *tr.* 3
sous-diviser, *tr.* 3
sous-employer, *tr.* 14
sous-entendre, *tr.* 67
sous-estimer, *tr.* 3
sous-évaluer, *tr.* 10
sous-exploiter, *tr.* 3
sous-exposer, *tr.* 3
sous-fermer, *tr.* 3
sous-fréter, *tr.* 32
sous-louer, *tr.* 6
sous-payer, *tr.* 11
sous-rémunérer, *tr.* 3
soussigner, *tr.* 4
sous-tendre, *tr.* 67
sous-titrer, *tr.* 3
soustraire, *déf.* 183
se soustraire, *pr.*
sous-traiter, *tr.* 3
sous-utiliser, *tr.* 3
sous-vendre, *tr.* 67
sous-virer, *tr.* 3
soutacher, *tr.* 3
soutenir, *tr.* 38
se soutenir, *pr.*
soutirer, *tr.* 3
souvenir, *intr.* 38
se souvenir, *pr.*
soviétiser, *tr.* 3
spalmer, *tr.* 3
spammer, *tr.* 3
spatialiser, *tr.* 3
se spatialiser, *pr.*

spatuler, *tr.* 3
spécialiser, *tr.* 3
se spécialiser, *pr.*
spécifier, *tr.* 8
spéculer, *intr.* 3
speeder, *tr.*, *intr.* 3
sphacéler, *tr.* 32
spiritualiser, *tr.* 3
spolier, *tr.* 3
sponsoriser, *tr.* 3
sporuler, *intr.* 3
sprinter, *intr.* 3
squatter, *tr.*, *intr.* 3
squeezer, *tr.* 3
stabiliser, *tr.* 3
se stabiliser, *pr.*
staffer, *tr.* 3
stagner, *intr.* 3
standardiser, *tr.* 3
starifier, *tr.* 8
stariser, *tr.* 3
stationner, *intr.*, ê, a 3
statuer, *tr.*, *intr.* 10
statufier, *tr.* 8
sténographier, *tr.* 8
stéréotyper, *tr.* 3
stérer, *tr.* 32
stériliser, *tr.* 3
stigmatiser, *tr.* 3
stimuler, *tr.* 3
stipendier, *tr.* 8
stipuler, *tr.* 3
stocker, *tr.* 3
stopper, *tr.* 3
stranguler, *tr.* 3
strapasser, *tr.* 3
stratifier, *tr.* 8
stresser, *tr.*, *intr.* 16
se stresser, *pr.*
striduler, *tr.*, *intr.* 3
strier, *tr.* 7
stripper, *tr.* 3
striquer, *tr.* 3
structurer, *tr.* 3
se structurer, *pr.*
stupéfaire, *déf.* 160
stupéfier, *tr.* 8

stuquer, *tr.* 3
styler, *tr.* 3
styliser, *tr.* 3
subalterniser, *tr.* 3
subdéléguer, *tr.* 32
subdiviser, *tr.* 3
se subdiviser, *pr.*
subhaster, *tr.* 3
subir, *tr., intr.* 33
subjectiver, *tr.* 3
subjuguer, *tr.* 3
sublimer, *tr., intr.* 3
sublimiser, *tr., intr.* 3
submerger, *tr.* 20
subodorer, *tr.* 3
subordonner, *tr.* 3
suborner, *tr.* 3
subroger, *tr.* 20
subsister, *intr.* 3
substantifier, *tr.* 8
substantiver, *tr.* 3
substituer, *tr.* 3
se substituer, *pr.*
subsumer, *tr.* 3
subtiliser, *tr., intr.* 3
subvenir, *tr. i.* 38
subventionner, *tr.* 3
subvertir, *tr.* 33
succéder, *tr. i.* 32
se succéder, *pr.*
succomber, *tr. i., intr.* 3
sucer, *tr., intr.* 18
se sucer, *pr.*
suçoter, *tr.* 3
sucrer, *tr., intr.* 3
se sucrer, *pr.*
suer, *tr., intr.* 10
suffire, *tr. i., intr.* 100
suffixer, *tr.* 3
suffoquer, *tr., intr.* 3
suggérer, *tr., intr.* 3
suggestionner, *tr.* 3
suicider (se), *pr.* 3
suiffer, *tr.* 3
suinter, *tr., intr.* 3
suivre, *tr., intr.* 95
se suivre, *pr.*

sulfater, *tr.* 3
sulfurer, *tr.* 3
sulfuriser, *tr.* 3
super, *tr., intr.* 3
superfinir, *tr.* 33
superposer, *tr.* 3
superséder, *intr.* 32
superviser, *tr.* 3
supplanter, *tr.* 3
suppléer, *tr., tr. i.* 6
supplémenter, *tr.* 3
supplicier, *tr.* 8
supplier, *tr.* 7
supporter, *tr.* 3
se supporter, *pr.*
supposer, *tr.* 3
supprimer, *tr.* 3
se supprimer, *pr.*
suppurer, *intr.* 3
supputer, *tr.* 3
surabonder, *intr.* 3
suracheter, *tr.* 27
suractiver, *tr.* 3
surajouter, *tr.* 3
se surajouter, *pr.*
suralimenter, *tr.* 3
se suralimenter, *pr.*
sur-aller, *intr., ê* 37
suranner, *intr.* 3
surarmer, *tr.* 3
surbaisser, *tr.* 3
surbroder, *tr.* 3
surcharger, *tr.* 20
surchauffer, *tr.* 3
surclasser, *tr.* 3
surcomprimer, *tr.* 3
surconsommer, *tr.* 3
surcontrer, *tr.* 3
surcoter, *tr.* 3
surcouper, *tr.* 3
surcroître, *tr., intr.* 81
surdéterminer, *tr.* 3
surdévelopper, *tr.* 3
surdorer, *tr.* 3
surédifier, *tr.* 8
surélever, *tr.* 29
surenchérir, *intr.* 33

surentraîner, *tr.* 16
suréquiper, *tr.* 3
surestimer, *tr.* 3
se surestimer, *pr.*
surévaluer, *tr.* 10
surexciter, *tr.* 3
surexploiter, *tr.* 3
surexposer, *tr.* 3
surfacer, *tr., intr.* 18
surfaire, *déf.* 161
surfer, *intr.* 3
surfleurir, *intr.* 36
surfiler, *tr.* 3
surgeler, *tr.* 24
surgeonner, *intr.* 3
surgir, *intr.* 33
surglacer, *tr.* 18
surgreffer, *tr.* 3
surhausser, *tr.* 3
surimposer, *tr.* 3
se surimposer, *pr.*
surimprimer, *tr.* 3
suriner, *tr.* 3
surinformer, *tr.* 3
surinterpréter, *tr.* 32
surinvestir, *tr.* 33
surir, *intr.* 33
surjaler, *intr.* 3
surjeter, *tr.* 28
surjouer, *tr.* 9
surligner, *tr.* 5
surlouer, *tr.* 9
surmédicaliser, *tr.* 3
surmener, *tr.* 29
se surmener, *pr.*
surmonter, *tr.* 3
surmouler, *tr.* 3
surnager, *tr., intr.* 3
surnommer, *tr.* 3
suroxyder, *tr.* 3
suroxygéner, *tr.* 3
surpasser, *tr.* 3
se surpasser, *pr.*
surpayer, *tr.* 11
surpeupler, *tr.* 17
surpiquer, *tr.* 3
surplomber, *tr., intr.* 3

surprendre, *tr.* 66
se surprendre, *pr.*
surproduire, *tr.* 91
surprotéger, *tr.* 31
sursaturer, *intr.* 3
sursauter, *intr.* 3
sursemer, *tr.* 29
surseoir, *tr.*, *tr. i.* 63
surtailler, *tr.* 4
surtaxer, *tr.* 3
surtitrer, *tr.* 3
surveiller, *tr.* 16
se surveiller, *pr.*
survendre, *tr.* 67
survenir, *intr.*, *ê* 38
survêtir, *tr.* 47
survider, *tr.* 3
survirer, *tr.* 3
survivre, *tr.*, *tr. i.*, *intr.* 94
se survivre, *pr.*
survoler, *tr.* 3
survolter, *tr.* 3
susciter, *tr.* 3
suspecter, *tr.* 16
suspendre, *tr.* 67
susseyer, *intr.* 12
sustenter, *tr.* 3
se sustenter, *pr.*
susurrer, *tr.*, *intr.* 3
suturer, *tr.* 3
swinguer, *intr.* 3
syllaber, *tr.*, *intr.* 3
syllabiser, *tr.*, *intr.* 3
symboliser, *tr.* 3
symétriser, *tr.*, *intr.* 3
sympathiser, *intr.* 3
synchroniser, *tr.* 3
syncoper, *tr.*, *intr.* 3
syndicaliser, *tr.* 3
syndiquer, *tr.* 3
se syndiquer, *pr.*
synthétiser, *tr.*, *intr.* 3
syntoniser, *tr.* 3
systématiser, *tr.*, *intr.* 3
se systématiser, *pr.*

T

tabasser, *tr.* 3
se tabasser, *pr.*
tabiser, *tr.* 3
tabler, *tr. i.* 3
tabouiser, *tr.* 3
tabuler, *tr.* 3
tacher, *tr.*, *intr.* 3
se tacher, *pr.*
tâcher, *tr.*, *tr. i.* 3
tacheter, *tr.* 28
tacler, *tr.* 3
taguer, *tr.*, *intr.* 3
taillader, *tr.* 3
tailler, *tr.*, *intr.* 4
se tailler, *pr.*
taire, *tr.* 78
se taire, *pr.*
taler, *tr.* 3
taller, *intr.* 3
talocher, *tr.* 3
talonner, *tr.*, *intr.* 3
talquer, *tr.* 3
taluter, *tr.* 3
tambouriner, *tr.*, *intr.* 3
tamiser, *tr.*, *intr.* 3
tamponner, *tr.* 3
se tamponner, *pr.*
tancer, *tr.* 18
tangoter, *intr.* 3
tanguer, *intr.* 3
tanner, *tr.* 3
tan(n)iser, *tr.* 3
tapager, *intr.* 20
taper, *tr.*, *intr.* 3
se taper, *pr.*
tapiner, *intr.* 3
tapir (se), *pr.* 33
tapisser, *tr.* 3
taponner, *tr.* 3
tapoter, *tr.*, *intr.* 3
taquer, *tr.* 3
taquiner, *tr.* 3
se taquiner, *pr.*
tarabiscoter, *tr.* 3
tarabuster, *tr.* 3

tarauder, *tr.* 3
tarder, *tr. i.*, *intr.* 3
tarer, *tr.* 3
targuer (se), *pr.* 3
tarifer, *tr.* 3
tarifier, *tr.* 8
tarir, *tr.*, *intr.* 33
se tarir, *pr.*
tarmacadamiser, *tr.* 3
tartiner, *tr.*, *intr.* 3
tartir, *intr.* 33
tartufier, *tr.*, *intr.* 8
tasser, *tr.*, *intr.* 3
se tasser, *pr.*
tataner (se), *pr.* 3
tâter, *tr.*, *tr. i.* 3
tatillonner, *intr.* 3
tâtonner, *intr.* 3
tatouer, *tr.* 9
tauder, *tr.* 3
tauper, *tr.* 3
taveler, *tr.* 25
se taveler, *pr.*
taxer, *tr.* 3
tayloriser, *tr.* 3
tchatcher, *intr.* 3
techniciser, *tr.* 3
technocratiser, *tr.* 3
teiller, *tr.* 16
teindre, *tr.* 70
se teindre, *pr.*
teinter, *tr.* 3
se teinter, *pr.*
télécharger, *tr.* 3
télécommander, *tr.* 3
télécopier, *tr.* 8
télédiffuser, *tr.* 3
télégraphier, *tr.*, *intr.* 8
téléguider, *tr.* 3
télémétrer, *tr.*, *intr.* 32
téléphoner, *tr.*, *tr. i.*, *intr.* 3
se téléphoner, *pr.*
téléporter, *tr.* 3
télescoper, *tr.* 3
se télescoper, *pr.*
téléviser, *tr.* 3

télexer, *tr.* 3
témoigner, *tr.*, *tr. i.* 3
tempérer, *tr.* 32
tempêter, *intr.* 16
temporaliser, *tr.* 3
temporiser, *intr.* 3
tenailler, *tr.* 4
tendre, *tr.*, *tr. i.* 67
tenir, *tr.*, *tr. i.*, *intr.* 38
se tenir, *pr.*
tenonner, *tr.* 3
ténoriser, *intr.* 3
tenter, *tr.*, *intr.* 3
tercer, *tr.* 18
tergiverser, *intr.* 3
terminer, *tr.* 3
se terminer, *pr.*
ternir, *tr.*, *intr.* 33
se ternir, *pr.*
terrasser, *tr.*, *intr.* 3
terreauter, *tr.* 3
terrer, *tr.*, *intr.* 16
se terrer, *pr.*
terrifier, *tr.* 8
terrir, *intr.* 33
terroriser, *tr.* 3
terser, *tr.* 3
tester, *tr.*, *intr.* 3
testonner, *tr.* 3
tétaniser, *tr.* 3
se tétaniser, *pr.*
téter, *tr.*, *intr.* 32
textualiser, *tr.* 3
texturer, *tr.* 3
théâtraliser, *tr.*, *intr.* 3
théoriser, *tr.*, *intr.* 3
thésauriser, *tr.*, *intr.* 3
tiédir, *tr.*, *intr.* 33
tiercer, *tr.*, *intr.* 18
tignonner, *tr.* 3
tigrer, *tr.* 3
tiller, *tr.* 4
tilter, *intr.* 3
timbrer, *tr.* 3
tintamarrer, *intr.* 3
tinter, *tr.*, *tr. i.*, *intr.* 3
tintinnabuler, *intr.* 3

tiquer, *intr.* 3
tirailler, *tr.*, *intr.* 4
tirasser, *intr.* 3
tirebouchonner, *tr.*, *intr.* 3
se tirebouchonner, *pr.*
tirefonner, *tr.* 3
tirer, *tr.*, *tr. i.*, *intr.* 3
se tirer, *pr.*
tiser, *tr.* 3
tisonner, *tr.*, *intr.* 3
tisser, *tr.* 3
tistre, titre, *déf.* 179
titiller, *tr.*, *intr.* 4
titrer, *tr.* 3
tituber, *intr.* 3
titulariser, *tr.* 3
toaster, *tr.*, *intr.* 3
toiler, *tr.* 3
toiletter, *tr.* 16
toiser, *tr.* 3
tolérer, *tr.* 32
se tolérer, *pr.*
tomber, *tr.*, *intr.*, *ê,* 3
tomer, *tr.* 3
tondre, *tr.* 73
tonifier, *tr.* 8
tonitruer, *intr.* 3
tonneler, *tr.* 25
tonner, *intr.* 3
tonsurer, *tr.* 3
tontiner, *tr.* 3
toper, *intr.* 3
topicaliser, *tr.* 3
toquer, *intr.* 3
se toquer, *pr.*
torcher, *tr.* 3
se torcher, *pr.*
torchonner, *tr.* 3
tordre, *tr.* 74
toréer, *intr.* 6
torpiller, *tr.* 4
torréfier, *tr.* 8
torsader, *tr.* 3
tortiller, *tr.*, *intr.* 4
se tortiller, *pr.*
tortuer, *tr.* 10

torturer, *tr.* 3
se torturer, *pr.*
tosser, *intr.* 3
toster (toaster)
totaliser, *tr.* 3
toucher, *tr.*, *tr.*, *i.* 3
se toucher, *pr.*
touer, *tr.* 9
se touer, *pr.*
touiller, *tr.* 4
toupiller, *tr.*, *intr.* 4
tourbillonner, *intr.* 3
tourer, *tr.* 3
tourillonner, *intr.* 3
tourmenter, *tr.* 3
se tourmenter, *pr.*
tournailler, *intr.* 4
tournasser, *intr.* 3
tournebouler, *tr.* 3
tourner, *tr.*, *intr.*, *ê, a* 3
se tourner, *pr.*
tournicoter, *intr.* 3
tourniller, *intr.* 4
tourniquer, *intr.* 3
tournoyer, *intr.* 14
tousser, *intr.* 3
toussoter, *intr.* 3
trabouler, *intr.* 3
tracasser, *tr.* 3
se tracasser, *pr.*
tracer, *tr.*, *intr.* 18
trachéotomiser, *tr.* 3
tracter, *tr.* 3
traduire, *tr.* 91
se traduire, *pr.*
traficoter, *intr.* 3
trafiquer, *tr.*, *tr. i.* 3
trahir, *tr.* 33
se trahir, *pr.*
traînailler, *intr.* 4
traînasser, *intr.* 3
traîner, *tr.*, *intr.* 16
se traîner, *pr.*
traire, *déf.* 183
traiter, *tr.*, *tr. i.* 16
se traiter, *pr.*
tramer, *tr.* 3

se tramer, *pr.*
trancher, *tr., intr.* 3
se trancher, *pr.*
tranquilliser, *tr.* 3
se tranquilliser, *pr.*
transbahuter, *tr.* 3
transborder, *tr.* 3
transcender, *tr.* 3
se transcender, *pr.*
transcoder, *tr.* 3
transcrire, *tr.* 102
transférer, *tr.* 32
se transférer, *pr.*
transfigurer, *tr.* 3
se transfigurer, *pr.*
transfiler, *tr.* 3
transformer, *tr.* 3
se transformer, *pr.*
transfuser, *tr.* 3
transgresser, *tr.* 16
transhumer, *tr., intr.* 3
transiger, *intr.* 20
transir, *tr., intr.* 33
transistoriser, *tr.* 3
transiter, *tr., intr.* 3
translater, *tr.* 3
translittérer, *tr.* 3
transmettre, *tr.* 88
se transmettre, *pr.*
transmigrer, *intr.* 3
transmuer, *tr.* 10
transmuter, *tr.* 3
se transmuter, *pr.*
transparaître, *intr.* 80
transpercer, *tr.* 18
transpirer, *tr., intr.* 3
transplanter, *tr.* 3
se transplanter, *pr.*
transporter, *tr.* 3
se transporter, *pr.*
transposer, *tr.* 3
se transposer, *pr.*
transsubstantier, *tr.* 8
transsuder, *tr., int.* 3
transvaser, *tr.* 3
transverbérer, *tr.* 32
transvider, *tr.* 3

trapper, *tr.* 3
traquer, *tr.* 3
traumatiser, *tr.* 3
travailler, *tr., tr. i., intr.*
   4
se travailler, *pr.*
travailloter, *intr.* 3
traverser, *tr.* 3
travestir, *tr.* 33
se travestir, *pr.*
trébucher, *tr., intr., ê,*
   a 3
tréfiler, *tr.* 3
treillager, *tr.* 20
treillisser, *tr.* 3
trémater, *tr.* 3
trembler, *intr.* 3
trembloter, *intr.* 3
trémousser (se), *pr.* 3
tremper, *tr., intr.* 3
trémuler, *tr., intr.* 3
trépaner, *tr.* 3
trépasser, *intr., ê, a* 3
trépider, *intr.* 3
trépigner, *tr., intr.* 5
tressaillir, *intr.* 48
tressauter, *intr.* 3
tresser, *tr.* 16
treuiller, *tr.* 4
trévirer, *tr.* 3
trianguler, *tr.* 3
triballer, *tr.* 3
tribouiller, *tr.* 4
tricher, *intr.* 3
tricoter, *tr.* 3
trier, *tr.* 7
trifouiller, *tr., intr.* 4
triller, *tr., intr.* 4
trimarder, *tr., intr.* 3
trimballer, *tr.* 3
se trimballer, *pr.*
trimer, *intr.* 3
tringler, *tr.* 3
trinquer, *intr.* 3
triompher, *tr. i., intr.* 3
tripatouiller, *tr.* 4
tripler, *tr., intr.* 3

tripolir, *tr.* 33
tripoter, *tr., intr.* 3
trisser, *tr., intr.* 3
se trisser, *pr.*
triturer, *tr.* 3
trivialiser, *tr.* 3
trôler, *tr., intr.* 3
tromper, *tr.* 3
se tromper, *pr.*
trompeter, *tr., intr.* 28
tronçonner, *tr.* 3
trôner, *intr.* 3
tronquer, *tr.* 3
tropicaliser, *tr.* 3
troquer, *tr.* 3
trotter, *intr.* 3
se trotter, *pr.*
trottiner, *intr.* 3
troubler, *tr.* 3
se troubler, *pr.*
trouer, *tr.* 3
trousser, *tr.* 3
se trousser, *pr.*
trouver, *tr.* 3
se trouver, *pr.*
truander, *tr., intr.* 3
trucher, *tr.* 3
trucider, *tr.* 3
truffer, *tr.* 3
truquer, *tr.* 3
trusquiner, *tr.* 3
truster, *tr.* 3
tuber, *tr.* 3
tuberculiner, *tr.* 3
tuberculiniser, *tr.* 3
tuberculiser, *tr.* 3
tuer, *tr., intr.* 10
se tuer, *pr.*
tuiler, *tr.* 3
se tuiler, *pr.*
tuméfier, *tr.* 8
se tuméfier, *pr.*
turbiner, *tr., intr.* 3
turlupiner, *tr.* 3
tuteurer, *tr.* 17
tutoyer, *tr.* 14
se tutoyer, *pr.*

tuyauter, *tr.*, *intr.* 3
twister, *intr.* 3
tympaniser, *tr.* 3
typer, *tr.* 3
typographier, *tr.* 8
tyranniser, *tr.* 3

U

ulcérer, *tr.* 32
s'ulcérer, *pr.*
(h)ululer, *intr.* 3
unifier, *tr.* 8
s'unifier, *pr.*
uniformiser, *tr.* 3
unir, *tr.* 33
s'unir, *pr.*
universaliser, *tr.* 3
s'universaliser, *pr.*
urbaniser, *tr.* 3
s'urbaniser, *pr.*
urger, *déf.* 119
uriner, *tr.*, *intr.* 3
user, *tr.*, *tr. i.* 3
s'user, *pr.*
usiner, *tr.* 3
usurper, *tr.*, *intr.* 3
utiliser, *tr.* 3

V

vacciner, *tr.* 3
vaciller, *intr.* 4
vacuoliser, *tr.* 3
vadrouiller, *intr.* 4
vagabonder, *intr.* 3
vagir, *intr.* 33
vaguer, *tr.*, *intr.* 3
vaincre, *tr.*, *intr.* 76
se vaincre, *pr.*
valdinguer, *intr.* 3
valeter, *intr.* 28
valider, *tr.* 3
vallonner, *tr.* 3
se vallonner, *pr.*
valoir, *tr.*, *intr.* 57
se valoir, *pr.*

valoriser, *tr.* 3
se valoriser, *pr.*
valser, *tr.*, *intr.* 3
vamper, *tr.* 3
vampiriser, *tr.* 3
vandaliser, *tr.* 3
vanner, *tr.* 3
vanter, *tr.* 3
se vanter, *pr.*
vaporiser, *tr.* 3
vaquer, *tr. i.*, *intr.* 3
varapper, *intr.* 3
varier, *tr.*, *intr.* 8
varloper, *tr.* 3
vaser, *imp.* 121
vaseliner, *tr.* 3
vasouiller, *intr.* 4
vasouiller, *imp.* 121
vassaliser, *tr.* 3
vaticiner, *intr.* 3
vautrer (se), *pr.* 3
vectoriser, *tr.* 3
végéter, *intr.* 32
véhiculer, *tr.* 3
se véhiculer, *pr.*
veiller, *tr.*, *tr. i.*, *intr.* 16
veiner, *tr.* 16
vêler, *intr.* 16
vélivoler, *intr.* 3
velouter, *tr.* 3
velter, *tr.* 3
vendanger, *tr.*, *intr.* 20
vendiquer, *tr.* 3
vendre, *tr.*, *intr.* 67
se vendre, *pr.*
vener, *tr.* 3
vénérer, *tr.* 32
venger, *tr.* 20
se venger, *pr.*
venir, *intr.*, *ê* 38
s'en venir, *pr.*
venter, *imp.* 121
ventiler, *tr.* 3
ventouser, *tr.* 3
ventrouiller (se), *pr.* 4
verbaliser, *tr.*, *intr.* 3
verbiager, *intr.* 20

verdir, *tr.*, *intr.* 33
verdoyer, *intr.* 14
verger, *tr.* 20
vergeter, *tr.* 28
verglacer, *imp.* 121
vérifier, *tr.* 8
se vérifier, *pr.*
verjuter, *tr.* 3
vermiculer, *intr.* 3
vermifuger, *tr.* 20
vermiller, *intr.* 4
vermillonner, *tr.*, *intr.* 3
vermouler (se), *pr.* 3
vernir, *tr.* 33
vernisser, *tr.* 3
véroter, *intr.* 3
verrouiller, *tr.* 4
se verrouiller, *pr.*
verser, *tr.*, *intr.* 3
se verser, *pr.*
versifier, *tr.*, *intr.* 8
vespériser, *tr.* 3
vesser, *intr.* 16
vétiller, *intr.* 4
vêtir, *tr.* 47
se vêtir, *pr.*
vexer, *tr.* 16
se vexer, *pr.*
viabiliser, *tr.* 3
viander, *intr.* 3
se viander, *pr.*
vibrer, *tr.*, *intr.* 3
vibrionner, *intr.* 3
vicarier, *intr.* 4
vicier, *tr.*, *intr.* 8
victimer, *tr.* 3
victimiser, *tr.* 3
se victimiser, *pr.*
vidanger, *tr.* 20
vider, *tr.* 3
se vider, *pr.*
vidimer, *tr.* 3
vieillarder, *intr.* 3
vieillir, *tr.*, *intr.*, *ê*, *a* 33
se vieillir, *pr.*
vieller, *intr.* 16
vilipender, *tr.* 3

villégiaturer, *intr.* 3
vinaigrer, *tr.* 3
viner, *tr.* 3
vinifier, *tr.* 8
violacer, *tr.* 18
se violacer, *pr.*
violenter, *tr.* 3
violer, *tr.* 3
violeter, *tr., intr.* 28
violir, *tr.* 33
violoner, *tr., intr.* 3
virer, *tr., tr. i., intr.* 3
virevolter, *intr.* 3
viriliser, *tr.* 3
viroler, *tr.* 3
viser, *tr., tr. i., intr.* 3
visionner, *tr.* 3
visiter, *tr.* 3
visser, *tr.* 3
se visser, *pr.*
visualiser, *tr.* 3
vitrer, *tr.* 3
vitrifier, *tr.* 8
vitrioler, *tr.* 3
vitupérer, *tr., intr.* 3
vivifier, *tr.* 8
vivoter, *intr.* 3
vivre, *tr., intr.* 94
vocaliser, *tr., intr.* 3
vociférer, *tr., intr.* 32
voguer, *intr.* 3

voiler, *tr.* 3
se voiler, *pr.*
voir, *tr., tr. i., intr.* 55
se voir, *pr.*
voisiner, *intr.* 3
voiturer, *tr.* 3
volatiliser, *tr.* 3
se volatiliser, *pr.*
volcaniser, *tr.* 3
voler, *tr., intr.* 3
se voler, *pr.*
voleter, *intr.* 28
voliger, *tr.* 20
volleyer, *intr.* 12
volter, *intr.* 3
voltiger, *intr.* 20
vomir, *tr., intr.* 33
voter, *tr., intr.* 3
vouer, *tr.* 9
se vouer, *pr.*
vouloir, *tr., tr. i., intr.* 61
se vouloir, *pr.*
voussoyer, *tr.* 14
se voussoyer, *pr.*
voûter, *tr.* 3
se voûter, *pr.*
vouvoyer, *tr.* 14
se vouvoyer, *pr.*
voyager, *intr.* 20
vriller, *tr., intr.* 4

vrombir, *intr.* 33
vulcaniser, *tr.* 3
vulgariser, *tr.* 3

W

warranter, *tr.* 3

Y

yodler, *intr.* 3

Z

zapper, *tr., intr.* 3
zébrer, *tr.* 32
zester, *tr.* 3
zézayer, *intr.* 11
zieuter, *tr.* 3
zigouiller, *tr.* 4
zigzaguer, *intr.* 3
zinguer, *tr.* 3
zinzinuler, *intr.* 3
zipper, *tr.* 3
zoner, *tr., intr.* 3
zoomer, *tr., intr.* 3
zozoter, *intr.* 3
zyeuter, *tr.* 3

Index

A

accord du participe passé

accord du verbe

C

V

Conception graphique de la maquette intérieure :
Anne-Danielle Naname

Composition réalisée par Asiatype

Achevé d'imprimer en août 2009 en Espagne par
INDUSTRIA GRAFICA CAYFOSA
Santa Perpetua de Mogoda (08130)
Dépôt légal 1re publication : septembre 2009
LIBRAIRIE GÉNÉRALE FRANÇAISE
31, rue de Fleurus – 75278 Paris Cedex 06

30/8826/7